Lysets søster, mørkets bror

Av
Anne Olga Vea

Utgiver Skogtrollet forlag/Anne Olga Vea
ISBN: 978-82-93355-3355-33-5
Første utgave.

Kontinentet Hietlai

Hietlai er det store landområdet i nord og nordvest for
Zhandoria. Det var en gang en del av en større
sammenhengende landmasse. Hietlai strekker seg langt i øst
vest retning og er nesten like stort som Zhandoria. I
nordområdene er det mest steppe og skog og aller lengst i
nordvest ligger isen konstant.

I Hietlai styres folket av et råd av kloke, de har en
stridshøvding som er deres øverste ledende mann i strid. Folket
består av Hietlaianere som er et folkeslag som opprinnelig kom
sørvest fra i gamle tider, de har tilpasset seg og fått sin egen
særegne kultur gjennom tiden og sin egen tro. I Hietlai har en
også en innfødt befolkning som kalles Kimatier. De består av
tretten klaner hvorav noen er såkalte utbrytere. De nekter å
leve i fred med Hietlaianerne og kriger mot disse, årsaken til
fiendtligheten er ukjent for de fleste. På sørkysten av Hietlai
ligger hovedstaden Gardahavn, Hietlaianerne er dyktige
sjøfarere, svært stridige og tapre i strid og for dem er kamp og
krig en del av livet. De har rykte på seg for å være sjørøvere og
skip må som regel betale for å kunne ferdes trygt gjennom
stredet mellom Hietlai og Zhandoria. Deres slanke langskip
kan seile raskere og manøvrerer bedre enn de tyngre
frakteskutene og de er med rette fryktet.

Folket livberger seg stort sett som fredelige bønder, i sør kan
de dyrke korn og frukt men lengre nord er det saueavl og
hesteavl som gjelder samt jakt og fiske. Hietlaianerne har et
nært forhold til naturen og ærer den høyt. De føler at de må gi
for å kunne få noe tilbake. Samfunnet styres av eldgamle
uskrevne regler og lover og presteskapet har mye makt. I
Hietlai nyter kvinnene stor respekt og det er i bunn og grunn
de som styrer hele samfunnet. En datter vil arve like mye som
en sønn og kan beholde sitt eget navn om hun gifter seg.

Hennes barn kan også velge hennes navn fremfor sin fars. En kvinne kan lett få skilsmisse og beholder alt hun har fått og brakt med seg inn i ekteskapet, hun kan også få krav på store deler av mannens eiendom om han har vært utro eller behandlet henne dårlig. Prestinnene har større innflytelse enn prestene siden de har nærmere forbindelse med gudene.

Om noen får barn utenfor ekteskapet kan farens familie be om å få barnet tatt opp i deres ætt for livet, det kan være en trygghet i noen tilfeller og det er opp til moren. Hun kan også kreve ekteskap og nekter faren kan han bli dømt til å betale en stor erstatning. Den går til henne, ikke familien hennes med mindre også familien er fornærmet.

På Hietlai er sønner og døtre like verdsatt og de har et svært positivt syn på kjærlighet og sex, flere partnere er ikke unormalt men en forventes å være tro så fort en har inngått ekteskapsløfter. Om en ektefelle dør kan enken eller enkemannen gifte seg igjen men ikke før en to års sørgeperiode er over. Reglene for hvordan en skal oppføre seg i denne perioden er svært strenge.

For folket på Zhandoria fremstår Hietlaianerne som hardbarkede og barbariske men de har en kultur som på mange måter overgår den i sør, den er bare mer basert på den sterkestes rett for livet er hardt der i nord og de svakeste klarer seg sjelden lenge. Dette er et av livets fakta og ikke noe de stiller spørsmål ved.

Kontinentet Ardot

Ardot ligger sør for Zhandoria, det er et forholdsvis lite kontinent som er på størrelse med områdene nord og øst for Bheki-bukta. Det har også en større ansamling øyer på østkysten men disse har liten betydning da de er små og uten større rikdommer

Ardot er underlagt Zhandoria, dets kultur er lang og rik og bare katastrofen som inntraff for mange tusen år siden gjorde det mulig for de nordfra å underkaste seg folket der. Opprør og uro er normalt, de liker ikke sine okkupanter men Zhandoria er avhengig av handelen med Ardot.

Ardot har en litt avlang form, i midten av kontinentet er det en svakt buet fjellkjede med noen fjell så høye at de ikke lar seg bestige simpelthen fordi det ikke er luft der oppe. Det økosystemet som fantes der ble svært forstyrret av katastrofen, Ardot var det området som ble mest ødelagt men spådommer sier at de skal få tilbake det de tapte. Det ble regnet med at nesten halvparten av kontinentet sank i havet.

Befolkningen er et konglomerat av flere folkestammer og de snakker mange språk men de ble mer samlet etter katastrofen og deres kultur var svært rik og avansert. De kjente til magi og viten ingen i de større kontinentene ante noe om og deres kunnskaper innen astronomi og fysikk var legendariske. Befolkningen ble styrt av en kongefamilie som var av et eldgammelt folk som nesten ikke eksisterte lenger men de ble sagt å ha magiske evner og at de var beslektet med dragemestrene. Da Zhandoria begynte å innta Ardot var det først som handelsfolk og forretnings forbindelser men rikdommene i Ardot er store og det fristet for mye. Noen ætter som Arcan og Macallif og Ranclin fikk fort stor makt der og står for mye av handelen med Zhandoria. Nurmadag var før nesten eneveldig når det gjaldt å organisere skipstransport nordover men de har mistet mye innflytelse og har begynt å vende blikket nordover i stedet. Uvisst av hvilken grunn. Motstanden mot inntrengerne er svært sterk i folket men den må skje i det skjulte for folket fra Zhandoria er svært brutale og ser på folket fra Ardot som lite annet enn mindre verdige skapninger og deres før så strålende kultur blir utsatt for stadige angrep. Troen deres er forbudt, skriftspråket og religionen også og selv deres rike forteller tradisjon blir sett ned på. Men folket skjuler sin egentlige lojalitet godt og venter bare på den dagen da de skal få tilbake det de mistet og balansen blir gjenopprettet.

Noen Zhandorianere er på Ardot sin side, de liker ikke den umenneskelige behandlingen befolkningen blir utsatt for på plantasjer og i gruver og annen industri men det er lite de kan gjøre for å hjelpe. De fleste i Zhandoria har ingen anelse om hvor ille det egentlig er og tror at folket i Ardot er lite mer enn smarte aper. Det var vanlig med slavehandel en stund men folk fra Ardot overlever sjelden lenge i det hardere klimaet i nord, så dette ble stanset fort da tapet av verdier ble for stort.

Kontinentet Zhandoria:

Kontinentet Zhandoria var en gang i tiden en del av et mye større område, i nord ligger Hietlai og i sør Ardot. Begge disse landområdene var en gang en del av denne enorme landmassen.
Kontinentene drev fra hverandre på grunn av voldsomme naturkatastrofer som endte en hel tidsalder og mye ble endret både geografiske og rent praktisk.

Zhandoria er oppdelt i flere riker med underliggende delområder og lydriker hvor de har en egen hersker som igjen står under landets øverste leder.
Rikene er : Nierez, Longil; Arzam; Dheesa; Bheki; Altarab; Felderi; Zetir og Unlan.
Zhandorias hovedstad er byen Zhymorne som ligger i Ar-Bheki regionen av Bheki, byen er gammel og ærverdig og rommer mye historie men dens prakt falmer som alt annet i rikene.
Rikene er styrt av kongehus med varierende hell og makt, i Zhandoria var det fra gammelt av seks adelsslekter som satt med mest makt, nå er deres makt blitt svekket, de er utvannet og spredt i et utall underslekter med sine egne vasaller og tilhengere og selv ikke slektene selv har oversikten over hvem som skylder dem lojalitet eller ei. Slektene krangler fremdeles seg i mellom om gammel makt og ære og i det skjulte foregår det et maktspill hvis intriger kan bli både blodige og brutale. De seks slektene er i det store og det hele spredt over hele kontinentet men holder gjerne ekstra mye makt i visse områder.

Darasher: Denne ætten er den mest utbredte, med mange underfamilier og stor rikdom, de var en gang mektige krigere men deres innflytelse har falmet mye. De er svært ærekjære og svært sta, for dem handler alt om å gjenopprette fortidens tapte makt og storhet. Deres motto er: Glem aldri hva vi var! Deres merke er et dragehode.

Darasher har mest makt i Bheki, Darazzen og Ibar men de har lange armer og har stor innflytelse på andre hus også, gjerne ved hjelp av trusler, korrupsjon og mord.

Ranclin: Ranclin ætten er kjent for å like pomp og prakt men de kan også være forbausende nøktern, de tenker før de handler og er kjent for å være utmerkede renkesmeder. De har stor utbredelse men skryter lite av slekten og er kjent for å være stri, også mot sine egne. Deres motto er: Ære, stolthet, styrke. Deres merke er en steilende hest.

De har mest makt i Or-Altarab, Longaria, Rooz og ytterst ved kysten i Coluria

Arcan: Den mest dystre og innesluttede av ættene, ikke særlig utbredt men de har stor makt i viktige områder og de er kjent for å kunne bli svært grådige og gjerrige. Deres merke er en hodeskalle og deres motto er : Døden vinner alltid.

De har mest innflytelse i Tholir, Ni-arzam og Cerna. Dette betyr at de kan kontrollere mye av handelen mellom øst og vest.

Macallif: Denne ætten var i gamle dager kjent for å ty til trolldom, de avlet mange store magikere og hadde enorm innflytelse men dessverre hadde de en slem tendens til å gifte seg innad i egen slekt og dette førte til en del uheldige hendelser. De har fremdeles ord på seg for å være upålitelige og farlige og for å kunne spre galskap blant andre. Macallif er lite spredt, de holder seg til sine egne og har noe makt i Ar-Altarab, Solamida og Ebanar men de deler mye av den innflytelsen med de andre ættene og er kjent for å tenke kortsiktig og på lite annet enn øyeblikkelig vinning. Deres merke er en griff og deres motto er; Ved klo og stål vil vi herske.

Ohdrasar: En av de mest utbredte ættene ved siden av Darasher, de er kjent for å være store og sterke men lite vakre med noen unntak, de er durabelige krigere men mest interessert i handel og slikt og de har mange underfamilier som har lite eller ingen makt. Ohdrasar er kjent for å ville beholde makten innad i familien og de godtar ikke at deres egne går i mot ættens vilje. De regner seg gjerne som de edleste av ættene siden de sjelden deltok i de blodige slagene om makt som sto etter katastrofen, sannheten er at de bare er mere tålmodige enn de andre og de er mestre i å manipulere og sette folk opp mot hverandre. Der er det bare visse familier innen Darasher ætten som slår dem. Ohdrasar har mest innflytelse og makt i Felderi og Unlan, de holder seg stort sett i øst og har lite interesse av hva som skjer vest for Bheki-bukta. Deres motto er: Vi får alltid vårt og deres merke er et villsvinhode.

Nurmadag.: Den minste av ættene og den svakeste, Nurmadag har bare fem seks familier igjen og regnes ikke lenger som en slekt av betydning. En gang i tiden var de ledende innen handel men nå sliter de med å opprettholde det monopolet de hadde. De har kun tilhold i Zetir og ingen anser dem som en maktfaktor. De har en viss innflytelse i og med at de driver skipsfart og frakter varer til og fra Ardot, de er svært rike men viser det ikke og lever ganske nøkternt. Slektens overhode lever som en Zetirer selv om ætten opprinnelig er fra området rundt Tholir bukta. De prøver å holde handel i gang ved å sende skip gjennom stredet mellom Zhandoria og Hietlai og deres leder har inngått en avtale med de mer stridige viking aktige Hietlaianerne om at hans skip skal få passere uhindret. Deres merke er en stor ål tvinnet rundt en skips mast og deres motto er: Havet gir, vi tar! De har litt innflytelse langs kystene og i Zetir men mange slekter ville slite uten deres flåte av handelsfartøyer.

Eirannes

Morgengryet som kom sakte sigende burde vært en lettelse men det var det motsatte. For i det nådeløse lyset kunne alle se ødeleggelsene klart. Det var vanskelig å tro at dette var den samme øya som de hadde ankommet kvelden før. Eirannes sto ved ripa og stirret, blikket hans var nesten tomt for dette maktet han snaut å fatte. Han hadde sett skader etter naturkatastrofer før, men aldri så nært og aldri slik total ødeleggelse. Det var ikke et hus igjen på øya som ennå sto, alt var jevnet med jorden og røyken hang tung over hele området etter alle brannene. Flere steder hadde det gått ras siden øya var av en temmelig sprø stein som lett sprakk under press og han så at sjøen rundt øya var dekket med vrakrester bølgene hadde tatt med.

Vidiel sto ved siden av ham, blikket hans var også rimelig skremt og han sto og holdt i den enkle lua han brukte å ha på, nesten krampaktig. «Kaptein, hva nå?»

Eirannes tørket svetten, det måtte være overlevende, øya var temmelig stor og han mente å huske at noen hadde sagt at den hadde rundt tolv tusen fastboende pluss en god del sjøfolk som reiste mellom øyene og leide seg ut til kapteiner som trengte ekstra folk. Så mange mennesker kunne ikke ha dødd? Det var utenkelig. Men han så allerede nå at tapene ville bli enorme, de sammenraste husene, brannene, rasene. Alt hadde krevd liv og mens han sto der så han at lik drev sakte forbi dem. Han følte seg kvalm, nummen, det var simpelthen for mye for ham på en gang og han så at mannskapet sto der og så avventende på ham. Han var kapteinen, han var den sterke, den alle vendte seg til, og han aktet ikke å svikte dem. Han svelget og rettet seg opp, prøvde å tenke logisk. «Menn, vi kaster anker og går mot havna, kanskje moloen er intakt. Det bør være noen lettbåter igjen der inne, bølgene kan ikke ha knust alle.» Yehens bet seg i underleppa og han hadde et litt forknytt utrykk i ansiktet. «Kaptein, det er noe jeg føler at jeg må fortelle deg.»

Eirannes nikket. «Javel, spytt ut»

Yehens tok et dypt drag med sjøluft og nikket i retning øya. «Da jeg var guttunge seilte vi forbi en av øyene utenfor Baz, en av de små som ikke engang står på noe kart. Det hadde brutt ut pest der, folk var desperate etter å komme seg vekk.»

Eirannes rynket pannen. «Og?»

Yehens så ned i dørken. «Noen kapteiner tok seg grovt betalt for å ferge folk bort fra øya, de ble skittent rike på en liten stund. Men mange var så redde at de ikke brydde seg om hvorvidt de hadde penger eller ei, de satte ut i småbåter og prøvde å borde skutene som gikk forbi. Hundrevis druknet.»

Eirannes så litt forskrekket på ham. «Hvorfor?»

Yehens møtte blikket hans, med en temmelig hard mine.

«Fordi kapteinene ikke kunne ta med alle, det var ikke plass på skutene. Hadde de prøvd ville de gått ned, alt for mye vekt. Så de seilte ifra de som var i robåter og kom noen seg om bord ble de kastet av»

Eirannes svelget hardt. «Å guder, du tror vi kan bli bordet?»

Yehens nikket kort. «Vi vil bli bordet kaptein, det er ingen tvil om det. Er det båter der inne ennå som flyter vil folk prøve å komme seg bort fra øya. Og ser de ei skute som kan ta dem med vil de gjøre alt for å bli med.»

Vidiel hadde vært stille, nå tok han et steg frem, litt nølende. «Kaptein, fakta er, vi kan ikke ta med mer enn kanskje hundre personer. Vi har ikke plass til flere.»

Eirannes lukket øynene et kort øyeblikk. «Vi kan ta med fire ganger så mange i lasterommet»

Yehens ristet på hodet. «Jeg vil ikke anbefale det kaptein, vi vil bli tunge, og gudene vet om vi får flere bølger eller skjelv. Jeg liker det ikke»

Vidiel nikket. «Vi har ikke mat eller vann til så mange, det vil bli et varmt helvete der nede temmelig fort.»

Eirannes nikket tilbake. «Jeg vet det, men kysten av Unlan er ikke langt vekk, vi kan greie det på tre døgn og om vinden er god på to. De kan tåle to døgn. Jeg skal banne på at det er mange der inne som er skadd og trenger hjelp, det får de neppe her.»

Vidiel trakk på det. «Vi kan ikke evakuere hele øya kaptein, hør på Yehens. Det er skrekkelig og mange lider der nå, men det hjelper ikke og bare å skysse unna noen hundre personer. Øya er tryggere enn havet nå.»

Eirannes svelget tungt. «Å bare seile bort virker for å være en feig gjerning. Vi seiler til havna og ser hvordan ting er der inne, vi tar en avgjørelse etterpå.»

Mannskapet mumlet men adlydde, de trakk opp ankrene og Eirannes gyste da han så at haifinner nå kløvet den skitne overflaten, det var mye dødt kjøtt tilgjengelig nå. Han ante at haiene ville kunne ete seg mer enn mette og der det var noen var det alltid flere. Det å havne i vannet nå var langt fra lurt. Han snudde seg til Yehens. «Gi ordre om at bare hoved seilet skal heises, men de andre skal være klare til å settes på kort varsel. Om vi må bort fort trenger vi all fart den gamle jenta kan gi oss»

Yehens nikket. «Ay kaptein»

Sølvmåken seg sakte fremover gjennom havet av grums, jord, rester av bygninger og båter og døde kropper. Mange hadde holdt til langs strandlinja og nå straffet det seg. Han ante at de som var i live var av den delen av befolkningen som bodde i høyden. Havna gled frem bak de forrevne klippene som nå var enda brattere enn før og Eirannes holdt pusten. Det var absolutt ingenting igjen. Selv moloen var bare en slags steinur som lå slengt utover og ingen av skutene som hadde ligget der var å se. De hadde rett og slett blitt slått i fillebiter. Han svelget og lukket øynene. Gode sjøfolk var gått tapt, gode kapteiner han kjente, flotte mennesker som hadde levd med og av havet akkurat som ham selv. Det var et forferdelig tap og han undret seg på om det samme hadde skjedd andre steder. Det var godt mulig, i så fall var det lite hjelp å få for de stakkarene som hadde overlevd her på Zer.

De kastet anker igjen utenfor det som var igjen av moloen, Eirannes turte ikke å gå lengre inn med skuta siden han var redd han kunne grunnstøte. Kartene over innseilingen stemte neppe lenger og det kunne ligge vrak under overflaten som kunne utgjøre en betydelig fare for skuta hans. Nå var de så nære øya at de kunne høre og Eirannes krympet seg, det lød skrik fremdeles, og rop, og alle var desperate. Noen løp rundt og prøvde å stoppe brannene som ennå raste men det var fånyttes. Det hadde vært tørt lenge og den buskaktige vegetasjonen på øya hadde tatt fyr også. Vidiel så blek ut. «Jeg er redd hele øya blir et inferno.»

Eirannes bare stønnet. «Guder, ikke si det.»

Vidiel snudde hodet, kikket utover havet i retning Ardot.

«Vinden har snudd kaptein, og den friskner til. Alt vil brenne»

Eirannes lente seg tungt mot ripa, hva skulle han gjøre? Hva kunne han gjøre? Han kunne ikke ta med alle bort fra Zer, det var umulig. «Er det ikke huler her som folk kan ta tilflukt i?»

En av sjømennene svarte, han var fra Zer og han var blek som et nykokt laken og skalv «De har antagelig rast nå, og røyken vil kvele dem uansett. Dette må være gudenes straffedom!»

Eirannes ble sint. «Hold tann for tunge mann, slikt overtroisk pjatt vil vi ikke ha på min skute. Gudene bryr seg ikke om hva vi mennesker gjør eller ikke gjør, det er bare idioti. Naturkatastrofer rammer blindt»

Mannen krympet seg og sa ikke mer og Vidiel bikket på hodet. «Så, hva gjør vi?»

Eirannes tok en brå beslutning. «Ta de tre langbåtene og ro inn, prøv å berge så mange som mulig, vi kan ta fem hundre om vi fyller henne til randen. Ta bare familier, kvinner og barn. Enslige menn må bli igjen, er det forstått?»

Sjøfolkene nikket stumt, de ville ikke gå mot kapteinen og de forsto ham også. Det ville bli hardt men skuta burde klare det, selv overlastet. Det var ikke langt til kysten og hun hadde vært tungt lastet før. Eirannes gikk bort til døra til forpiggen, fant en nøkkel og låste opp. Der inne var skutas forråd av våpen og han så hardt på karene. «Her, bevæpne dere. Om noen prøver å trenge seg med på bekostning av kvinner og barn har dere min tillatelse til å bruke vold»

Om det hadde vært på land ville det vært ulovlig men på sjøen var kapteinen den øverste myndighet og han hadde tillatelse til å gi slike ordre. Eirannes hadde aldri noen gang beordret sine menn til å kjempe, men de hadde alltid våpen på grunn av faren for sjørøvere og fordi oppankrede skuter av og til kunne bli bordet av folk ivrige etter å selge alt fra mat til kvinner, og de kunne være vanskelige å bli kvitt. Karene tok for seg av våpnene, de hadde stort sett bare huggerter, noen sabler, økser og en og annen dolk men det fikk holde. Sølvmåken var ikke noe krigsskip.

Eirannes så på mens mennene rodde inn mot land, det var vanskelig å komme frem gjennom alt vrakgodset og han visste at dette gikk stikk i mot hva deres instinkter fortalte dem at de burde gjøre. Det var ganske enkelt for mange døde der, og sjøfolk er generelt svært redde for å komme i kontakt med noe som kan bringe ulykke. Lik er på toppen av den lista og Eirannes håpet at han kunne belønne dem senere, motet deres burde ikke bli glemt.

Den første av de tre langbåtene nådde land, den kunne ta kanskje tredve personer så de måtte ro mange runder for å få med alle og nå hadde det begynt å samle seg folk der. De så antagelig skuta på lang avstand og fikk nytt håp.

Eirannes så at sjøfolkene fikk lesset opp de første båtene med relativ enkelhet, de tok bare familier, kvinner og barn som beordret og det var en slags apatisk ro over folkene som hjalp dem med å sortere ut de enslige mannfolkene. Eirannes snudde seg mot de som var igjen på skuta. «Gå ned i lasterommet og bind fast lasten vi har. Sørg for å få så mye ledig rom som mulig og sett ned noen bøtter de kan bruke som latriner og noen vanntønner. Best det er i orden før folk kommer om bord.»

Ordren ble etterfulgt med en gang og han så at den første båten var på tur tilbake allerede. De kastet ned taustiger og sjøfolkene hjalp de evakuerte om bord. Eirannes så at det var for det meste kvinner og noen av dem hadde garantert levd i det eneste solide mur bygget ved havna, stedets lokale bordell. De var snaut kledd og de få klærne de bar fortalte om hvilket yrke de hadde livberget seg med. Resten var et par familier og enslige kvinner, de fleste med et eller flere barn. Samtlige virket for å være i sjokk, antagelig hadde de mistet det meste av slekt og venner og Eirannes følte at han burde si noen trøstende ord men hvilke? Hva sier en til folk som har overlevd en slik katastrofe? Yehens hjalp folkene ned i lasterommet og sørget for at det ble hengt opp enkle avlukker av seilduk så folk i det minste fikk en smule privatliv. Eirannes hadde ikke tenkt så langt, han visste at Yehens var en erfaren mann og han smilte for seg selv. Han hadde et godt mannskap, han stolte på dem som han stolte på Sølvmåken selv. Den to andre båtene kom også sakte sigende gjennom suppa av vrakrester og nå samlet det seg mange ved restene av havna. Han så at havne mesteren hadde overlevd, nå sto han og prøvde å organisere folkemengden og det på tross av at mannen tydelig var skadd. Båtene satte kurs tilbake mot stranda for å hente en ny ladning og det begynte å bli tilløp til uro i havna nå. Mange prøvde å rykke fremover i køen, det lød skrik og rop og Eirannes husket hva Yehens hadde sagt. Desperasjon kan få folk til å gjøre det utenkelige.

Den første båten ble fylt opp, rodde ut rimelig fort. Eirannes kunne se at dette nok var familier siden det var en del røslige menn der. Båt to fikk problemer siden noen yngre karer prøvde å presse seg med men de ble bryst avvist av sjøfolk med økser og sabler og trakk seg tilbake.

Det virket for at trusselen om vold skulle være nok men så dukket brått et par velkledde menn opp med armene fylt med sekker med mynt i. De prøvde tydeligvis å kjøpe seg en plass men Eirannes så at mannskapet hans avviste dem temmelig kontant. Brått var han veldig stolt av dem alle sammen. De tre båtene kom tilbake med stort sett kvinner, barn og familiefedre, de kunne hente rundt sju båter til men nå begynte Vidiel å peke mot horisonten. Svart røyk spredte seg fort og Eirannes ble kald innvendig Det var som den merkelige legen sa det, brannene hadde spredt seg og blitt en eneste stor gras og skogbrann som ville brenne av hele øya om ikke noe skjedde. Båtene vendte tilbake til havna, nå var mange blitt desperate og prøvde å tvinge seg med, sjøfolkene måtte for første gang bruke makt for å holde folk vekk. Det lød rop og banning og skrik og heldigvis var noen menn så hederlige at de hjalp sjøfolkene med å holde andre vekk mens kvinner og barn ble lastet opp. Havnefogden ble slått brutalt ned av en svær kar som tydelig ikke tok nei for et svar og Eirannes følte at raseriet steg i ham. To andre menn brøt karen i bakken og antagelig drepte de ham for mannen rørte seg ikke etterpå. Folk var blitt var røyken og gnistene som begynte å fly og panikken spredte seg. Brått ble mengden forvandlet til en slags masse av levende kjøtt med kun en hensikt, å komme seg med skuta. Kvinner skrek og ba og mange ble dyttet ut i vannet, noen kastet barn mot sjøfolkene for å få dem med og båtene ble fort fylt til ripa med folk. Da sjømennene satte ifra prøvde en del å henge på, eller svømme men de kom ikke langt. Vrakrestene stanset dem og Eirannes så til sin gru at mange haifinner søkte seg mot plaskingen og bråket.

Alle tre båtene kom seg til skuta igjen på tross av at de var overfylt og Eirannes svelget hardt. Brannene kom stadig nærmere og han visste at de ikke kunne bli liggende for lenge, det ville være farlig. Han grep tak av dekksguttene. «Ta med de andre førstereisguttene og fyll bøtter med vann, væt seilene og skroget og se til at gnister ikke kan feste seg.»

Gutten nikket og gikk til arbeidet og Eirannes hjalp til med å få folk om bord. En av sjømennene tørket svetten. «Ror vi inn en gang til vil vi bli veltet eller så vil vi bli så overfylt at vi kullseiler.»

Eirannes nikket. «Jeg vet, vi kan ikke gjøre det. Ta båten og plukk opp de som prøver å svømme men vær raske, vi må bort herfra før skuta tar fyr.»

De så flammene nå og Eirannes følte en slags merkelig unaturlig frykt. Det virket for at ilden hadde en egen vilje, at den var ondsinnet og ute etter å fortære flest mulig. Noen hadde funnet noen små robåter som ennå virket intakt, de var kilt inn mellom murene på det som hadde vært et hus og nå ble de halt frem. De rike mennene virket for å kjøpe seg plass i dem og Eirannes følte en trang til å rive seg i håret. Det var små båter lagd for å ros rundt i havnebassenget. Havne fogden brukte dem når han inspirerte skuter som skulle fortolle varer og de tok ikke mer enn en tre fire personer. Men nå var det minst ti i hver båt og de virket skadd også. Vidiel ristet på hodet. «De vil ikke klare det»

Eirannes skar tenner. «Selvsagt ikke, de er for tunge, alt for tunge.»

Båtene kom seg så vidt forbi det som var igjen av moloen, der begynte den første å synke siden den sikkert var sprukket og i desperasjon kastet passasjerene seg over mot den andre, og trakk den også ned. De fleste kunne ikke svømme, de sank temmelig fort og de få svømmekyndige kom seg tilbake til stranda igjen. Den ene båten Eirannes sendte ut plukket opp rundt ti personer som hadde tatt sjansen på å svømme utover, samtlige var yngre sterke personer og nå var ropene og skrikene fra havna hjerteskjærende. Vinden lå slik til at røyken nå sved alle i øynene og lungene og de begynte å føle varmen. Ilden åt seg fremover like raskt som en hest galopperer og Eirannes visste at de fleste der i havna antagelig var fortapt. Det var ingen steder å gjemme seg for ilden lenger.

De fikk de siste folkene om bord og han følte seg som verdens verste forbryter i det han beordret at ankeret skulle heves og seilene settes. Vidiel la en hånd på skulderen hans. «Du har berget mange kaptein, ikke klandre deg selv.»

Skrikene fra land ble enda mer desperate, mange kastet seg i vannet og prøvde å svømme etter skuta, andre fant vrakgods og klynget seg til det. «Vi kunne reddet flere»

Vidiel nikket. «Kanskje, om vi hadde en hær til rådighet, og mange flere båter. Men vi har gjort hva vi kan, om vi ror inn igjen nå blir båtene overfylt og vil synke og ingen vil klare seg.»

Eirannes sukket tungt. «Ja, men det er mitt ansvar som kaptein, mitt ansvar Vidiel! Vi må la alle disse arme menneskene dø!»

Vidiel bikket på hodet. «Husker du da svettesyken herjet på kysten av Zetir? Folk strøk med i hopetall. Men en landsby greide seg og vet du hvorfor?»

Eirannes ristet på hodet, han føltes seg tom, tappet. «Nei?»

Vidiel bikket på hodet bakover mot stranda der rop om hjelp sakte ble skrik av redsel og desperasjon. «De stengte byportene, slapp ingen inn. Slekt og venner ble avvist, varer og mat også. Folk lå døende utenfor porten men ingen åpnet så mye som en glugge og de greide seg. Av og til må en ofre noen for å redde andre, slik er det bare.»

Eirannes så skjevt på Vidiel. «Du er rimelig kynisk til å være en enkel skipslege»

Den underlige mannen bare trakk på skuldrene. «Det er den eneste måten en kan klare seg på.»

Yehens kom gående, gjorde en fort honnør og Eirannes fanget blikket hans. «Ja?»

Yehens pekte mot lasterommet. «Vi fikk alle inn der nede, vi har to hundre og tjuefem personer der, barn regnet med. Av samlet mengde er femti menn, hundre og trettito kvinner.»

Eirannes nikket, han hadde regnet med den skjeve fordelingen. «Greit, er noen skadd?»

Yehens sukket tungt. «Ja, jeg tror noen vil stryke med, de har gått på adrenalinet kaptein, når det går ut stryker de som regel med fort.»

Eirannes bet seg i leppa. «Vidiel, se hva du kan gjøre for dem. Bruk det vi har her av utstyr. Si ifra om noen dør. Yehens, gi henne all den seilføringen hun tåler og sett kurs rett ut mot havet, vi må vekk så fort hun kan bære oss. Når vi er utenfor fare seiler vi rett øst.»

Yehens nikket og ropte ordre til matrosene som forsvant opp i riggen som aper. Nå var varmen blitt svært tydelig og skrikene fra land ble fjernere, selv uten mesteparten av seilene oppe fikk vinden tak i Sølvmåken og presset henne utover. Gnistregnet var blitt tett nå og de yngre sjøfolkene løp rundt og slukket gnister hele tiden. Brann i en skute var den store skrekken for alle og noe de var opplært til å frykte fra barnsben av.

Eirannes så ut mot havet, han greide ikke vende blikket inn mot land. Selv mange sjømil fra øya fløt det med vrakgods nå og de måtte være varsomme så de ikke seilte rett på noe som kunne skade kjølen. Sølvmåken satte fart, den smekre skuta gled gjennom vannet som før og Eirannes klappet ripa ettertenksomt. Hun var et godt skip, og hadde alltid hatt lykken med seg. De fikk bare håpe at det fortsatte. De hadde seilt i et par timer da utkikken brått ropte ut, han så seil i horisonten og Eirannes stormet opp på dekk igjen, nysgjerrig på hva slags skute det kunne være. Da de kom nærmere så de at det var en fiskeskute, en liten og temmelig enkel båt av det salget som seiler ut fra øyene, legger ut garn og seiler inn igjen dagen etter. Antagelig hørte denne til på Zer og hadde sett røyken og var på vei hjem igjen.

Eirannes svelget hardt. Skulle de ta sjansen på å stanse? Skuta nærmet seg fort, den var tydelig ulastet og var rask siden den var liten med stor seilflate. Det var en velholdt og vakker båt med påmalte øyne i baugen og hun lå på motkurs. Eirannes kjempet med instinktene sine, så ropte han at de fikk reve seilene og senke farten.

Fiskebåten gjorde det samme, han så at det var tre menn om bord, to voksne og en yngre kar som snaut nok hadde fått dun på haka. De to skutene senket farten og snart lå de så tett inntil hverandre at det var mulig å kaste en entrehake over og trekke dem sammen. De tre mennene kom over, de var tydelig fiskere og alle tre virket svært forskrekket. «Kaptein, du kommer fra Zer, hva har skjedd?»

Eirannes svelget hardt. «Vi lå fortøyd ved øya i natt, og det ble jordskjelv»

Den eldste mannen som tydelig var kaptein på fiskebåten skalv på hendene. «Vi hørte det, og en stim med makrell størje hoppet nesten over oss, jeg var redd de ville senke oss»

Eirannes nikket. «De følte skjelvet regner jeg med. Det ble skjelvbølger, og skjelvet ødela alle husene. Vi har evakuert så mange vi greide å berge, øya brenner nå»

Mannen ble grå i ansiktet. «Brenner? Å guder, hva mener du brenner? Men...»

Eirannes så trist på de tre. «Vi har berget litt over to hundre mennesker, resten tror jeg ikke klarte seg. «

Den eldre mannen lagde en underlig ulende lyd og Yehens tok ham i skulderen. «Kanskje noen av de vi berget er av deres familie?»

Den yngre av de to voksne mennene ble med bort til lasteluka og kikket ned, han ropte noen navn men fikk ingen svar først men så svarte en gammel kvinne noe og han kom tilbake, gråtende. «Far, mor og Yesilde greide seg ikke, gamle Meirel så at huset hadde rast over dem»

Den eldre mannen grep Eirannes i kragen i desperasjon og ristet ham og Yehens måtte virkelig bryte for å få han løs. «Dere må snu, de kan være i live, dere må snu hører dere?»

Eirannes forsto sorgen og desperasjonen. «Vi kan ikke, vinden står feil vei nå, og vi er en klipper. De er døde, dere må bli med oss, det er ingenting der å vende tilbake til.»

Den eldre mannen svelget, tårene rant av ham og han virket knekt, nesten viljeløs. Den yngre karen så stivt på Eirannes.

«Vi seiler hjem, om vi så dør der er vi i det minste hjemme, kanskje vi kan redde noen fra nordre enden av øya, den kan neppe ha blitt så ødelagt.»

Eirannes smilte litt bittert. «Nordenden er slak og det er langgrunt, bølgene har slått rundt øya og om de møttes der er det ingenting igjen. Nei, bli med oss.»

Mannen grep ynglingen i skulderen. «Dette er min sønn Arrin, han er en god sjømann. Han blir med dere, om vi ikke klarer oss skal i det minste han leve videre.»

Arrin sperret øynene opp, munnen også. «Far, nei, jeg blir med dere, jeg må finne ut om»

Faren avbrøt ham. «Du er en god gutt Arrin, glem ikke det. Men det som venter der inne er ikke hjemme lenger, det er helvete. Og jeg vil ikke at du skal leve med de bildene i hodet, skjønner du? Bli med denne gode kapteinen og når ting roer seg kan du ta hyre på en skute hjem igjen, vi vil vente på deg om vi lever, forstått?»

Arrin hulket. «Men far!»

Den eldre karen omfavnet Arrin hardt. «Gjør som faren din sier gutt, han er klokere enn jeg var på hans alder. Og sjøens guder har alltid smilt til ham. Vi vil klare oss, men du trenger ikke se det jeg vet vi vil møte der inne.»

Arrin så ned i dørken og sukket. «Javel far, farfar.»

Faren klappet ham på skulderen. «Flott, flink gutt. Slik skal det låte.»

Han trakk av seg en liten amulett og hengte den på gutten. «Gjør din mor stolt, gjør som kapteinen sier og vær til nytte, så sees vi igjen.»

Eirannes smilte litt trist. «Jeg vil ta godt vare på gutten, frykt ikke»

Den eldre mannen nikket. «Jeg kjenner ei god skute når jeg ser henne, og en god skute har en god kaptein. Jeg er Ulam av Zer og dette er min sønn Kao, vi er evig takknemlige.»

Eirannes la en arm rundt skuldrene på den spinkle gutten, han var kanskje en tretten fjorten, neppe mer. «Vær forsiktige, ikke gå mot vinden men ta dere inn fra vest, da har dere en sjanse.» Ulam klemte handa hans fort. «Vi vet, må vinden følge deg alle dager kaptein, og sjøens guder velsigne dine seil og din kjøl»

Eirannes svarte med den samme velsignelsen og de to mennene kom seg om bord i fiskebåten igjen, Arrin hulket men protesterte ikke. De løsnet fortøyningen og heiste seil igjen og Arrin vinket desperat så lenge han greide. Den vesle båten skjøt god fart siden de nå gikk i en slags sikksakk kurs og Sølvmåken også begynte å presse baugen inn i bølgene som en ivrig hest i et løp. Eirannes så mot øya, den var borte bak horisonten men en enorm svart røyksky hang der ennå. Han ante ikke hva de folkene ville møte der, men han var evig glad han slapp! Nå fikk han konsentrere seg om å få disse folkene trygt til fastlandet, og så fikk de se hva skjebnen hadde i vente for dem. Han smilte litt stivt til den skjelvende gutten. «Nå unge mann, jeg tror du trenger en stiv grogg, litt mat og en køye, høres det godt ut?»

Arrin bare nikket stumt og Eirannes geleidet ham bort til luka. «Bra, ikke vær redd, det vil gå bra.»

Eirannes følte at noe strøk ham over nakken i det han sa de ordene og han frøs til, hadde han spådd ulykke? Han krysset fingre i smug og hvisket en fort bønn før han tok den nye matrosen ned i byssa for litt sårt tiltrengt mat. Han var alt for tynn.

Khelebil

Lyden av vognhjulene var merkelig søvndyssende nå etter flere uker, han hadde vent seg til ristingen og de harde støtene når hjulene traff steiner og han nøt egentlig å reise. Det var bedre enn å være hjemme uansett. Lydene av en hær på marsj var noe han hadde slitt med å venne seg til men nå var det dagligdags og han kunne tenke på andre ting mens de sakte men sikkert kom seg videre vestover.

Han hadde funnet seg en behagelig plass på toppen av en bunke med tepper og lakener og denne forsyningsvogna var av en av de få som var utstyrt med fjærer så turen var ikke så verst. Han satt med en bok på kneet og prøvde å lese mens han ennå hadde dagslys. Det å bli utkalt for å tjene kongen på dette viset var ikke noe han hadde regnet med å oppleve, tross alt, han var ingen kriger men når hæren trengte ham kunne han ikke nekte. I begynnelsen hadde han vært fra seg av avsky og frykt, men ingenting hadde skjedd og nå var han egentlig i ferd med å gli inn i felt livet for fullt. Han var tross alt adelig og det gav ham offisers status selv om han neppe noen gang kom til å engang se et slag.

Boka var en gammel avhandling om sårpleie og han gliste for seg selv mens han pløyde gjennom de morkne sidene, det meste som sto der var ren idioti og stemte overhodet ikke. Faktisk var det nesten en ren oppskrift på hvordan en skal sørge for at en såret soldat helt sikkert stryker med av sårfeber eller koldbrann. Khelebil var godt utdannet og han hadde tidlig skilt seg ut fra andre unge adelige med sin nysgjerrighet og skarpe intellekt. Hans far var en lavadelsmann med familie bånd til både Arcan og Macallif men det var langt ute og svært lenge siden. Nå var ætten Dhyrbad mest kjent for å være ypperlige ryttere, første elskere og forførersker. De var også gode krigere og hadde så avgjort evnene som gjorde dem til ettertraktede riddere. Dessverre er det aldri regler uten unntak og Khelebil var dette unntaket. Hans mor kom fra en svært rik men ikke adelig familie av handelsfolk som egentlig holdt til like nord for Tholir bukta. Hun hadde ikke vært noen stor skjønnhet men hun var viden kjent for å være en fantastisk kokke, for å være sjarmerende og vennlig og hun var også svært belest. Khelebil hadde vært den niende sønnen paret fikk, de hadde femten barn i alt hvorav fjorten levde og det var en stor prestasjon i seg selv.

Khelebil hadde vært sterk og sunn da han ble født, som alle hans søsken, men da han var fem fikk han lungesyke og bare flaks reddet ham. Han ble frisk men veksten hans stanset litt opp og han ble riktignok forholdsvis høy som alle menn i familien men han var tynn og skranglete og fikk liksom aldri muskler. Ikke hadde han interesse av ridning og hester, han var ikke sterk nok til å stramme en bue, for treg til å fekte, han nektet å tro på gudene så prest kunne han ikke bli men han elsket bøker. Og moren hans hadde egentlig allerede da han ble født bestemt seg for at gutten skulle bli lege, for å ære den legen som hjalp til da gutten ble født. Så Khelebil ble sendt til en temmelig dyr skole ikke langt fra hovedstaden i Dheesa og fant ut at han var i sitt ess.

Der andre elever stupte når de så blod eller måtte skjære i alskens kadavre koste han seg og han lærte med glupsk interesse, ikke noe var for vanskelig eller for motbydelig og han utfordret stadig lærerne med spørsmål og forslag. Som ventet ble han fort populær blant de mer intellektuelle gruppene innad i hoffet rundt kong Hanek og det kom derfor ikke som noe stort sjokk da kongen selv ba om å få ham som feltskjær på felttoget mot Tholir bukta og områdene rundt. Hanek ville gjenskape orden der og bli kvitt opprøret som virket for å drive alle til galskap, og han trengte sine beste folk. Khelebil hadde aldri vært farens favoritt siden han ikke var noen dugelig ridder, nå derimot hadde han brått innflytelse og til og med hans far måtte krype til korset og innrømme at gutten hadde nådd langt. Så langt hadde felttoget vart noen uker, de hadde kommet et godt stykke vestover og ville snart nå lydriket som hadde vært styrt av den dronningen som drepte sin svigersønn og deretter forsvant. Khelebil skulle gjerne visst hva alt det der dreide seg om egentlig, det gikk rykter om konspirasjoner over en lav sko og ingen visste noe sikkert. Det eneste de fleste var enige om var at dronningen hadde gjort det store da hun tok livet av nabo fyrsten, hun var antagelig tatt av dage for lengst. Noen mente at Hanek hadde sent ut en av sine mest betrodde riddere for å finne henne men hvor han var blitt av ante ingen.

Khelebil var godt fornøyd med tingenes tilstand, han ble godt betalt, det var ganske behagelig å reise siden han kunne bruke vognene som han ønsket og alle viste ham respekt. Det vesle han hadde hatt å gjøre var forholdsvis enkle saker. Hanek hadde samlet en hær på rundt tjue tusen soldater, noe som var forbasket godt gjort i og med at kaos hersket stort sett overalt Men hans ætt hadde på et eller annet vis greid å heve seg over den galskapen som grep de andre adelsslektene og særlig Ebanar provinsen hadde vært svært fredelig lenge så der gikk det greit å samle nok menn. Ryktene sa at det ville være tropper på vei også fra Solamida men at de var sene på grunn av fjellene som måtte krysses, dessuten var befolkningen der mer spredt siden det var et fjell område først og fremst. Khelebil hadde bandasjert såre føtter, hjulpet soldater som hadde fått svette utslett i skrittet på grunn av tette uniformsbukser, han hadde skåret løs inngrodde tånegler og tatt seg av en og annen mindre skade. Stort sett var det han fikk å gjøre heller enkelt. Det var et og annet mer komplisert og interessant tilfelle som da en offiser fikk blindtarmbetennelse men ikke noe hadde virkelig greid å stanse begeistringen han følte over endelig å få gjøre noe for alvor. På skolen hadde han ennå ikke gått gjennom den endelige eksamen så han fikk ikke praktisere men som feltskjær gjorde ikke det så mye. Bare en kunne skjære var det mer enn godt nok. Khelebil var dyktig også som urtelege og han elsket å prøve ut nye ting, det var ikke alltid at pasientene greide seg like godt men fremskritt krever jo gjerne noen offer og han regnet med at de sikkert ville synes det var en ære etter hvert.

Det han faktisk slet mest med foreløpig var slikt som gjerne følger en større menneskegruppe på vandring, Noen soldater slet med kostholdet og trengte noe som hjalp mot forstoppelse, fotsopp og eksem florerte og kjønns sykdommer var dagligdags. Han hadde ikke tall på hvor mange sviende dryppende organer han hadde behandlet i det siste. Med hæren fulgte også en større ansamling med slikt som vanligvis ble kalt leir pakk. Det var familien til noen av soldatene, og de var stort sett relativt normale vanlige mennesker. Så hadde du alskens handelsfolk som tilbød alt fra kvakksalvermedisin til smykker og klær samt tjenester som tjenere og desslike. Du hadde en større ansamling av yngre menn som ville inn i hæren men som ikke var godkjent og dermed tjente som hestepassere og personlige tjenere for offiserene og så hadde du selvsagt leirhorene. De var et problem.

Khelebil hadde ikke noe problem med å skjønne behovet for disse litt løsslupne fuglene, tross alt, med så mange mannfolk samlet trenge de å blåse ut litt damp av og til, men horene skapte grobunn for alt fra slagsmål, taskenspill, gambling og mord til de førnevnte sykdommene. Han hadde prøvd å få en slags organisasjon på alt til å begynne med men det kokte bort i kålen, det var umulig å få disse damene til å samarbeide. Han ønsket å sjekke dem for sykdommer, se til at de tok fast pris, ha et fast sted i leiren hvor de oppholdt seg og så videre men det gjorde ham mektig upopulær blant en god del halliker og han forsto at for hans egen sikkerhetsskyld burde han holde kjeft. Så da ble det bare å holde ut og smøre enda flere illeluktende private kroppsdeler med diverse salver.

Heldigvis hadde de ikke sett kamp ennå, noen få mindre trefninger med lokale banditter hadde det vært men det hadde vært svært ensidige kamper og det hadde ikke vært noen tap fra deres side i det hele tatt. Haneks soldater var dyktige og godt trent. Det var en fordel. Khelebil var ivrig etter å få sett hva han kunne gjøre med de sårede etter reell kamp. Han hadde fått inn mange ofre for stygge slagsmål i byen som student og han skrøt av at han kunne foreta en ren amputasjon på mindre enn to minutter, noe som var svært bra men ikke så godt som de beste som brukte mindre enn et minutt. Egentlig var han temmelig naiv siden han ikke hadde sett et virkelig slag ennå men det hadde ingen sagt til ham. Ferden gikk forholdsvis sakte nå siden vinteren så avgjort var der med snø mange steder og kulde men Hanek hadde utstyrt troppene sine meget godt. De var forberedt på vinterkrig og regnet med en ganske enkel oppgave. Hanek ville slå to fluer i en smekk, skape fred igjen i hans eget land og deretter gå nordover mot innerste delen av Tholir bukta og gjennom Darazzen og over til Longil. Kom de langt nok kunne de ta kontrol over de verdifulle gruvene i Longil og Ibar og selv om Khelebil tvilte på om de kom så langt var ideen god. Det ville gi Macallif kontrollen over store rikdommer som før tilhøre Darasher og Ohdrasar og noen andre slekter.

Dagen gikk mot slutten og de nærmet seg en større elv de ville bli nødt til å krysse for å komme seg videre oppover i landet. Hæren hadde støtt på folk mange steder nå, stort sett gårder som var beskyttet av høye gjerder eller murer og noen få gods som stort sett var forlatt av de egentlige eierne men overtatt av vandrende husløse mennesker. Hanek hadde forbudt plyndring av enhver sort, folket led nå og han ville ikke ødelegge sitt eget land. Når hans hær ankom skulle det være som en frelser, ikke som en ny gal hærfører bare ute etter å kare til seg mer makt og innflytelse. Soldater som stjal ville få straffer som gikk fra offentlig pisking til henging alt ettersom hva de tok. Om en soldat prøvde seg på noe så nedrig som voldtekt eller mord var straffen pisking og halshugging og offiserene holdt stram disiplin. De prøvde å hjelpe lokalbefolkningen om de kunne og allerede nå var det tydelig at ryktet spredte seg for de ble godt mottatt de fleste stedene.

Hanek krevde at all de adelige de møtte på svor en ny troskaps ed til sin konge, han håpet at det skulle få roet ned konflikten mellom slektene. Hanek hadde ikke hørt noe fra Wulf siden han ble sendt ut men han stolte på sin beste offiser, var han ikke der var det på godt grunnlag. Hanek hadde spioner ute overalt og han visste om ryktene som hadde startet denne borgerkrigen, og han kjente til forholdene i Darazzen og Longil. Det var svært tydelig hva som egentlig hadde skjedd og hans folk hadde greid å finne ut hvem som hadde spredt galskapen også. Alt hang sammen på så mange måter og Hanek gav blaffen i det tullet om en drage som var blitt holdt som fange. Han trodde ikke på det. Det var konspirasjoner basert kun på gammel overtro slik han så det men det Olric av Darasher hadde gjort var alvorlig nok. Og mannen hadde en hær, det var også noe han ikke kunne ignorere. Hanek aktet å knuse denne mannen, han hadde brakt alt dette over landene og det kunne ikke forbli ustraffet.

Khelebil visste at Hanek i første rekke ville søke seg til et område kontrollert av en fjern slektning, Embrekt av Ranclin, mannen var visst en firmenning eller noe og forholdsvis mektig selv om han hadde levd akkurat på grensa mellom lydrikene til Arustere og Lathisa og dermed nesten hadde gått med i dragsuget da Lathisa greide å renske sitt eget rike for rikdommer. Men etter hva Khelebil hadde hørt var Embrekt en svært smart person som neppe lot den spillgale dronningen tappe ham for alt for mye penger.

Hæren greide stort sett å forsere et par mil per dag, det var mye men vitnet om hvor gode Haneks styrker var. Det var god disiplin også i transport troppene og alt gikk forholdsvis knirkefritt. Denne kvelden stanset hæren en fjerding fra elva de måtte krysse og Khelebil klatret stølt ut av vogna og strakte seg. Telt ble reist overalt og han gliste kort. Han holdt til i en vogn om natta og sov mye bedre enn selv offiserene. Noen soldater og offiserer red frem for å se hvordan elva var å krysse og de forsvant i det svinnende lyset som grå skygger. Bål ble tent overalt i gode bålpanner, Hanek hadde fått lagd noen hundre slike siden ubevoktede bål kan sette en teltleir i flammer før en vet ordet av det.

Khelebil fikk seg et bedre måltid i offiserenes telt, han var tross alt den offisielle feltskjæren for felttoget og en offiser i makt av sin avstamning. Han hadde tjue andre feltskjærer under seg men hadde lite med dem å gjøre siden de var studenter som ikke var så nære ved å avslutte utdanningen som ham og de var vanlige folk fra allmuen. Det så ikke bra ut å menge seg for mye med dem. Han satt der og nøt et bedre glass vin sammen med en skriftrull som beskrev hvordan en best reparerer skader på menns private deler da soldatene som hadde ridd ut returnerte. Offiserene gikk rakt til kongens eget telt men en av dem kom til teltet der Khelebil satt. Han var den lavest rangerte av dem og trengte ikke bli med og han så ut som om han trengte noe varmt for han bestilte varm kryddervin og en stor tallerken med brennheit stuing. Khelebil var nysgjerrig, å krysse en elv var risikabelt og han ønsket å vite om det ville medføre problemer som kunne bety arbeide for ham. Han gikk bort og satte seg ved offiseren som bukket høflig. Det lønte seg å holde seg inne med feltskjæren, en visste aldri når en kunne komme til å trenge hans hjelp.

«Var elva kryssbar?»

Offiseren ristet på hodet. «Nei, det har vært mildvær i noen dager, isen er for svak der den har lagt seg og den er for dyp til å ri over, og for kald ikke minst. Vi vil miste mange om vi prøver og det er ingen båter tilgjengelige noen steder. Alt som fantes av slikt er for lengst stjålet og brukt av flyktninger.»

Khelebil rynket pannen. «Er det ingen broer?»

Offiseren trakk på skuldrene. «Vi møtte på en gruppe eldre karer før i dag, de var på flukt fra tvangsverving og det som verre er. De har slått seg sammen med transportgutta, kjenner landet vet du. Men de fortalte at det var to broer, en femten mil lengre opp elva og en mye nærmere bukta, kanskje to dagsreiser herfra. Begge er ødelagt, det nytter ikke reparere dem, totalt i ruiner»

Khelebil så forvirret ut. «Så hva skal vi gjøre da?»

Offiseren strøk noen dråper vin ut av barten, han var en svært stilig kar som sikkert nøt ganske stor oppmerksomhet fra damene. «Vi må vente på kaldere vær, enkelt og greit. Det burde ikke vare lenge før elva blir såpass kald at isen holder hester og vogner.»

Khelebil følte seg på en måte skuffet men noen dager på et sted var egentlig godt også, han kunne slappe av og bare lese og øke sin kunnskap. Offiseren virket for å være en likandes kar så Khelebil klappet ham på skulderen og gikk tilbake til vogna si. Han hadde fått satt inn enn god seng i den med varme tepper og han hadde en liten ovn han fyrte i når det ble alt for kaldt. Han var glad for dette privilegiet for det var bitende kaldt til tider og langt fra ideelle forhold men han slapp å fryse med de menige og de andre. Khelebil gikk til ro for kvelden og sov sin vanlige uforstyrrede søvn, i trygg forvisning om at leiren var et meget trygt sted å være.

Den neste morgenen våknet Khelebil til et leven av en annen verden, det var rop og skrik og folk som løp rundt som hodeløse høns og noen offiserer sto og brølte ordre få om noen hørte på. Khelebil kjente seg kald, han ble redd dette var alvorlig så han gjemte verdisakene sine i madrassen før han skyndte å kle på seg og hoppet ut av vogna. En av kongens egne menn kom løpende og huket tak i ham, «Mester Khelebil, du må følge meg. Noen soldater på patrulje ble angrepet i natt og vi har mange sårede»

Khelebil ble brått ivrig, han så frem til å bruke det han kunne men samtidig ble han noe skremt. «Angrep? Var det mange angripere? Hva skjedde?»

Offiseren hev etter været. «Våre menn kverket alle sammen, men ikke uten tap. Det var en ryttertropp og angriperne bare ramlet ned fra trærne og overfalt dem. Var en gjeng med lasaroner og forhenværende leiesoldater, i det minste så det slik ut»

Khelebil løp til det enkle lasarettet som var satt opp. «Er noen av angriperne i live?»

Offiseren nikket. «Et par, bare en er våken. Bare guttungen så jeg regner med at kongen er mild mot ham, hadde antagelig ikke noe valg.»

Khelebil prøvde å samle seg. «Greit, er folkene mine hentet? Hvor mange sårede er det?»

Offiseren bukket kort og stanset utenfor det store teltet. «Alle er hentet, og vi har rundt ti sårede mester, alle er blant kongens beste så vår leder er meget opprørt»

Khelebil forsto kaoset, brått måtte leiren organisere et forsvar i tilfelle noen var gale nok til å angripe og det krevde at alt ble flyttet og omorganisert, på svært kort tid. Han gikk inn i teltet, det var stort og ble varmet med mange ovner og de sårede lå i to rekker. Folkene hans hadde allerede gjort forberedende undersøkelser og skilt de alvorlig sårede fra de lettere skadene de var kvalifisert til å ta seg av. Khelebil trakk på seg en tett frakk av lerret, han hadde tidlig skjønt at det ikke lønte seg å få for mye blod på klærne for det lot seg vanskelig vaske bort når en var i farta slik. «Hvor ille er det?»

Hans nærmest betrodde var en mann på hans egen alder som var svært kvikk og også forbausende munter med tanke på at han hadde et fjes kun hans mor kunne elsket. Han så ut som om ansiktstrekkene var kastet sammen helt vilkårlig og håret var vilt og utemmelig og hadde en besynderlig rødoransje farge Khelebil aldri hadde sett før. «Vi har sju lett skadde mester, de vil greie seg fint. Vi syr sårene nå. Tre er alvorlig skadd.»

Khelebil løp bort til avlukket der de alvorlig skadde ble oppbevart. «Javel, hvor alvorlig?»

Older trakk til side forhenget og Khelebil så ned på tre feltsenger som rommet soldater som antagelig hadde vært angrepet av forhenværende leiesoldater om en skulle tolke alvorligheten av skadene. «En av fått venstre hånd nesten kuttet av, og har knivstikk i ryggen. En annen har fått en stridsklubbe i hodet og er bevisstløs og tredjemann har et stygt brudd i ene leggen og han har også et brudd i kravebeinet. Hesten hans kastet ham av og han landet rett i en steinur.» Khelebil tenkte fort. «Greit, hodeskaden først, den er verst. Gjør klar for operasjon.»

Older så ivrig ut. «Du vil åpne ham?»

Khelebil nikket og gikk bort til et bord med et vaskevannsfat. Han helte væske fra en holder rett i fatet og vasket hendene i det grundig. Det var ikke vann, han hadde sett at vann av en eller annen grunn ikke virket for å gjøre noe til eller fra, men sterk vin derimot. En gammel jordmor han hadde snakket med vasket alltid hendene i vin eller brennevin og hun mistet nesten aldri noen kvinner til barselfeber mens andre regnet med at i hvert fall en tre fire strøk med etter harde fødsler. Ergo, det måtte være noe i det og Khelebil var alltid villig til å prøve noe nytt, særlig når det hjalp!

Mannen ble båret ut til rommet de brukte til slikt, alt var rent der og Khelebil så fort på den bevisstløse karen. Han var stor og sterk og det var den eneste skaden han hadde så det kunne gå bra. Khelebil ante ikke hva den grå grøten inne i hodet på folk var, men ble den skadd strøk en som regel med og han hadde en rimelig god forståelse for hva slike skader kunne gjøre. Han trengte ikke bruke bedøvelse siden mannen allerede var bevisstløs så han bare tok en kniv og gjorde et snitt rundt skaden og trakk hodebunn og hår og alt ut til siden. Det var et tydelig brudd på skallen, sprekker gikk i alle retninger og Khelebil koste seg. De andre som var ledige hadde samlet seg og stirret storøyd på ham mens han varsomt fjernet noen beinsplinter. «Det har samlet seg blod innenfor skallen, det presser på hjernen og dermed vil karen ikke kunne komme seg før presset blir borte.»

En av de andre rynket pannen. «Vet noen hvorfor?»

Khelebil ristet på hodet. «Nei, men det er bare slik. Nå, se her.»

Han stakk et lite instrument inn gjennom åpningen og blodet sprutet med en gang i en imponerende bue fra såret. Etter litt stanset strømmen og Khelebil gliste fornøyd og klinte litt urtesalve ned i åpningen før han la huden tilbake på plass og festet den med noen nette sting. «Der ser dere, nå er trykket borte og om det ikke har vart for lenge kan det være at han blir helt fin igjen, eller idiot, men det vet bare gudene.»

Mannen med leggbruddet var enkel å ordne, det var heldigvis et rent brudd selv om det hadde forskjøvet seg grotesk mye så det ble enn hal og dra jobb mens pasienten skrek som et vilt dyr. Khelebil bedøvde kun de som han måtte skjære i og de urtene de brukte til det var til tider ikke til å stole på så det var alltid spennende om han ville ha en samarbeidsvillig pasient eller en som slo seg totalt rebelsk i panikk og smerte. Bruddet på kravebeinet var også lett å sette og fiksere og så var det tredje mann med ødelagt hånd og knivstikk. Knivstikkene var ikke dype, han hadde gått med en svært tett og tung lærvams som hadde beskyttet mye men de måtte sys og sjekkes for fremmedlegemer. Heldigvis var de rene så Khelebil gikk videre til den venstre armen. Beinet var brukket, mesteparten av musklene og vevet gjennomskåret og handa hang egentlig bare fra litt hud midtveis mellom håndleddet og albuen. Det var bare en ting å gjøre, og det var å amputere. Khelebil gav mannen en real støyt med brennevin og fikk noen av medhjelperne sine til å holde mannen og så skar han løs restene av handa og begynte å trimme stumpen. Det gikk svært fort siden han var dyktig og nøyaktig men karen skrek vilt og bannet så grovt at selv en havnearbeider fra de verste havnebyene ville fått problemer med å holde maska. Khelebil sydde, bandasjerte og gjorde seg ferdig og følte seg meget stolt, han hadde gjort en utmerket jobb og han visste at kongen snart ville få vite om det også. Han følte at han fortjente litt ros.

Da han var vasket og ikledd vanlige klær gikk han ut for å se på leiren, den var velorganisert nå og det var satt opp vakter overalt. Noen av troppene drev med trening mens andre trimmet hestene sine og det hadde blitt fredelig igjen. Khelebil hadde en merkelig følelse av at dette var roen før stormen men han greide liksom ikke helt å tro at noe ville gå galt. De var mange, de var sterke og kongen var både vis og forutseende. Noen barn løp hoiende rundt i snøen og noen kvinner samlet inn hestemøkk som de ville tørke og prøve å bruke som brensel. Egentlig var dette et vakkert område som nok var meget rikt normalt sett men nå var alt endret.

Han spankulerte gjennom leiren og nøt synet av den velorganiserte roen der, det var gravd latriner, hestene ble tatt hånd om et stykke unna der folk bodde. Det var egne telt for matlaging og soldatene visste at de skulle si ifra når de ble syke så eventuelle sykdommer ikke fikk spre seg. Det var en ren fryd å tjene under Hanek, Khelebil hadde lest sin historie og kjente til felttog der soldatene døde i fleng som følge av tyfus og desslike og hvor leirene ble forvandlet til rene gjørmehull hvor folk druknet i møkk. Nei, dette var noe ganske annet og når de møtte fienden ville han sikkert stikke med halen mellom beina uansett.

Han hadde satt seg ned med noen notater for å skrive inn hva han hadde gjort den dagen, han var meget nøye med å føre dagbok så han kunne gå tilbake senere og kanskje sammenligne resultater. Han var akkurat ferdig da noen banket på rammen til vogna han satt i, han åpnet seilduksdøra og så to soldater som sto og holdt en tredje, han så ikke frisk ut.

«Herre, kameraten vår trenger litt hjelp.»

Khelebir bikket på hodet. «Fyllesjuke er ikke farlig, det burde dere vite.»

Den ene av de to, en kort blond kar skar en grimase. «Han er ikke fyllesjuk herre, rører ikke det sterke faktisk. Han var slik da han våknet i dag tidlig og han er ikke blitt noe bedre.»

Khelebil ble interessert, ikke fyllesjuke? Da kunne det være noe alvorlig, og utfordrende. Han spratt ned av vogna og la handa på mannens panne, den var klam og kald og pulsen var temmelig rask. Merkelig.

«Var han frisk i går?»

De to nikket unisont. «Ja herre, som en hest.»

Karen stønnet og skalv og var blek og mens de sto der så Khelebil brått at buksa han gikk med ble våt og mørk langsmed innsiden av beina. Han rynket pannen. «Greit, bær han til lasarettet, jeg kommer med en gang.»

De to løftet sin syke kamerat og løp av gårde og Khelebil klødde seg i hodet. Hva kunne det være? Han trakk på seg kappen og skyndte seg etter og da han ankom hadde soldaten allerede blitt kledd av. Den av de andre legene som hadde tatt i mot ham møtte Khelebil med et forbauset utrykk. «Mester, han har gjort på seg, svært tynn grålig avføring som lukter mildt sagt ille. Og han er nesten delirisk men det er lite feber.»

Khelebil kjente på pulsen igjen, følte seg litt usikker. Han snudde seg mot de to som hadde plassert seg på et par enkle stoler, de så bekymret ut. «Hva spiste dere i går?»

Den korte blonde trakk på skuldrene. «Det samme som alle her. Stuing fra kokken til tropp tre og fire.»

Hæren var delt inn i ti tropper og de var fordelt etter oppgave og rang. Tre og fire var soldater som skulle forsvare bueskytterne mot kavaleri ved hjelp av lange lanser og spyd. De var ganske viktige så de fikk god mat. Khelebil hadde satt strenge krav til de som ble ansatt som kokker og samtlige var dyktige ikke bare til å lage god mat men også til å holde ting rene. Det var neppe matforgiftning, det kunne spre seg som ildebrann gjennom en slik leir og gjøre mange veldig syke. Det fakta at en så ung mann fikk slikt ansvar og ikke minst slike privilegier hadde gjort at en del folk begynte å stille en del spørsmål om hvordan det hadde seg at han faktisk hadde oppnådd slik status men Khelebil overså dem glatt. Noen mente at han kanskje hadde gjort noen diskrete tjenester for høytstående folk innen Haneks administrasjon men sannheten var at Khelebil tidlig hadde utmerket seg på skolen ved å tenke på en helt annerledes måte enn alle andre. Der de legene som hadde jobbet i en mannsalder så et problem så han nye løsninger og Hanek hadde alltid oppmuntret nytenkning innen de forskjellige feltene i statsadministrasjonen. Khelebil var dessuten svært flink til å prate for seg, han gav seg aldri når han ønsket å oppnå noe og han kunne være utrolig sjarmerende på en litt naiv måte som stort sett smeltet all motstand. Han så grundig på den syke soldaten, mannen var helt tydelig svært dårlig og svetten rant av ham. Det kunne tyde på den fryktede svettesyken men han hadde lite feber, om noen i det hele tatt. Forgiftning? Det kunne selvsagt være at denne soldaten hadde fått i seg et eller annet han ikke tålte, Khelebil hadde sett folk som strøk med tvert om de spiste noe med nøtter i, eller egg eller andre matvarer de av en eller annen bisarr årsak ikke tålte. Han så strengt på vennene til mannen. «Si meg, har han noen gang reagert merkelig på matvarer, opphovning, kløe?»

Den blonde karen så ut til å tenke svært hardt. «En gang fortalte han meg at han ble svært syk om han ble stukket av bier, men det er alt jeg husker»

Khelebil sukket oppgitt. «Javel, det har ingenting å si for dette. Vi får holde ham her til han blir bedre, jeg skjønner ikke hva dette er.»

Den blonde soldaten så litt nervøs ut og hans noe høyere mørkhårede venn bleknet. «Men han vil greie seg? Det er ikke dødelig?»

Khelebil trakk på skuldrene. «Jeg er en ærlig mann gutter, jeg vet ikke Men vi vil holde øye med ham og jeg er sikker på at vi vil finne ut hva det er, snart nok.»

De to så fortsatt noe bekymret ut så han klappet dem beroligende på skulderen og smilte så rolig han kunne. «Ikke bekymre dere, ta det med ro. Han blir ok, jeg er sikker.»

De to sendte ham skjelvne smil tilbake og ble geleidet ut av en av de andre legene der. Khelebil tok opp notatene som var blitt gjort da mannen ankom, navnet hans sto der, Aro av Hibad, han var litt over en åtti høy og veide bare snaut sekstifem kilo? Jo, fyren var tynn men det var svært lite for en såpass høy mann, kunne dette ha noe å gjøre med årsaken til sykdommen? Khelebil kjente til kreft og slike sykdommer, men Aro var soldat, om han var blitt svekket av noe som åt seg gjennom kroppen på ham ville legene i forlegningen hans ha oppdaget det. Hanek var svært nøye på at alle soldatene ble sjekket en gang i måneden for å fange opp slikt som kunne bli en fare under kamp.

Hibad var en liten landsby ikke langt fra Sølverhøy som var kjent for avl av svært fin lin samt et veldig godt plommebrennevin Khelebil nå gjerne skulle hatt en flaske av. Han følte at han trengte det. Notatene fortalte om symptomene og Khelebil satte seg ned og prøvde å tenke. Det var tydelig at karen hadde mistet kontrollen over kroppsfunksjonene, han hadde både pisset på seg og gjort på seg og han var bevisst men reagerte ikke på at noen snakket til ham. Dette var hinsides det Khelebil hadde opplevd til nå og det gjorde ham både litt nervøs og også svært ivrig. Kanskje dette var noe helt nytt og ukjent noe? Kanskje han fikk sette navn på en eksotisk ny sykdom? Han vinket på en av legene og ba mannen gi ham beskjed om det ble noen forandring, dessuten skulle de prøve å få i Aro mye rent vann samt urter som hjalp mot løs mage. For øyeblikket var dehydrering den største faren.

Khelebil gikk tilbake til vogna si og fant kista med bøker, han hadde tatt med seg temmelig mange svært gode og gamle skrifter om alt mulig mellom himmel og jord og nå prøvde han flittig å finne ut om han eide noe som kunne forklare den soldatens symptomer. Han ble sittende til det ble for mørkt, da slukket han lyset og gikk til ro, temmelig forvirret for han fant ikke noe som lignet den mannens sykdom.

Khelebil bråvåknet av at en av de andre legene røsket i ham, det var en kort smekker kar født og oppvokst ved Sølverhøy og han var temmelig feminin og foretrakk nok andre pene menn men var en forholdsvis lovende lege, i det minste virket det slik. «Khelebil, den soldaten, du må komme!»

Khelebil myste mot lyset og gned seg i øynene. «Er han blitt verre?»

Ferdan nikket og var noe blek. «Ja, veldig, vi har aldri sett noe slikt noen gang.»

Khelebil hev på seg en kappe og noen støvler og løp etter Ferdan som peste temmelig kraftig, hurtigløp var ikke den mannens sterke side. «Det begynte for fem minutter siden, vi tror ikke han står det over.»

Khelebil løp rett inn i teltet og bort til avlukket, han så at de andre var samlet der og hørte merkelige lyder. Det han fikk se gjorde at han bråstoppet og stirret vantro. Aro var i ferd med å gå i kramper, nakken og hælene prøvde å møtes og skummet sto om munnen på ham. Hele kroppen rykket på en nesten obskøn måte og fire av de andre legene strevde med å holde ham nede. Khelebil la handa på mannens brystkasse, hjertet slo så fort at det minnet ham om hjertet til en fugl og kroppen var glatt av svette. Seig stinkende og temmelig tykk svette også, han hadde aldri sett noe slikt noen gang. Aro hadde tømt magen igjen, senga svømte nesten av tynn gråaktig væske men nå var det spor av blod i det og Khelebil forsto at han hadde løyet til de to vennene Aro hadde. Denne mannen var døende, noe løste ham opp innenfra. Men hvordan?

En av de andre legene kom løpende med noe som virket muskel avslappende men det var for sent, brått gikk det en voldsom skjelving gjennom kroppen og det kom en motbydelig gurglelyd fra halsen på ham. Deretter ble Aro fullstendig slapp og Khelebil bannet så det var rart ikke teltet tok fyr. «Han er død, noter det. Hva i alle guders navn foregår?»

De andre bare så vantro på liket og Ferdan så litt nervøst på Khelebil. «Hva gjør vi med ham?»

Khelebil så smalt på de andre før han strakte hendene foran seg og myket opp fingrene. «Vi åpner ham selvsagt. Dette var et merkelig dødsfall og en obduksjon er akkurat hva vi trenger for å løse dette mysteriet.»

Halvparten av de andre ble grønne og resten bleke og Khelebil kunne ikke annet enn å fryde seg litegranne. «Så frem med utstyret, og la oss ikke kaste bort tiden, vi må smi mens liket er varmt, bokstavelig talt»

Khelebil ble stående mens de andre gjorde et bord klart, uansett hva dette var, han skulle til bunns i hva det var som hadde drept denne soldaten. Mannen hadde dødd på hans vakt, under hans tak og det var nesten en fornærmelse. Khelebil aktet ikke å gi seg nå, aldri!

Lyenera

Havna var tettpakket med skuter, samtlige kom fra Zhandoria og området var oversvømt med sjøfolk som nå ikke hadde noe å bedrive tiden med. Resultatet var et kaos uten like med slagsmål, festing og fyll stort sett døgnet rundt og hun var glad hun hadde blitt smuglet om bord i Havdragen i en kasse med hamp. Ingen burde se at noen som henne entret en skute der og alle om bord var fra Ardot og ytterst lojale. Da hun var vel om bord hadde hun bundet håret opp under et skaut, bundet brystene flate og sørget for å gni ansiktet med såpass med sot at hun så troverdig ut som dekksgutt. Hun var ikke særlig høy så det burde gå greit. Kapteinen på Havdragen var en eldre mann som var kjent for å være streng men rettferdig og mannskapet hadde fått stor respekt for ham. Han kjente alle kyster som sin egen bukselomme og han visste hva dette oppdraget gikk ut på. Den første kvelden hun var om bord kom båtsmannen og tok henne med til kapteinen og de satte seg ned med sjøkartene. Kaptein Urunar måtte ha vært en utrolig stilig kar i sin ungdom men nå hadde alderen krevd sitt og han var hardt skjemmet av arr i stort sett hele fjeset. Det var en sykdom han hadde fått som hadde fylt huden med byller og sår og da han ble frisk igjen så han ikke ut. Men det litt skremmende utseendet var en fordel, ingen vågde å opponere mot en som så slik ut og Lyenera visste at Urunar var en svært god person på bunnen. Litt brysk og rapp til å bruke kjeft ja men slik var gjerne kapteinene på disse skutene, en kunne ikke klare seg i bransjen om en var for bløt.

Urunar pekte på sjøkartene. «Du vil til Hietlai, men jeg er redd det blir en hard og lang reise. Strømmene er ikke hva de engang var, mange sier at havet rundt kysten av Or-Altarab har endret seg mye, og vindene har vært merkelige også. Vi kan regne med at det vil ta flere måneder å nå målet»

Lyenera stønnet. «Men Eiledeen håpet at det ikke skulle ta så lang tid?»

Urunar smilte stivt. «Din prestinne er vis Lyenera, men hun er ingen sjømann. Og informasjonen de har der inne er gammel, nei, havet har ikke oppført seg normalt på lenge. Havdragen er ei god skute, tvil ikke på det, men selv ikke hun kan gå raskt mot vinden eller slåss mot sterke strømmer. Det må bare ta den tiden det tar.»

Lyenera sukket og nikket. «Greit, gudene gjør som de vil ikke sant? Når kan vi kaste loss?»

Urunar smilte og rakte henne et beger vin, hun tømte det fort. «Om to dager, jeg har fortalt alle her at vi skal frakte en last med hamp til sørkysten. De fleste har godtatt det, de lager gode tau der.»

Lyenera nikket. «Det er vanvittig mange skuter her nå, er alle Zhandorianske?»

Urunar nikket sindig. «Ja, bortsett fra noen få ardotiske fiskeskuter. Ingen tør seile tilbake på grunn av jordskjelv, vulkanutbrudd og merkelige fenomener.»

Lyenera rynket pannen. «Er det sant? Jeg vil tro at det er overdrivelser?»

Urunar ristet på hodet. «Nei, dessverre. Galskapen rår der nord nå. Mange har flyktet fra områdene rundt Bheki bukta på grunn av en eller annen krigshøvding som tvangsvervet folk, og de sier at Dragetind har våknet til live. Jeg skulle likt å se det, den har vært død i tidsaldre allerede men kanskje de snakker sant. Det er en merkelig tid vi lever i uten tvil.»

Lyenera så på kartene. «Så skutene er fra Bheki og Dheesa?»

Kapteinen tømte pipa si i et askebeger, temmelig tankefullt. «Faktisk er de fra nesten alle landene i Zhandoria. De har fraktet flyktninger men vil ikke returnere. De tør ikke.»

Lyenera rynket pannen. «Er det like ille overalt? Det er jo fryktelig!»

Hun begynte å tro at kanskje den forsvunne utvalgte hadde det tryggere i Hietlai enn i Zhandoria tross alt, og kanskje uroen var grunnen til at Moyesh var blitt borte. Urunar skar en grimase. «Det er verst i sørdelen av kontinentet men jeg fikk noen urovekkende nyheter her om dagen fra kapteinen på Den røde frue. Han kom nordfra, fra Nierez. Han hadde frakt et ull fra Baz til Arzam og det var et vilt kaos der oppe også.»

Lyenera så skrått på ham, hun følte seg litt usikker, kjente ikke så godt til verden der ute. «Var slektene i tottene på hverandre der også?»

Urunar nikket. «Ja, det har spredt seg stort sett overalt, noen kapteiner mener at Zetir er fredelig ennå, de har en annen kultur tross alt og lite kontakt med de gamle sterke ættene. Nei, det gamle Gar fortalte meg som gjorde meg betenkt var rykter om en slags religiøs vekkelse.»

Lyenera løftet et øyebryn i en litt forvirret mine. «Virkelig, er det så ille?»

Urunar sukket. «Ja, for folk er desperate der nord, avlingene ble ikke høstet på grunn av krigen, folket sulter og er under angrep rett som det er og det kan utnyttes av de kyniske og hjerteløse. Og det er akkurat hva disse misdederne er.»

Lyenera så bare oppfordrende på Urunar som trakk på skuldrene. «Det ble visstnok sagt at folk gav fra seg alt til disse prestene. Og det ble også hvisket om ofringer.»

Lyenera gispet. «Det må være overdrivelser?»

Urunar skar en stygg grimase. «Nei, jeg tror ikke det. Gamle Gar er svært nøktern og han var nervøs nok til å nevne det for meg. Jeg holder med de som trekker sørover. Alt gikk rett vest da den derre dronninga forsvant, det var rett etter det at verden gikk av hengslene.»

Lyenera trakk på skuldrene. «Jeg vet, men vi skal ikke nordover den veien,»

Urunar nikket og tok en støyt av en flaske med grogg. «Det stemmer frue, vi skal ta den noe kortere ruta men jeg kan love deg at det blir en hard seilas uansett. Jeg stoler ikke på Hietlaianerne, de er troende til det meste.»

Lyenera svelget hardt, hun håpet bare at den jenta var i live og trygg.

Urunar trakk pusten dypt. «Som sagt, vi seiler om et par dager. Jeg må se til at vi har alt vi trenger av forsyninger før vi kaster loss, hold deg ute av syne til da.»

Lyenera sukket. Hun var allerede lei av skuta men visste at hun måtte venne seg til dette.

De neste to dagene tilbrakte hun i en kahytt fremst i baugen, den var for gjester og forholdsvis fin og hun satte pris på omtanken men hun var desto mer lykkelig da Havdragen omsider kastet loss og satte seil. Skuta var en vanlig frakteskute men svært godt bygget og den tålte nesten all slags vær, en raskere smekrere båt ville få vansker i slik sjø som Havdragen red av uten problemer. Havdragen var anonym, hun lignet tusenvis av lignende skuter i farvannene rundt Ardot og Urunar regnet med at hun ville gjøre lite av seg blant de vanlige frakteskipene. De satte kurs sørover til å begynne med, for ikke å vekke mistanke, så snudde han ved en liten øy og seilte vestover for deretter å seile mot nordøst. Det var den beste måten å takle strømmene på. Det gikk en sterk østgående strøm mellom Ardot og Zhandoria men den ble delt opp noen steder og Urunar fortalte henne om undersjøiske fjell og kløfter kapteinene hadde kartlagt over århundrer.

Lyenera var ikke vant med livet på sjøen men hun forsto at det på en måte holdt en slags forlokkende kraft for mange. Det var en frihet der ute som landkrabbene ikke hadde og bare en kjente havet og respekterte det kunne en se hele verden.

Sjøfolkene godtok at hun var der, de kjente oppdraget og behandlet henne med respekt selv om noen freske kommentarer av og til ble slengt etter henne. Men det var bare slik det var, og hun tok det med godt humør. Heldigvis var det forholdsvis rolig sjø så hun slet ikke med sjøsyke og slikt og maten var bra siden Urunar var av den mening at sjøfolk som var godt fødd gjorde en bedre jobb enn de som levde på salt flesk og beskøyter.

De hadde vært på sjøen i et par dager da utkikken brått ropte ut tidlig på morgenen. Han hadde sett noe og alle kom seg på dekk. Urunar sto ved roret og myste mot sollyset og Lyenera skalv litt i den rå morgenlufta men gikk bort til ripa og stirret på det som utkikken hadde reagert på. Det var noe mørkt som fløt på overflaten av havet og det var enormt, som om noen hadde lagt et vått teppe over vannmassene. Urunar ropte noen ordre og la om roret, seilte utenom og Lyenera kjente en merkelig ram stank. Det som fløt der var en slags tyktflytende svart væske, det så ikke ut som om det var noe tykt lag men det så motbydelig ut og Urunar spyttet og ristet på hodet. «Jeg har sett slikt svineri før, det er drepen for fisk og fugl og brenner som bare helvetes ild kan om en tenner på det.»

Lyenera så ut på den tilsynelatende enorme flaten med svart guffe. «Men hva er det? Og hvor kommer det fra?»

Urunar trakk på skuldrene. «Hva det er vet ingen, men det kommer til overflaten etter store skjelv og ras på havbunnen. Det er alt vi vet sikkert. Det har gått et undersjøisk ras et sted, uten tvil»

Lyenera tiltet på hodet, det luktet virkelig vondt. «Er det farlig tror du?»

Urunar ristet på hodet. «Ikke nå, ikke for oss. Men jeg undres på hva som kan ha skjedd nordover. En av kapteinene som kom i land dagen vi kaste loss pratet om stygge bølger langs hele nordkysten av Ardot, ikke så store at de gjorde stor skade men ille nok.»

Lyenera så ut som et spørsmålstegn og Urunar banket pipa mot ripa et par ganger. «Det er Zhandoria som har fått det om raset var i den retningen. Jeg undres på hva som har skjedd, nakkehåra mine sier at det kan ha vært svært stygt.»

Lyenera fikk ikke mer ut av den gamle sjømannen og det var en temmelig stille stemning på Havdragen den kvelden. Hun fikk ikke sove særlig godt og da morgenlyset returnerte med frisk bris og klar himmel følte hun seg fremdeles sliten. Hun savnet døtrene men det var en stor trøst å vite at de var trygge nå. Da hun kom opp på dekk så hun noe hun neppe ville glemme. Havet fløt av alt mulig, treverk, jord og rester av vanlige alminnelige gjenstander. Hun så alt fra bøtter til klær som fløt med strømmen og brått så hun noe hun slettes ikke hadde ventet, rester av et menneske. En av sjøfolkene geleidet henne bort fra synet. «Hai, halvparten er spist opp for lengst. Det har virkelig skjedd noe alvorlig!»

Lyenera svelget krampaktig. «Hvor tror du?»

Sjømannen trakk på skuldrene. «Jeg er nesten sikker på at øyene ytterst i Bheki bukta har fått vasket seg grundig, dette ser ut som slike ting folket der bruker. Og kysten av Unlan og Felderi også selvsagt, men kanskje ikke så ille»

Lyenera så ned i dørken. «Kan virkelig et ras gjøre noe slikt?»

Mannen smilte litt skjevt. «Har du noen gang helt ut vann av en balje?»

Hun nikket. «Selvsagt?»

Han klappet henne på skulderen. «Da vet du hva som skjer når en bikker opp enden av balja, det samme skjer der nede, mye vann skal flytte seg fort og det blir det bølger av, store bølger. Jeg så ei lita øy utenfor Zetir en gang, det hadde gått et ras i havna der, ikke stort men havna er trang der og vannet hadde bare en vei å gå. Det hadde feid med alt som lå langs stranda, bare hus som var over tjue meter over havoverflaten hadde greid seg. Havet er en mektig hersker frue, og nådeløst om det vil.»

Lyenera svelget hardt. «Jeg har skjønt det nå!»

Aladez, Na-felderi

Landsbyen Aladez i Na-Felderi hadde alltid vært å regne blant de heldige. De hadde god jord, godt med vann og de var ikke langt fra hovedveien som gikk langsmed Bheki bukta hele veien fra sør i Unlan til nord i Ar-altarab. De var dermed forholdsvis rike og spedde på med fiske i Felderi sjøen som lå et par dagsreiser østover fra landsbyen. De yngre mennene reiste dit hver vår og fisket i noen måneder og fangsten ble tørket eller saltet og forvandlet til en delikatesse av de kyndige husfruene i området.

Området var som det meste av Felderi temmelig flatt, men akkurat der hevet terrenget seg i flere runde myke åser som mange beskrev som et himmelsk vakkert sted med dype lunder med eik og oliventrær og vakre små gårder og landsbyer. Denne landsbyen var den største der, de levde på å dyrke noen svært vakre blomster som et par familier hadde lært å forvandle til en svært eksklusiv parfyme. De andre jobbet med å dyrke og høste plantene og åkrene rundt Aladez var viden kjent for sin skjønnhet. Fra de øverste byggene i landsbyen kunne en se helt til bukta og hinsides den og på en klar dag så en tydelig Zhymorne også. Siden avstanden ikke var avskrekkende stor og det bare tok en dags tid å seile over bukta med god vind solgte de mye av den fine parfymen til de adelige i hovedstaden i Bheki og også til de finere lag av folket i sitt eget rike. De kongelige og hoffet rundt Marcellius hadde sine egne parfymemakere og om de skulle være ærlige var den parfymen de lagde rene kattepisset sammenlignet med de velluktende dråpene som ble destillert der.

Det var en tradisjon som var århundrer gammel og de var med rette stolte av den. Retten til å dyrke Fenla blomster var nøye voktet, bare de tre familiene og deres gartnere visste hvordan en formerer den svært skjøre planten og de voktet hemmeligheten med en innbitthet som mante til respekt. Nå derimot var alt forandret og fremtiden så dyster ut. Først hadde det bare vært rykter, så viste de sikkert at slektene i adelen brått var i en tilstand av krig og selv om Aladez aldri hadde sverget troskap til noen begynte mange å bli redde. Det kom ingen handelsfolk mer fra hoffet, eller fra Zhymorne. Der virket samfunnet for å ha gått aldeles i oppløsning og selv om de gamle mente det ble fred igjen hjalp det lite på frykten de følte. Det gikk pest gjennom landet den høsten, noen prøvde å rømme, andre ble og av dem overlevde kun noen få. En landsby med kanskje fem hundre mennesker var redusert til bare i overkant av åtti personer og de fleste var yngre menn som hadde vært sterke nok til å overleve ute i villmarka i stedet for å bo i selve landsbyen.

Deretter kom budet om at kongen var død, drept av sin egen svoger faktisk og det forundret ingen. Verden var ved å ende, det var liten tvil om det. Bukta oppførte seg merkelig, noen snakket om oversvømmelser og jordskjelv og også Aladez merket disse. De verdifulle tønnene med rå olje ble lagret under noen av byggene og nå ble de halt frem og stilt under enkle planke tak så ikke noe skulle få knuse dem. Mange av de overlevende fra området trakk til landsbyen som ble beskyttet av en gammel ringmur. Den var morken og grå men høy og hadde vært reist tidlig i parfyme lagingens historie for å beskytte hemmelighetene mot andre rivaliserende familier. Gamle fortellinger kunne forklare hvordan de svakere slektene hadde blitt utryddet sakte men sikkert av de tre sterke og ingen så noe galt i det nå. Det var bare slik det var, kun den ypperste vare gjaldt og det var akkurat hva de fremstilte.

Det hadde gått jordras mange steder langs bukta, jorda bløtnet opp og en omreisende kremmer snakket om at en lærer som bodde et stykke unna Zhymorne mente at hele området kunne gli ut i bukta, at det var fare for kvikkleire ras. De fleste blåste i nesa av det, de store slettene rundt bukta var enorme, så store landområder var det ikke mulig å flytte på. Nei, det var tull, men noe var uansett galt.

Det var ikke før de så røyk stige fra de fjerne fjellene innenfor Zhymorne at de virkelig begynte å ane at noe var på gang. De siste ukene hadde det kommet en jevn strøm av flyktninger langs veien, alle på vei nordover og noen hadde gitt seg med dem men det hadde også kommet folk over bukta i alt fra gamle robåter til prammer. Nå økte strømmen av folk og de stengte portene, bare for å være på den sikre siden. De øverste i landsbyen var redde for mer pest eller andre sykdommer og noen mente at de adelige i landet nå hadde begynt å verve folk for å kjempe mot hverandre. Det virket for at de ikke lenger hadde nok med sine egne vasaller men måtte ta fra andre områder.

Noen av de yngre karene klatret opp i de høyeste trærne og brukte en temmelig tilårskommen kikkert en eller annen hadde fått av en lærd som passerte landsbyen. De kunne se langt med den og kunne bekrefte at røyken måtte komme fra en vulkan. De så askesøylen som steg mot himmelen og også ild som lyste opp når natten senket seg. Men det verste var at ingen i Zhymorne virket for å reagere, det normale ville vært en evakuering av byen og områdene rundt siden den tross alt lå farlig nær vulkanen om det strømmet lava fra den. I stedet virket det for at byen hadde stengt portene for alt og alle og trodde de kunne overleve slik.

Noen foreslo at en eller annen burde reise over å advare dem om at utbruddet var virkelig og svært kraftig men de ble nedstemt. Kongen der borte hadde vise menn i sin tjeneste, og de burde vite hva som var riktig handlemåte. Det ble holdt vakt hele tiden nå, både på grunn av alle rasene og skjelvene men også for å se om det kom grupper av flyktninger, ikke alle var like fredelige for desperasjon kunne få folk til å gjøre det vanvittigste, Fra Aladez så de lavaen strømme utover slettene, de så hvordan askeskyene dumpet aske i tunge lag helt over mot deres eget område. Bukta var forvandlet til en gjørmesjø nå, aske og leire gjorde det før så klare vannet grått.

Noen få kom seg over bukta før det var over, fra tretoppene så de at lavaen nådde Zhymorne's gamle murer og en merkelig rød glød gjorde natt til dag. Innbyggerne i Aladez priste seg lykkelige over at de var for langt vekk fra Zhymorne til å høre noe som helst, skrikene fra byen måtte være grusomme å høre. Så slapp bakken og de så vantro hvordan hele området rundt bukta gled ut, som et stort flak som sakte ble brutt opp til tynn leire. Også på deres side løsnet store områder men åsene var grunnfjell, de sto støtt og mens beboerne sto og stirret vantro ristet og kokte hele bukta mellom Bheki og Felderi som om noen drev å kastet en kjele opp og ned. Ingen gikk til ro, alle sto og stirret og mens dagslyset vendte tilbake fikk de sakte øye på noe de neppe noen gang ville kunne glemme. Det var ingenting igjen. Mellom åsene i Na-Felderi og Bheki var det rensket helt. Det var bare en grå seig masse av gjørme ispedd vrakrester og jord, og mens sola steg så de at enorme bølger raste innover bukta og rev med seg mer og mer utover mot storhavet. Bakken skalv ennå av og til og det røk fra Dragetind men utbruddet hadde stanset nå. Mange kvadratmil med land var totalt ødelagt, og bukta ville ikke være farbar igjen på måneder, om den i det hele tatt lot seg seile på.

Befolkningen i Aladez priset gudene for at deres landsby var bygd på steingrunn og lå i høyden, deretter prøvde de å finne ut om de kunne klare vinteren der og de visste at det nå antagelig kom til å bli mange mennesker på vei nordover som ville trenge et trygt sted å være. Siden de alltid hadde vært pragmatiske gikk de umiddelbart i gang med å bygge skjul for flyktninger, de kunne ikke stanse de massene som sikkert var på vei, så hvorfor ikke utnytte kaoset? Gudene hadde spart dem, da fikk de vise sin takknemlighet ved å hjelpe andre og parfyme produksjonen fikk hvile til bedre tider. Før eller siden måtte det snu!

Daithe

Daithe stirret stivt fremfor seg, hun kjente dem igjen, alle sammen. Nå som hun virkelig tenkte på det hadde de vært der, alle som en. Hun kjente at noe i henne trakk seg sammen, ble kaldt og hardt og hun skremte seg selv. Hvordan kunne hun bli så rasende? Hun burde være bedre enn som så, godta at ting var som de var men det var umulig. Hun var oppdratt som en adelig og for de øvre lag i folket var hevn i blodet. De hadde garantert hatt noe å gjøre med at Feargus døde og hun aktet å finne sannheten.

Cherdis så vantro på henne. «Du tar feil, det er ikke mulig! Dette er bare vanlige gjøglere!»

Daithe snerret og stirret på vogna, hun husket den svært tydelig siden malingen på siden av den var utrolig grell. «De er gjøglere ja, men de kan garantert kjøpes av de med mye penger. Mange av disse folkene gjør hva som helst for gull»

Cherdis svelget hardt. «Du har Fhirdhag nå»

Daithe så skarpt på kurtisanen, øynene hennes skjøt nesten lyn. «Og hva skal det bety?»

Cherdis svelget synlig og så litt nervøs ut. «Du trenger ikke hevne din døde husbond Daithe, han er tross alt borte. Burde ikke det fakta at vi er i sikkerhet for øyeblikket bety mer enn hevn?»

Daithe så ned i bakken, kjente at en underlig kulde spredte seg i henne, et slags villsinne. «Feargus var kanskje ikke verdens beste husbond, han var ikke særlig vant med kvinner og han hadde sine feil, men han var god mot meg. Han godtok meg! Lamara sa at jeg ville møte min manns mordere på denne ferden og nå har jeg det!»

Cherdis trakk pusten dypt. «Så, om du finner ut at du har rett, at de virkelig har drept Feargus, hva gjør du da?»

Daithe knyttet nevene så hardt at det gjorde vondt. «Jeg krever min rett, jeg er ikke noen simpel landsbykone men en ridder og jeg krever at rettferdigheten skjer fyllest.»

Cherdis bet seg i underleppa, hun så temmelig nervøs ut. «Jeg tviler på at alvene godtar uro her, de vil neppe forstå.»

Daithe kjempet for å beholde kontrollen over seg selv, det var som om noe nytt og ukjent våknet i henne, noe hun ikke hadde kjent til før. «Dette angår ikke dem, bare meg! Det er min plikt å hevne min mann»

Cherdis tiltet på hodet, så skjevt på Daithe og så det harde uttrykket i det vakre ansiktet. Hun hadde lenge følt på seg at Daithe kanskje var den sterkeste av dem på noen måter, at hun hadde skjulte egenskaper hun ikke viste de andre i gruppen. Nå så hun så avgjort en av dem. Det var noe vilt og utemmet ved den unge kvinnen, noe som ville ha kollidert kraftig med hennes rolle som leder etter hennes manns død. «Så, hvordan har du tenkt å gjøre det?»

Daithe tok seg sammen. «Det er en ungjente blant dem, neppe mer enn fjorten somre. Hun er en tjener, hjelper til med alt mulig. Om vi greier å få henne til å snakke kan det være at hun vil røpe noe interessant»

Cherdis rynket pannen og trakk sjalet sitt tettere rundt seg. Hun likte ikke dette i det hele tatt, og syntes at Daithe tok det for langt. De hadde alle lidd tap nå, og det eneste en kunne gjøre var å godta det og gå videre. Det å henge ved slike ting var usunt for sjelen. «Og om hun ikke røper noe?»

Daithe sendte Cherdis et fort smil, smalt og fylt med tenner. «Da er det andre i troppen som sikkert kan snakke, med litt vin innabords er det rart hva en mann kan røpe, særlig i selskap med en vakker kvinne»

Cherdis fylte lungene. «Daithe, jeg syns vi skal snakke med Ighal om dette, han er klok og vet sikkert hva som er riktig fremgangsmåte.»

Daithe snudde seg, brått og heftig. «Nei, ikke si så mye som et ord om dette til ham. Jeg respekterer ham men dette angår bare meg. Jeg forbyr deg å nevne det!»

Cherdis løftet hendene i en beskyttende gest. «Greit, ok, jeg lover, jeg skal ikke si noe men jeg må si at jeg syns du raser frem for fort»

Daithe ristet på hodet. «Slettes ikke, jeg ble lovet min hevn og den akter jeg å ta.»

Cherdis bare håpet at det ikke førte dem i fordervelsen. Det var mange i flyktningleiren og om de ble fiendtlige tvilte hun på at selv alvene kunne styre dem.

Daithe gikk fort inn i skogen bak leiren, hun satte seg ned på en fallen trestamme og blikket var kvast. «Vi går ned til elva, jeg tror den jenta er der nå og vasker klær eller noe. Hun er ikke med de andre for øyeblikket.»

Cherdis rullet med øynene i skjul. «Hun kan være i vognene?»

Daithe ristet på hodet. «Neppe, de oppholder seg kun utenfor vognene om dagen, for å arbeide.»

Cherdis følte seg fanget, hun ønsket ikke å ta del i dette men samtidig håpet hun at hun kunne snakke litt fornuft inn i hodet på Daithe. «Greit, vi går, men for gudenes skyld, ikke skrem jentungen.»

Daithe ristet på hodet. «Jeg akter ikke å skremme henne, bare la meg stå for snakkingen.»

Cherdis ble grepet av en tanke. «Hun kan ikke kjenne deg igjen?»

Daithe ristet på hodet. «Ingen fare for det, hun så meg neppe på nært hold og jeg var tross alt en dronning på den tiden, og gikk kledd deretter.»

Cherdis husket så vidt at Daithe hadde båret dyre rideklær da hun først møtte henne og at hun hadde hatt en helt annen holdning. Nå lignet hun en litt vill og utemmet kvinne som kunne ha levd hele livet i villmarka. «Da kjenner hun deg neppe igjen nei. Så hva vil du si?»

Daithe trakk på skuldrene. «Det finner jeg ut når jeg kommer så langt.»

Daithe reiste seg og begynte å gå nedover mot den smale elva som lå et stykke nedenfor landsbyen og leiren, den var nesten frossen og vannstanden var lav men det var vann der og de så at flere kvinner var samlet der. Noen prøvde å vaske klær mens andre bare satt og skravlet og Daithe trakk med seg Cherdis ned mot en stor stein der noen gned tøy med flate steiner og slo plaggene mot bakken for å få møkka ut av dem. Det var hardt arbeide og temmelig kaldt også men ingen virket for å klage. De var godt vant med det.

Cherdis så at de fleste av flyktningkvinnene nok var vanlige bondekoner, noen var temmelig opp i årene mens andre var yngre, felles for alle var et uttrykk av urokkelig ro og stille aksept av deres situasjon. De var sterke folk, fra lag av folket som møtte mye motbør og hadde vent seg til å ri det av. De færreste så på de to nyankomne kvinnene, de hadde nok med sitt og dette var ikke mennesker som trengte seg på fremmede. Om noen ønsket kontakt måtte de selv ta initiativet til det.

Daithe brukte alt hun hadde lært, noen få var bedre kledd enn resten, med skjørt av bedre stoffer og broderier på blusene. Antagelig var det konene eller døtrene til menn som hadde hatt i det minste en slags innflytelse eller makt. De jobbet akkurat som de andre så de var neppe så mye høyere av status enn de vanlige kvinnene der, antagelig var de i familie med selv eiende bønder. En av dem satt og stoppet sokker, hun var forholdsvis ung og vakker og hun hadde en kappe med aldeles nydelige broderier i ull. Det var tydelig at de andre behandlet denne unge kvinnen med en slags respekt men de var ikke mer underlegne enn at de spøkte og skravlet med henne som med de andre.

Den jenta Daithe hadde siktet seg inn på satt ikke langt fra den blonde kvinnen, hun var mørk og liten som de fleste av gjøglerne og ansiktet var hult og merkelig gammelt for en så ung person. Hun hadde antagelig sett mye elendighet og

Daithe følte en rask bølge av medlidenhet slå gjennom seg. Hun husket at mennene i gruppen hadde jaget den jenta rundt som om hun var en slave. Hun var kledd i de vanlige glorete plaggene som mange av disse gjøgler gruppene brukte, et stort sidt skjørt med en overflod av broderier og en bluse som var svært åpen i brystet samt et sjal som hadde sett bedre tider. Hun så frossen ut, og satt med en beinnål og reparerte på en tunika mens noen utslitte klesplagg tørket på steinene ved siden av henne. Daithe lot som om hun gikk over sjalet sitt for å se etter hull, jenta reiste seg for å snu på klærne og nå så Daithe at hun hadde en temmelig stor mage. Jenta var med barn, og antagelig hadde hun ikke lenge igjen. Det kunne forklare hvorfor de andre kvinnene lot henne sitte blant dem, normalt sett ville ikke gjøglere være særlig velkomne blant respektable bonde fruer men en så ung kvinne? Og enda til en som var svanger? Det forandret alt.

Daithe så at de magre armene skalv og hun var sikker på at hun så blåmerker på håndleddene. Denne jenta var faktisk en slave, hun innså det nå og hun kjente at villsinnet i henne vendte tilbake. Noen av de omreisende gruppene hadde et syn på kvinner som var mildt sagt hårreisende og hun ante at denne jenta neppe ante hvem faren til barnet hun bar var. Cherdis hadde sett også og øynene hennes røpet forferdelse. Daithe samlet seg, alt avhang av at hun nå spilte kortene riktig og sa de riktige tingene. Hun kunne ikke røpe for mye men en del kunne hun uansett si siden dette bare var alminnelige folk av allmuen.

Hun blunket til Cherdis. «Vi er lavadelige, på flukt fra all galskapen, fra kysten ned mot Bheki bukta. Vi har Aidan og Ighal som eskorte.»

Cherdis nikket umerkelig tilbake, hun forsto. Daithe reiste seg og gikk bort mot der den blonde kvinnen satt, den mørke jenta sydde videre med blikket ned mot bakken og Daithe så at hun var temmelig blå under øynene. Antagelig var hun totalt utsultet på tross av tilstanden sin. Den blonde kvinnen løftet

blikket fort, hun så ut som en sterk person og Daithe smilte så vennlig hun kunne men passet på å holde hodet høyt og blikket fritt. Hun tok på seg den adelige masken igjen og den blonde kvinnen la tydelig merke til det og gjorde et lite kniks. Daithe forsto at hun neppe burde utfordre denne kvinnens posisjon i gruppen, hun var vant til å være den høna som satt på øverste vaglen så Daithe bestemte seg for å spille litt sky og uvitende, som en vanlig overbeskyttet adelig kvinne burde være. Hun så ned i bakken og beholdt det litt blyge smilet. «Vær hilset, jeg ble bare så nysgjerrig, jeg har ikke hørt deres dialekt før?»
Den blonde kvinnen bikket på hodet, hun så to meget vakre adelige kvinner som begge var unge og pent kledd. Det kunne lønne seg å være vennlig, fordeler kunne en hente hvor som helst. «Vi har kommet fra Ni-Arzam, på andre siden av Tholir bukta.»
Daithe blunket fort. «Det er langt?! Dere må ha reist i...ukesvis»
Hun visste utmerket godt hvor langt det var, geografi hadde vært et fag hun led seg gjennom da hun ble utdannet og det måtte ha vært en strabasiøs ferd. Kvinnen virket litt sjarmert av den beundrende tonen de brukte og hun smilte og la fra seg arbeidet. «Ja, men vi hadde ikke noe valg. Om vi ville overleve måtte vi bare flykte og mange her har kommet til etter hvert. Det er folk her fra hele Arzam og Longil og jeg tror vi har noen fra Bheki også.»
Daithe svelget hardt. «Det er skrekkelige tider for alle, jeg er så inderlig glad for at vi er i trygghet her nå.»
Kvinnen så det triste utrykket i ansiktene og forsto, hun smilte igjen. «Det er vi også, vi har mistet mange på turen, og mennene våre er redde men hva kan en gjøre annet enn å gå videre? Hvor kommer dere fra forresten?»
Daithe rødmet med vilje. «Fra Na-Bheki, nord for bukta. Min mann...min mann eide en eiendom der, men vi tapte alt for brått gikk naboen vår til krig mot oss.»

Cherdis smilte litt blygt også og så brått minst ti år yngre ut «Jeg er hennes kusine, jeg måtte bare rømme også for de ville gifte meg bort til en skrekkelig kopparret gammel gubbe uten nåla i veggen men med et såkalt godt navn»

Kvinnen stirret på de to. «Dere er adelskvinner, hvorfor har dere havnet her av alle steder?»

Daithe bet seg i underleppa. «Vi er bare lavadel, min mann ble adlet for bare fem år siden og Cherdis her fikk adel gjennom sin mor, som var datter av en jarl. Jeg er Daithe forresten.»

Daithe gav navnet sitt med litt uro, det var et temmelig vanlig navn i mange områder siden det betydde blomst på en del dialekter og mange brukte det på døtrene sine, At en dronning i et lydrike i Altarab het det også var kun tilfeldig, i det minste håpet hun at det ble oppfattet som tilfeldig.

Den blonde bøyde hodet fort, som tegn på respekt. «Jeg er Sehrel av Dareshin, min mann var fredsdommer i vår landsby, helt til kjeltringer fra Arcan ætten hengte ham.»

Det forklarte respekten de andre viste den unge kvinnen, en fredsdommer var en mektig person i en landsby. «Hengt frue? Det er jo…grusomt»

Daithe lot som om hun ble blek og hun trakk sjalet hardt rundt seg selv. Antagelig trodde Sehrel at hun var skrekkelig overbeskyttet. Sehrel trakk på skuldrene. «Mye grusomt har skjedd mine damer, i min landsby ble samtlige kvinner tatt med makt av de fordømte Arcan tilhengerne, jeg unnslapp bare fordi jeg gjemte meg i en utedo.»

Cherdis svelget hardt og blunket et par ganger, tvang seg til å felle et par tårer. «De…det samme skjedde hjemme, jeg slapp ikke unna men de drepte meg ikke, for de trodde de kunne få løsepenger for oss høybårne. Noen av min slekt fikk meg bort og vi har reist siden, vi mistet flere menn i et ras og noen da vi ble angrepet av noen skrekkelige vesen i fjellene. Nå er det bare to av våre krigere igjen.»

Cherdis visste at en kvinne som var blitt voldtatt normalt sett kunne bli sett ned på og at hun kunne bli vurdert som tilskitnet eller ødelagt. Nå var derimot situasjonen så ekstrem at lignende ting antagelig hadde skjedd med nesten alle der, de kunne ikke tillate seg slike holdninger og dermed kunne det høste mer sympati fra kvinnene der. Sehrel sukket og hun virket sorgtung. «Verden kommer til å ende snart, tro mine ord. Alt faller fra hverandre, jeg har sett brødre drepe hverandre og foreldre forlate sine egne barn. Alle regler for høvelig oppførsel er kastet på båten totalt.»

Daithe så nysgjerrig på den blonde som rettet på skjørtene sine med en selvbestemt mine. «Er det så ille på andre siden av fjellene som de sier?»

Sehrel nikket. «Det er verre, de sier at krigene dabber av nå siden det snart ikke er flere igjen som strider men hatet og sinnet ulmer ennå. Ikke noe kan stagge det.»

En av de andre kvinnene spyttet på bakken. «De sier at Darasher hadde en drage, og at noen stjal den. Men det er løgner og oppspinn alt i hop. Drager er bare noe som finnes i eventyr, og sannheten er nok heller at de adelige var leie av å adlyde kongene og vil kare til seg mer rikdom.»

Sehrel trakk på skuldrene. «Uansett er det folket som lider. Slik har det alltid vært og slik vil det alltid være»

Cherdis hadde vært taus, nå rødmet hun fort og stirret på Sehrel's vakre skjørt. «Det er nydelig arbeide, har du gjort det selv?»

Sehrel rødmet av rosen og rettet på ryggen, å bli rost slik av en adelig betydde mye for hennes status i gruppen og flere av kvinnene så misunnelig på henne. «Ja, jeg har brodert det selv.»

Cherdis sukket beundrende. «Jeg er elendig til å brodere, min mor slo meg over fingrene flere ganger enn jeg kan telle men det hjalp lite er jeg redd.»

Sehrel så litt overbærende på henne. «Vi har alle våre talenter, ikke alle kan være gode i alt»

Daithe nikket anerkjennende. «Sanne ord, er alle her fra andre siden av fjellene?»

Sehrel pekte på den mørke jenta som jobbet videre, tilsynelatende uten å legge merke til hva som ble sagt rundt henne. «Ikke denne her, hun er fra en tropp med gjøglere som slo seg sammen med oss siste strekket opp gjennom passene.» Det var en merkelig blanding av medynk og forakt i Sehrel's stemme og Daithe snudde på hodet og lot som om hun så jenta for første gang. Hun passet på å se litt avmålt ut og la inn en passelig dose forakt i stemmen først. «En gjøgler? Hva gjør hun her blant respektable folk?»

Sehrel sukket. «Nin, reist deg»

Jenta adlød, hun sto der med hengende hode og den store magen var grotesk på den tynne skikkelsen. Daithe slo handa for munnen. «Å guder, hun er med barn?!»

Sehrel nikket stivt. «Ja, og hun er bare fjorten somre gammel, gjøgler eller ei, hvem var vi om vi lot et barn lide på grunn av menns uforstand?»

Daithe bare stirret. «Men...det er ikke lov med ekteskap for de så unge?»

Sehrel blåste i nesa. «Ekteskap? Da de slo seg sammen med oss trodde vi at hun var datteren til en av mannfolka i gruppa, senere fant vi ut at hun er sengehygge for samtlige av dem. Og hun er til salgs for alle menn som ønsker en runde, ikke at noen av våre menn vil være så nedrige men jeg tipper på at hun har hatt flere mannfolk mellom beina enn det er hår på en hest.»

Daithe rødmet intenst og dekket munnen med hendene, tilsynelatende dypt sjokkert over språket og Cherdis slapp fra seg en slags halvkvalt fniselyd. De andre kvinnene der måtte tro at disse adelige kvinnene snaut visste hva menn gjør med kvinner. «Men...er det ingen som beskytter henne?»

Sehrel så skarpt på de to. «Beskyttelse? Det er for slike som dere, som har en sterk familie i ryggen og mye gull gjemt bort. Hun er kjøpt av en av karene i gruppa, for noen år siden. Foreldrene hennes døde og lensherren solgte henne bare. Siden

den gangen har hun måttet ligge på ryggen og skreve stort sett hver dag. «

Daithe viftet seg med kanten av sjalet sitt, hun blunket opprørt. «Det er grusomt. Var det Nin hun het?»

Sehrel nikket. «Ja, vi prøver å holde henne her blant oss så ikke de beistene skal få ta henne igjen, hun har neppe mer enn et par uker igjen og skal hun overleve må hun samle krefter. En barnefødsel er ingen lek, særlig ikke for en så ung og svak»

Daithe kjente at medynken rev i henne, en slik skjebne var egentlig for forferdelig til at hun kunne fatte det. Hun smilte til den skinnmagre jenta og prøvde å se genuint interessert ut.

«Nin, hvor kommer du fra egentlig? Du er ikke av gjøgler slekt er du vel?»

Jenta svelget, blikket var vendt mot bakken hele tiden.

«Jeg…jeg er født i Or-Altarab, ved kysten»

Daithe lot som om hun ble litt forundret. «Da er du veldig langt hjemmefra lille venn, men du har sikkert reist mye»

Nin nikket. «Ja, men jeg har aldri vært i sør, de sier det er varmt i sør»

Daithe nikket vennlig. «Det er varmt sørover ja, du har rett i det. Jeg har en fjern slektning i Gelidor, har du noen gang vært der?»

Nin nikket, blikket hennes var merkelig fjernt og tomt og hun mumlet noe uforståelig. «Jeg hørte ikke?»

Daithe gjorde stemmen sin veldig myk og Nin la armene rundt seg selv. «Ja, jeg har vært i Gelidor, flere ganger.»

Cherdis dultet borti Daithe med beinet, de kunne ikke røpe en for stor interesse for det ville være mistenkelig. Daithe forsto, hun bare smilte litt og vendte oppmerksomheten tilbake til Sehrel. «Dere er heldige som traff på disse vennlige alvene, jeg trodde de bare var en legende, men så vakre»

Sehrel smilte skjevt. «Ja, mennene våre stoler ikke på dem, mener at noen som har så lite skjegg på haka neppe er å regne som virkelige menn.»

Daithe rødmet igjen. «De er vakrere enn de fleste kvinner ja, jeg kan skjønne det.»

Sehrel fikk et innfult utrykk i ansiktet. «Jeg så to av dem bade i kildene noen dager etter at vi kom hit, hadde jeg ikke vært i sorg ville jeg ha spredd beina for dem gladelig. Jeg tror ikke noen kvinne ville ha nølt med det»

Cherdis fniste igjen og Daithe lot som om hun nesten dånte. Sehrel sukket og tok et fort blikk rundt på de arbeidende kvinnene. «I det minste er vi trygge her, vi får bare håpe at galskapen ender så vi kan vende hjem igjen men mest sannsynlig er det ikke noe å vende hjem igjen til.»

Cherdis reiste seg. «Antagelig ikke, vi får gå å se hva våre egne gjør nå, mannfolk må holdes i stramme tøyler vet du.»

Daithe kom seg på beina også, hun nikket vennlig til de andre der og Sehrel smilte stolt tilbake. Hun hadde hatt en samtale med noen fra de øvre lag og det ville gjøre henne til enda mer av en standsperson. Cherdis grep Daithe i armen og de gikk fort tilbake til landsbyen, hun halte henne med seg inn i hytta og stirret hardt på henne. «Om de svina som har brukt den jentungen som hore virkelig drepte din mann er jeg med deg, fullt og helt.»

Daithe sukket. «Jeg regnet med det, så du hvor tynn hun var?»

Cherdis nikket. «Det forundrer meg at ikke alvene har grepet inn, de burde da se at noe er fullstendig galt?»

Daithe skar en grimase. «Jeg tror ikke de bryr seg om vanlige dødelige. Husk at et menneske lever så kort sammenlignet med dem, de rekker knapt å bli kjent med en person og så poff er vedkommende borte.»

Det fikk henne til å tenke på sin egen situasjon og hun rødmet fort. Men uansett, hun og Fhirdhag var da bare venner, de delte litt nytelse og det var alt var det ikke? Cherdis tok et dypt åndedrag, så lente hun seg frem. «Vi må fortelle om dette til Moyesh og Tåkesang, de kan hjelpe oss. Og jeg tror de vil hjelpe den arme jenta også, for en skjebne!»

Daithe nølte litt, så husket hun det hun hadde sett Moyesh gjøre og nikket fort. «Greit, vi gjør det. Vi forteller dem om det men si ikke noe til Ighal ennå, vær så snill. Han vil ikke være enig med oss»

Cherdis nikket litt nølende. «Greit, vi sier det slik. Men vi kan ikke la den arme jenta vite hvorfor vi prøver å hjelpe henne. Det med mordet på din mann er kun noe du kan forholde deg til, vi vil ikke ha noe med det å gjøre»

Daithe nikket stivt, hun hadde fått den merkelige strenge minen i ansiktet igjen og Cherdis begynte å forstå at hun antagelig kunne ha blitt litt av en dronning om hun hadde forblitt der hun var. Det var en slags styrke i henne Cherdis ikke hadde sett i andre kvinner, en slags hardhet hun ante kom av at Daithe hadde vært nødt til å slåss for å få være den hun egentlig var. «Det er greit. Jeg tror Moyesh og Tåkesang er i skogen et sted, de vil neppe la flyktningene se seg.»

Cherdis smilte litt skjevt. «Moyesh ser normal nok ut, men Tåkesang er jo uansett ikke et menneske og Bhikoor? Han ville skremt livet av folk.»

Daithe stirret inn i skogen rundt landsbyen, den var svært tett og meget frodig, nesten litt for frodig til at det virket naturlig. Hun antok at det var alvene som gjord det, de hadde en slags forbindelse med naturen som var utrolig. «Vi får gå å se om vi finner dem. Kanskje Lamara er sammen med dem?»

Cherdis trakk på skuldrene. «Jeg tror ikke det, sist jeg så henne var hun sammen med Aidan»

Daithe skar en grimase, igjen fikk hun en følelse av at de to sammen ikke var en god ide, hun ante ikke hvorfor. De gikk fra hytta og opp i mot selve alvelandsbyen og en vennlig hunn alv pekte og viste dem veien mot en glenne i skogen der hun mente at Moyesh befant seg. Daithe følte seg merkelig utålmodig, hun skyndte seg så mye at Cherdis hadde problemer med å henge med. Moyesh og Tåkesang var virkelig på glennen, de satt på noen stokker og sang dempet og foran dem virket det for at et helt buskas med lange slanke planter sto og danset. De beveget seg sakte i rytme med sangen og noen alver sto der og virket rent himmelfalne. Moyesh så dem og stoppet den merkelige dragende sangen, Tåkesang rynket pannen men stanset også og plantene stivnet til igjen, ble urørlige som normale planter stort sett er.

Moyesh reiste seg, hun var kledd i et langs skjørt og en slags kort tunika og hun så som vanlig svært eksotisk ut. Tåkesang så uansett ut som hva hun var, med en temmelig lang og nesten gjennomsiktig blålig kjole var hun både vakker og underlig.

«Er det noe galt, dere ser så alvorlige ut?»

Daithe svelget hardt. «Det er noen gjøglere i flyktningleiren, de har en jente der som er bare fjorten og de har brukt henne som hore, solgt henne til andre. Hun venter barn snart, det er komplett forferdelig.»

Moyesh så vantro på dem. «Er det sant? I såfall er de enda verre enn de som hersker i Ardot, selv ikke de bruker et barn på en slik måte.»

Cherdis nikket. «Hun ble solgt til dem, og de bryr seg ikke i det hele tatt. Ingen har gjort noe for å stanse det. De andre kvinnene prøver å holde henne unna mennene men de kan ikke beskytte henne hele tiden.»

Moyesh så skarpt på dem, det vakre ansiktet hadde fått et hardt uttrykk. «Dere trenger hjelp?»

Daithe nikket «Ja, og vi vet at du og Tåkesang kan magi vi ikke har forståelse for.»

Moyesh sukket og lukket øynene et øyeblikk. «Vi vil hjelpe, selvsagt vil vi hjelpe men jeg tror ikke vårt vertskap vil like det. De blander seg lite i hva andre gjør.»

Daithe sto nesten å hoppet opp og ned. «Det er greit, vi gjør det i det skjulte. Når går vi til aksjon?»

Moyesh så skjevt bort på Tåkesang, idhrinen bare nikket og den mørke jenta trakk pusten. «Så fort det blir mørkt i kveld. Om hun er del av en gjøgler tropp holder hun seg nok nær vognene, det bør være lett å kontakte henne da.»

Cherdis svelget hardt. «Hva kan vi egentlig gjøre? Vi kan da vel ikke bare ta henne med bort fra dem?»

Moyesh så hardt på dem, de blå øynene var direkte unaturlige når hun hadde det utrykket i fjeset. «Det er akkurat hva vi må, jeg er sikker på at jeg kan ordne et skjul for henne et sted i skogen her. Bhikoor kan passe på henne og arphaene mine vil sikre at ingen kommer nær. De vil tro at hun bare har forsvunnet»

Cherdis skar en grimase. «Hun har ikke lenge igjen, hun vil trenge hjelp snart.»

Moyesh nikket. «Det kan vi hjelpe med, jeg har erfaring som helbreder og dessuten vil ikke alvene nekte å hjelpe til med noe slikt.»

Tåkesang mumlet noe og Moyesh virket for å høre på henne. «Det er det riktige å gjøre.»

Daithe nikket. «Så avgjort. Men ikke si noe til Ighal og Aidan, eller Lamara. Jeg tror ikke de vil forstå.»

Tåkesang hvisket noe igjen, ordene var totalt uforståelige for Daithe og Cherdis men Moyesh snakket tydeligvis det underlige språket. «Hun sier at Lamara ser sannheten, men at kraften hennes er i ferd med å forvrenges. Hun vet det ikke selv.»

Daithe rynket pannen. «Hva mener hun med det, forvrengt?»

Tåkesang trakk på skuldrene, den smekre kroppen lente seg nesten umerkelig fremover. Moyesh lyttet nøye til det hun sa, den nesten åndeløse stemmen var vanskelig å plukke opp. «Hun har gjort hva hun trodde hun må, ut i fra hva hun har sett og forstått. Men det er feil.»

Daithe trakk pusten dypt. «Greit, ok, Lamara kan ha et problem, vi tar oss av det senere. Hva nå med Nin? Hvordan overbeviser vi henne om at vi vil henne bare godt?»

Moyesh smilte sakte. «Overlat det til meg.»

Cherdis la armene i kors og så bestemt ut. «Flott, da foreslår jeg at vi finner oss litt å spise, slapper av og hviler og så finner vi den jenta og får henne bort fra de udyra som misbruker henne.»

Daithe bare nikket og de gikk ned til hytta igjen. Det sto fremdeles en kurv med mat på bordet og de spiste i stillhet. Daithe vurderte om hun skulle fortelle Moyesh og Tåkesang om den egentlige årsaken til den lille redningsaksjonen men bestemte seg for å holde kjeft. Antagelig var de ikke i stand til å skjønne hva slags tanker som lå bak hevntørsten hennes. Om de fikk Nin til å stole på seg ville det være enkelt å få henne til å røpe om hun visste noe av betydning. Uansett kunne hun ikke bare la den arme jentungen lide lenger, bare tanken på hva hun hadde gått gjennom fikk det til å gå kaldt nedover ryggen på henne.

De spiste i stillhet og etterpå la de seg nedpå litt for å hvile. Moyesh satt ved peisen og børstet håret, hun nynnet lavt på en sørgmodig sang og Daithe stirret på henne. Hun skulle ønske hun hadde vært like sikker på seg selv som Moyesh virket for å være. Hun kjente de evner hun hadde og hadde antagelig vært trent lenge. Selv hadde hun oppdaget ting om seg selv hun overhodet ikke hadde ant noe om før og det var på mange måter skremmende.

Moyesh la fra seg børsten og bant håret sammen i en slags løs knute, hun nynnet fremdeles og Daithe kunne ikke bære seg for å spørre. «Hva er det du synger på?»

Moyesh snudde hodet og smilte. «En sang prestinnene i tempelet der jeg ble opplært ofte sang. Det er en sang om den siste av den gamle kongeætten, den som vil fri oss alle.»

Daithe svelget. «Den er trist»

Moyesh nikket. «Ja, men vakker for det. Mye er trist eller bittersøtt men allikevel verdt å gjøre»

Daithe satte seg nærmere, betraktet den unge prestinnen med smale øyne. «Så som?»

Moyesh trakk på skuldrene. «Som å forlate alt du kjenner, for å fullbyrde skjebnen.»

Daithe følte seg litt brydd. «Beklager, jeg tenkte ikke på at du...»

Den mørke jenta bare smilte. «Det er min skjebne, å finne den siste av den gamle ætten. Jeg sanser ikke henne ennå, eller mine læremestre men jeg vet at jeg vil finne henne, hjertet mitt forteller meg det.»

Daithe sukket tungt. «Det må være godt, å kunne være så sikker på seg selv. Jeg har en merkelig følelse av at jeg vandrer i blinde.»

Moyesh bare smilte skjevt. «Ta det med ro, jeg er ganske sikker på at ting blir klarere etter hvert.»

Daithe bet seg i underleppa. «Det var det Fhirdhag sa også, at jeg ville se sannheten før eller siden. Men det han viste meg var for mye og jeg greide ikke å skjønne det.»

Moyesh rynket pannen. «Alver har en merkelig magi, den er ikke fiksert og kan endre seg hele tiden. Det krever mye å bruke den, og enda mer å kunne forstå den.»

Daithe nikket kort, hun trakk sjalet tettere om seg. Bare tanken på hva hun hadde gjort sammen med den alven var nok til at hun skalv lett. Nå virket det som en drøm eller visjon, da hadde det vært virkelig. «Jeg har begynt å skjønne det nå ja, jeg tror han er svært mektig på noen måter.»

Moyesh så forskende på henne. «Han viste deg ting sier du, hvordan?»

Daithe rødmet intenst. «Vel, fra sinn til sinn, eh, temmelig intimt.»

Moyesh sendte henne et skarpt blikk. «Du lå med ham gjorde du ikke?»

Daithe følte en brå trang til å forsvare seg, til å nekte for at det var en dum avgjørelse. «Ja, og så? Jeg er voksen, jeg gjør som jeg vil.»

Moyesh bare nikket mykt. «Det er ikke noe galt i det, søk de gleder du kan Daithe, også den slags gleder, men ikke la ham stjele hjertet ditt. Det ender sjelden vel, de ser ting så veldig annerledes enn oss, og om han virkelig greide å gå inn i sinnet ditt betyr det at han har bundet seg til deg på et vis jeg ikke tror alver normalt binder seg til mennesker.»

Daithe rynket pannen. «Hva mener du?»

Moyesh vred på seg, hun virket litt ille berørt. «Det jeg mener er at alver utmerket godt kan elske med mennesker uten at noen av dem har noe annet enn gode minner etterpå, men de kan på en måte binde sin sjel til sin make og det båndet er ubrytelig. Jeg tror ikke han kan ha gjort det med deg, men han kan ha brukt magi for å oppnå noe tilsvarende som bare varte litt. Bare det krever mye, og han vil vite alt om deg nå»

Daithe holdt pusten i noen sekunder. «Alt?»

Moyesh nikket sindig. «Alt, absolutt alt. Om han bandt sjelen sin til din om det så bare var for noen sekunder var det mer enn nok.»

Daithe følte seg svimmel, han hadde ikke vært uselvisk. Ikke at hun hadde ventet at han skulle være det, men hvorfor? Hvorfor hadde han tilbudt seg å hjelpe henne? Var det mer ved henne enn hun hadde trodd? Og hvorfor hadde en mektig høvding som Fhirdhag bestemt seg for å elske med noen som henne? Hun var ikke så vakker som Cherdis eller så sterk som Moyesh, hun var ikke en seer som Lamara, og hun var kun en bastard som prøvde å finne sin egen vei i verden. Men han hadde sagt at hun minnet ham om en ulvetispe, at det var en god ting. Hun måtte finne ut av det så fort han vendte tilbake.

Moyesh strakte hendene frem, virket for å betrakte dem. «Vi er alle kapable til mer enn vi tror til å begynne med. Det er først når vi virkelig skjønner hvor stort potensiale vi har at vi kan bli virkelig fri.»

Daithe stirret på sine egne hender, de var arret med træler og korte praktiske negler. Hun hadde ikke hatt lange elegante negler selv da hun var Feargus hustru. Hun hadde aldri prøvd å skjule hvem hun ønsket å være og på en måte var hun stolt av det. Hun visste at deres hoff hadde vært temmelig annerledes på grunn av dette. I stedet for pyntesyke og dumme hoff damer som aldri kunne gjøre noe annet enn å sladre og brodere hadde deres hoff tiltrukket seg sterkere personligheter, kvinner og menn som ville oppnå noe personlig, ikke bare arve en tittel og en rikdom de aldri trengte gjøre noe for å oppnå. Det hadde vært storartet men hadde vart så alt for kort. «Kanskje du har rett, jeg skulle ønske jeg forsto»

Moyesh bare trakk på skuldrene. «Det gjør vi alle Daithe. Jeg velger å tro at gudene har en mening med oss, med hva og hvem vi er. Noen sier at vi skaper vår egen skjebne og det kan være sannhet også i det. «

Daithe trakk pusten og lukket hendene sakte, hun hadde kjempet så hardt for å bli hva hun var, for å godta seg selv. Det var få som kunne ha godtatt henne om hun ikke hadde vært giftet bort til Feargus. Siden hun brått var kongelig var hun brått kun en smule eksentrisk i stedet for ravende gal og folk adlød hennes ordre i stedet for å slenge henne overende og gi henne på blanke baken. Hun hadde vært heldig, så veldig heldig. Så hun skyldte Feargus at hun i det minste sloss for ham. Hun kunne ikke nøle, om de mennene virkelig hadde myrdet ham skulle han bli hevnet. Hun ville ikke vike tilbake.

Kvelden kom sigende sakte, der i fjellene virket det for at døgnet hadde en annen rytme, hun ante at det var alvene som gjorde det, at de på et eller annet vis påvirket alt rundt seg. I leiren ble det sakte stille, bare noen hunder løp rundt og tatt om mat og mennene hadde samlet seg rundt noen bål for å røyke og sladre. Kvinnene holdt seg for seg selv og Daithe visste at det var slik det også brukte være i landsbyene. Moyesh og Tåkesang virket svært konsentrert mens de sakte snek seg ned mot området der gjøglerne holdt til, vognene var kjørt inn i en sirkel slik skikken var og noen store bål var tent i midten. Noen gjøglere tilhørte en egen etnisk gruppe av omreisende stammer men disse var fra alle hjørner av Zhandoria. Daithe hadde hørt alle tenkelige dialekter bli brukt og hun visste at de reisende sjelden behandlet kvinner på en slik måte. Faktisk hadde kvinnene mer makt enn mennene i noen stammer.

Cherdis virket for å ha sine tvil ennå, hun var en smule blek og gikk med en stivhet i trinnene som Daithe fant litt irriterende. Hun snudde seg mot de andre da de nærmet seg vognene og hysjet på dem. «Jeg og Moyesh går og sjekker terrenget, ser om Nin er å se noe sted. Trenger vi hjelp henter Moyesh dere» Cherdis så lettet ut men Tåkesang var mer skuffet, aberet var at synet av henne kunne ha advart flyktningene om at ikke alle der var mennesker eller alver og det folk ikke kjenner til blir de som regel svært redde for. Daithe snek seg frem og bållyset kastet flakkende lys overalt, det var enkelt å snike seg frem usett. Moyesh nikket i retning den vogna som sto lengst vekk fra leiren, den sto kjørt inn mot et tett kratt av stive busker og de hørte bevegelse bak den. Det lød som grynt og stønn og Daithe kjente at hun ble kald innvendig. Moyesh hadde fått et merkelig katteaktig uttrykk i ansiktet, tennene vistes og det glitret i de blå øynene. De gled frem gjennom mørket og fant veien gjennom tett kratt og et snar av unge trær som sto så tett at det var vanskelig å presse seg frem mellom dem. Daithe var en kriger, hun var trent som en ridder og hun hadde også lært å tenke som en kriger, som en leiesoldat. Det var ikke alle som tenkte slik de høyvelbårne gjorde, ærefull strid var kun for de sterke eller de tåpelige. Det å snike seg frem slik var noe en edel ridder aldri ville gjort, men hun hadde lært å overleve, ikke å kjempe på en måte som ville gjøre henne sårbar. For en som vågde å spenne sverdet ved hoften slik hun gjorde det var sårbarhet en dødsdom.

De kikket frem bak stammen av et tre, en gammel kjempe som vogna nærmest hang mot siden den var gammel og lite solid. Først skjønte ikke Daithe hva hun så, men da hun forsto svelget hun hardt og Moyesh grep tak i handa hennes, så hardt at skarpe negler grov seg inn i huden. Hun forsto hva den mørke jenta mente, det var et nei, et vent. Men hvordan kunne hun vente?

Nin var bundet til et av vognhjulene, presset ned så hun sto nesten bøyd i to og skjørtene var kastet opp over midjen på henne mens en av gjøglerne holdt seg i hoftene på henne og pumpet ivrig. Daithe så ikke jentas ansikt, det var skjult under det lange håret og skjørtene men hun hørte såre gisp og forsto at dette antagelig var både skremmende og svært smertefullt. Mannen som tok Nin stønnet og skalv synlig, så sto han der litt før han trakk seg ut og pakket på seg buksene igjen og en annen tok hans plass. Det var tre der, tre yngre karer Daithe husket. En av dem hadde vært svært nær Feargus flere ganger, det kunne ha vært ham som sto bak hennes husbonds død og hun følte at hvitglødende sinne fylte henne. Moyesh grep føltes som stål og det var en stille advarsel i blikket.

Karene gjorde seg ferdige og en av dem kuttet tauet som bandt Nin med et flir og et fort spark som traff jenta i skulderen. Det var tydelig at de anså henne som søppel eller enda mindre enn det og Nin kollapset på bakken og ble liggende der og riste. Karene bare gikk og Moyesh holdt Daithe i armen til de var utenfor vognsirkelen. Daithe formelig løp frem så fort Moyesh slapp taket og bøyde seg ned, Nin ristet i gråt og den svære magen virket enda mer grotesk nå, når en så hvor tynn og stakkarslig jenta egentlig var. Hun tenkte snaut, grep bare den magre kroppen og løftet henne opp som et barn og Nin slapp ut et forskrekket hvin men skrek ikke. Antagelig var hun for svak for det. Moyesh gled frem, la en hånd på Nin som virket for å svime av, Daithe tvilte ikke på at Moyesh kunne få folk til å miste bevisstheten. Hun bar fort den slappe kroppen gjennom skogen og møtte Cherdis og Tåkesang ved en liten lysning.

Cherdis så vantro på Nin. «Hva har skjedd?»

Daithe snerret. «Hva tror du? De svina har bundet henne og brukte henne som de pleier.»

Moyesh nikket. «Det er sant, vi må få henne i sikkerhet. Jeg er redd for at de kan ha skadet henne alvorlig.»

Tåkesang lagde en litt klagende lyd og pekte mot skogen, hun bikket på hodet. «Du vet om et trygt sted?»

Den merkelige skapningen nikket og begynte å bevege seg, de fulgte etter henne opp en bratt skråning og inn i et buskas som skjulte en slags svært smal kløft. I enden var det bygd et tak og det var lagret urter under det. Det var nesten en hytte og det var varmt og lunt der. Moyesh så spørrende på Tåkesang som bare mumlet litt på det merkelige syngende språket igjen. «Hun hørte noen av alvene snakke om dette stedet, de bruker det sjelden. Og ingen vil finne det. Hun er trygg her»

Daithe trippet nesten, Nin var ennå bevisstløs og Moyesh begynte å undersøke henne fort. «Hun har vært skadet mange ganger, jeg frykter virkelig for henne for jeg tror ikke hun vil ha styrke til å klare en fødsel.»

Cherdis så skarpt på prestinnen. «Er det noe vi kan gjøre?»

Moyesh sukket, hun så ned i bakken. «Sørge for at hun får mye og god mat, at hun er varm og komfortabel. Det er ikke annet noen kan gjøre nå.»

Daithe svelget hardt. «Det er forbasket lite, kan ikke alvene hjelpe henne?»

Moyesh smilte litt stivt, hun rettet seg opp og la Nin bedre til rette. «Nei, de kan kanskje helbrede de skadene hun har men de kan ikke gjøre henne sterkere. Det må komme fra henne selv. Vi mennesker har våre begrensninger.»

Daithe var klar over det, hun husket ennå hvordan Dew hadde dødd og hun følte en kald håpløshet gripe tak i sjelen. «Det er ikke rettferdig»

Cherdis lagde en slags snøftelyd. «Verden er ikke rettferdig Daithe, du burde da vite det nå?»

Daithe vred på seg, følte seg merkelig fanget der. «Selvsagt vet jeg det. Men hun er så ung, bare barnet!»

Cherdis så hardt på henne, det vanligvis så milde ansiktet var brått kaldt, øynene harde. «Og du er ennå så naiv at du tror at verden skåner de uskyldige, men slik er det ikke. Jeg har sett hva verden gjør med uskyld Daithe og det er ikke pent. Nei, glem alt om rettferdighet. Vi kan håpe at hun vil klare seg, men antagelig gjør hun ikke det.»

Moyesh rørte Nins panne med en hånd. «Hun vil våkne snart. Noen må passe på henne mens vi andre henter mat og tepper.»

Daithe satte seg ned. «Jeg gjør det. Jeg kan vente her»
Cherdis så bare fort på henne og Daithe sendte henne bare et
fort og intetsigende blikk tilbake. Moyesh smilte svakt og gikk,
Tåkesang fulgte henne lydløst men Daithe fikk en markant
følelse av at idhrinen visste alt. Cherdis gikk sist og Daithe var
igjen i halvmørket med den bevisstløse jenta. Om hun skulle
finne ut om gjøglerne virkelig drepte Feargus måtte det skje
nå, før Nin eventuelt døde. Hun stålsatte seg og gjorde seg klar
til å spørre ut det arme barnet om noe som garantert kom til å
føre til mer blod spilt og fortapelse fremtvunget.

Janos

Jobben som hestepasser brakte med seg flere fordeler, for det første fikk Janos brått en god del mer respekt og han fikk tilgang til mye mer informasjon siden han ofte var i nærheten når Olric's nærmeste offiserer diskuterte planene videre. Dessuten fikk han et nytt telt, bedre lønn og bedre klær. Men han voktet seg vel, han beholdt den litt sky og uslepne måten å være på for ikke å røpe at han faktisk var vant med slike forhold fra før av. Han sørget for å gjøre tabber ingen adelsmann noen gang ville gjort og passet på å virket totalt opphengt i arbeidet. Janos var til tider nesten misunnelig, Olric hadde brukt alt han hadde lært og skapt seg en hær som nå begynte å bli en maktfaktor. En gjeng med tilfeldig sammenraskede leiesoldater og råskinn ble sakte men sikkert forvandlet til en krigsmaskin, til en disiplinert enhet som Olric styrte med et skarpt øye. Fremdeles red det ut budbringere og spioner, fast bestemt på å holde kaoset i live, å spre død og fordervelse. Det virket for at Olric ønsket å ødelegge alt som minnet om orden og om han fikk det som han ville kom det til å bli slik også. Det var lite noen kunne gjøre nå, annet enn å håpe at dette ikke endte i verdens ende.

Janos måtte motvillig respektere mannen, og han visste at Olric var lynende skarp på mange måter, helt annerledes enn de som fulgte ham. Det var en slags kald fanatisme som brant i blikket hans og allikevel kunne han fremstå som nesten jovial og munter sammen med sine nærmeste. Janos greide aldri å riktig se hva som var den ekte Olric og hvem som var kun en maske. Men planene var tydelige, de ville klemme alle de gjenstående adelige husene med deres vasaller og tjenere mellom seg og Hanek som nå nærmet seg fra sørvest og vest. Skip var sett langs kysten og ville ankomme bukta snart og en stor hær var på vei over fjellene og ville være der på få uker. Olric virket ikke nervøs, mer oppspilt. Det gikk rykter om at han allerede hadde gjort ting som ville forsinke Hanek's planer og Janos skulle gitt mye for å vite hva det var.

Men å være stallmester var mye tyngre enn Janos hadde forventet og han rakk ikke å legge gode planer. Han måtte bare gjøre det som ble forventet av ham og håpe at han før eller senere fikk muligheten til å ta den hevnen han tørstet etter. Til tider, når han lå på den smale men behagelige sengen i teltet sitt, kunne han føle et slags udefinerbart hat mot den forbaskede dragen. Det var den som hadde brakt alt over dem, den som hadde startet hele elendigheten. Hadde den ikke vært så dum at den lot seg ta til fange så mange århundrer tidligere så hadde ikke noe av dette skjedd. Men så tenkte han og brukte hodet og kom til at det kanskje var urettferdig å klandre den eldgamle skapningen, nei, det var Darasher som skulle klandres. Deres grådighet og langsiktige og ondskapsfulle planer som burde hates. Og han hatet, han husket alle som var blitt drept, hans medsammensvorne, hans familie og venner. Han holdt hatet brennende og visste at på en måte var han og Olric som brødre, forenet av den samme brennende fortærende følelsen. Det var et bånd som bare kunne brytes av blod og brytes måtte det. Det skulle brytes!

Men han hadde øyne i hodet og ører også og brukte begge deler for alt de var verdt, som i alle leire gikk praten løst om kvelden når vinbegrene ble fylt og magene var fulle og han sørget for å gjøre seg til venns med så mange som mulig. Han delte gladelig med både offiserer og menige når han hadde penger mellom hendene og etter noen gratis begre med god vin snakket de fleste villig nok. Han passet seg vel for å stille spørsmål, i stedet bare snakket han om tilsynelatende helt likegyldige ting og lot de han var sammen med trekke samtalene videre inn i mer interessante retninger. Det kom fremdeles nye folk til leiren hver dag og nå begynte det å gå nye rykter. Det ble sagt at folk hadde sett drager inne i fjellene, ikke bare en men flere, andre mente at monstre herjet i de høye fjellene i sørøst og i nord og at folk på den nordlige vestkysten hadde begynt å tilbe gamle guder for å få hjelp mot all elendigheten. Janos bare ristet på hodet. Det hadde vært kun en drage igjen og monstre? Han fryktet ingen andre monstre enn menneskene og av dem var det allerede for mange i verden. Ingenting skremte ham slik som hans egen art.

Men han hadde fått annerkjennelse og i det minste noe som lignet makt på grunn av jobben og han sørget for å gjøre den så godt som mulig. Den gamle smeden hadde mumlet noe om at lykken står den brave bi og Janos hadde nikket og smilt. Han fikk omorganisert stallene og gjorde rutinene mye bedre og det syntes også. Dyrene ble bedre tatt vare på og Janos hadde alltid vært en god hestekar. Han syntes at en edel hest var mye mer verdifull enn mange mennesker og han forsto seg på dem. Mange la merke til dette og kom for å få knep og gode råd angående deres egne gangere. Janos brukte det han kunne og lurte til seg råd og tips han presenterte igjen som sine egne og en dag kom Olric selv gående med den unge gutten bak seg. Janos hadde lært nå at gutten het Shaad og at han var foreldreløs og skulle være Olric's væpner. Det var en pen gutt som virket stille og ganske forsagt og blikket var merkelig tomt. Janos var ikke sikker på om han likte det, en kunne ikke lese en person som var slik, det var nesten umulig.

Olric smilte og la handa på skulderen til guttungen, en nesten faderlig gest og Janos tenkte igjen på alle ryktene om at herren for hæren likte den myke huden og stramme bakenden på unge gutter men han så at det ikke stemte. Det var ikke syke lyster som fikk Olric til å ta vare på denne gutten, men kanskje et ønske om å gjøre noe godt. Selv et monster kan ha samvittighet og om det ikke engang var bevisst kunne Olric kanskje håpe at han ville etterlate seg mer av et ettermæle enn det han nå tydeligvis prøvde å oppnå. Janos bukket så dypt han kunne og prøvde å se tilbørlig ydmyk ut. Olric bikket på hodet.

«Jeg ønsker at du gir denne unge herren litt opplæring i hvordan en behandler gode hester»

Janos nikket servilt. «Selvsagt min herre, er han ikke vant med hester fra før?»

Olric ristet på hodet. «Dessverre er han snaut nok adelig og hans fars hester var nok brukbare men ikke mer enn det. Han trenger å vite hvordan han skal te seg overfor slike gode dyr som vi har. Han skal bli en væpner og kanskje ridder en dag, da trenger han lærdom.»

Janos kjente en strime av iver slå gjennom seg. Han kunne nå Olric gjennom guttungen, antagelig var barnet for ungt og naivt til å merke at han ble tappet for informasjon og om Olric virkelig brydde seg om gutten gav det Janos et overtak han måtte vite å utnytte.

Han smilte vennlig til gutten som stirret i golvet med det merkelige blikket som egentlig virket litt påtatt, som om gutten ikke ville røpe hva han egentlig følte og tenkte. Om ryktene angående hva Shaad hadde gjort før stemte var det kanskje ikke så rart. Mange mente at han hadde solgt seg for mat og det gjaldt neppe bare ham. Det var mange som fulgte hæren nå som prøvde å brødfø seg på tilsvarende vis.

Olric rusket i håret til Shaad som sendte mannen et tilbedende blikk, Janos fikk en litt ekkel følelse i brystet av det. Dette var uansett galt, Olric utnyttet et uskyldig barns tillit for å øke sitt eget ego. «Jeg vil selvsagt lære ham opp min herre, og starte fra grunnen av.»

Olric så fornøyd ut. «Utmerket Elaff, jeg overlater ham til deg her og nå, du bestemmer hvor ofte han skal komme til deg for opplæring.»

Janos svelget kort, det var så fristende å virkelig melke denne kua tørr med en gang men det kunne han ikke. Han klødde seg i hodet. «Annenhver dag? Etter at han har spist og trent litt?»

Olric klappet Shaad på skulderen igjen. «Hører du det gutt? Elaff her vil garantert gjøre deg til en dugelig hestekar rimelig raskt. Husk å lytte til hva han har å si og gjør som han sier.»

Shaad bare nikket blygt og Janos trakk pusten. Han måtte sørge for å komme på god fot med gutten med en gang. «Så unge væpner, hva slags hester har du ridd hittil?»

Olric gikk etter å ha gitt gutten nok et lite klaps og det fikk Janos til å krympe seg innvendig. Shaad bet seg i underleppa. «Bare vanlige ridehester, og noen ponnier. Jeg fikk sitte på en stridshest en gang!»

Det siste kom med et lengtende sukk og Janos smilte vennlig. «Før du vet ordet av det skal du nok kunne ri hva som helst gutt»

Janos passet seg for å glise, ri hva som helst ja, det var nok mange der i leiren som gjerne skulle hatt den pene gutten over skrevs på fanget men på en måte beskyttet Olric ham. Det var da i det minste en god ting. Han tok Shaad med seg over til en av de roligere hestene der, en halvgammel vallak som ble brukt av Olric sin fremste budbringer. Dyret tillot nesten hva som helst og Janos begynte med å fortelle Shaad hva han trengte å vite om hover og stellet av dem. Shaad lyttet virkelig og stilte til og med intelligente spørsmål som fikk Janos til å forstå at gutten var skarp. Faktisk viste han stor interesse for alt Janos kunne fortelle og noe i Janos begråt det fakta at denne gutten garantert kom til å ende som et offer for Olric's galskap som så mange andre. Han måtte gjøre noe.

Janos avsluttet den dagens opplæring med å la Shaad ri noen runder på vallaken og gutten formelig strålte, brått var blikket langt fra så lukket og han så ut som en vanlig guttunge som får lov til å gjøre noe han har drømt om. Hvor mange barn var det ikke der ute nå som fikk barndommen selv ødelagt? Hvor mange måtte ikke møte en virkelighet selv sterke voksne menn ville frykte? Janos begråt det fakta at Darasher hadde fått den vanvittige ideen å kidnappe en drage.

Shaad strålte fremdeles da Janos avsluttet dagens undervisning og han gikk derfra med spenst i steget og stolthet i blikket. Det var godt to i gutten og Janos kunne bare håpe at ikke Olric maktet å ødelegge ham helt før han ble stanset. Han vendte tilbake til arbeidet med en litt dyster mine, han håpet at dommens dag for Olric kom før jo heller.

Cian

Cian fikk lite ro de neste dagene, han sendte ut folk for å lete etter et sted de kunne tilbringe de hardeste vintermånedene og han prøvde å få en oversikt over hvor mye disse misdederne hadde røvet til seg. Svaret slo ham nesten i bakken, de hadde en sann formue der men hva hjalp det nå? Han fordelte alle klærne mellom soldatene og de frigitte fangene og han prøvde å legge planer videre. Han hadde en hær, det burde være mulig for ham å gjøre nytte for seg heretter.

Kvinnene hadde hatt stor nytte av varme bad og god mat, flere så atskillig bedre ut nå men han forsto at flere av dem allerede var svært ødelagt mentalt. Den andre dagen de var der forsvant en av jentene, en svært ung en som antagelig ikke hadde vært der særlig lenge og to av soldatene hans fant henne på kvelden, hengt i fra en eik med hennes eget flettebånd. Cian bet seg i underleppa da han hørte det, han ante at dette neppe ble det eneste selvmordet de fikk på hendene etter som de kom seg ut av sjokket og begynte å tenke igjen. Sigrari var til stor hjelp, hun var vis nok til å si det som måtte sies uten å være for streng eller for sentimental og Cian fikk henne til å lage en slags rapport over hvordan det sto til med alle. De var tjue i alt, noen hadde gjemt seg i ei grøft da Cian angrep og hadde blitt funnet senere og av de tjue var tre døde nå. Den jenta som hengte seg og to som hadde vært syke lenge og rett og slett slapp taket da de ble reddet. Så nå hadde de sytten jenter i alderen fjorten til bortimot tretti som måtte tas vare på. Sigrari fortalte at to av dem var med barn, ennå kun noen få måneder på vei men det var ingen tvil om det. Begge to var sønderknust siden ingen kunne si med sikkerhet hvem faren var og Cian forsto at disse neppe noen gang kunne slippe unna det de hadde vært igjennom. Det måtte være noe han kunne gjøre for å hjelpe?

Georg returnerte tidlig en kveld med nyheter, de hadde funnet et sted egnet for overvintring. Speiderne hadde søkt seg videre mot nordvest og de hadde vært nesten over i mot Longil på grensen til Longaria. Der hadde de funnet en forlatt borg og den var ennå beboelig. Cian besluttet der og da at de skulle reise dit, det ville ta minst en uke å komme seg dit men været var ikke for ille og de ville være ute av de mest ville fjellområdene. Han fikk mennene til å ordne de få vognene som ennå var brukbare der og kvinnene fikk kjøre med dem. Det var mens han begynte å forberede reisen at han la merke til at en av kvinnene skilte seg ut fra de andre. Det var en kort og litt kraftig jente som hadde skåret håret kort og hun så litt ut som en gutt om en ikke så nøyere etter. Hun var rødhåret og fregnete og armene var kraftige, hun så solid ut om ikke akkurat vakker. Hun virket for å ta kontrollen over de andre kvinnene og drev dem frem ut av apatien kun ved væremåten sin.

Hadde hun vært en mann ville hun så avgjort vært en leder, antagelig en offiser og Cian ble nysgjerrig. Han fikk en anledning til å snakke med henne da de prøvde å sette sammen nok seletøy til hestene som måtte trekke vognene. Hun satt med lær og strakk og sydde det til og Cian satte seg ned og følte seg et øyeblikk litt tafatt. Tross alt, han var ikke så godt vant med kvinner lenger. Hun så smalt på ham og nikket mot øksa han nå bar på stort sett hele tiden. «Den der har du ærlig fortjent, den forrige eieren tok den med vanære og triks»

Cian rynket pannen. «Det forundrer meg ikke, hvordan vet du det?»

Hun gliste kort. «Fordi dens forrige eier var min herre, han var på vei mot Altarab da vi ble overfalt og jeg ble tatt til fange av de bikkjene.»

Cian ble nysgjerrig. «Hvem var din herre? Og hvem er du? Du er ikke en vanlig landsbyjente?»

Hun la hodet på skakke, øynene var grå og litt harde og han så at hun nok var vant med harde tak, skuldrene var brede og hendene trælet men på en annen måte enn vanlig for kvinner. «Min herre var den svært så ærlige og redelige Thirbon av Shurial-Macallif. Han ble spart til å begynne med, antagelig trodde de at de kunne få løsepenger for ham. Øksa tapte han i et veddemål mot det svinet du stakk strupen ut på, et han ikke kunne vinne siden det ble jukset etter alle kunstens regler.» Cian prøvde å tenke fort, den slekten var liten og ubetydelig og eide kun litt land i Cerna og Rooz. «Hva gjorde han her øst? Og du er?»

Hun smilte litt sarkastisk. «Jeg var smeden hans. Han hadde blitt lovet ekteskap med en datter av en av småkongene i Altarab, mot at han lot kongen få den øksa du nå bærer»

Cian måtte måpe. «Smed?! Jeg har aldri møtt en kvinnelig smed noen gang!»

Hun nikket og smilte smalt, et litt sarkastisk smil. «Nei, det vil jeg tro, vi er ikke mange. Men min far var smed, min mann var smed og da han døde tok jeg over smia, enkelt og greit.»

Cian så forskende på henne. «Du er antagelig dyktig siden han tok deg med?»

Hun nikket igjen, et glimt av stolthet i blikket. «Jeg er svært dyktig ja, en mester sier de fleste. Og jeg vet hvordan jeg skal sette meg i respekt, men disse udyra var for mange og sterke selv for meg. Ikke hadde de bruk for noen smed heller.»

Cian så på henne at hun fant det mer fornærmende enn den behandlingen hun hadde fått av røverne. «Jeg fikk ikke navnet ditt?»

Hun fnyste kort. «Jeg er Reinu, kun det. Enkelt født og enkelt har jeg levd også.»

Cian klappet øksa på skaftet. «Så, hva er så spesielt med denne? Jeg skjønner at den er verdifull men ikke til de grader?»

Reinu trakk pusten dypt. «Den er ei god øks herre, et mektig våpen men den er enda mektigere som symbol. De sier at den første som slo seg til i fjellene i Nierez måtte slåss mot merkelige og grusomme monstre og at han fikk den øksa som en gave fra gudene for å bekjempe dem.»

Cian følte en trang til å blåse i nesa, det var en flott øks men lagd av gudene? Den måtte de lengre ut på jordet med. «Så han vant over en haug med uhyrer? Høres ut som en flott unnskyldning for å kunne ta over noen andres territorium og gjøre det med gudene i ryggen»

Reinu nikket, blikket var fast. «Historien skrives av vinnerne vet du, aldri av de som tapte. Men øksa er nå virkelig, og du har fortjent den.»

Cian strøk fingrene over treverket, han følte på en måte at det vakre våpenet passet til ham. «Takk for det Reinu, jeg setter pris på det du sier. Du sier at mannen din døde? Du er ikke så veldig gammel?»

Hun løftet på et øyebryn og han så en skygge av en mer leken og lykkelig personlighet bak all elendigheten. «Jeg er eldre enn jeg virker herre, jeg har sett tjueåtte somre i alt. Men jo, jeg ble tidlig gift, med sønnen til en annen smed av alle ting. Skulle bringe slektene sammen vet du.»

Cian skar en grimase. «Et arrangert ekteskap?»

Hun nikket. «Ja, men ikke mot min vilje. Min Ranar var en god mann, jeg var svært glad i ham den tiden vi fikk»

Cian kunne ikke annet enn å tenke på hans avdøde kone, på et vis var det underlig godt at han på en måte kun husket de gode stundene nå. Alt det andre hadde glidd vekk som dogg for sola. «Noen slike ekteskap kan gå bra ja.»

Reinu bikket på hodet, øynene var skarpe. «Du har vært gift selv?»

Kvinnelig intuisjon lar seg ikke fornekte og han måtte bare nikke. «Ja, men det varte...ikke lenge. Hun døde i barsel»

Reinu sendte ham et sympatifylt blikk. «Langt fra uvanlig, et stort barn regner jeg med? Du er en diger kar. Jeg vil gjette på at du er av Ohdrasar?»

Cian ble forbauset, hun visste tydeligvis mye om adelshusene. «Ja, langt ute.»

Hun gliste fort. «Kjent for å være svære og durabelige krigere men ikke vakre. Du er ikke typisk for den ætten der nei.»

Cian måtte bare spørre. «Si meg, hvordan vet du så mye om slikt?»

Reinu sukket og skar en grimase. «Min herres hustru var et hespetre av de sjeldne ser du, et kvinnemenneske kun opptatt av en eneste ting og det var status og byrd. Hun hadde i alt førtiåtte aner, var langt over Thirbon i status så hvorfor hun gikk med på å gifte seg med ham går over min ringe forstand, vel, det gikk visse rykter da.»

Cian følte en merkelig følelse av uvirkelighet. Dette var som hoff sladderen i Marcellius hoff, noe hverdagslig og velvandt han nå hadde helt glemt. Det føltes underlig godt, nesten trygt. «Hva slags rykter da?»

Reinu skar en grimase igjen, som om hun hadde smakt på noe motbydelig. «De sier at hun hadde greid å bli smelt på tjukka av en eller annen høyvelbårenhet, men han ville ikke ha noe med henne å gjøre etter at han fikk dyppa'n. Så faren hennes gifta henne bort til den første og beste som ville ta henne, lausunge og alt. Hun mista ungen bare fem måneder etter at hun ble gift forresten og jordmora sa at ungen var nesten fullgått. Antagelig hadde hun drukket for mye vin og nesten forgiftet både seg selv og barnet. «

Cian så forskende på Reinu. «Og hun var opphengt i adelstrær og slikt?»

Reinu nikket. «Kunne alle slektene på rams, forlengs og baklengs og jeg var nødt til å være tjenestejente for henne en vinter mens kammerjomfruen hennes lå syk, Verste fire månedene jeg har vært gjennom og jeg mener det. Det er en ting å bli knullet som et dyr hver dag, noe helt annet å bli torturert mentalt. «

Cian måtte svelge, jammen hadde hun et språk som var rett på. «Du har ikke fortalt hvordan du mistet din mann?»

Reinu gliste fort, men det var sorg i blikket. «Åh, det var noe så banalt og lite dramatisk at det ikke burde være lovlig.

Gudene lo seg sikkert halvt i hjel den dagen. Ranar var en god smed og en omfarende kremmer kom og ba ham sko muldyret hans. Han gjorde det, og det var et godt muldyr, snilt som et lam og stø som fjellene men det satt fast en flis i sålen på ene hoven og Ranar slet med å få den ut. Han stakk seg faktisk på den selv men fikk jævelskapen ut til slutt, fikk smurt salve på såret også og kremmeren var fra seg av takknemlighet og betalte i overkant bra nesten.»

Cian rynket pannen, han kjente seg på en måte vel, å sitte der å sladre slik var noe han egentlig hadde savnet. Han hadde vært hærfører for lenge, enkle gleder var glemt. «Det gikk betennelse i såret?»

Reinu nikket. «Noe så forjævlig til betennelse også, vi hadde en ganske god medikus på godset, og han slet som en gal med å finne noe som stanset elendigheten. Det gikk to dager før hele armen var svart, og den tredje dagen døde han. Det virket som om selve vevet ble spist av noe.»

Cian grøsset nedover ryggen. Han hadde hørt om slike tilfeller før, de var sjeldne men forekom. Små uskyldige skader ble til noe temmelig annet i løpet av latterlig kort tid og ingen kunne gjøre noe for å hjelpe den syke. En hadde større sjanse for å klare seg med pest innabords. «Jeg er lei for å høre det.»

Reinu trakk på skuldrene. «Jeg trodde jeg skulle gråte til verden ender, men jeg kom over det. Heldigvis hadde vi ikke barn og slekta hans var ikke av det slaget som krevde tilbake alt som var hans. Jeg beholdt hele sulamitten og takke faen for det, for det ble hardt å greie seg, selv med Thirbon som støtte.»

Cian så litt forskende på henne. «Har du smidd våpen noen gang?»

Reinu nikket. «Jeg smidde for herren, både sverd og økser. De var ikke vakre og ikke lagd for å pryde bæreren men for å brukes i kamp.»

Cian hadde en ide, han så fort på den korte kraftige kvinnen. «Kan du smi våpen for meg? Vi skal overvintre i en forlatt borg, det bør være en smie der.»

Reinu så fast på ham, det var noe vilt i blikket. «På en betingelse Cian.»

Han ble litt perpleks, hun var kun en smed og vågde å stille krav til en adelig? Men det passet henne og han hadde allerede fått respekt for denne kvinnen. Hun var stikk motsatt av hans Isabeau men det talte til hennes fordel. Denne jenta ville aldri trenge en mann for å klare seg. «Det er vel bare rettferdig, hvilken betingelse da?»

Reinu satte seg bedre til rette, hun pekte mot teltene der de andre kvinnene befant seg. «Det er seksten jenter der inne Cian, de er mer eller mindre ødelagt. Selvrespekten er tatt fra dem, og troen på deres egen styrke. Jeg akter å endre det.»

Cian ble litt forbauset. Han følte på seg at Reinu hadde tenkt på dette lenge, at det var en vel gjennomtenkt plan. «Hvordan?»

Reinu så brått hard ut, ansiktet var kaldt. «Vet du hva som eter sjelen din mer enn noe annet?»

Cian trakk på skuldrene og så avventende på henne. «Å være hjelpeløs, å bare kunne sitte der, brennende av hevntørst men ikke i stand til å gjøre en fordømt ting for å beskytte seg selv. Å vite at den uretten en har gjennomlevd får skje igjen og igjen andre steder, uhindret.»

Cian bikket på hodet. «Hva sier du egentlig?»

Reinu smilte smalt. «At det er seksten potensielle hevnere der i de teltene Cian, seksten brennende sjeler som vil ta igjen, som vil kreve tilbake det som ble stjålet fra dem. Og jeg akter å forvandle seksten jenter til seksten krigere!»

Cian ville ha ledd hadde han ikke brått skjønt at hun var helt og holdent overbevist om at hun kunne klare det. En tropp av kvinner? Tanken var absurd men faktisk ikke urimelig. Hvor mange kvinner der ute hadde ikke opplevd å miste alt, og til tross for det ble det forventet at de satt der passive og lot andre styre livene deres. «Jeg forstår, men det tar tid å trene opp en kriger. Bare å bruke et sverd er tungt og krever trening over flere år, jeg tror ikke vi har flere år.»

Reinu så hardt på ham. «Hvilket våpen er det mest grusomme Cian? Hva frykter du mest å komme ut for på en slagmark?»

Cian svelget kort. «Jeg tror du vil fortelle meg det nå»

Hun nikket. «Visst faen, et sverd skjærer, og etterlater rene sår. En øks kapper lemmer og splitter skaller, også rene sår.»

Hun slo neven mot stokken de satt i. «En stridshammer på den andre siden, den knuser bein, knuser organer, gjør skade ingen helbreder kan fikse. Den dreper brutalt og smertefylt, gjerne over tid. En stridshammer er åpne brudd herre, knuste skaller, innslåtte brystkasser og lunger fylt med blod. Ingen rustning kan beskytte deg mot en stridshammer om den blir svingt med nok kraft, og er godt formet.»

Cian visste at hun hadde rett. Få brukte stridshammere for de ble ikke sett på som et ærefylt våpen. «Du har rett, og det du vil frem til er?»

Reinu stirret ut i ingenting i noen sekunder. «Det er bondejenter, de er vant med hardt arbeide. De er sterke, og de har sett død og slakt mer enn en gang. De trenger lite trening, alt de trenger er noe som samler dem.»

Cian trakk pusten. «Du vil smi hammere til dem, og la dem kjempe?!»

Reinu nikket stivt. «Ja, aner du i det hele tatt hva som har foregått rundt Tholir bukta? Hva slags galskap som har herjet over landene?»

Cian svelget hardt. «Du har mistet mange også?»

Reinu snerret og det var noe vilt i blikket, noe i ansiktet minnet ham om en snerrende katt. «Hvem har ikke mistet mange? Jeg hadde en søster herre, og hun hadde fem barn. De bodde i en landsby på grensa mellom Arzam og Longil, et vakkert og fredelig sted der de avlet krøtter og dyrket lin. Herren over lenet var svoren til Darasher, og en god mann egentlig. Men enn natt kom naboen som de alltid hadde hatt et godt forhold til og stengte alle inne i hovedbygget på godset og brant det ned. På grunn av gamle anklager og ville rykter. Min søster og hennes barn døde der herre, på grusomt vis.»

Cian svelget hardt. «Jeg vet at det har vært forferdelige tilstander mange steder.»

Reinu smilte sarkastisk. «Ja, mange mener at helvete er på vei opp på jorden og jeg skal ikke tvile på de ordene. De jentene der inne trenger noe å tro på, og de trenger å vite at de gjør noe. Livene deres er ødelagt herre, de vil aldri bli respektert igjen som vanlige kvinner. Så la dem leve, kjempe og dø som stridsgudens døtre.»

Cian så smalt på den vesle kvinnen, så styrken og besluttsomheten i blikket og han nikket sakte. «Jeg går med på det, men tving dem ikke Reinu. De må ville dette av et fullt hjerte.»

Hun smilte, det var tenner i smilet, og det katteaktige ble enda tydeligere. «Selvsagt. Jeg skal informere dem før vi reiser, og jeg skal arbeide på formen på hammerne underveis.»

Cian kjente at en frysning gikk nedover ryggen på ham. «Det er greit Reinu.»

Hun reiste seg og han følte at respekten han hadde fått for henne bare økte, hun var en slik person som ikke lar seg slå tilbake av noe, som bare styrkes av motgang og reiser seg som mer enn hun var før. Reinu ville vært en fantastisk dronning. Han kom seg opp også. «Vel, vi reiser så fort vi har nok seletøy og alt er pakket ned. Vi har liten tid å miste for snøen blir snart for dyp for vognene.»

Reinu så mot fjellene. «Av en eller annen grunn føler jeg på meg at det ikke er snøen som vil bli det verste problemet vårt…»

Cian ante ikke hva han skulle si til det så han holdt munn og Reinu gikk mot teltene, det var en rolig styrke i steget som fortalte ham at hun neppe kom til å gi seg før hun hadde fått det til. Cian ante ikke hvordan resten av hæren ville reagere på nyheten men han fikk en følelse av at det antagelig ville bli godtatt. Dette var en tid med omveltninger og uvanlige hendelser og hvorfor ikke? Om disse kvinnene kunne slå fra seg var ikke noe bedre enn det. Han gikk for å pusse over hesten sin og håpet bare at Reinu kanskje kunne forhindre flere selvmord. Det var ikke bra for moralen deres og han visste hva slags ild som brenner i dem som higer etter hevn. Det var en flamme som sjelden brenner ut før den blir slukket av andre.

Innseilingen fra havet og inn mot Tholir bukta var viden kjent og beryktet blant de fleste sjøfolk. På grunn av de to store øyene Isar og Bhik ble strømmene i området notorisk uforutsigbare og særlig stredet mellom nordspissen av Bhik og den helt sørligste utstikkeren av Arzam bedre kjent som Arzam's tann var en skipskirkegård med utallige skuter på samvittigheten. Nå var en god porsjon av hæren til Kong Hanek på vei inn mot bukta i en flåte av skuter som rommet både menn og utstyr og deres plan var å møte de som kom fra sørøst gjennom fjellene ved bukta. Hanek var en forutsigende konge, som aldri satset alt på et brett og skutene var solide samt at ingen av dem fraktet ting han ikke kunne tåle å miste. Flaggskipet i flåten var et velkjent syn langs kysten av Dheesa, Sjøens frue var den største av alle skutene i Hanek's flåte og et av de største stridsskipene noen sinne. Hun hadde tre master med enorm seilføring og var lagd for å tåle det, og om det var vind stille hadde hun årer også for minst hundre og tjue roere på hver side. Fruen hadde sett kamp før, mot sjørøvere og ulydige småkonger og nå var hun på vei for å vise sin styrke atter en gang. På fordekket var det montert fester for en enorm stridsmaskin, en blide som kunne kaste svære og tunge steinkuler nesten tusen favner når skuta var ankret til bunnen med de uvanlig store og tunge ankrene. Ofte brukte de oljesekker i stedet, og skjøt etter med brannpiler og effekten kunne være grusom. Kapteinen på Sjøens frue var en svært erfaren kriger som kjente skuta og farvannet som sin egen bukselomme men nå fikk han problemer. Fruen gikk dypt og

88

innseilingen til den smale fjorden som ledet inn til den store bukta var blitt grunnere enn før. De sa at strømmene hadde endret seg, at landet innenfor antagelig hadde hevet seg litt så sand la seg igjen på steder der det før hadde vært dypt vann. Et par skuter hadde alt gått på grunn og måtte slepes løs og kaptein Theles av Macallif –Shershan tok ingen sjanser. Fruen var ikke noen ny skute, hun hadde seilt i en mannsalder og han hadde sett skadene rur og pålemark gjorde på skuta når hun ble halt i tørrdokk og overhalt. Mye av skroget var byttet ut men hun hadde snart gjort sitt beste uansett og han ville ikke knekke ryggen hennes over en sandbanke ingen visste noe om. Theles hadde ankret opp noen sjømil utenfor innseilingen og nå sørget hans signalflagg for at de mindre skutene seilte inn først. Noen få seilbåter var i området men holdt seg klokelig unna de store krigsskipene, antagelig var de redde for å bli tvangsvervet.

Theles hadde ingen interesse av vanlige fiskere, han trengte fagfolk og alle på Fruen var godt trente profesjonelle sjøfolk. Han var klar til å sette henne inn i en strid når som helst og foran på den lange smekre snuten hadde de montert et helt glatt kjegleformet spyd lagd av bronse. Med det kunne de kjøre andre skuter i senk og Fruen hadde senket minst fjorten sjørøverskip i sine glansdager. Theles var stolt av skuta si, som alle sjømenn er. På veien opp nordvest over hadde de merket underlige lyder fra havbunnen, og svære bølger og mange var blitt urolige. De visste at det hadde vært flodbølger i Bheki bukta og at øyer var kommet til syne og blitt borte igjen. Theles var erfaren nok til å forstå at noe var på ferde og han hadde mer enn en gang ofret til havets guder for beskyttelse og velvilje. Hanek var en god hersker, vis og fornuftig, men Theles syntes egentlig at han hadde latt ting skure og gå for lenge. Galskapen som hadde spredt seg mellom husene var uforståelig og motbydelig og Hanek burde ha slått til med en jernhanske med en gang. Noen henrettede småkonger og adelsfolk brukte å roe gemyttene rimelig kjapt.

Noen sjøfolk benyttet anledningen til å skrubbe dekket og kveile opp alt tauverket som lå løst og Theles så at flere av de mindre skutene gjorde god fart innover. Vinden sto dem bi nå og siden tidevannet var på vei inn bukta fikk de ekstra fart. Noen måker lå på vinden og seilte og Theles beundret en havørn som gled forbi med et smil. For ham var havet alt som fantes, han satte sjelden bein på landjorda med mindre han måtte. Han sto og prøvde å få fyr på pipa si da en av båtsmennene kom bort til ham. «Det er en liten skute på vei mot oss kaptein, ingen fiskebåt, mer en slags…lystbåt» Theles løftet et busket øyebryn og gikk mot ripa, ganske riktig, en mellomstor smekker skute var på vei mot dem, velholdt og vakker og med få folk om bord. Det var ingen fare, alle der hadde våpen lett tilgjengelig og skuta var ikke noe stridsskip akkurat. Han sto ved ripa og ventet, den mindre skuta revet seil og saknet farten, bremset med senke seil og la seg i ro noen taulengder fra Sjøens frue. En lettbåt ble satt på vannet og en person klatret ned mellom noen sjøfolk og ble rodd over til Fruen så sjøen fosset rundt baugen. Theles ble forundret og nysgjerrig og også en smule bekymret. De bar kong Haneks banner helt tydelig og denne skuta kom antagelig fra Arzam, var dette venn eller fiende?

Personen som ble hjulpet over i lettbåten var enn eldre mann, faktisk kunne en gå så langt som å si at han var gammel. Han hadde skulderlangt tynt hvitt hår og var dyrt kledd men Theles så at han var skrøpelig og svak. Det måtte være meget viktig siden han reiste ut slik, han gikk for å ta imot mannen personlig.

Mannskapet på Fruen heiste mannen opp på dekk i en slags stol, han støttet seg på ripa og virket lett svimmel men sto der og bukket dypt for kapteinen. «Ærede kaptein, jeg er deres ydmyke tjener. Aridan av Coluria er mitt navn, av ætten Bhallu-Arcan.»

Theles ble litt kry av å bli tiltalt på en så gammelmodig men høytidelig måte. Få snakket så høflig lenger. «Og jeg er beæret over å ha deg på mitt dekk. Jeg er Theles av Dheesa. Kaptein i hans majestet kong Hanek's flåte. Hva skylder jeg denne æren?»

Aridan bøyde seg igjen, Theles kunne nesten høre at det knaket i den gamle mannen. Han måtte da snart ha sett sytti vintre? Om ikke flere!

Aridan rettet seg opp og et øyeblikk var det en skygge av frykt i ansiktet. «Ærede kaptein, jeg har kommet for å advare deg og dine skip og menn.»

Theles rynket pannen. «Advare?»

Aridan nikket stivt. «Ja, dessverre. Men det er en lang historie og mine gamle bein verker i denne kalde vinden.»

Theles nikket fort og tok den gamle varsomt i armen. «Selvsagt, hvor er mine manerer? La oss gå i min kahytt»

Aridan haltet etter ham og Theles skjønte at denne mannen hadde levd et meget hardt liv. Han stavret seg ned i kahytten og satte seg takknemlig ned i en myk stol, åpenbart svært sliten. Theles fant noen glass og helte i en temmelig dryg dram med god brandy til den gamle som tok i mot med nesten rørende takknemlighet. Han drakk sakte og satte fra seg glasset. «Min ætt har aldri vært sterke kaptein, vi har livberget oss med handel og fiske og ingen har vel egentlig lagt stort merke til at vi i det hele tatt eksisterer. Men det har endret seg kaptein, alt har endret seg og nå har vi kun litt land igjen og noen få skuter.»

Theles ventet tålmodig, denne mannen måtte få snakke i sitt eget tempo. «Men en ting har vi alltid hatt og det er gode ører, og sunn fornuft og mine sønner og sønners sønner har holdt dem åpne og brukt dem godt. Vi vet det meste om alt som har skjedd i innlandet i det siste året, og om det er skremmende og brutalt er det ingenting mot det som kan komme»

Theles stivnet til. «Hva mener du gamle mann?»

Aridan hostet lett. «Informasjon min venn, er mer verdifull nå enn noen gang før. Den kan redde liv og jeg håper at jeg kan redde ditt, og dine menns liv. Hvor godt kjent er du langs nordkysten av Nierez?»

Theles tok en forsiktig sup av sitt eget glass, brandyen varmet godt i magen men han fikk en følelse av at denne mannen visste noe som kunne bli skjebnesvangert. Han trakk pusten. «Jeg har vært så langt nord som til Ibir, ikke lengre.»

Aridan smilte sakte. «Godt, for det som var er ikke mer. Alt har endret seg der oppe, i løpet av få uker.»

Theles rynket pannen. «Jeg forstår ikke?»

Aridan satte fra seg glasset med et klunk. «Der i nord har det alltid vært Ranclin som har hatt mest makt og innflytelse av de store ættene men den sterkeste familien der oppe har alltid vært etterkommerne til Diaran Falkeblod. De har stort sett styrt som de selv vil og har ikke latt noe påvirke seg.»

Theles nikket. «Jeg kjenner til falkeblodet ja, de er stri og sta og regnes ikke som adelige.»

Aridan smilte tannløst. «Det stemmer, de forakter adelen. Egentlig er de fra Hietlai, det forklarer stridigheten. Men nå har noe forrykket balansen der oppe og det er ikke den forbannede krigen, nei, det er noe meget verre.»

Theles holdt pusten. «Hva er verre enn krigen som raser?»

Aridan så bister ut. «Galskap kaptein, ren galskap. Det begynte i det små, med noen få grupper som tilber den gamle gudinnen Than-cheru, men de har greid å piske opp befolkningen og kona til overhodet for Falkeblod klanen tok til seg den troen og fikk sin egen datter og to av sønnene ofret. Mannen hennes måtte flykte for ikke å lide samme skjebne.»

Theles måpte. «Er det mulig?»

Aridan smilte dystert. «Ja, og det sprer seg langs kysten kaptein, fra landsby til landsby. Det er allerede snakk og at gudinnens tilbedere er i byene langs kysten av Coluria og de tilbyr frelse for folket men alt de får er fortapelse og død.»

Theles prøvde å huske hva han hadde hørt om den gudinnen. «Jeg synes å huske at tilbederne ofrer mennesker?»

Aridan trakk pusten. «Ja, hun krever blod, mye blod. Og rikdommer, prestene er antagelig skittent rike allerede. De eter seg fete på krigen kaptein, på folkets lidelser.»

Theles så skarpt på den gamle. «Så, hva har det å gjøre med meg og mine skuter?»

Aridan rettet seg opp. «En av mine sønnesønner var i en landsby ikke langt nord for tanna for tre dager siden. Han sovnet under en benk og mens han lå der kom det to menn og satte seg like ved, han våknet for de drakk og skrålte. Den ene av dem var en forhenværende sjørøver, ganske kjent og beryktet men benådet av kong Thern av Coluria siden han gikk med på å være kaper for en stund. Du har sikkert hørt om Orm den vesle?»

Theles nikket. Orm hadde vært en middelmådig sjørøver som fikk et rykte og respekt kun fordi han var uvanlig brutal når han bordet skuter og hadde en lei tendens til å henge alt mannskapet fra baugspydet. «Ja, han er et svin»

Aridan smilte skjevt. «Godt sagt min venn, men det som er mer alvorlig er hva han fortalte sin venn. Noen prester hadde hyret ham for å gjøre alt for at ikke Hanek får skapt ro og orden nord for bukta, de trenger krigen kaptein, for å trekke til seg enda mer rikdommer og enda mer folk.»

Theles svelget hardt. «Om det er sant er det meget alvorlig.»

Aridan la armene over kors over brystet. «Han tenker å angripe flåten kaptein, mens den ligger for anker i bukta. Før dere får tid til å laste av alt mannskapet og utstyret.»

Theles stivnet. «Da trenger han skuter, og menn.»

Aridan nikket. «Om han ikke har hjelp fra andre ja, da sa ikke noe konkret om planene men min sønnesønn sa at de ville se alle skutene til Hanek brenne, og at de hadde flere folk klare. Dere seiler inn i en felle.»

Theles trakk pusten dypt, han kjente at det svimlet for ham. Det var over hundre skuter i flåten og mange tusen soldater. Det ville bli en katastrofe. «Er disse galningene utbredt lengre inn i landet?»

Aridan ristet på hodet. «Nei, kun langs kysten foreløpig men de vil innover også. Det er bare i Nierez og Arzam de har fått tak på folk så langt vi vet, og som jeg sa, det har spredt seg forferdelig fort. Alle ryktene og de merkelige hendelsene har fått folk til å gripe tak i noe å tro på, selv om det er en hul og falsk tro.»

Theles tvang seg til å tenke, flåten ville ikke være på plass før om noen dager, de måtte forberede seg. «Om vi snur, hva skjer da?»

Aridan trakk på skuldrene. «Da vil Hanek stå uten halve hæren sin og tro meg, de som slåss der inne vil lage hakkemat av ham. Det er alle mot alle men de sier at Dolkens spiss leder en stor hær, og at han vil drukne landene i blod.»

Theles grep tak i armlenet på stolen, bare for å føle at han hadde noe å holde fast i, noe reelt og ekte. «Jeg takker for advarselen min venn, og måtte alle sanne guder velsigne deg gamle mann. Du kan ha reddet oss alle.»

Aridan bukket på hodet, litt brydd. «Det er min plikt kaptein, jeg ville vært et dårlig menneske om jeg ikke gjorde noe for å forhindre en slik grusom hendelse.»

Theles tok den gamles skjelvende hånd og trykket den. «Jeg er i hvert fall meget takknemlig og jeg vil se til at kongen også får vite om din hjelpsomhet. Den vil bli rikelig belønnet.»

Aridan bare trakk på det. «Belønning trengs ikke min gode kaptein, bare redd skutene deres. Om ikke Hanek greier å rydde opp vil det neppe være levende liv igjen nord for bukta.»

Theles hjelp den gamle opp på beina og nesten bar ham ut av kahytten. Antagelig hadde ikke Aridan mange månedene igjen og det var tappert gjort av den gamle å gjøre det han hadde. Så nå var det flere som ønsket å vedlikeholde kaoset, ikke bare en gal krigsleder men også en fordømt religiøs kult. Det var en skremmende kombinasjon. Han visste godt hva religiøse galninger kan få seg til å gjøre.

Aridan ble hjulpet ned i lettbåten og Theles så ham bli rodd tilbake til den vesle skuta. Han sto og så at den seilte bort og tankene gikk vilt i hodet på ham. Han måtte handle og han måtte handle nå! Fort gikk han ned i kahytten igjen og skrev noen raske brev, deretter kalte han til seg noen av sine beste menn. «Thurar, Filip, ta disse brevene og ro ut, stans den første skuta dere treffer på fra flåten og be kapteinen spre dette med en gang. Det er meget alvorlig.»

De to bukket og gikk ut for å senke en lettbåt og ro ut til de passerende flåte skipene. Theles så på den tredje mannen han hadde ropt til seg, en liten mager spirrevipp med vilt hår og merkelige stikkende øyne. «Du Boran ror til land, jeg gir deg en pose med mynt og du kjøper en god hest og rir mot hæren. Du må nå Hanek for enhver pris, om det er fiender ved bukta vil de garantert være forberedt på at hæren ankommer og lage problemer.»

Boran så litt lamslått ut men bukket lydig. «Det skal bli kaptein.»

Theles gav ham en svært tung pung med mynt. «Her, la ingen stanse deg. Ri langs bukta til du kommer til grensen mellom Dheesa og Longil, der rir du rett nordover. Du vil treffe på hæren, de er allerede på vei.»

Boran bet seg i leppa og bøyde seg igjen, Theles smilte stivt. «Jeg skal sende med deg klær, og våpen. Ikke vis hvem du er og hvor du er fra og i hvert fall ikke at du tilhører Hanek's menn. Er det forstått?»

Boran nikket og gikk og Theles ropte noen ordre. Nå var loddet kastet og bare gudene kunne vite hvordan dette ville gå. Det ville ta Boran dager om ikke en hel uke å nå hæren om den var der den skulle være og hadde de så lang tid? Han bet tennene sammen. De måtte ha så god tid. Alt sto og hang på at han fikk advart flåten og hæren, alt sto og hang på ham!

Vardhys

De hadde funnet en liten lun hule den kvelden, den lå skjermet til og Vardhys så til at de fikk satt opp en enkel leir som ikke var godt synlig. Han prøvde å tenke rasjonelt og praktisk men det var temmelig vanskelig. De hadde sloss mot troll! Han hadde aldri trodd på slikt, noen gang! Og han var liksom en slags…ja gudene visste hva han var! Han så til at noen av karene gikk for å finne noe spiselig mens andre samlet litt ved og bar vann. De trengte noe varmt i livet alle sammen og han så at Iarda virket temmelig sjokkert fremdeles. Hun satt der sammen krøpet i et hjørne av det enkle teltet og stirret inn i ingenting og han satte seg ned ved siden av henne, bød henne på noen få biter med halvtørt brød. Det var det beste han kunne tilby der og da. Hun tok det uten egentlig å se på ham, øynene var temmelig fjerne fremdeles og han syntes synd på henne. «Du burde legge deg ned, vi trenger hvile alle sammen.»
Hun ristet på hodet. «Det kan så være, men jeg vil aldri kunne hvile igjen, jeg sverger det! Jeg…Åh guder!»
Vardhys nikket. «Det krever tid å komme seg over det, ikke sant? Alt har endret seg»
Hun trakk pusten, tørket snørr av nesa med ermet og han krympet seg litt, det fikk være grenser for ufin oppførsel. «Jeg følte dem, jeg visste at de var der, at de kom! Hvorfor?»
Vardhys trakk på skuldrene. «Jeg aner ikke Iarda, ærlig talt. Og jeg skal liksom jakte på de beistene, kan ikke si at jeg ser frem til det noe særlig.»
Hun svelget og så temmelig fortapt ut. «Jeg forstår ingenting, jeg har ikke ønsket noe av dette, ikke noe!»
Vardhys smilte litt skjevt, han hørte at mennene kom tilbake med et par magre hjorter de hadde greid å skyte. I det minste

ble det kjøtt snart. «Ingen av oss ønsket dette Iarda, men vi kan bare gjøre det beste ut av det»

Hun snufset. «Vet du, jeg har aldri vært noen, aldri hatt noen betydning og jeg har alltid vært nødt til å ta vare på meg selv. Det å samarbeide med andre? Det har aldri vært min sterke side.»

Vardhys nikket og satte seg litt bedre til rette. Bakken var hard der selv med teltduk under dem. «Du er svært aggressiv ja, jeg har merket det. Det kan være en fordel men av og til må en bruke hodet før en eksploderer.»

Hun sukket, lot hendene gli gjennom det bustete mørke håret. «Jeg kommer fra en landsby nær bukta, et lite høl som ikke har vært noe bra sted noen gang. For mange som tror de egentlig burde holdt til i hovedstaden og for mange bitre sjeler som aldri kom så langt»

Vardhys husket landsbyen han hadde bodd i sammen med Jasper og familien hans, den hadde hatt noe av det samme preget, av å være forbigått og glemt. «Jeg har sett slike steder Iarda, de er ikke noe godt sted å være»

Hun fnøs. «Mor var prostituert, hun solgte seg av og til for mat. Mannen hennes omkom på sjøen, året før jeg ble født. Han var ikke faren min, alle kunne se det.»

Vardhys krympet seg. Han var selv en bastard men blant de adelige var ikke slikt uvanlig og ble på en måte nesten godtatt. Blant allmuen på den andre siden? Iarda måtte ha hatt en hard oppvekst. «Jeg er lei for det»

Hun blåste i nesa og øynene ble trassige igjen. «Særlig, men jeg er i live i det minste. Jeg lærte meg og tigge og stjele tidlig og holdt meg hjemmefra. Det kvinnfolket var truende til å selge meg, for å få penger til brennevin»

Vardhys krympet seg. «Virkelig? Det er grusomt»

Hun så skarpt på ham. «Ja, men vet du hva? Jeg var heldig, jeg har alltid vært trassig og har aldri vært villig til å bare bøye meg. Jeg vet om flere unger i den landsbyen som ble brukt slik, og ingen av dem kom seg unna.»

Vardhys følte seg lett kvalm, han hadde aldri forstått hva som foregikk i hodet på folk som forgrep seg på barn. «Det er mange syke sjeler der ute.»

Iarda nikket. «Det har du i det minste rett i. Jeg stakk fra hele stedet og prøvde å finne meg arbeide men ble fanget av Mahrepas sleng. I det minste prøvde de ikke å knulle meg»

Vardhys skar en grimase. «Mahrepa hadde trent sine folk godt, de hadde disiplin. Hun godtok ikke den slags, drap og desslike så avgjort men ikke ting som kunne bringe henne i vanære.»

Iarda nesten knurret. «Det hadde hun da i det minste, men gudene skal vite at det kvinnfolket har skapt mye elendighet. Det triste er at hun ikke er alene»

Vardhys bare sukket, lukta av slakt og kjøtt begynte å komme sigende og han visste at kjøttstykker nå ble lagt over ilden til steking Det fikk magen hans til å rumle. Iarda lente seg litt bakover, prøvde å gni vekk litt av skitten i ansiktet. «Jeg er heldig som ikke er pen, og enda mer heldig siden jeg er sterk.»

Vardhys visste ikke hva han skulle si til det så han bare trakk på skuldrene igjen. «Det blir mat snart, du må se til å få i det litt kjøtt. Vi trenger å styrke oss.»

Iarda bare nikket og Vardhys kom seg opp og gikk ut. Hala sto og ventet på ham, med en bit pergament i handa. Det var en primitiv tegning på den. «En av karene har vært i dette området, da han var guttunge vel og merke. Han husker noen få ting. Det skal ligge en liten landsby like ved der denne veien møter høysletta, og så skal det være flere grender innover og noen større landsbyer høyere opp»

Vardhys så på kartet. «Det kan nok stemme, det har alltid vært en god del folk her oppe, på grunn av ullhandelen. Vi bør advare dem om at de er i fare.»

Hala så smalt på ham. «Jeg er redd det allerede kan være for sent herre, hva om trollene allerede har herjet rundt der oppe?»

Vardhys skar en stygg grimase. «I så fall er det merkelig at jeg liksom skal være en jeger, liten vits i å stenge stalldøra når hesten har stukket av.»

Hala trakk på det. «Du har rett, gudene har talt og valgt deg av en grunn, ikke for at du skal gjøre ingenting.»

Vardhys nikket. «Se til at karene får i seg mat, at de hviler godt. Vi rir videre så tidlig som mulig i morgen. Vi kan ikke bli her, det er for utsatt.»

Hala nikket og Vardhys følte på seg at tilliten mennene viste til ham var overdreven. Han var ingen leder, ved gudene, han var knapt voksen men kanskje disse erfarne karene så mer i ham enn han selv gjorde.

De spiste og gikk til ro, fem menn holdt vakt hele tiden og Alfons satt ved bålet og virket for å meditere. Vardhys ønsket å spørre ham ut, å vite mer om alt det merkelige men han vågde ikke. Han følte en slags skrekkblandet respekt for vennen som hindret ham i å ta kontakt. Morgenen kom med tåke og sur sno og karene skuttet seg og skyndte seg med å pakke sammen. Vardhys pusset over Skygge og så at Ildøye hadde drept en hjort i løpet av natten og spist hele skrotten. Bare geviret og noen få bein lå tilbake og dyret virket svært fornøyd. Iarda hoppet opp på Skygge bak ham og klamret seg fast til salen og karene var ivrige etter å komme seg av sted. De var en stor gruppe så Vardhys fryktet ikke for annet enn disse groteske skapningene de tydeligvis var ment å jakte på.

«Vi rir mot den første landsbyen, antagelig når vi den i løpet av ettermiddagen om vi ikke stanser og rir jevnt. Bruk øynene, ser dere tegn til fare si ifra med en gang.»

Karene bare hoiet som tegn på at de hadde hørt, så red de av gårde og Vardhys følte på seg at de på en måte var på flukt. Allikevel red de mot fare og hadde fare bak seg, han følte seg fanget og rådløs men kunne bare flyte med strømmen.

Heldigvis var den gamle veien god, noen steder var den slitt og utydelig men de fant frem og gjorde god fart. De stanset her og der for å la hestene drikke men det ble bare korte stans helt til litt utpå dagen da en av for-rytterne gjorde anskrik. Det var en stor flokk med svære mørke fugler seilende over tretoppene et stykke foran dem og Vardhys skjønte hva det betydde. Ravn samler seg gjerne om det er kadaver tilgjengelig. Han saknet farten, holdt rytterne tilbake. «Det kan være hva som helst, vær på vakt alle sammen. Trekk blankt»

Samtlige trakk våpnene og Alfons bikket på hodet og de merkelige øynene virket for å gløde. Ildøye pep og ville fremover og Vardhys nikket og gav signal. De red på igjen og etter noen hundre meter gjorde veien en sving og møtte en liten elv. Det var en slags slette like ved elvesvingen og der lå minst tre døde hester og noen lik. Vardhys bannet for seg selv og han og Hala red frem. Det hadde vært reisende, det var ganske tydelig for personene hadde vært godt kledd med mye utstyr. Nå var mesteparten borte og et par av likene var strippet også. De hadde vært døde i flere dager, ravnene hadde forsynt seg av dem og hestene var oppblåst tross i kulda. Hala spyttet i snøen. «Det der er ikke gjort av troll, ikke faen heller. Det er gjort av folk»

Vardhys steg ned og Iarda ble sittende, hun så nervøs ut. «De har vært på flukt, jeg er sikker. Denne mannen her bærer et segl på jakken, og jeg tror at de to nakne likene var adelige. De har lite muskler og de er velfødd»

Hala kaklet svakt. «Gode øyne på deg herre, og sunn fornuft også. Det er en del adelige familier i høylandet også»

Vardhys brummet bare. «La oss håpe at de ikke er i slekt med kongen selv da, det kan bety trøbbel om han finner ut av det»

Hala trakk på skuldrene. «Jeg tviler, Hanek er av Macallif så vidt jeg vet, og disse folkene ser mer ut som om de er i slekt med Ohdrasar eller Ranclin. Uansett, jeg tror kongen har andre ting å bekymre seg over enn noen døde adelsfolk»

Vardhys steg til hest igjen. «Det vil jeg tro. Det er ikke noe vi kan gjøre for disse stakkarene, men nå vet vi at det er illgjerningsmenn i traktene. Antagelig røvere.»

Hala så skarpt på Vardhys. «Det er harde tider herre, og om det er farer her som folk ikke er vant med kan det gjøre dem desperate. Ikke døm folk før du vet hele sannheten.»

Vardhys sukket. «Du har rett, men mord er uansett å trekke det for langt.»

Han red opp på veien igjen og Iarda klynket. «Skal de bare ligge der?»

Vardhys nikket. «Det er tele i bakken jente, og et bål vil være synlig mange mil unna. De er døde, det spiller ingen rolle for dem om marken eter dem eller ravn og ulv.»

Iarda gyste. «Men det er så…lite respekt i det»

Vardhys forsto henne, han snudde seg litt og prøvde å smile. «Jeg vet det, men nå må vi tenke på de levende, ikke de døde.»

Hun sa ingenting mer og de red på. Dagen var på hell og de ville nå den landsbyen før det ble mørkt, nå mer enn noen sinne. Heldigvis var hestene gode og de hadde såpass med krefter at det ikke plaget dem å bli ridd slik hele dagen. Det gikk oppover gjennom trange daler helt til det brått flatet ut og de så ut over et bølgende landskap med åser og daler og noen små sjøer her og der. Synet var vakkert men Vardhys følte bare en slags uro når han så på den vakre naturen. Det bodde folk der inne, folk som kanskje var i fare. Og det skulle liksom være hans jobb å redde dem? Gudene hadde en merkelig sans for humor til tider. Eller kanskje en total mangel på den slags. De red nedover en stund, så flatet det ut igjen og karene pekte. Det var lys forut og det kunne bare være den landsbyen Hala hadde nevnt. Den var neppe stor men det måtte være folk der og det hevet humøret og moralen ganske mye. De gjorde god fart og etter litt så de en temmelig enkel og dårlig vedlikeholdt palisade lagt av tømmerstokker. Det var en port i den og bak så de et titalls hus som røpet at de som bodde der var enkle folk, antagelig bønder. Det beitet noen få små sauer på markene rundt og Vardhys så noen få magre kyr og noen enda magrere griser som rotet i bakken. Stedet hadde sett bedre dager og antagelig rikere dager også.

De red frem mot porten og en eldre kar kledd i saueskinn og slitte ullbukser kom frem, han så temmelig nervøs ut men rettet seg opp, ville antagelig ikke se ut som en feiging. Vardhys stanset Skygge og mannen bukket dypt, han skjønte antagelig at det var fint folk og ville vise respekt. «Jeg er Vardhys av Eikelansen, dette er mine menn. Vi er på vei nordvest over, og vi trenger et sted å tilbringe natten.»

Mannen vætet leppene. «Ærede herre, vi har rom nok til så mange, og stall også til hestene men vit at dette er et farlig sted.»

Vardhys rynket pannen. «Farlig? Det må du utdype min gode mann»

Mannen strøk seg i skjegget. «Det er harde tider herre, og harde tider skaper harde hjerter. Flere landsbyer har blitt plyndret i det siste, og folk er blitt drept»

Vardhys sukket. «Vi fant noen døde folk på veien opp hit, antagelig to adelige med tjenere.»

Mannen spyttet på bakken og gjorde et slags tegn, antagelig for å beskytte seg mot onde ånder. «Det må ha vært herrene Ulfberth av Ambolten og Geiral av Nordengene. De var på vei mot kysten, bodde her i to dager mens hestene hvilte. Gode karer, litt høye på pæra men de fortjente ikke døden.»

Vardhys steg ned av Skygge og han så at mannen så litt nervøst på Alfons og Flamme. Ildøye så han ikke på i det hele tatt, antagelig skremte dyret ham for mye. «Hvorfor var de på vei mot kysten?»

Mannen bukket kort. «Bli med meg, så skal jeg forklare. Det er kun noen få familier igjen her så det er tomme hus nok. Alle har reist til de større landsbyene lengre nord eller tatt kursen utover mot bukta.»

De fulgte etter den heller krokbøyde karen som stanset foran en svær låve. Den var heller ny men allerede slitt og i det minste fikk hestene bra tak over hodet. Det var mye høy der og karene begynte å sadle av og stelle dyrene med en gang. Den gamle bikket på hodet. «Her er det bare oldinger og syke igjen er jeg redd. Så røvere har lite å hente her, og antagelig vet de det for vi har fått være i fred enn så lenge.»

Vardhys så smalt på mannen. «Dette skal liksom være et rikt område, verdifullt for kongen?»

Den gamle skar en grimase. «Åh ja, verdifullt til de grader. Hanek fikk store rikdommer herifra, og vi hadde det godt også. Vi slapp å betale mye skatt, fikk styre oss selv også. Jo, livet var godt her, hardt til tider men godt. «

Vardhys sadlet av Skygge og så til at den fikk en real dose med høy og vann. «Hva skjedde?»

Mannen klødde seg i det fjonete håret. «En forbannelse, i det minste sier de gamle kvinnfolka at det var en forbannelse men jeg tror ikke på slikt. Det begynte tidlig forrige sommer, da alle søyene og lama hoppene skulle føde. Lamaene har vi fra Ardot så de hører jo egentlig ikke til her oppe men dyra har trivdes og ulla er den beste en får. Vi hadde store flokker herre, vakre dyr som var oss så kjære som våre egne barn»

Vardhys hadde ikke en gang kjent til navnet på disse dyra men det var altså lamaer. Han hadde ikke sett noen ennå og begynte å tro at det var en grunn for det. «Noe gikk galt?»

Den gamle lente seg mot en båsvegg og øynene var litt blasse. «Ja, de fleste fikk dødfødte lam, og deretter ble de syke også og kreperte. Vi gjorde alt vi kunne men ingenting hjalp. I løpet av et par uker hadde vi mistet nesten alle hunndyra, sau og geit og lama. Og deretter begynte hanndyra å sykne til også. Noen av sauene greide seg faktisk men nesten alle lamaene kreperte. Det var grusomt.»

Vardhys svelget hardt. Slike epidemier med sykdommer på husdyra kunne ruinere folk, og totalt ødelegge livsgrunnlaget. «Så det ble ikke noe ull av det»

Mannen ristet på hodet. «Mye gråt og lite ull. De riktig gamle sier at noe lignende skjedde for kanskje hundre og femti år siden, nesten alle sauene strøk med, men de som greide seg forble friske og fikk lam og flokkene økte igjen.»

Vardhys hadde hørt om noe lignende, på kveg. Det var beitemarker som aldri kunne brukes igjen fordi noe i jorda der

gjorde dyra syke, og den sykdommen kunne smitte folk også.
«Det er forferdelig, jeg har aldri hørt verre»
Mannen skar en sarkastisk grimase. «Alle her lever av sauene,
alle! Så brått hadde mange lite å leve av, eller ingenting og
tjenestefolk fikk sparken i hopetall. Noen av de fattige
bøndene som sto uten noe slo seg sammen og ble banditter i
stedet. Jeg snakker kanskje om en tjue til fem og tjue stykker.
Yngre karer, desperate og harde og uten håp.»
Vardhys sukket. «Jeg regnet med noe slikt ja. Så folk har
flyktet unna på grunn av alt dette?»
Mannen nikket. «For å se etter arbeide i de større landsbyene
ja, men i det siste har andre ting skremt dem vekk. Det er sett
troll, ja jeg tror det knapt selv men et par små bygder har blitt
jevnet med jorda og for en uke siden fortalte en kar her at han
hadde funnet en gård der alt var slitt i fillebiter. Verdens ende
er nær, sann mine ord»
Vardhys skar tenner. «Det er troll, tro ikke annet. Vi jakter på
dem»
Mannen så forskrekket ut. «Virkelig? Det er…Gudene være
med deg i såfall unge herre, de er skapt av mørket selv»
Karene var ferdige med å ordne hestene for natten og den
gamle ledet vei til en større bygning. Antagelig hadde den vært
huset til lederen i landsbyen men nå var det nesten tomt. Bare
en svært mager gammel kone befant seg der ved gruva og hun
var i full gang med å få liv i ilden da de kom inn. Hun neide
pent men Vardhys forventet nesten å høre at det knaket i henne
når hun bøyde seg. «Dette er min hulde viv Berthilda, jeg er
Saemon.»
Vardhys bukket høflig og den gamle kona fniste faktisk.
Saemon så på henne med kjærlig blikk. «Førti gode år har vi
hatt sammen, om bare ting hadde vært annerledes så kunne vi
ha nytt våre siste år i fred men gudene er harde mot oss
dødelige.»
Alfons og Iarda slo seg ned ved en benk og karene fordelte seg
utover. Det var benker og bord overalt og den gamle kvinnen

trakk frem en kjele med noe som måtte være en slags suppe. Det luktet i det minste godt selv om den var tynn. «Vi har ikke mye å by på ærede, men Berthilda er en durabelig kokke. Hun kan lage god mat av hva som helst og lar ikke mangelen på råvarer stanse seg.»

Hun kaklet igjen og Vardhys så at hun neppe hadde mange tenner igjen i kjeften men øynene var milde og klare og han forsto at dette var en veldig god person. En som hadde sett mye men overvunnet alt. Saemon delte ut noen sprukne tallerkener lagd av keramikk og alle fikk en porsjon suppe. Vardhys var glad den var varm og den var uventet delikat. Berthilda var virkelig en god kokke.

«Har dere ikke noen slektninger her som kan ta seg av dere?» Seamon ristet på hodet. «Vi har fem barn herre, to døtre og tre sønner. Døtrene våre er gift og bor i landsbyen kjent som Fem eikene. Den ligger nær fjellene på andre siden av høylandet. Ene sønnen vår bor helt nede ved grensa til Ebanar, han fant ei durabelig jente der og hun ville ikke flytte så han havnet hos henne. Den nest eldste gikk bort for tre år siden på grunn av noe i magen og den eldste han reiste for tre måneder siden, ville ut til kysten og se om han fant arbeide der. Kona og ungene fulgte ham og vi har ikke hørt noe fra ham siden.»

Vardhys svelget fort. Det var tydelig at folk var desperate ja, når de forlot sine svake gamle foreldre slik. «Så det er lite folk igjen her oppe?»

Berthilda svarte, med en forbausende klar stemme. «Både ja og nei, de større landsbyene er tettpakket med folk, men på landsbygda er det tynt nå ja. Kongen hadde sendt folk hit for å bedømme hvor ille det var men så brøt all denne galskapen ut overalt og han har vel glemt oss.»

Hala så alvorlig ut. «Vi har ikke engang hørt om at dyra her har strøket med, slikt bruker å spre seg fort. Alle burde ha hørt om det temmelig fort.»

Saemon ristet på hodet. «Vi fikk ikke si noe, og ingen fikk forlate området helle. De ville holde det skjult, for Hanek trenger jo inntektene og om noen av hans fiender fant ut at han egentlig begynner å slite med økonomien, ja da tenker jeg det hadde blitt huskestue til gangs»

Den gamle kaklet og kona hans gliste med.

Vardhys svelget fort. «Dere har rett. Han har nok gjort sitt for å skjule det, men nok om det. Hva med trollene? Tror dere det er mange?»

Saemon trakk på skuldrene. «Høylandet er svært unge herre, og det er langt mellom bygdene. Mye av det er bare åpne åser uten annet enn lyng og litt kratt. Mye kan skjule seg i de smale små dalførene. Jeg vet ikke, det jeg frykter er de fredløse, ikke trollene»

Vardhys så smalt på den gamle- «Så de som har slått seg på en kriminell levevei er fredløse?»

Saemon nikket tungt. «Selvsagt, lovene er strenge her i høyden, og det må de være. Gjør du noe slikt er du fredløs, du trenger ingen dom eller rettsak. Alle vet det.»

Vardhys følte seg litt usikker «Du sa at det er kun rundt tjue fem mann. Tror du at de vil bli fristet til å angripe oss?»

Den gamle mannen blåste i nesa. «Neppe. Dere er over tretti, godt bevæpnet, ledet av en ridder og så har dere det merkelige dyret som følger dere, er det fra Ardot? Jeg har aldri hørt om noe lignende.»

Vardhys måtte glise. «Ja, han er fra…Ardot. Så du tror ikke de våger?»

Saemon ristet på hodet. «Nei. Men hestene deres vil friste dem så hold dem bevoktet hele tiden»

Hala gliste litt kort. «Flamme og Ildøye er i stallen. De vil si ifra om noen prøver seg.»

Vardhys syntes nesten synd på den jævelen som prøvde å stjele fra dem. Ildøye ville gjøre kort prosess med tyvene.

Han smilte fort. «Jeg tror vi slår oss til ro for kvelden, takk for den utsøkte suppen frue»

Berthilda rødmet og fniste og hun virket stolt også. Antagelig hadde ingen rost kokkekunsten hennes på lenge. Karene trakk bordene og benkene unna og slo seg til ro på golvene. Et par gikk til stallen bare for å være på den sikre siden angående tyver og Vardhys fikk en seng i et lite rom som antagelig hadde vært en tjeners soverom før. Senga var hard og litt kort men bedre enn golvet. Alfons sov i et annet rom som lignet og Iarda hadde funnet seg en slags hems over det største rommet og der la hun seg i en haug med gamle saueskinn. Hun kom til å stinke bukk dagen etter men hun virket ikke for å ta seg nær av det.

Vardhys var sliten og kroppen føltes tung, allikevel gikk det en stund før han fikk sove. Hva var det egentlig de skulle gjøre der oppe? Beskytte landsbyene? Bli kvitt de fredløse? Han antok at han bare fikk la gudene rå.

Khelebil

Khelebil stirret ned i såret, han svelget og tørket svetten, kjente at han hadde fått en merkelig kald følelse i magen og hendene kjentes tunge, som om de var lagd av bly. De hadde åpnet den døde soldaten med en gang de hadde fått gjort i stand til det og liket lå nå på et trebord dekket med oljelerret. De andre feltskjærene sto der og var grønne i ansiktet og bare Older orket å holde ut og hjalp Khelebil med jobben.

Khelebil forsto mindre og mindre, ærlig talt hadde dette sjokkert ham til margen og han skulle ønske han hadde hatt det enorme biblioteket ved det medisinske fakultetet til sin disposisjon. Hanek's slekt hadde alltid verdsatt kunnskap og Hanek var så forutsigende at han støttet også innkjøp av gamle sjeldne bøker. Khelebil og andre lærde kunne ikke fullrose ham nok for det. Den døde kroppen så svært stakkarslig ut, tynn og grå og Khelebil undret seg over hva det egentlig var som gav liv til levende skapninger, om det var noe vitalt som bare forsvant og om det var sjelen. Aro hadde dødd av noe som gav en salig suppe med symptomer og da Khelebil åpnet ham var suppe nettopp det første ordet som slo ham. Innvollene til mannen var merkelige, svært skjøre og svakt grønnaktige og de stinket som om mannen hadde vært død i dagevis allerede. Aro hadde ikke hatt en sjanse. Blodet var merkelig tyntflytende og mørkt på farge og lungene hadde kollapset med en gang og nærmest gått i oppløsning.

Khelebil hadde fått en av de andre til å ta notater for seg, han skar en grimase og dyttet borti den døde mannens lever, den var merkelig blek og minnet om en svamp og den var også lettere enn normalt. Og Aro drakk ikke? Milten var grotesk oppsvulmet, minst fem ganger større enn den skulle være og steinhard og nyrene var også hovne. Det virket for at testiklene på karen hadde løst seg opp til en slags mos og fremdeles rant det tynn avføring fra kroppen og lukta var så ille at selv Khelebil brakk seg.

Hva i alle guders navn hadde drept denne mannen? Han svelget og beveget seg oppover, hjertet var ganske normalt, merkelig nok og sterkt og sunt. Men det rant tynt blod fra det og Khelebil var begynt å bli urolig. Det hadde kommet så fort, og gjort jobben så grundig at det nesten ikke var noe igjen av karen. Hva i alle guders navn kunne det være? Khelebil visste at noen sykdommer sprer seg fort, andre sakte. Noen hopper over noen personer men tar andre og en god del kunne skyldes ytre påvirkning. Han hadde sett at folkene som levde på noen av kystøyene ofte fikk blødende tannkjøtt og merkelige smerter i beina om de ikke åt noen urter som vokste der, kostholdet der besto ene og alene av fisk om vinteren og det var tydelig at det betydde at de manglet et eller annet. Khelebil skulle gjerne likt å vite hva!

Han nølte litt men så skar han løs litt av skalpen til mannen og trakk den til side, brukte et grovt bor til å komme seg gjennom skallen og de andre feltskjærene krympet seg. Lyden av metal mot bein var skjærende og ubehagelig. Khelebil lente seg frem og stirret, Older stirret også, øynene hans sto litt ut. «Nå har jeg aldri….»

Khelebil nikket. «Ikke jeg heller, dette er…Ikke bra!»
Older trakk seg i håret og det merkelige fjeset fortrakk seg i en grimase. «Det ser ut som tjære»

Khelebil måtte si seg enig, det som ellers skulle vært en jevn glatt overflate med tydelige blodårer i, jevnt grålig var nå å sammenligne med tjære, det var en god metafor. Den normalt så glatte overflaten virket for å ha blitt halvt tørket og var rynket og årene sto ut på en underlig måte. Det var ikke blod å se.

Han trakk skalpen tilbake på plass, sydde igjen sårene med grove sting og nikket stumt til de andre. «Vask liket og pakk det pent inn, han skal brennes, ikke graves ned. Og det må skje fort, jeg aner ikke hva dette er og jeg vil ikke at noen skal vite det og spre panikk»

Older fuktet leppene. «Men herre, hva skal vi si?»

Khelebil klemte seg i neseryggen, han følte seg underlig sliten. «Si at han døde av...Akselerert innvendig fortæring.»

Ferdan rynket pannen. «Er det en sykdom?»

Khelebil ristet på hodet. «Nei, det er det som skjer etter at en dør, en går i oppløsning. Han gikk i oppløsning før han engang var død. Jeg fatter ikke hvorfor»

En av de andre feltskjærene så skarpt på ham. «Mannen har sikkert syndet, det er gudenes straff»

Khelebil snudde på hælen og stirret rett inn i det lett rotteaktige ansiktet, mannen tok et steg tilbake med et lite pip. «Og om du sier et eneste ord til som antyder overtro og idioti ryker du på hodet og ræva rett ut hører du? Jeg vet at smedene trenger en medhjelper til å trekke ut naglene av hesteskoene før de skor om gampene»

Denne mannen var hysterisk redd hester og ble blek som melk før han rygget tilbake. Khelebil sendte hele gjengen et heller giftig blikk. «Vi er leger, vitenskapsmenn! Vi tror på det vi ser, og kan håndtere, ikke på slikt gamle kjerringer har lirt utav seg på mørke vinternetter. Forstått?»

Alle nikket heller duknakket og Khelebil smilte stivt.

«Utmerket mine gode menn, utmerket.»

Older så skjevt på ham. «Hva gjør du nå herre?»

Khelebil så stivt på ham. «Jeg går og bader, og jeg foreslår at dere gjør det samme. Vask dere grundig, og brenn klærne dere brukte nå. Og bruk for guds skyld brennevin på hendene.»

Older brummet. «Misbruk av godt brennevin»

Khelebil ristet på en finger. «Nei, tvert i mot min gode mann, riktig bruk av det.»

Han forlot teltet og trakk pusten dypt. En feltleir lukter aldri roser og fioler men sammenlignet med stanken fra den døde var dette rene parfymen. Han trakk lufta ned i lungene og begynte å tenke hardt. Noen mente at sykdom ble spredt i lufta, av forurenset lukt, miasma. Khelebil tvilte på det, han hadde studert gamle fortegnelser over sykdoms utbrudd og han hadde sett at det neppe stemte. For mange herrens år siden hadde en litt større landsby vest for Sølverhøy blitt angrepet av dysenteri og om dette stemte burde bare de lavere nivåene i byen vært angrepet siden luft som inneholder ting ofte synker nedover. Byen var bygget på en svært bratt ås og det lå gjerne tjukk tåker over de laveste nivåene der. Men folk ble syke også på toppen av byen og Khelebil hadde kommet til at det måtte være vanntilførselen som gjorde utslaget. De fattige som bodde utenfor selve bymuren var friske og de hentet vann i elva men de som bodde i tryggheten bak de høye murene brukte dype brønner gravd for mange hundre år siden. Det året hadde det vært svært tørt og nivåene i brønnene hadde sunket og Khelebil skulle ønske at han kunne ha testet hypotesen sin. Han gikk til badeteltet som var reist et stykke unna, det var for offiserene først og fremst og noen soldater var satt til å varme vann hele tiden. Han fikk en stamp og så til sin glede at han var den første som brukte det vannet. Som regel var det minst fem som badet i samme vannet før det ble skiftet ut. Han vasket seg grundig og tenkte hele tiden, hodet tikket og gikk som en klokke og da han var ferdig og fikk på seg rene klær løp han ut til kjøkkenteltene og samlet noen av kokkene. Han gav beskjed om at fra nå av måtte de bruke kokt vann, aldri vann som bare var tatt fra elva eller en brønn. Det kunne være at Aro hadde vært uheldig og hadde fått i seg noe ved en tilfeldighet men Khelebil hadde aldri hørt om noe så jævlig som det som skjedde men den mannen og i hans erfaring og kunnskap var ikke tilfeldigheter en mulighet i det hele tatt. Kokkene ble temmelig furtne siden det innebar ekstra arbeid men de ville adlyde, særlig da Khelebil fortalte dem at en mann var død og at det kanskje kunne være noe som potensielt kunne spre seg. De visste hvor sårbar en slik stor samling mennesker er.

Khelebil sukket, deretter mannet han seg opp og gikk mot teltene der kongen og hans nærmeste holdt til. Dette var noe som måtte diskuteres. Siden vaktene kjente ham godt ble han sluppet inn med en gang, kongen var i ferd med å diskutere veien videre med noen av rådgiverne sine. I motsetning til mange andre i hans posisjon omgav han seg med folk som faktisk kunne noe, ikke bare slike som hadde arvet en tittel og en oppgave. Han så opp da kammertjeneren hans annonserte at Khelebil var der og rynket pannen. Det var sjelden at feltskjæren tok direkte kontakt med kongen med mindre noe var alvorlig galt. «Ja Khelebil, er det noe jeg kan hjelpe deg med?»

Den unge feltskjæren svelget kort og bukket høflig. «Jeg er kommet for å rapportere om et meget utrivelig tilfelle, jeg må ærlig innrømme at jeg aldri har hørt om noe lignende.»

Hanek rettet seg opp, han kjente Khelebil såpass godt at han visste at han aldri overdrev unødvendig. «Forklar»

Khelebil nikket og fortalte alt om soldaten og symptomene, kongen og rådgiverne ble bleke mens de hørte på ham. Hanek strøk handa gjennom håret, han var ikke av de som gikk med en krone på hodet til enhver tid, det var bare bortkastet forfengelighet i hans øyne. «Kan det være smittsomt?»

Khelebil trakk på skuldrene. «Det er derfor jeg er her, jeg aner ikke! Men om det er smittsomt kan det bli katastrofalt for oss, jeg vil derfor gjerne at noen holder øynene åpne, uten at alle får vite om det. Vi vil ikke ha panikk her»

Hanek nikket stivt. «Godt tenkt, meget fornuftig. Jeg støtter det fullt ut. Jeg skal se til at noen av de offiserene som ikke er absolutt nødvendige får den jobben.»

Khelebil sukket lettet. «Godt, og sett opp noen ekstra telt, i utkanten av leiren. Om vi må isolere noen bør de være klare på forhånd.»

En av rådgiverne, en høy slank mann med veltrimmet skjegg og halvlangt svakt krøllete hår bet seg i underleppa. «Kan det være at det bare var denne ene soldaten? At han kanskje hadde fått i seg en eller annen form for gift?»

Khelebil smilte men øynene hans var nervøse. «Selvsagt kan det hende at det stemmer, og jeg håper det inderlig også men vi må være forberedt på alle slags eventualiteter. Vi vil ikke ha ne gjentagelse av det som skjedde ved Dhar-Bhreka.»

Alle kjente til det, for mange hundre år siden hadde den som styrte landet gått til krig mot en ulydig greve og brakt med seg en hel hær men enden på visa var at greven vant, siden hæren ble redusert til bare noen hundre mann på grunn av dysenteri.

Hanek gyste synlig og skar en grimase. «Jeg skal si ifra at alle som viser tegn til sykdom skal melde seg øyeblikkelig.»

Khelebil nikket. «Godt tenkt, og si også at de får et glass ekstra med brennevin, det er mer effektivt med gulrot enn med pisk i slike tilfeller»

Hanek gliste. «Så avgjort, en ekstra kopp skal det bli.»

Khelebil fikk et litt lurt uttrykk i ansiktet. «Og du kan også opplyse om at det snart blir obligatoriske sjekk for lus og lopper, vi kan avsløre mye bare under en slik undersøkelse.»

Rådgiverne gliste og Hanek trakk på smilebåndet også. «Det er svært smart, de forventer seg det siden vi ikke kommer noen vei ennå.»

Khelebil så litt spørrende ut. «Det er ingen endringer når det gjelder elva?»

Hanek ristet på hodet og dasket til kartet med en irritert mine. «Nei, like fordømt åpen, og de broene er visstnok ødelagt så de er ikke brukbare. Elva er for dyp og stri til å vades, det er fordømt men en skulle tro værgudene også er i mot oss»

Khelebil svelget. «Været må snu snart, om det er sykdom her vil det spre seg enda fortere i en slik leir.»

Hanek nikket tungt. «Jeg vet det, men tro meg, om noe skjer vil jeg sørge for at alt blir gjort for å stanse det.»

Khelebil bukket igjen før han gikk ut fra det store teltet, han følte seg lett svett ved tanken på hva et utbrudd av sykdom kunne medføre når det var så mange personer stappet sammen på et begrenset område. Riktignok var leiren godt organisert og det var lite møkk og søppel men de færreste kunne bade hver dag og soldatene skiftet nesten aldri klær heller.

Khelebil gikk tilbake til lasarettet og der så han at de to vennene til Aro sto, begge var tydelig preget og han tok en beslutning der og da. Han gikk bort til dem og begge to bukket høflig men han så at de var meget triste. «Jeg beklager virkelig det som skjedde med deres venn, jeg har aldri sett på maken noen gang, og han hadde aldri noen sjanse. Si meg, hva gjorde han de siste dagene før han ble syk?»

De to så på hverandre, trakk på skuldrene. «Det samme som alle oss andre vil vi tro, han var med på å rigge til leiren, trente litt og vi sov i det samme teltet alle tre. Det er fire til i det, gode karer men vi kjenner dem ikke så godt.»

Khelebil kunne ha bannet høyt. «Ikke noe uvanlig? Han var ikke borte fra leiren om det så var bare en liten stund?»

Den ene av de to klødde seg i håret, tenkte hardt. «Han hjalp kokken med å samle ved, fant visstnok noen døde ekorn. Det var alt han sa»

Khelebil var brått som et tent lys, døde ekorn? Det kunne være en smittekilde og han takket karene overstrømmende før han sprintet avgårde til kjøkkenteltet for å høre hvor de fant ved. Kokken var irritert over forstyrrelsen men forklarte i detalj hvor de hadde vært og Khelebil vinket til seg Older som så forbauset ut men fulgte uten spørsmål. «Aro var med å hentet ved, og så døde ekorn. Det kan ha kommet fra dem»

Older så forbauset ut. «Virkelig?»

Khelebil nikket. «Ja, virkelig. Noen sykdommer kan gå på både folk og fe og smitte mellom dem også.»

Han gikk så fort han kunne ut av leiren og nedover mot et litt myrlendt område omkranset av vassjuk halvdød skog. Det var mye dødt trevirke der og ideelt for å sanke ved. Det var mye spor der og de rotet rundt temmelig lenge men før det ble mørkt fant de et fallent bøketre og under rota lå det faktisk noen døde ekorn. Dyrene virket fete og sunne men de hadde blødd fra munnen og pelsen var tilsølt med tynn møkk.

Khelebil gliste, fra øre til øre. Der kunne det være at de hadde det. Om bare Aro hadde vært borti de ekornene var de kanskje sikre. Han fikk gi beskjed om at alle som sanket ved skulle passe seg for å ta i døde dyr og vaske hendene grundig etterpå.

Older trakk seg i det merkelige håret. «Jeg har aldri sett ekorn som har dødd slik før, så mange på et sted.»

Khelebil snudde seg og så litt skarpt på den andre feltskjæren. «Hva mener du med det?»

Older trakk på skuldrene. «Dyr samler seg ikke slik for å dø, alle vet det. De gjemmer seg bort!»

Khelebil trakk pusten dypt. «Du har rett, kanskje denne sykdommen har endret atferden deres også?»

Older så tvilende ut. «Det tviler jeg på, ser du? De ser friske ut, de har dødd veldig fort.»

Khelebil fikk en litt merkelig følelse der og da, av at noe slettes ikke stemte. Han så seg rundt, ekornene lå veldig pent til under den rota, nesten som om noe eller noen ville at de skulle bli funnet? Han trakk pusten dypt. «Greit, ikke ta på dem, vent her så skal jeg finne en spade eller noe. De må så avgjort graves ned!»

Han sprintet av gårde og fant en spade ved ene latrinen, han skyndte seg tilbake og begynte å kaste jord over de døde gnagerne. Older bare sto der og så halvtomsete ut som vanlig. Da han var ferdig klappet han jorda godt til og drysset grus og gras over så ingen så at det hadde vært gravd der. «Slik, da er de ute av verden, får vi tro.»

Older nikket og de begynte å gå tilbake til leiren, Khelebil var sliten og det hadde vært en forholdsvis lang dag så han så frem til litt hvile. Older gikk til sitt og Khelebil tok nok et langt bad, fikk i seg et heller durabelig måltid og så gikk han til sengs og sovnet påfallende fort ved tanke på alt som skjedde i hodet på ham.

Neste dag visste alle at det ville bli kontroll av samtlige ved tanke på lus og lopper, det var noe som var svært normalt på slike felttog siden lus og andre parasitter kan spre sykdommer og svekke soldatene. Få likte det selvsagt men Hanek hadde lovet at det ble en liten økning i lønna for alle som gjorde det frivillig og da ble brått påbudet hyllet av de fleste. Offiserene var blitt instruert og så etter tegn på sykdom men det eneste de fant de første par dagene var det vanlige, utslett, dryppert, blåmerker etter slagsmål og et og annet gnagsår. Khelebil trakk et lettelsens sukk. Så var den soldaten det eneste tilfellet allikevel.

Det var ikke før fire dager var gått at ting brått endret seg. Været hadde vært mildt hele tiden og elva var like fordømt åpen, soldatene begynte å bli frustrert og kongen enda mer og han hadde begynt å vurdere om det gikk å felle skog og lage store tømmerflåter de kunne ferge folk over på. Snart kunne de ikke vente lenger, han regnet med at hans slektning trengte akutt hjelp og forholdene der nord ble neppe noe bedre nå på denne tida av året.

Khelebil hadde vært opptatt med sin vante jobb og hadde mer eller mindre fortrengt det som skjedde med Aro, han prøvde å kurere en av ryttersoldatene for et stygt tilfelle av vatersott i pungen da en offiser kom gående inn i teltet. Mannen ventet høflig til Khelebil var ferdig men det var ganske lett å se på ham at det var alvorlig, hva det enn var. Khelebil sendte den syke soldaten ut med en pose med medisin og så snudde han seg mot offiseren. «Ja, hva gjelder det?»

Mannen var tydeligvis ikke særlig høyt i rang, han hadde ikke særlig mange merker på skuldrene og var ung men han så ut til å være av det slaget som for ting gjort. «Herre, vi har et tilfelle vi tror du bør se på, det er merkelig»

Khelebil kjente at det gikk kaldt nedover ryggen. «Javel, jeg kommer.»

Han vasket hendene og fulgte offiseren som gikk mot den delen av leiren som var satt av til transport kompaniene. De var svært viktige for felttoget og Khelebil håpet inderlig at dette bare var noe helt vanlig noe. Den syke var en av de som kjørte oksevogner, en svært kraftig kar som nå lå på køya si og svettet og svor. Han så ikke god ut i det hele tatt og Khelebil ble nervøs. «Hva symptomer har han?»

Mannen selv svarte, med hås stemme. «Åh jeg har renneræv av en annen verden, og magan kjennes ut som om den er helt råtten, og jeg er sår i halsen som fan sjøl»

Khelebil trakk et lettelsens sukk. Det hørtes ut som vanlig magesjau som ofte følger slike ansamlinger av folk. Selv med god hygiene var det umulig å unngå. «Ingen andre plager, blåmerker, leddsmerter?»

Karen ristet på hodet. «Nei, bare magasjau. Jeg har hatt det før men aldri så ille som nå!»

Khelebil så at denne mannen var langt mere våken enn Aro hadde vært, og han hadde ikke den kaldsvette grålige huden heller. Dette var antagelig forholdsvis ufarlig. «Du har felt sjuka ja, uten tvil. Jeg vil se til at du får litt brennevin og god grøt også. Det vil bli borte av seg selv.»

Mannen bare gryntet og sukket men utsiktene til brennevin virket for å gjøre ham godt. Offiseren sto utenfor teltet og Khelebil smilte. «Det var meget bra at du sa ifra med en gang, heldigvis er det bare leir sjuke, men si ifra om det dukker opp noen som har mer enn bare magesjau og slikt.»

Offiseren nikket ivrig og Khelebil trasket tilbake til lasarettet. Bare leirsyke, det var en lettelse. Da var det bare Aro som hadde strøket med av den sykdommen. Han så at store mengder soldater nå ble kommandert ut i skogen for å felle tømmer, Hanek hadde bestemt seg for å prøve å lage flåter og når han tok en beslutning ble det slik, han var en god konge, bare så synd han ikke hadde grepet inn tidligere. Men ingen hadde vel ventet at denne galskapen skulle bre seg så mye som den hadde, og så fort.

Det ble hamret og banket og tømret og levenet holdt nok mange våkne om nettene. Det kom folk til leiren nå, flyktninger fra all elendigheten og mye av det de fortalte var temmelig forferdelig. Khelebil hadde vel kanskje vært litt naiv på sitt vis, hans erfaring med krig var storslagne beskrivelser av slag kjempet for mange århundre siden. Slag der ridderlighet og ære sto i høysetet. Han hadde aldri sett hva krig egentlig førte med seg utenfor slagmarkene Han hadde aldri hørt om plyndring og voldtekter, om folk som sultet i hjel fordi det ikke var mat igjen. Han hadde aldri sett hvordan det så ut når hele landsbyer var blitt brent ned, eller forlatt. Disse arme sjelene fikk selvsagt hjelp. Hanek sviktet ikke sine undersåtter, men de måtte hjelpe til, noe de fleste gjorde med glede. Om Hanek kunne stanse denne elendigheten gjorde de hva de kunne for å bidra, de ville tilbake til den freden som hadde eksistert før og ta tilbake livene sine.

Hanek var ofte i møter med de som mente de hadde nyttig informasjon og kongen fikk etter hvert et slags innblikk i situasjonen. Han kunne ikke regne med noen hjelp fra de lydrikene han hadde hatt, det var tidlig svært klart. Lathisa's område var helt ødelagt og folk hadde flyktet i hopetall på grunn av de pengegriske slektningene som hadde dukket opp. I Arustere's rike var det ikke mye bedre, også der hadde det vært mye kamper og lite var tilbake. De få ridderne som hadde vært der hadde stukket av for lengst eller leid seg ut som soldater til de ulike husene som sloss så busta føyk fremdeles. Det var et forferdelig kaos som måtte ordnes opp i og Hanek fortvilte ofte. Han savnet Wulf, den mannen hadde alltid tatt ting med fatning og hadde en god evne til å se ting fra en ny vinkel. Det var noe han kunne ha behøvd nå. Mange av hans nærmeste var likeglade, de savnet ikke offiseren og håpet å ta hans plass men Hanek visste på et vis at hans favoritt ennå var i live, et eller annet sted. Han håpet bare at han fikk muligheten til å se ham igjen.

Tømmerflåtene tok sakte form, de ble enorme og solide men svært tunge å håndtere og det ville ta mange dager å få hele hæren over uansett. En flåte bar kanskje en enkelt vogn uten hester og de kunne ikke ta noen sjanser med materiell og mannskap. Elva var iskald og farlig og Hanek visste at han trengte hver eneste soldat om han skulle klare å slå Olric av Darasher. Den mannen hadde vist seg å være en strateg av de sjeldne og mer ondsinnet enn noen kunne tro var mulig. Khelebil hjalp til med å planlegge overfarten, han og de andre feltskjærene var tross alt lærde og visste hvordan en skal fordele ting så risikoen for å miste noe vitalt blir minst mulig. De siste dagene hadde leiren blitt nesten som en liten by, de fleste var blitt godt kjent og rutinene var vel innarbeidet. Han og Older satt og jobbet med en plan for hvordan de skulle få fraktet lasarettet over i en omgang da de hørte rop og skrik utenfra. Det hørtes ut som om det kom fra en relativt stor avstand og Khelebil rynket pannen og reiste seg. Slikt leven betydde som regel at noe hadde skjedd, noe viktig. Han kom seg ut og hørte at ropene kom fra den delen av leiren der de stelte og holdt hestene. Han sukket, antagelig hadde en eller annen stakkars jævel blitt bitt eller sparket. Han nikket til Older og de gikk i retning ropene.

Det sto en større folkemengde utenfor en av stallteltene, og Khelebil dyttet seg gjennom folkemengden med en god del stygge bannord og heftig bruk av albuer og knær. Han stanset fort da han kom seg gjennom, det lå to hester der, begge to virket for å være døde og de lignet farlig mye på de døde ekornene. Begge dyrene hadde blødd heftig og bare ramlet om og jorda var oppsparket rundt dem. De hadde åpenbart dødd med kraftige krampetrekninger. En av stallfolkene sto der og holdt seg om armen, det var tydelig at den ene hesten hadde bitt ham før den døde og mannen var blek og temmelig skjelven. «Ved rævskjegget til min oldemor, jeg har aldri sett en hest bli gal så fort!»

Khelebil følte den kalde følelsen løpe nedover ryggen igjen, den var ikke behagelig. «Skjedde det brått? «

Mannen blåste i nesa. «Brått? Helt ut av det blå! Jeg sto og pusset gampene og brått ramler den ene bare om mens den andre tok en durabelig bit ut av meg, blåste blod over hele fjeset på meg og stupte også!»

Khelebil så at mannen var dekket med blodflekker nær sagt overalt. «De var helt normale?»

Stallkaren nikket. «Så avgjort, åt og koste seg gjorde de, ingen fare med dem.»

Khelebil så at det var gode hester, antagelig tilhørte de offiserer og han vinket på Older som så temmelig forskremt ut. «Vask såret hans og sy det er du snill, og se til at det blir vasket med brennevin, gi ham en real klunk med det også» Han snudde seg mot folkemengden. «Om dere ser andre dyr som bare dør slik, ikke rør dem! Slep disse kadavrene ut av leiren og brenn dem. Rør dem ikke!»

Noen av de andre stallfolkene gikk for å utfører ordren og Khelebil så stivt på de døde dyrene. De hadde krepert så å si momentant, det var ikke naturlig. Hva slags sykdom slo til så kjapt? Ingen han kjente til, Aro hadde brukt mye lengre tid på å krepere og var mye mer ødelagt innvendig. Hva var dette? Han begynte å få en ekkel følelse av at dette var noe som ble gjort med vilje, at noen prøvde å stagge dem. Det luktet av sabotasje og han svelget tungt. Om de hadde fiender i leiren var ingen trygge, han måtte advare kongen. Khelebil gikk på ren refleks tilbake til vogna der han bodde, han åpnet kista med klær og rotet rundt til han fant en flat pakke. Hans mor hadde gitt den til ham og han hadde bare fnyst av henne og ment at det var å sløse med slektas ressurser. Pakken inneholdt en ringbrynje som hadde tilhørt hennes far, den var meget gammel og svært godt lagd og han hadde ofte beundret den der den hang på veggen over peisen i hans mors kammers. Den lignet litt på en vanlig tunika i form og utforming og var forbausende lett med tanke på at den var av stål. Men det var godt stål, fra Zetir, lagd på en måte som gjorde det blankere og sterkere enn det stålet de fikk til der i vest. Ringene var svært små men nydelig sammenlenket og han smilte litt skjevt og lot fingrene gli over den. Den var svært verdifull, et sant klenodium. Hun hadde vært urolig for ham og han forsto det nå. Han trakk av seg jakken og vamsen og fikk på seg brynja som var litt stor men ikke verre enn at det gikk an. Med vamsen og jakka over så en den ikke og han måtte vedgå for seg selv at han følte seg noe bedre med den på. Han kunne også være et mål om de mistankene han hadde var riktige og det lønte seg aldri å ta unødvendige sjanser.

Han trakk pusten dypt, så gikk han for å advare kongen om at noen antagelig prøvde å sabotere for dem, og til nå bare hadde testet ut metoden. De hadde en eller flere forrædere der og bare tanken fikk det til å gå kaldt nedover ryggen på ham, De kunne ikke forsinkes mer, og de kunne ikke binde opp folk og ressurser på å lete etter noen få utro tjenere. Noe måtte gjøres og det måtte gjøres fort!

Kanir

Han stirret ned på den grunne dalen som var leiren til en av klanene til Kimatiene, dalgangen var formet nesten som en skål med en liten elv som rant gjennom den og formet en liten sjø i midten og før hadde dette vært et meget vakkert sted. Det var en av de fredelige klanene som hadde brukt denne dalen som hovedleir i mange hundre år, og Kanir hadde vært der flere ganger. Han husket lukten av røkt kjøtt, av pelser som ble garvet, av mennesker og husdyr og liv. Nå luktet det kun død og brent ved, han klappet Blodøks på nakken og skar en grimase. Ved siden av ham red en av Khebars nærmeste menn, en kriger Kanir hadde stor respekt for. Thiar Ulvebane var en svært kjent mann og han var ikke bare en durabelig sverdsvinger men også en meget vis mann Khebar ofte brukte som rådgiver. Kanir var glad for det, Thiar var i stand til å roe Khebar ned og få ham til å se fornuft når sinne og blodtørst drev ham for langt. Det bar Thiar som hadde kommet med bud om at noe var galt og at Khebar ønsket at Kanir skulle undersøke det.

Kanir var glad for at Khebar stolte såpass på ham, og var enda mer glad for at lederen for utbryterklanene faktisk innså at de sto overfor en svært farlig situasjon. Men han følte at ting allerede var i ferd med å gå for langt, at de ikke ville kunne opprettholde ro og fred særlig mye lengre. Det var kommet bud fra flere landsbyer om folk som var blitt borte, eller som var funnet døde. I noen områder flyktet viltet og i andre virket det for at ikke noe levende var tilbake annet enn trærne. Kanir visste hva som var i ferd med å skje og han var glad hans bror hadde greid å hellige Gardahavn, men selv det hadde begrenset effekt. Han håpet at de gjorde som han sa og fikk befolkningen ut i båtene om det ble til det. Thiar sukket og strammet tøylene på den langbeinte raggete vallaken han red, han så rystet ut og Kanir skjønte det meget godt. Det å se en hel landsby forvandlet til rykende ruiner var ikke hverdagslig, selv ikke for et medlem av Khebars klan.

«Hva gjorde dette?»

Thiar røpet ikke frykt, stemmen var rolig som alltid før men Kanir visste at en slik kriger heller kutter sin egen strupe enn å vise at han er redd. «Troll, og sjelløse. Det har begynt»

Thiar svelget, øynene var smale og han hadde trukket frem øksa og sverdet sitt så han kunne nå det lett. «Er det noe vi kan gjøre? Kan noen være i live der nede?»

Kanir ristet på hodet. «Nei, ingen lever. Om du ser folk røre seg så kapp hodet av dem, de er ikke lenger mennesker men demoner. Ri tilbake til Khebar og fortell ham om dette, og be ham sørge for at alle klanene trekker mot de hellige stedene. De kan være trygge der»

Thiar skar en slags grimase. «De hellige stedene har ikke vært brukt på mange generasjoner, jeg tviler på at det er mye kraft tilbake i dem.»

Kanir nikket stumt. «Det stemmer, men de er håp. Det er ingen våpen dere besitter som kan beseire disse ubeistene. De må tas der de kommer fra, ante vi bare hvordan»

Thiar betvilte ikke det Kanir sa, han var en blodfødt og for Kimatiene var det nesten som å være en av gudene. «Jeg hører at din bror er merket. Hvilket merke bærer han?»

Kanir smilte fort. «Vinterkatt, S'haga. Han er sterk og er allerede oppe igjen»

Thiar bukket fort, som et tegn på respekt. «Velsignet være de som bærer merket, de har gudenes velvilje. Jeg håper jeg får en mulighet til å kjempe ved hans side som en bror, og ikke mot ham som en fiende.»

Kanir sukket. «Det er godt mulig du vil få den sjansen min venn, skal vi klare oss må vi stå sammen.»

Thiar slo seg over brystet og gliste bredt. «Om den dagen kommer vil jeg være stolt over å gå til forfedrene sammen med

slike mektige krigere som du og din bror, vi holder dere høyt i
hevd.»

Kanir måtte glise, han visste det. Kimatiene verdsatte sine
motstandere høyt om de viste mot og styrke og ikke vek unna
og selv om de ofte torturerte fanger var det mest bare for å se
hvor sterke de faktisk var. Om en greide seg slapp de en som
regel løs men det sørgelige fakta var at få overlevde det
Kimatiene kunne få seg til å gjøre mot en motstander. De var
brutale og formet av en brutal natur så det var kanskje ikke så
merkelig. Thiar snudde hesten. «Hvor har du tenkt deg nå?»
Kanir nikket nordover. «Til dalene nord for Siksjøen, de må
advares»

Thiar bikket på hodet. «For dem er du utstøtt, du vil bli møtt
som en fiende!»

Kanir ristet på hodet. «Ikke nå lenger, de vil få se hva jeg
egentlig er, hvem jeg har blitt. Tiden jeg gjemte gaven er over»
Thiar kastet hodet bakover og lo høyt. «Åh ja broder, vis dem
ditt sanne ansikt og se dem krype i støvet, men for all del, berg
de bløte jord dyrkerne. Om det du sier er sant vil vi trenge folk
om vi skal klare oss»

Kanir bare smilte litt stivt, han håpet at ikke alt for mange ville
miste livet men han visste også at den spredte befolkningen her
i Hietlai nå jobbet mot dem. Det tok tid å advare folk og
mange nektet å høre på den slags. Han klappet hesten igjen og
la handa på Thiars skulder et kort øyeblikk. «Ri fort kriger, og
la deg ikke stanse. Begge våre folk er i fare nå»

Thiar gliste igjen og sporet vallaken sin og Kanir trakk pusten
og lot den enorme røde hingsten gå over i strak galopp. Om
folket skulle ha noen sjanse måtte flest mulig samles på de få
stedene der mørkets makter ikke hadde noen kraft.

Bygda han hadde satt kurs mot var ganske avsides, den lå ikke
så voldsomt langt fra Gardahavn men befolkning der var svært
egne og lyttet sjelden til andre. De hadde innvandret dit for
noen århundre siden fra Zhandoria og hadde brakt med seg
sine egne skikker. Nå hadde de på et vis smeltet sammen med

levesettet i Hietlai men fremdeles var folket ved Siksjøen noe for seg selv. Kanir måtte glise når han tenkte på alle de merkelige resultatene det hadde blitt av at to slike kulturer blandet seg. Men selv om han visste at Ardred hadde sendt ut advarsler ante han at denne bygda neppe brydde seg om det. De trodde kun på det forfedrene hadde brakt med seg av guder og overtro og de lot seg sjelden overbevise. Han bare håpet at han ikke ville bli for sen.

Landsbyen der ved Siksjøen var stor, det bodde kanskje fem seks hundre personer der med stort og smått og for mørkets makter var den et fristende mål. De fleste der var av blandet avstamning nå og det var tydelig at det zhandorianske blodet var ganske sterkt for de fleste var fremdeles forholdsvis mørke av hår og let og raske til å bli forbannet men også raske til å skifte til glede igjen. Noen mente at de var fjerne slektninger av slekten Ohdrasar og det kunne nok stemme siden de var storvokste men sjelden store skjønnheter. Kanir hadde så vidt møtt høvedsmannen der en gang, en kar han hadde likt på tross av at han var mer tykknakket og sta enn en okse.

Kanir red hele dagen og overnattet i en liten utløe. Han kjente til alle knepene etter år som fredløs og han visste også at ryktet hans løp foran ham, Ingen ville våge å angripe ham, selv om de hadde rett til det. Kanir var den dyktigste krigeren Hietlai hadde fostret, slik var det bare. Den neste dagen red han over heiene og stanset bare for å la hesten drikke, Blodøks kunne løpe i dagevis og han sov gjerne i salen om det måtte til. Kanir var hard og tålte mye og han var villig til å gå svært langt for sine kjære. Han red på til han nådde bredden av Siksjøen tre dager etter at han forlot Thiar ved den ødelagte Kimati landsbyen. Det var kveld og kun svake lys røpte at det var folk der. Han rettet på kappen og fant veien som ledet til byporten. Det sto to menn der og halvsov mens de lente seg på lansene sine. Begge rykket til da de så at det kom en rytter og strammet seg synlig opp. Kanir gliste for seg selv, de ventet ingen fare og om det kom et angrep var de sjanseløse.

Han holdt hingsten inne og de to så litt nervøse ut, de kjente igjen en kriger når de så ham og den svette hesten røpet at mannen hadde ridd hardt. Kanir visste at disse mennene neppe kjente til ham, de var sjelden utenfor denne dalen og her spredte nyheter seg sakte. Han holdt hendene synlige og bukket kort. «Jeg har viktige nyheter til deres høvedsmann. Stor fare truer alle»

Den ene av karene fikk noe som lignet nervøse rykninger rundt ene øyet, han svelget synlig. «Det har skjedd merkelige ting i det siste, følg oss»

De to gikk inn og åpnet porten og Kanir red gjennom, Blodøks trengte mat nå og vann og de lot ham sette hesten på en stall der en eldre kar med et litt avlangt fjes lovte å ta godt vare på hesten. Vaktene gikk rett til hovedbygget i landsbyen, det var rådssal og sete for høvedsmannen og Kanir husket at dette stedet var temmelig selvstyrt. De fleste slike små samfunn i Hietlai var det, det var kun i krigstid de underla seg noen og det var da alltid den som var valgt til Takesh. Ingen krevde at disse folkene hørte på Kanir, men han aktet ikke å gi seg uten å ha prøvd å få dem til å se sannheten. Setet var en staselig bygning i en etasje, tømmeret var grovt og vakkert tilhugget og noen utskårne gudestatuer prydet inngangen. Det var liten tvil om at fruktbarhetsgudene var viktige der for gudebildene var temmelig avslørende.

Kanir fulgte de to inn i selve salen, det var lite folk der, kun høvedsmannen og to til samt en kvinne som satt og sydde i et hjørne og et par barn som lekte ved ildstedet. Høvedsmannen reiste seg da han så at vaktene kom inn og han rynket pannen, blikket ble hardt. «Hva gjør du her? Du er forstøtt og har ingenting blant hederlige folk å gjøre»

Kanir sendte mannen et heller skarpt blikk. «Det som var betyr lite nå, dere er alle i fare. Jeg bærer bud fra Gardahavn.»

Høvedsmannen så forskende på den høye krigeren, han var ikke dum og visste at Kanir neppe ville ha kommet dit uten å ha en meget god grunn for det. «Og hvorfor skal jeg tro på deg, en forræder og eds-bryter?»

Kanir blottet tennene, ansiktet fikk brått et merkelig dyrisk uttrykk og det var som om lysene der i rommet brått ble svakere, som om noe skygget for dem. «Fordi jeg kan berge dere, gamle sagn har blitt sannhet og de uhellig skapte vandrer igjen.»

Høvedsmannen tok et steg tilbake, de andre mennene der sto helt tause og virket heller lamslått. Det var som om rommet var fylt med noe ubeskrivelig, noe så mektig og uberegnelig det ikke kunne forstås av et menneske. «Det er kun gammel overtro!»

Kanir smilte, et smalt og farlig smil. «Det er hva dere tror, men alt nå brenner landsbyer, folk blir drept eller det som verre er og Gardahavn har blitt gjort om til hellig mark. Dere bør forberede dere, ellers har dere ingen sjanse.»

Høvedsmannen så smalt på den skremmende skikkelsen, han kjente makt når han så den og forsto at Ardreds bror var så mye mer enn hva de hadde trodd. Han var ikke dum, han var lærd og hadde stor kunnskap men dette var ikke noe han var kjent med. Det var noe som kun de som hadde sitt opphav der i Hietlai brydde seg om, hans ætt og folk hadde alltid prøvd å holde seg mest mulig til skikkene fra der de opprinnelig stammet fra. Kanir stirret mot ildstedet, barna hadde sluttet å leke og så skremt ut og kvinnen som satt der virket lamslått. Han nikket mot henne. «De uhellig fødte sprer seg, sår sin onde sæd i alt levende og forvandler dem eller lar dem gi liv til nye monstre. Jeg har sett det, og jeg har stanset det en gang men denne gangen lar det seg ikke stoppe bare med en enkelt brann»

Høvedsmannen svelget stumt og vinket på en av karene som sto der og virket temmelig bleke. «Sunar her så noe merkelig for tre netter siden, da han var ute for å se til sauene sine. Han mente det var stein som flyttet på seg.»

Kanir nikket. «Troll, de er på vandring og følger de uhellige, de må ha vært på vei mot noe siden de ikke brydde seg med ham. Normalt dreper de alt levende de ser.»

Høvedsmannen satte seg ned, blikket var tungt. «Vi har mistet kontakten med en gård lenger opp i dalen, jeg tenkte å sende folk opp dit i morgen.»

Kanir ristet på hodet. «Gjør du det dør de, jeg kan garantere det. Om det var folk på den gården er de for lengst borte.»

Den mørkhårete mannen rynket pannen. «Hvor kommer disse monstrene fra? Hva kan vi gjøre?»

Kanir trakk tilbake litt av kraften han bar, rommet ble lysere igjen, mer normalt. De tilstedeværende trakk et lettelsens sukk. «De kommer fra en annen verden enn vår, en av mørke og død og de hungrer etter liv og blod. Det eneste som stanser dem er ild og hellig mark. De sier at drageild også ødela dem, men drager finnes ikke lenger»

Høvedsmannen skar en grimase. «Noen her er redde, andre tror ikke at noe er galt i det hele tatt og jeg finner det hardt å skulle tro det du sier, på tross av hva Sunar så og det vi har hørt og sett. Ingen her vil frivillig forlate alt, på grunn av eldgamle sagn»

Kanir trakk på skuldrene. «Allikevel er det hva de må, om de vil klare seg. Jeg bærer en eldgammel arv som lar meg se sannheten og lar meg være en del av kampen mot mørket. For dere som kun er vanlige mennesker er dette vanskelig men tro meg, det er sant og om vi ikke handler vil hele dette landet drukne i blod og andre riker med det.»

Høvedsmannen trakk pusten dypt. «Jeg vil kalle inn til et møte, så fort det lysner av dag.»

Kanir brummet. «Du burde samlet folk nå med en gang»

Høvedsmannen nikket. «Ja, men ingen ville ha kommet. De vil ikke forlate husene sine nå så sent, det er mørkt og kaldt og mange av folkene her frykter natten.»

Kanir visste om den overtroen som gjerne spredte seg i slike isolerte samfunn, den kunne gjøre stor skade. Han bet seg i underleppa. «Greit, men se til at alle som betyr noe kommer. Dere kan ikke nøle, en dag ekstra kan være en dag for mye.» Høvedsmannen skar en grimase og nikket stivt. «Jeg forstår, jeg sender bud med en gang.»

Han reiste seg og snakket lavmælt med en av karene som gikk ut øyeblikkelig. Kanir var glad for at han ble tatt på alvor men han tvilte på at de forsto akkurat hvor ille det var.

Høvedsmannen smilte litt nervøst. «Vi har gjesterom klare, om du vil tilbringe kvelden her er det en ære. Du må være sliten.» Kanir tillot seg å smile stivt. «Jeg trenger en hvil ja, og et bad om det er mulig.»

Høvedsmannen bikket på hodet, han virket mer avslappet. «Vi har hørt at din bror har en ny brud, og at hun er vakrere enn en eng om sommeren. Og vi har også hørt at han har blitt merket?»

Kanir nikket. «Du har hørt rett, min brors nye hustru er en sjelden skjønnhet, og en meget mild sjel også. Og jo, han har blitt merket, for å spare Gardahavn og folket for det som er i ferd med å skje.»

Mannen bet seg i leppa. «Virker det? Er ikke merket kun en slags manndomsprøve?»

Kanir sukket. «Det begynte som en rite for å styrke den som fikk det gjort, for å binde åndene til vedkommende. Senere ble det kun en måte å vise styrke på, men min brors merke er ekte, og han vil se hva det gir ham.»

Høvedsmannen så litt forvirret ut men vinket til kvinnen som nå hadde begynt å sy igjen. «Din bror er sterk, og modig. Men jeg misunner ham ikke. Sigrun, hent mjød og mat, og se til at det er en stor porsjon.»

Det siste kom med litt humor, Kanir var en stor mann, og trengte mye mat.

Kanir satte seg ned, han kjente at kroppen trengte en hvil nå, han slappet mer av og da følte han utmattelsen mye bedre. Det var sjelden han kunne tillate seg å slappe av, men nå trengte han det. Barna lekte videre og han måtte smile litt bittert, hans mor hadde vært fortvilet over de mange løsungene han hadde skaffet seg rundt omkring. Sannheten var at ingen av dem var hans, han hadde tatt på seg skylden for det andre hadde gjort også slik, kun for og med vilje ødelegge sitt eget rykte. Han kunne ikke gjøre det han måtte om han fremdeles ble regnet som en av landets fremste og mest høytstående menn..

Kanir hadde aldri hatt noen enkel barndom, hans mor hadde beskyttet ham med en ulvinnes villskap, det at han var blodfødt var noe ingen måtte få vite om og Gudrun hadde vært vis. Hun hadde innsett at han kunne ha blitt et mål for de som ønsket å bruke ham for å oppnå makt for seg selv, og mange hadde også lite kunnskap om de blodfødte og hva de var i stand til å gjøre. Gudrun hadde fått en gammel Kimati vismann til å lære ham opp, i det skjulte selvfølgelig men det hadde også endret ham og gjort ham til noe annet enn de andre barna. Kanir hadde forstått tidlig, han hadde med vilje lurt selv Gudrun og skjult sitt sanne jeg også for henne og sin familie. De sa at om en blodfødt var enebarn var det en velsignelse, om han hadde søsken ville de lide. Han visste at han hadde ødelagt mye for Ardred, skammen over å ha en utstøtt som bror bet dypt i hans kjære bror. Og Iliana? De sa at noe av kraften som hvilte i de blodfødte også lå i deres søsken men den ville være svak og fordervet. Han så det godt, Iliana hadde fått det dårlige aspektet ved kreftene og hun var ikke til å stole på. Han bare håpet at hun ikke fikk gjort mer skade enn hun allerede hadde gjort.

Maten ble servert, det var den vanlige standardkosten på bygda, tørket kjøtt, brød og ost og mjød samt en slags søtlig stuing lagd av tørkede bær og frukt kokt i honningmjød. Det var tydelig at husets frue var en sann mester med maten for Kanir kunne ikke huske å ha smakt mer smakfulle retter noe sted. Høvedsmannen gliste litt i skjegget over uttrykket i ansiktet hans. «Joda, hun kan å lage mat min gode Sigrun, som få andre»

Kanir prøvde å spise noenlunde pent, han var mer sulten enn han hadde trodd og magen ulte etter å bli fylt men han greide å beherske seg. Om han skulle klare å overbevise alle der om at de burde evakuere burde han ikke fremstå som en villmann. Det gikk en stund før han var forsynt og han fikk spise i fred også, slik skikken var. En plaget ikke gjester med tomprat når de trengte å få i seg næring og Kanir satte pris på det. Høvedsmannen satt og nippet til et glass med vin, Kanir kunne kjenne på lukta at det ikke var mye å skryte av, antagelig var det en meget dårlig vin men den eneste de fikk tak i der. Han foretrakk mjød fremfor vin og ante at de drakk vin kun fordi forfedrene deres hadde vært vant med det.

Da Kanir var ferdig med måltidet ble han vist veien til baderommet av en guttunge som stirret med store øyne på våpnene hans. Det var en stor stamp der som var fylt med varm vann og Kanir brukte god tid på å vaske seg og bli kvitt svette og skitt. Det føltes herlig og han var behagelig søvnig da han var ren igjen. Han orket så vidt å gre gjennom og flette håret før han landet i senga i det vakre men ikke særlig store rommet han hadde fått tildelt. Senga var god og bred med en tykk madrass og han håpet bare at folk ville lytte til ham før det ble for sent. Han hadde en ubehagelig følelse av at ting kom til å skyte fart snart, og han hadde alltid vært av dem som foretrakk å ta tyren ved hornene.

Kanir sovnet fort, han trengte søvn og som vanlig sov han dypt men allikevel lett, i stand til å våkne på noen sekunder om noe skjedde. Han var ikke av dem som drømte ofte, som regel var drømmene hans bare usammenhengende minner om dagene som hadde gått eller ting han hadde opplevd. Han hadde tidlig lært seg å styre drømmene sine så han ikke ufrivillig skapte problemer for seg selv. Denne natten var ikke noe annerledes, han drømte om havna i Gardahavn og en gammel skute han og broren hadde sett på da de var barn. Den hadde vært morken tvers igjennom og var blitt kjørt opp på stranda for å tørke opp og bli til ved. De hadde lekt i skyggen av det hullete skroget da

Ardred hadde funnet kadaveret av en sel skviset inn under baugen, det var tørt og lignet mest på en gammel stokk drivved, men lukta hadde han aldri glemt. Den var søtlig og motbydelig og fortalte om død og forråtnelse.

Kanir rykket til, brått var han lys våken enda han ikke hadde hørt en eneste lyd som røpet at noe var galt, men sansene hans fortalte ham at noe skjedde, noe farlig. Han satte seg opp i senga, ildstedet i rommet var brent ned men det glødet ennå i glørne og det var fremdeles mørkt ute, det kom ikke noe lys fra den smale gluggen på veggen. Han svelget, hva hadde vekt ham? Huset var stille, det var stille ute, alt virket helt normalt. Så traff det ham, lukta. Det var kun et snev av en lukt men den var der, for hans følsomme nese var den svært tydelig. Det var en av de fordelene en blodfødt hadde, skarpere sanser enn vanlige mennesker.

Han kjente at det isnet nedover ryggen, at hjertet hamret hardere enn før, at han ble merkelig fokusert. Han hadde kjent den stanken før, og fryktet den. Han fikk på seg klærne så fort han greide, spente på seg våpnene og følte at hendene skalv svakt. Dette var alvorlig, det var ingen tvil i hans sjel. Han skulle ønske han hadde hatt sin brors krigere der men han visste så alt for godt at vanlige våpen sjelden hjelper stort mot de uhellig fødte. De sjelløse demonene og de monstrene de forvandlet folk til fryktet få ting og han skyndte seg å få fyr i ildstedet igjen. Han tente en lampe og så grep han en fakkel og fikk fyr på den før han gikk ut av rommet. Noe måtte gjøres, og det måtte gjøres øyeblikkelig!

Huset var stille og han undret seg på hvor høvedsmannen sov, han antok at soverommene til husets egne folk lå på andre siden av hallen og satte kurs dit men rakk ikke komme så langt. I det han gikk inn i hallen hørte han de første skrikene i det fjerne, skjærende og merkelig uvirkelige. Han bannet og visste at nå var ikke lenger hans oppgave å advare men å redde flest mulig. Ei dør fløy opp og høvedsmannen ravet frem, ikledd en stor nattskjorte og lue og han så temmelig søvndrukken ut men var i det minste våken. Han skvatt da han så Kanir og ble temmelig blek. «Hva skjer?!»

Kanir snerret nesten, han kunne formelig lukte det, fienden var allerede der. «Det som ikke burde skje, vekk alle, samle dem i hallen og gjør det raskt. Nå gjelder kun en ting, og det er å komme seg vekk så fort som bare mulig.»

Høvedsmannen åpnet og lukket munnen et par ganger og lignet litt på en fisk på tørre land men Kanir brydde seg ikke om det. I det fjerne hørtes flere skrik og han kjente at en bølge av frykt slo gjennom ham. Snart kom folk strømmende til, det var et stort hus med mange folk og han ante at mange var tjenere. De fleste var kledd i nattøyet og så forskremt ut og han telte over dem. De var minst tjue, ved dragenes vrede, dette kom til å bli interessant. Alle stirret storøyd på Kanir som trakk pusten dypt. «Hør, vi må vekk herfra og det må skje fort. Alle må følge meg, og lag så lite lyd som mulig. Ta en fakkel hver, og bruk dem som våpen om dere kan. Alle som har våpen ta dem med.»

Noen av mennene kom løpende med sverd og økser og Kanir visste at vanlige våpen sjelden dugde stort mot den fienden de nå møtte men bare det å ha stål i hendene kan roe mange ned. Kvinnene virket mer skremt og nå hørte de flere skrik og så et flakkende skinn av ild gjennom vinduene. Kanir nikket hardt til høvedsmannen. «Kom, det haster. Husk, stille!»

Han hadde lagt merke til en bakdør som ledet fra baksiden av huset til en ganske smal gang mellom tømmerhusene og nå småløp han gjennom den mens han holdt pusten og håpet at de rakk å komme seg vekk. Han hadde satt kursen mot stallen, det var mange hester der og kom alle seg på hesteryggen burde de ha en sjanse. Det var noen barn med og de klamret seg til mødrene eller løp med hendene godt festet i mødrenes sjal, Kanir syntes synd på dem, de kom aldri til å kunne glemme dette. Det brant i mange hus, de fleste i motsatt retning fra byporten og han visste at de uhellige alltid valgte et fast sted å gå ut fra og brukte det som et slags brohode. Det lød knakende lyder og han visste at det var troll der også, de rev gjerne hus fra hverandre får å nå folk og skydde ingenting for å få drepe. Høvedsmannen var likblek og storøyd og Kanir syntes egentlig at han burde vært mer til mann og prøvd å oppmuntre og hjelpe folkene sine. I stedet virket han nesten på gråten av frykt og kona var roligere enn ham. Antagelig var hun en ekte hietlaianer og oppdratt til å bli modig. De snek seg frem gjennom de smale smugene mellom byggene og overalt begynte folk å våkne til live av bråket, Kanir visste at han ikke kunne redde alle, han måtte prioritere de som han nå hadde ansvaret for og han ignorerte ropene fra husene rundt. De måtte komme seg vekk fortest mulig. De løp gjennom en lav port og ut i en litt bredere gate da Kanir så de første trollene. De sjokket ned gata og var oversmurt med blod og noe som måtte være tjære. Antagelig hadde de fått tjæretønner over seg et eller annet sted for de lagde tjære i utkanten av byen. Kanir så at beistene hadde sett dem, troll har ikke godt syn i det hele tatt, men de ser varmen fra levende vesen og han visste at han måtte tenke fort nå.

Noen av kvinnene klemte hendene over munnen for å stanse skrik men høvedsmannen greide ikke å kvele et slags klynk. Kanir bannet kongelig og han trev buen sin og tente en pil med fakkelen til mannen som gikk ved siden av ham. En pil gjør liten skade på et troll, vevet er for tett til at noe slikt våpen kan trengte særlig dypt inn i kroppen og de vitale organene ligger dypt i dem. Men Kanir var en meget dyktig skytter og han greide å holde pila i fyr hele veien frem til målet. Tjæra brant godt og tok fyr med en gang og ilden spredte seg raskt til alle tre trollene. Beistene stanset og begynte å vakle rundt mens de lagde underlige hule lyder. Kanir rev med seg følget inn i et nytt smug, de var ikke langt fra stallen nå.

Han begynte å tro at de kanskje kunne greie det da bakken sprakk rundt dem og merkelige grålige skikkelser formelig spratt frem overalt, Kanir så at det var en av de mest utrivelige variantene av de uhellige, kun vagt menneskelige og med skremmende svarte øyne i de underlige flate ansiktene. Han grep tak i noen av barna og kona til høvedsmannen, fikk dem bak seg. De skrekkelige skapningene slet folk i fillebiter med de lange kloaktige hendene og Kanir slapp løs kraften han bar på med et gys og et stønn. For alle der var det som om mannen et øyeblikk forsvant og ble erstattet av en enorm ulveaktig skapning med glødende øyne. En sterk blålig aura lå om ulven som kastet hodet tilbake og ulte og det virket for at lyden gjorde fysisk vondt for de uhellige for de stanset og skrek, vred seg.

Kanir kunne ikke holde magien ved like i mer enn noen sekunder men det var nok, han og kona til høvedsmannen grep barna og la på sprang. De raste frem til stallen og heldigvis hadde ikke noe angrepet det bygget ennå, de uhellige brydde seg sjelden med dyr og trollene gikk alltid etter folk først. Hestene var hysteriske av frykt men Kanir greide å sadle noen av dem, fikk barna i sadlene og kona til høvedsmannen kastet seg opp på en høybeint hoppe av edel avstamning. Blodøks var forholdsvis rolig, stridshesten var godt trent og Kanir trakk sverdet og med en kjapp bevegelse kappet han hodet av en liten mager ponni som sto i en krok der. Dyret var uansett gammelt og de trengte blodet. Han sprutet hesteblod på dem alle sammen og deretter kom han seg i salen og grep tømmene til hestene barna satt på. Det var fem unger de hadde greid å få med seg og to delte en hest siden de var så små at de ikke greide ri ordentlig selv ennå.

Stalldøra lot han hingsten sparke ned og så red de ut i full fart. Han så at kvinnen var blek og skjelven men hun var tøff, hun visste at mannen hennes og de andre var døde og nå konsentrerte hun seg om å klare seg. De galopperte ut i mørket og etter bare litt ble de møtt av flere ryttere. Det var flere staller i landsbyen og noen der hadde tydeligvis hatt vett i hodet og prøvd å få barna sine vekk. Det var ungdom og barn alt sammen og Kanir så til at de samlet seg og så satte de kursen mot porten.

Det var en flokk med uhellige foran dem, kanskje ti stykker og de ulte med skjærende stemmer og strakte klofingrene mot dem men Kanir skrek til Blodøks og hingsten løp de fremste rett ned. Det knaste i bein under de massive hovene og de andre hestene fulgte ham av rent instinkt. Siden de stinket av hesteblod ble ikke de uhellige så ivrige som de ellers ville blitt og prøvde ikke følge etter dem. Bak dem brant mye av landsbyen nå, og Kanir hørte de desperate skrikene fra folk og fe som ble stengt inne av flammene eller av fienden. Han overhørte det, det var ikke lett men han visste hvordan han skulle prioritere ting nå. Han måtte berge disse unge først og fremst og de sprengte ut porten i en vill fart. De fleste hestene var små kortbeinte dyr som var forbausende raske og sterke og han så at en jente som kanskje kunne være i begynnelsen av tenårene red et muldyr. De hadde bare grepet det første og beste de hadde og Kanir visste at turen de nå måtte tåle ville bli tøff. De færreste var godt kledd og noen hadde bare på seg nattøyet sitt. Det var kaldt og en stri vind skar gjennom marg og bein. Kanir brølte til dem at de måtte følge ham og alle adlød, antagelig fordi de ikke greide styre de skremte hestene som fulgte flokken. Kun kona til høvedsmannen greide ri skikkelig, hun hadde tatt en liten jente opp til seg i salen og barnet klamret seg til henne desperat. Kanir så seg bakover, han så troll som rev tømmerstokkene fra hverandre som om det var pinner i et barns leketøy. Han gyste, Gardahavn måtte være tryggere enn dette stedet hadde vært.

Han saknet farten da de hadde lagt noen fjerdinger mellom seg og landsbyen, det var lite trolig at de ble forfulgt, og uansett greide ikke de ubeistene å løpe særlig fort eller lenge. Landsbyen var i full fyr og flamme nå, ilden fra peiser og bål tok fort over når husene ble ødelagt og Kanir bet tennene sammen. Ingen der hadde overlevd, han var sikker på det. Høvedsmannens hustru holdt inne hesten sin like ved ham, hun var ennå blek men det var noe merkelig hardt i blikket hennes.

«Du kom for å advare oss, visste du at de ville angripe akkurat her?»

Kanir så stivt på kvinnen som ennå holdt fast i barnet som hylte hjerteskjærende. «Nei, men de går gjerne etter de avsides stedene først. De styrker seg på død, jo flere de dreper jo sterkere blir de.»

Hun trakk pusten dypt. «Du vet mye om dem utstøtte, hvordan?»

Kanir bikket på hodet. «Jeg er mer enn hva folk tror kvinne, jeg er en blodfødt og for kimatiene er jeg hellig. Jeg har blitt grundig opplært i gammel kunnskap, og forberedt.»

Hun rynket pannen. «Vet de om dette? Har de visst at dette vil skje uten å si noe?»

Kanir ristet på hodet. «For kimatiene også har det bare vært gamle sagn, men dette har skjedd før, for uendelig lenge siden. Utbryterklanene har alltid trodd at det ville hende igjen men ikke når, og de har nektet å la seg kue av frykt for å bli for svake når fienden vender tilbake.»

Hun sendte ham et kvast øyekast. «Det forklarer stridbarheten deres. Hva nå?»

Kanir tøylet hingsten, så på gruppen av barn og ungdommer. «Nå rir vi til Gardahavn, det er det nærmeste trygge stedet jeg vet om, og det eneste der barna kan få klær og mat tidsnok.»

Hun nikket. «Kall meg Sigrun, hvor langt er det? Jeg har aldri vært i Gardahavn.»

Kanir gruet seg for å si det. «Minst to dagers ritt, om vi rir hardt»

Sigrun svelget hardt. «Det blir tungt for barna, det er kaldt og jeg tror ikke de er vant med å ri.»

Kanir nikket. «Jeg vil la noen sitte opp med meg og det er en bu vi kan overnatte i om vi rekker dit før neste natt faller. Jeg anbefaler ikke noen å være ute på heiene nå, det er for farlig.»

Sigrun så besluttsom ut. «Jeg skjønner, la oss ri. Jo fortere vi kommer oss av gårde, jo fortere kan barna bli trygge»

Kanir smilte, det var styrke i henne. «Riktig tenkt, vi rir, og stanser ikke for noe!»

Han sporet hesten og flokken fulgte etter ham som en. De måtte nå frem før barna frøs fordervet, kunne han berge disse uskyldige hadde han i det minste gjort noe godt!

Zaribi

De første dagene etter begravelsen var merkelig stille, hele
byen lå der og virket for å holde pusten, som om den
forberedte seg på noe. Ardred var ennå for svak til å gjøre stort
men han holdt råd og gav ordre og Zaribi var glad for å se at de
ble fulgt. Hun brukte tida på å se til at Ardred spiste godt og
hvilte nok. Urdar virket for å være alle steder og nå begynte
ryktene å løpe fortere og fortere. Det ble snakket om landsbyer
som var blitt utslettet, om hele kimati klaner som hadde
forsvunnet sporløst og for en gangs skyld hadde ikke
utbryterklanene lagd noen form for problemer.
Urdar hadde så vidt nevnt at Kanir hadde snakket med ham, at
han hadde vært der under begravelsen også, skjult. Zaribi
forsto ikke den gåten som var Ardred's bror, men hun hadde
en følelse av at hun ville bli nødt til å lære mer om skikkene
der i landet og hva de egentlig betydde. Kanir var en del av
dem, og Urdar hadde noe merkelig i blikket når han nevnte
ham. Ardred ble sterkere og det gikk fort, forbausende fort.
Sårene hadde lukket seg helt og hevelsene var gått ned og nå
begynte merket å bli vakkert. Fargene kom frem og hun var
nesten lamslått av hvor livaktig bildet var. Ardred var tydelig
stolt av det og hun kunne sitte og beundre det mens hun vasket
ham og hjalp ham med klærne.
Hun så av og til at den unge krigeren Urdar hadde bedt
beskytte henne var i nærheten, det var en betryggende tanke
for han ville beskytte Ardred også om noe skulle skje. Tanken
på farene som åpenbart truet var underlig uvirkelig, hun hadde
ikke sett noe til noe galt annet enn det merkelige monsteret hun
hadde sett og hun greide liksom ikke helt å skjønne at noe
kunne være i ferd med å skje. Det hadde begynt å komme folk
til Gardahavn nå, flere enn vanlig. De fleste var folk som

hadde hørt rykter og blitt nervøse og mange fortalte om merkelige jærtegn. Urdar blåste i nesa av det meste men noe av det måtte være sant også. Noen kimatier kom ridende og fortalte om en landsby som var blitt ødelagt, og den gutten de sendte ut for å se til en annen leir hadde blitt borte. Ingen vågde reise etter for å se hvor han ble av.

Kimatiene trakk mot de gamle helligdommene som var spredt over landet, store sirkler av stein som var reist i for lengst glemte tider. Det ble sagt at verken de uhellig fødte eller de sjelløse kunne ta seg inn i dem. Urdar håpet at det stemte, kimatiene var først og fremst nomader og de hadde sjelden bosetninger som tålte et angrep. Deres styrke var mobilitet og evnen til å komme seg vekk. Ardred følte seg sikker på at Gardahavn var trygg, han hadde villig gjennomgått merkeseremonien og Urdar hadde helliget byen også. Han fryktet ikke for byen men for folket som var spredt rundt der ute.

Zaribi delte ikke uroen hans, hun hadde andre ting å tenke på. Hun hadde arvet ganske mye fra Gudrun og trengte tid på å få oversikt over alt og bare smykkene etter den gamle prestinnen var nok til at hun nesten fikk bakoversveis. Det var tydelig arvegods og mye av det var så vakkert at hun snaut kunne tro det. Hun lovet seg selv at hun skulle ta godt vare på alt sammen. Hun hadde fått kjoler og klær også og det meste var for stort og måtte gis bort til andre som trengte det mer enn Zaribi men hun følte en slags dyp takknemlighet overfor Gudrun. Nå følte hun seg virkelig som en del av familien. Ardred returnerte til rommene deres etter kveldsmåltidet, han virket sliten men også på en måte oppøst og Zaribi hadde begynt å gjøre seg klar for natten og satt og børstet håret. Hun så fort på ham, han trakk av seg kappen og tunikaen uten problemer nå og hun trakk pusten dypt. Han var et flott syn uansett og nå var han snart helt frisk igjen også. «Du virker energisk kjære?»

Ardred bøyde seg og kysset henne på pannen. «Jeg har fått noen nyheter jeg ikke helt vet hva jeg skal tro om»

Zaribi gyste lett, hendene hans kjærtegnet skuldrene hennes og det var distraherende. Hun lengtet etter ham, lengtet etter den intimiteten de bare så vidt hadde rukket å dele før han måtte forlate henne og hun var ikke lenger redd for ham på noe vis. «Hva slags nyheter da?»

Stemmen hennes dirret svakt, det var som forbasket hvor varm hun ble av de enkle kjærtegnene. Ardred stirret ned på henne med mørke øyne. «Det er visstnok krig i Zhandoria, de gamle adelsslektene har vært stridige lenge men nå har det visst gått over alle støvleskaft. Og store områder har gått aldeles til hundene, det er kaos overalt sies det»

Zaribi bikket på hodet. «Hvem sier det?»

Ardred lot hendene gli gjennom det lange håret hennes. «Det kom en handelsskute hit nå i ettermiddag, en mann vi kjenner er kaptein og han frakter ofte pelser og slikt for oss sørover. Han vil ikke reise sørover igjen før det roer seg, om det han sier stemmer er det ille»

Zaribi kjente seg litt forvirret. «Jeg vet at adelsslektene har vært rivaler lenge men hva har fått dem til å gå til krig? Det må være noe viktig?»

Ardred nikket kort, han hadde gått nærmere og sto helt nære henne nå, hun kjente varmen fra ham og lukta også. «Ryktene sier at en av slektene hadde en drage i fangenskap og at noen stakk av med den. Antagelig rent oppspinn men nok til å drive de maktgale idiotene til total galskap»

Zaribi fnyste i nesa. «Det er ikke drager lenger, alle vet da det?»

Ardred nikket og smilte, bøyde seg ned og kysset henne på kinnet. «Det stemmer Zaribi min, de er kun legender nå.»

Hun svelget fort, han hadde satt seg ned på kne foran henne og siden hun satt på en ganske høy krakk ble hun høyere enn ham. «Hva er det du gjør?»

Ardred sendte henne et djevelsk grin. «Solfra sier at jeg ikke
får anstrenge ryggen min, at jeg ikke skal bedrive vannrett
akrobatikk. Men det er andre måter å gjøre det på!»
Han grep tak i kanten på skjørtet hennes og løftet det opp så
han avdekket henne helt opp til livet. Zaribi gispet og grep tak
i kanten på krakken hun satt på, sjokkert og også på en måte
svært lettet over energien hans. «Jeg skjønner ikke?»
Hun kjente at hun rødmet intenst, hun følte seg utrolig
eksponert slik og han strøk en hånd oppover innsiden av låret
hennes. Det føltes elektrisk og gav henne gåsehud over hele
kroppen. «Jeg har savnet deg Zaribi min, hver kveld, hver natt.
Du har vært det eneste jeg har tenkt på når jeg har vært alene
og i pine. Du har holdt meg oppe og gitt meg håp.»
Hun følte seg litt rørt av denne tilståelsen men Ardred gjorde
henne ikke akkurat rolig nå. Han stirret på henne med øyne
som helt tydelig røpet hva han følte. «Jeg trenger deg Zaribi,
jeg trenger deg så utrolig mye, er jeg velkommen?»
Hun ble tørr i munnen, kjente seg brått nervøs men nikket like
fullt. Ardred gliste igjen og kysset ene kneet hennes. «Bare
slapp av å la meg glede deg, du er verdig å tilbes som den
gudinnen du er»
Hun fniste men fniset ble et gisp da han brått lente seg
fremover igjen og begynte å utforske henne med tunga. Zaaribi
kunne bare spre beina og la ham gjøre det og følelsen var
vanvittig, så utrolig intim og nesten på en måte litt forbudt. Det
var utrolig pirrende og han fant fort ut hva hun reagerte mest
på. Zaribi la ene handa på hodet hans, lente seg litt bakover og
fant støtte mot bordet bak seg med andre handa. Hun kunne
bare klynke og stønne i det nytelsen steg i henne med en fart
hun ikke hadde trodd var mulig. Ardred visste tydeligvis hva
han gjorde for han holdt henne helt på kanten lenge før han lot
henne rase over. Zaribi skrek nesten i det hun kom, brått og
kraftig og Ardred så på henne med svarte øyne. Det å se henne
slik, i ekstase, var det mest intense han visste om.

Zaribi hadde ikke trodd at hun kunne nå så langt på en slik måte og Ardred gliste og trakk kjolen hennes helt av henne. Hun bare satt der, skjelvende og merkelig overfølsom. Underkjolen fulgte og hun satt der på krakken helt naken og følte seg merkelig nok ikke blyg for ham. Han kjærtegnet henne med blikket og satte seg opp på kne, dreide krakken litt så hun kunne lene seg bakover mot bordet. «Legg deg bakover Zaribi, jeg trenger det nå, mer enn luft!»
Hun adlød litt usikkert, redd han skulle gjøre noe som kunne skade ryggen hans. Slik hun lå nå hadde hun baken på kanten av krakken og Ardred løsnet buksene sine med raske bevegelser, hendene hans skalv og han pustet svært tungt allerede. Han løy ikke når han sa at han trengte henne sårt. Zaribi rakk å føle et fort stikk av nervøsitet før han la beina hennes rundt seg og styrte seg på plass med et eneste raskt støt. Hun kunne ikke holdt tilbake et lite skrik, det føltes så mye mer intenst enn hun husket og denne gangen var det ingen smerte, kun en intens fryd over å være ett. Ardred stønnet navnet hennes, beveget seg rytmisk men raskt og Zaribi kjente at det steg i henne enda en gang, bare mye mer uimotståelig denne gangen. Det var så himmelsk at hun bare kunne kaste hodet bakover og lukke øynene og la seg rive med. Hun greide ikke en gang skrike da hun nådde frem for andre gang, bare lage små nesten hulkende lyder men Ardred brølte og skalv over det hele.
Han holdt henne tett inntil seg lenge før han slapp henne løs og hun kjente seg svimmel og leddløs. «Nå, hva syns du? Var det verdt å vente på?»
Hun kunne bare fnise og nikke. «Du var verdt å vente på»
Han reiste seg og trakk av seg klærne, han var like overveldende naken som påkledd og Zaribi kunne bare beundre synet. Han smilte og strakte seg, svetten fikk huden hans til å skinne og hun kjente at en gnist av attrå igjen fikk luft nok til å slå ut i full fyr. Hun ville ha ham igjen, så mange ganger som det bare var mulig. Gleden av å ha ham i seg slik,

å være ett, var hinsides noe hun hadde kunnet forestille seg og hun strakte seg og lot hendene gli langs konturene av kroppen hans. Ardred gispet og smilte mildt. «Du har blitt ivrig Zaribi min, det gleder meg. Jeg har alltid ønsket en hustru som deler min lyst»

Hun bet seg i underleppa, stirret litt blygt på manndommen hans og så at den sakte reagerte igjen, det var utrolig at noe som var så mykt kunne bli så hardt så fort. Ardred grep tak i henne, hjalp henne på beina. «Jeg vil gjøre det litt annerledes denne gangen, stå på kne på krakken, holdt tak i bordet.»

Hun gjorde som han sa og han strøk henne kjærlig over baken og pirret henne med handa, fikk henne til å gispe og vri seg. Hun forsto at han ville ta henne bakfra og med henne på krakken var hun akkurat passe høy. Ardred var hes, stemmen hans skalv. «Si ifra med en gang om noe blir ubehagelig Zaribi min, jeg vil ikke skade deg på noe vis.»

Hun bare nikket og han la hendene på hoftene hennes og gled på plass igjen, hun var så våt nå at kroppen hennes tok i mot ham med letthet. Det føltes annerledes denne gangen, som om han traff noe inne i henne fra en annen vinkel og det fikk henne til å krumme ryggen og presse seg mot ham. Ardred stønnet håst, igjen valgte han en rask rytme og Zaribi så gnister og stjerner i det kroppen hennes ble brakt til et heller voldsomt klimaks, hun trodde hun skulle svime av! Ardred greide noen få støt til før han også kom med et høyt rop i ekstase og hun følte det også, at han tømte seg i henne. Hadde han ikke holdt henne hadde hun kollapset totalt og han holdt henne hardt lenge før han løftet henne opp og bar henne med seg inn på baderommet. De brukte lang tid på å vaske hverandre og hviske små og kjærlige ord til hverandre. Zaribi følte at hun aldri hadde vært mer lykkelig og det syntes også, hun formelig glødet og Ardred kunne ikke tro at han hadde vært så heldig. De sovnet raskt da de la seg, begge to var utslitt og tilfredsstilt og Zaribi var glad han nå kunne sove på ryggen så hun kunne ligge i armkroken hans. Hun følte seg trygg, og verdsatt og elsket og hun fryktet ingenting så lenge hun var der i armene hans. Ardred ville ta vare på henne, uansett. Hele Gardahavn sov trygt denne natten, ingen tvilte på at deres Takesh ville holde dem sikre. Han hadde gjort blodoffer, gudene så med velvilje på ham og hans hus.

De neste dagene gikk som i en rus, Zaribi svevde i den syvende himmel og Ardred hadde tydeligvis bestemt seg for å ta igjen det tapte for han greide ikke holde seg borte fra henne mer enn noen timer av gangen og de forsvant til rommet hennes så ofte at det ble en stående vits blant tjenerne der. Men ingen så noe galt i det, tvert i mot. Gudene elsket de som elsket og slik virilitet var et godt tegn.

Hebba mobbet Zaribi litt vennskapelig og Zaribi bare rødmet og mumlet som svar, hun hadde virkelig fått smaken på disse nye gledene og selv om hun ofte var en smule øm og sår brydde hun seg ikke om det. Hun lærte nye ting hver dag og gløden hennes ble bemerket av alle der. Ardred var ofte i møter med representanter for bygdene rundt Gardahavn og de kunne ta mange timer. Når han var ferdig var han frustrert og ofte anspent men etter en rask runde med heller utøylet elskov ble han mye roligere igjen og tenkte bedre og Zaribi var bare glad til. Alt hun tenkte på var Ardred og selv når hun satt og vevde spant tankene hennes seg rundt ham. Det var tidlig på ettermiddagen mange dager senere da et følge med ungdom og barn samt en enslig voksen kvinne ankom, de var forkomne og et par av barna var så kalde at det var kritisk. Ardred ble forferdet over å se tilstanden deres og han ble enda mer forferdet da han hørte hva som hadde skjedd. Sigrun fortalte alt, om de uhellig fødte, om de sjelløse demonene og landsbyen som var blitt utslettet. Brått fikk fienden et ansikt og ble noe reelt. Ikke bare noe en hørte om i rykter og folkesnakk men noe virkelig som kunne drepe.

Barna ble plassert rundt hos folk og Ardred og Urdar satt lenge med Sigrun for å få mest mulig informasjon fra henne. Hun fortalte at Kanir hadde fulgt dem hele veien dit og at han hadde gjort hva han kunne for å redde dem alle. Ardred ble forskrekket da Urdar røpet sannheten om broren, og han ble nesten fornærmet over at han ikke hadde blitt fortalt om dette før. Men han kjente Kanir, han bestemte selv hva som burde fortelles og når. Ardred sendte ut ryttere til alle bygdene der og noen skuter ble sendt langs kysten for å advare der også. Det var ganske tydelig at ting var i ferd med å skje mange steder og at Khebar antagelig ville være på deres side nå var en tankevekker. Kimatiene samarbeidet aldri med dem uten at det lå noe svært alvorlig bak.

Zaribi følte at hun måtte konkurrere med alle tingene som skjedde nå, Ardred hadde sjelden mye tid til henne og det gjorde henne dyster til sinns men så fort han var tilbake hos henne strålte hun som før og gjorde sitt beste for å muntre ham opp. Hun prøvde å bruke tiden på å veve og lære bort mønstre og hun var blitt meget populær blant kvinnene der. Nå snakket hun språket temmelig godt men ordforrådet hennes utvidet seg hver dag og hun kunne snakke og spøke med de andre uten vansker. Hun fikk vite mye om historien til byen og ikke minst om Ardred og hans første hustru. Hun følte seg litt sjalu men forsto at det ikke var noen grunn til det. Ardred hadde bare vært en gutt, og for umoden til å virkelig bry seg om den kvinnen som han hadde giftet seg med. Det hadde vært en stormende forelskelse men slike dør gjerne også ut med full storm i seilene og det var akkurat det som hadde skjedd. Kranglene han hadde hatt med den kvinnen var legendariske fremdeles.

Ardred sendte ut et bud om at Kanir ikke lenger var å regne som fredløs, det var det eneste han kunne gjøre nå. Det hadde begynt å komme skuter fra mange steder nå, noen bare reise for å skaffe seg nytt eller for å handle men andre rommet hele familier som hadde brutt opp. Fra dalene kom det folk hver dag nå, mange hadde ikke sett noe galt men de hørte hva som ble sagt og tok ingen sjanser. Det var plass til mange i Gardahavn men Urdar ble bekymret like fullt. De kunne ikke huse alle heller, Gardahavn var hovedstaden deres og et naturlig sted å søke seg til. Det førte fort til at befolkningen eksploderte. Havna var full av skuter og mange måtte ankre opp utenfor moloene. Urdar hadde lagd seg en oversikt over gamle helligdommer der folk kunne være trygge, han sendte temmelig mange ut til disse stedene og håpet at han ikke sendte dem rett i døden. Men han stolte på hva som ble sagt fra gammelt av, de hellige stedene skulle beskytte dem.

Zaribi hadde begynt å føle seg temmelig forlatt til tider. Hebba og den andre kammerpiken hennes var svært mye ute og hjalp de som kom med å få seg tak over hodet og hva de ellers trengte og hun mistet appetitten og følte seg uvel temmelig ofte. Hun forsto at Ardred ikke hadde noe valg, han var Takesh og måtte gjøre sitt for å beskytte folket men det betydde at han fikk svært lite tid til henne og nå hendte det at han var for sliten til å orke å elske når han kom tilbake fra møter og slikt. Han hadde utpekt noen av sine beste menn til å bli en slags elite styrke som skulle beskytte byen om de ble angrepet og han sørget for at forsvarsverkene ble gjennomgått og grundig styrket. Byen var lagd med tanke på et angrep fra utbryterklanene, den kunne beskyttes og tålte en beleiring men tålte den troll og sjelløse? Det gjensto å se. Urdar gransket gamle skrifter og fant vel egentlig ut at det var lite av informasjon som hadde overlevd siden sist de uhellige vandret. Men han skjønte en ting, og det var at store solide festninger av stein var det aller beste.

I Hietlai hadde folk sjelden brydd seg med å bygge slikt, det meste ble gjort i trevirke og selv store festninger og desslike hadde blitt reist i hard furu. Det fantes en festning i landet som var bygget av stein og den var blitt forlatt for mange århundre siden. Siden folk var avhengige av treverk til alt mulig hadde området rundt blitt aldeles ribbet for alt som het trær og til slutt hadde de bare flyttet. Festningen hadde blitt bygget på grunn av stridigheter mellom to konger og den hadde vært enorm og svært forseggjort men i disse dager var den kun et relikt fra en tid som ikke lenger noen husket. Urdar visste hvor den lå, og han visste også at den antagelig var i svært dårlig tilstand nå. Århundrer med vær og vind kunne forvandle selv en mektig borg til en ruin om den ikke blir vedlikeholdt. Urdar lekte allikevel med tanken på å evakuere til den, om det ble nødvendig. Ingen hadde vært der på mange hundre år og det var langt dit men borgen burde kunne beskytte dem, i det minste til en viss grad.

Ardred merket at Zaribi ble mutt og innesluttet og besluttet å ta henne med seg på en tur for å inspisere gårdene rundt byen. Hun mottok den nyheten med nesten barnslig iver og Hebba hjalp henne med å få på en ridedrakt og en god kappe. Hun fikk ri den svarte hoppa si og var brått like lykkelig som før. Ardred fortalte henne om de ulike vekstene de dyrket der og om dyra de så og hun glemte uroen og den merkelige rastløsheten som hadde blitt så alminnelig for henne i det siste. De stanset på en av de gårdene som holdt kyr og Zaribi fikk sjansen til å leke med noen av de skjønne små kalvene før de skulle videre. Hun visste at folk ville ta dyra med seg om det ble krise og det kunne by på sine egne problemer siden svære flokker med krøtter tar mye plass, krever mye mat og skiter mye også. Noen steder brukte de møkka til å bygge med, Ardred forklarte henne at de blandet møkka med finkuttet halm og leire og lagde en slags murstein av det. Eller så lagde de et reisverk av tynne sammenflettede kvister og røtter og smurte blandingen over og glattet den ut for så å legge på et lag med hvit gips. Ardred var glad han tok denne turen, han trengte å komme seg ut og han trengte også å se at alt var normalt i området. De færreste der trodde noe særlig på at de uhellige vandret, det var kun sagn for dem og noen mente at det kunne være gamle og tannløse bjørner som angrep folk.

Det ble sent før de red tilbake mot byen og Zaribi var sliten og følte seg temmelig hul, hun hadde ikke spist noe særlig i det siste for hun hadde hatt en tendens til å kaste opp og syntes det var både flaut og ekkelt. Det å reagere slik på den gode maten der var ikke noe hun likte og hun hadde holdt det skjult også. Hun følte seg en smule oppblåst og selv nå lå kvalmen og ventet bakerst i strupen på henne, som et sammenkrøket lite dyr som bare ventet på å synke klørne i henne. Da de kom seg tilbake til hovedbygget fikk hun Hebba til å tappe i et varmt bad og hun ble liggende der lenge, Hebba hadde alltid lavendel olje i badevannet og det hjalp henne å slappe av. Ardred tørket henne da hun omsider slet seg opp av vannet og de ble liggende tett sammen og bare nyte nærheten før de sovnet. Morgenen etter måtte hun styrte ut på baderommet for å brekke seg og hun følte seg miserabel. Ardred hørte lydene og kom for å se hva som var på ferde og han ble bekymret, hun var blek og hadde ringer under øynene og så temmelig tufs ut. Han hentet Hebba enda Zaribi protesterte heftig og Hebba bare gliste bredt da hun fikk høre om symptomene. Hun klappet Zaribi på skulderen og ristet på hodet. «Du har aldri lært mye har du vel? Ikke engang dette. Når blødde du sist?»

Zaribi rynket pannen, hun kjente at hun rødmet intenst og ørene hennes kjentes ut som om de brant. Hun var ikke vant til at slikt ble diskutert, og i hvert fall ikke i nærheten av menn. Hun stirret ned i golvet. «På båten hit, like før vi ankom»

Hebba slo hendene sammen med en liten klukkelyd. «Og det tok rundt to uker før du og Ardred fullbyrdet ekteskapet ikke sant? Å Zaribi, jeg kan bare gratulere. Du venter barn!»

Zaribi bare stirret, haken hennes traff nesten brystet og hun trodde ikke det hun hørte. Ardred stirret også, så smilte han så bredt at det nesten så idiotisk ut før han grep henne og løftet henne opp, svingte henne rundt. «Alle guder være velsignet, jeg hadde aldri trodd at det skulle skje så fort!»

Hebba bare gliste. «Men det gjør det gjerne, gudene smiler virkelig til deg Zaribi, å unnfange på første natten med en mann er sjeldent, og lover godt!»

Zaribi kunne ennå ikke helt fatte det, hun stirret ned på den flate magen sin og kunne ikke helt skjønne at det var sant. Hebba nikket bare og Ardred slapp sin kone ned, meget varsomt. «Fra nå av er det ting du ikke kan gjøre Zaribi, du får ikke drikke vin eller sterk mjød og du får ikke spise mat som kan være bedervet. Og du må holde deg vekk om det blir slaktet dyr, og du må unngå å bli opprørt. Det kan skade barnet»

Zaribi trakk pusten hardt. «Opprørt? Hva med opprømt?»

Hebba smilte moderlig. «Det tror jeg er ganske greit.»

Ardred kysset henne på toppen av hodet. «Dette er fantastiske nyheter, det gir håp. Jeg skal se til at du blir tatt vare på av Solfra fra nå av, hun er den beste helbredersken vi har og en meget dyktig jordmor.»

Zaribi rødmet igjen, hun følte seg underlig delt sjelelig. En del av henne hadde begynt å juble over at hun ville få et eget barn men en annen del av henne var faktisk temmelig skremt.

«Det...Det er bra, jeg trenger å lære mer tror jeg. Men, vi har jo...æh, kan det ha skadet barnet?»

Hebba klukklo. «Nei, ingen fare der Zaribi, de siste par ukene før barnet kommer bør dere nok ligge unna hverandre men inntil da er det bare å peise på. Kvinner som venter barn blir ofte mye mer ivrige enn før, så nå er du advart Ardred»

Ardred lot som om han tørket svetten av pannen. «Store moder, da sliter hun meg ut!»

Hebba fniste og klappet Zaribi på skulderen. «Ingen fare for det Ardred, men jeg skal si ifra til kjøkkenet om at hun skal ha best mulig mat fra nå av. Det er viktig at hun får i seg mye og bra næring.»

Zaribi kjente seg brått litt kvalm igjen, hun hadde sett hva som ble sett på som bra næring der, margbein og lever og slikt. Ikke akkurat ting hun var vant med. Hebba så uttrykket hennes og klappet henne på hodet. «Ikke heng slik med nebbet lille deg, du vil snart merke at du vil få lyst på helt andre ting enn vanlig.»

Ardred bet seg i underleppa. «Bør vi fortelle folk om det?»

Hebba ble brått mørk i blikket, hun så litt nervøs ut. «Normalt venter en til det har gått et par måneder i hvert fall. Zaribi er bare noen uker på vei og det er mye som kan skje, men for en gangs skyld vil jeg anbefale at dere forteller om det. Hun vil bli passet på av alle om de vet at hun venter barn. En svanger kvinne er hellig for oss, og hun vil trenge all den støtten hun kan få slik tingene er nå.»

Ardred nikket sakte. «Du har rett, det var klokt tenkt. Jeg vil fortelle det nå i kveld, det er råd da.»

Hebba smilte og gav Zaribi en klem. «Og jeg skal gi den unge fruen en rask innføring i hva hun kan vente seg fremover.»

Zaribi greide å prestere et slags smil men hun ante at det kanskje ikke var så morsomt som hun hadde trodd å vente barn. Ardred kysset henne med en god porsjon lidenskap og Hebba bare klukket og fant frem klær for Zaribi. Ardred gikk etter å ha kommet med en hel rekke temmelig følelsesladede kjærlighetserklæringer og Zaribi begynte faktisk å roe seg litt. Hun hadde ønsket seg egne barn og nå var muligheten der allerede. Hebba satte seg ned og begynte å forklare om morgenkvalme, ømme bryster og verkende hofter og enda flere mulige plager og Zaribi svettet formelig. Hun ante at hun kom til å se ut som en ball etter hvert siden hun var så spe men hun håpet bare at det ikke ble alt for forferdelig. Hebba satt og forklarte om hva hun hadde opplevd da hun gikk med sine barn og Zaribi satt der og lyttet og prøvde å legge alt på minnet så hun visste om noe var galt senere. Normalt fikk jenter slik kunnskap inn med morsmelken men hun hadde aldri fått en normal oppvekst og Hebba var igjen sjokkert over hvor begrenset Zaribis liv hadde vært til hun kom til dem.

Dagen gikk med til å lage lister over hva som kom til å bli nødvendig å skaffe seg og Hebba var takknemlig for at dette nye tok Zaribis tanker bort fra situasjonen i landet. Selv hadde hun sine tvil når det gjaldt alvorligheten men Ardred måtte ta ting på alvor uansett. Det var hans plikt. Zaribi hadde begynt å virkelig skjønne at det var virkelig nå og hun gikk med stjerner i blikket og Hebba håpet bare at hun ikke fikk det alt for slitsomt. Egentlig burde hun ha ventet med dette i enda noen måneder for hun var ikke helt restituert ennå men av og til må bare skjebnen få gå sin gang.

Ardred hadde vansker med å skjule følelsene den dagen, han hadde ikke egentlig tenkt på muligheten for at Zaribi skulle bli gravid så fort, det hadde liksom bare vært en fort tanke som forsvant rimelig kjapt. Men nå som det hadde skjedd fant han at han faktisk likte ideen, og han følte at det gav ham enda mer å kjempe for. Noe å strebe mot, å se frem til. Han lovte seg selv at han skulle gjøre sitt ytterste for å bli en god far og han var bare så inderlig lei for at Gudrun hadde gått bort før hun kunne få vite om dette. Det ville ha gjort henne svært lykkelig. Rådsmøtet var stort, alle var velkomne og hallen var svært full. Mange av de som hadde kommet til Gardahavn var der nå og ville vite hva som ble gjort og Ardred organiserte og gav ordre. Mange talte og fortalte om hva de hadde sett eller hørt og Urdar var også der sammen med flere av de andre godene. Alle var enige om at de måtte ta utgangspunkt i at alt de hørte var sant, de hadde rett og slett ikke råd til å ikke gjøre det. Da møtet var offisielt over reiste Ardred seg og manet folk til taushet. Han kunne ikke bære seg for å smile og mange så det og undret seg. «Ærede brødre og søstre, medborgere av Gardahavn og hietlaianere. I dag har jeg fått gledelige nyheter, nyheter som gir håp. Min hustru venter barn, min ætt skal bestå!»

Mange reiste seg og klappet i hendene for å vise sin begeistring, andre løftet ølbegrene i en skål og Ardred så at Urdar måpte for så å smile bredt.

Etterpå kom det en lang strøm med folk som ville gratulere ham og han ble klappet på skuldrene og trykket i neven så ofte at han verket. Det var tydelig at alle var svært glade på hans vegne og han tvilte ikke på at Zaribi fra nå av virkelig ville bli satt pris på og beskyttet av alle. Urdar trakk ham til side da alle begynte å gå, han smilte men det var noe i blikket hans som var illevarslende. «Du er klar over at Iliana nå antagelig kommer til å hate Zaribi enda mer?»

Ardred sukket tungt. «Ja, men alle vil passe på henne fra nå av, og jeg skal se til at Iliana ikke får gjort stort annet enn å sitte der og gremme seg. Hun burde blitt lyst fredløs, det eneste hun greier å skape er uro og sorg.»

Urdar nikket stivt og stirret i bakken. «Jeg tviler ikke på at hun myrdet mor, og jeg skulle ønske noen kunne sørge for at hun reiser nordover igjen og aldri vender tilbake men det er vel å håpe på for mye.»

Ardred smilte og det var noe mørkt i blikket hans. «Jeg er takesh Urdar, en krigshøvding. Var jeg som kongene i Zhandoria kunne jeg beordret henne sent i eksil uten at noen ville protestert men slik er ikke våre skikker. Noen ganger er jeg lei det er slik»

Urdar blåste i nesa. «Jeg også, men spøk til side bror, hun er farlig!»

Ardred trakk på skuldrene. «Jeg kan sette folk på henne?»

Urdar blåste i nesa en gang til, han så fornærmet ut. «Unnskyld meg men det har jeg allerede gjort, det er lojale folk blant tjenerne hennes og jeg har andre som passer på Zaribi.»

Ardred smilte og sendte broren et takknemlig øyekast. «Jeg er glad for det bror, og jeg setter pris på det.»

Urdar nikket. «Jeg vet det, og jeg håper at det er nok, jeg er bare litt nervøs for at Iliana kan bruke andre for å gjøre sitt eget skitne arbeid. Hun er troende til det.»

Ardred rynket pannen. «Alle her vet hvem og hva hun er, de vil ikke la seg forføre til å gå hennes ærend?»

Urdar hadde en merkelig glans i blikket. «Og om de ikke vet hvem de egentlig tjener? Hva om hun bruker det hun tross alt kan til å mislede folk som ikke kjenner henne?»

Ardred svelget. «Jeg kan sette flere vakter rundt Zaribi, la henne være omgitt av mine folk til enhver tid.»

Urdar nikket sakte. «Gjør det bror, og la noen andre smake på alt hun spiser og drikker først. Vi kan ikke ta noen sjanser heretter»

Ardred kjente seg litt kald, han tvilte ikke på at Iliana var fullt i stand til å skade Zaribi og nå kanskje mer enn noen gang før. Nei, han kom ikke til å ta noen sjanser! Iliana fikk finne seg i å bli bevoktet, tross alt stolte ingen på henne og det fikk hun bare godta. Han greide allikevel ikke helt å kvele den gleden han følte over å vite at slekten hans ville fortsette. Om han fikk sunne sterke barn skulle han aldri mer be gudene om noe. Han gikk tilbake til Zaribi for å fortelle henne om hvordan møtet hadde gått og han håpet bare at all uroen ville forsvinne av seg selv.

Iliana fikk ikke vite om den glade nyheten før dagen etter, en av tjenerne hennes fortalte en annen om det og Iliana overhørte samtalen mens hun var inne på avtredet. Hun kjente at en glødende ball av sinne og hat formet seg i magen på henne og hadde hun ikke vært omgitt av andre ville hun ha skreket og revet seg i håret av ren frustrasjon. Så den lille tispa hadde tatt alt Iliana skulle hatt? Og nå ventet hun barn også, var det ingen ende på hvor heldig den hora var? Iliana trakk pusten dypt flere ganger, hun skulle ikke finne seg i det, hun måtte gjøre noe men hun visste godt at hun ble overvåket hele tiden og det var umulig å slippe unna så lenge hun var i Gardahavn. Skulle hun få hevne seg måtte hun tenke fort og tenke godt.
Hun gikk ut av avtredet med en vanlig kald mine på ansiktet, om noen så ekstra grundig etter så de kanskje at hun hadde et merkelig uttrykk i øynene, at de formelig glødet. Hun gikk til kammeret sitt og satte seg ned ved veven, hun hatet håndarbeid men det hjalp henne med å fokusere. Hun jobbet sakte, og grundig. Hendene gikk av seg selv mens hun tenkte og hun forsto at hun ikke kunne oppnå noe så lenge hun var der. Alle kjente henne og alle virket for å formelig tilbe den vesle sklia. Nei, hun måtte utnytte alle de talent hun hadde og slå til utenfra. De gårdene hun hadde fått var ikke spesielt store eller rike men en kunne utmerket godt leve godt der og hun bestemte seg fort som vanlig. Før kvelden var falt hadde hun

beordret tjenerne til å pakke ned alt hun eide og hadde, hun aktet å flytte nordover så fort som bare mulig.

Urdar fikk vite om planene hennes via en av de tjenerne han hadde plantet blant Ilianas folk, han visste ikke helt hva han trodde om det men antagelig var det en god ting. I det minste kom Iliana til å være et godt stykke unna selv om det var farlige tider. Hun var i full gang med å planlegge ferden og Urdar skulle gjerne ha hjulpet henne selv om han bare hadde hatt tid, så han ble kvitt henne fortest mulig. Ardred mente at han fikk sende med noen ekstra soldater bare for å sikre at hun kom frem og Iliana virket underlig intens og nesten desperat etter å komme seg vekk. Det var mulig at hun endelig innså hvor lite elsket hun egentlig var, og nå som Zaribi hadde tatt hennes plass på så mange måter ble det kanskje for bittert å bli der i Gardahavn. Ardred fryktet at hun planla noe og aktet ikke å la henne få en sjanse til å finne på noe ondsinnet så alt ble overvåket grundig. Iliana virket ikke for å bry seg om det i det hele tatt, hun pakket og gjorde mye selv, noe som var direkte sjokkerende. Ikke at hun eide så mye lenger men noe var det da, og kasser og sekker ble fylt med klær og utstyr. Hun gav til og med bort en god del til de fattige, noe som gav Ardred bortimot hakeslepp.

Iliana hadde planlagt alt svært grundig, den siste kvelden i Gardahavn gikk hun ut på den vesle balkongen som var bygd utenfor rommet hennes. Hun hadde rom i enden av en korridor og der var det akkurat plass til slik luksus. Hun hadde elsket dette stedet da hun var yngre, før hennes egen trang til makt og kontroll forgiftet henne. En gang hadde Iliana vært en svært lovende ung kvinne, godt egnet til å følge i sin mors fotspor, slike det var nå var hun ikke annet enn en svært dårlig person forført og korrumpert av egne ambisjoner. Iliana holdt en liten lapp i handa og på armen bar hun en liten falk. Fuglen hadde vært en gave fra en elsker og hun hadde aldri brukt den. Fuglen satt som regel i et bur og mesket seg med en eller annen uheldig mus en tjener hadde fanget men den var i god form.

Hun lot den fly fritt i rommet hver kveld når hun ble alene og den var godt trent. Hun festet lappen til en liten beholder på den ene foten og falken pep ivrig. Iliana smilte svakt og trakk av den hetten, de ville gylne øynene glødet formelig, den luktet friheten og Iliana strøk den over de myke nakkefjærene. I det minste var den lojal siden den ikke visste av noe annet. Det var noe ærlig i dyr, de kunne bare gjøre det de ble lært til og hun fjernet tjorene på føttene. Falken skrek kvast i det den tok til vingene og forsvant ut i mørket. Den ville bruke noen timer på å nå frem men hun tvilte ikke på at budskapet hennes ville bli levert. Hun tillot seg et smil, et bredt triumferende smil. Åh hennes bror kunne triumfere så mye han ville, hun tvilte på at han ville ha den lille hora tilbake når hun og hennes lojale medløpere var ferdig med henne.

Wulf

De hadde ridd nordover i litt over en uke og hadde funnet den gamle handelsveien men det var tydelig at noe ikke stemte. Det var ikke folk å se noe sted og der så nær Bheki burde det vært heller folksomt. De hadde møtt på noen få personer som fortalte om en kvinnelig stridshøvding som var blitt tatt til fange etter å ha tvangsvervet folk. De fortalte også om at Dragetind antagelig var i utbrudd og at merkelige ting skjedde i bukta. Øyer dukket opp og forsvant og en hel by var feid av kartet av svære bølger. Wulf begynte å tro at de hadde vært heldige som hadde kommet så langt som de tross alt hadde, de hadde vært like i nærheten av området den kvinnen hadde krevd. Langs bukta flyktet folk nå, og de flyktet ikke lenger til Ardot men innover i landet. Det virket for at strømmen av folk snudde og Wulf husket elendigheten i byen de hadde besøkt og syntes ikke at det var noen negativ ting.

Men mer var i ferd med å skje og et par av de menneskene de møtte på snakket om monstre, om landsbyer som ble totalt ødelagt over natta og de var svært redde. Store hærstyrker hadde vandret nordover mot Tholir og Darazzen og det var tydelig at Hanek nå mobiliserte for fullt. Wulf følte et stikk av dårlig samvittighet, han burde ha skyndt seg og slått seg sammen med hæren igjen, tross alt var han en offiser og han hadde gode kunnskaper men om skrivet var ekte kunne han nesten ikke ignorere det. Ushara var merkelig stille og innesluttet, hun var konstant redd for at noe skulle skje som kunne ødelegge kontrollen hennes og det hjalp ikke at Fhadan og Barech prøvde å muntre henne opp med bisarre historier fra deres liv i hæren.

Ublan var den som var mest fornøyd med alt, det digre beistet koste seg faktisk og utforsket og jaktet og Wulf så at den la på seg og så mye mer frisk ut enn før.

Terrenget var forholdsvis lett å ferdes gjennom, de var ennå i Ar-bheki men Barech mente at de snart krysset grensa til Dheesa og Solamida området. Om de skulle krysse høylandet betydde det mer tid men det var en lettere tur enn å ri gjennom fjellene der tverrfjellene møttes. Landsbyen de hadde snakket om lå ennå noen dager foran dem og Wulf mente at de burde ligge unna folk så lenge som mulig. Om noen så Ublan kunne det spre enda mer panikk og de ville ikke skremme folk. De som levde her i fjelldalene var solide og trauste folk men de var også svært overtroiske og Wulf visste at Hanek hadde slitt en god del med å få ristet de aller verste vrang forestillingene ut av folk. Han ønsket å gjøre riket sitt til et land der sunn fornuft og visdom sto i høysetet men det var ikke enkelt å endre århundrer med inngrodde tradisjoner.

De hadde akkurat krysset en ganske stri elv da Ublan begynte å lage merkelig gryntende lyder og om en skulle tolke uttrykket i det merkelige ansiktet kjente den en vond lukt. Ushara savnet Kalek, han hadde vært mye bedre til å tolke hva halvdragen mente enn hun var. Ublan knurret og Wulf så at alle trakk blankt, noe var galt. De red litt fremover, sakte og klare for alt og en flokk med kråker og ravn lettet fra krattet langs stien. Fuglene virket svært mette og et par ravner gadd ikke lette, de bare hoppet unna hestene og stirret opp med svarte merkelig intelligente øyne. Wulf svelget hardt og Barech bannet grovt, han dekket nesa og munnen med ermet sitt og hestene slo med hodene og gryntet. Det hadde vært et lite følge med folk, kanskje en sju åtte stykker som hadde slått leir ved elvebredden. Nå var de redusert til noe som best kunne beskrives som slakteavfall. Det lå kroppsdeler overalt, tarmer hang i buskene og klær og utstyr var slengt overalt. Hva det enn var som hadde angrepet disse folkene, det hadde vært grusomt sterkt og raskt og selv om det var våpen der virket ingen av dem for å ha blitt brukt. Wulf kjente seg svimmel, hva kunne gjøre noe slikt? Barech spyttet og så blek ut og Ushara virket for å hviske noe for seg selv, igjen og igjen. Fhadan red rundt, stirret på de groteske restene og blikket var skarpt. «Det er bare en ting som kan lemleste folk på den måten!»

Wulf rynket pannen. «Jordbjørn?»

Halvalven ristet på hodet. «Nei, de eter gjerne av det de dreper, og de biter og klorer. De river ikke folk fra hverandre slik. Dette var troll»

Wulf gliste bredt. «Troll?! Du må gi deg, det er bare gamle eventyr»

Fhadan bikket på hodet. «Mange tror at alver bare er eventyr, at drager kun er en legende.»

Wulf følte en litt ubehagelig følelse av å ha blitt satt på plass. «Men ærlig talt? Troll! Ved alle guder, jeg har aldri hørt om dem som annet enn slikt en skremmer uskikkelige unger med?»

Fhadan smilte stivt. «Fordi det er så uendelig lenge siden de sist viste seg, men de er en forferdelig fiende og det som følger dem er enda verre. Noe er virkelig i ferd med å skje Wulf, noe skrekkelig»

Ushara så ut som om hun nettopp hadde tatt en munnfull av noe aldeles motbydelig, og Barech så forskrekket ut. Fhadan klappet hesten på nakken. «Troll tåler ikke dagslys, og de liker ikke ild særlig godt men tåler det. Det er svakheten de har, samt hellig grunn.»

Wulf husket såpass fra de eventyrene han hadde hørt som barn. «Du sa at noe følger dem?»

Fhadan nikket kort, han virket for å være mot vinden og det umenneskelige ved ham ble brått mye tydeligere. Tross alt var han kun halvt menneske og det tenkte en ikke mye over vanligvis, men nå var det svært fremtredende. «Ja, sjelløse, merkelige monstre som kan besette folk eller forvandle dem til

noe grusomt. De er kun ondskap, kun mørke. Og de er gjerne
nær om det er troll i et område. De følges ad»
Wulf hadde virkelig vansker med å skjønne at dette var reelt.
«Jeg har aldri hørt om noe slikt før»
Fhadan nikket. «Mennesker glemmer, de har så kort
hukommelse. Men det gamle folket husker, husker alt. Min
mor fortalte meg om den gamle visdommen, om spådommer
og profetier. Om trollene vandrer på nytt vil verden endres, og
endres mye»
Ushara svelget hardt. «Hva kan vi gjøre?»
Fhadan trakk på skuldrene. «Trollene er aldri ute i skarpt
dagslys, men om natten er de svært farlige. Det samme gjelder
de sjelløse. De kan ferdes om dagen også men foretrekker
mørket. Jeg vil tro at Ublan kan slåss mot troll og vinne
forholdsvis lett, men oss andre? Vi har ikke så veldig store
sjansen om vi treffer på en flokk.»
Ushara var lett blek. «De sjelløse, er de virkelig uten sjel?»
Fhadan nikket. «Ja, de gamle og vise sier det. De er demoner
og det blir sagt at drageild kan skade dem, men lite annet. De
tåler utrolig mye og der det er noen få er det som regel mange i
nærheten en ikke ser.»
Wulf tvang seg til å tenke rasjonelt. «Greit, la oss si at det er
troll og monstre her i området, jeg sier at vi får komme oss
videre. Det er uansett tryggere enn å bli her.»
Alle nikket og Ublan knurret fremdeles, han stirret mot skogen
og halen svingte sakte og truende, som på en sint katt. Ushara
stirret i samme retning, hun følte noe der inne i mørket. Noe
som stirret på henne, avventende og kaldt. Sansene hennes var
annerledes enn på noen annen skapning, hun visste at det var
noe der ute som ikke var av denne verden og det fikk hårene til
å reise seg over nakken på henne. Hun hadde aldri helt testet ut
hva hun kunne men hun fikk en ekkel følelse av at hun snart
ville bli nødt til å teste hva slags grenser hun tross alt hadde.
De red videre i temmelig raskt tempo, hestene tålte det men
Wulf begynte å engste seg for befolkningen. Han husket

eventyrene han hadde hørt, mange av dem var groteske og blodige men de gav også små hint om ting som kanskje hadde skjedd. Han husket fortellingen om bygdetullingen som lurte troll etter seg ut på ei bløtmyr så de ble sittende fast og døde da sola steg, og eventyret om bonden som bygde en enorm figur av leire og lurte trollene til å tro at det var et enda større troll. Det var tydelig at de neppe var særlig intelligente skapninger. De måtte roe farten da det gikk mot kvelden og Wulf prøvde å se for seg kartene han hadde sett over området, de var neppe nøyaktige men det gav ham en slags følelse av å vite hvor de var. Det var uansett en svært lang reise de var ute på om de skulle finne denne halvgale lærde og med krigen som pågikk var det ingen garanti for at de i det hele tatt kom frem. Fhadan valgte leir den kvelden, han lot hestene vade over elva og det viste seg at den hadde delt seg så det var som en liten lav øy midt i den. Han smilte stivt i det han steg av hesten. «De sier at troll ikke liker å krysse rennende vann.»

Wulf bare gryntet. «I så fall er det rart de kommer seg rundt, det er elver og slikt overalt.»

Barech tente bål og de fikk i seg et fort måltid, ingen hadde særlig appetitt etter det de hadde sett men de tvang maten i seg. Wulf ble sittende ved bålet sammen med Ushara som gredde og flettet håret med en fjern mine. Hun virket svært tankefull og Wulf forsto at hun savnet det hun anså som sitt folk. Om hun virkelig var blitt oppdratt av dverger var det ikke rart at hun visste lite om verden der ute, og det var noe merkelig naivt ved henne til tider. Barech og Fhadan trakk seg tilbake til skyggene og Wulf måtte glise fort. Det var liten tvil om hva de drev på med, Barech var sjelden stille av seg og de stønnene og lavmælte ropene de kunne høre var svært avslørende. Wulf kunne av og til undre seg over hvordan Fhadan greide det, Barech var langt fra noen smågutt på noe vis og tanken på å gjøre det de to drev med fikk ham til å krympe seg, men det var vel slik det var for de som hadde den legningen og en kan venne seg til det meste.

161

Ublan lå like ved hestene og gnog på en trestokk, den oppførte seg ennå som en meget leken hundehvalp og atferden var absurd når en så hvor enormt dyret var. Barech og Fhadan vendte tilbake til bålet etter en stund, begge to var svette og litt skjelvne og hadde fjollete fornøyde glis om kjeften. Wulf misunte dem på et vis, i det minste hadde de hverandre. Ushara drev fremdeles med håret sitt, hun gjorde det tydeligvis kun for å få noe annet å tenke på. Bålet var ikke stort men gav da litt lys og Wulf visste at de måtte sove på skift denne natten. Han var på nippet til å tilby seg å ta første vakten da Ublan brått reiste seg, den knurret dypt og halen svingte igjen, nå med atskillig kraft. Fhadan ble vill i blikket. «Hestene, trekk dem sammen, det er mulig vi må ri for livet»

Wulf og Barech skyndte seg å adlyde, hestene hadde begynt å bli nervøse og Ublan flekket tenner. Det var et skremmende syn. Ushara var blek og Fhadan så fort bort på henne. «Føler du dem?»

Hun nikket stivt. «Ja, flere. Merkelige kalde sinn, uten tanker»

Fhadan bannet kort. «Sjelløse, vi må vekk herfra!»

Wulf skulle til å gi Ushara tøylene til hesten hennes da trærne rundt dem brått svaiet vilt og de hørte merkelige burende lyder. Fhadan bannet på alvisk og det vakre språket kunne ikke skjule at det han sa var særdeles lite pent. «Troll, ved gudene!»

Barech trakk øksa si og Wulf rev sverdet ut av sliren, han visste at slike våpen er lite nyttige mot troll men de måtte bare prøve å forsvare seg. Det første trollet kom sjokkende mot dem, minst femten fot høyt og merkelig grovt i form, som en gjørmemann et barn har lagd. Det brølte hult og strakte lange kraftige armer fremover for å gripe tak i hva den kunne rekke men det som så skjedde var spektakulært. Ublan brølte, et forferdelig håst brøl som fikk bakken til å skjelve, så sprang den fremover. Halvdragen traff trollet som et steinskred treffer en liten trebu. Trollet ble slengt i været av sammenstøtet og halvdragen fanget det med kjeften og rev det ganske enkelt i to ved å stå på det med forbeina. Det var svært tydelig at troll ikke tåler halvdrager særlig godt.

Ublan brølte igjen og det forhenværende godslige ved den var blåst vekk, nå var den kun et livsfarlig dyr som var mer destruktivt enn de hadde trodd. Halen feide troll overende og de grove klørne på forbeina grov seg gjennom solid vev og bein og rev dem opp. Kjever med vanvittige krefter knuste hoder og kropper og han var rask. Wulf kunne ikke helt tro hvor rask halvdragen var. Hver bevegelse var ladet med kraft og nesten for elegant til at det var troverdig, det klumpete dyret var katte aktig og smidig og beveget seg så raskt at det var vanskelig å holde øynene på den. Trollene nølte ikke, de fortsatte å angripe men kom aldri nær den lille leiren. Ublan gjorde kort prosess med dem og den var dekket med den underlige grålige væsken som var trollenes blod. Øynene glødet i mørket og forbeina slo mot de grove kroppene som spikerklubber. Wulf trodde knapt det han så!

Ushara hadde bare stått og glodd men nå rykket hun til og kom med et merkelig lite skrik, Wulf snudde seg og så øyne som glødet i mørket, merkelig rødlig og unaturlig. De var ikke særlig høyt over bakken men det var mange av dem og han bannet grovt. «Sjelløse!»

Ushara virket nesten lammet av avsky, det var tydelig at hun sanset mer enn de andre der og da de kom nærmere skjønte Wulf hvorfor hun reagerte slik. Skapningene var motbydelige, merkelig hvitaktige med noe som kunne være rustningsdeler hengt tilfeldig på kroppene. Huden virket tynn og nesten gjennomsiktig og de færreste hadde noen nese, kun et fryktelig gap og svarte livløse øyne. Noen hadde tynne fjoner av hår uten farge hengende fra hodene men de fleste var uten og de var stille. Det var nesten det mest skremmende ved dem, de var helt og totalt stille.

Fhadan virket nesten paralysert og Barech bare stirret i det de merkelige uvirkelige skapningene nærmet seg, Wulf følte det også, hvordan det unaturlige ved dem formelig trakk all vilje og fornuft ut av en. Ublan var ferdig med trollene og hev seg over disse beistene også men det kom bare flere og de var såpass små at halvdragens størrelse jobbet mot ham. Og de var raske også, med underlige slangeaktige bevegelser. De nærmet seg faretruende mye da de brått stanset, som om noe holdt dem tilbake. Ushara sto like ved bålet og hun holdt den lille pakningen med private eiendeler tett ved brystet og det virket for at noe i den glødet, i en tung rødlig tone. Fhadan slapp fra seg et gisp, løp bort til henne. «Hva er det du har i den sekken?!»

Ushara blunket fort. «Bare noen få ting jeg rakk å få med meg da fjellet fikk utbrudd. Ting jeg har funnet, og fått.» '

Fhadan trippet nesten. «Ta det ut, det som gløder! Det er viktig! Det holder dem tilbake!»

Hun adlød med litt skjelvende hender, trakk frem en liten sekk lagd av lær og den var nesten totalt gjennomsiktig siden det inne i den skinte så sterkt. Hun trakk opp strengen som holdt posen lukket og lot innholdet falle ned i handa, det var en enorm rubin, mørk rød og med en underlig oljeaktig glans. Den glødet som nysmidd stål og var stor som et stort eple minst. Wulf bare glante og Barech gispet. Fhadan så andektig ut. Ushara virket litt nervøs. «Jeg fant den i en av tunellene under byen, i skjelettet av et eller annet merkelig dyr.»

Fhadan nikket. «Den holder de sjelløse unna, bare se. De kommer ikke nærmere»

Det var tydelig at de gjerne ville nå de fire som sto der men de kom ikke gjennom en slags usynlig vegg, i stedet sto de på stedet hvil og rugget fremover uten noe resultat. Ublan var ikke sen om å utnytte sjansen, han lignet på en unge som hopper og spretter i en dam med søle, for hvert sprett knuste han flere sjelløse mot bakken og de prøvde ikke slippe unna. Samtlige virket for å stirre på den enorme rubinen, trukket mot den og samtidig ute av stand til å nå den. Ublan slapp fra seg noen hese lyder som kanskje kunne tolkes som ren sadistisk fryd mens den moste stadig flere av skapningene. En ram lukt av noe som lignet råtten tang og tare drev gjennom lufta og bakken ble svart av seigt blod.

Ushara holdt rubinen høyt, hun skalv lett og blikket var fylt med forundring og vantro. Rubinen fortsatte å gløde så lenge det var sjelløse igjen i live, da den siste var trampet til noe som mest av alt lignet på mos sluknet gløden brått og ble helt borte.

Ushara slapp rubinen ned i posen igjen, med et lite gisp.

Fhadan svelget synlig. «Jeg tror vi kan si at vi er temmelig trygge allikevel, så lenge vi har den og Ublan»

Barech bare nikket og Wulf tørket svetten av pannen. «Hvor i helvete kommer de skapningene fra? De er ikke av vår verden, det kan jeg ete salen min på!»

Fhadan ristet på seg. «Ingen vet, antagelig kommer de fra en eller annen fremmed dimensjon, men når de dukker opp betyr det alltid forandringer og blodsutgytelse.»

Barech gyste og trakk kappen tett om seg. «Tviler ikke, jeg tror aldri jeg har sett noe mer motbydelig.»

Wulf vågde å nærme seg en av de døde skapningene. Han sparket borti den og vevet var underlig hardt, som stein nesten men allikevel bevegelig. Fhadan nøs av lukta og virket motvillig fascinert. «De fortalte meg at de ikke lar seg skade av vanlige våpen, at du kan kappe dem i småbiter og allikevel vil de angripe. Og blodet deres er visstnok giftig.»

Wulf skar en stygg grimase. «Nei sier du det, så hyggelig. Jeg har aldri sett noe mer motbydelig og det sier mye.»

Ushara puttet posen tilbake i sekken sin. «Jeg ante ikke at den var noe annet enn en pen stein.»

Barech klappet henne på skulderen. «Men nå vet du bedre, jeg vil tro at den rubinen er innsauset med magi.»

Hun bikket på hodet. «Det kan sikkert stemme, men jeg føler ingen flere slike her nå. Jeg tror vi er trygge for øyeblikket»

Wulf sukket og så at Ublan nå begynte å grave, så stein og torv og frossent gras sprutet fra bakbeina. «Hva er det han gjør?»

Ushara trakk på smilebåndet. «Begraver fangsten, som alle gode hunder»

Hadde ikke situasjonen vært så tvers igjennom absurd hadde Wulf gitt seg til å le høyt. Ublan grov til han hadde en enorm grop og så slepte han siklende og knurrende troll og sjelløse ned i den og grov alt ned. Resultatet ble en stor røys og deretter hoppet den likegodt på haugen for å pakke alt godt sammen. Barech gliste bredt. «Flink gutt Ublan, så flink gutt.» Ublan logret vilt med halen og siklet og så gikk den bort og løftet på beinet mot et tre som øyeblikkelig ble forvandlet til en rykende haug med oppløst trevirke. Wulf satte seg ned og prøvde å roe nervene igjen. Han trengte en durabelig drink, nei, et dusin durabelige drinker men han hadde ikke noe slikt og det var ennå minst en dag til de nådde noen landsby.

Fhadan satte seg også og Barech strakte seg, stappet øksa tilbake i beltet. «Ved alle guder jeg har hørt om, og en hel bataljon jeg aldri har hørt om, den halvdragen gjorde vei i vellinga. Jeg er sjeleglad vi har ham»

Wulf nikket. «De ville gjort hakkemat av oss uten ham. Jeg kan ikke forestille meg hva de udyra vil gjøre i landsbyer som ikke er forberedt.»

Fhadan sukket og pakket seg inn i et teppe. «Jeg er redd dette er noe som vil spre seg.»

Wulf rynket pannen. «Mener du alvor? Hva kan folket gjøre for å beskytte seg?»

Halvalven ristet på hodet. «Pent lite, de fortalte meg at hellig grunn er trygg men det er lite slikt her i høylandet. Og om jeg ikke husker aldeles feil vil det bli mer og mer av de beistene.»

Wulf fikk en tanke rett inn i hodet. Kong Hanek hadde mobilisert, det betydde at det var svært lite stridsdyktige menn igjen i landet, og om det var noen var det her i høylandet men befolkningen her var uansett spredt. Og vest for tverrfjellene lå selve hovedområdet i riket, med hovedstaden og andre større byer med tusenvis av beboere. Det kunne bli en total katastrofe. Wulf kjente at strupen hans ble tørr, landet var antagelig renset for soldater, i Ebanar var nesten alle menn offiserer eller profesjonelle soldater om de ikke var i reserve styrkene og langs kysten i Solamida var det snaut folk i det hele tatt nå. Det betydde at befolkningen i utgangspunktet var så godt som ubeskyttet. Wulf kunne se det for seg, de vakre hagene i dalene rundt hovedstaden, de store gårdene og åkrene med alt fra bugnende korn til tunge vinranker. De små landsbyene som hadde opplevd kun fred i flere århundrer. Det var nok til å få svetten til å flyte langs ryggen på ham og Barech så smalt på ham.

«Du ser ut som om du har sett fanden selv?»

Wulf nikket stivt. «Fordi det er akkurat det jeg har! Aner dere hva dette betyr? Nesten alt som kan krype og gå av offiserer og soldater og adelige er beordret til Tholir, det er ingen igjen som kan beskytte befolkningen!»

Ushara svelget synlig og hun presset leppene sammen hardt. «Jeg vet, noen må da vel være igjen i hovedstaden? Noen som kan styre riket mens kongen er på felttog?»

Wulf sukket lavt. «Vedd ikke på det, jeg har kjent Hanek siden jeg var en guttunge og det er en ting som aldri feiler når det gjelder ham. Han stoler ikke på at noen andre kan styre skuta slik han kan! Joda, det er sikkert flere administrative ledere i byen fremdeles men de er i beste fall dårlig kvalifisert til å ta virkelige beslutninger eller så er de totalt ubrukelige. Jeg husker den mannen som var hovedrådgiver for Haneks far, lord Irrinvoll av Tholir. Han skrev en avhandling på vel over to tusen sider, om kun en ting. Hvorvidt det stemte at svarte katter bringer ulykke og hvor mye svart det måtte være på katten for at det skulle stemme. Når slike folk får rå blir det kun et resultat og det er totalt kaos»

Barech gliste kort. «Og glem nå ikke jarlen av Sølverhøy og Skogkletten. Han greide ikke holde fingrene unna noe av hunnkjønn og endte opp på en utedass med en buestreng rundt halsen, en dolk gjennom brystet, magen skåret opp, balla røsket ut og begge beina brukket.»

Wulf nikket. «Den mest forhatte mannen i hele riket ja, og enda til var han forholdsvis harmløs. Nei, Haneks rådgivere og stedfortredere er ikke egnet til å takle det som kan skje her nå»

Barech rynket pannen. «Så hva foreslår du?»

Wulf trakk pusten dypt. «Så fort vi får oversikt over situasjonen reiser dere videre nordvest over. Jeg tar korteste veien mot Tholir og advarer Hanek om hva som er i ferd med å skje»

Fhadan bikket på hodet. «Vil han tro deg?»

Wulf skar en grimase. «Om nødvendig tar jeg med bevis, men han er fornuftig og han vil høre på hva jeg sier. Han har alltid gjort det før»

Fhadan så ned i bakken. «Det kan hende at situasjonen har endret ham, dette blir som å føre krig på to fronter. Han vil bli nødt til å prioritere»

Wulf nikket sakte. «Det er riktig, men han bør sette folket først, gjør han ikke det er han ikke den mannen jeg alltid har regnet ham for å være»

Barech brummet bare. «Hanek er en flott fyr, og en durabelig konge. Men han er kun et menneske som oss andre og jeg vil tro presset er stort. Om han greier å slå ned uroen og ekspandere nordover vil det så avgjort styrke både riket og folket på sikt. Det kan hende han tenker slik.»

Wulf kjente seg anspent, følte at musklene strammet seg i nakken og skuldrene. «Jeg vil uansett snakke med ham, og prøve å få ham til å forstå. Dette kan bli mye verre enn noen krig»

Ushara så bare i bakken, det vakre ansiktet var merkelig tomt. «Det blir verre enn all krig, jeg vet det bare.»

Barech trakk på skuldrene. «Uansett, la oss tenke på hva vi har å gjøre her og nå. Vi er trygge for øyeblikket, vi sover på skift og i morgen rir vi så hardt vi kan. Vi må nå folk snart, og se om det er så ille som vi tror»

Wulf smilte litt nervøst. «Godt sagt, jeg tar første vakten. Jeg er for oppspilt til å sove uansett»

Barech klappet ham på skulderen. «Godt tenkt, jeg tar andre vakta. Er ikke mye igjen av natta uansett, så det er best vi sover mens vi kan.»

Ushara ble sittende og stirre inn i glørne etter bålet, blikket var tankefullt og merkelig og Wulf rakte henne et teppe. Hun tok det uten et ord og han satte seg ned ved siden av henne, Etter at Lathisa og Jochmun og Kalek ble drept hadde hun blitt den eneste av følgesvennene han ikke kjente. Han visste at hun var en skapning mange ville frykte og kanskje også prøve å unngå men han så det fortapte i henne og det merkelig uskyldige ved henne. «Du er nervøs»

Han sa det bare rett ut, som en betraktning, ikke som et spørsmål i det hele tatt.

Hun nikket bare, stirret ned og han skulle ønske han kunne forstå seg på henne. «Det vil gå bra, du blir vant med folk etter hvert.»

Ushara vred på seg. «Ja, men vil de bli vant med meg? Jeg vet hva jeg er Wulf, noe som egentlig ikke skal eksistere. Og jeg kjenner det hele tiden, trangen til å drepe, til å rive over struper og meske meg med blod. Hva om dyreblod ikke lenger kan stagge det?»

Wulf svelget hardt. «Ikke tenk slik Ushara, du er sterk. Jeg vet at du vil gjøre gode gjerninger, at det er selve kjernen i deg. Ikke tvil på at du kan greie det. For det vet jeg at du kan»

Ushara tok et dypt åndedrag. «I fjellet visste jeg hvem jeg var, og jeg visste hva jeg hadde å forholde meg til. Jeg var respektert og sett opp til. Alle kjente meg, alle visste hva jeg kunne gjøre. Det var styrke i det Wulf, en trygghet som gav meg ryggdekning og noe å støtte meg på. Nå vet jeg ikke noe lenger, alt er fremmed og jeg ser mer og mer at jeg er kun en ynkelig skapning uten særlig viten i det hele tatt»

Wulf prøvde å sette seg inn i hennes situasjon. «Jeg følte meg også temmelig utenfor da jeg vervet meg til hæren. Jeg var bare seksten da og gudene fri og bevare hvor mange tabber jeg gjorde i begynnelsen til jeg ble vant til alt.»

Hun svelget hardt og sukket. «Men du er menneske, du kan drepe med våpen og med bare hendene om det er men du må ikke drepe for å leve. Det må jeg»

Wulf så forskende på henne. «Du greier deg på dyreblod, og du trenger ikke mye. Vi andre spiser da kjøtt, det er også å drepe»

Hun greide å smile, et svakt smil. «Kanskje du har rett, kanskje det ikke er stor forskjell. Jeg var utenfor fjellet noen få ganger, jeg elsket det da. For jeg visste at jeg kunne vende tilbake, at alt jeg kjente og elsket ventet på meg der inne. Og jeg var stolt, for jeg var en god jeger og brakte mye godt kjøtt tilbake. Nå er jeg ingen lenger»

Wulf la handa på skulderen hennes, den var svært varm og han begynte å innse at hun virkelig ikke var menneskelig. Hun måtte ha en mye høyere kroppstemperatur enn mennesker har. «Der tar du feil Ushara, du er sterkere enn oss, og du har evner vi ikke har. Du vil bli den som beskytter Fhadan og Barech, den som kan sanse fienden og holde dem trygge. Jeg stoler på deg Ushara»

Hun vendte blikket mot ham. «Og du, hvem skal varsle deg om fare?»

Wulf smilte litt stivt. «Jeg er erfaren Ushara, og har slåss mye. Jeg har gode instinkter og jeg tror ikke beistene bryr seg om enkelt mennesker, ikke ennå i hvert fall. De er antagelig ute etter større ansamlinger av folk.»

Ushara nikket stille. «Det stemmer, jeg er ganske sikker på det. Så du må holde deg unna veier og landsbyer og bare ri på!»

Han kjente at spenningen steg i ham igjen. «Det skal jeg, Hanek må advares og det er min plikt å gjøre det. Det hjelper ikke folket noe om de monstrene slakter ned for fote mens kongen prøver å slå ned uroen.»

Ushara var stille i noen sekunder. «Jeg skjønner at det er mye jeg må lære, og forsone meg med. Jeg er oppvokst blant dverger Wulf, og de har sine egne regler for oppførsel og skikk og bruk. Det er så mye med folk jeg ikke ennå forstår og jeg er redd jeg skal røpe meg ved et uhell»

Wulf måtte trekke på smilebåndet. «Greit jeg kan forklare ting for deg. Hva lurer du på?»

Ushara satte seg bedre til rette, pakket seg inn under teppet og så ut som en svært pen jente det slettes ikke var noe merkelig ved. Hun tenkte seg om. «Hos dvergene var det svært strenge regler for hvordan du snakket til andre, avhengig av rang og slikt. Jeg får ikke noen følelse av at det er slik her?»

Wulf blåste i nesa. «Det er fordi du ikke har opplevd særlig mye ennå.. Bare vent og se, også her skal det bukkes og skrapes og legges på tjukt med høfligheter til en snaut vet hva folk snakker om, langt mindre til hvem.»

Hun fniste lavt. «Jeg skal huske det.»

Han trakk kappen sin tettere om skuldrene og prøvde å ignorere stanken som ennå lå i lufta. Ublan hadde lagt seg oppå røysa med en mine som en keiser som har vunnet et stort og avgjørende slag. «Er det andre ting du vil ha svar på?»

Hun nikket. «En hel masse, men en ting….»

Hun senket stemmen til lav hvisking. «Er det vanlig at….vel, at menn…gjør det Fhadan og Barech gjør?!»

Han hørte vantroen i stemmen hennes og følte seg brått brydd selv. «Æh vel, vanlig er det vel neppe men det er en del der ute, både menn og kvinner, som foretrekker sitt eget kjønn. De føler seg ikke tiltrukket av det motsatte.»

Ushara så litt forvirret ut. «Jeg tror ikke det var slik blant dvergene, i det minste så jeg aldri noen som oppførte seg slik.»

Wulf la hodet på skakke. «Jeg tror ikke dverger er så veldig åpne når det gjelder følelser?»

Ushara nikket. «Det har du rett i, det er ikke god oppførsel å vise hva en føler offentlig. En skal være kontrollert og avmålt»

Han pirket i restene av bålet med støveltåa. «Jeg tror de færreste vet noe særlig om det folket Ushara. Så om du nevner at du vokste opp blant dem forvent deg mye overtro og misforståelser»

Hun så litt perpleks ut. «Hvordan det? Jeg mener, vi så aldri andre men folk vet da om dvergene?»

Wulf sukket lavt. «En gang i tiden var det folket vel kjent, og respektert også. De skapte storslåtte byer og bygg og var ettertraktede og høyt ansett. Ingen konge med respekt for seg selv var uten minst en klan med dverger. De kunne forvandle et fjell til en hel by på kortere tid enn noen kan forestille seg og de kunne det de gjorde bedre enn noen andre. Mennesker kunne ikke måle seg der.»

Ushara la hodet på skakke, lente seg fremover. «Jeg har hørt om det, de gamle nevnte det. De kalte det den gylne tiden.»

Wulf nikket stille og husket alle eventyrene han hadde hørt. Om byer lagd av krystall, og byer der alt var skåret ut av fjellet som om det var lagd av smør og ikke hard stein, «Det var en gylden tid ja, da alle folkeslagene var i fred med hverandre og verden var i balanse»

Ushara lente haka mot knærne, så ut som et barn for et øyeblikk. «Jeg kjenner bare til dvergene, har snaut snakket med mennesker. Og alver har jeg aldri møtt for jeg møtte Fhadan og dere andre.»

Wulf smilte litt stivt. «Fhadan er bare halvblods, men han ser mest ut som en alv, det skal han ha»

Ushara så tankefull ut. «Jeg også er av det folket, stort sett i det minste. Jeg vet lite om dem også. Er de også glemt?»

Wulf rettet seg litt opp. «Av menneskene? Ja, for det meste. De holder seg skjult, folk har blitt annerledes siden den gylne tiden Ushara, mer skal vi si innskrenket? De tror så mye rart og vet så lite»

Ushara sukket lavt. «Så hva tror de da, om alvene og dvergene?»

Wulf skar en grimase. «Vel, de tror at dverger blir født rett ut av fjellet selv, og at de er lagd av stein og at de trekkes mot rikdom som en magnet trekker filspon. Mange tror at om du fanger en dverg og holder den i bur så vil den trekke til seg rikdom for deg.»

Ushara måpte, så blunket hun hardt. «Det er jo aldeles absurd?! Dverger blir da født som alle andre, og ja de er sterke men slettes ikke lagd av stein! Og de er gode på å finne gull og edelsteiner men det er tillært, ikke noe de er født med»

Wulf smilte litt skjevt. «Ikke sant? Men slik blir det når folk tror uten og egentlig å vite. Det de tror om alver er minst like ille»

Ushara gyste synlig. «Ok, hva tror de om alvene?»

Wulf strakte seg litt, han ble fort støl siden han hadde vært så anspent. «Vel, først og fremst så tror de at alver ikke får egne barn, at de er kjønnsløse og dermed stjeler andres barn og forvandler dem til alver.»

Ushara fniste og lagde en slags snorkelyd, det var tydelig at hun fant dette ganske så idiotisk. Wulf måtte glise. «Det stemmer ikke, de er i hvert fall ikke kjønnsløse, heller varmblodige er det jeg vil definere dem som. Riktignok er de vakre som få andre men mannfolkene deres er så avgjort av hannkjønn ja.»

Ushara bare så avventende på ham. «Og?»

Han trakk på skuldrene. «Noen tror at de lever så lenge fordi de på et vis stjeler liv fra mennesker, at de gjør folk syke. Det er noen gale sjeler der ute som har prøvd å holde seg evig unge ved å fange alver og drikke blodet deres men det funker jo absolutt ikke.»

Ushara rykket til, hun ble blek. «Mener du det? Åh guder, det er jo…»

Wulf så ned i bakken. «Grotesk? Så avgjort. Verden går ikke fremover Ushara, husk det. Den går bakover!»

Hun skar en grimase. «Jeg tror deg Wulf, om ting var bedre før så kan en jo ikke snakke om fremskritt i det hele tatt.»

Wulf sukket lavt og nikket til henne. «Hvil deg nå, vi må videre snart.»

Hun trakk på skuldrene. «Jeg trenger ikke så mye hvile, jeg kan gå lenge uten å sove i hvert fall»

Han så forskende på henne. «Trenger du noe annet nå?»

Hun ristet på hodet. «Jeg trenger ikke blod om det er hva du tror, ikke på en stund ennå. Og det holder med et dyr.»

Wulf smilte beroligende. «Godt å høre, men si ifra om du må ut og jakte. Ikke prøv å være sterkere enn du er for vår skyld»

Hun gyste kort og la armene rundt seg selv. «Jeg gjorde en forferdelig feil Wulf, like før vi måtte evakuere byen. En jeg aldri tror jeg vil kunne glemme.»

Han rynket pannen. Han hadde hørt at Lathisa nevnte noe om et barn når hun og Jochmun snakket sammen og han begynte å forstå at det var ting han så avgjort ikke visste om den vakre jenta. «Feil er hva vi lærer av.»

Hun bet seg i underleppa. «Det var et ras, og en liten jente ble skadd. Helt forferdelig skadd. Men jeg ville ikke at hun skulle dø så jeg gav henne litt av mitt eget blod. Jeg skulle aldri ha gjort det»

Wulf kjente at det gikk litt kaldt nedover ryggen på seg. «Hun ble en vampyr?»

Ushara nikket tungt. «Jochmun drepte henne, og folket innså hva jeg egentlig er. Men jeg kan ikke godta at uskyldige skal dø, det er ikke i min natur! Jeg vil alltid prøve å berge de jeg kan»

Wulf ønsket at han kunne ta på henne, stryke henne over håret eller noe, trøste. «Det viser bare at du er en god person Ushara. At du ikke er et uhyre. Tro meg, du er sterkere enn du tror»

Hun sukket, lente haken mot knærne igjen, øynene var fjerne. «Jeg vil jo bare helbrede, så hvorfor har gudene gjort meg til det jeg er?»

Wulf smilte litt forsiktig. «For at du skal lære og herdes. En blir ikke sterkere av å flyte med strømmen, men av å kjempe mot den.»

Hun trakk pusten dypt. «Jeg kjente meg selv Wulf, jeg visste hva min plass og min rolle var, nå aner jeg ikke lenger. Og det gjør meg redd. I byen var jeg så sikker på at jeg kunne klare alt, her ute er alt nytt. Jeg kan sette alle i fare uten engang å vite det»

Han smilte stivt og klappet handa hennes. «Slettes ikke Ushara, stol på Barech og Fhadan, de vil lære deg alt du trenger å vite. De er virkelig flotte karer og de vil passe på deg som om du var lagd av diamanter»

Hun bikket på hodet, et glimt av humor i øynene hennes. «Vet du, min fostermor fortalte meg om en dvergby der de fant en enorm grotte full av diamanter. Det var så mye av dem at de brukte dem som skjorteknapper. Og en handelsmann kom dit for å bytte ting og så det og han besvimte tvert.»

Wulf måtte le. «Det hadde jeg også gjort, om jeg så noen bruke digre diamanter som knapper. Han må ha trodd de var latterlig rike»

Ushara fniste lavt. «Ja, men for dvergene der var de steinene bare pene og blanke og av liten verdi, det var så mange av dem.»

Wulf reiste seg stølt. «Der tror jeg det er noe vi kan lære, en manns rikdom kan være en annen manns søppel og omvendt»

Ushara så smalt på ham. «Godt sagt, du er klok Wulf»

Han bare trakk på skuldrene. «Jeg håper jeg er det, i det minste håper jeg at jeg vil få Hanek til å høre på meg. Hvil nå, det er en ordre!»

Hun smilte sakte og trakk teppet tett om seg. «Greit, jeg skal hvile. Og be om at vi ikke møter på flere problemer»

Wulf bare gryntet kort. «Det gjør vi vel alle tror jeg»

Egel

De hadde ridd videre i tre hele dager, fremdeles i en tilstand av sjokk og vantro og Egel greide bare sakte å komme seg ut av tilstanden av lammelse. Alt var nytt og fremmed og han prøvde desperat å virke stø og rolig. De andre overlevende hadde bare han å stole på og han aktet å holde løftet sitt og få dem i sikkerhet. Ungdommene var reisende, de var vant med å ferdes gjennom fjellene med lite men nå hadde de så veldig mye mindre enn før. Heldigvis hadde de vært fornuftige og tatt med slikt de trengte, ikke unødvendige ting som bare tok opp plass. De hadde tepper og klær og kokesaker, våpen og en god del av sakene til hun som hadde vært helbreder for gruppen også. En av jentene hadde vært i ferd med å bli lært opp og hun var nå deres lege, selv om hun hadde lite erfaring. Noen av ungdommene hadde mindre skader men heldigvis var dette stødige og svært sterke personer som tålte det og det virket for at det gikk bra med dem alle sammen.

Egel var livredd de trollene, han hadde aldri engang trodd på slikt og nå var de på flukt i et område der slike fantes? Han var glad de hundene som hadde overlevd hadde fulgt etter dem og ville varsle om noe nærmet seg. Maten de hadde berget tok slutt ganske fort, tross alt var dette ungdommer som trengte mye mat og han begynte å organisere jaktturer. Noen av guttene var fenomenale med en slynge og kom tilbake med kaniner og fugl i massevis men det dugde ikke i lengden. Egel var noenlunde med en bue men de hadde lite piler og så fort de fant et snar med egnede busker fikk han noen av jentene og guttene til å lage mer emner for piler. De måtte ta vare på hver eneste spiss nå og han la merke til at disse ungdommene kunne mange knep han ikke engang hadde hørt om.

De skaffet fisk ved å gå ut på tilfrosne sjøer og deise en tung klubbe i isen rett over der de store fiskene sto og så knuse isen med øks og trekke fisken opp før den rakk å komme seg igjen. De satte snarer lagd av hestetagl og to av de eldste guttene var såpass med de korte buene sine at de greide å felle et par ulver som kom litt for nær. Skinnene kunne komme godt med nå. De hadde en god flokk med hester og bra med utstyr men det var lite mat å finne for dyrene og Egel var usikker på hva de egentlig burde gjøre. Han hadde ingen kart og ingen av ungdommene hadde vært så langt inne i fjellene noen gang. De visste ikke hvor de var, så enkelt og greit var det. Å reise østover mot Altarab var kanskje deres beste sjanse men Harod hadde ønsket at de skulle ligge unna flatlandet, og så var det elva. Der i nord var den stor, og vill og det å krysse den om vinteren var ingen god ide. Han begynte å tro at det kanskje var like lurt å søke seg vestover mot Longil. Antagelig var de like langt fra Longil som fra mer befolkede områder av Altarab og i Longil var det mye mer folk.

Han tenkte mye på det mens de sakte beveget seg gjennom fjellene, han hadde ansvaret for mange nå, i alt nesten førti personer medregnet hans bror og den jenta han hadde valgt seg. Det var tydelig at Dhabin hadde falt totalt for Isra og at de to virkelig passet sammen. Antagelig var det godt for Dhabin å ha noen å bry seg om nå, det gjorde ham voksen og mer ansvarlig og Egel var imponert over hvor godt gutten tok ordre og hvor modent han oppførte seg. Isra var en god jente, klok og med mye viten slike jentene til de reisende ofte var, hun kunne kanskje ikke lese og skrive men hun var langt fra dum og Egel likte å ta henne med i diskusjonene. Egel sendte de beste rytterne ut for å speide og finne de beste rutene og det gjorde dem noe sikrere men det gjorde også at de ikke flyttet seg langt hver dag. De hadde ikke greid å ri fra sorgen, det klarte ingen av dem. De trøstet hverandre som best de kunne og Egel så at de hadde en slags ro også nå som var ganske forbausende. Dette var et folk som reiste seg igjen uansett og han var stolt over at de stolte på ham. Noen av de eldre guttene var nesten å regne som voksne menn og de stilte aldri spørsmål ved ham enda han teknisk sett var en fremmed.

De satte ut vakter og var svært nøye med at de hadde gode plasser å slå leir, Egel satt ofte vakt og sparte seg ikke. Han savnet Dhiba og barnet de hadde mistet på de kveldene, men han kunne ikke la sorgen svekke seg. Dhiba hadde vært god nok, men langt fra noen sterk person og hun hadde uansett ikke vært noen kvinne som tålte store forandringer godt. Dhabin var for ung til å stå vakt men han gjorde nytte for seg ved å sanke ved og reise de enkle teltene deres.

Egel var stolt av ham, og visste at Harod ville vært det samme. Han fant noe trøst i å vite at hans far og mor nå var sammen for alltid og han var bare lei for at det hadde skjedd på en slik tragisk måte. De hadde ikke møtt andre folk på svært lenge nå, og rutinene deres hadde blitt vel innarbeidet. Kulda var et problem men et de kunne overkomme og Egel hadde begynt å dreie dem i vestlig retning. Det kunne ikke være så langt til Longil nå, og i fjelldalene var det ikke så voldsomt mye snø for årstiden heller.

De merket ikke noe til troll før etter at de hadde vært på reise i noe som fortonet seg som en evighet men som måtte være et par uker, Egel hadde begynt å tro at det hadde vært en engangshendelse, at de trollene var blitt vekket av et ras og at det ikke var flere der. Men så kom en av speiderne ridende tilbake og fortalte om svære merkelige spor og en underlig stank og han beordret alle til å si samlet og til å holde øynene åpne. Han red etter speideren og joda, det var merkelige spor. Mange av dem faktisk og de var ikke gamle heller. Stanken viste seg å stamme fra en liten sidedal som endte i en bratt fjellvegg med en frossen foss. Stedet lignet en slakteplass. Det var en hel flokk med rein som hadde blitt drevet sammen og mer eller mindre revet i fillebiter og dyrene var frosne sammen til en masse med knust bein og vev.

Egel følte seg kvalm, mot slike ting, hvem sto vel en sjanse?

Han begynte å beordre de eldste til å bære våpen hele tiden og de holdt seg i sola så mye som mulig. På de overskyede dagene eller i skyggefulle daler prøvde de å være varsomme. De red videre i uro i tre dager før de igjen stiftet bekjentskap med disse skapningene og det på en meget brå og uventet måte. De red ned en slak skråning da de hørte en merkelig burelyd bak seg og da Egel snudde seg så han to troll som kom sakte subbende over åskammen. Det var et tykt skylag den dagen og de tålte nok lyset forholdsvis godt. Disse så mer primitive ut, de hadde ikke hår og kroppene var grovere og så mer uelegante ut. Men de brølte og satte opp farta og Egel ropte en panisk ordre. De kunne ikke la de marerittene ta dem igjen.

Trollene var store nok til å bevege seg lett gjennom snøen og der var det temmelig mye av den også. Hestene kjente lukta og vrengte ut øynene og begynte å kjempe seg fremover og Egel kjente at panikken begynte å gripe tak i ham.

Trollene var godt tilpasset fjellene, og snøen fosset unna beina på dem mens de lagde merkelige burende lyder og slo hendene i bakken som en forstyrret gorilla. Men så avslørte de sin svakhet, troll har et merkelig tyngdepunkt. Overkroppen er stor og grov og armene og skuldrene svære, men underkroppen var ikke så kraftig og det gjorde dem noe topptunge. Det ene trollet gled og havnet på ryggen og siden det var en temmelig bratt fjellside med lite annet enn lyng og kratt under snøen begynte det å skli. Det grep panisk etter det andre trollet og rev det også overende og brått var begge to i full fart nedover fjellsiden som enorme sleder. Synet var faktisk temmelig hysterisk, de to trollene buret og skrek og kavet rundt seg men de hadde ganske enkelt ikke intelligens og koordinasjon til å stanse fallet. Egel ropte ordre og ungdommene adlød, drev de skremte hestene ut av banen de to skapningene holdt og trollene suste forbi i en vill fart med høye brøl. Egel bare stirret vantro, åssiden endte i et lite stup, ikke særlig høyt men nok til at trollene fikk en liten luftetur og de kavet desperat med de svære armene mens de skjøt gjennom lufta i en sky av snø. De landet med dumpe drønn og snøkavet sto himmelhøyt. Egel blunket, hadde de tatt til vettet? Nå var de langt nedenfor gruppen og måtte løpe i oppoverbakke.

Trollene kom seg på beina, ristende av raseri og begynte å sjokke oppover, fast bestemt på å ta rekken av ryttere. Egel ropte at folk fikk ri på igjen og alle satte fart men da skjedde noe ingen hadde regnet med, noe enda mer sjokkerende enn at trollene mistet fotfestet og ble forvandlet til hjelpeløse klumper med kjøtt. Noen skygger for over dem alle og Egel så opp, skyene mørket over dem og noe skjøt ut av dem i en vanvittig fart. Tre enorme skapninger brøt ut av skylaget og suste nedover og Egel gispet høyt. Svære lærvinger pisket opp snøen og hese brøl kunne høres. De tre hev seg over de to trollene, rev og slet og på bare noen korte minutter var trollene redusert til noen skinn filler på bakken. Egel bare satt der, ingen vågde røre seg og selv hestene sto helt stille.

Det var tre drager, det kunne ikke være annet enn drager og Egel visste det ikke men dette var tre av de større dragene som hadde blitt klekket ut i dragetind. De var ikke av de aller største og forbeina tjente også som vinger men de var svært store. For dem var et troll ingen reell motstander i det hele tatt, og sulten hadde tvunget dem nordover. De hadde jaktet på mindre og svakere søsken og fortært mange av dem og disse tre hadde formet en slags liten flokk. Lederen var en hunn, svær og rødlig med en tydelig kam langs neseryggen og mange skarpe horn, hun var den råeste og sterkeste der og de to hannene ville alltid adlyde henne. Slik var det blant drager, hunnene rådde og hannene var kanskje også store og sterke men de manglet villskapen til en dragehunn. Hunnen hveste mot hannene og tok til vingene igjen, hun sanset at det var andre levende skapninger der men de var så små og ubetydelige at det ikke lønte seg å bruke krefter på å fange dem. Disse merkelige grå vesenene var ikke gode på smak og kjøttet var trått og hardt men de fylte magen og av en eller annen grunn føltes det godt å drepe dem. Hun ante ikke hvorfor, og hun hadde ikke evnen til å tenke slik høyere vesen kan men hun visste bare at det å kverke slike gråskinn var en god ting.

Hun skrek til hannene og de fulgte henne opp igjen, Rødhorn hadde oppdaget teknikken med å ligge skjult i skylaget temmelig fort og nå utnyttet hun det for alt det var verdt. De to hannene prøvde å kurtisere henne og hun lot dem aller nådigst få lov, hun ville samle flere hanner rundt seg om de kom over noen andre av deres størrelse eller større, hun ville kun pare seg med de sterkeste, for det å få sterke unger var hennes ytterste mål. Rødhorn ledet den vesle flokken tilbake til skyene og tenkte ikke over at mennesker hadde sett dem. De hadde ingen tanker om deres arts fortid eller historie, visste ikke at de var de første dragene som var blitt sett på århundrer. For dem var alt som telte å fylle magen enda en gang.

Egel bare stirret til dragene var blitt borte og Dhabin satt ved siden av ham og virket temmelig rystet. «Var det drager!»

Egel svelget hardt. «Ja, det….det var drager!»

Isra ristet på seg. «Drager finnes ikke, alle sier det»

Egel følte seg merkelig, som om han nettopp hadde sett noe umulig. «Vel, i såfall er flaggermusene her i fjellene noe vanvittig overvokst, og grådige også»

Dhabin var blek. «Tror du de kommer tilbake?»

Egel ante ikke hva han skulle si. Alle stirret på ham. «Jeg tviler på at de bryr seg om oss bror, vi er for små. En rytter eller en hest er kun en munnfull for dem. De er ute etter større bytte»

Dhabin gyste og klappet hesten sin på nakken. «Tror du de kan ha bodd her inne i fjellene helt siden dragene ble borte andre steder?»

Egel trakk på skuldrene. «Jeg aner ikke, ærlig talt. Det er mulig de kan ha overlevd her uten å ha blitt sett men det er rart.»

Dhabin trakk pusten dypt. «De tok de trollene, jeg er glad de var her.»

Isra bikket på hodet, blikket var fjernt. «Jeg hørte gamle eventyr som barn, de sa at troll og drager hater hverandre.» Egel smattet på hesten, han var rystet til margen. «Godt det da, men nå må vi komme oss videre. Er det drager her i fjellene er det ikke sikkert at alle overser oss.»

Han kunne ikke glemme de tre skapningene, så majestetiske og så skremmende, vakre men allikevel fryktinngytende. De to hannene hadde vært mørkt gråbrune men den store røde var sikkert en hunn, i det minste hadde den sett annerledes ut enn de to. Og de hadde gjort kål på de trollene som ingenting, i det minste var det to fiender mindre å bry seg om. Egel drev følget fremover hardt resten av dagen, og da kvelden kom slo de leir inntil en fjellvegg der de hadde dekning. De tente bare noen få bål og doblet vaktene og Egel ønsket mer enn noen gang at de skulle finne folk fort.

De neste dagene tilbakela de store distanser og nå gikk det vest og litt sørover. Fjelldalene pekte i den retningen og noen av de mer skarpøyde blant dem sa at de kunne skimte myke åser i det fjerne. De nærmet seg Longil og Egel var sjeleglad. De var snart tomme for mat, hestene led av mangelen på ordentlig for og de lengtet alle etter tryggheten som lå i gode vegger og mange mennesker rundt en. De holdt stø kurs i enda noen dager på tross av noen heller motbydelige snøstormer og nådde noen lavere daler uten flere hendelser. Han velsignet det fakta at de reisende oppdro barna sine til å være selvstendige og allikevel lydige, de hadde virkelig fortjent hans respekt. Det var i den dalen de først oppdaget spor av folk, et større følge hadde passert dalen ikke så lenge før dem og det var tydeligvis en slags hær for det var en slags jevnhet i sporene som fortalte om folk på rekke.

Egel nølte, han var redd de kunne bli tvangsvervet og han fryktet for sikkerheten til jentene men de var snart nødt til å søke folk. Det gikk ikke stort lenger. Speiderne mente at denne store gruppen lå kanskje to døgn foran dem og at de hadde mange hester, vogner og utstyr. Det fortalte Egel at dette var godt organiserte folk, neppe omreisende pakk eller røvere og det gav ham håp. De red på så mye de klarte den dagen og brøt opp igjen grytidlig. Om de skyndte seg kunne det være at de tok igjen den store gruppen siden speiderne hadde skimtet en sjø der fremme. Det var grunn til å tro at den store gruppen ville stanse der og Egel valgte ut to av de andre ungdommene til å følge ham. Han ville ri frem og se hvem dette var, om det var fiender var det ikke verdt at flere enn ham selv ble offer for dem. Resten av gruppen fikk ligge i skjul og han hadde gitt ordre til Dhabin om å lede dem videre om det verste skjedde. Han regnet Dhabin som en mann nå, enda gutten ennå bare var en tass uten bart en gang men han grodde fort til og i det minste ville Harods blod leve videre gjennom ham.

Egel tvilte ikke på at lillebroren hans kom til å gjøre en kvinne av Isra temmelig fort og familien deres var forholdsvis fruktbar også så Egel hadde en mistanke om at han kunne komme til å bli en onkel før han egentlig var klar for det. Dhabin protesterte heftig men Egel overhørte det glatt. Det viktigste nå var de kom seg i sikkerhet og fant ut om denne store gruppen var venn eller fiende.

Egel og de to han hadde valgt ut red fort, det var lite snø der og stien var hardpakket så de kunne holde god fart og før sola nådde middagshøyden så de ned på en svært stor leir. Den var ikke lagd for å stå mer enn et døgn eller to men den var godt organisert og det var mye folk der. Mest soldater så han men også kvinner og Egel nikket til de to andre. De steg av hestene og gikk i skjul, om han ble angrepet eller ikke kom tilbake ville de returnere og be resten om å holde seg skjult også. Han samlet motet og satte hesten i fart. Han så ut som en fillefrans og visste det også, klærne var slitte og tynne nå, han var skitten og stinket og var nok blitt temmelig mager siden rasjonene deres uansett ikke hadde vært særlig store og hesten var skinnmager også. Og halt, den trengte nye sko men de hadde ingen smed og de gamle hadde falt av. Han var i det minste ingen trussel og han red sakte ned i retning leiren med hjertet i halsen.

Han ble stanset en fjerding fra leiren av en mann som tydeligvis var enn slags vakt, fyren spratt ut fra under noen skjørtegraner med forbausende fart og stirret på Egel med strie blå øyne, men han trakk ikke blankt. Egel satt der med hendene synlig, han prøvde å lese mannens følelser ut fra utrykket og mannen bikket på hodet «Ved alle guder, du ser ut som noe gudene har glemt mann, hvor kommer du fra, og hva gjør du her?»

Egel hørte den avslappede humoren i mannens stemme og forsto at dette var en real kar. Han kremtet. «Jeg er Egel, sønn av Harod av Zhymorne. Jeg er leder for en liten flokk flyktninger»

Mannen måpte «Zhymorne?! Har dere krysset fjellene nå? Nei makan, kom, du ser ut som du trenger en real dram, og mat også.»

Egel svelget lengtende «Det trengs ja, vi er sultne og svake alle sammen er jeg redd, jeg er den eldste, resten er bare ungdommer»

Mannen klikket med tungen. «Det er mange på flukt i disse dager, min herre er av Felderi og er sendt nordvestover av kong Marcellius for å kreve noen gruver i nord, men han har bestemt seg for å hjelpe til med å roe ned landene først. Jeg er Georg forresten, vær velkommen. Vi trenger alle de dugelige nevene vi kan få tak i.»

Egel steg av hesten som hang med hodet og peste, Georg så forskende på den. «Ja om dere har greid å komme dere over slik fjellene er nå har dere hatt flaks. Vi måtte slåss mot en hel diger gjeng med røvere. Noen liker å tjene på elendigheten.»

Egel så spørrende på Georg. «Vil din herre godta en flokk med ungdommer? Det er kvinner blant oss også, og noen er bare barna»

Georg smilte bredt. «Alle som ikke prøver å finne på faenskap er velkomne, vi er på vei til et gammelt slott eller borg, vinteren blir hardere nå fremover og vi må sikre oss.»

De gikk bortover stien og Egel stanset brått, et enormt kattedyr spankulerte liksom likegyldig ut på den med en hjort i kjeften, han så at Georg ikke engang reagerte og blunket vantro. Han hadde aldri trodd at noe dyr av det slaget kunne bli så stort. Georg bare gliste bredt. «Det er Karma, han tilhører herren vår, er veldig snill så lenge du ikke er en fiende vel og merke. De labbene kan lage mos av en kar.»

De gikk ned til leiren og noen menn stirret på Egel med vantro, ingen stanset dem og Georg gikk frem til et temmelig stort telt. Det var vakkert og virket dyrt og Egel ante ikke hva han ventet seg egentlig. Herren til denne hæren var så avgjort adelig, og antagelig en offiser også og slike har en ubehagelig tendens til å være arrogante. Georg gikk inn og Egel hørte stemmer før mannen returnerte og vinket med handa. «Han kan ta i mot deg nå, gå bare inn. Han biter ikke, tror jeg!»

Det siste kom med en gemyttlig latter og Egel skar en grimase og gikk inn. Han følte seg aldeles som en fillefrans. Det han så fikk ham til å stanse i lamslått undring. Bak et sammenleggbart bord satt en mann Egel uten videre bare kunne sammenligne med en engel. En svært høy og elegant kar med langt bølgende gyllent hår og blå øyne og en enestående fysikk. Han reiste seg og smilte, Egel hadde aldri sett en vakrere mann før og undret seg et øyeblikk på om dette var en alv men han hadde runde ører og var nok menneskelig allikevel. «Så, du er Egel av Zhymorne, leder for en flokk flyktninger?»

Egel bukket fort, følte seg merkelig brydd over sine egne manerer og stanken som fulgte ham. Flere lange uker uten et bad preget ham helt klart. «Det stemmer min herre!»

Den høye krigeren så skarpt på ham. «Det står respekt av å ha kommet seg over nå, vi kom også fra andre siden av fjellene men jeg tror vi må ha krysset langt sør for dere. Georg sa du kom fra åsene bak oss.»

Egel nikket. «Det stemmer, vi var opprinnelig på vei mot Altarab men snudde, min far...min far mente elveslettene kunne være farlige»

Krigeren helte vin i et krus, rakte det frem. «Din far?»

Egel smilte stivt. «Han var lærd, mente at en katastrofe truet Zhymorne og landet rundt, han sendte oss inn i fjellene for å være trygge men han og mange flere døde i et snøskred.»

Mannen så trist ut. «Jeg beklager tapet, men det er vonde tider vi lever i er jeg redd. Frykt ikke, gruppen din er velkommen hit. Vi sender ikke bort de som er i nød.»

Egel trakk et lettelsens sukk. «Jeg er meget takknemlig min herre»

Mannen gjorde en gest. «Nå, ikke overdriv, jeg er ingen herre. Jeg er Cian Ohdrasar av Felderi og jeg er kun en vanlig turneringsridder skjebnen har...lagt sine øyne på»

Egel trippet nesten. «Kan jeg signalisere til de som venter på meg at alt er greit?»

Cian bare nikket. «For all del, jeg kan sende ut noen som kan hjelpe dere ned hit. Hvor mange er dere?»

Egel trakk pusten. «Med meg selv er vi tretti ni.»

Cian rynket pannen. «Godt gjort å få en slik gruppe gjennom fjellene, dere har vært dyktige.»

Egel tråkket litt brydd. «Ungdommene er reisende, de kan det å klare seg i fjellene»

Cian lysnet opp. «Ypperlig, da vet de sikkert mye vi kan ha nytte av»

Egel tok en slurk av vinen, den var sterk men svært god og han ønsket han kunne ha gulpet i seg hele koppen i en omgang, men det var lite dannet. Han ble fulgt ut av Cian og la merke til at mannen var mye over to meter, for Egel lignet han nesten på en slags halvgud. Egel stilte seg så han var synlig over lang avstand og veivet med armene og Cian ropte noen ordre, noen soldater selte fort på noen hester og spente dem for noen enkle sleder og før noen ante ordet av det var de på vei ut av leiren, Egel var temmelig lettet.

Cian la handa på skulderen hans. «Vi skal til flatlandet og prøve å slå ned uroen der, folket lider og det kan ikke fortsette slik.»

Egel bare trakk på skuldrene. «Jeg har hørt om det, at adelshusene er i krig. Men det har ikke betydd noe for oss egentlig. Vi er bare bønder og den slags har aldri vært viktig for oss.»

Cian smilte bredt. «Gode solide folk med andre ord, med vett og forstand. De tullingene der ute har slåss som galninger siden i fjor sommer minst og stridens kjerne er en drage noen visst nok skal ha skjult og så mistet. Jeg kan ikke si at jeg tror på det.»

Egel ble tørr i munnen. «Uh, vel, apropos drager...»

Cian bikket på hodet, guder så flott den mannen var. «Ja? Hva med drager?»

Egel bet seg i underleppa. «Nå tror du vel at jeg hallusinerer eller har sett syner fremkalt av sult men jeg så drager der inne, tre stykker. De drepte to troll»

Egel visste hvor rablende det hørtes ut i det sekundet ordene hans forlot munnen, troll og drager? Guder, mannen måtte tro han var sprøere enn Myrtles beste flatbrød. Cian bare stirret, så rynket han pannen. «Guder, du snakker sant gjør du ikke? Fortell alt! Absolutt alt»

Egel satte seg usikkert ned på en feltstol og begynte å fortelle, fra Harod først fikk mistanke om at noe var galt og til de red ned fra fjellene. Cian lyttet uten å avbryte og han så litt betenkt ut. «De sier at dragetind har hatt utbrudd, og at dragene kom derfra den gangen drageherrene hersket. Så jeg tror deg, og noen av jegerne mine har sett merkelige spor, om det er troll vet jeg ikke men verden har gått av hengslene så hvorfor ikke.»

Egel svelget kort. «Jeg har ansvaret for de ungdommene min herre, det har vært det som har holdt meg oppe.»

Cian bikket på hodet. «Det er to i deg, du mistet et barn, og du mistet din kone og søster og begge foreldrene dine også,

Allikevel har du ikke brutt sammen. Rikene trenger folk som deg når alt roer seg igjen.»

Egel så en skygge av noe i Cian's øyne og følte en fort bølge av medynk. «Du har også mistet noen?»

Cian sukket lavt. «Jeg var turneringsridder, brydde meg ikke om morgendagen, lekte gjennom livet som en sommerfugl over en eng. Og så ba Marcellius meg fjerne en lord som hadde gått mot hans ordre.»

Egel svelget hardt. «Fjerne, mener du myrde?»

Cian ristet på hodet. «Henrette er ordet jeg vil bruke, mannen var et monster, og jeg slapp å gjøre stort for han prøvde å stjele hesten min og ble sparket fordervet. Men jeg måtte gifte meg med enken hans, og tro det eller ei, jeg lærte å elske henne og vi så for oss en lykkelig fremtid.»

Egel visste ikke hva han skulle si. «Det gikk ikke slik?»

Cian ristet på hodet, helte i mer vin til seg selv, drakk det ned som vann. «Nei, så avgjort ikke. Hun ble med barn og vel, fødselen drepte henne. Og etterpå kom pesten og tok alle der utenom meg og Marcellius sendte bud og ba meg reise nordover. Så nå er jeg her, og gudene vet hva som vil møte oss i Longil.»

Egel prøvde å smile deltagende. «Jeg er lei for det, men mange kvinner dør i barsel, det er dessverre vanlig.»

Cian tømte enda et beger med vin. «Ikke som min Isabeau, det var min feil, og jeg må betale for det for evig tid.»

Egel forsto ikke men Cian smilte igjen, tok seg synlig sammen. «Bare vent, så fort de du leder kommer blir det mat og noen nye klær, og et varmt bad. Det høres vel godt ut?»

Egel kunne bare smilte litt fårete. «Så avgjort. Jeg lukter som en gammel skinnfell i sola og jeg tipper at jeg ikke er den eneste»

Cian reiste seg, Egel la merke til en utrolig vakker svart rustning med røde merker på, den sto på et stativ og virket brukt og Cian så hvor han så og nikket stille. «Et klenodium i ætten, og den passer meg. De kaller meg sorgens ridder, og det stemmer vel, på mange vis.»

Egel visste ikke hva han skulle si til det.

Det gikk et par timer, så kom følget sakte ridende og mange kom for å ta i mot dem. Egel fikk en stor klem av Isra og Dhabin stirret på alle soldatene med store øyne. Noen kvinner hadde dukket opp og de geleidet ungdommene til et telt der det åpenbart var blitt varmet vann. Noen seilduksstamper var fylt opp og Egel fikk tatt seg et fort bad som ble temmelig brutalt siden en litt eldre kvinne gikk løs på ham med skurekosten så møkk og skitt formelig skvatt rundt ørene på ham. Da han var ferdig var han lyserød over det hele men i det minste var han svært mye renere enn før. Han fikk på seg noen rene bukser og en skjorte og en vest og følte seg som et menneske igjen. Da alle var badet så kjente Egel dem nesten ikke igjen, jentene gjemte seg blygt bak guttene men nå så han virkelig hvor unge alle var. Det var et mirakel at de hadde greid seg så godt som de hadde. Et stort telt var spisesal og de fikk noen store porsjoner med brød og ost og stuing hver. Egel så til at alle hadde fått før han selv satte seg til å spise og han la merke til at Georg holdt øye med ham. Hvorfor ante han ikke helt. Det ble reist noen ekstra telt de kunne sove i og de fleste var så utslitt at de gikk til sengs med en gang.

Georg kom bort til ham da han hadde sett til at alt var bra og at alle hadde fått en sengerull hver. «Vi har sett over hestene deres, og skodd dem om. De er skinnmagre så de blir foret varsomt i noen dager, vi måtte dessverre avlive to, en grå vallak og en liten brun merr. Begge to var for medtatt til å klare seg og merra hadde dessuten noen stygge skader i ene frembeinet.»

Egel nikket. «Jeg vet det, vi tenkte å bruke den som åte om noen angrep oss, det var stygt mot et trofast dyr men vi måtte bare tenke slik.»

Georg nikket sindig. «Men det er gode dyr, de reisende har utmerkede hester. De vil bli sterke igjen snart. Jeg vil anta at dere vil følge oss videre?»

Egel nikket. «Det er det tryggeste, og dere skulle til en borg? Vi trenger tak over hodet og tid til å ta oss inn igjen. Disse ungene har mistet alt, de trenger å få noen trygge rammer igjen»

Georg nikket. «Du er en klok kar Egel, bare en bonde sier du men jeg ser potensiale i deg. Du kan bli en utmerket leder med tiden.»

Egel trakk på skuldrene. «Åh, jeg er bedre på å gjete sau enn folk, og der er jeg ærlig.»

Georg klappet ham på ryggen. «Sau er vanskeligere å ha med å gjøre enn folk, for sauer er smarte dyr. Tro meg, jeg tror du vil kunne overraske deg selv»

Egel følte seg litt brydd, han var ikke vant med slik ros.
«Kanskje, men nå føler jeg for litt søvn, jeg er gåen»

Georg nikket. «Det synes, det er deg vel unt, sov godt og lenge»

Egel smilte litt fårete og gikk inn i teltet, det var en seng ledig og han sovnet nesten før han fikk hodet på puta.

Midar og Meyret

De to hadde ridd videre, og Midar begynte å skjønne at jovisst, dragetind hadde hatt et utbrudd. Askeskyene hang ennå over området og han følte på seg at dette var en katastrofe. Men de kunne ikke bry seg med det, kunne bare følge de instruksjonene de hadde fått og komme seg videre. Meyret var merkelig taus, øynene hennes saumfor himmelen hele tida og han forsto at hun prøvde å finne andre drager. Natt og Mørke forlot dem ikke en eneste gang, ikke en gang for å jakte og Midar fikk en følelse av at de to enorme ulvene ante noe han ikke visste noe om. Han fikk mer og mer følelsen av at han bare var et redskap her og at Imla hadde sendt dem ut på en ferd der hun hadde sine helt egne planer. Det var ikke en god følelse og han skulle ønske at Meyret ville kunne vært mer meddelsom angående det Imla hadde fortalt henne. De red hele dagen gjennom forholdsvis grunne daler med tykk skog og i følge kartet skulle de ri ennå en dag før de kunne bruke ringen en gang til.

Meyret slappet mer av mot slutten av dagen og begynte å nynne på en liten melodi. Den var litt vemodig men vakker og Midar var glad hun ikke var så anspent lenger. Da dagen begynte å gå mot hell ledet de to ulvene dem mot en klippe, det gikk en sti opp mot toppen av den og den var bratt men ikke verre enn at hestene klarte det. Meyret fikk liv i et lite bål og Midar lagde en enkel stuing av det de hadde av proviant. Hun åt med god appetitt og stirret bort på sekken med relikviet. Det var temmelig klart at hun merket det på et eller annet vis, at hun følte at det var der og han ble nysgjerrig. «Hva føler du?»

Hun trakk på skuldrene. «En slags kulde, og en dragning. Den gjenstanden er mektig Midar, Imla fortalte meg det. Jeg vet ikke hvorfor men hun vet ting hun ikke vil fortelle oss.»

Han trakk på skuldrene. «Som om det var noe nytt. Hun har holdt kortene tett til brystet hele veien, faktisk så tett at jeg tviler på at hun har sagt mer enn det absolutt nødvendige og snaut det.»

Meyret så ned i bakken. «Hun sa mer til meg, ting jeg ikke forsto. Jeg tror ikke hun forbød meg å fortelle det videre.»

Midar satte seg bedre til rette, krysset beina. «Som hva da?»

Hun så opp på stjernene som sakte tentes på himmelen. «Som at mørket og lyset og skyggene skal samles. Og at dolkens spiss skal falle for mørkets sønn. Merkelige forutsigelser alt sammen, ting jeg ikke forstår.»

Midar bare brummet. «Hun har et eget talent med ord, det skal hun ha. Sa hun i det hele tatt noe fornuftig, noe vi kan bruke? Vi skal til den skjulte dalen men hva gjør vi når vi kommer så langt? Hvordan skal du få det kjedet av?»

Meyret så hjelpeløst på ham. «Hun ville ikke si noe om det, bare at…»

Han rynket på pannen. «Ja?»

Hun bikket på hodet, det sølvfargede håret danset rundt ansiktet som en myk man. «Hun sa noe om jordens barn, at de kunne fjerne det. Og at dalen rommer mer enn vi kan se»

Midar klemte seg i neseryggen, Imla kunne virkelig det der med å være hemmelighetsfull. «Det sier oss heller lite. Men hvor langt er det til den dalen egentlig?»

Meyret trakk på skuldrene. «I følge kartet skal vi bruke ringen to ganger til. Så er vi der.»

Midar bare brummet. «Så lenge ikke noe går skeis ja.»

Meyret så ned i glørne. «La oss håpet at det går bra, at alt går fint.»

Han pakket ned igjen maten, rullet ut sengemattene deres og så at ulvene sto og stirret nedover dalen. Hestene sto innerst ved enn fjellvegg så de var så godt som usynlige og han skyndte seg å kaste sand over glørne. Meyret så nervøs ut. «Hva gjør du?»

Han pekte i retningen ulvene stirret. «De sanser noe, og jeg liker ikke å ta sjanser. Føler du noe?»

Hun lukket øynene. «Nei, det er stille, jeg sanser ikke noe merkelig i det hele tatt»

Midar følte seg underlig delt, noe i ham sa at dette kun var stilla før stormen men han forsto ikke hva faren kunne være. Det var ingenting der som kunne være farlig? Ulvene stirret fortsatt og ragget sto langs ryggen på dem men de knurret ikke og han kjente ingen lukt heller. Dalen var stille og alt var normalt. Noen nattfugler pep melankolsk, stjernelyset speilet seg i isen på noen av fjellsidene der, vinden sang svakt i noen sprekker. Han smilte til henne. «La oss gå til ro, vi trenger litt hvile.»

Hun trakk av seg kappen og la seg, han plasserte seg foran henne og rullet teppene tett om seg men det var ikke enkelt å slappe av. Det lå et agg i ham hele tiden, en slags uro han slettes ikke likte. Meyret stirret på stjernene, det skinte i blikket hennes. «Imla sa noe annet jeg ikke forsto»

Han trakk pusten for et temmelig oppgitt sukk. «Hva da?»

Hun blunket kort. «At det var andre krefter der ute, krefter som tjener mørket. De vil prøve å ødelegge, og noen er alt i gang med det, langs kysten. De skaper uro og frykt, og tjener på det selv. Vi skal passe oss for de kreftene og deres tjenere»

Midar snudde seg, stirret på henne med smale øyne. «Og det sier du nå?»

Meyret skar en grimase. «Hun sa så mye, jeg husker ikke alt hele tiden. Men noen tjener mørket Midar, uten å vite det. De som holdt meg fanget gjorde det, andre er også dets slaver.»

Midar gryntet kort. «Vel, jeg tviler ikke på at de som fanget deg var onde, det er mye vondt i verden»

Hun svelget kort. «Det er ikke ondskap som er det verste Midar, jeg har lært det nå. Om du vil være ond må du ta et aktivt valg, og skyve fra deg alt annet. Du må ville det, og det krever mye av en, akkurat som å være genuint god.»

Han la seg bedre til rette. «Så hva er det verste Meyret?»

Hun strøk håret ut av ansiktet «Likegyldighet, og grådighet.»

Midar tenkte litt på det hun sa. «Du har rett. Jeg har ikke møtt noen helt og holdent onde personer men jeg har møtt mange som har vært grådige og blinde for andres følelser og de var som regel svært lite trivelige.»

Hun smilte svakt. «Du var tyv, så klart du så grådighet hver dag»

Han strakte seg, kjente at kroppen ble varm og avslappet. «Det var hva jeg livberget meg på. Og folk kunne være som forrykte, helt gale etter ting som egentlig ikke burde bety så mye. Kalde døde ting som kanskje hadde en slags skjønnhet men som ikke kunne redde liv eller mette tomme mager om de ikke solgte dem. Og det gjorde de aldri»

Meyret nikket sakte. «Det er en sykdom, i sinnet. Den bare vokser og vokser og eter den man en gang var og etterlater seg bare et tomt skall.»

Han så forskende på henne. «Du kjenner til grådighet godt skjønner jeg?»

Hun snøftet, trakk teppene godt rundt seg. «Så visst, drager er av og til ofre for de samme mørke kreftene som de som rir menneskene som en mare»

Han smilte litt blygt. «Jeg husker det du fortalte meg ja, om drager»

Hun lukket øynene. «Noen drager er trukket til gull, jeg husker en drage som grodde fast i gullskatten sin og døde der, en heslig død.»

Midar gyste. «Jeg er glad du ikke er av dem som føler den hungeren Meyret.»

Hun sukket lavt. «Jeg var mye verre enn de gullhungrige Midar, for de angriper kun rikdom og når de har vunnet en skatt blir de ved den resten av livet. Jeg hungret etter blod, etter makt. Jeg kjente blodet bruse når jeg kunne sette ætter opp mot hverandre, se armeer gå til krig. Jeg var så arrogant.» Midar la armen under nakken, stirret opp på stjernene. «Du hadde vel grunn til å være arrogant, drager er mektige, og det var vel få tilbake da du ble fanget?»

Hun trakk pusten dypt. «Svært få, færre enn jeg trodde. Men jeg har merket drager nå, to av dem, nesten som meg men allikevel ikke. Jeg skjønte det ikke»

Midar strakte ut en hand og rørte skulderen hennes. «Du vil sikkert lære sannheten før eller siden.»

Hun mumlet nesten, søvnig og merkelig usikker. «Det stemmer sikkert, la oss sove, jeg tror vi er trygge for øyeblikket.»

Han nikket. «Siden de to ikke varsler regner jeg med at du har rett. God natt»

Hun smilte tilbake og gjespet. «God natt»

Natt og Mørke stirret fremdeles nedover dalen, de følte noe der nede, noe deres to proteger ikke merket. Deres sanser var annerledes enn Midar og Meyrets og Imla hadde valgt godt. Hun hadde sørget for at de skulle vokte over de to for det var større ting på spill enn de to ante. Hadde Imla fortalt dem sannheten ville de nok ha blitt fra seg og hun hadde ikke sagt noe om farene de ville møte. Imla hadde forutsett mye, også det som ville skje dem snart. Om de skulle ha noen sjanse til slutt måtte de greie å overkomme dette, også på egenhånd. Lengre ned i dalen hadde en mørk skikkelse sakte arbeidet seg opp på en liten høyde, den stirret tilbake gjennom nattemørket og klikket med tungen mot tennene. Merkelig fargeløse øyne blunket ikke, hodet var bikket til side og den lyttet. Alt levende har sin egen sang og den hørte sangen fra hunndragen der fremme, sterk og klar og fylt med makt.

Skapningen bikket med hodet, de måtte aldri nå den dalen, det ville være en katastrofe. Om de han tjente skulle få muligheten til å ta makten over landene kunne de ikke samles, det ville bety slutten. Nei, de to måtte avledes og han visste at hans

herrer alt hadde noe i deres vei som ville sørge for at de ble
stanset. Kaos og mørke ville rå, og dets herrer få frie tøyler.
Uten den ene til å samle skyggene og mørket ville aldri lyset
kunne vinne. Det var en vakker tanke og han hveste kort og
vandret ned fra høyden igjen. Bak noen steiner slo den staven
sin i bakken og ble øyeblikkelig omringet av en slags tykk
tåke. De kunne ikke ferdes i denne verdenen ennå, men snart,
snart kunne de ta plass som dens herskere. Han visste at
herrene ville bli meget fornøyd når han avla rapport. Ingen
hadde unnsluppet den tjeneren som nå ventet på de to, det kom
til å gå svært bra.

Midar våknet av at Meyret rørte på seg, hun virket for å
drømme og han satte seg opp og rusket i henne. Natt og Mørke
satt pent på andre siden av det nedbrente bålet og hestene sto
og hang søvnig med hodene. Meyret klynket og rykket til,
åpnet øynene med et gisp. «Midar!»

Han klappet henne på armen, så at hun var lett blek. «Jeg er
her, alt er ok»

Hun satte seg opp, gned seg i pannen. «Nei, alt er ikke ok. Det
er noe her, noe mørkt og ondt.»

Han rynket pannen, kjente etter at sverdet hans var innen
rekkevidde. «Hvor?»

Hun ristet på hodet. «Jeg vet ikke, men det er i nærheten. Vi
må komme oss videre!»

Han nikket, fikk på seg klærne og hun gjorde det samme. De
rullet sammen sengene og pakket leiren på noen få minutter.
De to ulvene logret og slikket hendene deres og øynene glødet
svakt. Meyret klappet dem kjærlig. «De føler det også, vi må
holde øynene åpne.»

Midar sadlet hestene og de kom seg av gårde, landskapet de nå
krysset var svært forrevent og merkelig og Natt og Mørke løp i
forveien og fant de beste rutene. Meyret virket svært intens og
hun stirret fremdeles på himmelen med jevne mellomrom. De
nådde snart en elv som gikk i et svært dypt løp, elva hadde
gravd seg ned gjennom berget gjennom årtusener og skapt en

sann labyrint av jettegryter og kløfter og Midar brukte lang tid
på å finne et sted der de kunne krysse den.

De fant til slutt et sted der elva hadde gravd seg ned og gikk i
tunell under en smal bro og de fikk hestene over uten
problemer. Broa var så sterk at den kunne tålt en tungt lastet
vogn også og de hadde begynt å planlegge ruten videre da de
to ulvene brått forsvant i krattet uten en lyd. Meyret så brått
nervøs ut, og Midar trakk sverdet. De hørte svake lyder foran
dem og Meyret mumlet noe for seg selv, han hørte ikke hva det
var men det hørtes ikke bare pent ut. Midar holdt sverdet klart
og han gjorde seg klar til kamp, ikke at han var noen kriger
men han kunne da slåss slike noenlunde. De to satt der helt
klare og brått dukket noe opp på stien foran dem, frem bak
noen steiner kom en skikkelse som leide på en gammel mager
hest. På hesten satt en sammenkrøket person dekket i en kappe
og et par andre personer kom sakte vandrende etter den
haltende hesten.

Den fremste skikkelsen bråstanset da han oppdaget at de ikke
var alene, det var en gammel mann som virket for å ha levd et
hardt liv for han var krumbøyd og virket skjør og sliten og
klærne røpet at dette var fattigfolk. Skikkelsen på hesten var en
gammel kvinne, hun var åpenbart blind for øynene var helt
hvite og innsunkne og hun hadde neppe tenner igjen i kjeften
skulle en tolke det innhule uttrykket i ansiktet. De to bak var
også eldre, ikke fullt så gamle men langt fra noen ungsauer og
klærne røpet at også de var svært fattige

Den gamle mannen stirret på de to rytterne med rennende
øyne, han virket skremt og holdt hendene frem så de var
synlige. «Vi er fattigfolk, vi har ingenting verdt å stjele, ikke
gjør oss noe vær så snill»

Midar så fort på Meyret, hun så litt forvirret ut men hun nikket
tilbake og han stakk sverdet tilbake i slira. «Vi er ikke røvere,
kun reisende. Hvem er dere og hva gjør dere her i villmarka?»

Den gamle mannen svelget synlig. «Vi er flyktninger,
landsbyen vår er borte, det var et digert leirras og vi klarte oss

fordi vi fattigfolk ikke fikk bo i de gode husene men måtte bo i en steinbu på sauebeitene. Der var det steingrunn, og vi klarte oss»

Midar kjente en slags skjelving gå gjennom seg. «Leirras?» Mannen nikket sakte. «Ja, det har gått mange slike nå, og Dragetind har brutt ut. En av jegerne fra landsbyen red ned mot slettene og han kom tilbake og sa at det ikke var noe tilbake der nede, ingenting. Det var bare en sjø av leire.» Midar kunne ikke tro det. «Han må overdrive?»

Mannen ristet på hodet, blikket var tungt. «Nei, han overdriver ikke, jeg kjenner ham. Han sa at han kunne se helt over bukta til Felderi, og alt var vekk. Til og med den store byen, bare leire og tørket lava igjen alle steder»

Meyret hadde bare lyttet til mannen, nå lente hun seg litt frem og det var en mine av forsiktig håp i blikket hennes. «Har noen sett....drager?»

Den gamle blåste i nesa og trakk på skuldrene. «Noen sier de har sett flygende skikkelser i tåke og skyer, og vi har sett døde dyr som har blitt ett av noe stort. Men drager? Nei, det er kun gamle sagn du vakre»

Midar var fristet til å si til den gamle at han stirret på en akkurat nå men den gamle kvinnen på hesten hostet og gjorde en skjelvende gest mot himmelen. «De vil fly vilt, alle de av ilden satt fri. Til de blir bundet til sine, til de finner sin skjebne. Vokt dere Ashitani, de mørke nærmer seg»

Stemmen var sprukken og hes men forståelig og Meyret så skarpt på den gamle som hostet igjen. Kvinnen virket syk, antagelig hadde hun ikke lenge igjen. «Er du en seer?»

Kvinnen nikket og trakk sjalet om seg, det var så fillete at det mest av alt bare var noen tilfeldig sammenknyttede tråder igjen av det. «Jeg ser ja, jeg ser mye.»

Meyret tok et dypt åndedrag. «Jeg føler mørke, og ondskap. Noe søker oss»

Kvinnen nikket stille. «De mørke har mange tjenere, de venter
på dere. Dere kan ikke ta den veien dere har fått beskjed om å
ta. Det vil lede dere i fortapelsen»

Midar så skarpt på de fire gamle menneskene. «Hvordan vet vi
at dere ikke er de tjenerne?»

Kvinnen smilte, et underlig barnslig smil. «Fordi dere vil føle
det i deres hjerter at vi ikke er av mørket. Vi er kun mennesker,
hurtig på vei mot vår ende. «

Meyret nikket og klappet hesten på nakken. Stjernesang
humret og grov i bakken. «Jeg vet det, også jeg ser. Men hva
kan vi gjøre, hva slags tjenere venter oss?»

Kvinnen rettet seg opp, det var noe stolt over henne som røpet
at hun en gang hadde vært en person med makt og innflytelse.
«En som dere neppe kan unnslippe, men de har glemt en ting,
en viktig ting.»

Midar begynte å føle seg utålmodig og nervøs. «Hva da, og er
virkelig mørkemaktene fri i verden?»

Kvinnen kaklet lavt. «Dere har flyktet fra de sjelløse, dere har
sett hva de slipper løs i vår dimensjon. De vil ta all makt. Lyset
og skyggene og mørket må samles.»

Meyret stønnet nesten. «Vi vet det, guder, hva kan vi gjøre,
rent konkret!»

Kvinnen strøk hendene gjennom den loslitte kappen hun bar,
klappet hesten litt fraværende. «Du er hva du er, uansett form
og styrke. Det er ild i deg, du vet det. Bruk den. Og den unge
mannen ved din side. Ætling av kongelig blod, mer enn han
tror. Kall dem til deg, de mange uten navn. De er din hær, de
er dine å råde over. Kun de mektige få er de nye mestres.»

Midar blåste i nesa. «Og jeg trodde Imla var kryptisk?!»

Kvinnen gliste, hun var ganske riktig tannløs. «Åh Imla,
månens søster, ulvenes mor, jeg kjenner henne. En gang tjente
jeg henne, og jeg går ennå hennes veier. Hun ba meg ikke
gjøre dette men jeg vil ikke sitte her å se at mørket vinner.
Husk det jeg nettopp sa, mørkets tjener venter dere, kall dem
til deg ashitan»

Midar bet tennene sammen. «Og hva i alle guders navn betyr det?»

Hun bikket kokett på hodet. «Det vil du forstå tidsnok»

Meyret vred seg i salen. «Det ville hjulpet stort om vi visste hva slags tjener vi vil møte»

Kvinnen gjorde en gest. «En dere ikke kan overvinne som mennesker, en som er sikker på å vinne. Om dere klarer å frigjøre kraften som hviler i dere begge kan mørket tape. Det blir begynnelsen på slutten for dem, dere må stanses for enhver pris så stol aldri på noen fra nå av. Og når ulvene gir tegn, bruk ringen.»

Meyret svelget kort. «Vi er ikke på riktig sted ennå?»

Hun trakk i kappen på nytt. «Det stemmer men Imla er ikke ufeilbar. Hun ser ikke alt, og det gjør ikke jeg heller men samlet ser vi mye. Ri nå, og kall dem til dere. Bare da kan dere ha håp om å vinne»

Midar følte seg forvirret. «Men hva med dere? Dere har ingenting?»

Kvinnen sa ingenting og den gamle mannen trakk på skuldrene. «Det er en steinbu et stykke opp i dalene. Vi bruker den når vi gjeter sauene om somrene. Det er mat og slikt der, for noen dager i det minste. Vi trenger ikke mer. Alt er borte så vi venter uansett på slutten men la den ikke kreve dere.»

Han virket ikke for å tro mye på hans kone sa og Midar måtte glise litt skjevt. Mannen virket for å være veldig jordnær og for ham var dette åpenbart noe som gikk ham langt over hodet.

Meyret smattet på hesten og Midar måtte bare følge henne, de så at de fire gamle vinket farvel og han skulle gjerne gjort mer for dem men Meyret virket nesten utålmodig. Han red opp på siden av henne. «Jeg aner ikke hva hun pratet om, kall dem til oss?»

Hun så skjevt på ham. «Nei, du skal kalle dem til deg, til deg Midar. Jeg begynner å forstå.»

Han kjente at frustrasjonen rev i ham. «Hva i alle guders navn mener du?»

200

Hun strøk fingrene gjennom Stjernesangs man. «Jeg mener at du er mer enn bare en bastard Midar, at du har evner ingen andre har. Jeg har sanset det i deg, og jeg trodde det bare var halskjedet som gjorde det men nå ser jeg noe mer. Det er deg, ikke halskjedet. Du kan styre drager Midar»

Han bare blunket svakt. «For noe tull!»

Hun trakk på skuldrene. «Kanskje, og i såfall er vi i trøbbel. Imla viste meg hva andre verdener rommer Midar, forferdelige ting du ikke kan forestille deg. Og hun viste meg hva denne blir om de vinner, om mørket får utnytte kaoset og katastrofene og får klort seg fast. Det blir et helvete»

Han bet seg i underleppa «Du tror henne?»

Meyret hadde fått et fjernt uttrykk i øynene. «Ja, fordi jeg husker mer og mer Midar, og det jeg husker skremmer meg. Det er skjebnen som snakker nå, og den er likegyldig. Om det blir lys eller mørke er ett fett, bare ting skjer.»

Hun sukket lavt. «Imla sa at livet er som et stort tre, enormt, med tusenvis av greiner. Når en velger en grein og følger den kan en ikke snu tilbake, den muligheten er stengt for en, men den var en alternativ skjebne som ennå eksisterer der et sted. En kan bare ikke nå den. Vi kan ikke snu men vi kan velge en annen grein å følge, og om gudene smiler til oss fører den oss til målet like fullt.»

Midar følte en trang til å rive seg i håret. «Jeg er bare Midar, greit, jeg er nok en Darasher men kun en bastard og jeg har ikke noen evner bortsatt fra at jeg er en god tyv!»

Meyret ristet på hodet. «Det stemmer ikke Midar, vi skal finne ut av det snart. Jeg vil gå mot Imlas ordre nå, hun trodde at det kun er en måte å gjøre dette på men hun tar feil. Jeg er ikke så tåpelig at jeg ikke ser flere muligheter.»

Han så at Natt og Mørke kom snikende igjen, hvor de hadde vært var umulig å vite. De så på Meyret og pep, halene logret og hun hvisket til dem. «Vis meg!»

De to ulvene sprang avgårde og de red etter, Midar følte fremdeles at han ikke forsto noe. Samle dem? Samle hva?

Drager? Natt og Mørke løp fort mot en høyde og Meyret peste nesten da de red opp på den, hun var vill i blikket. «Det nærmer seg, mørket nærmer seg. Jeg føler det, en skrekkelig kraft. De vil bli kvitt oss»

Midar kjente at panikken hennes smittet over, prøvde å bekjempe det. «Men hvorfor? Hva skjer, hva betyr alt dette?!»

Meyret snudde hesten bort fra stien og foran dem så Midar et merkelig syn. Nede i en skålformet dalgang var det reist en tett sirkel av høye steinsøyler. De virket urgamle og slitt men allikevel var det noe merkelig vitalt ved dem, en slags kraft av noe slag som fortalte Midar at disse steinene ikke bare var død stein. Meyret sporet hesten og de red fort ned til sirkelen. Søylene var kanskje fire meter høye og toppen på dem var formet som en slags spiralsnodd søyle. Meyret sprang av hesten. «Imla fortalte meg om disse, kraftsentre kalte hun dem. Hun sa at de kan hjelpe oss om vi er i nød, det er hellig mark og der har mørket ingen kraft.»

Hun trakk hesten med seg inn i sirkelen og Midar fulgte etter, Natt og Mørke knurret nå, ragget sto på dem og de glødende øynene var skremmende å se på. Midar så seg rundt, han kjente en underlig rå lukt og dalen hadde blitt mørkere. Tykk tåke virket for å sige ned fra fjellene og han fikk en underlig følelse av at hun faktisk hadde rett. Det var mørke makter på ferde.

Hun så hardt på ham. «Som svar på spørsmålet ditt, vi er bare brikker i et spill Midar, viktige brikker men kun to av mange. Verden skal fødes på nytt nå, en ny æra skal begynne og om den blir i mørkets eller lysets navn avhenger av utallige sjeler.»

Hun bant hesten til en stein midt i sirkelen og Midar gjorde det samme. «Jeg trodde det vi skulle bare var å få av deg det halskjedet?»

Hun trakk på skuldrene. «Det var aldri bare det Midar, jeg er så mye mer enn jeg trodde.»

Hun grep ham i kragen, tvang ham med seg til en flat stein som sto akkurat midt i sirkelen. «Sett deg, dette er viktig!»

Han kjente henne nesten ikke igjen, hun var blek og øynene store og nå følte han at de ble betraktet av noe, noe som stirret med kalde øyne på dem. Noe gjemt i tåka, noe eldgammelt og unevnelig og navnløst men like fullt der. «Men hva….»
Meyret peste nesten, hun stirret rundt seg. «Jeg føler bare to drager, men det er noe lignende her, noe nesten som de urgamle. Du må kalle på dem»
Midar ristet på hodet. «Hør på deg selv, det er absurd! Jeg aner da ikke noe om slikt?»
Hun satte seg på kne foran ham. «Det er på tide å lære Midar, og du må gjøre det nå!»
Han vred seg. «Selv om jeg trodde deg, noe jeg ikke klarer å gjøre, så skjønner jeg ikke hva du mener!»
Hun tok haken hans i ene handa, fikk ham til å stirre henne rett inn i øynene. «Vi må bruke makten i sirkelen til å vekke den kraften som hviler i deg. Jeg kan gjøre det, jeg tror jeg vet hvordan. Så bare sitt og la meg vise deg hva du kan få til. Vi har ikke mye tid»
Midar følte seg skremt, dalen ble stadig mørkere, og han syntes han hørte en merkelig hvesende stemme som hvisket ord han ikke forsto, men de føltes som slimete kjærtegn fra en råtten hånd mot huden, noe for motbydelig til å beskrives. Hun grep tak i ham, la pannen mot hans. «Lukk øynene, bare føl. Ikke tenk!»
Midar svelget, lufta hadde endret seg mye, den var blitt tung og underlig vanskelig å puste i. Han gjorde som han fikk beskjed om, lukket øynene og brått følte han varme rundt seg, en intens og allikevel behagelig varme som bredte seg gjennom kroppen og fikk ham til å føle seg mer levende enn på lenge. Meyret hvisket. «Strekk deg, tenk deg at du vokser, at du er enorm og kun lys og strekk det lyset ut forbi sirkelen.»
Han følte seg flau, brydd. Dette var tåpelig men han adlød, så for seg at han brått var en stor figur av rent lys og at han kunne søke ut gjennom fjellene. Meyret hvisket til ham. «Føler du meg?»

Han rykket til da han innså at han gjorde det, han følte henne. Hun var som en dyp sugende avgrunn ved siden av ham, noe han hungret etter å kaste seg etter. «Ja»

Hun tok hendene hans. «Godt, følg meg!»

Brått beveget det han følte seg og han fulgte, lot sjelen gli av sted med hennes. Sirkelen føltes som en ring av varme, av trygghet. Den bant dem til det fysiske planet men satte dem samtidig fri og Meyret hvisket mykt. «Se gjennom meg, føl gjennom meg. La meg vise deg hva jeg føler»

Han merket at han brått så, enda øynene var lukket, rundt ham var punkter av lys, som svake ildfluer i nattemørket, noen var klarere enn de andre eller hadde vakrere farger og plutselig bet han seg merke i noen av dem. De var underlige, klare og skarpe og lyset var grønnlig med en tone som minte ham om lyset gjennom nyutsprunget løv om våren. Det var som den første gangen han satt hos læreren i barnehjemmet og innså at bokstavene på tavlen foran ham faktisk formet ord han kunne forstå. En slags oppvåkning og åpenbaring som i løpet av noen få skarve sekunder for alltid forandret den han var. Han strakte seg ut, trakk i de vakre lysene og de var mange, svært mange. Noen større og noen mindre men de hadde alle dette noe til felles. Det føltes som jubel i sjelen, som noe merkelig riktig. Noe i ham virket for å gli i ett med dem, å trekke dem mot ham og Meyret ropte noe, noe uforståelig og mektig og lysene raste mot ham, i en vanvittig fart.

Han åpnet øynene med et gisp, dekket av svette. Meyret sto på kne ennå og holdt ham og blikket hennes glødet formelig. Det var et merkelig syn. «Jeg fryktet dem, for de er kun dyr, nå vet jeg at de vil tjene oss.»

Midar kjente seg slapp som en vaskefille, merkelig skjelven.

«Jeg skjønner fremdeles ikke stort.»

Meyret la armene om skuldrene hans, klemte ham. «Men du vil, jeg lover.»

Mørket i dalen var blitt unaturlig og stemmen var der ennå, gav ham kalde frysninger nedover ryggen. «Det der ute, hva er det?»

Stemmen hans skalv, det kunne ikke krysse sirkelen, ellers ville de alt vært døde. Hun så tankefullt på den mørke tåka. «Noe fra en annen verden, en glemt verden. De vil drive det bort.»

Han lente seg mot henne, nøt følelsen av varmen fra henne, den var i det minste mer håndgripelig og virkelig enn alt dette pratet. «Drager?»

Hun nikket stumt og hendene hennes begynte å gli inn under klærne hans. «Drager, men ikke som meg. Allikevel, drageild ødelegger alt ondt, alt som ikke er av lyset.»

Han begynte å bli litt distrahert av henne. «Drageild ødelegger da alt gjør den ikke?»

Hun smilte skjevt, det var noe nytt i blikket hennes, en slags nervøsitet men også besluttsomhet. «Ja, men den er ekstra ødeleggende for onde krefter.»

Han rynket pannen, hva gjorde hun egentlig? Hun hadde åpnet tunikaen hans og hendene hennes var velsignet varme og behagelige men også litt vel nærgående? «Jeg trodde drager var onde?»

Hun ristet på hodet. «Drager tilhører ingen av de to sidene Midar, de er kaos inkarnert og kan velge hvilken side de vil. Men de var opprinnelig skapninger skapt av de gode kreftene og det kan aldri omgjøres.»

Hun trakk pusten dypt, lente seg frem og så kysset hun ham. Midar skvatt, han hadde ikke ventet seg noe slikt, ikke nå. Han merket godt at hun ikke var vant til dette, det var det mest klønete kysset han noen gang hadde fått og han strøk henne over kinnet, usikker på hva hun egentlig mente med dette og hva meningen var. «Meyret, ikke at jeg har noe i mot det, men hvorfor kysset du meg? «

Hun så fast på ham. «Husker du hva jeg fortalte deg da vi satt og ventet på å snike oss inn i det tempelet?»

Han nikket. «Ja, at du følte…at jeg ikke var som andre menn»
Hun la hodet på skakke. «Nettopp, kun du får røre meg Midar,
for jeg stoler på deg. Det du er har ingenting å gjøre med hva
de gjorde med meg, og jeg…jeg trenger å føle igjen, å vite at
du er her, for meg»
Han strøk fingrene gjennom det halvlange sølvfargede håret.
«Det trenger du ikke tvile på, noen sinne. Og du trenger da i
hvert fall ikke å bevise noe overfor meg»
Hun hadde noe vagt i blikket, noe sårt. «Jeg vet det, men som
jeg sa til deg tidligere, jeg er en hunndrage, og trenger en
make. De vil slåss om jeg ikke allerede er krevet av en hann,
og den hannen må være deg. Ellers vil det ikke gå»
Midar så forvirret på henne. «Men…åh dæven, mener du at vi
må….»
Hun smilte mildt. «Ja, når en hunndrage velger en partner er
det for alltid Midar, sjelene forbindes. Ingenting kan bryte det
noen gang. Jeg vil være trygg da, og ingen vil slåss om min
gunst.»
Midar svelget tungt. «Meyret, jeg er beæret men er dette
virkelig riktig tid og sted? Vil du virkelig gjøre dette?»
Hun nikket og kysset ham igjen, litt mer selvsikkert denne
gangen. «Ja, vi må! Glem det som venter utenfor sirkelen, vis
meg hva det skal være. Vis meg hva de stjal fra meg, og gi
meg det tilbake»
Han kjente varmen og lukten hennes og nikket litt usikkert.
Hun var så enormt mye mer enn ham men samtidig husket han
makten han følte han hadde over henne og han følte at det var
riktig, at de var forutbestemt til å være ett. Han kysset henne
tilbake, svært varsomt, med åpen munn og tunge og hun gispet
og klamret seg til ham, underlig ivrig. Midar var vant med
kvinner, og han kunne mye, noe annet var umulig egentlig for
den som vokste opp som han hadde. Meyret var umenneskelig
perfekt, så vakker at det var nesten uforståelig at hun var der
men det var hun og han tok seg god tid. Hvert klesplagg som
ble fjernet avslørte mer perfekt silkehud og han tilba hver

centimeter av den. Han kunne å tenne en kvinne, visste hvilke teknikker som gjaldt og Meyret stønnet navnet hans og styrte ham dit hun ville ha ham, grepet hun hadde i håret hans var sterkt og kunne ha gjort vondt men det bare tente ham enda mer.

Hun var overveldet, sjokkert over hvor fort kroppen hennes våknet og glemte det som hadde skjedd henne, følelsen av ru hender som strøk og kjærtegnet og ertet var nok til å sette henne i en tilstand hun aldri hadde forestilt seg noen gang. Dette var noe helt annet enn det de mennene hadde gjort, og hun stivnet bare til i noen sekunder da han kom seg i posisjon over henne, usikker på om hun ville føle smerte igjen. Midar var svært forsiktig da han tok henne, beveget seg så sakte at hun når som helst kunne be ham stanse, men hun protesterte ikke. Det var lenge siden han hadde hatt en kvinne nå, for lenge. Hun var så varm og så perfekt rundt ham og han visste med en gang at dette ble en heller rask runde med heller desperat elskov men hun virket ikke for å ha noe i mot det i det hele tatt. Tvert i mot.

Hun fikk et uttrykk av absolutt vantro i ansiktet da han var på plass og Midar kysset henne ømt og lenge. «Går det bra?» Hun nikket, det var spor av tårer i øynene hennes men hun smilte. «Midar, jeg…jeg har aldri følt noe lignende, det…» Hun lukket øynene, løftet hoftene litt og det fikk ham til å stønne og hun gispet. «Fortsett, vær så snill, jeg…jeg trenger…»

Han tvang seg til å være rolig, til å beholde kontrollen litt lengre. «Jeg vet, bare…slapp av!»

Meyret klynket da han begynte å bevege seg, kastet hodet bakover og grep tak i ham, nesten desperat. Midar greide det ikke, instinkt og lyst tok over helt og han økte rytmen, kjente at hun møtte ham, godtok det og tålte det og brått stivnet hun til og skrek, vred seg under ham og han kjente at sterke muskler formelig kjærtegnet hardheten hans i korte rykk. Det var mer enn noen kunne klart, han krummet ryggen og skrek mens han så stjerner og gnister og Meyret klorte ham over skuldrene men han kjente det ikke engang. Ekstasen var for sterk, den tok alt han var og hun hadde låst ham inntil seg med sterke bein. Da han omsider begynte å få oversikt over seg selv og omgivelsene igjen merket han at noe virkelig var annerledes nå. Han sanset henne på en helt ny måte.

Meyret hadde lukket øynene og det var et salig smil om munnen på henne, hun så totalt avslappet ut og han kysset henne ømt på halsen. «Du var vidunderlig»

Hun fniste, strakte seg og slapp ham løs. «Hva kan jeg si? Ditto? Jeg trodde aldri at det kunne være så vanvittig…deilig.»

Han la seg ved siden av henne. «Men det vet du nå,»

Hun nikket, gjemte ansiktet mot halsen hans. «Ja, takk. Du har gitt meg nye minner nå, gode minner»

Midar følte seg søvnig men visste at det ikke var tid for å sove nå. «Jeg er glad for det, og beæret. Hva nå?»

Hun satte seg sakte opp, stirret på et par kyssemerker og fniste igjen, det var noe underlig lekent og nytt i blikket hennes, noe frigjort kanskje. «Vi får på oss fillene igjen, de nærmer seg.»

Midar kjente det også, en slags dragning og han svelget og kysset henne hardt. «Takk Meyret, for at du stoler så på meg»

Hun bikket på hodet, nippet lett i huden på halsen hans og det var merkelig sensuelt. «Du er min make nå, selvsagt stoler jeg på deg»

Hun kom seg opp og de fikk klærne på seg igjen, utenfor sirkelen var det tett mørke nå, tåke som lignet gammel grøt i konsistens og han ante at det å gå utenfor sirkelen ville være den sikre død. Det var rasende det som var der ute, og svært utålmodig. Midar så fort seg et ansikt, et eldgammelt heslig ansikt uten øyne og med merkelige utflytende trekk, et ansikt som kun utstrålte kulde og hat. Om det var hva som ventet der ute håpet han at hun hadde rett.

Det gikk en liten stund, så hørte de fjerne skrik. De var rå og ville og Meyret rettet seg mer opp, fikk en holdning som en dronning. «De kommer!»

Hun strakte armene opp og skrek tilbake, et vilt hyl som fikk ekko til å rase mellom fjellene. Midar svelget, over dem var det skygger i tåka nå, store skygger. Meyret ropte noe, arkaiske ord ingen lenger kunne forstå, ord kun glemte tider hadde hørt snakket. Det lød en lyd fra tåka, en slags tung hvesing og den beveget seg, som om en eller annen kjempe sto og rørte i en gryte med velling. Tåka prøve å fortette seg, å ta en fysisk form og Midar følte en slags intens frykt rase gjennom kroppen. Meyret ropte igjen, strakte armene mot himmelen og det lød et brøl fra oven. Midar skulle aldri glemme det, en svart skygge dekket over dem og falt gjennom tåka og helt plutselig var den der, en svær drage. Den brukte vingene som forbein og landingen fikk bakken til å riste. Dyret var svært stort og kroppen var dekket med skinnende skjell, Midar så at den faktisk var vakker. Det var en brutal og farlig skjønnhet men han følte ærefrykt for den. Hodet var forholdsvis langt med kraftige kjever og flere snodde horn og øynene var rødglødende og intense. Den stirret på Meyret og bukket med hodet, hveste lavt. Det var klart at den underkastet seg henne og Midar vågde seg nærmere. Hodet var lengre enn han var to ganger over minst og tennene var lange som armene hans. Meyret stirret på den, det virket for at hun så noe, noe han ikke gjorde. «Det var mange av dem, svært mange. Dragetind klekket dem. Men bare noen få var store, og en den største, mørket selv. Mange av de små er alt døde, fortært av de større, slik skal det være. De sterkeste klarer seg.»

Hun så på dragen, og dyret stirret tilbake, blikket minnet Midar om øynene til en ørn. Det var stolthet der, og mye intelligens også. «Hun er en leder, de samler seg i flokker nå, prøver å finne sin plass i verden. De har ikke flydd ut av fjellene ennå, for de vet de venter.»

Midar holdt pusten nesten. «På hva?»

Meyret smilte stille. «På sine mestre.»

Dragen hveste og stirret ut på mørket, snerret skarpt. «Ja, det er fienden, det er min fiende, vår fiende. Slå dem ned søster, hjelp oss kjempe»

Meyret strakte seg, rørte varsomt ved snuten på det enorme dyret og dragen virket for å godta det, den lukket øynene et kort øyeblikk. «Du er Rhyviar, den ville. Og du er vår beta.» Rhyviar bukket igjen med hodet og Meyret smilte, et smil som røpet stor vilje. «Ta våre brødre og søstre og ødelegg dette. Vi vil kalle på dere når tiden kommer, bli her i fjellene, tiden er ennå ikke inne»

Midar så at dragen tok fraspark og var i lufta, de vide vingene tok godt tak og før de visste ordet av det var hun borte i tåka. «Hvor mange er det i flokken?»

Meyret la armene i kors. «Minst tjue, og dette er ikke de største heller.»

Brått så de lys, flakkende lys som brøt gjennom tåka og Meyret smilte vitende. «Ild, de har gått til angrep.»

Det lød et skrik fra tåka, et forferdelig rivende hyl som minnet Midar om metall som blir revet i biter. Over dem sto himmelen i fyr, skygger fløy i alle retninger, og mørket snodde seg og virvlet, prøvde å forsvare seg. En drage suste like over dem og Midar så at strupen svulmet opp så de kunne skimte hvordan den glødet innvendig. Etter bare en liten stund kom det et drønn og tåka løste seg opp, ble bare vanlig harmløs tåke som sola tok tak i nesten med en gang. Dalen var igjen helt normal og Meyret slapp pusten og sukket. «Da er det gjort. Men vi har nettopp kunngjort at vi er her, og at vi kan slå tilbake Det er sjelden noen god ide. Uansett hadde vi ikke noe valg denne gangen.»

Midar så at hestene hadde vært rolige hele tiden og Natt og Mørke bare satt der og peste og var helt normale. «Så hva gjør vi nå?»

Meyret tok frem kartet, hun stirret på det lenge. «Vi kan ikke reise slik Imla først foreslo, de vet om de stedene vi vil komme til. Vi må bruke et annet utgangspunkt og da vet vi ikke helt hvor vi havner.»

Midar trakk pusten. «Må vi bruke ringen?»

Meyret skar en grimase. «Nei, vi kan reise helt vanlig men det vil ta tid, og dessuten, uten ringen finner vi ikke den dalen. Den er lukket for vanlig ferdsel, kun ved hjelp av magi kan vi finne den»

Midar tok handa hennes. «Og når vi nærmer oss kan vi bruke ringen igjen, men jeg tror ikke vi skal ta sjansen på det ennå, vi er tryggere som vanlige reisende tror jeg. Jeg liker ikke å legge min lit til magi, ikke nå. «

Hun tygde på deg, blikket flakket litt og han så at hun tenkte hardt. «Du har rett, vi kan ikke stole på magi. Men det blir en lang tur»

Midar nikket. «Jeg ser jo det, men jeg tror det er tryggere uansett.»

Hun smilte litt stivt. «Imla vil ikke like det, men jeg tror hun godtar at vi gjør ting litt på vår egen måte nå. Det er bare slik det fungerer. Vi rir videre Midar, dragene venter.»

Han smilte og løsnet hestene. «Ja Meyret, dragene venter»

Anndir

Han satt i trygghet i det vesle rommet han hadde fått, hans
tilfluktssted, hans sikre holdepunkt i verden. De litt blasse
øynene stirret inn i mørket for han hadde ikke lys der, ikke
engang en lampe fikk han ha for det kunne være farlig. I det
minste var det hva de sa. Ting hadde blitt så annerledes, så
merkelige. Han husket ikke så godt men noe sa ham at han
hadde vært gladere før, mer tilfreds. Og han hadde gjort mer,
mye mer. Nå fikk han ikke gjøre noe. Han fikk bare beskjed
om å holde seg unna, å ikke gå i veien. Han likte det ikke for
han kunne gjøre ting, han hadde vært nyttig, tjenerne sa det, at
han var nyttig.
Rommet var kaldt, ikke som rommet han hadde hatt der han
kom fra, det hadde vært varmt, og godt. Det hadde vært en peis
der, og mange andre også. Ingen som ham selvsagt men de
hadde vært snille mot ham. Han husket lukten av sjø, og lyden
av måker. Åh, han savnet lyden av måkene, den var skarp og
litt ubehagelig men den hadde alltid vært der. Her var det
ingen måker, det virket ikke for at det var fugler der i det hele
tatt. Han trakk den fillete og alt for store tunikaen tett om den
magre kroppen, de sa at han var idiot, at han hadde vært det
siden han ble født. De sa at moren hans hadde brukt alt for
lang tid på å trykke ham ut av skjødet og at noe hadde blitt feil
i hodet hans. Men han forsto, han forsto mye mer enn folk
trodde og han forsto at ting var fryktelig feil.
Han hadde bodd i det koselige store rommet så lenge han
kunne huske, sammen med de andre. Noen var enda dummere
enn ham, og han kunne le av dem. Noen var ikke dumme i det
hele tatt, men de kunne ikke gå, eller manglet kroppsdeler og
han syntes det så merkelig ut. Men han plaget dem ikke, det
var stygt å plage andre. De snille kvinnene i de store grå

kjolene med svære hetter på hodet da det og en skulle gjøre som de sa. Noen ganger brukte de riset på ham, men det var bare når han hadde gjort noe som var veldig dumt. Det var ikke ofte,. De sa at Anndir var en god gutt, at han var klok på sitt vis. Det hadde vært godt slik, lenge. Men så kom det fremmede til stedet, og de kastet dem ut, sa de trengte bygget til noe annet. De snakket om krig, om forsvar og om strategi. Anndir ante ikke hva det ordet betydde men det hørtes viktig ut. De måtte bo i en låve. Der var det ikke så varmt, og det luktet vondt også. Noen av de rareste døde, Anndir ante ikke hva det betydde å dø men han trodde at det var noe som var veldig veldig dumt. En av de snille søstrene hadde falt end en trapp og de sa at hun var død, han hadde sett henne ligge ved foten av trappa og hun så veldig rar ut, feil liksom. Nei, å dø var ikke noe han likte å tenke på.

Søstrene snakket om underlige ting, ting de ikke hadde snakket om før. De snakket om en krig som foregikk inne i landet, og de snakket om at Fhigrian av falkene måtte flykte fra sin egen hustru. Anndir visste at Fhigrian var en stor leder, og en sterk mann. En slik mann skal da ikke måtte flykte fra sin egen kone? De snakket om en galskap som spredte seg, også langs kysten, om tilbedere av falske guder. Det skremte Anndir for han hadde alltid hørt at havgudinnen var den eneste en trengte be til. Ikke at han forsto hvorfor en ba men når de andre gjorde det så fikk han vel gjøre det han også. De hvisket om Than-cheru, den flådde gudinnen, om folk som trodde at den troen kunne redde dem fra krigen. De hvisket om sykdommer som spredte seg, om onde menn som spredte dem for å spre panikk. Anndir forsto mye, svært mye.

Så kom det andre til stedet, og de drepte de som bodde i borgen nå og kvinnene i de grå kjolene forsvant men Anndir trodde han hadde sett dem igjen, Bare at de hadde ikke grå kjoler men vanlige slitte skjørt og håret deres var klippet helt kort og de jobbet på åkrene, med slavene. Anndir visste hva slaver var, det var folk som måtte jobbe hele tiden og som ble slått ofte. Søstrene hadde sagt at de var en synd å ha slaver, men nå var de visst slaver selv. Var de syndige da? Anndir var redd for å bli slave for han likte ikke å bli slått, han var ikke stor og sterk og han klarte ikke tungt arbeide men han var god til å flette kurver, og han greide fint å plukke høner eller vaske klær. Noen av de andre i låven ble halt bort og han hørte at de skrek, han ante ikke hva som skjedde men de sluttet å skrike og det ble stille så da var vel alt i orden allikevel. Noen av dem ble samlet i en krok, de som ikke var så dumme, og som så vanlige ut. Han var redd, for det kom menn inn i låven og så på dem, kjente på armene deres og så på tennene. En høy kar i pene klær så på Anndir og trakk ham med seg, Anndir var for redd til å protestere.

Etter det hadde han vært tjener for den høye mannen. Han hadde lært at mannen het Olai og at han var en viktig mann, at han var rik og hadde stor makt. Anndir måtte re senga hans og lufte klærne hans og gjøre alskens småting og han gjorde det bra. I det minste klagde Olai aldri, og Anndir fikk mat og om natten sov han på et mykt teppe foran Olais seng. Egentlig var Olai ganske snill mot ham, i det minste slo han ikke, men Anndir var redd ham allikevel. Det var noe i øynene hans som advarte Anndir om at mannen manglet noe. Han hadde sett noe lignende i øynene til de andre i låven, noe var ikke der liksom. Olais øyne var så kalde og harde, og noen ganger kledde han på seg noen vakre men dystre klær og ble borte i flere timer og når han kom tilbake var det ofte blod på dem. Anndir måtte vaske dem med en gang i kaldt vann og han var like redd hver gang. De kalde øynene virket for å gløde hver gang det skjedde, som om det brant ild inne i mannen.

Av og til kom det andre til Olai, andre som ham. De lignet ham ikke fysisk men de snakket om det samme, om gudinnens makt som skulle øke. Om mer land som skulle falle under dem, flere folk. Anndir hørte alt, men ingen brydde seg for Anndir var en idiot og han kunne jo ikke engang snakke rent men lagde gurgle og hveselyder i stedet. Tunga hans passet liksom ikke inn i munnen på et vis. Så begynte de å reise, de reiste sørover først og Anndir fikk sitte bak på vogna og så vanvittig mye nytt og flott. Han glemte helt å være redd, og kusken var snill mot ham. Han fikk holde hestene når de hvilte og om natten fikk han sove under vogna. Det var spennende.

Olai møtte andre mange steder, snakket om ting Anndir ikke helt forsto men han skjønte at Olai la planer sammen med mange andre, og de planene var ikke bra. Han husket at kvinnene i de grå kjolene hadde sagt at det var forferdelig stygt gjort å lure andre, og enda verre å drepe dem, gjøre dem døde. Men disse folkene gjorde akkurat det, de lurte folk. De fikk andre til å tro at de ville hjelpe når alt de egentlig ville var å ødelegge, å bli rike selv. Anndir ante ikke noe om geografi, han visste bare at de hadde reist fryktelig langt og at Olai møtte nye menn på hvert sted de kom til, menn som fikk ordre. Han ante ikke at de nå var langt inne i landet, innenfor Arzam havet og var på ferd mot Longaria. Alt han visste var at han ikke likte å jobbe for Olai, at mannen var ond.

De snakket om krigen ennå, om dolkens spiss som uten å vite det gjorde det mulig for dem å vinne over folk. Anndir ante ikke hva dolkens spiss var for noe, men det hørtes farlig ut. De nevnte også noe om en konge som het hane eller noe slikt som kom for å stanse denne dolken. Anndir syntes det hørtes bra ut men det var visst ikke bra allikevel, de skulle stanse ham, med noe de kalte brennende skip. Han ante ikke hva det var heller, skip brente da ikke? Skip fløt, og så enkelt var det.

Han fortsatte å stelle for Olai fra tidlig på høsten, og det var vinter nå. Det var kaldt og mørkt og rommet han hadde var også kaldt men han klagde ikke. En klagde aldri så Olai hørte det, for Olai var mektig. Anndir så at han slo enn mann i hodet med en slags hammer en gang, det virket for at mannen hadde gjort noe Olai ikke likte. Det så veldig vondt ut og mannen rørte seg ikke etterpå og Anndir var redd for å bli slått i hodet. Olai hadde vært borte i et par dager nå, hadde bodd på dette stedet i snart en måned og det var mange der, mange som gjorde som han sa. De fikk ting av folk, Anndir hadde sett det. Fine ting og så lovte de at alt skulle bli bra. Men ting ble ikke bra, Anndir var ikke så dum at han ikke skjønte det. Han så at mange var syke og tynne og det ble jo ikke slutt på krigen, den raste videre. Olai og de andre løy og det var i hvert fall stygt å gjøre. Anndir hadde fått høre det siden han var bare et barn. Men han fikk mat og Olai slo ikke og det var egentlig snilt gjort av Olai å ta seg av en som var idiot. I det minste var det hva de andre der sa. Det var mange tjenere der han var nå, og de tilhørte visst en jarl. I det minste var det en som eide et helt slott og da var en jo betydningsfull nok. Han trodde visst på det Olai sa, og lot ham og folkene hans bo der.

Anndir hadde sovnet og sov urolig på det kalde golvet i kottet, slottet var egentlig mer av en ruin enn noe annet, restene etter en fordums storhet og stedets eier hadde vel kanskje en del Arcan blod i årene men det var uttynnet noe til de grader. I beste fall kunne en kalle mannen lavadel og stedet var utpint og fattig men for Anndir var det storslått, vant som han hadde vært til et hus der prestinner tok seg av uønskede barn. Olai og hans folk pisket opp stemningen, vekket en fanatisme i folk som kun de meget dyktige kan klare å skape. De lovte så mye og for de uten håp var det nesten uimotståelig. Det var bygget et tempel i denne landsbyen, den hadde vært forholdsvis forskånet for krigen og det var folk nok der til å gjøre en real jobb. Tempelet var enkelt, kun et tømmerbygg som var slept sammen av rester fra andre bygg men det var imponerende nok og ganske stort og folket var villige til å tilbe alt som virket bedre enn det de hadde for øyeblikket.

Anndir våknet brått, to av mennene som Olai hadde med seg kom inn i rommet og tok tak i ham, ganske hardt. Anndir prøvde å protestere men de bare slepte ham med og stanset ikke før de var i kjelleren. Anndir likte ikke kjelleren, det var rotter der, og mus, og det luktet mugg hele tiden. Han visste godt at han så rar ut, ansiktet var liksom skjevt og underlig og kroppen var litt vridd også men han kunne da røre seg normalt og hva gjorde de egentlig? Mennene bant ham fast i taket og tok av ham klærne og det var i hvert fall stygt gjort men selv om han prøvde å forklare at det ikke var riktig brydde de seg ikke. I stedet tok de på ham noen merkelige klær med bokstaver på. De helte på ham blod og noen andre greier og satte på ham noe som lignet rustningsdeler. Skulle han slåss? Anndir kunne ikke slåss, han likte ikke å skade noe. Han så bare hjelpeløst på mens karene forberedte ham og så ble han halt ut igjen. Denne gangen til baksiden av tempelet, og det var masse folk der ute, og de hørtes sinte ut.

Han hørte Olais stemme, han snakket om fienden, om ondskapen som spredte seg over landet. Han snakket om demoner i menneskeskikkelse, uten nåde. Han ba dem be til gudinnen så ville hun frelse dem fra alt sammen og bringe freden tilbake.

Anndir visste at Olai bare snakket sprøyt, at det var løgn alt sammen, og han ble sint. De snille kvinnene hadde sagt at han ikke måtte bli sint, for han kunne skremme de andre da. Men han var ikke i det store koselige rommet nå, eller i låven, og dette var folk som måtte høre hva han sa. De trakk ham frem og han prøvde å fortelle, prøvde å si at de ikke skulle høre på Olai for han lurte dem men som vanlig ble det bare babling og håse brøl.

Olai fikk mennene til å kneble ham, bant ham fast. «Se hva gudinnens makt har klart, å fange en av demonene, en av dem som har ledet hele landet inn i fortapelsen. Se hvilken gave hun har gitt oss!»

Anndir forsto ikke noe, demon? Han var da bare en vanlig mann, idiot javel, men slettes ikke demonisk. Folket stirret på ham og de så sinte ut. Hadde han gjort noe galt? Han vred seg, ville be om unnskyldning for det skulle en gjøre om en hadde gjort noe som ikke var bra og Olai holdt opp en slags kniv med to blader på. Den så rar ut, Anndir hadde aldri sett en slik kniv noen gang. Folket virket svært ivrige, de ropte stygge ord og noen kastet ting også, det var møkk og råtne egg og Anndir skjønte mindre og mindre. Han begynte å bli redd nå. Olai hevet handa. «Se nå sanne troende, se hva som skjer med de som snur ryggen til hennes nåde og sprer galskap og ondskap over riket. Se Than-Cherus hevn, hennes makt.»

Anndir forsto brått, Olai ville gjøre ham død. Olai ville få folket til å tro at Anndir var en slem mann og at det var denne gudinnen som var klok, ikke folket. Det var fryktelig og Anndir ble så redd at han pisset på seg. Han gråt nå men det gjorde bare at ansiktet så enda mer grotesk ut og Olai holdt opp den rare kniven. «Gudinnen beskytter dere, gudinnen vil gi dere makt og landet tilbake. Gudinnen krever blod, blodet til de vantro»

Anndir skulle ønske at han kunne ha snakket, kunne ha sagt noe men det var for sent. Olai kjørte kniven rett inn i Anndirs mage, rett under mellomgulvet og trakk den nedover, sakte. Anndir kunne ikke engang skrike, det var så vondt at smerten lammet ham. Han ble svimmel og kvalm og Olai gjorde en slags sving med armen og dermed åpnet hele magen seg og alt inni ramlet ut. Anndir rakk å undre seg over hvordan så mye kunne være inne i ham før verden gikk i svart og han forlot verden, forhåpentligvis til fordel for en bedre en. Olai holdt offerkniven høyt og folket jublet, i sannhet var gudinnen sterk. «Se mine barn, selv demoner kan dø. Gå og spre ordet om hennes makt, vis hennes ansikt til alle og spar ikke de som nekter henne å få tilgang til deres hjerter for de vil la ondskapen få rå»

Jubelen sto høyt og Olai kastet et fort blikk på liket. Idioten hadde utspilt sin rolle, han hadde ikke bruk for ham lenger. «Brenn liket, sammen med slakteavfallet. Vi reiser videre i morgen»

Medhjelperne hans bare nikket og skar kroppen ned, for dem betydde ikke dette noe. De fikk rikdom, det var alt de gadd å bry seg med.

Daithe

Daithe satt ved den bevisstløse jenta og ante virkelig ikke hva hun skulle gjøre, hva skulle hun si? Nin var skrekkelig sårbar og Daithe visste ikke om det var klokt å presse henne for informasjon men noe i henne presset på, krevde at hun i det minste prøvde. Det var mørkt i kløfta men Daithe fikk litt lys fra en fakkel og hun stirret på Nins ansikt. Det var tydelig at hun var fra Altarab, trekkene var typiske for området. En litt fremstående nese som var smal og elegant, øyne som var store og uttrykksfulle og en munn som kanskje var litt vel bred men svært sensuell. Nin kunne blitt en svært vakker kvinne om hun hadde fått mat og god behandling, nå så hun mer ut som et offer for hungersnød.

Daithe satt der en god stund, så begynte Nin å røre på seg og Daithe ble anspent. Det var nå det gjaldt. Nin åpnet øynene med et stønn, hun ristet og skrek nesten og Daithe skyndte seg å legge en hånd på skulderen hennes. «Ta det med ro, ikke vær redd, du er trygg.»

Nin blunket, så Daithe og virket svært forvirret. «Hvor er jeg?» Daithe svelget fort. «I trygghet, i en kløft utenfor leiren. Det er et urtelager. Jeg så…jeg så hva de mennene gjorde med deg, og jeg og noen andre bar deg hit»

Nin jamret seg, hun bet seg i underleppa og det var en mine av smerte i øynene hennes. «De blir rasende om de ser jeg er borte!»

Daithe så skarpt på henne, hun ante at det var autoritet hun måtte bruke nå, mer enn noe annet! «Nin, de skal aldri få skade deg igjen! Jeg lover. Det de har gjort mot deg er ulovlig og aldeles forferdelig og gudene hater slikt. Det må du vite?»

Nin snufset. «De bryr seg ikke om guder, bare om seg selv. De eier meg frue, jeg kan ikke rømme»

Daithe så hardt på henne, det skar henne i hjertet å gjøre dette men hun bare måtte. «Nin, du var en slave, og slaver kan stjeles så nå har jeg stjålet deg. Forstår du? Det er ikke din skyld»

Hun bare hulket. «De vil slå meg!»

Daithe sukket og strøk handa over det sammenfiltrede matte håret. «Nin, jeg sa at jeg kjente noen i Gelidor gjorde jeg ikke? Vel, jeg løy, jeg er derifra selv. Og det er noe jeg må vite, noe som er veldig viktig.»

Nin tørket nesa på ermet sitt og Daithe gyste kort. Mangelen på finere manerer var tydelig. «Hva da?»

Daithe trakk pusten dypt. «Nin, var du der da kongen i det lydriket døde, kong Feargus?»

Nin stivnet til, bare det fortalte henne at hun visste noe. «Ja!» Stemmen var lav, skremt og tynn og Daithe trakk jenta litt tettere inntil seg. «Du trenger ikke være redd, men jeg må vite det, drepte noen av mennene i følget kongen?»

Nin var blitt blek, enda blekere enn før. «Jeg kan ikke si noe, de dreper meg!»

Daithe tok henne under haka, vendte ansiktet opp. «Nei, for jeg vil drepe dem først, jeg har retten til det, og jeg kan gjøre det, men jeg må vite hva som skjedde!»

Nin svelget, tårer rant som flytende diamant nedover kinnene. «Jeg...»

Daithe holdt henne trygt, kjente at kroppen skalv og hun stinket av frykt. «Bare fortell, ikke vær redd. Få det ut»

Nin hulket. «Jeg hørte dem, mennene i gruppen. Jeg lå i en kasse i ene vogna for det var der jeg måtte sove og de snakket med en mann. Han sa at kongen måtte bort, at han ville betale godt.»

Daithe holdt pusten. «Så du ham?»

Nin ristet på hodet. «Nei, jeg så ingenting for det var mørkt. Men jeg hørte stemmene deres godt. Han het noe slikt som Chervan tror jeg, og han var adelig og ville ha makten. Han

gav noe til mennene og sa at de skulle helle det i vinen til
kongen. Sa at det virket langsomt, ingen ville mistenke dem»
Daithe kjente det som om magen falt ut av henne, som om
hjertet brått var innhyllet i is. Hun hadde rett, de hadde myrdet
Feargus og Chevran? Åh hun visste hvem det var, sønnen til
kongen i nabo riket. En lat dum og feig gutt som aldri hadde
vært nødt til å gjøre noe for å få det som han ville. Men
maktgal var han, til de grader. Han trodde sikkert at han kunne
manipulerer seg til å ta over lydriket, fortrenge Feargus
slektninger. Hun hadde ikke engang ant at han var involvert,
det var nesten latterlig. Chevran kunne aldri bli konge der, det
var mange som sto foran ham i arverekken og det var kongen
over Altarab som uansett bestemte slik. Feargus hadde dødd
for ingenting, for et innfall.
Det var bittert, hun visste at Chevran hadde mislikt Feargus
fordi han forbedret livet til alle i lydriket og det gjorde at
mange flyktet over fra riket Chevran en dag skulle arve til
Gelidor, antagelig hadde det trigget hele planen. Hun trakk
pusten dypt, tvang seg til å roe seg ned. «Det var gift ikke
sant?»
Nin nikket. «Jeg vet ikke hva de kalte det, men det var gift ja.
Jeg turte ikke si noe, de ville ha drept meg!»
Daithe ante at dette nok hadde hengt over jenta som en slags
tung hemmelighet lenge, noe hun angret på at hun ikke hadde
fortalt om. Antagelig var det godt at hun fikk fortalt om det.
Daithe smilte litt skjevt. «Nin, jeg var kona til Feargus, og det
er min plikt å finne de som drepte ham og hevne ham. Takk for
at du gav meg visshet. Nå kan jeg gjøre det jeg skal og vite at
jeg har retten på min side»
Nin så vantro på henne. «Var du dronningen? Du ligner ikke
en dronning!»
Daithe gliste kort. «Ikke nå nei, og jeg er bare Daithe nå, men
jeg var glad i min mann Nin og jeg skylder ham fred.»
Nin nikket. «Jeg forstår, de er onde alle sammen!»

Daithe forsto at hun ikke kunne nøle nå, snart kom de andre tilbake og da måtte hun vente, og antagelig få alskens prekener om at det var galt av henne. Skulle hun gjøre noe måtte hun gjøre det nå, med en gang. Hun klappet Nin på kinnet. «De andre kommer snart, du så Cherdis ikke sant? Hun er snill, og det er de som følger henne også, vær ikke redd for dem. De vil komme med mat og slikt til deg, og tepper så du kan ligge trygt og godt her. Kan du være alene her litt?»

Nin skalv synlig men nikket. «Jeg er ikke redd mørket frue, jeg er vant med det»

Daithe klappet henne på kinnet igjen, guder, hun var bare et barn og dette var så utrolig tragisk. «Det er kjempefint Nin, jeg blir ikke lenge borte»

Nin trakk pusten. «Skal du drepe dem?»

Det var noe forhåpningsfullt i tonen hennes og Daithe tenkte grum i hu at dette ble hevn også for Nin, for alt de hadde latt henne gjennomgå. «Ja, jeg skal drepe dem»

Det var sammenbitt besluttsomhet i øynene hennes da hun sa det, og en brennende iver etter å få dette unnagjort. Hun reiste seg stivt, smilte vennlig til Nin. «Du er modig Nin, vær ikke redd»

Nin fikk fakkelen og Daithe skyndte seg ut av kløfta, de andre var neppe langt unna nå og hun ville ikke at de skulle stanse henne. Hun tok veien gjennom skogen og hørte stemmer langs stien, de var alt på vei tilbake til kløfta og hun ventet til de hadde passert før hun løp til hytta deres. Våpnene hennes var der, hun grep sverdet sitt og kastet på seg ringbrynjen over blusen uten å ta med mer utstyr. Sverdet og sinnet hun følte var alt hun trengte. Hun hev en kappe over seg for å skjule brynjen og sverdet og gikk ned til flyktningleiren, det var helt stille der og hun samlet seg, husket alt hun hadde lært om krigføring og det å bruke sansene. Hun var kanskje en ridder i navnet men de hadde lært henne å slåss skittent. Disse mennene fortjente ikke en fair sjanse, de var avskum og slikt kvitter en seg bare med.

Leiren til gjøglerne var rolig også, kvinnene sov i vognene og Daithe var glad for det, hun ville ikke skade dem, for de var uskyldige i dette. Det var mennene hun var ute etter, både de som hadde myrdet Feargus og de som hadde misbrukt stakkars Nin. Det glødet svakt i et bål midt i sirkelen av vogner, Daithe blottet tennene og snek seg nærmere. Hun telte sovende skikkelser, sju i alt. Det stemte, det var sju menn i denne gruppen. Ingen av dem var uskyldige, og ingen av dem fortjente noen nåde. Hun slapp kappen av seg, trakk sverdet sakte og gløden fra glørne gjorde at bladet glødet rødlig. Hun svelget, kjente en merkelig blanding av avsky, frykt, opphisselse og forvirring. Hun hadde ikke drept noen slik før, og noe i det kolliderte kraftig med de idealer hun tross alt hadde men samtidig brant vreden i henne og hun tvang tvilen tilbake og gikk med faste skritt mot gruppen av sovende menn. Alle sov i tepper rundt bålet og noen snorket kongelig også. Hun måtte drepe fort, og stille og effektivt og hun hadde lært hvordan.

Den første mannen kjente hun igjen, en skjeggete kar med et digert rødt halstørkle og en gretten mine selv i søvnen. Han stinket og Daithe hvisket kort. «Jeg håper de grilller deg i helvete riktig lenge din jævel»

Sverdet hennes var godt, lagd av de beste våpensmeder og utrolig velbalansert og lagt for hennes hender. Hun skar strupen over på karen med et eneste kjapt snitt, helt inn til ryggraden. Det gurglet i blod og luft men mannen kunne ikke skrike og kroppen rykket hjelpeløst mens han desperat og forvirret prøvde å gripe om det gapende såret men Daithe var allerede i gang med nummer to. Hun arbeidet som en maskin, tre, fire, fem. Nummer seks hadde våknet og prøvde å komme seg opp av teppene, stirret med enorme øyne på det nå bloddekkede vesenet med et dryppende langsverd. Daithe hveste, hun følte en slags overgiven energi, en villskap og fryd nesten. Hun gjorde det hun hadde sverget å gjøre ved Feargus grav og det var en befrielse. Hun svingte sverdet og siden mannen var på kne kappet hun hodet rett av ham. Det var en raskere død enn han fortjente for hun kjente ham igjen som en av de som hadde voldtatt Nin før på kvelden. Sistemann kom seg opp, han hadde et kortsverd og gikk til angrep. Antagelig trodde han at det var bedre enn og bare stå der og vente på å bli slaktet så han raste frem med et brøl og Daithe spant og slo sverdet ut av nevene på ham. Han trakk en dolk fra buksa og hugg mot henne, hugget prellet av på ringbrynjen og hun bare lo, en kald hard latter. «Dere drepte min mann, og dere har gjort unevnelige ting med en arm jentunge, dette er dommen» Daithe så at karen prøvde å snu, for å rømme og han var langbeint så han kunne nok løpe godt men han var ikke rask nok. Hun snerret og sparket ham ganske enkelt i skrittet så det knaste. Da han knakk sammen hugg hun til, sverdsspissen gikk opp under brystbeinet og kom ut igjen ved siden av halsen på ham og Daithe gav fra seg et håst grynt i det hun rett og slett spjæret hele brystkassen i en brutal bevegelse med bladet. Mannen falt sammen i en pøl av blod og Daithe ristet kaldt blodet av sverdet. Hva som ville skje nå ante hun ikke, men hun hadde gjort det som ble krevd av henne. Feargus kunne hvile i fred og om det var rettferdighet i verden var hans egentlige morder alt død. Hun visste at stridighetene hadde spredt seg også til Altarab.

Moyesh, Cherdis og Tåkesang hadde løpt til kløfta og fant Nin alene der og det krevdes ikke mye tanke aktivitet for å skjønne hvor hun var. Nin virket nervøs men Cherdis roet henne ned, satte seg og fant frem litt mat og mild vin. «Dere to, pass henne, jeg går og finner Daithe.»

Moyesh så smalt på henne. «Er det lurt?»

Cherdis trakk på skuldrene. «Ja, jeg må se om hun virkelig har greid å gjøre alvor av det»

Hun tok en lampe og gikk, Moyesh snakket mykt til Nin og oppmuntret henne til å spise og Tåkesang holdt vakt. Cherdis visste at arphaene og Bhikoor også var i området og fryktet ikke for deres sikkerhet, men hvor dyktig var egentlig Daithe?

Hun skyndte seg ned til leiren, brydde seg ikke om noen så henne men det var stille og hun saknet farten da hun så vognene. Daithe kom gående mot henne, dekket med blod og med en vill flamme i blikket. Hun bar sverdet ennå og hadde kappen sin over skuldrene. Hun så ut som en triumferende stridsdronning på vei hjem etter et slag.

Cherdis svelget dypt. «Du gjorde det?!»

Daithe smilte stivt. «Ja, jeg kunne ikke annet. Nin bekreftet det jeg ante, de drepte Feargus. Nå er han og Nin hevnet, fullt ut.»

Cherdis svelget hardt. «Åh guder, hva nå?»

Daithe hadde et underlig fredelig uttrykk i ansiktet. «Jeg vet ikke, men jeg har gjort det jeg skulle»

Cherdis skulle til å si noe da de hørte en stemme bak seg, Cherdis snudde seg og stønnet innvendig. Det var Ighal og han så sjokkert ut. «Hva i alle guders navn….»

Daithe rettet ryggen, blikket var stolt. «Jeg har hevdet min rett og hevnet min mann. Det er sju døde menn der borte nå, jeg krevde deres liv som blodhevn.»

Ighal bare stirret, så ble han svakt blek. «Guder kvinne, jeg aner ikke hvordan alvene vil reagere på dette, og gjøglerne? De er hevntørstige!»

Daithe bare blottet tennene. «Det er bare kvinner igjen av dem nå, og de vil være bedre ad uten de motbydelige krekene der. Alvene lar oss mennesker rå oss selv, de er greie slik.»

Ighal ristet på hodet. «For en suppe, de er kanskje greie men drap? Noe sier meg at dette kan lede oss alle i trøbbel.»

Daithe trakk på skuldrene. «Jeg tar ansvaret, det hele og fulle ansvaret.»

Ighal bare klemte neseryggen, han så stresset ut. «Jeg skulle ønske du kunne spurt meg om råd først jente.»

Daithe så hardt på ham. «Du ville ha stanset meg!»

Ighal knurret nesten. «Selvsagt ville jeg ha stanset deg! Ja, det var din rett men en skal aldri handle overilt. Du har blod på hendene nå, og slikt endrer en for alltid. Tro meg, jeg vet alt om det.»

Daithe bare stirret på ham med hard mine og Cherdis følte seg lett beklemt. «Folkens, ikke for å være uhøflig men Daithe, du drypper blod, og stinker. Vi må få deg vasket, nå!»
De hørte rop fra gjøglerleiren nå og Ighal gav fra seg et stønn. «Ja, så noen deg?»
Daithe ristet på hodet. «Nei, jeg tviler på det»
Han grep henne i armen, trakk henne med. «Til badet, fort. Cherdis, hent rene klær.»
Han kastet sverdet og ringbrynja over til henne og hun krympet seg. «Gjem dette i vedstabelen bak hytta»
Cherdis løp og gjemte sverdet og det andre som hun fikk beskjed om, så fant hun en kjole og hoser og undertøy og skyndte seg til badet. Daithe hadde kledd av seg og sto i vannet og Ighal holdt vakt, han nikket til Cherdis som la igjen de rene klærne og fort skylte ut av de blodige Daithe hadde brukt. Han så fort på henne. «Brenn dem, tenn opp i peisen og la ikke noe være tilbake»
Hun så smalt på ham. «Hva er vitsen, vi kan ikke skjule at hun gjorde det? Hun var i sin rett!»
Ighal nikket. «Ja, hun hadde retten på sin side, men folket her Cherdis, de er bønder og reisende, overtroen er sterk blant dem. At en kvinne dreper sju menn? Det er noe helt annet enn at en mann gjør det, for en kvinnes skyld»
Cherdis så smalt på ham. «Du vil si at du gjorde det, for Daithe?»
Ighal flekket nesten tenner. «Selvsagt, om alle her finner ut at Daithe drepte de karene vil mange tro at hun er en heks, eller enda verre. De vil rotte seg sammen mot oss, og kanskje også få fiendtlige tanker overfor våre verter her. Det må unngås.»
Cherdis sukket tungt. «Greit, jeg forstår. Men vil hun godta det?»
Daithe hvisket fra nede i vannet. «Jeg har godtatt det, men Fhirdhag vil få vite sannheten, Jeg kan ikke skjule det for ham»

Ighal smilte stivt. «Daithe er ikke dum Cherdis, selv om hun selv vil ha æren for å ha befridd verden for slike udyr ser det bedre ut om hun fikk sin ridder til å gjøre det for seg.»

Cherdis skulle gå igjen da Tåkesang kom sprintende, hun så skremt ut. «Cherdis, du må komme. Nin er blitt dårlig!»

Cherdis bannet så det var rart ikke vannet tok fyr, så raste hun etter Tåkesang og Ighal og Daithe fulgte etter. Daithe var dryppende våt og trakk bare på seg kjolen og skoene sine igjen, hun brød seg ikke med å bli tørr. Det begynte å lysne i øst nå og kløfta var ikke så mørk. Moyesh satt ved siden av Nin som stønnet og var blek, svette rant av ansiktet hennes og hun virket for å være svært redd. «Hun har fått smerter, og hun har feber!»

Moyesh virket rolig men de hørte stresset i stemmen hennes og Cherdis knelte og la handa på Nins panne. Jenta brant formelig, og øynene var enorme og merkelig blanke. «Spiste hun noe særlig?»

Moyesh ristet på hodet. «Bare litt brød og ost»

Cherdis mumlet for seg selv. «Da er det ikke maten»

Hun la handa på den grotesk store magen, den var steinhard og Cherdis skar en grimase. «Hun kan ikke være her nå, og Daithe har drept de mennene så hun er uansett trygg. Vi må få henne til hytta vår. Hun trenger en helbreder»

Ighal nikket stivt og så på jentungen med noe som lignet sorg. Han hadde sett slikt før, hvordan verden behandlet de svake og forsvarsløse og han sluttet aldri å bli forferdet. Han løftet henne opp og ble sjokkert over hvor lett hun var. Nin hulket og skalv og de grep alt de hadde tatt med og skyndte seg til hytta. Cherdis tente i peisen og Moyesh løp for å finne en helbreder. Tåkesang sto bare der og tvinnet hender og Daithe følte for å gjøre det samme. Nin var badet i svette og hun jamret seg konstant og nå kastet hun også opp. Heldigvis hadde Ighal funnet en bøtte så hun ikke spydde på golvet.

Lamara og Aidan kom også, de kjente ikke til dette og Cherdis fortalte dem fort om alt som hadde skjedd, Lamara så skremt ut og Aidan så på Daithe med noe som lignet respekt og annerkjennelse. Senga de hadde lagt Nin i var bred og god og Cherdis satt ved siden av henne og tørket pannen hennes, prøvde å trøste. «Det går bra, snart kommer en helbreder og alvene er veldig flinke slik»

Moyesh kom tilbake etter få minutter med to alver, begge så unge ut, så unge at det var absurd at de var helbredere men for alt de visste kunne de to være flere tusen år gamle. Det var en mann og en kvinne og de virket for å være i slekt for de var merkelig like i trekk og farger. Begge var blonde og blåøyd og Nin stirret på dem med store øyne. Antagelig hadde hun ikke sett noen av det fagre folket på kort hold før. Moyesh smilte fort. «Dette er Aiwha og Erbhen, de er veldig dyktige»

Aiwha satte seg på sengekanten og så smaløyd på Nin. «Vi har sett henne, og vært forferdet over hennes tilstand men vi kunne ikke gjøre noe. Om vi grep inn kunne mennene i den gruppen bli fornærmet og vi ønsker ikke uro her, ikke med så mange dødelige til stede»

Daithe smilte, et smil som viste tenner men ikke nådde øynene. «De mennene er ikke et problem mer, jeg har drept dem!»

Erbhen så vantro på henne «Hva? Hvorfor?»

Daithe så hardt på ham, hun holdt hodet høyt, smilte stolt. «De myrdet min mann, og det er min plikt og rett å hevne ham. Og de voldtok denne jenta, og solgte henne som hore. De fortjente det!»

De to alvene så vantro og sjokkert ut, antagelig var slikt aldeles uforståelig for dem. Nin stønnet og Aiwha la handa på magen hennes, det virket et øyeblikk som om den glødet. «Har du kjent barnet bevege seg i det siste?»

Daithe svelget hardt og Cherdis ble blek, de forsto brått hva som var galt. Nin ristet på hodet. «Nei, ikke på mange dager. Han som…han som eide meg sparket meg…etter det har jeg ikke kjent noe»

Cherdis slapp fra seg et lite hvin av forferdelse. «Hvorfor sa du ikke noe? Åh guder!»

Nin så ned, hun bare skalv nå, hele tiden. «Jeg turte ikke!»
Aiwha lukket øynene, hun fikk en nesten forpint mine og
kroppen ble anspent. «Barnet er dødt, og det har vært dødt i
flere dager. Det forgifter henne nå, det må ut!»
Nin slapp ut et langtrukkent hvin av sorg og skrekk og Aiwha
så på Erbhen og sa noe på alvisk. Den høye blonde mannen tok
frem flere små metallkopper fra en kasse han bar på og
begynte å helle pulvere og knuste urter i dem, blandet i vin og
vann og andre væsker. Han arbeidet fort og sikkert og en
merkelig lukt spredte seg i rommet. Nin gråt, og hun ristet
nesten av frykt. «Jeg vil ikke, vær så snill. Jeg vil ikke!»
Aiwha så hjelpeløst på jenta og Cherdis omfavnet Nin
varsomt. «Nin, lille venn. Vi må gjøre dette, ellers dør du!»
Nin hvinte og Daithe så igjen hvor ung hun var, ansiktet var et
barns, ikke en kvinnes. Erbhen så smalt på Aiwha, rakte henne
en kopp med noe i som luktet heller tvilsomt. Aiwha rakte den
frem til Nin. «Du må drikke dette, det vil få kroppen din til å
støte det ut.»
Nin klamret seg til Cherdis, aldeles vettskremt. «Nei, nei, jeg
kan ikke, jeg kan ikke, ikke gjør det, vær så snill»
Daithe trakk pusten. «Nin, du må! Jeg har sett slikt før, en
jente der jeg bodde. Barnet hennes døde i henne og hun ville
ikke la dem gjøre noe, hun ble for svak til slutt og døde med
barnet i seg. Om du ikke vil det så må du la dem gjøre det og
få det ut. Hun led i mange dager Nin, vi vil ikke at det skal skje
med deg»
Nin ulte nesten, hun var totalt vettskremt og Cherdis sukket og
tok koppen. «Nin, hør på meg, drikk! De som trodde de kunne
eie deg er døde, når dette er over er du fri»
Nin hulket og gjemte ansiktet bak hendene. «Jeg er ingenting,
jeg kan ingenting.»
Cherdis rullet med øynene. «Tullprat, du er enn flink jente, jeg
så broderiene dine. Du er svært dyktig og kan få et godt liv. Du
er bare fjorten, bare et barn.»

Hun holdt koppen mot munnen på Nin og prøvde å få henne til å drikke men jenta holdt munnen igjen, sta og skremt.

Tåkesang så stumt på dem, så hvisket hun brått noe, underlige syngende ord og Nin virket for og nesten besvime igjen.

Munnen hennes åpnet seg og hun gispet og Cherdis benyttet anledningen, helte alt i koppen i henne og Nin hostet og harket men svelget siden hun ikke kunne annet. Hun så skremt og fornærmet på dem men det var gjort.

Aiwha satte seg nærmere. «Jeg må undersøke henne»

Ighal skar en grimase og huket tak i Aidan. «Kom vi mannfolk har ikke mer her å gjøre nå. Bli med meg, vi kan se til hestene våre eller noe»

Aidan så litt blek ut men Daithe så at Lamara betraktet det som skjedde med en underlig mine i ansiktet. Hun så skremt ut.

Hvorfor? Var det bare fordi hun syntes synd på Nin? Lamara hadde gjort en fort og ubevisst gest i det hun gikk inn døra og så Nin, Daithe hadde lagt merke til det men ikke de andre. Hun hadde lagt handa over magen, nesten som en slags beskyttelse. Daithe begynte å få en gryende mistanke om at Lamara hadde noe å skjule.

Cherdis trakk Nin litt lengre ut i senga og la henne bakover, hun klynket og virket for å protestere men syntes å ha gitt opp.

Aiwha trakk opp de skitne skjørtene og alle gispet. De magre beina og lårene var dekket med blåmerker og gamle arr og det hang ennå kaker med størknede kroppsvæsker på innsiden av lårene. Aiwha virket totalt lamslått. «Hvorfor…jeg skjønner ikke…»

Daithe så trist på alven. «Det er ikke slik for deres folk, men mennesker gjør slikt, bare for å plage andre, eller fordi de ikke bryr seg.»

Erbhan snudde seg med et stønn og Daithe forsto at dette folket hadde et helt annet syn på så mye enn menneskene. Antagelig var det å bruke vold for å få sex aldeles utenkelig.

Aiwha ble sittende der i noen sekunder, så trakk hun pusten og begynte å jobbe. Hun trakk Nins bein ut til siden og dyppet fingrene i en kopp Erbhan holdt frem. Deretter satte hun seg nærmere og Daithe så at hun forsiktig presset et par fingre inn i Nins underliv. Alven så brått enda mer vantro ut. «Hva har skjedd med henne? Hun er helt….helt feil?!»

Cherdis så på henne. «Hva mener du?»

Aiwha bet seg i underleppa, det var vantro i blikket hennes. «Hun har en fistel, en åpning til tarmen, og jeg tror livmorhalsen hennes er ødelagt. Den er så hoven.»

Alven trakk fingrene ut og Nin bare klynket, hun hadde lukket øynene og peste svakt. «De har antagelig revet henne opp, merkelig at hun har overlevd»

Cherdis stemme var tonløs og hul og Aiwha snuste fort på fingrene sine og rykket til. «Hun lukter allerede, guder, det har gått for langt»

Lamara hadde stått stille til nå, men brått snudde hun seg og stormet ut og Daithe fulgte etter. Hun var bare glad for å slippe ut av den atmosfæren av fortapelse som spredte seg i rommet. Lamara hadde stanset ved vanntønna og stirret ut i mot soloppgangen. Hun var blek og så liten og svak ut. «Lamara? Hva er det?»

Lamara snudde ikke på seg en gang, blikket var tomt. «Jeg var så sikker, jeg så alt så klart. Men nå, nå tror jeg ikke at jeg vet hva jeg skal tro.»

Daithe satte seg på kanten av tønna, så forskende på seersken. «Du tviler på evnene dine?»

Hun nikket og la armene i kors. «På ferden var jeg så selvsikker, og alt var liksom…sikkert! Jeg så at vi skulle oppover i landet, at vi skulle til den sjøen og at vi der skulle vite veien videre men nå? Jeg ser ikke den veien lenger, jeg ser en annen vei, og den er…Den er grusom!»

Daithe rynket pannen. «Er du sikker på dette Lamara?»

Lamara nikket, hun virket genuint opprørt. «Visjonene mine har endret seg, jeg tror skjebnen har endret seg. Men jeg vet ikke hvorfor, eller hvordan det har skjedd. Jeg ser ikke hva vi skal gjøre lenger»

Daithe lente seg litt forover. «Hva ser du?»

Lamara svelget tungt. «Mørke, vi skal skille lag men jeg vet ikke når. Jeg må...jeg må gjøre det som kreves av meg.»

Daithe la merke til frykten i stemmen hennes. «Du er redd, kan det ikke være falske syner?» Lamara bet tennene sammen, kroppen virket stiv som en stokk. «Jeg ber om at de er falske, at de er feil. Jeg så et dødt barn Daithe»

Daithe husket det Fhirdhag hadde sagt, at Lamaras kraft ikke lenger var hva den hadde vært, at synene hennes kunne feiltolkes. «Jeg tror det går bra Lamara, du er sliten og redd og bare ting roer seg vil du se ting klarere.»

Lamara smilte stivt, øynene var redde ennå. «Jeg håper du har rett»

Daithe klappet henne på skulderen, hun tvilte ikke lenger. Lamara var antagelig med barn, og bare Aidan kunne være faren men han viste ikke noe tegn til å ha vært intim med henne. Daithe fikk en litt frysende følelse nedover ryggen, noe kom til å gå galt, noe kom til å gå forferdelig galt!

Hun gikk inn igjen og angret med enn gang. Senga der Nin lå var brun av væske som luktet så grusomt at Cherdis hadde åpnet alle gluggene i hytta og allikevel var stanken nesten uutholdelig å oppholde seg i. De to alvene var bleke og virket for å være på nippet til å spy og det gjaldt egentlig alle. Cherdis så på dem, et fort bestemt blikk. «Gå, dere trenger ikke være her. Dette....dere vil få vite hvordan det går.»

Daithe var bare takknemlig for å kunne forlate rommet og Moyesh og Tåkesang løp nesten ut, begge hadde tårer i øynene. De satte seg ned i graset foran hyttene og bare stirret, ingen orket si noe. Det var tydelig at Nin var svært syk og Daithe ble fortvilet over tanken på at hun kunne dø nå, når hun var blitt befridd. Det gikk et par timer og Ighal kom gående med en av landsbykvinnene. Hun så litt forbauset ut da hun så Moyesh og Tåkesang men reagerte ikke med frykt. «Frue, din ridder sier at Nin er her, og at....at han drepte de mennene som...ja du vet?»

Daithe skar en grimase. «Det stemmer, de er døde. De myrdet min mann, og det var min plikt å hevne ham. Og å hevne Nin. De var onde mennesker»

Kvinnen gjorde store øyne. «Åh guder, hva med Nin?»

Moyesh så ned i graset, hun svelget. «Hun er syk, barnet er dødt i henne og de prøver å få det ut, før det er for sent»

Kvinnen gjorde en bevegelse som skulle verne en mot onde ånder. «For en ulykke, arme barn.»

Daithe så skjevt på kvinnen. «Gjør oss en tjeneste, om kvinnene som var med gjøglerne viser tegn til å ville hevne seg, si ifra eller hva?»

Kvinnen blåste i nesa. «Hevne seg? Jeg tror ikke at det er hva de ønsker nå. De behandlet konene sine like ille som de behandlet Nin så antagelig er de glade til. «

Tåkesang sa ikke noe men hun stirret litt på kvinnen som rødmet svakt. «Jeg skal si ifra om det blir uro, frykt ikke»

Hun neide kort. «Og la oss vite hvordan det går med Nin,»

Daithe nikket og Igal ledet kvinnen bort igjen, Moyesh så stivt bort på hytta. «Det vil ikke gå bra.»

Daithe følte en trang til å hyle i protest mot skjebnen. «Er du sikker?»

Moyesh nikket sakte og blikket var fjernt. «Ja, lukten av død var sterk. Infeksjonen er spredd i kroppen på henne, og hun er for svak til å kjempe»

Daithe stønnet og la hendene over ansiktet. «Lamara sa hun hadde sett et dødt barn, og at vi skulle skille lag»

Moyesh trakk pusten dypt. «Jeg har tenkt på det, vi skal egentlig finne den jenta vi ble sent ut etter, og hun er ikke her i hvert fall»

Daithe trakk på skuldrene. «Så hvor tror du at hun er?»

Moyesh så tankefull ut, hun trakk seg lett i det mørke håret. «Hun ble brakt til Zetir men jeg føler ikke at hun er der nå, nordover. Jeg tror hun er i Hietlai.»

Daithe bikket på hodet, det merkelig eteriske ved Moyesh var svært synlig nå. «Er du sikker?»

Moyesh nikket stivt. «Ja, jeg føler det. Men jeg føler ikke kontakten med de andre prestinnene i Ardot lenger. Den er tapt. Jeg må bare håpe at vi finner henne»

Daithe svelget. «Så dere vil dra, du og Tåkesang?»

Moyesh skar en grimase, flyttet litt på seg. «Kanskje, om vi finner ut mer hva alt dette egentlig dreier seg om. Lamara er en seer, men kraften hennes er flyktig og kan ikke alltid styres slik hun tror den kan. Jeg stoler ikke helt på henne»

Daithe løftet et øyebryn. «Ikke?»

Moyesh smilte litt stivt. «Nei, for hun er uerfaren, utrent. En gave som hennes er et tveegget sverd Daithe, den lar en se fremtiden ja, men kun en mulig fremtid, ofte farget av ens personlige mål og ønsker. En skal være svært sterk for å få visjoner som er rene og upåvirket.»

Daithe trakk pusten. «Så det snakket om en borg og en sjø og noen som venter?»

Moyesh lukket øynene. «Sant, men det er ikke den veien vi alle skal gå, det er veien hun skal gå.»

Daithe ble bare mer og mer forvirret. «Hvordan vet du det?»

Moyesh trakk på det. «Jeg er ingen seer men jeg er ikke dum. Visjoner som de Lamara har dreier seg ofte om selve seeren. Jeg tror det hun sa gjaldt henne, ikke oss andre.»

Daithe sukket. «Like langt, og like lite klok»

Moyesh bare fniste. «Akkurat!»

Begge rykket til da de hørte et skrik fra hytta, det måtte være Nin og det var fylt med panikk og smerte. Daithe var på beina men Moyesh trakk henne ned igjen. «Ikke, du vil ikke se det som skjer der inne nå.»

Daithe så fortvilet på Moyesh. «Men Nin, jeg vil hjelpe…»

Moyesh ristet på hodet. «Du kan ikke gjøre noe Daithe, annet enn å bli syk av det du ser. Bli her»

Det lød flere skrik og de ble mer og mer desperate og Daithe var brått glad for at hun ikke kunne få barn. Noen alver passerte og så temmelig forferdet ut og det virket for at hele leiren visste hva som skjedde nå. Etter et par timer ble det stille og Daithe trakk et lettelsens sukk. Hun bare håpet at Nin hadde overlevd. Det gikk litt tid, så kom Cherdis ut, hun var svett, stinket grusomt og var skjelven. Moyesh så smalt på henne. «Nå?»

Cherdis satte seg, hun strøk hår ut av øynene med skjelvende hender. «Må gudinnen gi at jeg aldri mer må være med på noe slikt!»

Daithe så avventende på danserinnen som lukket øynene. «De måtte trekke ut barnet, og det var allerede så oppløst at de fikk det ut i deler. De trakk det i fra hverandre, det var.... Det var det grusomste jeg noen gang har sett. Men de fikk det ut, alt sammen.»

Moyesh svelget krampaktig. «Guder, og Nin?»

Cherdis nølte i noen sekunder. «Bevisstløs, barmhjertig nok. Hun brenner opp og de kan ikke senke feberen. Det hadde gått for langt»

Daithe kjente at smaken av galle steg i munnen på henne. «Hun dør?»

Cherdis nikket stille. «Hun har timer igjen, heldigvis er hun ikke våken, hun vil ikke lide mer»

Daithe kjente at enn merkelig kald følelse steg gjennom henne, en følelse av tross og raseri og hat. Hat mot den ondskapen som hadde gjort dette mulig, som hadde ført til dette. Hun skulle reise seg for å gå inn da de så at en flokk alver nærmet seg fra landsbyen, hun kjente igjen Fhirdhag og krympet seg fort. Skulle ikke han være borte lenger?

Han gikk bort til henne, la armen rundt henne med eiermine og kysset henne med en selvfølgelighet som både gjorde henne litt mo i knærne og lett fornærmet. «Jeg er tilbake min vakre, det gikk fortere enn vi trodde. Men du og dine har virkelig vært opptatt skjønner jeg?»

Daithe så inn i de merkelige ravfargede øynene og så en slags fandenivoldsk aksept der, og en fryd over hva hun hadde gjort. Hun smilte litt fårete. «Jo, du kan vel si at vi har vært...opptatt»

Eirannes

Sølvmåken var ikke spesielt tungt lastet og hun gjorde god fart men Eirannes hadde en merkelig følelse av hastverk. Han stirret opp mot seilene og ønsket nesten på et vis at han kunne økt seilføringen men hun tålte ikke mer og de hadde bare noen små lapper av noen ekstraseil som ikke gjorde noe fra aller til. Vidiel fikk rett, flere døde og de fleste av dem var dessverre barn. I alt fem barn og to voksne døde i løpet av det første døgnet og Eirannes var dypt fortvilet over det. At folk døde på en skute er aldri noe godt tegn men de fikk bare godta det. Han gjorde sin plikt som kaptein og leste over kroppene i det de slapp dem ned i en våt grav og han visste at de neppe ble de eneste som led den skjebnen nå. De møtte vrakgods ennå og havet var merkelig farget, grønnlig og noen steder grålig. Det hadde helt klart gått store ras i dypet og her og der kom de over store klaser med død fisk.

Folkene de hadde tatt med seg trodde at verden ville ende, mange satt bare og sturet eller gråt. Vidiel mente at noen av dem var i sjokk og andre hadde rett og slett gitt opp. Nå som de var i sikkerhet kom skyldfølelsen frem og den slapp en aldri fri fra. Eirannes hadde lagt kursen mot sørspissen av Unlan, det var ikke langt og han håpet at de skulle greie det uten problemer. Heldigvis snudde ikke vinden i det hele tatt og den gode skuta greide turen på litt over to døgn. Eirannes var sjeleglad han hadde gode sjøfolk for mange steder hadde de kommet over rett sammenfiltrede øyer av vrakgods og noen av dem stinket såpass ille at han forsto at det var døde dyr eller lik i dem. Å seile inn i noe slikt i mørket kunne knekke kjølen på ei skute så han brukte sine beste folk som utkikk. De fikk øye på land tidlig på morgenen og mange kom på dekk, jublende glade over å endelig få fast land under beina igjen. Eirannes hadde sine tvil, bølgene måtte ha nådd kysten der også og han regnet med ødeleggelser. Hva han så sjokkerte ham, strendene var skurt rene ned til grunnfjellet og det var lite igjen av fiskelandsbyene som pleide å ligge tett langs kysten. Bølgene måtte ha slått langt opp på land og trukket alt med seg ut igjen. Eirannes kjente til en havn der som kunne være relativt uskadd, den lå skjermet til bak massive klipper og kunne ha klart seg. Han satte kursen mot den landsbyen og håpet at han kunne få lesset av de overlevende der. Arrin hadde vært taus og stille hele veien og Eirannes visste hva han tenkte, gutten var heldig som ikke hadde sett det de andre der hadde sett men han fryktet for sin far og bestefar. Eirannes prøvde å holde han beskjeftiget med alskens arbeide, og han jobbet godt men tankene var andre steder. De holdt seg godt unna kysten men folk så allikevel hvor ille det var og mange stirret med tomme øyne på all ødeleggelsen. Havet var en tjukk suppe av jord og vrakrester og trestammer, de kunne bare seile sakte. Det tok en halv dag før Eirannes så klippene rundt Gråbukta, de virket uskadd og han regnet med at bølgene hadde gått forbi der på grunn av retningen på selve kystlinjen og topografien. Innseilingen der hadde aldri vært enkel men han var så dyktig at han kunne smyge Sølvmåken gjennom uten problemer. Havna var halvfull og han så at flere skuter var skadet. Menn løp rundt med tømmer og utstyr for å reparere knekte bunnbord og ei skuta var lagt i tørrdokk.

Eirannes la til bak en annen klipper han kjente, Den røde dame av Zetir, kapteinen kjente igjen Sølvmåken og kom løpende langs moloen, han virket svært oppskjørtet

Eirannes omfavnet ham varmt og Bairan gjengjeldte omfavnelsen. «Guder Eirannes, jeg er så glad for å se deg!»

Eirannes smilte bredt. «Og jeg deg Bairan, dere er skadd?»

Bairan tørket svetten av pannen. «Ja, hun fikk en jævlig bølge nesten på langs, kjølen vred seg og vi mistet en mast, men vi klarte oss. Hun er en stri dame den gamle jenta, vi så minst fem skuter som gikk rett ned»

Eirannes visste at Bairan seilte langs kystene i konvoier av klippere. De raske smale skutene fraktet varer raskt men i sterk vind eller stor sjøgang var de farlige på det beste og aldeles umulige å seile på det verste. «Jeg var redd for noe slikt» Bairan skar en grimase. «Vi har seilt forbi vrak etter vrak, vi greide å redde noen få sjøfolk som hadde gått i en gammel livbåt men ellers har vi bare sett lik.»

Eirannes svelget. «Vi kommer fra Zer, øya brant. Vi har med oss litt over to hundre sjeler.»

Bairan sukket tungt, han hadde sot i ansiktet og fletten hans var gått opp, han så forvåket ut. Bairan var en yngre mann, kanskje i slutten av tretti årene og ennå sterk og med en ung manns pågående mot og vilje. Nå så han tjue år eldre ut og Eirannes så at det hadde gått hardt inn på ham. «Velsigne deg Eirannes, jeg greide ikke berge noen flere enn den ene båten. Tusenvis må ha gått tapt, gode dyktige sjøfolk»

Eirannes nikket. «Lengre inn i bukta må det ha vært enda verre, grunnere der inne, og smalere»

Bairan sukket og nikket sakte, strøk hendene gjennom håret. «Det stemmer vel, de sier at Ar-Marnhu ble slukt av bølgene først, at selve bukta har oppført seg underlig i månedsvis»

Eirannes trakk pusten. «Alt hører sammen min venn, jorden rister på seg som en hund med lopper og vi kan ikke gjøre annet enn å klenge oss fast.»

Bairan lagde et grin. «Ganske riktig, vi er kun lopper. De snakker om at Dragetind har våknet til live.»

Eirannes bikket på hodet. «Jordskjelvene kan ha noe å gjøre med det, vi har funnet døde hvaler Bairan, i følge medikus var de kokt!»

Bairan lukket øynene et øyeblikk. «De har funnet skuter drivende min venn, alle om bord døde, uten noen tegn på at de har blitt utsatt for vold. De har bare ramlet sammen, hver en levende sjel.»

Eirannes blunket sakte. «Hvor?»

Bairan trakk på skuldrene. «Utenfor kysten av Unlan, på østsiden opp mot Zetir.»

Den eldre kapteinen svelget hardt. «Gass, det kan bare ha vært gass»

Bairan stirret ned i bakken. «Jeg tror det også. Ingen er trygge nå»

Eirannes klappet ham på skuldrene. «Så hva tenker du gjøre når hun er flott igjen?»

Bairan lagde en slags grimase, virket tvilrådig. «Det vil ta tid å fikse kjølen hennes, vi trenger tørrdokken men den er opptatt for øyeblikket. Den stolte svane fikk slått inn nesten hele baugen av et flytende uthus»

Eirannes sukket. «Gode skuter er tapt, og enda bedre kapteiner. Det blir få av oss igjen nå fremover.»

Bairan nikket stille. «Noen har seilt til Ardot, og jeg vil tro at de kanskje er trygge der?»

Eirannes følte en underlig kald følelse krype nedover ryggen. «Nei, de er ikke trygge der, Ardot er ikke spart for dette. Ingen steder vil være spart for dette.»

Bairan virket for å bite tenner. «Og du Eirannes, hva akter du å gjøre?»

Eirannes trakk på akuldrene, han ante egentlig ikke. «Ligge her i noen dager, til alle er lastet av. Så får jeg se hva som skjer. Vi er uskadd og jeg er sikker på at det er noe vi kan gjøre.»

Bairan nikket mot Sølvmåken. «De dere har reddet må komme seg i land fort, og det er mye flyktninger her nå. Mange har søkt nødhavn her og folk har kommet fra kysten også. De tror at de større landsbyene og byene er trygge men det er feil. Her er det mye folk og stor fortvilelse og ingen lov og orden. Kongen her i landet er en veik fjolle som bare har sørget for å sikre adelen.»

Eirannes skar en grimase. «Vel, kong Tebelek av Odhrasar er vel mer kjent for nesa si enn noe annet. Han har aldri vært noe annet enn en nikkedukke for sin mor»

Bairan gliste stygt. «Og sin søsters skjødehund ja, men folk prøver å flykte nordover, og innover i landet.»

Eirannes mumlet. «Jeg tror det er det smarteste de kan gjøre, Or Felderi og Zetir bør være forholdsvis fredelig ennå.»

Bairan ristet på hodet. «Jeg vil ikke si det, Zetir er visst rolig ennå, men Felderi? Der sloss de visst så fillene fyker. Ohdrasar er i tottene på alle de andre ættene der, de sier Marcellius ble myrdet for noen måneder siden.»

Eirannes lente seg mot en fortøyningspost, han kjente seg motløs. «Jeg hørte de ryktene også, men de stemmer altså? Alle guder forderve, han var en god mann på bunnen»

Bairan smilte stivt. «Stiv og stri og langsint som en purke men klok ja, han styrte godt. Uten ham faller hele landet sammen som et korthus, det lille som er igjen av det vel og merke. Guder, verden står virkelig ikke til vårsolverv denne gangen»

Eirannes klappet den yngre mannen over skuldrene. «Ikke fortvil, så lenge vi er på rett kjøl klarer vi oss. Jeg må se til skuta og folkene mine, men vi snakkes.»

Bairan tok ham i armen. «Vær forsiktig Eirannes, jeg føler at dette slettes ikke er over ennå»

Eirannes prøvde å smile. «Jeg har den samme følelsen, vi gamle sjøulker lærer å være stormen før den kommer vet du. Jeg skal holde øynene oppe Bairan»

Bairan slapp, så ned i bakken igjen. «Godt, det er hva vi alle må nå.»

Bairan gikk og Eirannes ble stående i noen øyeblikk og stirre mot rekken av skuter. Han hadde en merkelig følelse av at skjebnen ville skje fyllest uansett hva en sa eller gjorde.

Den dagen gikk med til å få folk av skipet, det skulle gå en karavane nordover neste dag og de fleste valgte å bli med dem. Det var utrygt i landet nå, mange pratet om at noen tydde til ran og overfall for å brødfø seg og Eirannes visste at det antagelig var sant også. Dette landet var frodig og flatt og hadde vært velkjent som et av de beste områdene en kunne bo

i. De store flate slettene inn mot den ene fjellkjeden som delte den i to var rike beitemarker og åkre og befolkningen hadde vært forholdsvis velstående. Nå var alt annerledes og Eirannes visste godt hvor desperate folk kan bli når det velvante blir borte og noe nytt tar dets plass.

Sølvmåken ble overhalt og vasket og stelt og Eirannes lot Arrin gjøre en god del. Gutten hadde godt av det men han undret seg på hva han skulle gjøre med gutten. Kunne han plassere ham der i Gråhavn i påvente av hans slekt og familie? Var det noen som kunne ta inn en gutt som ham?

De neste dagene var rolige, stadig flere fortellinger kom om hvordan havet hadde oppført seg og den tredje dagen kom en skute nordfra. Den var hardt medtatt og dekket med søle. Kapteinen var en yngre kar og skuta var av det slaget som ble brukt til å frakte passasjerer over bukta. Liten rask og smidig i sjøen og det virket for at det hadde vært nødvendig også. Den vesle skuta så skrekkelig ut, og mannskapet var lite. Eirannes var blant dem som stimlet sammen ved moloen da den gikk inn, noen robåter tauet den og Eirannes hadde aldri sett en skute så dekket med søle noen gang. Hva i alle guders navn hadde skjedd?

Den kvelden samlet alle sjøfolkene seg i en bule nede ved havna og kapteinen på Stormfugl som skuta het fortalte hva de hadde kommet ut for. De hadde ligget i bukta nord for Os da hele bukta hadde reist seg som en enorm bølge på vei utover, og de hadde ridd den bølgen utover, hjelpeløst fanget av strømmen. Og det var ikke vann som presset dem forover, det var søle, gjørme, en suppe av leire så tykk som graut og den var blandet med alt mulig. Hele flatlandet langs indre delen av Bheki bukta hadde rett og slett løsnet i forferdelige leireskred. Nyheten ble mottatt i taushet, da stemte ryktene. En mann kjente en som bodde på kysten av Felderi og han hadde sendt en due sørover for noen uker siden og fortalt at Dragetind hadde våknet, antagelig hadde utbruddet utløst skjelv som igjen utløste kvikkleira som hele bukta lå på.

Mange var nervøse nå, og de eldre erfarne kapteinene mente at en burde ligge unna området foran bukta og øyene der. Men ting skjedde også andre steder og Eirannes følte at verden virkelig var i ferd med å endre seg. De flyttet Sølvmåken lengre ut i den smale bukta siden andre skuter trengte plassen, det kom båter hele tiden nå, alle kapteiner kjente til denne bukta og håpet at den var der ennå og de som eide byggene langs havna tjente store penger. Mange trengte utstyr og Eirannes var glad Sølvmåken ikke hadde vært skadd. Han ville blitt ruinert av prisene på alt der.

Han begynte å tenke på å legge ut igjen da han ble tilsnakket av en mann en kveld i drikkebula. Det var en pent kledd kar som så forholdsvis velstående ut men han var ikke ovenpå eller arrogant. Heller ydmyk og vennlig og Eirannes likte ham med en gang. Han var en godseier fra lengre nord i Unlan og han hadde slekt i Ardot og hadde ikke hørt fra dem på lenge. Han ønsket å leie en skute for å frakte seg selv og det han eide sørover, han aktet å flytte dit for i Unlan falt alt sammen nå. Han tilbød en svært generøs sum og Eirannes var usikker. Han trengte oppdrag, båten betalte seg ikke selv, mennene trengte lønn og mat og han kunne ikke ligge i havn for lenge. Turen over til Ardot var en han hadde tatt utallige ganger før og det burde være rent åpent hav sørover om han la kursen litt østover først.

Han brukte natta på å bestemme seg men da morgenen kom visste han at han hadde bestemt seg, han oppsøkte Harbalan som mannen kalte seg og tok på seg oppdraget. Mannen var overlykkelig over det, Eirannes hadde et godt rykte og skuta også og han mente at de kunne sette ut om en ukes tid. Eirannes gikk til Bairan og den andre kapteinen lovte å se til Arrin, Eirannes kunne ikke ta ham med til Ardot, det var for langt og om guttens slekt hadde greid seg ville de ikke finne ham. Bairan svor at han ville se til at Arrin fikk en god jobb der i havna, han var arbeidsom og vennlig og flere hadde allerede vært frempå og lurt på om gutten var interessert i å gå i lære. Det var mangel på arbeidsfolk nå, folk var for opptatt med å flykte til å bry seg med å jobbe. Han brukte litt tid på å overtale Arrin som nå gjerne ville være med, han hadde visst oppdaget at han likte å se verden og Ardot virket antagelig veldig lokkende på ham men Eirannes nektet. Han var redd gutten ville se enda mere elendighet og død og han visste også at ferden over kunne bli tøff.

Arrin godtok det etter litt godprat og Bairan lovte ham at han skulle få lære mye han hadde hatt lyst til å kunne uten å få lov til det før. Arrin hjalp til med å laste skuta opp med Harbalans eiendeler og så ble han med Bairan. Eirannes hadde en følelse av å ha gjort det riktige, han trengte ikke nybegynnere om bord på Måken nå, når ting roet seg igjen var det ikke noe problem men under slike forhold var det best at alle fungerte maksimalt og kunne finne sin post uten å bli beordret rundt.

Sølvmåken la ut fra Gråhavn tidlig på morgenen og Eirannes var glad til, han var blitt lei av landjorda og ville tilbake til det gamle og velkjente han fant trygghet i. Været var perfekt og han var glad for å se at mye av vrakgodset hadde sunket, det var litt tryggere å ferdes men havet var blitt grått. Det var all leira fra Bheki bukta som nå hadde rent ut i havet og gjorde det litt illevarslende. Eirannes så på den merkelige fargen og visste at dette var ille for livet i havet, men det kunne ikke dreie seg om noe stort område og det hindret ikke skuta. Sølvmåken la kursen og stemningen om bord var god nå. De var på sjøen igjen, hadde et godt oppdrag og ville få lønn etterpå, og turen over til Ardot kjente de som sin egen bukselomme. Det var ren rutine og de benyttet roen til å male og pusse baugspydet og legge om igjen deler av riggen. En del av tauverket var blitt slitt og måtte byttes ut og mannskapet falt fort tilbake i rutinen. De så andre skuter også, men ikke så mange som før og de fleste var på vei sørover, bare noen få gikk i motsatt retning og Eirannes hadde en følelse av at Zhandoria ville få en stor manko på båter etter hvert. Vidiel hadde fått tak i en del nye forsyninger av diverse og var glad til og kokken hadde slått

kloa i flere griseskrotter og var jublende fornøyd også. Det
kom til å bli en god tur over, Eirannes var sikker på det. Han
kunne ikke vite at naturens vrede overhodet ikke var over, det
de hadde sett hadde vært kun en oppvarming. Sølvmåken
hadde seilt fra fare mot enda større fare men foreløpig visste
ingen om det. Foreløpig var alle fornøyd og hadde tro på at
ting ville snu, at ting ville bli bedre.

Olric

Mennene var samlet i det store teltet Olric hadde fått reist som et slags kommandosenter. Det var ingen luksus der, kun bord og stoler og noen stativ til å henge fra seg sverdbeltene men ellers var det bare hvit seilduk og teltstenger. Midt i teltet sto et bredt og stort bord oppstilt og på det lå et kart. Olric hadde samlet alle offiserene sine der nå, og han sto øverst ved toppen av bordet og pekte på kartet med spissen av kården sin. «Hvor mener dere vi bør slå til neste gang?»

Det var mange tankefulle ansikter å se, folkene hans var dyktige, noen hadde tjent hans onkel og fått god opplæring og andre var erfarne og slu. Jakar strøk seg over haka og gliste stivt. «Hanek står fast på andre siden av elva, han vil ikke være et problem så lenge det ikke fryser over. Og det går rykter om problemer i leiren hans også.»

Olric bare smilte vitende. «Nei, han trenger vi ikke å tenke på ennå, men før eller siden kommer han over og da har vi et virkelig problem. Folk vil snu seg til ham for hjelp og han kan faktisk greie å roe ting ned»

Jakar nikket igjen, øynene var kalde og harde og han betraktet kartet grundig. «Om vi pirker litt i dette området her vil det bli som å kaste ved på en åpen flamme»

Mannen pekte på et område ikke langt fra der Arustere hadde holdt til. «Det er mange slekter representert der, og vi har ikke greid å bryte motstanden deres ennå.»

En av de andre offiserene snakket, en høy spinkel kar med en gedigen nese og en enda mer gedigen bart. «Noen branner og overfall bør vippe dem over, situasjonen der er svært spent»

Olric nikket fort. «Jeg vet det, send to tropper dit, og ikke la noen slippe unna, gjør det så brutalt som mulig.»

Jakar bikket på hodet. «Hva med hovedplanen herre?»

Olric strøk handa over kartet. «Når Hanek kommer vil vi ha de andre mellom ham og oss, som en buffer. Han er bare en mann Jakar, og menn dør»

Jakar hadde et innfult uttrykk i ansiktet. «Du tror at han kan bli fjernet?»

Olric viftet med handa, de andre der forlot teltet og bare han og Jakar ble tilbake. «Selvsagt kan han fjernes, og jeg er temmelig sikker på at jeg vil klare å gjøre det også. Det kan ta tid, men foreløpig er han nyttig. Jo mer kaos jo bedre. Vi har folk blant hans tropper allerede, og vil sinke ham grundig.»

Jakar nikket. «Akkurat min herre, og ryktene?»

Olric snudde på hælen og gliste, et temmelig ondskapsfullt glis. «Om de er sanne er det en herlig ironi i det. En religiøs bevegelse som sprer panikken og frykten enda mer, akkurat som om vi skulle bedt om det.»

Jakar stirret i bakken, øynene luet nesten av ondsinnet forventning. «Du vil la dem gjøre mye av jobben ikke sant?»

Olric nikket. «Selvsagt, vi trekker oss nordover når Hanek kommer seg over, i det minste for en stund. Han vil bli nødt til å slåss mot disse idiotene for å kunne avansere og i mellomtiden kutter vi forsyningslinjene hans og avskjærer ham bakfra. Og alle de som kunne ha hjulpet vil være for fanget i sine egne stridigheter til å være til stor nytte. Ingen hær kan slåss på mange fronter samtidig, det er umulig.»

Jakar mumlet noe. «Vi bør ikke bli for selvsikre min herre, det er ennå bitt i noen av ættene her. Embrekt sies å være en sterk tilhenger av Hanek, og han kan vippe skåla i Haneks favør.»

Olric bare blåste i nesa. «Vi vil konsentrere noen angrep mot den påfuglen der, han vil ikke klare å holde unna for en hær som min, hvor mange menn har han? Et hundre til sammen? Nei, han vil klappe sammen som et korthus og vi vil eie hele området.»

Han helte vin i et stort beger og tømte det med velbehag. «Nå har landene blitt så ustabile som de kan bli, dette er øyeblikket da folk vil begynne å glemme gammelt hat og urett og i stedet snu tankene mot fremtida. Hvor mye makt vil de kunne klare å grabbe til seg før alt er over? Det er nå det blir spennende, det er nå en ny balanse vil vise seg, og vi skal vite å vippe den balansen dit vi ønsker den»

Jakar smilte fornøyd. «Herren er klok, jeg skal se til at hans ordre blir fulgt.»

Olric klappet Jakar på skulderen og smilet hans ble bredere. «Godt, du kan begynne med å spre rykter om at Ranclin har gjemt unna store skatter i de landsbyene de styrte før, og at Arcan har kart som kan lede til dem.»

Jakar gliste og humret. «De vil bli aldeles tussete.»

Olric smilte fort. «Akkurat, det er hva jeg regner med,»

Jakar bukket og forlot teltet og Shaad kom inn, gutten gnog på et eple og Olric rusket ham i håret med en nesten kjærlig mine. «Nå, har du lært noe i dag?»

Gutten nikket ivrig. «Ja, Elaff lærte meg hvordan en skal holde seg på hesten når noen prøver å trekke en ned, det var virkelig litt tungt men moro»

Olric følte seg litt rørt over guttens iver, han så mye av sin egen sønn i Shaad og noe i ham ønsket å skape en balanse, å gjøre også gode ting. Han klappet gutten på hodet igjen. «Det er utmerket, det er noe enhver kriger må kunne, husk det. Liker du Elaff?»

Shaad nikket. «Ja, han er snill, og kan å lære bort ting, han skriker ikke og slår når en ikke får det til.»

Olric var lettet egentlig, noen ble veldig ovenpå når de fikk i oppdrag å lære fra seg. «Det er bra, skal du dit i morgen også?»

Shaad nikket. «Ja, jeg skal lære å ri i galopp, jeg gleder meg»

Olric husket da han lærte å ri ordentlig, han hadde gått i grusen temmelig ofte før han fikk det til. «Det er bra, husk bare å holde hælene nede og innover, og hold brystet ut.»

Shaad nikket med alvorlig blikk. «Jeg vil bli ridder og ri i kamp for deg herre, jeg skal lære alt jeg kan»

Olric smilte nesten blygt. «Det er jeg glad for Shaad, men det er flere år til du kan bli ridder ennå, foreløpig er det bare trening vet du, bare moro. Ikke ta det alt for alvorlig.» Shaad smilte og gnog videre på eplet og Olric la handa på skulderen hans. «Gå og lek litt Shaad, finn noen gutter å ha det litt moro. Du vil tidsnok måtte bli en mann»

Gutten smilet mykt og bukket og gikk ut og Olric så langt etter ham. Shaad var en oase av uskyld i en ørken av død og vold og Olric ville ikke la noe skje gutten. Han satte stor pris på ham og visste at noen allerede var sjalu på den oppmerksomheten den foreldreløse guttungen fikk, slik måtte en bare regne med. Det var ikke til å unngå.

Shaad trasket ut av teltet og trakk pusten dypt, han smilte blidt til de han gikk forbi og plystret på en litt småfrekk vise mens han gikk ned til den vesle elva som slynget seg forbi leiren. Shaad hadde funnet en liten sandstrand som lå temmelig isolert til mellom noen svære gamle eiketrær. Det var hans eget lille sted og han satt en stund og svingte med beina fra en grein før han klatret litt opp i ene eika og trakk noe frem fra en åpning i barken. Det var en liten flaske, den var grønn og uanselig, en slik flaske mange bruker til å frakte billig parfyme eller enda til en liten knert til å ha på innerlomma. Han kjærtegnet flaska og øynene brant av noe som slettes ikke passet med det barnslige uttrykket i fjeset. Han trakk frem også et ark pergament fra sprekken, det var skrevet ting på det i svart blekk og han hadde lagt til noe også. Flere navn sto på lista og øverst sto Olrics.

Shaad smilte, strøk handa nesten kjærlig over pergamentet, hvisket navnene med en slags andakt. De var årsaken til at han levde, alt han eksisterte for. Ingenting skulle få komme mellom ham og den skjebnen han hadde forsverget seg til. Han hadde allerede strøket ut et navn, et av de nederste. Det var en av de mange leiesoldatene som fulgte Olric og som hadde vært med ham siden han drepte onkelen. Shaad presset tommelen mot navnet, hvisket det med hat i stemmen. Han hadde ennå mange igjen, men Olric, Olric var den ene han absolutt ikke kunne slippe unna, den som red tanker og drømmer som en mare hver dag. Han var klar til å gå svært langt for å nå sitt mål, å gjøre alt som ble krevd av ham. Om Olric hadde krevd å få ham for å bruke bakenden hans hver natt hadde han villig latt ham gjøre det, og han hadde sugd nok kukk til å vite hvilken strenger han kunne spille på. Til alt hell virket det for at Olric så ham som en slags surrogat for sønnen og Shaad var glad til. Han kunne late som om han var en vanlig guttunge ennå, lydig og perfekt og uskyldig.

Han så på listen med navn, leiesoldaten hadde han drukket full og lurt ham ut i et myrhull, det hadde vært lett. Smilet ble bredere og han så stivt på navnet øverst på listen. «Olric, alt du har skal jeg ha, og alt du er skal jeg rive ned. Du tok alt fra oss, så jeg skal ta alt fra deg, bare vent og se!»

Han pakket ned pergamentet og flaska og rettet seg opp. Før eller siden ville de alle gjøre feil, og da, da ville han være der, som en usynlig hevnens engel, mørk og dødelig og uten frykt. Den som har sett døden ofte nok frykter den ikke lenger, han visste at han ville lykkes og at Olric kom til å bli husket som et monster, og som en taper. Han småløp inn i leiren igjen, smilende og blid som før, og han hilste på alle sammen der. Før eller siden kom denne hæren til å bli hans, han måtte sørge for at de var lojale og han visste hva som gav lojalitet og trofasthet. Han hadde tid nok, det ville bli tatt i etapper, og så ville han få det han ønsket, bli det han var ment å være. Han måtte bare spille med en stund til.

Olric næret en slange ved barmen men det ville han ikke finne ut av før det var alt for sent, alt for sent for noe som helst. Shaad smatt inn i sitt eget telt og stirret inn i det vesle speilet han hadde på toppen av kleskisten sin, øynene hans skinte av iver og han var enn mester til å vise andre følelser enn de han egentlig hadde. Spillet kunne snus av de riktige brikkene og akkurat nå var Olric snart satt i sjakk matt uten engang å se det selv. Shaad smålo og børstet håret, sørget for å se ut som en vanlig guttunge, for tross alt, var det ikke det han var?

Khelebil

Khelebil gikk rett til Hanek og ble sluppet inn, han så at kongen satt med en bok, han virket sliten og dratt og Khelebil ante hvorfor. Det å ikke kunne avansere videre var skrekkelig for ham. Det ødela alle planer og Hanek var en mann som holdt seg strengt til planene han hadde lagt. Han så opp da Khelebil bukket høflig og sukket lavt. «Ja min venn, hva er det?»

Khelebil trakk pusten dypt. «Jeg tror noen planlegger å sabotere for oss»

Hanek rykket til, løftet hodet og ansiktet hans ble merkelig uttrykksløst. «Forklar»

Det var en ordre og Khelebil fortalte alt, om de døde ekornene og de to døde hestene og følelsen han fikk av at dette bare var begynnelsen. Hanek lyttet uten å avbryte og etterpå stirret han stivt på Khelebil. «Om det du sier er sant kan vi altså vente oss at flere blir syke?»

Khelebil nikket. «De ekornene var et forsøk på å spre sykdommen, og de to døde hestene også. Noen vil virkelig stanse deg herre konge, og bruke forferdelige metoder for å få det til.»

Hanek rynket pannen. «Men det som drepte den soldaten virket så fort, og det var ingen gift så vidt du fortalte meg?»

Khelebil nikket sakte, nesten motvillig. «Det stemmer, det må være en sykdom men jeg aner ikke hvordan de kan bruke en sykdom som et våpen uten selv å bli rammet, eller hvordan de har lært å bruke det. For alt jeg vet har de allerede mislykkes, men vi kan ikke ta noen sjanser.»

Hanek trakk pusten dypt. «Mine såkalt vise menn tror at sykdommer spres gjennom bedervet luft, eller har som årsak at den syke har syndet mot gudene. Hva tror du Khelebil?»

Den unge legen ristet på hodet. «Jeg tror ikke på noe av det, jeg tror det må være noe usynlig, noe som spres fra person til person, noen ganger fort og andre ganger sakte og noen er mer mottakelige enn andre. Jeg ser ofte at de som er underernært og svake blir fortere syke enn de som er sterke og velfødd.»

Hanek nikket. «Men jeg har aldri hørt om en slik sykdom noen gang, og det har så vidt jeg har skjønt ikke du heller?»

Khelebil ristet på hodet og satte seg ned, litt blygt. «Nei, symptomer og alt slik er ukjente for meg, og tro meg, jeg pløyde gjennom alle de bøkene jeg kom over om eksotiske sykdommer ved akademiet. Jeg har alltid funnet det ukjente og bisarre tiltrekkende. Men noe slikt fant jeg ikke noe sted.»

Hanek strøk seg over haken, han presset øynene sammen. «Så dette er noe ukjent, noe nytt?»

Khelebil ristet på hodet. «Neppe, om noen har bestemt seg for å bruke det som en distraksjon eller et våpen er det eldgammelt. Så et eller annet sted må det være noen som husker noe slikt, noen som vet noe om det»

Hanek bet tennene sammen. «Jeg skal sende en hauk hjemover, og be mine folk se om de kan finne noen opptegnelser om noe slikt.»

Khelebil svelget sakte. «Herre, om det er som jeg tror så er dette ukjent av en spesiell grunn.»

Kongen så skarpt på ham. «Javel?»

Khelebil trakk pusten og gjorde en slags vag gest. «Sykdommer som sprer seg fort og dreper fort rekker som regel ikke å spre seg mye før det ikke lenger er noen som kan føre det videre. Små landsbyer har sjelden mye kontakt med omverdenen og det kan gå uker mellom hver gang de får besøk, på den tida har en sykdom drept alle og dødd ut selv også»

Hanek nikket stivt. «Noe som er så dødelig at det er sjeldent kun på grunn av dets egen effektivitet. Det er skremmende»

Khelebil smilte og satte seg bedre til rette. «Ja, en virkelig morder. Så noen må ha funnet ut hvordan en slik sykdom sprer seg og hvordan folk smittes. Den soldaten hadde ingen sår, ingen sykdommer fra før av. Jeg tror han var et forsøk, bare for å se om det virket.»

Hanek svor og ansiktet ble mørkt. «Vi har fiender Khelebil, mange fiender. Og de er antagelig i stand til å gjøre det verste bare for å få sin vilje gjennom. Jeg stoler ikke på noen min venn, aller minst på flaks»

Khelebil svelget og nikket. «Det er klokt min herre, for det gjør ikke jeg heller nå. Vi må være forsiktige, og holde øynene åpne hele tiden.»

Hanek smilte stivt, satte fra seg det vinbegeret han hadde lekt med. «Hvilket betyr at munnskjenken min brått får arbeide å gjøre igjen. Og livvaktene også. For pokker, ikke mer privatliv.»

Khelebil turte å le forsiktig. «Ja, men du vil holde deg i live. Jeg vil forberede alle mine på at det kan bli krise her»

Kongen reiste seg og Khelebil gjorde det samme. «Det er bra, hold det kun innenfor en liten sirkel med folk, be dem holde tann for tunge. Og si ifra med en gang du får et mistenkelig tilfelle»

Khelebil bukket dypt. «Det skal jeg gjøre, takk herre.»

Hanek sukket tungt. «Hold mennene mine trygge Khelebil, de har endelig nok å frykte om de ikke skal frykte en slags pest også»

Khelebil forlot teltet og strakte seg, lufta var forholdsvis varm og han visste at mange forbannet det fakta. Elva ville i hvert fall ikke fryse over nå, det var det ingen sjanse for. Men varm fuktighet var også ideelle forhold for sykdommer og han kjente at det gikk et gys nedover ryggen på ham. Mens Hanek ble holdt tilbake der døde folk i hopetall fordi slektene ennå sloss. Alt fordi noen hadde spredd rykter om en drage av alle ting? Og fordi gammelt nag og hat var blitt pisket opp igjen, brakt til en grad av galskap Khelebil hadde store vansker med å forstå. Han gikk til lasarettet og samlet de andre feltskjærene, forklarte for dem at noen kanskje prøvde å spre sykdom og selv om de fleste godtok det han sa virket noen av dem litt vantro. Hvordan kunne noen spre sykdom? De visste at døde kropper hadde blitt brukt som skyts under beleiringer, både for å bryte moralen og for å forurense brønner og spre stank og elendighet men sykdom? Det hadde de vanskelig for å tro på. De neste dagene var helt begivenhetsløse, noen av flåtene ble testet og de fløt som blylodd, treverket var alt for vått og siden varmen fortsatte var det ingen sjanse til å komme over. Hanek sendte ryttere for å se om broene kunne repareres men de kom tilbake med svært nedslående nyheter. En kunne like gjerne sette i gang med å bygge nye broer for de var totalt rasert. Og steinen de hadde blitt bygd av var blitt brukt om igjen, til å lage murer og forsvarsverker.

Det hadde gått en uke og Khelebil begynte å tro at han hadde tatt feil, at det bare var tilfeldigheter allikevel og han senket skuldrene og følte seg ganske optimistisk. Felttoget sto riktignok fastlåst men leiren var et ganske greit sted å være nå, alt gikk på skinner og kongen arrangerte konkurranser for å holde moralen oppe. Khelebil var i ferd med å dele ut noe salve til et par av leirens løse fugler som hadde noen utrivelige utslett da to av hestepasserne kom løpende, trekkende på en tredje person som hostet og harket noe voldsomt. Khelebil trodde han hadde satt noe i halsen og skulle til å trå til med en rask manøver som pleide å få løs fremmedlegemer da han så at karen blødde fra nesa og munnen. De satte mannen ned i en stol og han rullet med øynene og hveste før han hostet igjen, så en spray av blod dekket klærne hans og bakken foran beina på ham.

Khelebil ble kald til margen, å guder, dette var ille. Mannen hostet enda en gang, svart vev blandet seg med blodet og fyren kollapset i krampetrekninger. Noen av de andre feltskjærene kom løpende til for å hjelpe men Khelebil stanset dem med en myndig gest. «Nei, stans. Ikke rør ham.»

De to som hadde båret mannen dit var likbleke. «Han var fin i dag tidlig, klaget på litt hodepine og feber men var oppegående, åt og jobbet. Er bare en snau halvtime siden vi fant ham, da hostet han bare slim men vi tok ham med oss da han begynte å hoste blod.»

Khelebil vinket på Older. «Ta disse til teltet for de isolerte, og sett vakter rundt det. De skal være der til vi er sikre på at de ikke er syke.»

De to så lamslått ut og Khelebil så ned på den syke som nå lå stille, han pustet bare sakte og ujevnt og mens han sto der stanset pusten i mannen helt. Khelebil svelget tungt, han kjente smaken av galle i munnen. Det skjedde, det han var redd for. Det skjedde.

Han grep en rull med seilduk og pakket liket inn, passet på å ikke ta på det eller blodet og så fikk han noen av soldatene som sto vakt utenfor lasarettet til å slepe kroppen ut i ei grop han hadde fått gravd i utkanten av leiren. De helte olje over den og tente på og Khelebil følte at frykten strøk han nedover ryggen med kalde dødelige fingre. Han trakk pusten dypt, snudde på hælen og gikk for å finne kongen.

Hanek var i ferd med å inspisere hestene som kavaleriet brukte og han var en svært dyktig hestekar som elsket gode hester så han brukte gjerne dagen på den oppgaven. Han sto og diskuterte hva slags sko de burde bruke på dyrene da Khelebil kom gående. Feltskjæren prøvde å se rolig ut men uttrykket i øynene hans fortalte alt. Hanek svelget synlig, øynene hans mørknet og han gikk mot Khelebil med stive steg. «Ja?»

Khelebil bukket dypt. «Herre konge, jeg er redd vi har et tilfelle!»

Hanek lukket øynene, trakk pusten. «Greit, prøv å gjøre skaden så liten som mulig, jeg vil se til at offiserene sier fra om noen soldater virker syke, vi kan ikke spre panikk»

Khelebil nikket og stirret i bakken. «Kroppen er alt brent herre konge»

Hanek svelget hardt. «Det er godt, bra tenkt min gode mann. Jeg gir deg frie tømmer nå Khelebil, vi må stanse dette om det ikke er enkelttilfeller.»

Khelebil smilte stivt. «Jeg skal gjøre mitt ytterste min herre.»
Hanek vendte tilbake til hestene og Khelebil følte seg merkelig
rastløs, rådløs. Han spurte ut de to som kom med den syke
hestepasseren og ingen av dem hadde merket noe usedvanlig i
det hele tatt. Hva var dette egentlig? Han håpet ved gudene at
det var nok et tilfeldig tilfelle men det gikk ikke lengre enn til
den samme kvelden før vaktene som gikk kveldsrunden fant to
kvinner ved et telt i utkanten av leiren. Den ene var alt død
men den andre spydde blod og deler av sine egne innvoller og
var blå og svart over det hele. Khelebil fikk de to brent i all
hemmelighet men dessverre var katten ute av sekken. Det gikk
rykter om pest og Khelebil kunne trukket seg i håret.
De to kvinnene var horer og han greide å slukke ilden for en
stund ved å påstå at det var en slags ekstra stygg venerisk
sykdom og at de hadde tatt noen farlige medisiner. Men det
knepet varte bare i to dager, da begynte soldater å dø. Først var
det bare et par, så ble et par titall syke og på slutten av den
tredje dagen var femti røket med og over to hundre var syke.
Leiren gikk inn i en tilstand av total panikk og Hanek kunne
lite gjøre. Soldatene var disiplinerte, de ville ikke trekke seg
tilbake for noen fiende men dette?
Flere deserterte, kvinner og barn flyktet fra leiren og Hanek så
seg nødt til å innføre harde straffer for ordrenekt og
desertering. Det ble hengt menn, og Khelebil var livredd hele
tiden. Sykdommen virket for å slå ned helt tilfeldig og et par
tre offiserer døde også, med en gang symptomene viste seg var
det bare snakk om noen få timer, så døde den syke av blodtap.
Dette var annerledes enn den første soldaten og Khelebil
begynte å lure på om de som sto bak dette hadde gjort en tabbe
der, om de hadde feilberegnet noe? Han var redd for å bli syk
selv og han prøvde de remedier han hadde for å prøve å hjelpe
de syke. Hodepinen og feberen var som regel forferdelig i seg
selv og det hjalp ikke at de syke på dette tidspunktet visste at
døden var uunngåelig.

Likbålene brant hele tiden og Khelebil hadde sørget for at de lå såpass langt vekk fra hovedleiren at ikke stanken nådde folk. Dette måtte stanses, før Hanek mistet hele hæren. Khelebil eksperimenterte med urter, med kvikksølv og andre merkelige forbindelser men ingenting hjalp det aller minste. Han begynte å tro at dette virkelig var slutten på Haneks forsøk på å få orden i riket. Men det var bare hæren som var angrepet, ikke de få menneskene som ennå klorte seg fast i det vinterkalde landskapet og kongen sendte bud ut til alle landsbyene om at enhver som kunne tenke seg å ha informasjon om denne sykdommen ville bli rikelig belønnet om vedkommende kom og fortalte alt.

Det gikk noen dager til og antallet døde steg hver dag, Hanek var begynt å tro at han ville bli nødt til å snu da en liten gruppe ryttere kom inn i leiren. De var tydelig lokale folk og red små hårete hester som virket stri og lite behagelige å ri på. Noen offiserer gikk for å møte dem og høre hva de ville og deretter kom en av dem og hentet Khelebil, de visste åpenbart noe. Feltskjæren tvilte på at de visste noe av verdi men det kunne jo være at han hadde flaks. Rytterne var menn, og han la merke til at en av dem holdt noe oppe hos seg på hesten, en stor bylt av noe slag. Han ble alvorlig sjokkert da han så at det var en kvinne, så gammel og gebrekkelig at hun ikke var stort større enn et barn.

Den eldste av mennene bukket dypt. «Jeg er Ainarr av Tholir, dette er mine sønner og hun er min oldemor»

Khelebil måtte måpe, Ainarr var en mann som sikkert var minst femti og hans oldemor? Det var umulig! Ainarr så det vantro utrykket i feltskjærens ansikt og mannen gliste. «Det er sant, hun er min oldemor, fikk sitt første barn da hun var bare elleve. Hun er et hundre og tjuetre år gammel, og klar som krystall men veldig skrøpelig.»

Khelebil svelget, bylten i armene til Ainarr var rynkete med et tynt lag av hvitt hår som lignet løvetannfnugg over skallen.

Hun lignet et skjelett med skinn på, og øynene var melkehvite og rant. Var virkelig dette mennesket klart i hodet? Khelebil svelget kort. «Å guder, kom, bli med meg!»
Han ledet dem til sitt private telt og Ainarr satte den gamle ned i en behagelig stol svært varsomt, kvinnen løftet hodet og det var noe i bevegelsen som fortalte Khelebil at jo, hun var faktisk helt normal i hodet ennå. Hun nikket og Ainarr tømte noe i en liten kopp fra en lommelerke og gav henne. Hun svelget det ned med et fornøyd tannløst glis og Khelebil trakk pusten. «Gamle kvinne, kjenner du til denne sykdommen som rir leiren som en mare?»
Kvinnen nikket og lange kloaktige fingre kjærtegnet teppet hun var pakket inn i. «Haneks felttog vil stanse nå vil det ikke, uten soldater ingen krig, Ingen krig, ingen fred.»
Stemmen var hes og lav men forståelig og Khelebil forsto at denne kvinnen hadde vært temmelig formidabel i sine dager og var det ennå. «Det stemmer.»
Hun krakset. «Dolkens spiss, måtte gudene pisse på hans minne, han startet alt dette vet du. Hanek må ikke vike for den mannen,, ikke en tomme. Han vil presse folket mellom seg selv og kongen, bruke dem som skjold. Men han vil selv bli lurt, mørkets sønn har kommet, og sorgens ridder vil stanse det hele, også brannen som snart bryter løs.»
Khelebil sukket. «Det er vel og bra, men sykdommen?»
Hun nikket, de blinde øynene var litt ubehagelige å se på. «Åh ja, sykdommen. Dolkens spiss har sine folk her ser dere, og andre også. Stol ikke på noen»
Khelebil svelget hardt, det gikk kaldt nedover ryggen på ham. «Jeg tror deg du gamle, vet du hvem??»
Kvinnen gliste, et stygt glis. «Nei, men han er slu, den som tjener ham er garantert ikke hvem du tror det er.»
Khelebil la seg det på minnet. «Og sykdommen?»
Hun bikket på hodet, nesten kokett. «Da jeg var bare barnet, kanskje fem seks år gammel, kom det en vandrer til landsbyen. Han var eldgammel og svært vis og han fortalte mange

historier den vinteren for den var hard og varte lenge. Men jeg husker en historie spesielt.»

Hun rettet seg litt opp. «Nord for Tholirbukta er det et lite område der få bor, det er mest sump og myr og folk hadde blitt syke der. Det er århundre siden nå, men nesten ingen overlevde og siden det har mye av det landet vært forlatt. Han fortalte at en landsby der inne greide seg, ingen ble syke enda de andre døde som fluer. Blødde seg i hjel, hostet opp sine egne lunger gjorde de, skrekkelige greier»

Khelebil holdt pusten, det var sykdommen som red leiren. «Ja?»

Kvinnen lente seg litt forover. «Det er et botemiddel ser du, en urt som gjør en immun. De sier at gudene var sinte, at de krevde offer så de spredte sykdommen videre med vilje, for å selv bli spart.»

Khelebil holdt pusten og kvinnen tok en slurk til med hva det nå var oldebarnet hadde tatt med seg. «Urten kalles strifot her i området, en stor plante med skjerm med vakre blå blomster på. Det er rota en skal ha tak i og den må legges i bløt i et par dager og kokes i betesaft og piss i noen timer. Etter det moses den og saften må samles og om en drikker en kopp av det blir en ikke syk.»

Khelebil rynket pannen. Strifot? Han hadde aldri hørt om det engang. «Men du sier de spredte sykdommen, hvordan?»

Kvinnen kaklet igjen. «Åh de var ondsinnede og smarte, svært smarte. Sykdommen kom fra skogen ser du, fra dyrene der, fra de svarte flaggermusene som bor i gamle trær. Så de fanget mange slike og drepte og tørket dem og mol dem opp til pulver og det pulveret gjorde folk syke, bare litt i maten og etter et døgn svettet en blod.»

Khelebil ble kald, svetten brøt ut overalt på ham. Han forsto brått hvordan sykdommen var blitt spredt og han følte en trang til å skrike i villsinne. Han tok frem en stor pose med mynt og gav Ainarr, gav mannen et klaps på skulderen. «Ta henne med hjem og gi henne noen siste gode måneder og år. Hun kan ha reddet mange liv nå»

Ainarr bøyde seg ærbødig. «Æren er vår herre, Hanek er en god konge, jeg husker han som var herre her før ham og det var en elendig unnskyldning for en leder. Skattene tok nesten knekken på folk.»

Khelebil løp ut av teltet og han sprang som en hjort til teltet der kongen holdt rådsmøte med sine menn. Han raste inn uten engang å bli introdusert og Hanek løftet hodet og så vantro på Khelebil som var blek og rød om hverandre. «Hva er galt, hvor brenner det?»

Khelebil svaiet på beina og trakk etter pusten, han var ingen løper akkurat. «Jeg har løst det, jeg har funnet ut hva som skjer.»

Hanek reiste seg så fort at bordet han satt ved nesten tippet over. «Hva er det du sier?»

Khelebil trakk pusten dypt, rådgiverne så storøyd på ham. «Vi har vært idioter, det har vært under nesa på oss hele tiden, åh guder for en idiot jeg har vært»

Hanek løftet et øyebryn spørrende og Khelebil følte en trang til å gråte, liv kunne vært spart om han hadde sett den åpenbare sammenhengen før. Forholdet mellom menige og offiserer som ble syke og døde var ikke normalt, det røk nesten ikke med offiserer i det hele tatt. «Hva snakker du om mann?!»

Khelebil lo nesten. «Det er helt komisk, hva er forskjellen på offiserer og menige her i leiren?»

Hanek så ut som om han trodde at feltskjæren hadde mistet vettet. «Dannelse, lønn, klasse….Lista er lang»

Khelebil satte seg ned i en stol, tungt. «Jeg skal si deg hva forskjellen er, den som har satt meg på sporet. Offiserene slipper å avluses!»»'

Hanek måpte. «Men…»

Khelebil gliste og øynene hans var merkelig blanke. «Jeg fikk besøk, av en veldig klok gammel kvinne, hun vet kuren og hun vet hvordan sykdommen spres også. Ved hjelp av et pulver.

Det har dødd fem hundre soldater herre konge, men bare tre offiserer og alle tre hadde ordre om å overse avlusningen av soldatene.»

Hanek stirret på mannen med åpen munn. «Lusemiddelet!»

Khelebil nikket og så nesten fjollete ut. «Nettopp, noen har blandet smitten i det pulveret og alle soldatene må før eller siden bruke det, lusa trives utmerket i denne våte varmen.»

Hanek fikk torden og lyn i blikket og snerret nesten. «Guder, å guder.»

Han snudde på hælen, skrek til en adjutant. «Gå til teltene der de sjekker soldatene for utøy. Alt lusemiddelet skal brennes, med en gang, alt! Ikke et gram skal være tilbake»

Khelebil fniste lavt. «Åh de har vært smarte, så utrolig smarte. Men jeg skal redde de syke, det er en urt som kan hjelpe dem.»

Hanek så stivt på ham. «Trenger du hjelp til det?»

Khelebil nikket. «Menn til å grave etter røtter, og kjeler til koking og bløtlegging.»

Hanek gjorde en gest og noen av rådgiverne forlot teltet for å utføre ordren. «Hvem står bak dette?»

Khelebil gliste. «Olric selvsagt, Darasher har mye eldgammel viten lagret sies det, og vi vet at den mannen ikke eier skrupler.»

Hanek myste ut i ingenting. «Vi har forrædere i våre egne rekker ikke sant?»

Khelebil nikket fort. «Ja, så vi må vokte oss.»

Hanek sukket. «Enda mer enn før siden de nå vil vite at vi vet. Khelebil, jeg vil gi deg livvakt.»

Feltskjæren vred på seg. «Er det virkelig nødvendig?»

Kongen nikket stivt. «Svært nødvendig. Du er den som løste mysteriet og de vil være ute etter deg. Tro meg, du er i fare»

Khelebil hadde ennå det underlige uttrykket i ansiktet og han fniste igjen, slo seg selv på brystet og det klang. «Se her, jeg er beskyttet»

Han trakk opp jakka og Hanek løftet et øyebryn i en sjokkert gest. «En zetirsk ringbrynje? Guder mann, ta den aldri av deg, ikke engang når du sover, helsikke, bad med den på!» Khelebil nikket. «Jeg planlegger ikke å ta den av nei.» Hanek klappet ham på skuldrene. «Du har berget hæren min Khelebil, jeg vil være evig takknemlig. Gå nå og finn den urten, skynd deg»

Khelebil gjorde en klønete honnør, så raste han ut av teltet. De folkene Hanek sendte ut var allerede i full sving med å organisere gryter og noen svære trau til å legge urtene til bløt i og Khelebil nølte ikke. Han huket tak i en stor gjeng sterke karer med spader og så løp de til skogs. Heldigvis var ikke Strifot vanskelig å finne, de tørre blomsterstenglene var nesten to meter høye og svært synlige og det var svært mye av det på noen steder. I en liten lysning var det rene skjære krattet og karene kunne grave frem røttene forholdsvis lett siden det var så mildt og lite tele i bakken. Etter et par timer med arbeide hadde Khelebil fylt flerfoldige sekker med den hvitaktige lange smale rota og alt ble prompte lagt til bløt slik den gamle kvinnen hadde sagt. Røttene lignet treverk på struktur og når Khelebil med visse vansker knakk en i to kjente han en litt nøtteaktig lukt. Kokkene bidro med noen svære rivjern de kunne mose røttene med og noen poser en vanligvis brukte til å sile bær og slikt med så alt var klart. Khelebil var utslitt da arbeidet var over den dagen, han satte en halv bataljon til å vokte over røttene for å sikre seg om at ingen prøvde å ødelegge dem, og gikk til sengs med en merkelig følelse av hysterisk lettelse blandet med uro.

Dagen etter var flere soldater blitt syke, de hadde blitt avluset i løpet av det siste døgnet og han håpet inderlig at dette var de siste. Lusemiddelet hadde blitt brent og til og med kassene det hadde vært i var slengt på bålet, ingen hadde noen gang voktet over de kassene for hvem har interesse av noen kasser med lusepulver? Khelebil visste at Olric hadde fått en god og grundig militær oppdragelse siden han var i slekt med Thomas av Darasher, den slekten unnlot aldri å lære de unge alt de kunne få bruk for og Thomas hadde sikkert fortalt om de gangene forlegningene ble infisert med utøy og måtte renses. Pulveret var lagd av noen urter og et slags salt som ble kokt sammen og finmalt og det tok lusene rimelig bra om en fikk det i håret på folk før det ble for mye av dem. Antagelig hadde smitten funnet veien inn i kroppen på mennene via lusebitt og Khelebil kunne ikke annet enn å motvillig beundre den djevelske oppfinnsomheten som lå bak dette.

Han så til lasarettet og sørget for at alt ble holdt i orden og i gang der, han regnet med at det ble mindre å gjøre der snart. Røttene lå til bløt og de virket for å svelle opp og bli myke og det var akkurat det han håpet på. Betesaft var litt vanskelig å finne men noen soldater hadde funnet en låve fylt med beter og de hadde fraktet alt dit med vogner den morgenen. Antagelig var den bonden som eide betene flyktet unna for lengst og meldte han seg skulle han få erstatning for avlingen. Khelebil fikk et par vanlige tilfeller å jobbe med etter at han var å inspiserte arbeidet, en soldat med en forstuet ankel og en som hadde vært uheldig under trening og slått seg grundig der nede. Heldigvis var det ikke alvorlig skade men mannen var temmelig øm og hoven så Khelebil gav beskjed om at han skulle ta det med ro, helst stå eller ligge i noen dager og i hvert fall ikke ri før han var i orden igjen. Soldaten var mest glad for den ekstra porsjonen med brennevin han fikk utdelt.

Khelebil begynte å tro at han skulle få slippe unna mer arbeide den dagen da det dukket opp to kvinner. Begge bar preg av å være av de mer løse fuglene som fulgte hæren men Khelebil syntes kanskje at de så litt merkelige ut. Det var noe ved dem som fikk ham til å stusse, de virket litt for velstelt og sunne til å være leirhorer selv om påkledningen tilsa en slik profesjon. Begge virket for å være lett påvirket og fniste og lo, hengende på hverandre og Khelebil sukket og så på de to med smalt blikk. De var pene jenter, faktisk svært pene og de temmelig åpne blusene og kjolelivene avslørte temmelig mye myk kremhvit hud. Den ene bar blond og den andre brunette og begge var mye finere enn noen av de leirhorene han hadde behandlet før. Kunne dette være slike som bare la seg etter offiserene? De var pene nok til det, og kunne nok kreve dobbelt så mye for tjenestene sine som de mer slitte utgavene av arten.

Khelebil prøvde å være profesjonell, han smilte litt kjølig og nikket mot de to stolene som sto der. «Hva kan jeg hjelpe dere med mine...damer?»

Jentene fniste og den blonde satte trutmunn. «Jeg har et lite problem, der nede. Det klør!»

Khelebil sukket. «Javel, vi får se hva vi kan gjøre med det. Har du hatt problemet lenge?»

Jenta trakk på skuldrene. «Noen dager bare, men det blir bare verre og jeg kan ikke gå rundt og klø meg der nede nå kan jeg vel, ingen dannet dame gjør det»

Khelebil tvilte sterkt på om betegnelsen dannet dame noen gang kunne brukes på de to der men han gav henne sitt beste og mest profesjonelle smil. «Det er nok sant, vel, jeg får se hva som er galt. Legg deg på benken der og trekk beina opp»

Khelebil sukket innvendig, i løpet av felttoget hadde han sett såpass mange nakne underliv at han var blitt litt avstumpet. Og han var ikke akkurat fristet til å prøve seg på de som fulgte hæren for å si det slik, han hadde sett hva de fleste hadde av sykdommer og det hadde avskrekket ham. Han så spørrende på brunetten som bare satte seg ned. «Vi er venninner, vi gjør alt sammen»

Khelebil holdt tann for tunge, han var nære ved å spørre om det gjaldt de tjenestene de tilbød også, noen betalte gladelig for å få to jenter på en gang. Den blonde ok seg opp på benken og trakk skjørtene opp og sprikte villig og Khelebil tenkte for n'te gang at han burde blitt noe annet, kanskje filosof, eller musiker. Ikke for det, denne jenta var svært velskapt og faktisk temmelig lekker og han var ingen munk akkurat men for øyeblikket var han like lett å få tent som en gråstein. Det var

264

andre ting som sto i hodet på ham enn det som normalt står i buksene på vanlige mannfolk, og han skulle tross alt være profesjonell.

Han lente seg frem og vasket hendene fort i et lite fat med vann og brennevin, deretter gikk han bort til jenta som lå og småfniste og stirret i taket. Han så ikke noe galt, hun var helt normal der nede. Ikke noe utslett, ikke flatlus, ingen rødhet eller hovenhet eller noe slikt. Enten var hun ny i gamet og ennå ikke smittet av noe som helst eller så hadde hun hatt vanvittig flaks. «Si meg hvor er det at det klør mest?»

Hun vred seg litt. «Ved...andre hullet»

Khelebil løftet et øyebryn, kunne hun ha orm? Men slikt var vanligere for barn? Hva var dette? Han la varsomt en hånd på hver side av baken hennes og trakk de svært så velformede rumpeballene litt fra hverandre, hun var litt rød der, men ikke spesielt mye og ikke så mye som det hun sa angav. Var hun bare ute etter oppmerksomhet? Det hendte at noen prøvde seg på alle som hadde litt mer makt enn den vanlige menige soldaten og Khelebil var tross alt sjefen for feltskjærene der. Trodde hun kanskje at hun kunne få fordeler ved å innsmigre seg hos ham? Hun fniste og buktet seg og Khelebil bet tennene sammen, dette var nok. Denne jenta var ikke syk på noe vis, hun var ute etter noe annet. Han skulle til å be henne sette seg opp da hun brått slo beina sammen rundt lårene på ham med et bredt glis. Khelebil bannet og bøyde seg for å løsne grepet og han glemte helt den andre jenta som var der.

Det skjedde så fort at han snaut rakk å tenke, brått følte han et voldsomt slag mot ryggen og en skarp smerte like nedenfor ene skulderbladet. Khelebil var ingen soldat, han hadde aldri vært trent i kamp men en tilbringer ikke tid i en hær uten å lære litt. Den andre jenta hadde prøvd å knivstikke ham men bladet hadde ikke greid å gjøre noen skade, ringbrynjen stanset kniven ganske så brutalt og Khelebil så at brunetten så litt lamslått ut. Hun trakk til seg kniven for et nytt hugg men Khelebil grep det første og beste han hadde for handa. Det var en bolle med sprit han brukte til å rense hendene i og han slengte innholdet rett i fjeset på kvinnen som skrek og ravet bakover. Spriten brant i øynene på henne og jenta som lå på benken skrek til og hun hadde også en kniv i handa. Hvor hun hadde gjemt den var umulig å si men hun var livsfarlig og svært rasende og Khelebil parerte det første hugget med bollen og grep etter bordet med utstyr. Han fikk tak i noe og stakk tilbake i blind panikk. Det var en av de store nålene de brukte når de skulle skylle ut pil sår og dype stikk og han traff jenta på siden av halsen, på skrå innover og nedover.

Hun falt bakover med et skrik av smerte og rev ut nåla men det var hva hun så avgjort ikke skulle ha gjort, blodet sprutet brått fra en punktert arterie og hun lagde en gurglende lyd og falt helt bak på benken igjen. Khelebil visste at hun ville blø ut i løpet av to minutter, hun hadde liten sjanse med en slik skade. Brunetten var oppe igjen og hun stakk mot ham igjen, han parerte med armen men fikk et stygt kutt som fikk ham til å skrike til i smerte. Det var dypt og blodet sprutet ganske så heftig fra såret med en gang. Han grep kniven blondinen hadde mistet og da den brunhårete kom forover i et voldsomt angrep kylte han knivbladet rett i mellomgolvet på henne. Hun klappet sammen med et hyl og Khelebil grep såret i armen og presset hardt mot vevet ovenfor det.

Blondinen var bevisstløs nå og var snart død, brunetten lå på bakken og gurglet og prøvde å trekke ut kniven og Khelebil ropte etter hjelp så høyt han kunne. Older og Ferdan kom stormende inn sammen med en soldat og de stoppet og stirret vantro på synet som møtte dem. Det var blod overalt og Khelebil vaklet og lente seg mot benken, han følte seg svimmel og kvalm. «Vi har vært idioter, det svinet Olric har sent kvinner! Disse to prøvde å myrde meg!»

Older stirret ned på brunetten som trakk sitt siste sukk, blondinen var alt død. «Guder Khelebil, det ser ut som et slaktehus her inne!»

Khelebil måtte glise. «Det ble nesten det også, få de likene ut men skjul dem, og Older, du hjelper meg med å sy dette forbannede såret»

Soldaten så smalt på de to likene. «De må ha vært svært godt forberedt?»

Khelebil nikket stivt. «Det var de men de visste ikke at jeg går med brynje»

Han kunne ha kysset sin mor for hennes sta formaninger om å ta med brynjen, den hadde reddet ham. «Og gå til Hanek og advar ham, det kan være flere snikmordere her»

Soldaten gikk og Ferdan hentet noen av de andre feltskjærene for å bli kvitt likene. Older så smalt på de døde. «Du forsvarte deg bra herre, men jeg tror du bør få mer trening»

Khelebil bare gliste stivt og nikket mot bordet med utstyr. «Jeg tror du har rett Older, jeg må trene mer om den jævelen sender flere snikmordere etter meg. Finn et belte, vi må legge press på armen mens vi syr. Den tispa fikk meg nesten»

Older skyndte seg og fant et belte og bant det hardt om armen. Khelebil visste at de ikke hadde så voldsomt mye tid på seg, lemmer døde fort om de ikke fikk blod og Older nølte ikke. Han helte sprit i såret og Khelebil brølte nesten av smerte men tvang seg til å sitte stille. Older var kanskje ikke mye å se på men han var meget dyktig til å sy og han brukte en meget fin nål og temmelig tynn silketråd. Khelebil bet i seg smerten mens Older fort og elegant sydde sammen overskårne muskler og årer. Heldigvis var ingen sener gått med og det var et kjøttsår mer enn noe annet. Older var ferdig på en imponerende kort tid og smurte såret med en salve som skulle holde det rent og få fart på helbredelsen før han fjernet beltet. Khelebil stønnet da blodsirkulasjonen kom tilbake igjen i fingrene, men det var ikke for sent. Han smilte stivt til Older. «Du kunne gjort enhver husmor grønn av misunnelse, det der var broderi av høy kvalitet.»

Older gliste men øynene hans var urolige. «De gikk etter deg Khelebil, de må ha visst at du vet om kuren og hva sykdommen kom av også.»

Khelebil nikket og trakk på seg tunikaen igjen, den var blodig og han skar en grimase. Han trengte et bad og en stiv drink. Dette hadde vært mer nervepirrende enn han likte å tenke på. Han følte seg skjelven ennå og Older så smalt på ham. «Jeg vil tro at du trenger resten av dagen fri nå, du ble nettopp nesten myrdet.»

Khelebil nikket, han lukket øynene og prøvde å roe seg ned.

«Ja, jeg vil bruke resten av dagen på å slappe av, men tro meg, Hanek trenger en advarsel. De to tispene visste hvem jeg er Older, vi har en forræder her. Og vedkommende kan være svært nær kongen uten at vi er klar over det!»

Older ble sakte blek. «Å guder, om vi mister Hanek går alt dette i oppløsning, riket vil ende opp i totalt anarki»

Khelebil skar en grimase, det brant formelig i blikket hans «Akkurat, og det er nok nettopp hva Olric ønsker!»

De to bare stirret på hverandre, tanken var forferdelig. Ingen av dem sa noe mer til en av Haneks livvakter kom stormende inn i teltet og forlangte at Khelebil fulgte ham til kongen.

Lyenera

Havdragen var virkelig en god skute men Lyenera ble snart lei av den gamle damen, hun var ikke vant til å være så innestengt og rundt dem var det bare hav på alle kanter. Urunar la skuta på en kurs som tok dem svært langt fra kysten og hun ante ikke hvorfor. Men de så stadig mere vrakgods og til og med skuter som hadde kullseilt og fløt med kjølen i været. Noe hadde virkelig skjedd og det var ikke pent. Urunar virket intens og nervøs og sjøfolkene samlet seg av og til for å be. Lyenera delte ikke deres guder men hun forsto at det var nødvendig for dem, det gav en følelse av trygghet og håp og hun prøvde å vise respekt for deres liv og tro. Vinden var heldigvis på deres side og de gjorde forholdsvis god fart. Havdragen var ikke tungt lastet og hun hadde vært tatt godt vare på. Skroget var rent for rur og slikt som bremset i vannet og hun hadde gode seil men Lyenera syntes det gikk frustrerende sakte allikevel. De passerte et par andre frakteskuter og en tidlig morgen så hun et annet skip på tur sørover og stirret langt etter de slanke linjene og den skarpe baugen som virket for å skjære gjennom bølgene som et sverd. Skuta hadde god fart og skjøt forbi Havdragen som en fullblodshest springer fra et muldyr. Urunar spyttet over ripa og nikket i retning av den smekre båten som forsvant fort. «Sølvmåken, det er en klipper. De er raske skip, kan seile fortere enn noen andre skuter men de krever en god kaptein og de er farlige i dårlig vær»

Lyenera rynket pannen. «Virkelig, den så veldig vakker ut.»
Urunar nikket sindig. «Jovisst, klipperne er de vakreste skutene vil mange si, smale og lange og elegante men mannskapet må vite hva de gjør. Det er som å ri en halvvill hingst Lyenera, om du ikke er konsentrert hele tiden går det ille.»

Lyenera trakk på skuldrene. «Så hvorfor er de farlige?»
Den gamle kapteinen lente seg mot treverket og klappet ripa kjærlig. «Klippere seiler på grensen hele tiden, de utnytter farten de kan sette opp men fart kan drepe. Om en klipper for fulle seil treffer en stor bølge rett forfra kan seilføringen skyve henne rett ned på noen sekunder, og en stor bølge fra siden velter en slik båt akkurat som en unge velter en lekebåt i badekaret.»
Lyenera trodde hun forsto. «Så de er ikke lagd for uvær?»
Urunar nikket sindig. «Det kan du trygt si, de trenger stri vind for å gå for full fart men blir det for mye vind er det livsfarlig. Kapteinen på Sølvmåken er meget erfaren og god, jeg har møtt ham noen ganger. Antagelig er hun på vei til Ardot med passasjerer eller dyrt gods. Det koster å leie en klipper men varene kommer frem svært fort.»
Lyenera sukket, hun hadde ennå mange uker igjen på Havdragen og kanskje opptil flere måneder. Urunar så minen hennes og gliste kort. «Ta det med ro frue, vi er ikke så raske men Havdragen er ingen sinke heller, og vi trekker ikke på oppmerksomheten. Vi er bare en vanlig frakteskute. Klippere frakter ofte dyrt gods og for de som lever uærlig er de et fristende mål, om en klarer å ta dem igjen vel og merke»
Lyenera rynket pannen. «Jeg har hørt om sjørøveri, men jeg trodde det var sjeldent?»
Urunar nikket og slo tom pipa si, han stirret ut over havet. «Selvsagt er det sjeldent, få er så desperate men i disse dager? Åh jeg vet ikke. Det er mange som har mistet alt og da er det alltid fristende å ta det andre har. Og kongene holder ikke orden på ting lenger. Jeg har ikke sett et krigsskip på svært lenge, antagelig er alt som finnes av tilgjengelig materiell låst fast i krigen på land.»
Lyenera følte seg litt beklemt. «Men hva om vi blir angrepet?»
Urunar smilte beroligende. «Som jeg sa det, vi er bare en frakteskute av det beskjedne slaget. Og Havdragen kan bite fra

seg også, vi har to små kanoner om bord og gode sjøfolk. Og hun er raskere enn mange tror om vi setter alt vi har av seil.» Lyenera rynket pannen i sjokk. «Kanoner? Jeg har hørt om det men trodde det bare var kongelige stridsskip som hadde noe slikt?»

Hun visste at de kanonene det var snakk om var små og primitive våpen som ikke hadde særlig rekkevidde eller kraft men de var skremmende nok. Noen mente at teknikken bak dem kunne videreutvikles og brukes til å lage mindre og mer praktiske våpen men ingen hadde gjort det ennå. «Jeg kjenner noen som kjenner noen, ikke at de gjør stor skade men smellet og alt skremmer gjerne unna de som er idioter nok til å prøve seg.»

Hun følte seg litt beroliget og Urunar gikk for å gi noen ordre til styrmannen, Lyenera ble stående ved ripa og se utover havet. Hun skulle finne den jenta, og så skulle hun vendte tilbake til døtrene og tempelet. Hun savnet jentene og håpet at de hadde det bra men sannsynligvis ble de grundig bortskjemt av prestinnene. Og de kom garantert til å lære alt de trengte å kunne for å klare seg fremover, det var en god tanke. Men folket trengte en samlende figur, en som kunne vise dem hva de kunne bli. Og den jenta var den siste som var igjen av den gamle kongeslekten. Lyenera undret seg på om hun visste om det? Ante hun i det hele tatt at hun var av edelt blod? Sannsynligvis ikke, om hennes mor var blitt tatt som krigsbytte var det lite trolig at hun ante noe om sin slekt og historie. Lyenera håpet bare at hun kunne finne jenta og få henne med seg tilbake frivillig. Hun kunne ikke tvinge noen til å forlate sitt hjem, jenta måtte ønske å hjelpe ellers var det til ingen nytte. Ardot hadde lidd så lenge og Lyenera måtte lukke øynene når hun tenkte på sin avdøde husbonds arroganse og rasisme. Som de fleste fra Zhandoria mente han at befolkningen på Ardot var barbarer og snaut mer enn dyr. Lyenera hadde sett sannheten, hadde sett hva Ardot hadde vært. Det var eldgamle malerier i tempelet, bilder av enorme byer og vakre daler fylt med liv og rikdom. Det var fortellinger om prakt og visdom og hun visste at Zhandoria aldri ville ha kunnet få et fotfeste der om ikke katastrofen hadde skjedd. Ardot hadde hatt et godt forsvar og det ble sagt at de kongelige hadde hatt store krefter. Noen mente at de var i slekt med dragemestrene og at de hadde kunnet kommandere de enorme beistene akkurat som dem. Lyenera visste bare at alt de hadde vært var blitt ødelagt og knekt av invasjonen.

Religionen var forbudt, språket ble forsøkt utryddet og befolkningen lagt i lenker. Men de kunne ikke knekke selve ånden i dette sterke folket og det kom Zhandorianerne til å merke. Lyenera håpet bare at hun ville få oppleve den dagen da Ardot igjen ble selvstendig og sterkt. Profetiene snakket om en dag da de ville få tilbake det som var tatt fra dem, at havet ville gi dem store landområder tilbake og at landet ville blomstre på nytt. Hun håpet at det var sant.

De vendte nordover da de passerte østspissen av Unlan og satte kursen utover mot Zetir, Lyenera visste lite om dette riket. Det var forholdsvis stort og delt i to av en stor bukt med en øy i midten. De sa at fremmede slekter satt med makten der og det var antagelig ikke krig der ennå. Lyenera hadde møtt noen få som var fra Zetir, smekre vakre mennesker med mørkt hår og hud som mørk honning. Landet var visstnok ganske rikt men varmt og fuktig og mange snakket om underlige skikker og tradisjoner.

Det ville ennå ta noen uker å komme så langt for nå hadde de truffet en strøm som sinket dem ganske mye. Urunar satt med kartene sine og prøvde å bestemme hvilken kurs de burde holde og hun var glad han var erfaren. Havdragen seilte da i det minste fremover, selv om det gikk sakte. Urunar mente at de ville bil nødt til å legge til i Zetir for de trengte ferskvann og mat og skuta måtte få tauverket overhalt også. Lyenera begynte å se frem til det, hun var nysgjerrig på kulturen der i øst og hun hadde hørt så mye merkelig hun gjerne ville få bekreftet eller avkreftet.

Det gikk mange dager før de så en annen skute og Lyenera satt
på en taukveil på dekk og prøvde å tegne noen av sjøfolkene
som klatret rundt i riggen da den ble synlig over horisonten.
Urunar gikk til ripa og stirret med en gang, han virket litt
urolig og ropte ordre til karene som klatret ned og hevet
seilene. Havdragen skjøt sakte fart og begynte å bevege seg
annerledes gjennom bølgene. Hun slo mot vannet og minnet
Lyenera om de fyrige små hestene folket langs sørkysten av
Ardot brukte å ri. Dyrene var for spe til å trekke vogner og var
kun avlet som ridedyr og de var meget ivrige og aldeles ikke
for uerfarne ryttere. Lyenera hadde eid en slik før hun ble gift,
og hun hadde blitt hevet av flere ganger enn hun likte å tenke
på. Sjømennene arbeidet raskt, de visste hva de skulle gjøre og
Urunar sto fremdeles ved ripa og stirret. Skuta som nærmet seg
sakte var ikke så stor som Havdragen og den var smalere og
hadde en stormast og en mindre mast bak.
Urunar slappet av, skuta bar et Zetirsk flagg og den var ikke
noe stridsskip i det hele tatt men en vanlig liten skute av det
slaget som fraktet vin og oljer. Hun lå høyt i vannet så det var
neppe store lasten den hadde og de kunne se at det var
begrenset med mannskapet om bord også. Den la seg på
samme kurs som Havdragen og det ble signalisert over med
speil. Lyenera forsto at dette var en måte kapteiner
kommuniserte på, blinkene var i en slags kode alle forsto og
Havdragen revet seilene og saknet farten. Lyenera pakket et
tørkle om hodet og var glad hun bar en litt klumpete poncho
over tunikaen, hun så ut som en ung mann slik og hun ble
sittende på taukveilen mens en lettbåt ble satt ut fra den andre
skuta. Hun forsto ikke skriften som var skrevet i baugen på
den, alfabetet var ukjent for henne men en av sjømennene
oversatte det. Skuta het Sønnavind og kom fra en av de største
havnene i Zetir.
En høy slank mørk mann kom om bord sammen med en liten
lut kar med bare et øye. Det var tydelig at han hadde vært
utsatt for noe ganske grusomt noe for det var arr overalt på

karen. Den høye mørke bukket høflig og Urunar bukket tilbake og tok de to med seg til kapteinskahytten. Lyenera snek seg etter, det var en åpen glugge utenfor og hun var nysgjerrig. Den mørke mannen het tydeligvis Pholias og var en slags offisiell person, det virket for at han hadde ansvaret for å holde havnene i orden og forhindre uro og bråk. Urunar serverte de to mennene litt vin og Pholias foldet armene og så stivt på Urunar. Lyenera kunne se speilbildet av de to mennene i gluggeglasset og hun så at mannen virket nervøs. «Ærede kaptein, vi har stanset deg for å advare deg og dine menn. Det har vært mange merkelige hendelser i dette farvannet i det siste og skuter har forsvunnet. Og det har vært rapporter om skip malt svarte.»

Urunar skar en grimase. «Sjørøvere?»

Pholias nikket stivt. «Ja, og uvanlig brutale også. Det virker for at de dårlige tidene i vest har gjort mange dumdristige og desperate. Det har blitt mange flere enn før, og de organiserer seg godt.»

Urunar sukket. «Jeg var redd for det, men vi frakter ingenting verdifullt. Og vi er bare en vanlig frakteskuta.»

Pholias nikket og rettet på silkevesten. «Det stemmer, men de angriper alt. De går ikke bare etter de store skutene eller de med rik last. De tar alt de kommer over om ryktene stemmer og vi har vært på sjøen i et par uker nå, og advart mange skip»

Urunar svelget stivt, han så bekymret ut. «Jeg setter stor pris på advarselen min herre, men Havdragen kan bite fra seg.»

Pholias smilte vennlig. «Jeg ser det, hun er en god skute, men de sier at sjørøverne bruker en liten klipper og noen har også sett en fullmaster. Hvor de har fått tak i dem er et åpent spørsmål men de er raske og de angriper gjerne om natten etter hva vi har hørt»

Urunar bet tennene sammen. «Da er de virkelig dyktige, eller bare gale. Er det gode kapteiner på de skutene tror du?»

Den arrete mannen kremtet. «De sier at det er forholdsvis unge menn, erfarne til en viss grad men ikke menn som har levd livet på bølgene. De vinner på farten, og ren råskap.»

Urunar strøk seg over haka. «Har dere snakket med noen som har opplevd et angrep?»

Pholias nikket. «Ja, en dekksgutt som gjemte seg i en tom vanntønne på ei skute fra Unlan. Han satt der i dagevis og turte nesten ikke komme ut. En av vår konges stridsskip fant skuta drivende, alle var drept og alt av verdi stjålet.»

Urunar svelget hardt. «Sjørøvere har normalt ikke hatt for vane å drepe alle.»

Pholias smilte stivt. «Nei, ikke tidligere nei. Men nå gjør de det min venn, det er lovløse tider.»

Den arrete mannen kremtet igjen. «Tidligere var det mange konger som styrte handelen langs kysten og sørget for at skutene var trygge. Nå er de opptatt med å slåss seg i mellom og alt har ramlet sammen.»

Urunar nikket. «Det stemmer ja, har dere merket noe uvanlig i Zetir?»

Pholias nikket stille. «Jordskjelv, skjelvbølger og jordras. Og merkelige tegn på himmelen, mange tror at verdens ende er nær»

Urunar satte seg ned, han skjenket i mer vin til de to. «Hva gjør deres ledere med det?»

Pholias drakk dypt av vinen. «Vel, i det minste har de vett til å prøve å hjelpe folk. Vi har ikke blitt rammet av galskapen som rir de i vest ennå og antagelig blir vi spart for den også. Ingen blant oss tror på ryktene om en drage!»

Urunar smilte og tømte karaffelen i begrene til de to. «Det er godt å høre. Vi har tenkt oss inn til østspissen for å lagre vann og mat, vi er på vei nordover.»

Pholias så litt forbauset ut. «Det er få skuter som seiler den veien nå, men må sjøgudene være med deg min venn, havet har oppført seg merkelig og ingenting er som det pleier å være.»

Urunar tømte sitt eget beger og sukket tungt. «Sanne ord, men det er godt å vite at det er en trygg havn å finne for oss der inne»

Pholias reiste seg og trykket handa hans. «Det er det, havnene våre er trygge og vel organisert så velkomne vil dere være alle steder. Og hold øynene åpne, de bruker gjerne svarte eller mørkeblå seil så de er vanskelige å se i nattemørket.»

Urunar skar en grimase. «Jeg får satse på å gå langt ut, og vi får slukke alle lanterner etter det blir mørkt»

Pholias smilte bredt. «Et klokt triks, gjør det. Jeg beklager at vi har sinket deg men det var nødvendig. Vi har ikke gode sjøfolk å miste.»

Urunar nikket stille og ansiktet hans var alvorlig. «Det har du rett i. Takk for advarselen, og må gudene være med deg og dine»

Lyenera hadde hørt nok, hun snek seg bort fra gluggen og satte seg ned på taukveilen igjen, så Urunar hadde blitt advart mot sjørøvere, kom han til å si noe til mannskapet eller ville han holde det for seg selv? Hun så at de to mennene forlot skuta og seilte av gårde igjen og Urunar fortalte virkelig om trusselen. Han så til at våpen var tilgjengelige og satte to i utkikken hele tiden. Lyenera merket at stemningen på skuta endret seg, den ble mer anspent, mer unaturlig. De la Havdragen på en litt skiftende kurs og Urunar fikk dem til å heise et sett med gamle falmede seil som ikke var så gode å se på lang avstand. Dessuten begynte sjøfolkene å ordne til en eller annen slags merkelig konstruksjon bakerst på dekket. Det var seilduk og tau og noen lange stive planker og hun forsto ikke noe av det. En av sjømennene så at hun undret seg og gliste smalt. «Det er et drivanker frue, det vil sakke farten på skuta.»

Lyenera rynket pannen. «Hvorfor skulle dere ønske det? Å sakne henne?»

Sjømannen nikket utover mot storhavet. «Om vi blir angrepet vil neppe Havdragen kunne holde unna for en rask skute, ankeret vil gjøre at vi ser ut som om vi er enda tregere enn normalt. Når sjørøverne reiver seilene sine for å sakne farten og borde kan vi kutte drivankeret og skyte fart mens de trenger tid på å heise seil igjen.»

Lyenera måpte nesten. «Det er jo smart, dere vil lure dem?»

Sjømannen nikket og satte seg ned, tydelig begeistret over utsikten til å dele sin viten med noen som antagelig snaut hadde satt sjøbein før. «Det stemmer, det er et gammelt triks som nesten er gått i glemmeboka, bare de virkelig gode kapteinene husker det nå.»

Hun så forskende på mannen, han var kanskje i førti årene et sted og brunbrent og hardbarket. Antagelig hadde han tilbrakt nesten hele livet på sjøen og kjente den bedre enn landjorda. «Har du vært utsatt for sjørøvere noen gang?»

Mannen nikket. «Å ja, flere ganger. Men bare en gang var det ordentlige sjørøvere, slike som lever av det. De var ikke så verst, drepte ingen som ikke prøvde å slå tilbake og lot oss beholde personlige eiendeler. Nei, de folkene er ikke det en skal frykte her ute. De en skal være redd er grønnskollingene som ennå ikke kjenner havet men som trekkes til rikdommen det skaper. Folk som er desperate og dumme og ikke eier samvittighet.»

Lyenera svelget. «Slike som den Zetireren advarte om?»

Han nikket stivt og blikket ble fjernt. «Akkurat, og nå for tida er det virkelig ille nok mange steder til at folk lar seg friste til å prøve å rane skutene som frakter varer langs kysten. Det er fortvilet men forhåpentligvis må vel galskapen ende før eller siden»

Lyenera nikket, hun var nysgjerrig og likte å høre på hva disse folkene fortalte. «Har du vært nordover noen gang?»

Mannen nikket og gliste bredt. «Mange ganger, jeg har seilt i snart en mannsalder frue og har sett det aller meste.»

Hun bikket på hodet. «Har du vært i Hietlai?»

Han løftet et øyebryn i en talende gest. «Om jeg har, tre ganger har jeg vært i Gardahavn, det er hovedstaden der kan en si. Fantastisk sted og et fantastisk folk, utrolige sjøfolk og like utrolige på landjorda også. Tøffe som gråstein og ville som en flokk med ulver men ærlige, jeg har aldri møtt mer hederlige og reale folk noe sted.»

Lyenera ble litt paff. «Jeg har hørt at de er barbarer?»

Han trakk på skuldrene. «Hva som er barbarisk og ikke kommer an på øyet som ser og ståstedet en ser det fra. Joda, noen vil kanskje si at de er barbariske men det kommer helt an på situasjonen»

Hun lente haka i hendene, stirret ut over havet. «Så de er ikke så farlige som mange sier at de er?»

Han ristet på hodet. «Nei, ikke om en oppfører seg og behandler dem med respekt. De har strenge lover og regler for høvisk opptreden der i nord, en skulle kanskje ikke tro det men om en tilbringer litt tid med dem ser en de uskrevne reglene med en gang.»

Hun gløttet bort på ham. «Kan du nevne noen av dem?»

Mannen smilte litt forvirret men nikket. «Selvsagt frue, det er en ære. Først og fremst, en går aldri mot familien, der oppe i nord er familie eller ætt alt. Og en går aldri mot sitt eget ord, har en lovet noe holder en det.»

Lyenera tenkte med gru på sin avdøde husbond, for ham betydde løfter ingenting om de ikke kunne gi ham selv fordeler. «Det høres ut som om de er ærlige ja»

Sjømannen flyttet på ballen med tørkede blader han tygget på, de fleste gjorde det, urtene de brukte var sagt å holde dem friske. «De viker aldri fra en kamp heller, og de svikter ikke en venn. Men de tilgir heller aldri en udåd og er brutale når de straffer de som har brutt lovene. For dem er halshugging heller moderat og snilt»

Lyenera grøsset. «Så hva gjør de da?»

Han sukket lavt. «Er du sikker på at du vil vite det frue?»

Hun nikket kort. «Jeg er vant med det verste min venn, frykt ikke for min reaksjon»

Han klappet seg på knærne. «Jeg burde gjette meg til det, du er ikke en av de fisefine fruene som snaut har hatt møkk under neglene noen gang.»

Lyenera så hardt på ham. «Det stemmer, jeg har drept! Og jeg har ingen problemer med å gjøre det igjen om jeg må»

Han så litt trist ut. «Det er tragisk at verden krever slikt av oss, men om en vil leve kan en nok ikke tillate seg å være bløt.»

Hun så oppfordrende på det brunbarkede fjeset. «Så?»

Han trakk på skuldrene. «Om de tar noen for voldtekt kastrerer de mannen offentlig før de knekker armer og bein på ham med steiner og legger tunge steiner over ham til han dør. Om noen blir tatt for mord i form av drap bakfra binder de vedkommende fast på en liten holme under tidevannsmerket og lar personen drukne. De tåler ikke feighet av det slaget. Om en vil drepe noen skal det skje ansikt til ansikt så gudene kan bestemme hvem som skal leve eller dø.»

Lyenera grøsset. «Det høres grusomt ut, men jeg antar at det er rettferdig slik de ser det.»

Han smilte fort. «Det er det, feighet er noe de alle avskyr. Vel, om en dreper noen i sin egen ætt er det mye verre, da blir vedkommende pisket, blir spent fast og får alle ledd trukket ut av plass av hester og så blir en buksprettet. Det er sjelden noe slikt skjer men det er ingen ting de reagerer så voldsomt på som mord på egne familiemedlemmer.»

Hun rynket pannen. «Virkelig?

Han nikket stivt. «Vel, det er en ting de reagerer enda hardere på og det er overgrep mot barn. Jeg tror til og med de innfødte der oppe, Kimatiene, reagerer på det. De er ellers litt mer løsslupne når det gjelder lover og regler enn Hietlaianerne.»

Lyenera var blitt fascinert mot sin vilje, det hørtes ut som om disse folkene var brutale men hadde en sterk følelse for rettferdighet og ro og orden. «Så hvordan straffer de folk som gjør slikt?»

Han svelget og skar en grimase. «På verst tenkelige måte kan en trygt si, jeg så det faktisk selv første gangen jeg var der i nord. Er over tjue år siden nå så det begynner å bli lenge men jeg husker det. De hadde tatt en fyr som hadde forgrepet seg på en hel rekke unger, både gutter og jenter. Om jeg ikke husker feil hadde han vært ute på rov i årevis og drept minst ti stykker. De døde av skadene de fikk og han gikk etter de riktig unge, fem seks år, ikke mer»

Lyenera følte seg kvalm, hun var meget klar over at det fantes folk med slike forvridde lyster og hun husket at hennes mann hadde fått organisert en henrettelse like etter at de to ble gift, en sjømann som hadde voldtatt to unge jenter. Hadde de vært fra Ardot kunne han nok ha sluppet unna men de to var fra Zhandoria og av Arcan slekten. Han ble hengt sakte og hun husket at folkemengden hadde kokt av raseri og avsky og vaktene hadde hatt mer enn nok med å holde folk unna så de ikke rev mannen i fillebiter.

«Jeg tror deg, jeg tror ikke noe folkeslag godtar slikt»

Sjømannen smilte sakte. «Det tror jeg ikke heller, de sier at det er et land langt mot øst, at noen faktisk har vært der og sett merkelige dyr og folk men jeg vet ikke om jeg skal tro på det. Seiler en østover tror jeg at en vil seile over kanten på verden til slutt.»

Hun lente haka på knærne. «Så hva gjorde de med den mannen?»

Han bet seg i underleppa. «De tar en lang påle, kanskje litt tynnere enn et håndledd og jevner den så den blir helt glatt, spissen lar de være kjegleformet men ikke for spiss. Så fester de et slags brett et stykke fra toppen og vel, for å være brutalt ærlig så stikker de enden på pålen inn bakveien på den skyldige og heiser vedkommende opp så kroppen blir spiddet på pålen. Men brettet stanser pålen fra å gå tvers gjennom personen, han vil bli sittende på det kan en si.»

Lyenera så vantro på sjømannen. «Det er grotesk!»

Han så ned i dekket, flyttet på klumpen med urter igjen. «Ja, og det tar gjerne mange dager før den skyldige dør, med forferdelige smerter. Jeg husker ennå skrikene til den mannen de gjorde det med, han levde i fem dager på pålen, halvveis gjennomboret. Den gangen syntes jeg det var vel fortjent, nå, vel, jeg vet ikke lenger»

Lyenera ristet av seg den gysende følelsen. «Er det andre ting å huske på der oppe, uskrevne regler?»

Han smilte, takknemlig for at hun hadde skiftet emne. «Så visst, om du blir bedt på mat skal du aldri si nei, uansett hvor mett du er. Du skal smake på alt og om en raper eller fiser er det bare bra. Noen eter til de spyr og det er også greit så lenge en spyr på golvet og ikke på bordet eller sidemannen. Å flørte er greit, faktisk anses det som god skikk og bruk å flørte med vertskapet men det skal ikke gå lenger enn flørt med mindre en er hos noen som er ugift. Da er alt lov.»

Lyenera kjente at hun ble litt rød om ørene. «Så de er løsslupne?»

Han gliste bredt og avslørte at han manglet en del tenner. «De omfavner livet frue, på alle måter. Hos dem er elskov noe en skal nyte og gledes over. De har et meget naturlig syn på slikt»

Lyenera husket med gru hvordan hennes ektemann hadde krevd sin rett av henne, hun hadde hatet det hver gang men heldigvis var han i for dårlig form til å prestere stort og de gangene han krevde å få ligge med henne var han fort ferdig også. Han hadde ikke vært mye til mannfolk uansett. «Sunnere enn mange andre da tror jeg, noen er så pripne at det er et mirakel at de i det hele tatt har fått barn.»

Han lo. «Å kjære vene, det får meg til å huske en rik handelsmann som seilte med oss en gang for en ti års tid siden. Han hadde med kona og hun fikk tilfeldigvis se en av gutta her splitter naken. Kapteinen hadde sent ham ned for å sjekke kjølen siden vi var redde den var skadd etter en storm og han svømte som en fisk, kjekk ung kar.»

Lyenera satte seg bedre til rette. «Hva skjedde?»

Han humret. «Hun ble hysterisk, helt ute av seg. Hun hadde trodd at hennes mann var den eneste som hadde den slags utstyr, og nå forlangte hun å få vite hvorfor hans var så knøttlite når den simple sjømannen hadde et så stort et» Lyenera måtte le også. Noen finere familier oppdro døtrene sine til å bli så totalt uvitende at de gjerne fikk totalt sjokk på bryllupsnatta. Hun hadde hørt diverse skrekkhistorier som fikk henne til å riste på hodet. «Men i Hietlai er det ikke slik?»

Han ristet på hodet. «Nei, der får de livets fakta inn med morsmelka kan en si. Og jeg må si en ting frue, der oppe er det kvinnfolka som styrer og har den egentlige makta. Og tro meg, det er bra. Mye mindre krangling og krig og mye mer stabilt.»

Lyenera blunket vantro. «Hva? Er det sant?»

Han strakte de lange beina. «Ja, gudsens sant, mannfolka er kanskje krigere og de som er tøffe i trynet men det er bare fordi slikt anses som mindre verdig enn det å ta vare på ting og oppfostre barn.»

Lyenera begynte å tro at det å få den jenta bort fra Hietlai kanskje ble enda vanskeligere enn hun hadde trodd. Om kvinner virkelig hadde slik myndighet der i nord ville det være som å forlate et paradis. Urunar kom vandrende og han pekte mot horisonten. «Det blåser opp, jeg tror vi må skifte kurs nå. Jeg vil ikke la oss blir fanget av en hvit storm.»

Lyenera rynket pannen. «En hvit storm?»

Urunar nikket. «Et sjømannsutrykk, det er en storm hvor himmel og hav går i ett, regn og sjøsprøyt gjør at en ikke kan se mer enn kanskje en sjømil fremover og noen ganger enda mindre. Det er en kapteins mareritt for en ser ikke vill bølger før de er der.»

Hun sukket. «Jeg kjenner ikke disse uttrykkene i det hele tatt. Jeg beklager.»

Han smilte bare vennlig, det arrete ansiktet var faktisk svært sympatisk når en ble vant med det. «En vill bølge er en stor bølge som kommer helt ut av det blå, det kan være forholdsvis smul sjø og brått er den bare der, som en vegg av vann. Mange skuter har blitt senket av slike opp gjennom årene, en vet aldri når de kommer»

Lyenera svelget nervøst. «Jeg har aldri hørt om noe slikt.»
Urunar banket pipa på ripa. «De færreste landkrabber har det
nei, det er noe vi sjøfolk kjenner til, og frykter. En snakker
ikke om det så ofte for mange er jo overtroiske og mener at en
vil kalle dem til seg om en nevner dem»
Lyenera bikket på hodet. Hun hadde begynt å få en viss
fascinasjon for havet og alt det disse menneskene kunne. «Jeg
har skjønt at det er mye overtro.»
Urunar stirret utover og hun så at en stor mørk skybanke hadde
dukket opp i sørøst, han stirret på den med smale øyne. «Ja, alt
kan bringe ulykke om en er uheldig. Skuta her er ikke så verst,
få her er slike tomsinger som mener at det å spytte over ripa
betyr at noen vil dø, eller at kokken bør være jomfru.»
Lyenera gapte. «Hva? Tror noen virkelig det?»
Urunar smilte høytidelig. «Det stemmer, de tror at gudene vil
velsigne den som er ren og se til at kokken aldri går tom for
mat. Og så har vi de som tror at albatrosser er hellige og at
hvaler er sjelene til døde sjøfolk.»
Lyenera ble nysgjerrig. «Tror du det?»
Han tygde på det et øyeblikk. «Jeg tror de er dyr, men smarte,
like smarte som oss. Jeg svømte like ved siden av en av de
store grå en gang og den så på meg, og jeg skal banne på at
den tenkte og undret seg på hva jeg var for en ubehjelpelig
skapning. Jeg vil aldri skade en hval frue, jeg har sett hva de
kan gjøre»
Hun kjente at skuta begynte å bevege seg annerledes nå, hun
hugget i bølgene igjen og de endret kurs. «Å?» '
Han snudde seg mot henne og utrykket i ansiktet var et som
fortalte om undring og vemod. «Jeg seilte øst for Ardot blant
de små øyene der. En idiot av en kaptein greide å kjøre
baugspydet på stridskipet sitt rett i siden på en hval. Jeg tror
det må ha vært en hunn for den hadde en kalv svømmende ved
siden av seg. I hvert fall døde den hvalen etter en stund, hele
flokken samlet seg og skuta seilte bare videre. Kalven forlot
ikke kadaveret før det sank, da tok de andre hvalene den med

bort. Temmelig mange år senere så jeg den samme hvalen igjen, jeg kjente igjen de hvite merkene på halen for de var svært spesielle. Den hadde vokst og blitt svært stor, en hann. Og den senket det stridsskipet, gikk bare etter den ene skuta som drepte moren hans.»

Lyenera gispet. «Hvordan kan en hval senke en skute?»

Urunar gjorde en gest utover dekket, som for å omfavne skuta si. «Stridsskip er svært lange og lave, de ligger ikke høyt i vannet. Hvalen sprang ut av vannet og lot seg falle på ryggen på tvers av skuta. Skroget sprakk og kjølen røk med et helvetes smell, skuta gikk ned på bare to minutter. Vi berget noen få sjøfolk men de fleste druknet. Hvalen svømte bort etterpå, jeg tror den ikke var skadd i det hele tatt.»

Lyenera svelget kort. «Da er de virkelig smarte, og har god hukommelse»

Urunar nikket. «Uten tvil, den hvalen hadde ventet til den var stor nok, det kan du banne på. Men nå tror jeg du får gå i byssa frue, det blåser opp og jeg vil ha færrest mulig på dekk om det blir stritt»

Lyenera adlød og gikk ned under dekk, lukene ble skalket og kokken disket opp med den vanlige stuingen som smakte greit nok men var temmelig tynn. Hun lengtet etter god og ordentlig mat nå. Hun visste at de som ikke tygde urter ofte fikk en merkelige sykdom som gjorde at tennene løsnet og de fikk smerter i hele kroppen og hun lurte på om hun burde ta en dose også. Men hun hadde ikke vært til sjøs så lenge ennå og maten var tålelig bra. Den natten var hard, skuta vugget noe skrekkelig og hun var redd flere ganger men Havdragen red av uværet som en god hest løper gjennom en hinderbane, og da morgenen kom var det litt roligere vær men fremdeles urolig. Himmelen var svart i øst og det så temmelig illevarslende ut. Lyenera hadde vært på nippet til å bli virkelig sjøsyk og hun følte seg langt fra i toppform. Hun forbannet igjen det fakta at Eiledeen hadde sent henne av gårde, det kunne da vel for fanken vært noen andre som var mer egnet til oppdraget?

Lyenera sto og prøvde å få i seg litt vassen grøt da utkikken ropte ut og hun så at han sto og gestikulerte vestover. «Seil på horisonten, de er svarte!»

Lyenera kjente at hun ble kald innvendig, sjørøvere? Urunar kom løpende og han begynte å rope ordre med en gang. Havdragen endret kurs igjen, la seg så hun fikk vinden rett bakfra og skjøt fart. Urunar var brått blitt temmelig bister å se til, han stirret mot horisonten og kjevene var anspent. Lyenera så at han var nervøs og sjøfolkene jobbet på spreng for å forberede skuta på et angrep. Urunar gikk bort til henne og tok henne i skulderen. «Om det verste skjer og vi blir bordet så gjem deg i den store kista i lasterommet. Om de finner en kvinne her vil de neppe bry seg om ære og skikk og bruk»

Hun svelget hardt. «Jeg forstår.»

Urunar gikk for å ta roret og Lyenera løp til kahytten og stirret med vilt blikk på det smale speilet som hang på veggen der. Hun grep en kniv og skar fort av seg så mye av håret som hun kunne før hun bant noen strimler med opprevne laken rundt brystet og gjemte brystene slik enda en gang. Hun svertet haka litt med kull og gjorde øyebrynene mørkere og tyngre også. Hun kunne tas for å være en pen gutt nå om en ikke så nøyere etter. Da hun kom opp igjen kunne de se den svarte skuta tydelig, det var en smal og elegant klipper og hun gikk for fulle seil. Urunar så på den med smale øyne, han mumlet noe for seg selv. «Legg ut drivankeret, ta det ut foran baugen så de ikke ser det.»

Sjøfolkene adlød med en gang og Havdragen kjempet mot den brå motstanden, hun kastet seg mot bølgene som en hest som slåss mot tømmene og saknet farten. Urunar la henne på en kurs som også gav forfølgeren vind i seilene og hun så at den erfarne kapteinene visste hva han gjorde. Han rynket pannen da han så henne. «De vil gjennomskue det temmelig fort»

Hun trakk på skuldrene. «Jeg kan slåss, og jeg akter ikke å gjemme meg som en mus i en krok.»

Urunar sukket lavt. «Greit, men et godt tips, ha en god kniv klar. Du vil ikke la dem ta deg levende»

Hun kjente at det gikk kaldt nedover ryggen på seg og greide bare å sende et slags halvsmil tilbake. Den svarte skuta nærmet seg fort og nå begynte den å ta ned hovedseilene for å sakne farten og ikke seile forbi. Lyenera så at det var fullt av folk på dekk, og de var ikke særlig godt kledd eller godt utstyrt. Skuta var fin men den som var sjefen der hadde antagelig satset på båten i stedet for mannskapet. Dette var folk som var utskiftbare, noe som ble brukt og kastet og deres eneste sjanse var antagelig å gjøre som de fikk beskjed om. De var bevæpnet med alt fra gamle sverd til klubber og virket temmelig blodtørstige. Lyenera fant det svært urovekkende og den sjømannen hun hadde snakket med dagen før nikket i retning dekket på den svarte skuta. «De er drita fulle, det gjør dem uredde og hensynsløse.»

Lyenera grøsset og nå var skuta så nær at trusler og rop kunne høres tydelig. Havdragen stampet og slet for å holde avstanden og Urunar nikket til to av de fremste sjøfolkene. De trakk frem kanonene og gjorde dem klare.

Antagelig kunne de ikke gjøre stor skade men de var avskrekkende. Urunar ventet til det bare var en kabellengde mellom de to skipene, klipperen var klar til å borde frakteskuta og sjøfolk sto klar med entrehaker langs ripa. Seilene var trukket ned og den var saknet farten til Havdragens tempo. Urunar nikket kort og sjøfolkene i baugen svingte fort hver sin øks og kuttet tauene som holdt drivankeret. Det gikk et kraftig rykk gjennom den gamle skuta, så kastet den seg fremover, ivrig etter endelig å få frie tøyler. Havdragen doblet farten sin og Urunar skrek en ordre til rormannen. Lyenera gispet da hun skjønte at de styrte rett mot den mørke stormen der til vest. Men hun forsto, det var den eneste sjansen de hadde, kapteinen på sjørøverskuta ville aldri i livet falle for det samme knepet to ganger og i stiv sjø var Havdragen en mye bedre seiler enn den smale klipperen.

Havdragen dro ifra den svarte skuta, den hadde mistet farten og måtte heise seilene igjen og Urunar hadde bedømt skuta og mannskapet fra det øyeblikket de fikk øye på dem. Han visste allerede at dette var uerfarne folk og at kapteinen var overmodig og antagelig temmelig arrogant. De svermet rundt i riggen men greide ikke heve seil så fort som et mer trenet mannskap og nå lå de på skrå av bølgene også. Havdragen gled over bølgene med letthet, klipperen var for lang og måtte skjære gjennom bølgetoppene, det sinket den.

Lyenera kjente en dyp beundring for Urunar der og da, mannen visste virkelig hva han gjorde og hun undret seg over hvor mange slike personer det fantes der ute, folk med enorm kunnskap som sjelden eller aldri ble satt virkelig pris på. Hun ante at det nok var mange. Havdragen var lett lastet og det hjalp henne også, hun var godt trimmet og hadde nok ballast til å være stabil men det virket som om klipperen strevde.

Urunar sto ved roret og Lyenera gikk bort til ham. «Hva tror du?»

Han gryntet og svingte roret bare ørlite gran. «Vi har en god sjanse om vi når inn i stormen før de når oss igjen. Om den kapteinen er verdt saltet i maten avbryter han jakta da. Vi er ikke verdt at han risikerer skuta si.»

Hun så at avstanden bakover til den svarte skuta nå var ganske stor. «Tror du han gir seg?»

Urunar bannet og slåss med roret. «Nei, jeg er redd for at den som forfølger oss er for dum til å innse at han bør velge en annen kurs.»

Lyenera så at sjøen ble grovere nå, vinden tok tak og ulte og sjøsprøyt begynte å slå over skuta. Stormen nærmet seg fort siden de seilte rett inn i den. Urunar snudde seg mot styrmannen sin. «Skalk lukene men la mannskapet bli på dekk. Og se til at alle er klar over at dette blir farlig»

Det var tydelig at det ikke var noe de trengte å bli minnet på for ansiktene var alvorlige og lukket og alle hadde bevæpnet seg. Det som nå ville komme ville være en kamp mellom kapteinene og deres kunnskap og erfaring. De stolte på Urunar og Havdragen, de to kjente hverandre og visste hva de kunne kreve av den andre. Lyenera kunne bare håpe og be om at de kom seg vekk, hun kunne ikke se for seg at oppdraget hennes skulle mislykkes bare på grunn av sjørøvere. Hennes eget liv betydde lite i forhold til Ardot's befolkning og dens skjebne, men hun aktet ikke å krepere uten å ha bitt fra seg først. Havdragen holdt avstanden ganske bra men nå ble været veldig stygt med høye bølger og skuta ble styrt med nennsom hånd. Om de traff en bølge feil kunne det bli fatalt. Klipperen tok sakte innpå dem, i det minste så det slik ut og det var antagelig bare fordi den hadde slik en enorm seilføring på alle mastene. Den var en forholdsvis stor skute og Lyenera var oppriktig imponert over den men også skremt. Urunar hadde ikke på langt nær så store seil eller en så smekker fasong på skuta men Havdragen var videre om livet og mer stabil og hun var forholdsvis kort også. I de enorme bølgene var det en fordel, hun red dem av med en slags vill fryd. Lyenera begynte å forstå de som omtalte skuter som levende vesen, den hadde på en måte en egen sjel og en egen vilje.

Den svarte båten tok mer og mer innpå men så nådde de virkelig stormen og Urunar bant seg selv til roret for ikke å glippe taket. Vinden drev Havdragen opp i bølgene og over dem og det virket for at Urunar ventet på noe. Han hadde latt de to sjøfolkene som bemannet kanonene stå klare og de virket ivrige men også litt skremt. Urunar så ikke på henne men han gjorde en liten gest med hodet. «Se på bølgene, legg merke til mønsteret. For hver niende bølge er det en ekstra stor en. Jeg venter på en av de virkelig store»

Lyenera så at klipperen ikke hadde senket noen av seilene, den gikk for fullt med vinden bakfra og skar gjennom bølgene og Lyenera fikk en distinkt følelse av at Urunar visste noe spesielt. Han stirret fremover og når baugen pekte til himmels holdt han roret stivt og hindret skuta i å snu seg. Det var et hvitt fokk rundt dem nå, havet sto i et kok og det hadde blitt svært mørkt. Urunar brølte til Lyenera og de andre. «Bind dere fast, vær klare!»

Lyenera grep en taustump og bant den om livet og i en taufestene ved ripa og hun så at Urunar telte bølger. De hadde klipperen like bak dem nå, den skjøt over bølgedalene siden den var så lang og hun husket brått det Urunar hadde fortalt henne om svakheten slike smekre lange skuter har. Foran dem reiste det seg brått en vegg av vann, en bølge minst dobbelt så høy som de andre og den var som et fjell foran dem. Urunar blottet tennene og det var noe som lignet galskap i blikket hans. «Nå gamle jente danser vi med djevelen eller går til bunns sammen!»

Havdragen virket for å ta sats, et brått vindkast fylte seilene helt og Lyenera hylte i det skuta skjøt oppover den bratte veggen av skummende vann. Det virket ikke for at det skulle gå, hun begynte å tro at de ville falle baklengs ned i bølgedalen da baugen gled over toppen på bølgen og Havdragen lå et øyeblikk vannrett igjen. Urunar skrek til de to som sto med kanonen og de tente på og siktet i løpet av noen sekunder. Lyenera forsto ikke noe, de siktet ikke på skroget i det hele tatt men på podiet der roret sto? Kanonene brakte til, harde hule smell og hun så at de traff. Splinter av treverk sto i en skur rett under roret og Urunar brølte triumferende og Lyenera forsto brått. De hadde kuttet tauene som styrte roret på skuta, hun kunne ikke lenger styres. Klipperen skar opp over bølgen i et vilt byks, seilene var så fulle at de nesten brast og et par tau hadde alt røket. Urunar lot Havdragen gli ned langs bølgen og Lyenera så at han hadde planlagt det, at hans kunnskap hadde beseglet sjørøverskutas skjebne. Bølgedalen bak den enorme bølgen var uvanlig dyp men også bred og bak den kom en ny bølge nesten like stor. Hun hørte skrik og desperate rop i det klipperen satte baugen nedover i en fart som var vanvittig. Hun red ikke over denne bølgedalen, i stedet møtte hun bunnen av den med baugen først og den smale knivlignende formen gjorde at skuta skar ned i den møtende bølgen for fulle seil.

Lyenera skulle aldri glemme det synet, det var som om vannet slukte skuta, den gikk rett ned under vekta av bølgen og vannet slo sammen om mastene og den var borte på noen få korte øyeblikk. Vinden som hadde gitt den fart hadde også blitt dens død, ingen fornuftig kaptein seiler for fulle seil i slike forhold. Urunar bøyde hodet fort, i en slags gest av respekt. «Det var en vakker skute, synd hun ikke hadde en god kaptein.»

Lyenera holdt pusten, hva nå? Urunar brølte ut. «Rev storseilene, la kun forseilet bli oppe. Vi må ut av stormen» Sjøfolkene greide å gjøre jobben på tross av at alt svaiet og svingte, og sjøfokket hadde gjort seilene tunge og uhåndterbare. Urunar ventet til de fikk en stor bølge igjen, da snudde han skuta og bølgene drev dem i motsatt retning igjen. De måtte ut av stormen nå og hun forsto at faren slettes ikke var over. Havdragen slet nå, det var en svært sterk storm og bølgene var brutale og hun så på lyset at det alt var kveld. Spenningen hadde gjort at dagen var gått svært fort, og hun visste at Urunar ville få dem vekk fra uværet før det ble helt mørkt.

De hadde seilt slik i noe som føltes som en evighet da en av sjøfolkene kom opp på dekk, han var våt og så miserabel ut. «Hun lekker kaptein»

Urunar bet tennene sammen, han slapp ikke roret. «Mye?» Mannen ristet på hodet. «Nei, noen bunnbord har vridd seg, må ha skjedd da du vendte henne. Vi kan holde det under kontroll men få henne ut av denne sjøgangen fort. Hun tåler ikke stort mer.»

Urunar nikket. «Bruk pumpene alt dere klarer, den gamle jenta har vært i storm før, dette blir ikke hennes siste»

Lyenera kjente at vinden løyet noe men bølgene var fremdeles høye, skuta gled med dem og gjorde nok god fart men det var vanskelig å se. Sjøfolkene heiste noen andre seil med en annen fasong og hun gikk fortere igjen. Men det var tydelig at Urunar prøvde å begrense presset på master og skrog. Det ble mørkt og nå var de ute av selve stormen og sjøgangen var blitt mye mykere igjen. Urunar overlot roret til førstestyrmannen og gikk i kahytten sin for å se om han kunne finne ut hvor de nå var. Lyenera gikk tilbake til sin kahytt også og la seg, hun var utslitt og dyvåt og så inderlig lettet. Merkelig nok sovnet hun fort.

Hun våknet av at noen banket på døra hennes og hun kom seg opp med en liten ed, hun følte seg langt fra uthvilt og magen jamret seg. Hun kjente at skuta beveget seg annerledes, det var liksom en slags motstand i henne, en treghet. Hun åpnet døra og en av sjøfolkene sto der, han smilte litt stivt. «Vi blir forsinket frue, det vil ta oss minst fem dager ekstra å komme oss til Zetir og hun trenger reparasjoner. Vi lekker som en sil og kan bare gå med halv seilføring.»

Lyenera rullet med øynene. Det også!

«Men jeg må til Hietlai fortest mulig!»

Han nikket. «Kapteinen vet det, så han skal se om han kan finne en annen skute som kan ta deg nordover, det hender at det er hietlaianske skuter i Zetir. De handler med krydder og slikt!»

Lyenera satte seg ned og gjemte ansiktet i hendene. Fem dager til i dette gyngende fengselet og så en ny skute? En med fremmed mannskap? Å gudene hadde en vidunderlig sans for humor, det var sikkert og visst. Hun stønnet og gjemte seg under teppene igjen. Dette kom til å bli en lang ferd uten tvil!

Vardhys

Morgenen kom med gråvær og sludd, ute var det heller utrivelig og karene hutret mens de gikk for å se til hestene. Alfons gikk også for å stelle Flamme og Vardhys strakte seg foran ildstedet og prøvde å trekke til seg så mye varme som mulig. Huset var ikke særlig godt, det var trekkfullt og kaldt og han følte seg litt skamfull over å utnytte gjestfriheten til disse folkene på dette viset. De burde gjøre opp for seg på et eller annet vis. Iarda hadde pakket på seg det hun hadde av klær og så ut som en liten pakke der hun satt og frøs. Vardhys hadde ikke egentlig tenkt over hvor liten hun faktisk var, men hun var ikke noen stor person og hun var tynn. Antagelig mistet hun varme fort og Berthilda kom vaggende med en saueskinnskappe hun prompte la over skuldrene på jenta. Iarda smilte blygt og litt sky og den gamle kaklet og klappet henne på kinnet, antagelig var Berthilda like glad i barn og ungdom som de fleste andre aldrende og ville vise omsorg. Alfons kom inn igjen, dryppende våt og de merkelige øynene var nesten selvlysende. «Det regner katter og hunder der ute, et forbasket vær. Jeg tror ikke vi bør reise videre før det gir seg, hestene vil fryse»

Vardhys sukket lavt. «Vi eter disse arme sjelene ut av huset!» Alfons ristet på hodet. «Det må da være vilt i skogene her? Og ville urter og røtter? Iarda kan sikkert finne noe av det og vi kan jakte?»

Saemon kom sjokkende, han virket svært stiv og det var antagelig ikke så rart så kaldt huset var. Han satte seg ned ved bordet og Berthilda plasserte en stor kopp med varm men tynn te foran ham. «Det er lite vilt for tiden men noe finnes da. Det er ingen som jakter lenger så kanskje det ikke er for vanskelig å få tak i noe. Jeg er alt for gammel til slikt, overhodet ikke i form til å forlate landsbyen lenger»

Hala satte seg ned også, han strøk vann ut av håret og bikket på hodet. «Du sa at det ikke er mange igjen i landsbyen, og at det er eldre folk?»

Saemon nikket stivt. «Ja, er vel kun et par tre yngre par her nå. To av dem ville reise nå i høst men begge konene venter barn og kunne ikke forlate landsbyen siden de var for langt kommet. Og det siste paret har foreldre i live her og er for veloppdragne til å reise før de ikke er mer.»

Vardhys så at Hala ikke likte det noe særlig. «Ingen til å forsvare dere om noen kommer med vondt i sinne.»

Saemon trakk på skuldrene. «Hvem skulle det være? Røverne? De vet at vi er lutfattige gutt, et par av dem kommer fra denne landsbyen. Det eneste vi er rike på er sult og lopper!»

Iarda måtte fnise og Saemon sukket lavt. «En gang var vi rike, kongen var gavmild mot oss for våre dyr gav den aller beste ulla. Mine forfedre var gode på avl, det skal de ha. Og de var forbasket gode på å forhandle seg frem til gunstige avtaler også. De sier at min mor var så stri at selv skatteoppkreverne til gamle kongen snudde i døra og rømte for livet. Hun var litt av en kvinne»

Vardhys måtte smile litt skjevt. «Det tror jeg så gjerne, men er det noe sted du tror vi kan finne vilt?»

Saemon nikket og strakte seg stølt. «Om dere følger elva og rir på østsiden av den kommer dere til en sidedal etter en stund. Der burde det være hjort og kanskje også noen villgeiter. Det er lenge siden jeg var god nok til beins til å gå dit men før var det rikelig med dyreliv der oppe»

Vardhys trakk pusten. «Da rir vi dit i dag, jeg vil tro at mange her i landsbyen vil sette pris på litt friskt kjøtt og kanskje også noe annet. Dere kan ikke ha mye mat her nå.»

Berthilda ristet på hodet. «Det stemmer, vi har stort sett bare tørket geitekjøtt og inntørkede røtter.»

Vardhys reiste seg. «Da tenker jeg at vi prøver å betale for gjestfriheten med et bedre måltid.»

Iarda sukket og så ut, det var fremdeles utrivelig der ute og hun hutret men reiste seg også. «Jeg blir med, jeg kan grave etter røtter.»

Vardhys smilte mykt til henne. «Det er ypperlig, jeg sender en tre fire karer med deg, du kan kommandere dem. Jeg tviler på at de vet forskjellen på slikt som er spiselig og det som er totalt uspiselig.»

Hun rødmet kort av rosen og Alfons tømte teen sin i en lang slurk, den var varm og burde skoldet ham men han virket ikke for å reagere på det. Noe var virkelig annerledes ved gutten nå og Vardhys kunne ikke helt komme over det fakta at det var ham selv som liksom var lederen der. Alfons var blitt noe helt annet enn et menneske, noe så utrolig mye mer! Hvorfor skulle han adlyde Vardhys? Og de som fulgte ham gjorde det av egen fri vilje, han hadde kanskje reddet dem fra Mahrepas planer og vilje men de var erfarne og voksne menn som garantert hadde kunnet skaffe seg et bedre liv et annet sted. Hala var en god offiser, han kunne sikkert ha tjent kongen vel, og Iarda? Vel, hun var neppe noen gang blitt behandlet med respekt og forståelse men hun var tøffere enn en skulle tro. Og hun fulgte ham også.

Egentlig var det en tanke som gjorde ham ydmyk og litt nervøs.

Mennene gjorde klar hestene og Vardhys så at Skygge var temmelig ivrig nå, den hadde fått tilbake all energien den hadde mistet og danset rundt. Saemon virket litt betenkt da han så hesten og det var tydelig at den gamle mannen var mer vant med mere sedate dyr. Iarda fikk sitte opp med Hala og så red de fort i retning dalen Saemon hadde nevnt. Dødt gras stakk frem gjennom halvråtten snø og trærne sto nakne og tause mot de grå klippene og den like grå himmelen. Det var trøstesløst men samtidig var det gode forhold å spore i og de stanset ved åpningen til dalen og omgrupperte seg. Tre karer ble med Iarda som øyeblikkelig begynte å beordre dem rundt, hun visste hva hun lette etter siden hun ofte hadde vært nødt til å leve av naturen. De andre red inn i dalen i to grupper og Vardhys ledet den ene.

Dalen var vakker nok, litt vill med nakne fjellvegger og lite som kunne kalles skog men det var liv der, uten tvil. Noen ekorn skjelte dem ut på det groveste på ekorns vis og Vardhys måtte smile av de lynraske hårballene som raste rundt i trærne og brukte kjeft. En hauk svevde høyt der oppe og det var mye spor etter kaniner og andre mindre dyr.

En av karene i gruppen Vardhys ledet var en kløpper med en slynge og etter bare litt hadde han felt fem kaniner og noen halvstore fugler med korte bein og rundt hode. Han påstå at de smakte utmerket i stuing. Vardhys husket hvordan han hadde lært å jakte av sin herre hjemme i Tholir. Det å være en dyktig jeger var nødvendig for en ridder, og en skulle vise høviskhet og omtanke også for viltet. Han skjønte fort at det neppe var mye dyr der, men noen var det garantert og etter en stund kom de over noen enger ved en liten sjø der det kunne være hjort. Karene gikk fra hestene og spredte seg i terrenget, i de grå kappene sine var de vanskelige å se og alle var erfarne i dette. De visste hvordan en jakter og Vardhys kjente at spenningen steg i ham. Han ville så gjerne gi de arme landsbyboerne noen gode måltider, de virket for å trenge det desperat og han følte også at det økte moralen til mennene.

Han gikk sammen med Hala og begge bar buer, etter en stund så de ferske spor og greide etter litt sniking å felle en liten bukk. Dyret var halvmagert og sikkert langt over sine beste år men den var da spiselig i det minste. Hala greide også å felle en vill geit og en hind og Vardhys var temmelig fornøyd med fangsten. De vendte tilbake til der hestene sto og så at de andre også hadde hatt flaks. De hadde til sammen tjue kaniner, noen harer, fem bukker, to hinder og et par snes av de fete fuglene. Det var en veldig god fangst og ville gi mat lenge. Vardhys var i godt humør og så til at karene gjorde opp viltet og festet det på sadlene, han gledet seg til å se hva Berthilda kunne gjøre med disse råvarene og han var nysgjerrig på om Iarda hadde greid å finne noe spiselig.

De skulle til å grave ned de uspiselige restene av slaktingen da Skygge brått vrinsket vilt og Varshys spant rundt og så at en liten skikkelse hadde prøvd å ta tak i hesten og komme seg opp på den. Men Skygge godtok bare ham og hingsten hadde sparket vedkommende ned med et temmelig brutalt utfall.

Mennene stormet frem og grep personen som lå på bakken og stønnet. Vardhys hadde trukket sverdet men stakk det tilbake i sliren, denne personen var neppe noen trussel Det var en gutt, kanskje ti elleve år gammel og han var tydelig det folk betegnet som en tomsing for ansiktet hadde merkelige trekk og han var så skjeløyd det var merkelig han så noe som helst.

Gutten var magrere enn en gammel katt og stinket til himmels og klærne var bare råtne filler. Hala spyttet i graset. «Han må ha ligget gjemt i buskene»

Vardhys så nærmere på gutten, han skalv av skrekk og klemte handa hardt om armen der Skygges harde hov hadde truffet ham. «Forstår du hva jeg sier?»

Gutten bare gurglet og siklet og lagde noen merkelige lyder, det var temmelig klart at han ikke evnet snakke. Hala skar en grimase. «Hvordan har en slik greid seg her alene?»

Vardhys trakk på skuldrene. «Gudene vet, men han kan ikke bli etterlatt her, han vil ikke overleve lenge»

Hala så på gutten med avsky. «Jeg nekter å ta det der opp i salen med meg, han stinker noe helt grusomt! Jeg tror ikke den arme sjelen vet hvordan en rengjør seg i det hele tatt»

Vardhys måtte gi Hala rett i det, gutten stinket som om han hadde gjort på seg uten å vaske seg ren etterpå. «Vi lar ham sitte på en av de løse hestene. Men hold ham unna kjøttet, vi vil ikke ha det forurenset.»

Hala og en annen mann grep gutten og halte ham opp på en av de ekstra hestene de hadde tatt med for å bære vilt. Gutten gurglet og sprellet først men så hang han seg fast i mana på hesten og nektet å slippe taket. Det var en mine av undring i ansiktet og Vardhys grep seg i å synes synd på gutten. Hvor i alle guders navn kom han fra? Han kunne ikke ha levd der i villmarka alene særlig lenge? Han var for tilbakestående til å klare seg på egenhånd. De red fort tilbake til der Iarda og de tre karene var blitt etterlatt og Vardhys ble overrasket, på den korte tiden hadde de funnet flere sekker med nøtter, en sekk med en slags sopp og en av karene hadde gravd opp to hele sekker med en slags stor rund rot av noe slag. Iarda strålte formelig. «Det er masse mat her, merkelig at folk ikke er klar over det.»

Vardhys måtte smile av minen hennes av stolthet. «De har aldri vært nødt til å leve av landet slik du har gjort det Iarda, men nå vil du sikkert lære dem det ikke sant?»

Iarda nikket ivrig og fikk øye på gutten. «Hva i helsikke?!»

Vardhys sukket. «Nettopp, vel, han prøvde å stjele Skygge, eller kanskje heller prøvde å ri ham. Stakkaren er tilbakestående Iarda, og skrekkelig mager»

Iarda så langt på gutten. «Det var en slik i en av landsbyene der jeg søkte ly, han kunne ikke snakke men han kunne så avgjort forstå hva folk sa og mente.»

Vardhys trakk på skuldrene og hjalp henne opp på hesten bak seg. «jeg tror ikke denne her forstår særlig mye, han virker temmelig fortapt stakkars.»

Iarda tok ikke blikket fra den fillete skikkelsen som klamret seg til hesten som en ape. «Ikke undervurder ham, om han har greid seg her oppe på egenhånd kan han være smartere enn du tror»

Vardhys bare ristet på seg. «Det betyr lite, men vi må ta ham med, han vil ikke klare seg lenge nå på vinteren, og jeg er sikker på at noen i landsbyen kan ta seg av ham. Kanskje de vet hvem det er?»

Iarda så ettertenksom ut. «Ikke om han er noe folk har ønsket å kvitte seg med, du vet, det er de som ser slike som en byrde og

vil bli kvitt dem. De bryr seg ikke om hva som skjer med de arme skapningene så lenge de ikke trenger å brys med dem.»
Vardhys svelget fort. «Jeg vet det, og det er hjerterått»
Iarda trakk pusten dypt. «Der jeg er ifra var det vanlig å sette slike barn ut i skogen når de var nyfødt. Ingen så noe galt i det. Men noen ser jo normale ut selv om det er noe galt under topplokket på dem»
Varshys følte en trang til å le i ren sarkasme, galt under topplokket. Jo, han visste hva det betydde. Han hadde følt det på kroppen, bokstavelig talt. Men han ville ikke tenke på henne nå, og det hun hadde gjort mot ham og hans venner. Hun var borte og ville ikke kunne såre noen igjen, uansett om han burde ha beskyttet henne bedre eller ei. «Det er slike folk en skal passe seg for Iarda, de som ser normale ut men rommer mørke, det er de som er farlige. Ikke de som svinger sverd eller kommanderer armeer, men de som kun ser seg selv som noe verdt.»
Iarda bikket på hodet. «Du kjenner til det gjør du ikke?»
Han smattet på Skygge, satte fart på hesten. «Det gjør jeg, men nå er ikke timen for å diskutere det. Du kan høre med Alfons, han vet alt.»
De red hardt tilbake til landsbyen, dagene var korte nå og de ville tilbake før det ble mørkt. De travet gjennom porten mens sola var på vei ned mot horisonten og det ble merkbart kaldere. Vardhys så at gutten virket gjennomfrossen og håpet at det var en måte de kunne hjelpe ham på. Saemon kom gående sakte og møysommelig, han virket svært stiv denne ettermiddagen, antagelig var det kulda som gjorde det og han stanset og så litt vantro på lassene med slakt. «Som du ser har vi hatt flaks i dag»
Saemon klappet nesten i hendene. «Å prise gudene, dette vil bety alt for folk. Kom, kom, vi har samlet alle i storstua. Berthilda er så ivrig etter å se hva dere har fått tak i»
De stelte hestene fort og så til at de hadde for, så bar de alt til huset til Saemon og nå var det tydelig at det var et av de største

der, og at det hadde en liten hall på baksiden. Antagelig var det der dette vesle samfunnet feiret begivenheter i samlet flokk. Det var kanskje tretti personer der inne, de aller fleste gamle men det var to kvinner der som holdt et spebarn hver og en annen ung kvinne som satt og hjalp en eldre en med å få på seg et varmt sjal. Det var lett å se at de var mor og datter for de var svært like. Alle så opp da de kom inn og mange jublet nesten over synet av alt kjøttet som ble båret inn. De aller fleste der bar tegn på å ha sultet og Vardhys syntes synd på dem. Dette stedet hadde virkelig sett sin porsjon uflaks og vel så det. Berthilda begynte å rope ordre til kvinnene og det ble fyrt i ildstedene der inne, kjeler og panner ble funnet frem og snart spredte lukta av matlaging seg gjennom rommet. Den unge gutten var blitt holdt tilbake av Hala og et par av de andre karene, de var ikke sikre på hvordan folk ville reagere på ham så Vardhys vinket til seg Berthilda og Saemon da matlagingen var godt i gang. «Vi fant en guttunge der i dalen, han er ikke normal og virker svært tilbakestående. Han kan ikke ha bodd der oppe alene, i hvert fall ikke lenge.»

Berthilda rynket pannen. «En gutt? La meg så se ham, jeg kjenner de aller fleste i området her, det hender at jeg har hjulpet den lokale jordmora ser dere.»

Varshys tok de to gamle med seg ut i gangen der Hala ventet med gutten og Berthilda slo hendene for munnen med en gang. «Å guder, jeg vet hvem det er!»

Vardhys så smalt på henne. «Virkelig?»

Hun nikket raskt og så virkelig sjokkert ut. «Ja, han er sønn av en kvinne fra nabolandsbyen, hun er død nå, gudene være med henne. De vet ikke hvem faren er, for hun…hun livberget seg ved å selge seg. De fleste her tror at guttungen er straffen for hennes synder»

Vardhys kjente seg litt sjokkert over den holdningen, men slik ble det vel gjerne i slike små lukkede samfunn. I de store byene så en ikke så hardt på det, horer fikk horunger, slik var det bare og de var like bra som alle andre. «Hva heter han?»

Berthilda lagde noen små myke lyder som tydeligvis roet gutten ned mye, han sluttet å stritte i mot Hala og vendte det skjeve blikket mot den gamle kvinnen. «Hubar, det betyr liten på det gamle målet her. Etter at moren hans døde jobbet han hos den lokale skinnmakeren, men han forsvant sporløst for to måneder siden»

Vardhys så smalt på gutten, rynket på nesa av stanken. «Han kan ikke ha vært i skogen alene i to måneder?»

Berthilda så trist ut. «Nei, det ville han ikke ha overlevd. Hubar er svært snill ser dere, en fredelig sjel men han skjønner så lite og er egentlig som et spebarn på mange vis.»

Hun strøk over det møkkete sammenfiltrede håret og smilte mykt. «Noen må ha tatt ham med seg, men hvorfor?»

Vardhys trakk på skuldrene og løsnet på kappen sin, lukta fra gutten var intens her inne. «Kanskje noen trodde han kunne jobbe for dem?»

Berthilda ristet på hodet. «Det tror jeg ikke kan ha gått bra, han kan gjøre svært enkle ting men trenger å passes på hele tiden. Jeg skal bade og vaske ham, han kjenner meg ser dere.»

Vardhys smilte litt anstrengt. «Det hadde vært fantastisk frue, han lukter ille!»

Berthilda trakk Hubar med seg til et bakrom der det antagelig var en badestamp og hun fikk noen av karene til å bære vann fra en tank som var festet bak det største ildstedet. Det var alltid varmt vann der og det var en smart løsning. Vardhys hørte at Hubar vrælte i skrekk over vannet og Berthilda måtte tydeligvis ha hjelp av noen av de andre der til å få badet gutten. Vardhys satt og prøvde å trykke i seg litt tvilsom cider Saemon hadde lagd da Berthilda stakk hodet inn gjennom døra, øynene hennes var svarte. «Herre? Det er noe du må se»

Vardhys reiste seg og fulgte henne, takknemlig for avbrytelsen. Cideren var rene dyvelsdreken og smakte så ille at han tvilte på at selv mørkemaktene ville ha likt brygget.

Berthilda stanset utenfor døra til baderommet, de hørte en svak sutrende lyd og hun var litt blek. «Jeg har funnet ut hvorfor han stinker slik»

Vardhys så forskende på henne, han ante at dette ikke var noe bra. «Javel?»

Hun trakk pusten dypt og så virkelig eldgammel ut, beinstrukturen under huden i ansiktet og skyggene gjorde at hun et øyeblikk så nesten ut som et skjelett uten annet enn hud på. «Han kan ikke holde seg herre, alt…det bare renner ut av ham.»

Vardhys rynket pannen. «Virkelig, det forklarer stanken, men hvorfor?»

Berthilda så ned i golvet, hun virket for å slite med å finne de riktige ordene. «Han er skadd herre, musklene….der bak…De er slitt over.»

Vardhys blunket. «Slitt over?!»

Berthilda trippet nesten, for en kvinne i et slikt temmelig gammeldags samfunn måtte dette være svært vanskelig å snakke om. «Han har blitt brukt herre, som en kvinne.»

Vardhys måtte vri hodet noen grader for å skjønne tegningen men da han omsider så lyset kjente han at han ble sprutrød i ansiktet og samtidig akutt kvalm. «Å guder, arme gutt!»

Berthilda så skarpt på ham. «Vi skal gjøre hva vi kan for ham herre, men vi tror vi vet hvem som har gjort dette. Det er liten tvil.»

Vardhys lente seg litt fremover. «Hvem? Fortell meg. Jeg vil kverke den jævelen»

Berthilda lente seg mot veggen. «Blant de fredløse er det to brødre, faren deres var smed og svært respektert og forholdsvis velstående. Men kona hans døde da den yngste av guttene ble født og han giftet seg på nytt, med ei merr av et kvinnfolk. Ingen her likte henne enda vi prøvde så godt vi kunne.»

Vardhys løftet et øyebryn i en spørrende grimase. «Så?»

Berthilda skar en grimase. «Hun hatet guttene ser du, og ødela familien helt. Hun fikk ikke barn og ønsket seg vel en mer høytstående mann også og ble skuffet da smeden ikke ble leder for landsbyen. Hun tok det igjen ved å bruke penger som en gal og de gikk konkurs. Alt måtte selges og hun drakk seg i hjel. Smeden hengte seg i smia og de to guttene har vært i dårlig selskap siden, den yngste er mer eller mindre halvgal. De sier at han tror han drepte sin egen mor, og at det har stjålet vettet hans.»

Vardhys gyste. «Det høres ut som en familie tragedie men hva har det med Hubar å gjøre?»

Berthilda så ut som om hun smakte på noe surt. «Han har vært tatt i å klå på unge gutter mange ganger, en gang greide han nesten å voldta en gutt, og en annen gang lokket han en femåring bort fra moren og inn i skogen. Han liker barn ser du, men ikke slik vi vanlige folk gjør det. Nei, han…du forstår?»

Vardhys forsto, han ble ikke mindre kvalm nå. «Så de to brødrene er i lag med de fredløse og kan ha tatt ham?»

Berthilda sukket. «Sannsynligvis ja. De to er de verste blant dem, for de er faktisk onde. De andre er desperate og tvunget til å gjøre onde gjerninger for å klare seg men de to, de liker det. Heldigvis er de også feige så de har aldri våget å egge de andre til noen større angrep her i området.»

Vardhys følte at en slags kald ro senket seg over ham. «Frue, du har mitt ord. Jeg skal finne de to og se til at de får sin straff. Landet har problemer nok om dere ikke skal slite med røvere også»

Berthilda så smalt på ham. «Herre, du er ung, snaut en mann. Dette er harde menn, og de har ingenting å tape. Vokt deg vel»

Vardhys smilte stivt, det brant i blikket hans. «Jeg skal vokte meg, frykt ikke for det»

Berthilda sukket. «Husk at de fleste av dem bare gjør det fordi det ikke er noe annet valg, de har mistet alt og er for unge og uerfarne til å skjønne at det er greit å ta i mot hjelp. Stolthet er en farlig synd unge herre, jeg vil si den kan være den aller verste»

Vardhys bare nikket, han kjente at sinnet ennå kokte i ham. Han hadde hørt om slike folk før, og det hadde blitt hvisket og tisket om at noen av tjenerne på slottet hadde hatt den slags tendenser. Den ene ble i hvert fall funnet myrdet en morgen og ingen etterforsket det særlig nøye, antagelig hadde hans mors vakter og soldater visst hva slags mann den tjeneren var og tenkt at det var til det beste. «Aner noen hvor disse røverne holder til? Det kan ikke være langt unna om Hubar var i den dalen.»

Berthilda trakk pusten. «Jeg skal forhøre meg, jeg tror at en av de gamle kvinnene her er i slekt med et par av de fredløse, det kan være at hun vet noe men jeg tviler på at hun ønsker dem drept. Det er få mennesker igjen her i høylandet nå herre, vi har ingen å miste»

Vardhys bet tennene sammen. «Greit, vi skal gi dem en sjanse, om de vender ryggen til det de har drevet med og sverger å bli lovlydige igjen skal vi la dem gå, men de to brødrene? Om de har gjort hva vi tror mot Hubar skal de betale, med blod»

Berthilda nikket sakte. «Det er bare rettferdig, onde dåder skal straffes når de er begått på en slik måte. Jeg husker ennå at han som hadde ansvaret for lov og orden her hengte en mann som hadde forgrepet seg på en tjenestejente, det var snart femti år siden så det er lite slikt her opp men det skjer.»

Berthilda bare sendte ham et fort blikk, så gikk hun inn til de andre for å forhøre seg og Vardhys svelget og lente seg mot veggen. Han kunne ikke fatte at noen kunne være rå nok til å gjøre noe slikt mot en guttunge som attpåtil ikke var normal. Hadde stakkaren i det hele tatt forstått hva de gjorde med ham? De måtte ha vært veldig brutale for å skape slike skader, Vardhys kjente at det isnet i ham ved tanken. Esther hadde brukt ham, han visste det nå. Han hadde ikke vært uvillig men hun hadde forført ham, og styrt ham. Han trodde han kunne forstå Hubar på et vis, han hadde heller ikke fått noe valg. Det var egentlig skrekkelig tragisk. Han fikk høre hva de andre sa, om de var villige til å slåss. Antagelig måtte de få ryddet unna de fredløse uansett, de kunne ikke jakte på troll og desslike når de hadde illegjerningsmenn løse i traktene, de kunne ikke slåss på to fronter samtidig.

Berthilda kom tilbake, hun slo sjalet tettere om seg, som om hun frøs. «Det er en hule nord for den dalen, i en smal kløft. Den er stor og før i tiden bodde det folk der, de mener at det er der de fredløse har slått seg til. Det er mulig å bo der året rundt, og det er skjermet og stille.»

Vardhys smilte og klappet den gamle kvinnen på skulderen. «Det er flott, da skal jeg snakke med de andre og høre hva de sier. Vi kan ikke gjøre det vi skal om vi risikerer at disse folkene herjer blant befolkningen.»

Vardhys gikk inn i den vesle salen igjen, Alfons og Iarda satt ved et bord og rensket røtter og de andre mennene var ivrig opptatt med å stykke opp dyrene og hjelpe kvinnene med å henge opp noe av det til tørk. Vardhys plystret og alle så på ham, han gjorde en rask gest. «Alle sammen, det er noe vi må diskutere.»

En kort stund etter satt samtlige og stirret på ham og han kjente at stemningen var blitt heller aggressiv. Hala hadde reist seg. «Jeg tror jeg snakker for alle her når jeg sier at vi følger deg Vardhys, slike skapninger må straffes. Og jeg er enig i at vi må fjerne den trusselen de fredløse kan bli før vi kan begynne hva det nå er av arbeide gudene ønsker av oss.»

Vardhys smilte, han visste at disse mennene nå var en svært sammensveiset gjeng, og de var godt trent også. «Det er godt, jeg tenker vi bruker morgendagen på å forberede oss, så rir vi i overmorgen tidlig. Vi må ta dem på senga»

Hala smilte kaldt. «Det er bra, vi skal være klare»

Iarda hadde noe fjernt i blikket og Vardhys så forskende på henne. «Hva er det?»

Hun så stivt på ham. «Jeg tror vi vil møte mer enn bare fredløse Vardhys, jeg føler det. Vi bør være forberedt på alt»

Han smilte fort og tillot ikke følelsen av uro å vokse seg sterkere i ham. «Vi skal huske på det Iarda, men nå, nå spiser vi og gledes over livet»

Det ble mottatt med jubel fra karene og Saemon hadde fått to av dem til å bære opp et fat med noe som antagelig var et slags brennevin. Det var sterkt nok til å svi hårene av en hest men smakte ikke så aller verst og Vardhys følte at de alle fortjente å slå seg litt løs. Det var bra for moralen. Da han omsider fant senga den kvelden var han stupfull, svært sliten og meget mett og morgendagen var kun en fjern tanke.

Gruppa hadde ridd ut før det ble lyst, Alfons red fremst på Flamme og Ildøye var også blitt med, den store skapningen virket ivrig og Vardhys visste ikke om han likte det helt. De hadde brukt den forrige dagen godt, pusset våpen, stelt hestene og lagt planer. En av de gamle mennene hadde vært i den hulen ofte og beskrev den godt og Vardhys hadde lagd et enkelt kart over omgivelsene. Nå red de frem mot kløfta i taushet og Vardhys håpet at dette ville gå fort og uten alt for mye blod spilt. Iarda hadde blitt igjen i landsbyen, Berthilda og de andre kvinnene hadde nærmest flydd i flint over at hun ønsket å være med og Vardhys måtte glise for seg selv. Iarda var nok hardbarket på sitt vis men ikke så mye som disse folkene. Hun hadde ennå mye å lære og han ante at de eldre der i landsbyen gjerne ville ha ungdom blant seg igjen. Hun kom sikkert til å få stappet ørene fulle av historier.

Kløfta var ikke særlig lang, en gang i tida hadde det gått en elv gjennom den men det var sikkert flere hundre år siden og bunnen var forholdsvis flat og jevn med noen steinblokker her og der. De satte igjen hestene med to menn som vakt og snek seg frem. Det var ennå bare grålysning og Vardhys visste at dette var den timen da folk er minst våkne og opplagt. Det var en rå kulde i lufta og ingen som ikke måtte være ute ville forlate varme og trygghet nå. Vardhys kjente at opplæringen han hadde fått våknet til live i ham, han hadde gitt gode ordre

og mennene hadde spredt seg ut over et større område, noen
kom faktisk til å følge kløfta ovenfra med buer og et par hadde
løpt rundt til andre siden. Det var temmelig stille og Vardhys
håpet at alle sov. Da kunne de overmanne dem fort og effektivt
uten å drepe noen. De passerte noen store steiner da Vardhys
brått stanset, foran dem på den svake stien sto en ulv. Det var
en stor raggete hann og den snerret og stirret på dem med
gylne øyne, i kjeften holdt den en arm!
Vardhys svelget kort, ulven knurret og travet unna og Hala så
etter den med smale øyne. «Ulver angriper ikke mennesker,
den har funnet et kadaver»
Vardhys nikket. «Noen har dødd ja, har de kanskje drept en av
sine egne?»
Hala trakk på det. «Ikke noe er umulig, men karer, trekk
blankt. Jeg liker ikke dette!»
Alle adlød og Vardhys kjente at uhyggen gled gjennom
kroppen på ham, gjorde ham stiv innvendig. De avanserte litt
til, femti meter lengre frem gjorde kløfta enn sving på seg og
den var litt lavere på et punkt, vind fikk tak der og Vardhys
rykket til i det en avsindig stank brått traff dem. Han kjente
tårer i øynene av den og Hala hostet håst. «Guder, det er
liklukt, og mange av dem»
Vardhys følte en brå trang til å bøye seg og spy men han tvang
seg fremover. «Hold øynene åpne»
Hulen var bare hundre meter foran dem nå, det var en åpen flat
liten slette foran den med stivt dødt gras og en liten dam. Et
par døde hester lå foran dammen, oppblåst og grotesk. De så ut
som om de var slitt i filler. Vardhys la handa foran munnen,
den søtlige stanken av død var så sterk at et par av karene
allerede hadde tømt magen totalt. Hala gestikulerte.
«Bueskytterne våre er på plass»
Vardhys nikket, han hadde sett dem. «Bra, de må skyte med en
gang om de ser noe mistenkelig»
Huleåpningen var som en åpen kjeft, som et hull ned til et eller
annet forferdelig helvete. Alt Vardhys var og hadde lært strittet

i mot men han ledet mennene mot den. De tente fakler og det de fant innenfor åpningen fikk samtlige til å stanse og måpe. Golvet var fylt med lik, noen revet i fillebiter mens andre så mer hele ut, bortsett fra mageregionen som virket for å ha blitt sprengt åpen innenfra. Samtlige hadde et uttrykk av intens pine og angst og det var blod overalt. Midt i massen av lik lå et par underlige skapninger som antagelig hadde blitt drept av mennene under kampen, de var bleke og merkelige med noe som lignet primitive rustninger og hodene var forferdelige. Vardhys hadde aldri sett noe mer grusomt og underlig og de stinket enda verre enn likene. De svarte øynene virket for å stråle ren ondskap selv i døden og de lange nåletennene fikk ham til å tenke på en flaggermus han en gang hadde kommet over i stallen, den hadde fått ham til å løpe ut igjen med et hyl. Hala var hås. «Hva i alle guders navn er det der?»
Alfons hadde kommet til, og han rynket pannen. «De har fulgt trollene, det er tydelig. Og gjort et eller annet med de mennene trollene ikke drepte. Det var spor utenfor, merkelige spor»
Ildøye hadde blitt med ham og så heller likegyldig ut men brått rykket den til og begynte å knurre, damp steg fra neseborene og den stirret mot en krok der noen lik lå i en haug.. Haugen begynte å røre på seg, karene trakk blankt igjen med bleke ansikter og en mann kom sakte krabbende frem. Skjønt, Vardhys ville heller brukt betegnelsen vesen. Han var forholdsvis storvokst, med godt hold og bedre klær enn mange av de andre og Vardhys kjente ham igjen på beskrivelsen Berthilda hadde gitt ham. Dette var den yngste av de to brødrene, den som hadde misbrukt Hubar. Han krabbet sakte fremover, dekket med blod og de så at han var bukseløs. Ansiktet var forvridd, øynene tomme og kalde og bevegelsene mekaniske, som en opptrekkbar dukke noen har glemt å trekke helt opp. Magen på mannen var grotesk oppsvulmet og dekket med svarte linjer, den beveget på seg som om noe der inne prøvde å finne en vei ut og Vardhys forsto brått hva som hadde skjedd med de andre karene der. Han bannet av ren avsky og

mannen lagde en slags jamrelyd og slet seg opp på kne, kanskje var det en liten tøddel av menneske igjen i ham, en gnist av sjel som forsto og tryglet om nåde. Vardhys nikket til Hala. «Gjør det!»

Hala grep sverdet sitt og formelig danset forbi den groteske skikkelsen, tok hodet av ham i en eneste glatt og elegant bevegelse. Kroppen rykket intenst, magen svulmet og gynget og de hørte noen skrikende lyder. Ildøye hveste og brått åpnet den kjeften og spydde lys igjen, en intens stråle som omsluttet liket helt og midt i lyset så de at mageskinnet revnet med en ekkel spjære lyd og noe kom ut. Noe med menneskelig form men der sluttet likhetene og tingesten vrælte og skrek men lyset virket for å oppløse den til aske. Da Ildøye lukket kjeften igjen var tingesten borte og liket svartsvidd.

Hala tørket nesen. «Ved alle uhellige guder, noe så...De har brukt de mennene som...»

Vardhys fullførte setningen. «Reir!»

Karene gikk gjennom hulen og så nøye etter om det var flere der som var i live men de fant ingen før en av dem hørte en svak klynking mellom noen steiner. De halte frem en yngre kar som var hardt skadet, det var tydelig at ryggen var brukket og det samme gjaldt beina og blodet rant fra kjeften på ham. Han hadde ikke lenge igjen. Vardhys knelte ned ved mannen som gispet og hostet og rullet med øynene. «Hva gjorde dette, fortell oss nå!»

Karen spyttet blod og jamret seg. «Troll, det var troll, og noen grusomme tingester som...å guder, det de gjorde med folk...»

Vardhys ristet nesten i ham. «Var de sammen med trollene?»

Mannen nikket, han var askegrå i ansiktet og kroppen ristet. «Ja, de kom...samtidig. Er...noen døgn siden nå»

Vardhys så storøyd på mannen. «Var det en gutt her, Hubar? Han er ikke riktig i hodet?»

Mannen stønnet og nikket igjen, han var på siste verset nå. «Ja, Gothan og Ebret tok ham hit i høst, de...brukte ham. Vi likte det ikke men...de var sterke. «

Vardhys så smalt på mannen. «Vi vet det, vi fant Hubar i live, hvordan unnslapp han?»

Mannen smilte svakt. «Godt, han er…en god gutt. De…overså ham. De brydde seg ikke om ham, bare oss. Han løp»

Vardhys lukket øynene et øyeblikk, det måtte bety noe. «Er dere alle her?»

Mannen hostet blod igjen. «Ja, alle drept, gudene straffer oss gjør de ikke? Vi gjorde onde ting og nå straffer de oss.»

Vardhys prøvde å smile. «Jeg tror ikke de straffer dere, dere har gjort dumme ting men det var på grunn av nød.»

Mannen hveste formelig, han var blitt enda gråere i ansiktet nå. «De to, brødrene, de drepte noen reisende, adelsfolk. Vi ville bare rane dem, men de drepte.»

Vardhys smilte kaldt. «De har fått straff som fortjent, tvil ikke på det. Hvil i fred, forfedrene dine vil ta godt i mot deg»

Mannen grep tak i Vardhys arm med en merkelig styrke. «Vokt dere, de er mørket selv. Vi hadde ikke en sjanse»

Vardhys strøk fort over det blod stenkede håret og holdt mannens hånd, det var en svært ung kar, neppe stort eldre enn Vardhys selv og det var kvalmende å tenke på at han hadde ligget der døende i flere dager alene blant alle kadavrene. «Jeg vet, ikke kjemp nå, det er greit å slippe taket»

Mannen så skremt og fortvilet på Vardhys men blikket ble brått tomt og grepet løsnet, Vardhys svelget stivt og kjente en underlig hul følelse i brystet. «Hvil i fred, du fortjente ikke dette, hva du enn har gjort i livet»

Han rettet seg opp, så at alle karene var temmelig påkjent av dette. «Menn, vi samler de døde og brenner dem. Det er ved langs veggen av hulen her, og deretter skynder vi oss tilbake til landsbyen. Om trollene følges av noe slikt må vi forberede oss, for jeg har aldri hørt om noe lignende.»

Hala så ned i bakken, ansiktet var furet. «Det tror jeg ikke det er mange som har herre, om noen!»

Vardhys sto med tomt blikk og så på at de stablet de døde sammen og dekket haugen med tørr ved og dødt gras de samlet utenfor hulen. Alfons tente bålet og snart sto flammene mot himmelen, lukta av brent kjøtt fikk de fleste til å rygge bakover og trekke seg langt unna. Vardys nektet å vike, disse mennene hadde vært lovløse og fordømt for hva de hadde valgt å gjøre men det var forståelig. Han kunne skjønne nøden og fortvilelsen som drev dem til dette, og mangelen på sterke ledere som kunne ført dem inn på en bedre vei. Han følte medynk med dem og håpet at han ikke hadde løyet, at sjelene deres kom til å havne hos forfedrene og ikke i et eller annet helvete. De merkelige bleke skapningene så ut som om de kom derifra, han hadde aldri sett noe mer forferdelig og håpet at de ikke måtte slåss mot noe slikt. Ildøye virket for å være effektiv også mot slike monstre men han var bare en, hva kunne de gjøre om det var mange av de beistene?

Da han og de andre red tilbake til landsbyen var det med en følelse av forvirring og frykt, og Vardhys håpet inderlig at gudene visste hva de gjorde da de utpekte ham til å jakte på troll. Selv hadde han liten eller ingen selvtillit tilbake, men Alfons smilte til ham og klappet ham på ryggen og Hala og de andre karene fulgte ham. Jo, han måtte være sterk, for det var ingen annen utvei. Han var av kongelig blod, riktignok en bastard men han skulle gjøre ære på sin mors navn.

Cian

Festningen de hadde funnet viste seg å være forbausende stor,
og meget gammel også. Antagelig hadde en eller annen mektig
slekt holdt til der i riktig gammel tid men nå hadde den stått
tom lenge. Noen hadde sikkert bodd der til tider for det var ved
i lagrene og høy i låvene men husene var slitt og takene lekk.
Cian var uansett glad for at de var kommet frem, og han visste
at de nå allerede var i det området som ble kalt de tre vinders
fjell. Årsaken var at dalene lå slik til at vinder fra ulike
retninger ville møtes der og skape særdeles uforutsigbart vær.
Han var begynt å bli kjent med Egel og de andre flyktningene
som hadde kommet til gruppen, og han satte pris på deres
kunnskaper for de var dyktige håndverkere og satte i gang med
reparasjoner så å si med en gang. Det gikk ikke mer enn et par
dager før takene var tette og noen av ungdommene gikk
gjennom hele festningen og stengte av rom som var utrygge på
noe vis. Festningen lå merkelig til innunder en bratt fjellvegg
og det hadde antagelig beskyttet den mot vær og vind, det var
egentlig litt pussig at den ikke var mer forfallen.
Det var staller der til hestene og rom til de andre dyra de hadde
tatt med fra røvernes leir og snart begynte de å fungere som et
lite samfunn. Soldatene øvde hver dag, Georg drillet dem
nådeløst og noen av ungdommene ble med, ivrige etter å lære.
Egel viste seg å være meget dyktig med husdyra og sanket
urter og andre ting som ville gjøre dem sterkere og friskere. De
ville måtte møte vinteren der, den var allerede kommet og Cian
håpet bare at den ikke ble lang. Noen ganger varte snø
sesongen i flere måneder så høyt oppe men han håpet at denne
ble kort.
De fikk oversikt over alt som fantes av utstyr, lagde planer for
hvordan de skulle skaffe mat og kvinnene vasket og ryddet og

gjorde de før så kalde og triste rommene til hjem. Cian sørget for at alle fikk det behagelig, at alle hadde det de trengte fysisk men han så også at mange ennå slet med det de hadde vært gjennom. Noen av jentene som hadde kommet med Egel hang mye sammen med kvinnene fra leiren og det virket for at de forsto og bidro til å bedre ting. Cian prøvde å samle det han visste, å lage en plan. Om han skulle lykkes i å bringe fred til rikene kunne han ikke bare valse rundt på lykke og fromme, han trengte informasjon og reell kunnskap om forholdene og det irriterte ham at han ikke hadde noen av delene. Vinteren kunne uansett blir lang der, men heldigvis kunne de forberede seg og trene.

Reinu hadde fort funnet smia der, den var stor og velutstyrt og det var sjelden at det ikke var noen der inne, travelt opptatt med å lage alt fra redskaper til våpen. Hun hadde tre menn som assistenter, alle hadde vært smed lærlinger før og kunne en del og hun lærte villig fra seg. Cian var imponert over energien hennes, og viljen ikke minst. Hun samlet de andre kvinnene, fikk dem til å innse at de nå kunne gjøre noe godt og ta tilbake den æren de hadde tapt. De fleste var ivrige etter å gjøre som hun foreslo og bli krigere.

Cian hadde sett tegningene hun hadde laget av stridshammere, og de hadde etter en god del krangling blitt enig om et utkast som var både vakkert og effektivt. Våpenet lignet ikke vanlige stridshammere, det var mer elegant, mer feminint men ikke mindre dødelig enn en vanlig hammer. Reinu hadde begynt å smi allerede, og i festningen hadde det vært et rustningskammer med både rustninger og gamle brynjer. Reinu ville gjøre dem om og få dem til å bli effektive igjen. Cian tvilte ikke på at hun kunne gjøre det.

Han satt ofte ved bålet og stirret på det merkelige smykket som hadde ligget på sarkofagen i krypten, og medaljongen, noe sa ham at dette var ting de ville trenge. Og rubinen holdt han innelåst i et skrin og greide ikke engang å se på den, det var som om navnløs ondskap ventet under den vakre røde overflaten og han forbannet igjen dagen da han fant den. Men han hadde ikke blitt gal ennå, i det minste hadde han ikke merket noe til det, sannsynligvis tok det nok noen år å komme til det nivået.

Han red ut med Tordenkile og Karma, jaktet med de andre karene og knyttet bånd med dem, så til at treningen aldri ble for ensformig men mer lystbetont og han brukte alt han hadde lært for å forberede mennene på hva som kunne komme. Dalen borgen lå i var frodig og det var store enger der og på et vis ønsket han nesten at dette kunne bli hans hjem fra nå av. Festningen var blitt beboelig igjen og om ikke akkurat komfortabel så i det minste trygg og ungdommene sørget for at det var liv og leven hele tiden. Egel holdt dem i tøylene men ikke for hardt og Cian kunne ane at den mannen kunne blitt en meget god leder hadde han blitt født som noe annet enn en bonde. Egel fortalte om faren, om hva han hadde forutsett ville skje, og Cian var redd for at Harod hadde hatt rett. Området rundt Zhymorne og bukta var antageligvis ødelagt. Havet hadde kommet og det gjorde ham merkelig nervøs for hva nå? De hadde vært der i kanskje tre uker da de første menneskene dukket opp, flyktninger på vei østover. Cian måtte beklage og fortelle dem at det ikke lenger var noe å flykte til der borte, alt var vekk og om de greide å ta seg til Felderi var det antagelig like ille der. Festningen var stor og kunne romme mange og slik steg befolkningen, litt etter litt, en gruppe av gangen. De fleste var fattige folk, bønder og leilendinger, tjenere og løsarbeidere og en stor porsjon av dem var kvinner. Mennene var blitt tvunget ut i krigen og uten menn til å forsvare seg var de et lett bytte for plyndring og overgrep. Reinu var av dem som tok i mot dem, som hjalp dem til å bearbeide det de hadde opplevd og Georg og Egel satt ofte med de nyankomne og skrev ned alt de kunne fortelle om forholdene der vest. Cian begynte å få et slags inntrykk av hvordan tilstanden var og den var ikke mye lystelig.

Det som bekymret Cian mest var først bare vage rykter men ettersom nye grupper dukket opp forsto han at det faktisk var noe i det. En eller annen hadde startet en slags religiøs vekkelse og det av det slaget som slettes ikke virket særlig beroligende. Det virket for at det spredte seg som ild i tørr lyng og han ble rasende da han forsto at folk som allerede hadde lite eller ingenting gav det vesle de hadde for å bli bedt for eller for å bidra til at de som preket fikk til livets opphold. Han gjennomskuet dette meget lett og forsto at noen utnyttet krigen og nøden for egen vinning. Han bestemte seg for at dette var noe av det han først ville til livs når de nådde slettene.

En sen kveld kom det enda en gruppe flyktninger, denne dalen var en av de få som var åpne langt østover og forholdsvis trygg så mange valgte den selv om det var en meget lang vandring gjennom fjellene. Det var bare de desperate som gjorde det nå, om vinteren, og de folkene som hadde ankommet var stort sett det. De hadde ingenting igjen annet enn livet og håpet om å finne noe bedre østover eller nordover var alt som drev dem. Denne gruppen var liten, men de som var i den hadde hatt høyere status enn resten av befolkningen. Det var en kvinne fra en temmelig rik gren av Ranclin ætten og hennes to døtre og to vakter. Alle red og var godt kledd men Cian merket for at disse hadde opplevd noe så forferdelig at de neppe ville klare å bearbeide det på lenge. De hadde ikke hatt noe valg, flukt hadde vært eneste alternativet.

Cian fikk plassert dem i rom og de fikk mat og et bad og etterpå kalte han fruen og vaktene til seg. De to jentene var kanskje en ti elleve og rundt femten år gamle og så skremt at de ikke snakket. Begge var tynne og bleke og øynene alt for store i ansiktene. Han ante at disse to barna hadde sett noe barn aldri skulle opplevd.

Fruen var en vakker kvinne men gammel før tida, sorg og frykt hadde tæret på henne og hun beveget seg som en olding enda hun neppe var over førti. Cian så til at hun og vaktene satt godt og så fikk han en av de andre der til å hente litt varm vin og litt brød til dem. De hadde ikke mye mat men han følte at disse trengte litt ekstra. «Så, dere kommer fra Darazzen?»

Kvinnen nikket, hun hadde presentert seg som Lyindia og hun hadde en egen verdighet ved seg men den var slitt temmelig tynn. «Det stemmer min herre, vi kommer fra området rett nord for bukta, på grensen mot Longil. Min mann....»

Hun snufset hjelpeløst. «Min mann hadde et gods der, vi levde bra, helt til krigen kom. Min mann døde i kamp, og jeg klarte å holde oss trygge lenge men i høst endret alt seg.»

Cian ante at hun nok hadde vært en sterk person, en som andre samlet seg rundt. «Dere hadde godt forsvar?»

Hun nikket. «Godset var en gammel festning, og jeg hadde bare folk med stor troskap mot min ætt. Vi bodde avsides også, og i utilgjengelig terreng så krigen kom aldri til vårt len. Vi klarte oss bra, og jeg håpet at det ville gli over med tiden»

Cian bikket på hodet. «Den vil ikke gi seg frue, for noen prøver desperat å holde den i gang med alle midler. Hatet får ikke dø, og volden lever med det»

Lyindia nikket stivt. «Dolkens spiss, de kaller ham det. En av slektningene til Thomas av Darasher, det er han som startet alt og holder det i gang.»

Cian rynket pannen. «Er du sikker?»

Hun nikket stivt. «Ja, jeg er sikker, alle vet det. Ryktene flyr fremdeles som vinden selv om folket prøver å unnslippe. Bare de tapre og de døde blir tilbake nå, det er lite igjen å kjempe for annet enn æren. Den er kun et tomt ord, allikevel er den alt noen bryr seg om.»

Cian sukket, galskap var ordet som beskrev alt best. «Men alt forandret seg i høst?»

Hun nikket, tok en stor slurk av vinen og han så at hendene hennes skalv. «Ja, herre, jeg har aldri opplevd noe lignende!»

Cian rettet seg opp og Lyindia stirret ned i bordet. «Først var det bare rykter, om folk som kom fra Nierez og Arzam og preket om en gudinne som kunne frelse folk, bringe freden tilbake om de bare gav og ofret. Vi trodde det var slikt som skjer i krigstid, noen prøver seg alltid og utnytter alle muligheter til å vinne litt makt og innflytelse. Vi brydde oss ikke mye om det.»

Cian bare stirret med fast blikk og Lyindia virket for å få styrke fra det, hun løftet hodet litt og blikket ble sterkere og mer fritt. «Så kom de til landsbyen som lå innenfor vårt område, folk der hadde nesten ikke merket noe til urolighetene og alt var normalt. Men det varte ikke lenge.»

Cian bikket på hodet og så at de to vaktene var bleke, begge var digre røslige menn men han ante at de antagelig var rystet til margen. «Utdyp det er du snill?»

Kvinnen trakk pusten dypt. «De startet i det små skjønner du, gjorde seg til venns med folk, vant sympati. Så begynte de å fremme forslag, å trekke frem gammel urett, å vri folks tanker og sinn og mange trodde alt de sa.»

Cian sukket lavt. «Folk uten dannelse gjør gjerne det, det er i vår natur å følge om noen som kjenner sannheten trår frem og tilbyr seg å lede.»

Hun fnøs, satte fra seg vinglasset. «Sannheten? Sannheten var at de hadde det godt, i vårt len sultet ingen, ingen var slave eller trell og livet var godt. Tungt så visst men enkelt og forutsigbart. De røsket opp i alt herre, snudde alt på hodet i løpet av et par uker. Brått var folket overbevist om at enden var nær, at de var syndige og onde og at bare offer og bønn kunne redde dem!»

Cian bet seg i underleppa, lente seg bakover i stolen med smale øyne. «Det høres ut som dyktige manipulatorer, folk som er trent og vet hva de skal gjøre.»

Hun hveste lavt. «Det er akkurat hva de var, tro meg! De sier at den sekten kommer nordvest fra, at det har vært noen få troende der nord i lange tider men de har aldri hatt reell makt. Nå derimot sprer de seg mer og mer og gjør situasjonen enda verre for folk flest. Det er planlagt herre, noen sitter der og styrer alt og gleder seg over folks elendighet»

Cian forsto det, og det var skremmende, enda mer skremmende enn krigen selv. Slag var en ting, de kunne en om nødvendig avverge men noe slikt? Å forgifte folks sjeler og tanker var langt verre. «Så hva skjedde så?»

Lyindia svelget, lukket øynene et kort øyeblikk. «Folk ble fanatiske, de gav alt til disse såkalte prestene og begynte å vende seg mot andre som ikke var blitt omvendt. Mange ble drept herre, for mange!»

Den ene vakta kremtet og Cian så på mannen, han virket ille berørt. «Jeg hadde en bror, han var kanskje seksten år, en virkelig god gutt som skulle bli bøkker. De hengte ham opp etter armene fra et tre og tente et bål under ham, fordi han visstnok hadde besudlet æren til en av de kvinnene som var omvendt»

Cian så smalt på mannen. «Og det hadde han ikke?»

Vakten spyttet på golvet med en grimase av avsky. «Selvsagt ikke, han hadde høflig bedt henne om å flytte seg fordi han kom med en hel trillebår med materialer og hun påstå at han hadde rørt henne. Det var visst nok»

Cian gyste nedover ryggen. «Galskap, og mer?»

Lyindia svelget stivt. «De brente fem kvinner, levende. De mente at de drev med svartekunster.»

Cian følte en slags oppgitthet. «Og hva gjorde de?»

Hun ristet på hodet. «Alle kjente alle i landsbyen, alle var avhengige av hverandre. De fem lagde plantefarger vi brukte på garnet vårt og tøyene våre, og de kokte urter som ble brukt til å styrke dyra for vinteren og sanket bær og slikt og lagde krydder. Alle visste at det ikke er svartekunster? Men brått var alle overbevist om at det var trolldom!»

Cian bare lyttet, øynene hans var smale sprekker av blå ild og det virket for at rommet var blitt kaldere helt plutselig. «Slik galskap sprer seg frue, alle prøver å overgå hverandre i fromhet og det blir som et snøskred, det vil ikke stanse før det treffer noe solid!»

Lyindia nikket stivt. «Det kom til godset også, noen av tjenerne forlot oss bare, og andre prøvde å omvende oss. Jeg hadde fire døtre og en sønn herre, de to jentene du har møtt er alt jeg har igjen av slekt.»

Cian følte seg svett og han så smerten i blikket hennes. «De ble drept?»

Hun nikket. «Min sønn først, han var ute for å jakte og jeg tror de lå i bakhold og skjøt hesten hans. Men han drepte noen av dem før de fikk ham. En av mine trofaste så det fra avstand men vågde ikke nærme seg. Han sa at de skar ham i småbiter, sakte, mens de prøvde å få ham til å besverge seg til den forbaskede gudinnen.»

Cian besluttet der og da at alle som ankom måtte sjekkes grundig, fikk de noen av disse fanatikerne dit kunne det gå galt. Han ville ikke ha spioner eller overløpere blant sine. «Vi stengte godset helt, isolerte oss. Det var en desperat handling men alt vi kunne gjøre uten mer menn. Vaktene jeg hadde var lojale nok, de var forsverget til min mann og ville ikke svikte ætten vår.»

Cian helte mer vin i begeret hennes og hun smilte matt og takknemlig. «De to døtrene dine?»

Lyindia smilte vagt. «De var fem og sju år gamle herre, bare barn. Barn er sjelden klar over at ting er farlige, de forstår ikke slikt. De gikk ut av rommene sine en natt og antagelig hadde de gått til taket for å leke. Det var et stort flatt tak over ene bygget og vi pleide ofte å sitte der i godt vær og arbeide.»

Vaktene så ned i golvet, den andre stirret så på Cian og det var med et blankt blikk. «De var slike skjønne barn herre, alle elsket dem. Vi pleide å la dem leke med geitene og kalvene på godset og jeg passet dem noen ganger.»

Cian så avventende på Lyindia og hun lukket øynene og det kom en slags jamrende lyd fra henne. «Vi fant dem om morgenen, vi hadde hatt en av de omvendte blant oss hele tiden, uten å vite det. Begge to...»

Vakten brøt inn. «La meg fortelle frue, du bør slippe.»

Cian bare nikket og vakten hadde fått et kaldt uttrykk i ansiktet. «Begge var blitt misbrukt herre, på det groveste. De hadde så stygge skader at de neppe ville ha overlevd, men de hadde blitt kvalt med hvert sitt hårbånd. Og det var en lapp der som fortalte at de ville drepe alle på godset om vi ikke omvendte oss.»

Lyindia svelget stivt. «Det var da jeg fikk nok, det var da jeg tenkte at nok er nok. Vi slo tilbake»

Vakten nikket kort. «Det gjorde vi. Vi var femten krigere på godset herre, vi hadde ikke fulgt vår herre fordi han ville ha noen til å beskytte kona og barna og vi var eldre menn, han ønsket ikke å miste erfaringen vi hadde. Vi sadlet opp hestene og fikk fruen og de to jentene opp på gode stødige dyr og så forlot vi godset.»

Cian rynket pannen. «Fikk dere bare forlate stedet?»

Vakten blåste i nesa. «Selvsagt ikke, de prøvde å hindre oss men tolv av oss krigerne slo tilbake. Vi drepte mange, svært mange og vi red gjennom landsbyen og satte fyr på alt vi så.»

Lyindia var blek. «Det var galskap, rene helvete. Folk brant men prøvde å angripe oss allikevel, det var som om de var besatt! Og prestene!...»

Vakten gliste, et stygt glis. «Vi red dem ned, de var ikke så mektige allikevel når alt kom til alt, bare menn! Feige stakkarslige menn som hadde talegaver men lite annet. Hesten min tråkket ned en og Jarthan her spiddet en annen på lansen sin.»

Jarthan nikket kort. «Kjøtt og blod som alle andre, lite hellig ved ham, kun et menneske. Ingen gudinne hjalp dem, alle fem ble drept.»

Cian så smalt på dem. «Men bare dere fem er her nå?»

Lyindia nikket. «Fem av mennene ble drept, skutt av noen med armbrøst. Fem andre lot jeg ri bort for de hadde familie andre steder de ville se til, og tre fulgte etter oss på avstand for å forhindre at vi ble forfulgt. Vi har ikke sett noe til dem siden»

Cian sukket. «Jeg vil la mine folk holde øynene åpne om de dukker opp, det kan være at de har valgt feil vei et sted.»
Lyindia nikket. «Jeg håper det herre, for de var gode menn.»
Cian reiste seg. «Gå til ro nå, hvil og ta dere inn igjen etter prøvelsene. Her er dere trygge»
Lyindia svelget synlig og blikket var underlig blankt. «Herre, om det får spre seg er ingen trygge.»
Cian så at de to vaktene ønsket å si noe og nikket kort til dem. Jarthan skar en grimase. «Be alle som kommer hit om å frasverge seg gudinnen, nekter de vet dere hva dere må gjøre. La dem ikke snakke til folk her og bli kvitt dem. De som er fanget i det nettet lar seg neppe redde, en skulle tro det var en slags smittsom pest»
Cian klappet ham på ryggen. «Det er kloke ord min venn, vi skal huske det. Jeg er takknemlig for advarselen.»
Den andre vakten trakk på skuldrene. «Jeg vil gjerne slutte meg til dine menn herre, jeg er soldat og har alltid vært det og om du har tenkt deg ut mot slettene for å slåss mot alt dette uvesenet blir jeg villig med. Det er ikke noe mer ærefullt enn å kjempe for å berge folket fra fare, enten av det ene eller andre slaget.»
Cian klemte handa hans kameratslig. «Det er bra min venn, du er hjertelig velkommen. Vi trenger alle de sverd vi kan få tak på»
Cian eskorterte de tre ut og så ropte han på Georg, han følte at dette var noe som de måtte ta tak i med en gang. De to satte seg ned og Cian fortalte det hele og Georg ble mer og mer opprørt og nervøs. Han presset leppene sammen og øynene skjøt lyn. «Jeg forstår din uro Cian, og tro meg, jeg blir urolig selv. Folket trenger ikke enda et problem å måtte slåss mot, jeg undres på om vi kan gjøre noe. Slike religiøse bevegelser er utrolig vanskelige å få knekt, særlig når de som fanges av dem ikke vet bedre»
Cian nikket, han kikket smalt på et kart han hadde liggende. «Hun sa at de kom fra både nord og vest, og at de tydeligvis

har en agenda. Jeg ville ikke vært redd for en tilfeldig oppblomstring av fanatisme for det dør gjerne ut igjen rimelig kjapt men disse blir styrt Georg. De virker for å være som en gresshoppesverm med en hjerne bak, og det er noe jeg aldri har hørt om før.»

Georg la hodet på skakke. «Kaoset utnyttes Cian, av de som kan tjene på det. Det er ingen tro bak disse folkene, ikke nå lenger i hvert fall. De bare bruker det som et springbrett.»

Cian reiste seg og gikk bort til vinduet, kikket ut på det grå været og de grå fjellene, han forsto at folk bet på kroken, de var villige til å tro på alt som gav håp og trøst, og folk er nå engang slik at de gjerne følger de sterke og selvsikre. Han tok en brå beslutning. «Velg ut rundt tretti menn, av de beste. Send dem ut langs dalene, kledd som vanlige reisende. Se om de kan finne noe som kan fortelle oss mer om hvem som står bak dette, og hva slags planer de har.»

Georg fikk en slags skarp rynke i pannen. «Om de kommer over noen slike prester eller omvendte?»

Cian fikk noe hardt i blikket, noe farlig. «Gi dem ordre om å uskadeliggjøre dem og ta dem med hit, men ikke mer enn et par. Jeg vil høre hva de driver med fra dem selv»

Georg reiste seg og bukket fort. «Jeg skal gjøre det, men spre budskapet til alle her, vi trenger å høre det tror jeg, og bli advart»

Cian nikket. «Jeg skal gjøre det så fort kveldsmaten er klar, alle samles da.»

Georg sukket lavt. «Krig, fanatikere, jordskred, hvor skal det egentlig ende?»

Cian trakk på skuldrene. «Gudene alene vet, men jeg akter å gjøre mitt for å slå det ned. Jeg vil ikke vise nåde mot slike oppviglere Georg, jeg vil gjøre et eksempel av dem. Noen ganger må en være hard for å oppnå resultater og jeg vil ikke ha noen problemer med å bruke ufine metoder mot disse folkene. Jeg kan skjønne de som egler til kamp og uro, de vil sikre seg makt eller hevne gammel urett, disse folkene er bare ute etter å sikre seg folks verdier og ødelegge livene deres. Det kan aldri tilgis.»

Georg bukket og gikk og Cian ble stående til han var ute, deretter gikk han til et skap i enden av rommet og gjorde mine til å åpne det men stanset igjen. Han visste at rubinen var der inne og han skulle ønske at han kunne forstått de kreftene den hadde bedre, kanskje den kunne ha hjulpet dem? Han svelget og kikket ned på borggården, det var folk overalt i ferd med å gjøre sine daglige plikter og Cian aktet ikke å miste de som stolte på ham enda en gang. Forrige gang hadde pesten stjålet alt han hadde kjært, denne gangen skulle ingen få knekke ham, en gruppe kappekledde idioter minst av alt.

Han gikk ned til salen da klokka som signaliserte mat ble ringt. De hadde greid å lage en slags turnus mellom kvinnene og de byttet på å lage mat. Slik ble det sjelden det samme og maten var god der om ikke akkurat den mest næringsrike. Det ble jaktet men Cian ville ikke tømme området for vilt og han var glad for at mange visste hvordan de skulle finne røtter og nøtter og slikt som kunne supplere det forrådet de hadde. Denne kvelden var det en slags stuing og den luktet forholdsvis bra så han satte seg og ventet til at folk var samlet før han slo kniven sin mot en bolle. Folk stanset snakket og stirret mot ham og han reiste seg fort. Karma lå bak ham og strakte seg og han følte at katten på et eller annet vis forsto ham, det var noe avventende i det juvelaktige blikket.

«Mine venner, jeg har sverget å beskytte de svake og de forsvarsløse, de uskyldige og de som intet har, det er mitt æresord som ridder, som min konges utsending. En ny trussel har vist seg, en trussel som angår oss alle!»

Han fortalte fort om Lyindia og det hun hadde opplevd og spedde på med de ryktene han hadde hørt og folk så litt skremt ut. Noen mumlet og gjorde tegn for å beskytte seg mot onde ånder og Reinu sto bakerst i rommet og så ut som om hun hadde smakt på noe motbydelig. Hun skar en grimase. «De kan sammenlignes med gribber disse folkene, med likhunder, som roter på slagmarkene og graver opp de døde. Det er ingen ære i hva de gjør, ingen ting annet enn ondskap. Men vi skal slå tilbake, våger de seg hit skal vi knuse dem»

Det lød dempet jubel fra mange og Reinu gliste djevelsk. «Vi er sterke, vi er mange og vi blir flere hver dag. Hør på vår herre, han vet hva vi kan skape av forskjell. Vi skal berge vårt land»

Cian så at folk hørte på Reinu, hun var en av dem og hun hadde en slags mørk karisma som var vanskelig å overse. Han nikket. «Reinu vil smi våpen til alle som ønsker å slåss, og mine menn vil trene dere. Vi må være forberedt på at denne blodstormen vil nå også oss.»

Folk stirret tilbake og det var ild i mange av blikkene, alle hadde de mistet mye og trangen til å hevne seg og sine var sterk. Cian visste at det var den sterkeste drivkraften som var, han kom til å ha en hær få andre kunne måle seg med, drevet ikke av trangen til rikdom eller berømmelse men kjærligheten til sitt land og folk. Det lovet godt. Han gikk tilbake til rommene sine og visste at Georgs menn ville gjøre en god jobb. Var det noen av de omvendte eller disse falske profetene noe sted i nærheten ville de finne dem, og Cian skulle få dem til å snakke. Han smilte stivt. Han så frem til det!

Theles

Kapteinen på Fruen satt i kahytten sammen med tre andre menn, også kapteiner og de hadde lyttet til det han fortalte med økende forferdelse. Det hadde gått ti dager siden han møtte den gamle mannen og nå hadde Fruen og de andre skutene seilt inn gjennom det smale sundet og var på vei til selve bukta og den sørøstlige delen der de skulle ankre opp for å laste av mannskapet og utstyr til Hanek. Armadaen var samlet nå, og kapteinene hadde blitt advart. Det hadde gått småbåter mellom skutene som skytler i en vev og til og med de små båtene som kun fraktet ting som seilduk og tauverk var blitt fortalt om faren.

Theles stirret på de tre, de styrte over de tre andre store krigsskipene i armadaen, Sjøens vrede, Sverdet og Kongens skjold. Alle tre var gode skuter, ikke så store som Fruen men mektige skip og godt utstyrt. Kapteinen på Vreden stirret på ham gjennom et gardin av lange øyebrynshår, mannen minnet Theles om de små hundene noen adelsfruer holdt, så hårete at de snaut kunne se. «Om disse galningene har lagt slike planer er det ikke mange måter de kan gjennomføre dem på, og er vi sikre på at disse folkene alt har slik makt?»

Theles så litt tvilrådig ut. «De er sterke nordover og visstnok i Arzam til en viss grad?»

Den andre kapteinen der som styrte Sverdet trakk seg i skjegget og brummet kort. «De kan antagelig klare det ingen hær kan, å spre seg forbasket fort. De er vanlige folk, og stanses neppe av andre.»

Kapteinen på Skjoldet myste på dem, han så dårlig men var en glitrende sjømann og han trakk frem en bit pergament fra jakken sin. «Jeg har en slektning i Tholir, en gammel fetter av min far. Han sendte meg dette med en due og jeg fikk det for noen dager siden. Alle vet at flåten er på vei nå, og han mener at denne vekkelsen har spredt seg med lynets hastighet, men mest i nord og østover.»

Theles så skarpt på mannen. «Nord for fienden mener dere? Der ingen kan stanse dem»

Kapteinen på Vreden nikket stivt og de to andre så på hverandre. Alle tre var eldre menn og de var svært erfarne krigere også, de så strategien bak dette. La de med makt slåss seg i mellom og spre kaos bak linjene. Den svaksynte kapteinen klødde seg diskret i håret, flasset drysset og Theles skar en grimase. Fyren brød seg ikke mye om personlig hygiene, det var heller tydelig. «Det stemmer nok, de vil utnytte krigen»

Kapteinen på Sverdet bet seg i underleppa og skar en grimase. «Saken er jo at vi kan bli utsatt for et angrep, og skutene kan bare angripes fra sjøsida. Det er få andre båter i området her og jeg kan ikke fatte hvordan de har tenkt å gjøre noen skade på en hel armada med krigsskip?»

Theles trakk pusten. «Brannskip, det er eneste måten en kan gjøre det på, og dere vet det også»

De tre nikket stivt, de var redde for brannskip og det med rette, et slikt våpen var skrekkelig og ødela moralen totalt. Å sende en brennende skute rett inn i en annen båt var et skittent triks og et effektivt ett. Seilskutene brant godt og fort og alle sjøfolk fryktet brann. «Så hva gjør vi?»

Theles trakk pusten dypt. «Vi ankrer opp med god avstand mellom skutene, vi holder utkikk kontinuerlig og setter ut en rekke av småbåter utenfor selve oppankrings plassen. Og vi har vakter på land, mange vakter.»

Kapteinen på Skjoldet nikket ivrig, han banket nesten i bordet. «Ja, og noen av skutene har brannsprøyter også, vi setter dem ytterst»

Theles nikket. «En ypperlig ide, vi ror folk i land i det øyeblikk vi når frem, vi venter ikke. De skutene som frakter tyngre utstyr og hester får legge til piren først og de har kort tid på seg, fortell dem det. De må få alt av og legge ut igjen. Vi er mindre sårbare her ute»

De tre så fornøyd på ham, det var en god plan men Theles var redd det ikke var nok. Han geleidet de tre ut igjen og ble stående å se på at de ble rodd tilbake til sine egne båter. Neste kveld ville de være fremme om ikke vinden snudde men det gjorde den neppe på denne tida av året. Det var mulig at de seilte inn i en felle men når byttet var klar over fella gikk det neppe særlig bra for jegeren. I det minste håpet han det. Han håpet at mannen han hadde sendt ut for å advare kongen selv nådde frem, han burde nærme seg nå om ikke noe var skjedd ham. Theles ropte noen ordre til mannskapet, de seilte tett og styrmannen måtte ha øynene åpne hele tiden så de ikke kom for nær de andre båtene. Han undret seg bare på om de hadde gjettet riktig, og om brannskip virkelig var hva deres fiende hadde tenkt å bruke. Det var et velkjent knep, og Theles hadde en gnagende følelse av at ingenting ved dette ville bli ordinært eller normalt.

Han satte seg ned ved skrivebordet og fant frem penn og papir, skrev et langt brev og håpet at det ville komme frem. Hanek sendte duer med alle skipene og Theles hadde stor tiltro til fuglene. Han hadde slekt i hovedstaden og ønsket å ha sine ting i orden om det verste skulle skje. Brevet var en hilsen og en beskrivelse av hvor testamentet hans var og han skar en grimase for seg selv mens han forseglet det. Han hadde aldri vært i en slik situasjon før at han virkelig trodde at han kunne blir drept, før hadde han på et vis ansett seg selv som nærmest uangripelig og han hadde ikke engang blitt såret i de kampene han tross alt hadde vært gjennom. Han gav brevet til en tjener som lovte å sende det så fort det ble lyst og Theles gikk til ro for kvelden med en følelse av at han hadde oversett et eller annet.

Den neste dagen var det stri vind og det kom sludd i kalde byger fra en stålgrå himmel. Alle hutret mens de gjorde sine plikter og alle skutene hadde fått beskjed. Det var lagd en temmelig stram plan for hvem som skulle losse først og piren ved denne havna kunne ta fem skuter av gangen. Den var lang og solid med gode ramper og det var nok med menn som kunne fortøye og sikre skutene i løpet av få minutter.

Theles så at hovedstaden i dette lydriket ikke lå langt unna, han visste at det var der den forsvunne dronningen hadde holdt til, og hennes slott var nå okkupert av slekten til den avdøde svigersønnen. Hva slekt var det han hadde vært av igjen? Arcan? Ranclin? Theles kunne ikke brydd seg mindre, for ham var alt som tellet at dette gikk fort og smertefritt for seg. De skutene som fraktet hester og våpen ble losset først, og de fem første var allerede fortøyd og ble losset. Hver skute av det slaget kunne frakte rundt et hundre og femti dyr og menn løp frem og tilbake mellom piren og innhegningene med vrinskende og skjelvne hester. Dyrene hadde ikke godt av en slik lang sjøtur og var medtatt og Theles visste at de ville trenge noen dager med godt for og hvile for å komme seg igjen helt.

Bare hestene kom til å ta mange timer for det var ikke alle som frivillig forlot den trygge mørke stallen de hadde blitt vant med og det ble slåss en del med mange av dem. Noen skuter ankret opp utenfor stranda og var slik bygd at dyrene måtte jages over rekka for så å svømme i land og havna kokte av aktivitet nå. Theles skulle ikke i land med Fruen, hun trengte ikke det. I stedet lå hun og de andre krigsskipene utenfor frakteskutene som en slags beskyttende mur. Utstyr og våpen ble losset etter at dyrene var trygt i land og skute etter skute ble tauet inn av lettbåter og forankret. Det gikk bra foreløpig og ikke noe tegn på problemer hadde oppstått, ikke i det hele tatt.

Da dagen begynte å gå mot slutten var det kun noen troppetransportskip og skip med annet materiell igjen og Theles trakk et lettelsens sukk. Han begynte å tro at dette faktisk ville gå bra allikevel, at fienden hadde glemt dem eller blitt overveldet av antallet skuter. De skutene som hadde losset av lå fortøyd utenfor havna omringet av noen av krigsskipene og Theles så at de lå noe tettere enn ønskelig. Han bet tennene sammen og så at det allerede ble mørkt, det var ingen vits i å signalisere med flagg nå, Ingen ville se det uansett. Han hentet i stedet en lampe og begynte å sende signaler til lederne på krigsskipene og gav dem ordre om å spre båtene mer. Noen skuter begynte å flytte seg, men det gikk sakte og vinden var svært sterk nå. Det var pålandsvind og regn i kastene og ingen som ikke måtte var på dekk nå. I land begynte havnearbeiderne å pakke sammen for dagen siden fakler og lamper ikke greide å lyse opp nok og Theles visste at de siste skutene måtte vente til dagen etter. Det var forbasket men sant, og han trakk pusten og forberedte seg på å skrive logg for dagen og gå til køys.

Han hadde rukket å gå ned i kahytten og trekke av seg frakken og hatten da han hørte rop, de var fjerne men lyden av dem var såpass skarp at han forsto at dette var alvor, hva det enn var.

Han raste opp på dekk igjen akkurat tidsnok til å se at en skute brått brast i flammer og han sto der lamslått uten å skjønne hva som skjedde i flere sekunder før det traff ham. Det var en liten skogkledd halvøy et stykke fra havna, og den var nærmest å regne for ei steinrøys men nå var det tydelig at noen hadde funnet nytte for den. To skuter brant mens de sank og det kunne bare bety en ting. Dette var ikke et enkelt knep som bruk av brannskip, dette var noe langt verre. De der inne hadde en katapult eller blide og kastet tønner med olje.

Theles så at mannskapet var vettskremte, avstanden fra havna til halvøya var stor og ankomsten svært vanskelig, fem mann kunne holde stand mot en hel hær der ute.

Theles så at en tønne suste gjennom lufta mot ennå ei skute, kapteinene trakk ankeret nå og et par skuter kolliderte i iveren etter å komme seg vekk. Tønna traff skuta midtskips og Theles følte en motvillig beundring for den som avfyrte katapulten, vedkommende var god!

Han skrek ordre og Havet's frue trakk anker og heiste seil. De var langt vekk fra halvøya, på andre siden av flåten og de tre andre store krigsskipene var også langt unna nå. Ingen av dem var bevæpnet slik som Fruen og Theles kjente at spenningen fikk hjertet hans til å hamre.

En av offiserene kom løpende, han var blek. «De vil senke skutene kaptein, hver og en av dem.»

Theles så smalt utover sjøen, det var godt mulig de ville klare det men hvorfor? Hva var vitsen med å senke skutene nå, som de var losset? Svaret traff ham som en hammer, avledningsmanøvrer. Han snudde på hælen og grep lampa, signaliserte desperat over til de av de mindre stridsskipene som lå nære land. «Havna vil bli angrepet, bevæpne soldatene og landsett dem, nå!»

Theles stirret på baugen, på katapulten de hadde. Den var svært sterk, og bare en ekspert kunne bruke den. Han tok en beslutning der og da. «Menn, rull tønnene ut på dekk, vekk tømreren. Vi skal slå tilbake»

Det lød dempet jubel fra karene og de trådte til verket. Fruen ble vendt mot halvøya og avstanden var skremmende stor, Theles hadde aldri fyrt av noe på så stor avstand noen gang. Han ante ikke om de kunne klare det men han ville prøve. Å komme nærmere var vanskelig siden det ble grunt der, og det lå mange små skuter i veien. Han måtte sende prosjektilet høyt om det skulle gå.

Theles stolte på erfaringen, på årene som sjømann. Han kjente bølgene som han kjente sitt eget hjerte og han visste hva Fruen kunne klare. Han seilte henne så nær som mulig, helt til matrosen i baugen skrek at de kun hadde to favner under kjølen, da slapp de ankerene og Theles så at tømmermannen forankret katapulten i dekket. Det var spesial laget og forsterket kun med tanke på dette og Theles håpet at den gamle jenta tålte den julingen hun nå ville få. Katapulten var lagd av solide eikestokker forsterket med stål og den fungerte etter motvekt prinsippet. En av offiserene var ekspert på den digre konstruksjonen og stilte inn kastearmen etter avstand og vinkel. Det var ikke enkelt men Theles stolte på mannen, han var erfaren og visste hva han gjorde. To tønner ble plassert i kassa og Theles så at hele fem skip nå brant. En var truffet i baugen men den kom til å greie seg, brannen ble fort slukket og de materielle skadene var neppe store. Men flere skuter hadde seilt inn i hverandre og panikken var stor.

På land var det kaos, Theles hadde hatt rett. Det var folk der inne klare til å plyndre havna men Theles ordre hadde avverget det verste. Antagelig hadde Orm vesle tenkt at han kunne spe på litt med å stjele men det var en lite god ide, siden flere skuter hadde rukket å lesse av enn vanlig var det fullt opp med Haneks soldater i de fleste buene der og Theles hørte skrik og rop og leven. Noen sjørøvere var ikke engang en utfordring for Haneks godt trente styrker og Theles kunne konsentrere seg om katapulten på halvøya. Det var så mørkt nå at de ikke engang så målet men de visste hvor det var og Theles nikket kort til offiseren.

Mannen stakk en fakkel bort i lunta som var festet til tønnene og bommen ble fiksert mens vektene ble lagt i. De la i alt de hadde, rubbel og bit og mere til og kastearmen jamret seg av presset. Dekket knaket og det virket for at skuta nesten endret litt form for det virket for at rekka ble presset litt utover. Fruen tålte ikke dette lenge.

Skytteren ventet, han måtte ikke fyre før skuta lå helt perfekt i ro og midt mellom to bølger hev han seg bakover og trakk i snora som var utløseren. Det lød et slags sukk, så en knakende lyd og deretter dundret det som om himmelen var ved å falle ned. Armen svingte med brutal kraft, og Fruen gjorde et hopp, vannet slo langs skutesida og Theles så at flere av dekksplankene sprakk. Hun tålte ikke å fyre av en gang til.

Tønnene så ut til å fly alt for bratt opp men det var en illusjon, flammen som fulgte dem viste Theles at de var på riktig kurs. De fløy høyt over de andre skutene og Theles holdt pusten. De måtte nå frem, de måtte ødelegge katapulten på halvøya. Hvordan hadde Orm kunnet bygge den der usett? Theles ante at det antagelig var noen utro tjenere i havnefogdens nærhet og han aktet å finne dem og kjølhale dem grundig.

Tønnene virket neste for å henge i lufta over halvøya, så raste de nedover og Theles kunne høre to distinkte smell. Deretter slo flammer opp over trærne og steinene og Theles gliste stivt. De hadde greid det, halvøya ble et inferno nå. Den oljen de brukte var tyntflytende og svært brennbar og han ante at ingen der borte ville klare seg. Han håpet bare at soldatene greide å fange noen av de skyldige levende, han ønsket å forhøre dem grundig.

Fire skuter brant i havet, båter gikk i skytteltrafikk for å redde mannskapet og skutene ankret opp igjen men Theles hadde andre ting å tenke på nå. Fruen var sprunget lekk, den enorme belastningen hadde vært for mye for det gamle skroget og hun tok inn mye vann. Det var høyvann så Theles så bare en løsning på problemet. Han heiste ankerene og satte kursen innover. Ved havna gikk det ut en smal elv, den var sti og hadde gravd ned i grunnen og Theles seilte Fruen rett i mot strømmen og inn i elvemunningen. Der gikk den gamle skuta på grunn med et skjærende brak og en slags jamring. Når lavvannet kom ville hun stå nesten på tørr grunn og de kunne reparere henne forholdsvis enkelt. Elva var ikke så stor nå at den utgjorde noen fare, de kunne lede den vekk med enkelhet og Theles så at alle var uskadd og at de andre skutene omgrupperte seg. Han tok hatten og frakken og spente sverdet sitt ved siden. Førstestyrmannen sto ved ripa og så litt forbauset ut. «Kaptein, hvor skal du?»

Theles sukket. «Inn til havna, jeg vil se hva som har skjedd der. Jeg er en av Haneks øverste offiserer, det er min plikt å se om det er noe mer vi kan gjøre. Du har skuta til da, se til at vannet lenses så fort som mulig og få oversikt over skaden.» Førstestyrmannen bukket servilt. «Som de ønsker kaptein.»

En lettbåt rodde Theles til land og han følte seg brått ustø og lett svimmel. Det var normalt når en var mest vant til sjøen under beina og han svor og tenkte for seg selv at landkrabber var merkelige vesen. Havna var full av folk nå og en av offiserene der så ham og kjente ham igjen. Mannen gjorde fort honnør. «Admiral, det er en ære å møte deg. Det skuddet var utrolig!»

Theles hørte beundringen i mannens stemme og smilte litt stivt. «Takk, har dere funnet ut hvem som sto bak?»

Offiseren nikket og et øyeblikk glødet blikket hans litt uprofesjonelt. «Om vi har, vi har fanget fem av dem levende. Pakk og avskum som burde vært hengt for lengst. De sier at Orm hyrte dem og at det var noen andre som hyrte ham for å ødelegge skutene men han nølte visst, ville ha sin del av kaka før alt ble brent»

Theles smilte kaldt, grådighet hadde ødelagt mange gode planer og han var glad den sjørøveren ikke var av de mest intelligente. «Har dere dem i nærheten?»

Offiseren nikket og smilte litt infamt. «Selvsagt, det er et ganske godt bygd lager like ved piren, bygd av stein. Du skal være sterk som et troll for å bryte deg ut av det, og vi har selvsagt bundet dem godt. Tau som holder en fullvoksen hest holder en mann også»

Theles så stramt på offiseren, blikket hans sa antagelig alt. Liv hadde gått tapt, både på skutene og i kampen rundt havna, han aktet ikke å la det gå ustraffet hen. «Før meg dit!»

Etter en rask spasertur sto de foran lageret, det var ikke stort men svært solid som offiseren hadde fortalt og det sto vakter rundt det, på alle sider. En av vaktene gjorde honnør, bøyde seg fort. «Sersjant Jonrar, Admiral Theles, vi er klare for avhør»

Theles smilte skjevt, det var tydelig at disse soldatene var rimelig blodtørstige, flere av deres folk hadde blitt drept og samholdet i Hanek's hær var sterkt. De var alle brødre og Theles hadde ofte beundret Haneks strategi rundt oppbygging av hærstyrken. Noen bygde samhørighet ved å sette avdelingene opp mot hverandre i en slags konkurransedrevet jakt på annerkjennelse men han bant dem sammen ved å la dem møte utfordringer sammen. Det var meget klokt. «Det er bra korporal, vi vil vite alt de vet!»

To av vaktene åpnet døra, det var ingen møbler eller noe der inne og de fem fangene satt på golvet, blodige og møkkete og alle fem var bastet og bundet som rene skjære steika. Theles var en dyktig kjenner av folk, og deres sinn og han så at tre av dem ville bli harde å knekke. Det var eldre karer, herdede veteraner som nok hadde stirret døden i hvitøyet mange ganger før, uten å rygge tilbake. De to resterende var nok mindre erfarne, den ene var snaut mer enn en guttunge og Theles ante at han antagelig var blitt halt med som hjelp, ikke for å kjempe. Gutten så totalt vettskremt ut, og Theles visste at han ville knekke, rimelig kjapt. Den andre var noe eldre og så mere herdet ut men han også var nervøs og Theles ante at det var ham de måtte satse på. Guttungen visste neppe noe viktig, han var ikke høyt nok i hierarkiet til å få vite noe viktig. Den yngre mannen derimot? Han virket for å være av det harde slaget, av det slaget som er ambisiøs men uten evne til ennå å se hva som kan gå galt. Theles la en plan i hodet i løpet av noen få skarve minutter, han smilte kaldt. «Begynn med den eldste av dem, få ham ut»

Vaktene grep den eldste av de fem og halte ham med seg og de lot døra stå åpen men med vakter så de der inne kunne høre hva som skjedde der ute. Theles nikket til sersjanten. «Vi legger lov og ære til side nå, vi må vite hva disse folkene planlegger. Bruk alle metoder, også de lite renslige.»

Hanek hadde egentlig nedlagt et strengt forbud mot tortur, men Theles hadde så stor myndighet at han kunne overkjøre selv kongens regler i ekstreme tilfeller og dette var nettopp det. Han smilte kaldt. «Bruk pisken først, om han nekter å snakke»

Jonrar og hans menn halte røveren bort til en tjoringsbom for hester, der ble karen strippet til livet og bundet fast rimelig hardt. Jonrar grep ham i det halvlange skitne håret og så foraktfylt på ham. «Straffen for det dere har gjort er døden, det er ingen nåde å finne der, men du velger selv om du vil dø som en mann eller som et vrak. Valget er ditt. Snakker du slipper du å lide»

Mannen bare bannet så ramsalt at selv Theles ble sjokkert før han prøvde å spytte offiseren i ansiktet. Jonrar bare trakk på skuldrene. «Du har valgt det selv, korporal, pisk ham til han ikke lenger kan stå»

Theles så på korporalen som steg frem, det var en høy smekker kar, men han var sterk. Theles så musklene svulme under uniformen og han ristet ut en lang krøtterpisk med en mine av fryd i ansiktet. Mannen på tjoringsbommen skrek en ny fornærmelse og korporalen svingte pisken med et smell, Theles var imponert. Soldaten hadde en fantastisk teknikk, ikke bare traff han perfekt hver gang men stripene fra pisken ble liggende i rette linjer som aldri overlappet hverandre. Antagelig måtte karen ha vært krøtterdriver eller noe før han lot seg verve for slikt håndverk var sjeldent å se. Røveren gav ikke fra seg en lyd til å begynne med, og Theles hadde ikke regnet med det heller. Dette var en kar som antagelig hadde fulgt Orm vesle temmelig lenge og kroppen var full av arr. Smerte var noe den mannen var vant med, og Theles så at ryggen snart lignet rått kjøtt. Noen få stønn var alt de fikk ut av ham men klaskene fra pisken kunne høres over hele den åpne plassen. Theles så stivt på den dømte som mere hang fra tauene enn sto. «Om du forteller oss det du vet vil dette være over snart»

Mannen spyttet blod, antagelig hadde han bitt seg i tunga. «Aldri, forbaskede svin!»

Theles kjente at han krympet seg innvendig for han var ingen grusom mann men noen ganger måtte hensynet til moral og etikk vike for hensynet til de mange. «Kvel ham, sakte!»

Han håpet at fangen kanskje ville knekke når han fikk vite hvordan de kom til å ta livet av ham men han stirret bare på dem med hat i blikket og Theles undret seg over hvordan de som fulgte den forbaskede sjørøveren kunne bli så besatt av sinne og mørke. Det måtte ligge mer bak.

To soldater surret et par tøyler rundt halsen på karen og trakk sakte til og mannen hveste desperat etter luft, kroppen rykket og kjempet men de gav ikke etter og etter litt var det over. Theles gjorde en rask gest. «Legg liket ved stativet, la de andre se hva som venter dem!»

Jonrar halte frem den neste og heller ikke han sprakk, i stedet bare bannet han kraftig og forbannet dem på flere språk. Theles fikk soldatene til å helle sterk vin i sårene etter pisken men selv ikke den smerten fikk mannen til å røpe noe som helst. Den tredje var like sta men han var ikke så sterk fysisk som de to andre og svimte av etter piskingen, Theles lot de ta hodet av ham, raskt og effektivt.

Nå var det kun de to yngre mennene igjen og Jonrar halte begge ut, gutten hadde pisset på seg og var likblek, Theles så fort på ham og rynket pannen. Gutten var neppe mer enn fjorten femten, å regne som et barn. De ville ikke henrette et barn, men det trengte han ikke å få vite ennå. Den andre karen kjempet mot tauene men da han så likene ble han også blek og øynene ble vide av sjokk. Det virket for at realitetene endelig sank inn og Theles gliste innvendig. Han kom til å sprekke. Han vinket på Jonrar. «Sersjant, jeg tipper vi prøver på noe annet denne gangen, pisken skremmer dem ikke, hent hesten, jeg regner med at dere har noe her vi kan bruke?»

Jonrar nikket stivt. «Selvsagt, det vil ikke ta lang tid.»

Den yngre mannen krympet seg og Theles forsto det godt, hesten var et barbarisk redskap og et som de fleste fryktet mer enn pisk og brenn jern. Det var kort og godt en slags kasse på fire bein som fangen ble plassert oppå med vekter hengt i beina og kassa var ikke flat oppå men formet til en skarp kant som skar seg inn i de følsomme områdene mellom beina på den som satt på den. Det var en type tortur som tok tid, men den knekte de fleste etter en stund, smertene ble etter hvert uutholdelige. Jonrar kom tilbake med den merkelige konstruksjonen og noen av soldatene hadde bundet sammen en hel haug metalllodd samt et par ambolter, det skulle være vekter. Jonrar hadde allerede skjønt hva Theles tenkte, han var en skarp mann og gjorde seg god flid med tauene som skulle binde fangen fast. Denne hesten var snekret i hast og det var tydelig men ryggen på den var brutalt skarp og høvlet til så den ble meget glatt også. Theles så litt infamt på fangen som svettet synlig. «Hiv ham oppå, jeg tipper at han vil skrike etter nåde i løpet av få minutter.»

Øynene på karen bulte ut og han skalv så han ristet, da soldatene grep tak i ham kom det et håst skrik fra ham og han vred seg frenetisk. «Jeg skal snakke, jeg skal snakke, nåde!» Theles lente seg fremover med en truende mine. «Snakk nå, ellers fordobler vi tida på den tingesten, våg ikke å lyve» Mannen svelget og pep nesten. «Jeg skal ikke lyve, jeg sverger, jeg skal snakke sant!»

Han var på gråten og gutten sto der og skalv som et aspeløv. Theles syntes synd på ham, antagelig var han bare en vanlig guttunge som slettes ikke hadde noe med røverne å gjøre men som var blitt truet med eller kjøpt som slave. Den yngre mannen pep ynkelig, og Theles så at det barske uttrykket hans nok bare hadde vært påtatt. «Det er Orm som sendte oss, han ville stjele fra skutene før de ble brent. Han hadde rundt tretti karer, alle gamle venner av ham»

Theles klukket for seg selv, ingen sto i mot deres trusler når de virkelig gikk inn for det. Karen fortsatte. «Han hadde møtt noen menn, prester sa de at de var, men det var løgn. De bare brukte troen som unnskyldning. De vil ta over landene når Olric og Hanek har slåss mot hverandre og er svake. De er på vei nordøstover og akter ikke gi seg før alt land øst for fjellene er deres.»

Theles brummet kaldt. De ante det allerede. «Hvem var de, og hvor kom de fra?»

Mannen snufset ynkelig, de som virket harde ved første øyekast var som regel mye bløtere enn en skulle tro. «De kom fra Coluria, det var tre av dem, og de nevnte at det var en som ledet hele sekten. En slags øverste leder. Han holder til i Arzam, på et gods lengst nord for Arzam havet, i slangebukta»

Theles så for seg kartet i hodet. Det var et område med spredt befolkning men veldig gode veier, og det var forholdsvis nær Nierez også, der galskapen først hadde brutt ut. «Vet du navnet hans?»

Mannen svelget panisk. «Jeg overhørte bare en samtale, jeg skulle bare fylle ved i ovnen men hørte dem gjennom veggen. De snakket om noe de kalte Steinfyrsten og Svartfallet, og et navn, Eghil av Falkene.»

Theles så at Jonrar spilte øynene opp og han nikket stivt til sersjanten. Eghil av falkene var broren til mannen som hadde ledet dem inntil nylig, og han hadde blitt forstøtt av familien på grunn av en eller annen uoverensstemmelse. Det passet temmelig godt sammen, alt dette var hevn, og navnene var steder som hadde vært under falkenes kontroll før men som nå tilhørte andre klaner. Så Eghil hadde startet alt dette, og styrte det som en dirigent styrer et orkester. Hanek måtte få vite om det!

«Noe mer?»

Mannen ristet på hodet. «Det var alt jeg hørte, men Orm var redd dem, jeg merket det. De lovte ham mye gull men det var ikke det som gjorde at han sa ja, han var redd»

Theles rynket pannen. «Noe som gjør Orm vesle redd? Det må ha vært alvorlige ting de truet med i såfall»

Jonrar smilte litt skjelmsk. «Alle vet hva Orm vesle er redd for, det er allmenn kunnskap. Han frykter å fryse i hjel»

Fangen nikket frenetisk. «Det er sant, det er sant, alle vet det. Han er livredd sterk kulde»

Theles bikket på hodet. Alle har en svakhet og det var en merkelig en, men den var heller ikke helt usannsynlig. «De må ha truet ham med et eller annet som skremte han halvt fra vettet.»

Fangen pep igjen. «Det er gamle sagn der nord herre, om isens herre. Den siste veldige, som skal vekkes til live av den tapte, og fryse verden.»

Theles måtte le. «Gamle hietlaianske sagn er neppe noe å sette sin lit til, men om vi får tak i Orm skal vi se til at han får det godt og kjølig, er det ikke noen islagre her i området?»

Jonrar nikket fyndig. «Så visst, tre stykker. Det er kaldt der hele året rundt»

Theles tok seg sammen. «Det var nyttig informasjon, og for den skal du få leve, men jeg dømmer deg til å tjene på Sverdet som dekksgutt i femten år. Overlever du så lenge fortjener du friheten. Før ham vekk!»

Mannen bare pep mens vaktene grep ham for å skysse ham ut til skuta og Theles snudde seg mot gutten som sto der med snørr og tårer rennende. Han så ynkelig ut. «Hva er navnet ditt gutt, hvor gammel er du, og hvorfor var du sammen med røverne?»

Gutten hikket av nervøsitet og svelget stivt. «Jeg er Hibu, faren min var repslager, og jeg er tretten, tror jeg. En av Orms menn så meg i havna og...han likte meg visst»

Theles trakk pusten dypt, det var verre enn han hadde trodd. «Ble du med ham frivillig?»

Hibu ristet på hodet. «Hva tror du? Men Orm er kjent her, og alle er redde for ham. Far ble borte på sjøen i fjor og mor døde for tre år siden av lungebetennelse, det var bare meg og søsteren min tilbake.»

Theles så skarpt på gutten. «Søsteren din?»

Hibu ristet på hodet. «Hun er død, de kom til huset vårt den kvelden og....hun døde av det»

Theles tvang seg til å puste rolig. «Hvor gammel var hun?»

Hibu stirret i bakken. «Hun var ti»

Jonrar jamret seg. «Alle guder forderve, at kongen der nord benådet det svinet er noe gudene begråter. Og du gutt?»

Hibu bare snufset og det merkelig brustne blikket fortalte dem resten. «Du er bare et barn, og de tvang deg med. Er han som...den som tok deg i live?»

Hibu ristet på hodet. «Nei, soldatene tok hodet av ham da de angrep oss, jeg er glad de gjorde det, for han var ond»

Theles nikket. «Ond uten tvil, hensynsløs også, og jeg tipper at fanden selv gnir seg i hendene over å ha fått kloa i ham. Hibu, du har ingen nå har du vel?»

Hibu ristet på hodet. «Nei, jeg har ingen»

Theles følte seg fristet til å ta gutten selv, lære ham opp men han ante at det neppe ville være ideelt. Han snudde seg mot Jonrar. «Sersjant, se til at gutten får et bad, mat og nye klær. Send en tropp sørover for å møte Hanek's styrker, fortell ham om alt dette om ikke min rytter alt har nådd ham, og ta Hibu med dere. Han kan bli en god adjutant for en av Haneks rådgivere, eller kanskje til og med en væpner.»

Hibu bare glante storøyd. «Dere vil ikke…drepe meg?»

Theles svelget hardt. «Vi dreper ikke barn som ikke noe galt har gjort, urett har blitt gjort mot deg gutt, så i rettferdighetens navn vil vi hjelpe deg»

Hibu begynte å smile, litt forsiktig. «Jeg er veldig flink til å hente ting, og jeg er smart, far sa det. Jeg kan sikkert bli adjutant, men jeg er redd hester så…»

Theles smilte kort og gav de smale skuldrene en lett klem. «Vet du hva? Det er jeg også, det er derfor jeg ble sjømann!» Han fulgte en impuls og trakk frem en signet mynt fra lomma. «Se her, denne skal du beholde og holde fast ved. Om du kommer til en havn noen gang og trenger hjelp viser du den til sjøfolkene og så vil de hjelpe deg. «

Hibu så ned på mynten, den var preget med en trefork på ene siden og en delfin på den andre og viste at den som bar den var en del av sjøfolkenes brorskap. De var forpliktet til å hjelpe den som viste frem en slik mynt. Hibu tok den andektig, han visste garantert hva det var siden faren hadde vært repslager. «Takk!»

Theles smilte mildt. «Gå nå og la Jonrar hjelpe deg, ting vil bli bra fra nå av»

Jonrar tok gutten i skulderen og de to forsvant bortover og Theles så langt etter dem. Han ante at Hibu nok kunne gjøre stor nytte for seg, og Hanek måtte få vite hvem som sto bak alt, og hva deres planer var. Men nå var det Jonrar sin oppgave og Theles kunne vende tilbake til Fruen og se til at hun ble reparert. Det var en god ting ved å tjene kongen, alle utgifter ble betalt av kongen selv. Han misunte ikke de som sto bak sekten, Hanek ville være etter dem som en blodhund og den mannen gav seg aldri om han ble utsatt for urett. Nei, det ville bli et blodbad men Theles ville holde seg langt unna det. Om gudene ville det slik.

Olric

Jakar og Olric stirret mot det store befestede bygget som reiste seg fra en høy voll, dette slottet var kjent for å være nesten umulig å innta og det stemte også. Men de trengte å knekke dette egget, å ødelegge alt der inne. De trengte at Hanek mistet kontrollen over seg selv og angrep for fort og for ivrig. Og denne eiendommen var det som burde skaffe dem seieren, som burde gjøre ham for overveldet av sinne til å tenke klart. Olric snudde hesten og nikket til Jakar. «Gi det to dager, la dem syde en smule før vi slår til. La frykten få vokse seg sterk og svekke dem.»

Jakar nikket servilt. «Javel herre, er det noen ekstra ordre?»

Olric nikket stivt. «Dere tok noen av folkene hans levende ikke sant? Plasser dem så de kan bli sett fra murene, la det bli langsomt.»

Jakar gliste litt djevelsk. «Det skal bli min herre, det var et par kvinner blant dem?»

Olric nølte, så trakk han på skuldrene. «Ikke drep dem, men sørg for at de der inne ser hva som venter.»

Det ble bare nikket tilbake og Jakar sporet hesten og red ned til styrkene som ventet. Olric så langt etter ham, han var skuffet for den første delen av planen hans hadde ikke fungert. Haneks folk hadde avslørt planen han hadde hatt så stor tiltro til og det betydde at de måtte ty til andre metoder. Han hadde håpet at de kunne halvere kongens hær men slik hadde det altså ikke gått. Han hadde håp om at den ansvarlige var blitt drept men visste ingenting sikkert, uansett var det utrolig irriterende. Han hadde ennå folk der blant Haneks tropper men han hadde ikke hørt noe fra de to som var blitt hyrt inn for å forhindre at noen fant ut av årsaken til pesten. Antagelig var de døde. Så nå fikk de prøve å trykke på noen andre knapper, å se om de kunne utløse en ukontrollert reaksjon på den måten.

Olric red tilbake til leiren og hev seg av hesten, raste inn i teltet sitt. Han var sliten og følte seg ille til mote. Han likte ikke motgang og nå var han nødt til å planlegge alt i hver minste detalj. Før hadde han bare sørget for å sette folk opp mot hverandre, egget til stridigheter og kastet olje på bålet der det så ut til å roe seg. Nå derimot måtte han være en virkelig hærfører og det krevde mye mer enn han hadde vært klar over. Han fikk en slags motvillig respekt for sin avdøde onkel og måtte bruke alt han hadde lært og lære mye underveis også. Men han hadde en fordel, han visste godt hvordan folk tenker og hvordan han skulle presse på de mest sårbare områdene. De fleste fryktet for sine kjære og det var akkurat der han slo til, hensynsløst og hardt som en slagbjørn.

Embrekt av Ranclin var i slekt med Hanek langt ute, ikke at slektsbåndene på noe vis var tette eller nære men mannen hadde gått i skole sammen med kongen og de hadde vært gode venner. Noen rykter sa at de var mer enn bare venner men Olric bare blåste i nesa av det. Med få eller ingen kvinner tilgjengelig og med stram disiplin var det bare naturlig at yngre menn søkte litt fysisk kontakt med hverandre. Det trengte ikke bety noe som helst. Men vennskap derimot, det betydde mye, og Embrekt hadde arbeidet for Hanek lenge, med å organisere strømmen av varer og verdier inn og ut av bukta. Han hadde hatt en svært ansvarsfull stilling og nå hadde Embrekt kone og tre barn og de var fremdeles på slottet. Hanek ville sette kursen dit så fort han kom over elva og Olric tvilte ikke på at han ville klare akkurat det. Han undervurderte ikke kongen, det kunne bli fatalt.

Men om de nå greide å drive kongen for langt, å få ham til å splitte styrken sin eller å bruke opp ressursene på noe som ikke bar frukter da kunne han beseires og Olric kunne fullbyrde sin visjon om en ny orden, en ny verden. Han aktet ikke å la noe stå i veien for det, alt skulle brenne!

Men han hadde fått rapporter de siste dagene som fortalte om en ganske bekymringsverdig utvikling. Han hadde selvsagt hørt om sekten som spredte seg og hadde regnet med at de ville være nyttige på sitt vis men nå spredte de seg for fort og kunne komme til å forstyrre planene hans. Han hadde trodd at Hanek kanskje måtte slåss mot dem rimelig fort men de virket for å gå for områdene nord for Tholir bukta og østover mot Darazzen og Longaria, det var ikke hva han hadde regnet med. Han måtte få oversikt over hva disse folkene egentlig planla, så han kunne utnytte dem til sin fordel. Han hadde satt menn på saken, de burde finne ut hva som egentlig foregikk der ute. Skrivebordet var som vanlig ryddig og ordentlig og han smilte litt varmere. Shaad ordnet alt slikt for ham nå, gutten var virkelig hengiven og Olric hadde blitt oppriktig glad i ham. Og Shaad gjorde stor nytte for seg, han var alt meget godt likt av offiserene og mennene også med sin naive åpenhet og tydelige beundring og Olric var glad han hadde tatt ham inn. Han trengte denne lille oasen av noe godt og normalt i livet sitt for å være i balanse.

Shaad var å trente igjen med den nye overhestepasseren og han virket for å gjøre store fremsteg. Gutten kunne bli en dyktig ridder og Olric så det for seg, hvordan orden og fred skulle herske så fort han fikk ryddet ut alt ugraset, slått ned alle de som var uverdige til å bli med videre Kun de sterke skulle stå tilbake, de som hadde det som trengtes til å styre landene og Olric hadde ofte sittet og snakket med Shaad om denne visjonen. Gutten slukte alt med store øyne og Olric kunne av og til føle et stikk av savn under de stundene. Han visste ikke om hans familie var i live ennå, om de var trygge. Men de var et lite offer sammenlignet med hva han kunne oppnå. Ingen flere hemmeligheter, ingen flere skjulte forbindelser. Alle ættene skulle vite hvem de var, og hva de kunne stole på. Han gikk gjennom noen rapporter og støttet hodet i hendene, han var sliten. Det tok på og han var ingen ung mann, årene tok ham igjen sakte men sikkert men han visste at han skulle klare å utføre det han var utvalgt til å gjøre. Han hadde bestemt seg for at det var utvalgt han var. Utvalgt til å rense landene for løgner og gammelt nag, til å vaske alt rent igjen med blod og la en ny vår bringe håp til de som klarte seg. En kan ikke bekjempe ugras litt etter litt, en må røske alt bort i en eneste omgang, ellers sådde det seg bare på nytt.

Shaad kom inn, tyggende på et eple, han så avslappet og glad ut og Olric klappet gutten på hodet og smilte varmt. «Nå, hvordan går det?»

Shaad smilte bredt, han så mer enn lovlig ung ut der og da. «Det går fint herre, jeg lærte å rygge hesten i dag, og å ri barbak i trav. Det var ikke lett»

Olric smilte tilbake, det føltes godt å snakke om noe så normalt. «Nei, første gangen jeg skulle gjøre det gikk jeg rett på rumpa så det smalt, gjett om jeg følte meg flau.»

Shaad strålte. «Jeg klarte det uten å ramle av, helt sant. Og læreren sier at jeg kan bli en virkelig god ridder»

Olric satte fra seg pennen i holderen og trakk til side papirene. Det var virkelig nok av dem der, han ante ikke at det å styre en hær kunne bringe så fordømt mye byråkrati og papirer. Hvorfor hadde ingen fortalt ham det før? «Det tviler jeg ikke på Shaad, snart må jeg finne en som kan lære deg sverdet også, og det bør være en dyktig fekter. Jeg vil ikke la deg lære ting halvveis.»

Shaad rødmet litt og men så stolt ut. «Jeg skal gjøre mitt beste herre, og jeg skal bli god, jeg lover»

Olric sukket lavt. Shaad hadde ingen og han hadde for alvor begynt å vurdere om han skulle erklære guttungen som sin arving, det var fristende. Shaad lærte fort, og om noe skjedde med Olric burde en eller annen føre arven videre, og se til at visjonen ble fullbyrdet. Jo, han ville skrive Shaad inn i testamentet sitt, det var det minste han kunne gjøre. «Har du trent på kalligrafien din i dag?»

Shaad så ned i bakken. «Nei herre, jeg har ikke hatt tid, må jeg?»

Olric flirte litt, typisk guttunger. «Ja, det må du. Du må kunne skrive pent og imponere folk med både fint språk og dannet oppførsel om du skal bli en ridder. De vil gjøre narr av deg om du skriver som en ravn, så frem med utstyret.»

Shaad så spørrende på ham. «Her?»

Olric nikket. «Her og nå, jeg skal hjelpe deg»

Shaad så litt mer ivrig ut og fant frem noe papir og en beholder med blekk. Olric satte seg ved siden av ham, grep ene arket og valgte en penn fra holderen. «Se, slik skriver jeg navnet mitt, nå, prøv med ditt»

Shaad prøvde virkelig, håndskriften var barnslig men bar løfter og Olric så smalt på det resultatet gutten hadde fått til. «Du er for vek i måten du former bokstavene på, det der er en kvinnes håndskrift Shaad, du må være fastere, skrive med strammere løkker og mindre om og men.»

Han demonstrerte og Shaad prøvde å gjøre det samme, tunga ut av munnen og konsentrasjon i blikket. Olric klappet ham på skulderen. «Fortsett å trene, før du vet ordet av det vil du ha en håndskrift som umiddelbart forteller folk at her er en mann med makt og vilje, en man ikke skal sette seg opp mot»

Shaad rødmet svakt og nikket, så stjålent opp på ham. «Ja herre!»

Olric unnet seg et glass vin mens Shaad trente, han beundret iveren til guttungen og måten han virkelig strevde for å oppnå målene sine. Det var godt to i ham, uten tvil. Ikke at han hadde noen kunnskap om den ætten han var av, men de måtte ha hatt i hvert fall noe bra i seg for å ha fremavlet noe slikt som Shaad, eller så kunne det være at Shaad slettes ikke var avlet av den han trodde. Det skjedde rett som det var, og Olric visste om flere som hadde oppfostret andres lausunger i den tro at det var deres egne. Vel, ikke naboen i sør vel og merke, han hadde en meget lys og blond hustru og var selv like blek og hun hadde fått en unge som var heller svartsmusket, det hadde ikke vært mye som talte for fruens uskyld der nei.

Han satt og gliste for seg selv og husket den gedigne skandalen det hadde vært da en av tjenerne hans kom inn, bukket dypt og overrakte ham en beskjed. Olric sukket og åpnet lappen, han leste det som sto fort og stivnet litt til. «Er dette sant?»

Tjeneren nikket servilt. «Ja, de sendte bud med en gang, de venter herre»

Olric reiste seg, han svelget fort. Noe som lignet iver viste seg i blikket hans. «Shaad, du kan legge til side arbeidet, du blir med meg, jeg har noe jeg må vise deg»

Shaad så ivrig på Olric, pakket bort utstyret og de to gikk ut. Olric ropte noen ordre og en soldat kom med Olrics hest og han trakk Shaad opp i salen bak seg. «Hvor skal vi?»

Olric smattet på hesten og Shaad holdt seg godt fast rundt livet hans. «Til et sted like i nærheten»

De red fort og nådde frem etter på minutter, det var en forlatt gård og Olric hadde tatt over byggene og brukte dem til noen av soldatene. Nå sto det en gruppe der og så fornøyde ut, de bukket da han stanset og hjalp Shaad ned. «Dere har fått tak i en?»

En av mennene kom frem, han var en arrete kar som hadde vært med Olric helt fra han plyndret onkelens gods. «Ja, en prest, og en sju åtte omvendte. De prøvde å omvende noen av gutta»

Olric kjente en slags kald vrede våkne i sinnet, et slags såret raseri. Disse uverdige vesenene vågde å blande seg inn i hans planer? Det var utrolig! Han så skarpt på soldaten som ikke vek tilbake for det harde blikket. «Jeg regner med at dere er klare til å mykne dem opp?»

Soldaten nikket, det var temmelig tydelig at han var en vanlig leiesoldat for det var noe som lignet fryd i blikket. «Selvsagt herre, de vil snakke»

Olric bet tennene sammen, de omvendte visste antagelig lite, og det var antagelig liten vits i å gå hardt på dem. Men denne såkalte presten? Nå der hadde de en som måtte vite noe. Det var liten tvil om at dette var organiserte folk, og at de hadde klare planer, kanskje også tidsrammer de jobbet under. Og det som irriterte Olric mer enn noe annet var at disse folkene gjorde det for rikdom, ikke for å spre en virkelig religion eller trøste folket men kun for egen vinning. Han visste allerede om et par steder der prestene simpelthen hadde forlatt sin flokk med alt de eide og hadde. Skulle Olric greie å skape alt om på nytt, å lage en ny orden, et nytt samfunn kunne ikke slik aksepteres. Om dette spredte seg ble det ingen som kunne drive konflikten videre, som kunne krige og ødelegge og lage grunnlaget for en annerledes samfunnsstruktur.

Olric tenkte fort, han så på Shaad og gutten så litt forvirret ut. Han klappet ham på skulderen. «Shaad, husker du hva jeg har fortalt deg?»

Shaad nikket litt mutt. «Ja, de vil ødelegge for oss»

Olric nikket vennlig til ham. «Akkurat, når folk blir mer opptatt av å be enn av å følge sine ledere og søke den friheten jeg akter å skape går alt i knas.»

Shaad la hodet på skakke. «Så hva vil du gjøre med den mannen?»

Olric trakk pusten. «Finne ut hva han vet, og hva han har ordre om å gjøre.»

Han snudde seg til soldaten som var offiser der. «Hent presten, la de andre være. De er bare bønder vil jeg anta?»

Soldaten nikket dypt. «Berme herre, omstreifere uten herre. De vet neppe noe, er totalt blåst i hodet, ingen av dem er lærd på noe vis, antagelig har de vært tjenere for en eller annen utfattig stakkar»

Olric vurderte for og imot. «Gi dem valget mellom å avsverge seg denne gudinnen og å bli halshugget her og nå. De kan brukes som tjenere i leiren, det er mulig de kan ha sett ting som gjør dem verdifulle senere.»

Mannen nikket servilt igjen og så litt skuffet ut, kanskje han hadde sett frem til litt tortur. Olric trakk av seg hanskene og strakte seg litt. «Hent presten, la oss se om han virkelig er så inderlig troende som han vil ha folk til å tro at han er»

Noen soldater gikk inn i ene huset og kom tilbake med en mann litt opp i årene, han var forholdsvis lang og tynn med en ulenkelig fasong og han var kledd i en elendig brun kutte knyttet med tau. Olric så stivt på karen, han hadde barbert hodet og var møkkete og temmelig godt mørbanket. «Så, der har vi en av Than-cherus hengivne tilhengere. Jeg undrer på hva du har gjort av udåder siden du startet på denne karrieren?»

Presten spyttet på bakken. «Sier mannen som har fått tusenvis drept og enda flere fordrevet fra sine hjem.»

Olric smilte stivt. «Alt for et større gode, et samfunn uten de sterke ættene og deres usynlige maktkamp. Et nytt og bedre samfunn, en ny og bedre verden»

Mannen spyttet igjen og ene soldaten dro til ham, han rykket til og hostet grunt. Han lo lavt, en nesten truende lyd. «Du kaller deg hærfører Olric, vel, det er jeg også. Vi er like vi to, mer like enn du tror. Vi tror begge på noe større enn oss selv»

Olric ristet på hodet. «Vi er ikke like ditt avskum, det jeg tror på er rent, og det er ekte. Verden skal renses i ild og blod og fremstå ny, fri av fortidens løgner. Det du preker er løgner og bedrag, dere tømmer landene for rikdom og deretter forlater dere alt og lar alle bli igjen uten noe, sterke og svake.»

Presten kaklet hest. «Det er ren idioti og du vet det, du tror på den sterkes rett? Vel, ingen er sterkere enn gudene. Vår gudinnen har all rett»

Shaad så litt urolig ut og Olric syntes ikke at gutten skulle se dette men han trengte å herdes, å se hva disse folkene egentlig var.

«Den gudinnen du sier du tjener er ren svindel, tror du at utdannede folk vil bite på løgnene dine? De vil le av dem! Bare allmuen lar seg bedåre av billige triks en karnevalsgjøgler kan gjøre ti ganger bedre. Og ofringene? Hvem tjener på dem om ikke dere selv? Du er kun en patetisk løgner og om du ikke røper hva du vet om den sekten du er en del av vil jeg se til at de siste timene dine blir mer forferdelige enn du kan forestille deg. Noen av karene mine er meget godt trent i tortur»

Shaad stirret på presten og det var avsky i blikket hans, det virket for at gutten forsto hva disse folkene drev med bedre enn selv Olric. Presten bare stirret tilbake. «Jeg frykter ingenting, min gudinne beskytter meg, og hun vil nedkalle forferdelige forbannelser over deg og dine om du skader hennes trofaste tjener»

Olric gliste bredt. «Trofast tjener? Heller da underdanig spyttslikker vil jeg tro.»

Olric gikk bort og rev opp den skitne brune kutten, under hadde mannen ikke en striehårsskjorte som en skulle trodd men en vakkert brodert vest av myk ull og under den en tykk og myk tunika av farget lin. Olric kastet kutten til siden. «Så, det virker for at denne stakkars magre geita faktisk er en påfugl i forkledning, la oss se hva mer han skjuler»

Mannen bannet stygt men Olric og soldatene trakk av ham vesten og tunikaen og avslørte et par gode bukser og undertøy av Zetirsk silke. Olric plystret imponert. «Jeg må si at jeg nesten vurderer å bli prest, jeg var velhavende før jeg forlot alt, men selv ikke jeg gikk i slike silkeunderbukser. Du snakker, den gudinnen må virkelig være noe for seg, så generøs overfor sine medløpere?»

Presten freste nesten, han var heller ynkelig å se til nå, iført kun underbukser og en tynn undertrøye som slettes ikke gjorde noe for å skjule det fakta at han ikke akkurat var en adonis. «Gudinnen belønner sine trofaste»

Olric smilte djevelsk. «Ved å gi dem alt hennes hjord ellers eier? Si meg, hva annet deler dere prestene på? Kvinnene som lar seg omvende? Eller foretrekker dere baken på unge gutter?»

Presten var i ferd med å hisse seg opp, ansiktet ble rødt. «Vi holder vår sti ren og våre sinn like rene, og vi speker vårt kjød mot kroppslige fristelser!»

Olric koste seg. «Sier du det, noen av mine folk sier at prestene i en landsby de hadde vært innom hadde hatt orgier med både jenter og gutter og noen geiter også. Men de var sikkert bare i ferd med å lære ungdommene å melke, med klærne av!»

Presten bet tennene sammen, øynene skjøt lyn. «Løgner, bare løgner. Blasfemi!»

Olric nikket mot karene som strammet tauene rundt armene på karen. «Sier du som sikkert aldri har trodd på noe i hele ditt liv! Jeg trodde i det minste på hva jeg ble fortalt i alle år, til jeg fant ut at alt var en løgn.»

Han nikket til mennene. «Varm jern, vi skal se om han vil snakke med litt overtalelse»

Presten slet i tauene. «Du vil aldri få meg til å si noe, aldri!»

Olric bikket på hodet, han kjente at sinnet hadde returnert for fullt. «Vi får se, jeg for min del håper du holder ut lenge, det er sjelden vi får ordentlig god underholdning her.»

Soldatene hadde et glofat stående ved ene bygget, de skodde om hestene sine der og kullet var allerede svært varmt.

Mannen som først hadde hilst på Olric tok seg god tid og plukket ut et smalt jern som ikke så veldig truende ut. Han la det i fatet og blåste på glørne med kyndig mine. «Du vet, kunsten å vite når metall er varmt nok er ikke enkel, det har å gjøre med farge. Om fargen er rett kan en smi, ellers går det ikke bra.»

Presten ignorerte den konverserende tonen, han stirret stivt på fatet. Olric visste bare at han kom til å knekke snart, som en kvist i stiv storm. Han var vant til at kjeften reddet ham, men det kom ikke til å skje denne gangen. Olric var ingen tosk, ingen godtroende bondetamp uten noen lærdom å ta av. Han var en adelsmann og han hadde lært mye i sitt liv. Olric smilte nesten vennlig. «Siden du har det vi trenger i hodet begynner vi i andre enden, begynn med føttene hans»

Leiesoldaten nikket og to av de andre der brøt presten ned så han lå på ryggen. To andre grep ene beinet hans og holdt det opp i jerngrep og mannen bannet og svor og vred seg men ingen slapp taket. Glisene deres avslørte hvorfor Olric hadde latt dem slå seg sammen med hans hær, de var hensynsløse og harde. «Nå, du har sikkert sett på at de brennemerker dyr ikke sant? De sier at det verste ved det er lukta, jeg lurer på om det stemmer?»

Soldaten trakk frem jernet fra glørne, det var gyllent på farge og varmen fikk lufta til å dirre rundt det. «Helt perfekt herre, får jeg?»

Olric nikket myndig og soldaten satte enden av jernet mot fotbladet til mannen, huden midt under foten var tynn og følsom siden han gikk med støvler og karen satte i et vilt vræl og vred seg desperat. En tykk røyk og en motbydelig lukt av brent kjøtt og hud spredte seg og soldaten trakk vekk jernet igjen, betraktet sitt verk med smale øyne og et flir. Olric så ned på det bleke ansiktet, karen peste formelig. «Nå, det var fotbladet, ankelen er enda verre sier de, og mellom tærne? Ikke engang nevn de områdene»

Presten svor igjen, styggere enn noen gang og Olric så bort på Shaad. «Lukk ørene gutt, dette er ikke bra for deg»

Soldaten så nesten bedende på Olric. «En gang til?»

Olric nikket. «Ankelen, til beinet»

Presten vrælte som en stukken gris denne gangen, øynene bulte og han buktet seg som en ål, Olric ristet på hodet. «Slikt språk fra en hellig mann? Hvor er gudinnen din min venn, har hun løpt og gjemt seg? Er hun kanskje et sted og hjelper noen med å be? Eller kanskje hun er oppspinn og sludder fra ende til annen?!»

Presten stønnet, han var dekket av svette og gapet som en fisk på tørre land, han så ikke mye respektinngytende ut. «Hun er hinsides din forståelse vantro kjøter»

Olric trakk seg i barten. «Nå, jeg er sikker på at jeg har hørt de ordene før en gang, men husker ikke når. Uansett, jeg tviler på at hun kommer deg til unnsetning. Vil du snakke?»

Presten ristet på hodet og leiesoldaten presset jernet inn mellom stortåa og den neste, det freste og et avsindig hyl steg mot himmelen og fikk hestene i innhegningen bak husene til å vrinske og løpe rundt.

«Ser du? Du uroer dyrene gjør du, de hestene er mer verdt enn deg, det er noe uendelig edelt og vakkert ved en god hest, jeg kan dessverre ikke si det samme om deg!»

Olric nikket til soldaten med jernet. «Trekk ned underbuksene på ham, neste omgang blir posen hans, det bør mykne ham opp tilstrekkelig.»

Presten bleknet enda mer, noe som var temmelig godt gjort siden han alt lignet en kalket vegg. Soldaten rev ned underbuksene og Olric gliste skjevt. «Det stemmer altså det de sier, noen må bare kompensere ved å være bøller og maktgale.»

Shaad fniste høyfrekvent, og karene lo rått. Olric nikket bare til soldaten som skred til verket med en mine som snaut kunne beskrives. En del avsky og en del fryd. Presten ulte formelig og rykket brutalt i grepet til soldatene, lyden skar i ørene på alle der. Olric smilte nesten varmt. «Så, snakker du nå eller skal han svi litt på stakan din også?»

Presten bablet, fråden rant rundt kjeften på ham og øynene rullet formelig. «Jeg…jeg snakker!»

Olric kaklet fornøyd. «Se der, jammen var det litt vett i den skallen der også, på tross av alt. Jeg begynte å tvile skal jeg være ærlig. Spytt ut, vi har ikke hele dagen»

Presten svelget synlig, så begynte han å snakke og Olric ble snart temmelig stiv i maska, det var helt tydelig at disse folkene aktet å utnytte kaoset han hadde skapt for å få fotfeste i landene. Og de hadde gode planer også, og visste hvordan de skulle få folk med seg ved å spille på frykt og usikkerhet. Han hadde hørt mye dystert i sine dager men dette slo det meste av det. De hadde en effektiv og hensynsløs taktikk og de var allerede spredt rundt bukta og et godt stykke nordover i Darazzen og nesten over i Longaria også. Det ville ikke vare lenge før denne galskapen hadde spredt seg til hele området vest for fjellene. De sa at Nierez allerede var på deres hender stort sett, det kunne være en ren overdrivelse for folkene der nord var tøffe og lot seg ikke lett overtale men en strime av sannhet var det nok i det.

Presten bare lirte ut av seg nå som det var gått hull på sekken, Olric fikk navn og detaljplaner og han sto der og var motvillig imponert av effektiviteten og galskapen som lå bak alt sammen. Da ordstrømmen omsider stilnet av var Olric temmelig rasende, han og hans folk ville bli klemt mellom disse folkene og Hanek, og han fryktet ikke noen hær men disse folkene kunne ødelegge landene totalt. Det ville ikke bli noen orden når de satt med makten, ingen ny og bedre tilværelse. Kun lederne for denne sekten ville ha makt, alle andre ville måtte krype i støvet for dem.

Shaad så storøyd på ham og han smilte og klappet gutten på hodet, litt åndsfraværende. «Vel gutt, da vet vi det. Og vi vet hva vi har å gjøre når Hanek er ute av bildet»

Shaad så smalt på Olric. «Herre, hva om vi slår to fluer i en smekk?»

Olric så fort på gutten, det var et merkelig glimt i det pene ansiktet. «Hva mener du?»

Shaad bet seg i underleppa. «Hanek må også vite om de folkene nå, han er ikke dum herre, og han har spioner akkurat som du. Hva om du lar ham slåss på to fronter?»

Olric smilte sakte, et nesten illevarslende smil. «Gutt, jeg tror jammen meg du er en strateg, vi sørger for at han får all den informasjonen han trenger, men vi kan selvsagt krydre den litt til vår favør. Det er ingen vits i å kjempe mot en fiende når ens fiender kan kjempe mot hverandre.»

Shaad nikket og Olric lente seg fort frem og gav gutten et fort kyss på pannen, Shaad strålte formelig. «Ypperlig gutt, jeg skal finne noen som kan sørge for at informasjonen blir overlevert, sammen med kunnskapen om at Embrekt er i trøbbel. Det bør sette fart i ham for alvor.»

Shaad smilte søtt. «Og gjøre ham sårbar, klar for å bli plukket fra hverandre. Det er ypperlig!»

Olric så fort på soldatene som ennå sto rundt den pesende presten, mannen var medtatt men så avgjort i live. «Tjor ham til flaggstanga i leiren, naken. La alle vite at de kan gjøre hva de vil med krypet men hold liv i ham, i det minste for en stund fremover. Vi kan trenge litt avskrekkende eksempler på vår makt»

Soldatene gjorde honnør og Olric vendte seg mot hesten sin igjen. Han tok Shaad i skulderen. «Noen ganger må en bare være hard og glemme alt om høvelig oppførsel, hensikten helliger middelet Shaad og en må lære hvilke egg en skal knuse og hvilke som en skal ta vare på. Det der er et råttent egg, og det kaster en bare til kråkene.»

Shaad nikket forstående og blikket var fylt av beundring, Olric følte seg rent faderlig der han hjalp gutten opp på hesten. Jo, Shaad kom til å bli hans enearving, det var liten tvil om det.

Zaribi

De neste ukene ble borte i en tåke av aktivitet og forandringer, Zaribi la snaut merke til alt som skjedde utenfor hennes egen lille trygge sfære men Urdar og Ardred hadde hendene fulle med å få oversikt over tilstanden og legge planer. De sendte ut ryttere, sendte skuter langs kysten, og de sendte også folk til Kimatiene for å holde oversikt over hva de hadde sett og opplevd. Det viste seg at de gamle hellige stedene faktisk virket beskyttende, flere flokker med folk hadde berget seg fra både de uhellig fødte og de sjelløse slik, en måtte bare ha is i magen og holde seg inne i sirklene til sola sto opp. Kimatiene var dyktige slik, de hadde en kultur der mot sto i høysetet og for dem var det ingen problemer. De vanlige fastboende derimot slet mer med opplevelsene men også de ble nesten vant med det. De fleste sirklene var forholdsvis store og når de tente bål langs kanten så en ikke så godt de blodtørstige beistene som ventet på utsiden, ivrige etter å rive en i småbiter eller besette en.

Ardred prøvde å få en oversikt over hvordan uvesenet spredte seg og det var ingen logikk i det. Beistene dukket bare opp ut av det blå helt tilfeldig virket det for og ingen var trygge. Noen landsbyer hadde egne goder som var såpass dyktige at de kunne helliggjøre mindre områder men de fleste hadde ingen med slike evner og de slet.

Rapporter om døde kom nesten hver dag og befolkningen begynte å bli rammet av en slags mild panikk. Urdar sendte mange ut til sjøs, de var trygge der ute i skutene sine og de fleste hietlaianere var meget dyktige sjøfolk som kunne klare seg der ute i ukesvis. Mange mindre båter ble halt frem igjen og overhalt, om dagen var en ganske trygg, det var natta som var farlig og mange steder trakk folk ned til strendene og sov ute i båtene. Ardred oppmuntret det, det var det lureste de kunne gjøre så langt han så det. Utbryterklanene under Khebar slo tilbake, de var brutalt modige og om de ikke greide å gjøre stor skade mot troll var de sjelløse noe annet. De var kjøtt og blod og av og til var noen åte og lokket monstrene til seg før de andre veltet tømmer over dem eller utløste steinras, det virket ikke for at vanlige våpen bet på dem men slikt gjorde uansett nok skade til at de ble stanset i det minste for en stund. Monstrene lærte ikke, det var temmelig tydelig for de gikk på de samme triksene gang på gang

Kimatiene kjente terrenget og de kjente naturen også, de følte på seg når fienden var nær og de visste å utnytte det de hadde av ressurser og kunnskap. De satte ut feller og selvskudd, de brukte hvert et knep de kjente til og greide faktisk å drepe en del ubeist. Men det kom bare flere og flere og Kanir mente at de neppe kunne stanses, om det skulle nytte måtte en stanse dem der de kom fra, men hvordan skulle det gå til? Zaribi merket at Ardred var svært tankefull og meget opptatt, de rakk knapt nok å snakke sammen og det var noe svært dystert i minen hans til tider, noe nesten utslukket og dødt. Merke seremonien ville kanskje spare Gardahavn men hva med resten av riket? Ville blodofferet han hadde gjort være til ingen nytte? Han var svært omtenksom overfor Zaribi og prøvde å tilbringe litt tid med henne så ofte som mulig men det ble sjeldnere og sjeldnere.

Hietlai var i krig nå, han kunne ikke beskrive det som noe annet og de måtte bare prioritere landet og folket først. Hans egne følelser og ønsker var likegyldige sammenlignet med folkets beste. Det var sørgelig men sant. Han jobbet sent og tidlig med å sikre folket og nyhetene om at mange hadde dødd var alltid svært sår for ham. Zaribi var hans lysstråle i alt mørket, hans glede i en hverdag som ble stadig tyngre. Han var inderlig glad ikke Gudrun hadde opplevd dette, det ville ha ødelagt henne helt. Gardahavn var fullpakket med folk nå men det gikk forbausende knirkefritt for folket der var vant med å

måtte bo tett sammen. Vintrene var harde der og husene små så
overbefolkning var ikke ukjent. Kvinnene så til at det var nok
forsyninger og mat til alle, de vevde og sydde og ordnet klær
til de som kom uten noe og de fant husrom også, på de
merkeligste steder. Zaribi hadde så vidt begynt å vise at hun
var på vei, og hun hadde blitt mer rolig igjen selv om kroppen
føltes fremmed til tider. Hun kastet seg inn i arbeidet der med
liv og lyst og Ardred hadde gitt henne streng beskjed om at
hun ikke skulle overanstrenge seg, men det brydde hun seg
ikke om nå. Hun fant en slags ny styrke i det å hjelpe andre og
hun var til og med i tempelet og fikk snart en god porsjon
respekt fra prestinnene for sin rolige væremåte og evne til å
holde oversikten selv i en kaotisk situasjon.
Vinteren var kommet for fullt da hun til slutt måtte gi seg med
å rase rundt, Hebba hadde nedlagt forbud mot det og Gyrid
hadde også vært til stor hjelp for henne nå. Zaribi hadde blitt
svært glad i Gudruns gamle tjener og hun følte at hun fikk mer
kontakt med sin avdøde svigermor gjennom det Gyrid fortalte.
Hun fortalte også mye om da Ardred var gutt og Zaribi kunne
sitte og le og fnise sammen med de to eldre kvinnene mens de
spant eller broderte.
Det virket for at vinterkulda satte farten litt ned på monstrene,
de dukket ikke opp så ofte merkelig nok for dagene var korte
og nettene lange men i hvert fall de sjelløse syntes å mislike
kulde. I hvert fall den sterke bitende kulda som var vanlig der i
nord. Trollene brydde seg lite om den, men de likte ikke
fuktighet av en eller annen bisarr grunn og holdt seg unna
kysten for det meste. Flere og flere trakk mot fjorder og sjø og
Ardred visste at innlandet ville bli tømt for folk om dette
fortsatte. Hietlai var svært stort, kontinentet strakte seg svært
langt fra vest mot øst men det var ikke så fryktelig bredt, og
den nordre delen var dekket av is hele året rundt. Den stripa
som de bodde og levde på var ikke særlig bred sammenlignet
med det landet som den store isen hadde undertvunget seg. Og

allikevel kunne en noen steder ri i ukesvis før en nådde kanten av islandet der oppe.

Ardred hadde fortalt henne om det, om den brede flate steppen som lå der, uendelig lang før en nådde selve isen. Der beitet det svære horder med dyr og svære katter og bjørner og andre skapninger jaktet på dem. Zaribi hadde sittet der og lyttet til alt han fortalte og lært mer om landet og om nettene hadde han vist henne hvordan nordlyset danset over himmelen. Hun hadde aldri sett noe slikt noen gang og var redd til å begynne med men han forklarte henne at det ikke var noe farlig ved nordlyset i det hele tatt. Det var bare vakkert og Zaribi kunne stå som trollbundet og stirre på det.

Urdar var blitt litt bekymret for Iliana. Hun hadde nådd gårdene trygt og holdt seg visst der, det hadde ikke vært rapportert troll eller sjelløse i det området så hun var vel trygg men de var liksom ikke helt i stand til å godta at hun bare hadde reist, uten å sette seg til motverge på noe vis. Det lignet ikke henne. Urdar var redd hun pønsket på noe men hva kunne det være? Han ante ikke og hans folk der i nord hadde ingenting å rapportere, alt virket normalt. Iliana var for utålmodig til å vente lenge på å slå til, eller var hun det? Ingen visste og det gjorde Urdar nervøs.

Zaribi hadde fått beskjed om at hun snart ikke fikk gå utenfor byen lenger, hun var ikke tung ennå men Hebba ville ikke ta noen sjanser og Zaribi fikk mast seg til en siste tur ut sammen med Gyrid. De skulle til en av gårdene som lå like ved byen for å hente noen sekker med ull som skulle bli spunnet til garn og Zaribi visste at dette ble siste gangen hun fikk ri før hun fikk barnet. Gyrid red en liten rund hoppe med dovent gemytt og Alfrey hadde blitt med dem også. Han var en stille kar og sa lite men Zaribi stolte på ham, han var meget lojal mot henne og Ardred og hun likte ham egentlig.

Det tok et par timer å ri til gården slik og de brukte litt tid der på å plukke ut den beste ulla, da de snudde for å ri tilbake var det allerede begynt å bli temmelig sent. Det ble mørkt snart så de gjorde god fart og de var på vei ned mot elva som gikk i en slags kvart sirkel rundt området da pakkhesten brått snublet og falt. Gyrid stanset hesten sin og Zaribi snudde seg forbauset, hadde hesten sklidd? Alfrey drev brått hesten sin frem foran Gyrid og Zaribi, han trakk sverdet og Gyrid grep Zaribi's hest ved tøylene. «Frue, vi må bort!»

Zaribi rakk bare å se at flanken på den falne hesten var blitt rød av blod og hun forsto brått at noen hadde skutt den. Pila var under det falne dyret så de så den ikke. Hun forsto ikke, hvem ville skyte pakkhesten deres? Hun rakk ikke å bli virkelig skremt, Gyrid klasket til den svarte hoppa over baken og hun raste fremover, som en skygge i det fallende mørket. Alfrey snudde hesten sin for å følge men rykket til og det kom en underlig lyd fra ham. Zaribi så at en tykk pil med mørkt skaft stakk ut fra halsen på ham og hun klamret seg til salen i det hoppa raste oppover bakken og la på sprang utover de vide beitemarkene. Hun hadde ingen styring på hesten nå og Gyrid red hardt bak henne.

Zaribi forsto ingenting, hvem ville dem vondt? Gyrid drev på hoppa si men den var kortbeint og langt fra noen fullblods og greide ikke holde følge med den svarte langbeinte hesten. Zaribi greide ikke stagge den, det var som om noe hadde besatt den og den løp fortere enn hun trodde det var mulig for en hest å løpe. Hun kunne bare klamre seg fast. Beitemarkene var store, de strakte seg mange fjerdinger i alle retninger og hoppa hadde kurs bort fra byen, hun fulgte snaut synlige stier og Zaribi syntes hun hørte merkelige lyder fra alle retninger. Hun ble jaktet på, hun innså det brått og hun kjente at magen sank i henne, hun svelget hardt og kjempet mot panikken.

Gyrid forsto fort at noen var ute etter dem, og hun ante også hvem som sto bak. Bare Iliana kunne være infam nok til å gjøre noe slikt, og hun hadde garantert folk som adlød henne. Pilen som felte Alfrey var en kimati pil og hun ante at ingen skulle få slippe unna som kunne røpe noe. Men hun måtte fortelle Ardred om dette så han kunne redde Zaribi og nattemørket som falt så fort var nå en fordel. Hun visste at hoppa hun red var svært var og hadde tynt skinn så hun rev til seg en skarp kvist fra en busk i det de galopperte forbi og hun presset den inn mellom salen og hesteryggen. Hoppa rykket til og løp enda fortere og nå ville den løpe til den ikke orket mer. Gyrid hadde ennå styring på dyret og la kursen diskret mot en bekk hun kjente til. Den var smal og meget dyp slik bekker gjerne blir i områder med løst jordsmonn med grasmark over og Gyrid drev hesten langs bekken litt og i skjul av et kratt lot hun seg ganske enkelt falle ned i krattet. Det var lite lyd og hun holdt kjeft selv om hun slo seg ganske kraftig. Gyrid var en hietlaiansk kvinne, vant til å klare seg selv, til å tenke fort og tenke utenfor boksen. Hun lot seg gli ned i vannet og gjemte seg innunder bredden som hang litt ut over vannet. I mørket var hun umulig å se slik og vannet var ikke alt for kaldt heller siden denne bekken kom fra et område der det var en del varme kilder. Gyrid kunne holde ut en god stund og forfølgerne ville følge hesten og det var ingen tegn til at hun hadde hoppet av noe sted. Hun kunne bare håpe at de ikke greide ta igjen hennes frue, og at de ikke var ute etter å drepe henne med en gang.

Zaribi hadde ikke trodd at en hest kunne løpe så fort så langt, det virket for at hoppa sanset faren for den fortsatte i vill galopp i noe som virket for å være timer. Da den omsider saknet farten hadde de nådd et område nord for Gardahavn som ikke var bebodd, det var store sanddyner der og noen holt med noen krokete gamle trær og svære steinblokker. Zaribi kjente seg skremt til margen, hun frøs og hun stanset hesten nær en steinblokk og brukte den til å stige av. Hun var støl etter rittet og følte seg merkelig tom. Hun ante ikke hva hun skulle gjøre, hun ante ikke engang hvor hun var. Hun prøvde finne ly mellom steinene, de var rene skjære labyrinten og i mørket var det vanskelig å se hvor hun gikk. Hun følte brått et hardt slag mot hodet og rakk å lure på om hun hadde gått seg på noe før alt ble svart.

Da hun sakte våknet forsto hun ingenting, alt gynget og gjorde vondt og hun var kvalm. Hun prøvde å røre seg men det gikk ikke og hun forsto at hun hang over ryggen på en hest, i en pakksadel. Hva foregikk egentlig? Hun hadde en stinkende sekk over hodet og hun så ingenting enda det var lyst ute nå. Hun prøvde å bruke sansene sine, det var minst seks andre hester, hun hørte dem godt, og det betydde ryttere. Seks stykker om ikke flere. Det virket for at terrenget var noe røft for hesten hun hang på beveget seg rykkvis med brå og store bevegelser og hun ynket seg lavt. Salen skar inn i henne og hun ble redd for barnet hun bar på. Hun var ikke så redd for sitt eget liv lenger, det var Ardreds barn hun fryktet for nå.

Det virket for at ferden varte evig og hun svimte av igjen noen ganger, en gang ble noe som måtte være en øse med kaldt vann presset til munnen hennes og hun drakk desperat men bortsett fra det var det ingen hjelp eller medfølelse å få. Hun hadde tisset på seg for hun følte at skjørtene var våte og ydmykelsen fikk tårene til å svi i øynene på henne.

Det ble mørkt igjen og hun ble lempet ned fra hesten som en annen pakke, det verket intenst i armer og bein og ryggen kjentes ut som om den var av. Hun hørte stemmer, det var menn og de snakket et slags gutturalt språk hun ikke forsto. Det måtte være Kimatier men de var da på deres side nå? Men hun hørte at de nevnte ord hun kjente og et av dem var Iliana. Zaribi kjente at et forferdelig sinne begynte å stige i henne, så det var Iliana som var bak dette. Hun forsto hva Gudrun hadde ment nå, og hun bet tennene sammen. Iliana skulle ikke få knekke henne, aldri!

Gyrid hadde ligget i vannet i en halvtime da en gruppe ryttere raste forbi, de var på sporet av Zaribi og henne og hun svelget og tvang seg til å ligge stille i vannet. Bekken var skygget av krattet og svært smal så det var lite trolig de så den og hun tvilte på at de ville orke å ri tilbake for å se hvor hun hadde blitt av når de fant hesten hennes. Hun var tross alt bare en tjenestejente, men hvordan fikk hun sagt ifra til Ardred at noe var galt? Han kom til å forstå at noe hadde skjedd når ikke Zaribi kom tilbake før natten men ville han skjønne at det var noe alvorlig som var på gang? Hun bet tennene sammen, antagelig ville han finne kadaveret av pakkhesten og liket av Alfrey, og bli forferdelig redd og ikke minst rasende og hun visste at han trengte noe å rette det sinnet mot for ikke å gå aldeles fra konseptene. Hun ventet der i bekken så lenge at hun fryktet at hun snart ble rynkete over det hele, ikke at det betydde noe for hun var en godt voksen kvinne som var godt over sin blomstringstid men hun var da litt forfengelig for det. Da det begynte å lysne i øst stakk hun hodet opp av bekken, det var ingen å se noe sted og hun halte seg opp litt stølt og sukket lavt. Det var svært langt tilbake til Gardahavn, og hesten hennes hadde antagelig blitt fanget inn av de som forfulgte Zaribi. Hun måtte fortelle Ardred hva som hadde skjedd, og i hvilken retning Zaribi hadde ridd. Gyrid var en svært kjapptenkt person, hun gliste kort, så rotet hun i lommene sine og fant et ildstål og et stykke flint hun alltid bar med seg. Fort fikk hun samlet litt tørt gress og noen tørre kvister og fikk fyr i et lite bål. Der ute var det ikke folk på denne tiden av året, så de røyk ville de vite at det var mennesker der og de ville komme for å undersøke. Det var temmelig sikkert.

Gyrid måtte vente mye av dagen før det kom noen, og det var tre av Ardreds fremste krigere. De red hardt og Gyrid steg ut av krattet så de skulle se henne på lang avstand og ikke bli forskrekket av synet. De holdt inne hestene og hun ristet litt på de ennå våte klærne. «Fruen ble forfulgt, av en gruppe ryttere. De angrep oss på veien tilbake fra gården.»

Den ene av rytterne steg av. «Ardred sendte oss, vi har funnet en død hest og Alfrey også. Han er ute av seg, men tenker ennå klart.»

Gyrid smilte stivt. «De har antagelig tatt henne igjen nå, og kan være langt av gårde, men rytterne var kimatier, det er ingen tvil om det.»

Mannen nikket, Gyrid kjente ham igjen som sønnen til en venninne av henne, en dyktig og svært standhaftig mann. Han skar en grimase. «Vi har skjønt det også, men kimatiene har sverget at det ikke er de som står bak.»

Gyrid svor lavt for seg selv. «Utstøtte, også de har utstøtte. De kan kjøpes og snus til å tjene av enhver som er gal nok til å hyre dem.»

Han hjalp Gyrid opp i salen på hesten. «Det er Iliana som står bak ikke sant? Det kan snaut være noen andre!»

Gyrid nikket og de snudde hestene. «Jeg er sikker, hun står bak. Men har hun tenkt på hva dette kan skape?»

De tre karene så bare stramme ut og ansiktene fortalte at de fryktet det verste. «Neppe, hun er for korttenkt»

Gyrid svelget. «Ri hardt, jeg vil tilbake til Gardahavn, og be for vår frue»

Mannen steg opp bak henne og lot hesten få frie tøyler. Alle tre hadde gode langbeinte dyr og før det gikk lenge var de i full galopp over slettene.

Zaribi ante ikke hvor hun var på vei, hun hadde frosset seg gjennom noen timer og var livredd hele tiden, mennene snakket sammen av og til men for det meste bare glefset de til hverandre, det virket ikke for at de var akkurat perlevenner.

Zarbi ble slengt på hesten igjen, og hun greide ikke å holde tilbake et lite skrik av smerte for kroppen var forferdelig støl og tauene på armer og bein grov seg inn i huden. Men det var verst å ikke vite hva de ville med henne, om de var ute etter å bare drepe henne burde de ha gjort det for lengst så antagelig hadde de noe langt verre i tankene. Zaribi ville heller dø enn å la noen andre enn Ardred røre seg, bare tanken fikk det til å gå kaldt nedover ryggen på henne og hun skulle ønske hun var sterk nok til å prøve å rive seg løs fra salen. Det var bedre å falle av å brekke nakken enn å bli torturert.

Hun ante ikke om Ardred visste hva som hadde skjedd og hun fryktet at han ikke skulle finne henne, disse folkene kjente landet og de kunne å skjule sporene sine og hun var virkelig redd for at alt ville gå galt. Hun var forferdelig sulten men også kvalm og det vannet hun hadde fått fylte ikke akkurat magen men det virket ikke for at de brydde seg om hva hun trengte i det hele tatt. Det skremte henne mer enn noe annet, de var antagelig bare hyret for å fange henne og frakte henne og om hun ankom død spilte det liksom ingen rolle. Men hun var nok på vei nordover, og muligens vestover, hun så litt gjennom den stinkende sekken og hun ante at det var i nordvest Iliana bodde.

Var de på vei til hennes gårder? I såfall var det meget korttenkt for det var garantert dit Ardred ville reise, ingen annen enn Iliana kunne vel tenke seg å gjøre Zaribi noe vondt og Iliana var gal nok til å sette sine egne sårede følelser foran slekta. Men reisen fortsatte og Zaribi kjente at hun mistet styrke fort, ingen mat og mye angst svekket henne og ikke minst den respektløse behandlingen tæret på beslutsomheten. Gjorde de det med vilje for å knekke henne? De red forholdsvis hardt men hadde de kortbeinte sterke hestene som var innfødt i området og de tålte mye. De kunne fortsette i dagesvis uten større hvile.

Zaribi var mer eller mindre bevisstløs da de omsider stanset, hun ble slept inn i noe som måtte være en slags gjeterbu og det stinket gammel saueskitt der og piss. Golvet var av trampet jord og veggene var tynne og det var ingen ovn eller ildsted heller. Antagelig ble den brukt om sommeren av sauegjeterne. De måtte være langt ute på heiene nå. Zaribi ble tjoret til en veggstolpe og karene gikk ut, hun ble sittende å skjelve og hun følte seg langt fra vel. Hun hadde feber og følte seg underlig tung i hodet og kramper rev i bein og armer etter den ubehagelige stillingen hun hadde hatt over hesten.

Det ble mørkt igjen, og hun lurte på om det var meningen at hun skulle sulte i hjel? Hun hadde ikke fått vann heller på en stund og tørsten rev i henne. Hun prøvde å gni av seg sekken men det gikk ikke, den satt for godt på og hun gav opp fort. Kanskje det var en fordel å ikke se. Hun lukket øynene og tenkte på Ardred og håpet at han ikke skulle måtte finne henne død. Det ville knuse ham totalt. Hun satt i en døs og etter en stund sovnet hun eller svimte av. Da hun våknet var det lyst igjen, i det minste et slags halvlys og hun løftet hodet og prøvde å orientere seg. Halsen og munnen var så tørre at hun ikke kunne lage en lyd og hun var skrekkelig svimmel. Det lød hovtramp, en eller to hester og karene virket for å samle seg utenfor, de ropte noe og noe ble svart. Zaribi hørte en kvinnestemme og hun kjente den igjen på tross av veggene og sekken, det var Iliana og hun følte at en glo av sinne sakte fikk luft til å gro i henne på nytt. Men hun var hjelpeløs og det var så uendelig bittert.

Det var mye snakk utenfor og hun la hodet mot veggen, prøvde å lytte. Hun var så kald at hun skalv og hodet verket intenst men hun greide å fange opp noen ord. Det var visst ingen sjanse for at de skulle bli funnet for karene hadde ridd over noen myrområder der alt som het spor fort ble borte og de var svært langt fra folk. Iliana hørtes kry ut, nesten sprudlende av triumf og Zaribi skulle ønske hun hadde vært i stand til å komme seg løs, hun ville klore ut øynene på den hora. Iliana var gal, like lite normal som en rabid hund og noe i Zaribi endret seg uten at hun selv var klar over det. Sakte våknet det ny styrke i henne, nedarvet gjennom generasjoner og noe av ubehaget forsvant gradvis. Hun følte at noe som lignet is fylte årene og hun ble skremt men også på en merkelig måte opprømt. Om de slapp henne løs, om så bare en gang, skulle hun vite å hevne seg.

Karene fikk åpenbart betalt og Zaribi hørte at døra ble skjøvet opp, det var en slags lem mer enn ei dør og en gufs av kald luft slo inn. Iliana virket for å diskutere med lederen for mennene, og Zaribi forsto at hun rett og slett skulle bli etterlatt der. Ardred skulle finne henne ihjelsultet der i hytta. Karene ville visst ha mer enn bare penger men Iliana mente at de måtte vente litt, først når Zaribi var døden nær skulle de få lov til å voldta henne, det ville gjøre funnet enda verre for Ardred. Men noen heiste henne opp på beina og Zaribi hveste og prøvde å slite seg løs men sterke hender holdt henne og nå ble hun tjoret med armene opp, så hun nesten hang langs veggen. Hun kjente iskaldt stål mot kroppen og rykket til i det kjolen hennes ble kuttet opp langs ryggen og røsket ned. Noen kaklet og en hånd prøvde å få tak i brystet hennes men Ilianas stemme skar gjennom luften. «Ikke rør henne, hun er ennå for sterk. Når Ardred finner ludderet sitt skal merkene synes! «

Zaribi prøvde å slite i tauene men det var ingen vits, hun hadde ingen krefter igjen til å gjøre noe slikt. Men sinnet glødet i henne ennå og hun hørte at Iliana grep et eller annet, det knirket i lær. Hun skrek til i det en skarp smerte spredte seg over ryggen og hun trodde det snaut, Iliana hadde en hestepisk og brukte den, og brukte den brutalt også. Flere slag landet over ryggen på henne, rev i huden og Zaribi kjente at hun snart mistet bevisstheten. Hun var for svak til å tåle slikt nå, varmt blod rant nedover kroppen på henne og hun håpet bare at hun døde før de rakk å vanære henne helt.

Iliana peste nesten av anstrengelsen, hun gav seg ikke før den hjelpeløse jenta hang i tauene og en av karene spyttet i golvet. «Hun overlever ikke lenge slik, vi vil ha det du lovet oss» Iliana slapp pisken og det var noe i blikket som minte om en slags sadistisk fryd. «Ikke ennå, men snart!»

Zaribi hadde en følelse av å sveve, av å egentlig ikke være til stede lenger. Hun så verden rundt seg men den var ikke som før, hun så alt i gråtoner, og som skinnende lys. Det lå et slags lys rundt henne selv, skimrende blått og skjært og det var merkelig unaturlig, en slags farge hun ikke engang kunne beskrive. Et eller annet sted hørte hun en stemme som messet noe, underlige arkaiske ord hun ikke kjente og rundt den vesle hytta ble vinden sterkere. Zaribi så en skygge, en flytende formløs kraft som virket for å smelte sammen med hennes eget lys og hun visste brått at hun kom til å leve. Hun kom til å se Ardred igjen, men ingenting ville noen gang bli det samme. Det var hjelp på vei, og hun måtte bare holde ut. Hun lot ånden smelte i ett med kroppen en gang til og lot smertene hun følte brenne vekk all svakhet, all tvil. Iliana skulle få lide for hva hun hadde gjort.

Ardred hadde reagert med desperasjon da de forsto at Zaribi var blitt borte og da de fant den døde hesten og Alfrey følte han at ingenting noen gang ville bety noe for ham om han ikke fant henne igjen. De sendte ut menn for å lete men han ante at de som gjorde dette nok allerede var langt vekk, og landet var stort med mange steder en kunne gjemme seg. Han var like ved å ri ut selv da Gyrid ble brakt til ham, hun fortalte alt og Ardred sendte med en gang menn ut mot Ilianas gård i nord. Han tvilte på at det var der Zaribi var men han ville ikke la Iliana slippe unna med dette om hun sto bak. Å svikte sin egen ætt på slikt vis var den ytterste nidingsdåd og ingen ville se ned på ham om han henrettet sin egen søster for noe slikt. Noen mente at de hadde sett Kanir ute på slettene, og Ardred ante at han nok visste hva som hadde skjedd. Kanir ante mer enn folk kunne tro og han håpet inderlig at broren kunne greie det han selv ikke kunne gjøre. Å finne Zaribi. Han kunne ikke bare forlate Gardahavn uten videre, selv ikke for sin hustru. De var midt i en temmelig kritisk situasjon nå og folket trengte sin Takesh, han måtte lede krigerne om det kom troll eller sjelløse og han var livredd for at Zaribi skulle komme ut for noe slikt. Krigerne hans var dyktige, om noen kunne finne spor var det dem, men kidnapperne var Kimatier, de burde kunne gjemme sporene sine og de kjente terrenget som sin egen håndbak. Men Ardred sverget at om Zaribi var kommet til skade så skulle han se til at den skyldige skulle lide lenge og ingen skulle noen gang få glemme den dagen.

Zaribi hadde besvimt igjen men hun var blitt sluppet ned nå, hun lå i en krok som en henslengt klut og blodet hadde lagd en dam under henne. Hun skalv lett og kroppen rykket av og til i kramper, hun var svært alvorlig skadet nå. Men hun våknet igjen og kunne så vidt se litt. Sekken var blitt forskjøvet og hun hadde en rift like foran ansiktet. Hun presset fjeset mot veggen, det var en sprekk der og hun så ut. Det var en liten dal hun befant seg i, steinete og dekket med kratt og lyng. Stedet var svært skjermet og antagelig vanskelig å finne. Det virket for at mørket senket seg snart og karene satt i en klynge og snakket sammen mens Iliana og en annen kar satt ved et bål og spiste, de så ut til å være svært fornøyd med seg selv.

Zaribi svelget hardt, hun var snaut i stand til å løfte hodet og hun forsto at hun hadde mistet for mye blod allerede. Og mangelen på mat og vann ikke minst var blitt virkelig farlig for henne. Men noe hadde vekket henne og hun stirret ut i det fallende mørket med en følelse av forventning. Hun ble ikke skuffet, brått begynte mennene å ramle sammen med piler stikkende ut av kroppen og Iliana hev seg på beina og løp mot hesten sin men en svær mann var brått i veien for henne og grep henne i fletta. Karen som hadde fulgt henne ble hugd ned av en annen kimati med en stor og svært vakker øks og bare et par av mennene som tok Zaribi var tilbake i live. De ble brutalt bundet og halt opp på kne og den svære karen holdt Iliana i et jerngrep. «Så, du er Ardreds søster, den vakre men gale. Jeg tror ikke du helt vet hva du har begitt deg ut på»

Iliana spyttet på ham og mannen bare gliste stygt. «Vet du, vi respekterer Ardred, han gjør det han må, og han er hard. Og broren deres er enda hardere, og når en blodfødt snakker ja da lytter vi alle sammen.»

Iliana så ut som om hun ikke forsto, hun bare strittet i mot grepet og freste nesten. «Slipp meg, forbannede barbar, dette har du ikke noe med!»

Khebar la hodet på skakke. «Å men det har vi, folket vårt har kunnskap kvinne, eldgammel kunnskap dere ikke kan forestille dere. Og den jenta du så æreløst ønsket å kvitte deg med kan bli redningen for oss alle, om maktene vil det.»

Iliana prøvde å vri seg løs igjen, hun virket ikke for å forstå alvoret. «Zaribi er bare Ardreds lille ludder, ingenting! Hun skal ikke få ta fra meg det som er mitt!»

Khebar sukket og klikket med tungen. «Synd, virkelig synd. Du kunne kanskje blitt en god slavinne men jeg tviler på at det lar seg gjøre å knekke deg, du er for gal. Jeg tror at Ardreds hustru virkelig fortjener det hun har fått, fra det jeg har hørt er hun en hengiven hustru, og det tror jeg er mer enn noen har kunnet si om deg, noen gang.»

Iliana prøvde å sparke Khebar men han unnvek det med letthet. Han var en trent kriger og han hadde ingen mot forestillinger mot å bruke vold mot en kvinne så han slo til henne, hardt. Iliana skrek håst og prøvde å klore ham og han nikket til to av de andre kimatiene som sto der. «Hold henne»

De grep Iliana og hun kunne ikke slåss mot to slike sterke menn. Khebar så forskende på henne og på de to bakbundne mennene. «Dette er overløpere, forrædere og nidinger som har forrådt sitt folk. Og du har leid dem til å gjøre en illgjerning som ville gjort vårt folk forhatt av alle. De skal straffes men det skal du også.»

Iliana skrek noe usammenhengende til ham og Khebar slo henne igjen. «Alle vet at du er verre enn noen skjøge, at en tispe med løpetid er rene dydsmønsteret sammenlignet med deg. Du ville la disse mennene forlyste seg med din brors kone ikke sant? Men jeg tenker at den skjebnen skal bli deg til del heller, og etterpå sender vi deg til din bror. Han skal få bestemme din endelige skjebne, kjenner jeg ham rett blir den ikke misunnelsesverdig.»

Iliana så rasende ut. «Dere våger ikke røre meg, jeg er prestinne!»

Khebar smilte smalt. «Om litt kommer Kanir hit, han er på vei. Han fortalte oss at du hadde kidnappet hans brors kone, og han har sett hva som skal skje. Han har gitt oss frie hender, på sin brors vegne. Zaribi trenger ikke se dette, men hun skal få vite at du har fått betale for det du har gjort. «

Iliana var blodrød i ansiktet av sinne, årene på halsen sto frem. «Hun skal ingenting, bare dø! Det skarnet har ikke lang tid igjen om hun ikke allerede er død!»

Khebar smilte igjen, et stygt smil. «Om hun dør vil vi binde deg til et tre og etterlate deg til de sjelløse, jeg tror de vil sette pris på en som deg, men du vil ikke like hva de gjør med mennesker de fanger levende.»

Iliana prøvde å sparke en av karene som holdt henne og Khebar grep tak i fletten hennes. «Du er viden kjent for din skjønnhet, og de overdriver ikke. Men vi har vår egen type straff for slike som deg, æreløse krek som ikke kjenner sin plass»

Han grep en kniv fra beltet og skar av henne fletten like inntil hodet. Iliana kom med et skrik i vantro forskrekkelse. Khebar kastet fletta på bålet og nikket til karene. «Få henne ned.»

Han løsnet beltet sitt med raske bevegelser. «Du aktet å la Ardreds hustru bli vanæret av disse hundene, så la oss se hvor mange av oss som kan ta deg før du bryter sammen»

Iliana skrek opp men ble brutalt lagt i bakken og Khebar rev av henne klærne. Zaribi satt ikke så hun så mye men hun så at Ilianas lange bleke bein sprellet desperat på hver side av den muskuløse men temmelig hårete bakdelen til Khebar. Hun skrek og klynket og stønnet og Khebar gryntet ivrig og pumpet løs med brutal henrykkelse. Zaribi så bort, hun trengte ikke se mer. Iliana fikk som fortjent men hun skulle gjerne ha brukt hestepisken på henne også, som en ekstra takk for alt.

Khebar gjorde seg ferdig med et brøl og etter at han reiste seg tok en annen av krigerne hans plass. Iliana skrek til å begynne med men etter en stund ble hun stille, om det var fordi hun hadde svimt av eller fordi hun ikke greide lage mer lyd var ikke godt å si. Zaribi følte at hun snart ville svime av igjen da de hørte hovtramp og en enorm hest kom brasende inn på plassen foran hytta. Hun hadde aldri sett Kanir men forsto at dette var ham. Han lignet Ardred men var mere uslepen og vill, det var noe meget farlig ved denne mannen. Khebar gliste kort. «Vi gjorde som du sa»

Kanir steg av hesten og så med forakt på Iliana. Hun lå og hulket på bakken og han snudde seg vekk fra henne. «Bind henne til en hest og ta henne til Gardahavn. Ardred vil bestemme hennes straff»

Khebar nikket mot hytta. «Din brors hustru er der inne, den tispa har pisket henne, disse karene har snakket.»

Kanir så hardt på de to bakbundne mennene. «La Ardred få dem også, vi trenger noen eksempler»

Han gikk bort til hytta og åpnet døra. Zaribi var kun en liten bylt i et hjørne, blodig og bevisstløs og han plukket henne opp svært varsomt. «Hva skal du gjøre med henne?» Khebar så nysgjerrig ut.

Kanir bet tennene sammen. «Hun er alvorlig skadet, om jeg prøver å nå Gardahavn med henne dør hun før jeg når halvveis. Jeg vil søke meg mot fjorden, der bor det en helbreder. Det er eneste sjansen»

Khebar så skrått på den blodfødte. «Der elven fødes? Sagnene forteller om det»

Kanir nikket stivt. «Det er godt mulig, men det må til. Hun har mistet mye blod og har feber.»

Khebar sukket tungt. «Hva skal vi fortelle din bror?»

Kanir steg opp på Blodøks og fikk Zaribi løftet opp til seg av et par av kimatiene. «At jeg har henne, at jeg skal prøve å berge henne. Jeg vil komme til Gardahavn med henne når hun er sterk nok. Men skjebnen legger veien heretter, og vi er kun brikker i dens spill»

Khebar bøyde nakken i en slags ydmyk gest. «Sant nok, vi rir med en gang. Og lykke til blodfødte»

Kanir snudde den enorme røde hingsten og smattet på den. Han måtte nå helbrederen fort, det var Zaribis eneste sjanse. Og deres sjanse til å klare seg, for det verste var ennå ikke engang begynt og han begynte å se at ting var mye verre enn han hadde trodd. Det var langt til fjorden der helbrederen bodde men om han red hele tiden ville de kanskje greie det. Det var mørkt men han fryktet ikke troll eller sjelløse, den makten han bar ville advare ham og han ante at Zaribi også nå var blitt noe nytt, noe mektig. Iliana hadde uten å vite det sluppet løs noe mektig, noe eldgammelt og ukjent, noe ingen der i landet noen gang hadde stått overfor og det gjorde ham ydmyk men også en smule skremt. Men hun måtte være frisk for å kunne stå overfor hva hun egentlig var, og så var det sagnene om den siste, den glemte, den mektige. Han ante hva det var og bare tanken sendte frysninger nedover ryggen på ham. Men som han hadde sagt til Khebar, skjebnen fikk skje fyllest. Han gav Blodøks frie tøyler og den røde hingsten raste inn i natten som en levende flamme, og med seg bar den et folk og et rikes håp.

Daithe

Fhirdhag hadde gitt noen ordre til sine folk, de spredte seg og forsvant uten et ord og Daithe ble igjen med ham, han utvekslet noen ord med helbredersken og det var noe hardt i blikket hans. «Jeg visste ikke at disse menneskene var så onde, hadde jeg fått vite om den jenta ville vi ha gjort noe, det lover jeg Daithe»

Hun svelget kort, følte at en slags merkelig tung følelse seg gjennom henne, av oppgitthet. Nin var neppe alene, i tider med krig og uro er det alltid de svake det går ut over. Hun nikket stumt og alven omfavnet henne mykt. Hun følte seg som et barn i armene hans, ikke bare fordi han var så høy men fordi han utstrålte slik en autoritet og styrke. Og visdom, ikke minst det. Han var så uendelig mye eldre enn henne selv, det var vanskelig å tro når en så på det ungdommelige ansiktet men antagelig var han mange millennia gammel. Hun hadde ikke våget å spørre ham om hvor gammel han egentlig var. Han kysset henne på toppen av hodet. «Du var dyktig Daithe, jeg er stolt av deg. De mennene fortjente ikke annet enn døden, det var kun mørke i deres hjerter»

Hun prøvde å smile. «Men jeg har blod på hendene nå, jeg tror ikke gudene liker det.»

Fhirdhag bare strøk en finger nedover kinnet hennes. «Bry deg ikke om det min vakre, jeg tror ikke de akkurat begråter de uslingene. Og ja, jeg vet at Ighal har tatt på seg skylda men du burde ikke trengte å skjule dine spor Daithe. Du er sjelden og sterk»

Hun snudde seg mot hytta. «Det hjalp uansett ikke Nin, nå dør hun der inne og bare fordi jeg var for sen!»

Fhirdhag sukket og la armene rundt henne igjen. «Nei Daithe, hun var døende alt før dere kom hit. Du kunne ikke ha endret

det, men du fikk henne bort fra dem, du viste henne at noen
ennå bryr seg. Det er verdifullt Daithe, ikke gjør det du gjorde
til mindre enn det som det virkelig er»

Hun svelget, husket Nins fortvilte ansikt og ønsket å gjemme
seg et sted, å glemme alt. «Men jeg tror folk vil bli redde når
de finner ut hva som har skjedd, at noen har blitt drept, og at vi
står bak»

Fhirdhag la en finger under haka hennes, tvang henne til å se
opp på ham. «Daithe, dette er folk som er blitt vant med død
og elendighet. Og de vil vite sannheten, hva de mennene
gjorde, Ingen vil klandre deg Daithe, og om noen er forstokket
nok til å gjøre det vil jeg sende dem bort.»

Hun lukket øynene. «Jeg tviler ikke på din makt Fhirdhag men
jeg føler at ting på en måte har kommet ut av kontroll, jeg vet
ikke hvorfor. «

Han trakk henne nærmere. «Jeg forstår hva du føler Daithe, du
trenger å slappe av og glemme ikke sant? Bli med meg»

Det var en ordre, ikke en forespørsel og et kort øyeblikk følte
hun en brå trang til å protestere men hun gav etter og ble med
ham, han gikk med stødige steg gjennom landsbyen opp mot
det store bygget med hallen og videre inn i skogen bak det. Der
sto det en hytte som måtte være hans personlige for den var
meget vakkert bygget og nydelige utskjæringer dekorerte
inngangen og de merkelig formede vinduene. Hytta var svært
stor innvendig og det var svært fine møbler plassert rundt på
det silkeglatte tregolvet. De måtte ha hatt en vanvittig jobb
med å pusse det glatt og Daithe beundret den merkelige peisen
som sto i enden av rommet. Den var diger også og så ut som
om den på et eller annet vis hadde grodd opp av bakken heller
enn å bli bygget av hender. Den så mer ut som en uthulet
trestamme enn en peis men var stein og hun så hvordan
steinene var møysommelig plassert og føyet sammen med en
slags mørk mørtel hun ikke hadde sett før.

Rommet var svært lyst og luftig og luktet mildt av skog og
ferskt treverk og hun la merke til at et stort hjørne av rommet

374

var okkupert av en gedigen seng. Den var fast langs veggen på
to av fire sider og noen solide trestokker holdt den oppe. Det
var antagelig en slags halmmadrass i den og laken av tykk
silkeaktig lin samt pelser fylte den helt. Det var lite personlige
eiendeler å se men det var flere kister der og hun så at noen
klesplagg var lagt over et par stoler og det sto brukte kopper og
kar på et digert trebord ikke langt fra peisen. Det var merkelig
å være der, i hans personlige hjem og hun følte seg brått brydd.
Hun ante ikke hvorfor egentlig, men det var merkelig intimt å
være der alene sammen med ham.

Fhirdhag fant fem en slags krukke fra et skap på ene veggen,
helte litt fra den i et keramikk krus. «Her, drikk dette. Det vil
hjelpe deg.»

Hun snuste mistenksomt på kruset, væsken var mørkt gylden
og luktet egentlig svært lite og hun tok en prøvende slurk. Det
smakte lite også, mer som veldig utvannet eplesaft og hun
drakk alt. Fhirdhag satte krukken tilbake på plass, han satte seg
ned ved bordet og hun gjorde nølende det samme. Han bikket
på hodet. «Mørket våkner Daithe, vi ser det, og vi føler det. I
områdene nord og sør for her er det blitt sett troll og merkelige
demoner, og noen har sett drager også. Ting vil ende seg
Daithe, og bare skjebnen avgjør om den endringen blir av det
gode eller ei.»

Hun holdt pusten. «Dere var ute i skogen, slåss dere?»

Han trakk på skuldrene. «Om en kan kalle det å slåss, ingen av
oss ble skadet om du er redd for det. Men vi kunne formelig
lukte at skogen ikke lenger er som før, den prøver å advare oss.
Og du og dine venner er en del av det, og en viktig del også»

Hun rynket pannen. «Hva mener du med det?»

Fhirdhag trakk pusten dypt og det glitret i de merkelige
øynene. «Det jeg mener Daithe er at det som en gang var vil
bli på nytt. Men med variasjoner, og endringer. Jeg er svært
gammel, men selv ikke jeg kan huske den tiden da
dragemestrene hersket. Det er så lenge siden at det kun er

legender, selv for mitt folk. Men om det er drager i verden på nytt må dragemestrene våkne igjen, og kreve sin rett.»

Hun så forvirret på ham. «Jeg aner ikke noe om det?»

Alven smilte mykt og strakte handa ut, kjærtegnet kinnet hennes igjen med noe som lignet eiermine. «Nei, det er det ingen som gjør lenger, for kun brokker og bruddstykker finnes igjen av det som var allment kjent den gangen. Dere er alle utvalgte av skjebnen Daithe, noen mer enn andre»

Hun så stivt på ham. «Lamara?»

Han nikket stille og blikket var på et vis litt skjelmsk. «Ja, og det samme gjelder flere av dere. Men dere vil måtte velge hva dere vil gjøre, og hvordan.»

Daithe svelget litt nervøst. «Jeg forstår ikke?»

Han reiste seg igjen, ruvet formelig på tross av at rommet var meget høyt under taket. «Det jeg mener er at skjebnen spiller sitt eget spill nå, og om en skal ha en sjanse må en utnytte de muligheter den gir. Dere ser det ikke men vi alver har en annen måte å oppfatte verden på, et annet perspektiv. Du tror du bare ønsket å finne din manns mordere, så hva ønsker du nå, som du har gjort det?»

Daithe så litt skremt på ham. Han hadde satt ord på det hun tenkte på en måte hun ikke engang hadde våget ennå. «Vel, vi...»

Hun greide ikke se noe og Fhirdhag satte seg ned foran henne, så henne dypt inn i øynene. «Dere fulgte Lamara fordi hun virket for å vite noe dere ikke gjorde, Cherdis ville unnslippe de som ønsket henne død, du ønsket å hevne din mann, Lamara ville følge sine visjoner og Ighal og hans menn fulgte deg, fordi de var lojale og gode menn. Og Moyesh og Tåkesang og Bhikoor ble reddet fordi dere fulgte Lamara. Egentlig var dere allerede da grepet av skjebnens hender og brakt inn på den riktige veien. Spørsmålet er hva som er riktig vei fra nå av»

Daithe følte nærværet hans som noe nesten knugende. «Jeg vet ikke!»

Han strakte seg, la hendene på skuldrene hennes. «Jeg så mye i sinnet ditt Daithe, mye du ikke vil kunne forstå ennå, men jeg lovte å hjelpe og jeg vil.»

Hun vred seg nervøst og ante ikke akkurat hva hun burde si og han løftet ansiktet hennes igjen og kysset henne. Daithe måtte gispe, det føltes så totalt annerledes enn når Feargus hadde gjort det. Hans kyss hadde vært heller våte og merkelig fomlete men Fhirdhag kysset på en måte som var intet mindre enn fenomenal. Hun følte det helt ned i tåspissene og rødmet intenst. «Jeg sa at du trengte å glemme, la meg hjelpe deg med det, i det minste for en stund»

Daithe følte seg nesten fanget, men på samme tid hadde hun en følelse av at dette var akkurat hva hun trengte nå, å glemme alt for noen øyeblikk med intens følelse. Hun nikket stivt og han kysset henne igjen, et langsomt og nesten dvelende kyss mens sterke fingre gjorde kort prosess med klærne hennes. Fhirdhag løftet henne som om hun ikke veide mer enn en fjær og hun forsto at han virkelig var uhyggelig sterk, mye sterkere enn noe menneske på hans størrelse.

Senga var virkelig myk, men ikke for myk heller og han begynte å kysse seg nedover kroppen på henne, langsomt og metodisk og Daithe måtte gispe etter luft, hun følte seg merkelig avslappet, nesten likegyldig og begynte å tro at det var den underlige drikken som hadde gjort det. Men kroppen hennes reagerte, den reagerte med en følelse av lyst hun slettes ikke hadde ventet å føle og han var klar over det. Hun var sikker på at han kunne lukte det, sansene hans var så utrolig mye skarpere enn hennes. Fhirdhag fikk sakte av seg sine egne klær, nesten demonstrativt som for å vise seg frem og hun begynte å tro at det virkelig var det han gjorde. Han viste seg frem for henne, nøt å se beundringen i blikket hennes. Han var ganske enkelt praktfull og den smekre og samtidig muskuløse fysikken intet mindre enn perfeksjon.

Øynene var mørke av begjær og han løftet seg opp på knærne og lot ene handa skli nesten ertende langsmed den temmelig imponerende hardheten som strakte seg oppover mot navlen og den muskuløse magen. Daithe hadde aldri sett noen gjøre noe slikt, og det var mer erotisk enn hun hadde forestilt seg at det var mulig å bli.

Synet fikk det til å verke i henne, og hun måtte jamre seg og hun vred seg mot de myke pelsene. «Vær så snill….»

Fhirdhag bare smilte fort, lente seg ned og kysset henne på brystene, slikket på brystvortene som allerede var stive som hjaltet på sverdet hennes. Følelsen fikk henne til å bukke kroppen oppover mot ham og han mumlet noe på sitt eget språk og skjøv seg inn over henne, presset seg inn med en rask bevegelse og Daithe så stjerner og gnister og hørte seg selv rope ut, et håst gutturalt rop av overgivent begjær. Feargus hadde aldri fylt henne slik, hadde aldri fått hele kroppen hennes til å føles som om den sto i brann. Hun hadde aldri kjent fryden ved å bli elsket med, Feargus tok henne, og manglet enhver finesse og teknikk men Fhirdhag visste hva han gjorde, hver bevegelse var planlagt og kontrollert og Daithe kunne bare klamre seg til den harde kroppen hans og la ham styre seg totalt. Det gikk ikke lenge før hun skrek ut i det første av flere klimakser, Fhirdhag virket for å kunne holde tilbake sin egen nytelse hvor lenge det enn skulle være for han tok henne helt frem igjen et par ganger til før han skiftet posisjon og la seg inntil henne så hun fikk underkroppen på tvers av hans, med beina hennes over hoftene hans. Det var merkelig intimt, og denne gangen kom han også så fort hun hadde fått sin orgasme, det virket for at han følte det mye sterkere enn Feargus hadde, i det minste om en skulle tolke grimasene hans og lydene han lagde. Kanskje var det slik at hans rase følte alt mye sterkere enn mennesker på mange måter?

Daithe var komplett utslitt etterpå, så avslappet at hun var som en våt vaskefille og hun kjente seg merkelig euforisk, som om nærværet hans og det han gjorde med henne gjorde henne lykkeligere enn noen annen følelse kunne. Hun sovnet ganske enkelt og Fhirdhag ble liggende å leke med løse lokker av mørkt hår. Det var noe merkelig i det ravfargede blikket, noe beregnende men samtidig mykt, og han kysset hennes på pannen med betydelig ømhet. Ordene han hvisket var ukjente, selv for de fleste av hans folk, men de var mektige og han smilte tilfreds. Det hadde allerede begynt, det var ingen vei tilbake. Hun var hans, og hun ville forbli hans for all evighet.

Nin døde etter et par timer, og alvene tilbød seg å vaske kroppen og forberede den på begravelse. De kom til å kremere liket og Cherdis godtok det. Det var til det beste og hun satt utenfor hytta og følte seg merkelig rotløs. Hun ante ikke lenger hvor hun skulle gå, og hvorfor, og hun lengtet tilbake til sitt gamle liv da ting var enkle og hun kjente sin plass. Ighal kom gående og slo seg ned, han så alvorlig ut. «Jeg så Lamara med Aidan borte ved bekken, hun virker litt underlig i dag.» Cherdis nikket stivt. «Ja, jeg tror hun skjuler noe, og jeg har en god mistanke om hva det er også. Men jeg kan ta feil også.» Ighal sukket og strakte seg. «Nin har gått bort? Fred være med den arme sjelen.»
Cherdis sukket dypt, strøk hendene gjennom håret. «Hun skulle ikke ha måttet lide slik, skulle ikke ha blitt brukt som et annet dyr, ved gudinnen, ingen ville behandlet et dyr slik!» Ighal slo ut med hendene. «Nei, jeg husker en sersjant i en tropp jeg var i da jeg var vanlig soldat. Han behandlet de menige som søppel. Drev de så hardt at mange døde og brydde seg ikke om det, det var alltid flere å ta av. Men hestene i leiren? Alle guder fortære, om noen så mye som glemte å børste dem eller gav dem noen gram for lite for ble de nesten pisket fordervet. I hans øyne hadde hester verdi for de måtte en betale mye for, en menig soldat var bare en gjenstand der for bruk og kast.»
Cherdis gyste nedover ryggen. «Vi er kanskje slik, mennesker tenker ofte på den måten.»
Han nikket. «Hvor ble det av Daithe?»

Cherdis fnyste. «Fhirdhag kom, og hun ble med ham. Jeg antar at hun ligger på ryggen nå og får kjørt seg til de grader» Ighal så litt betenkt ut. «Det er merkelig»

Hun snudde blikket, så litt forvirret på ham. «Merkelig? Hvordan? Hun er svært vakker Ighal. Og sterk. Alver verdsetter styrke, og jeg tror Fhirdhag finner henne eksotisk» Ighal nikket litt stivt. «Ja, de gjør det. Men ikke så til de grader. Han virker nesten litt dominerende syns jeg, som om han forventer at hun skal føye seg etter ham»

Cherdis rynket pannen, strakte beina. «Mulig, men han er lederen her, han er vant til at folk underkaster seg hans autoritet»

Ighal løftet skuldrene, blikket var litt fjernt. «Jeg mener jeg hørte et sted at alver ikke binder seg til mennesker på noe vis, for det fører bare til ulykke. Men jeg tror han har bundet seg til henne, hvorfor jeg føler det vet jeg ikke, men hun har virket annerledes etter at hun…ja, etter den festen»

Cherdis nikket ettertenksomt. «Når du sier det, ja. Hun virker modigere, mer impulsiv»

Ighal smilte. «Enten så har han en veldig god innvirkning på henne eller så er noe i ferd med å skje og jeg kan ikke si at jeg liker det helt.»

Hun bikket på hodet. «Hvorfor ikke?»

Ighal bet seg i underleppa. «Fordi det ikke er likt henne å bare overgi seg slik til en mann, hun er for stolt til det, for kry av seg selv og hva hun har greid å bli. Det er jo mulig at hun er forelsket, og jeg klandrer ikke henne for det for ved alle guder, disse folkene er så vakre at selv jeg kunne glemme meg å få lyst på en av dem, men det er bare ikke Daithe.»

Cherdis så ned i bakken, noen alver kom forbi med ved til likbålet og hun følte seg merkelig delt. «Du har kjent henne lenger enn meg, men jeg kan ikke se noe galt i at hun har det godt sammen med ham. Jeg aner ikke hva vi skal lenger Ighal. Jeg vet ikke om Lamara virkelig er den som bør lede oss lenger, jeg føler tvil»

Ighal sukket og grep handa hennes. «Det samme føler jeg. Men vinteren er her for lengst og vi kan ikke reise videre ennå, noen uker til så bør det være trygt men for øyeblikket er dalene nordover for farlige. Vi er trygge her, vi får bare vente å se om Lamara blir noe tydeligere. Hun var så sikker i sin sak før, og jeg har ikke sett annet enn at hun ennå er sikker»

Cherdis presset leppene sammen til en tynn strek. «Det er godt mulig at hun er sikker, men jeg føler at ting har endret seg, og det ikke til det bedre. Et eller annet er på vei.»

Ighal trakk pusten, klemte handa hennes lett. «Der tror jeg du har helt rett. Ante vi bare hva!»

Begge ble sittende å stirre ut over landsbyen med fjernt blikk, og ingen av dem ante helt hva de skulle gjøre med situasjonen de var i.

Lamara

Hun stirret på veggen foran seg, som om den skjulte en eller annen dyp og svært verdifull hemmelighet. Ansiktet var uttrykksløst men øynene glødet formelig av undertrykte følelser. Hun ønsket at hun kunne skrike av frustrasjon men det ville bare røpet kaoset som rådet i henne. Hun forsto situasjonen, de kom ikke videre før de verste vinterstormene gav seg og der i alvenes dal var de trygge, men de skulle ha vært ved den sjøen snart! Hun visste det bare, noe ventet på dem der, og de måtte få tak i det som der skulle gis. Det var svært vitalt at det gikk slik. Hun visste ikke hvorfor men det alvene snakket om, drager og troll og andre skapninger fortalte henne at ting hastet.

Hun hadde sett det i drømmene sine, en slags ruin som ikke var en ruin og i den en mektig og eldgammel sjel, glemt av tiden. Så avgjort ikke bare av de gode men den ville føye dem, om de gav den hva den ønsket. Hun svelget stivt, følte en brå trang til å legge handa over magen igjen, i en beskyttende gest. Hun visste hva hun måtte gi, hva som ble krevet. Og hun begynte å tvilte på at hun kunne gjøre det. Men hun hadde også sett en visjon av et dødt barn, og hun ante ikke om det bare var Nins dødfødte baby, og hun hadde sett noe annet også, noe hun ikke ville fortelle noen om. En visjon av Cherdis, som danset men ikke som før, omkranset av en gylden glød og med merkelige våpen i hånd. Hun hadde vært vakker og forferdelig, en gudinne av skapelse og ødeleggelse mens hun virvlet rundt og sang underlige arkaiske ord.

Lamara lukket øynene, prøvde å huske alt hun hadde lært om den gaven hun bar på, men det var vanskelig. Hun hadde egentlig aldri fått noen opplæring, aldri blitt satt på prøve. Hun var kort og godt ikke forberedt på noe annet enn det enkle livet i tempelet der hennes visjoner ble slukt uansett hvordan de lød og ingen tvilte på henne.

Nå tvilte hun på seg selv, ikke på kraften, men på evnen til å tyde det hun så. Hva om alt ble farget av hennes egen tvil, hennes egne ønsker? Hva om hun hadde tatt feil? Det var forferdelig i så fall, og hun hadde gjort en stor feil. Hun satte seg sakte ned på benken og trakk et teppe tettere om beina, forbannet være vinteren. Om de måtte være der i flere uker kom det til å synes, og hva da? Ingen av dem ville vel la henne gjøre det? De ville protestere og Aidan mer enn noen annen. Hva skulle hun gjøre med ham? Hun følte en slags omsorg for ham, og han likte henne, hun så det. Men han var ikke i visjonene hennes og hun kunne ikke se at de egentlig hadde noen nytte av ham, ikke nå lenger. Om de kom seg videre var Daithe og Ighal nok, og Moyesh og Tåkesang og Bhikoor var da mer enn kapable til å forsvare dem. Hun prøvde å roe seg ned men greide det ikke.

Nin hadde dødd, og det hadde vært grusomt. Lamara hadde vært skjermet og beskyttet og selv månedene på gata hadde ikke forberedt henne på noe slikt. Hun visste selvsagt at noen mennesker var onde og utnyttet selv så unge jenter men hun hadde på et vis skjøvet det unna, valgt å glemme det. Det kunne hun ikke gjøre nå lenger. Hun hadde snaut sett noen utsatt for noe så skrekkelig og hun var livredd for å lide samme skjebne. Ikke at det kom til å skje men hun hadde fått frykten i seg nå. Hun husket Nins skrik og den skrekkelige stanken av sykdom og død og hun la armene rundt seg selv. Hun kunne snart ikke skjule det lenger, det var det store problemet. Hun var kvalm om morgenen nå og kroppen hennes føltes tung og merkelig fremmed selv om hun overhodet ikke viste synlige tegn til hva som var på gang. Men hun fikk en merkelig følelse av at alvene visste. De så på henne med noe som lignet stille viten i blikket og hun fryktet dem på et vis. Særlig Fhirdhag, det hun så i de ravfargede øynene var nok til å sende kalde gys nedover ryggen på henne. Han var så mektig, så utrolig mektig og han viste dem ikke hele sannheten, det var hun brennsikker på. Han hadde sine egne planer, og hun hadde også drømt om Daithe en natt. Hun hadde vært våt av svette da hun våknet og hjertet hennes hadde hugget i brystet på henne. Daithe hadde ikke lenger vært Daithe men noe mer, noe hun ikke kunne beskrive. Og Fhirdhag sto bak, hun visste det bare.

Hun burde advart Daithe men hun kunne ikke, hun turte ikke. Hun var redd for å røpe sin egen hemmelighet om hun gjorde det. Så i stedet holdt hun seg for seg selv, for selv Moyesh og Tåkesang kunne være en trussel nå. De ville ikke la henne reise videre om de fant det ut, men det hun bar på var det offeret de trengte når de nådde frem. Ingen kunne vite det.

Og så var det visjonene av katastrofe, av enorme bølger som slo innover land, av landmasser som skled ut i havet. Hun hørte skrik og bønner og så hvordan skjelv fikk selve jorda til å bukte seg som en orm noen tråkker på. Hun hadde sett landene badet i blod og en mann som slapp det hele løs, og hun hadde sett et ansiktsløst mørke spre seg over rikene i vest, med foruroligende hastighet og mot det sto en mann i svart rustning. Og foran ham fløt det også elver av blod. Og hun hadde sett noe bryte opp av en enorm slette av is, noe gigantisk og mektig, vekket av en smekker ung kvinne med eksotiske trekk og vakre skrå øyne. Hun visste at alt hun hadde sett før hun ble kastet ut av tempelet var sant, verden var i ferd med å endres og en ny tidsalder var på tur til å fødes. Makten ville forskyves og kun skjebnen visste om det ble mørket eller lyset som kom til å ha kontrollen når alt var over.

Hun lente seg mot benken og kjempet mot følelsen av kvalme, hun prøvde å skjule hvordan hun følte seg, inntok måltidene alene og prøvde å late som om hun mediterte og prøvde å se mer. Egentlig var hun skrekkelig redd og fortvilet over sin egen usikkerhet. Hun var ikke brennsikker på at alt ville gå bra lenger, det åt på nervene. Om de fant det ut, hva skulle hun da si? Hvordan kunne hun forsvare det? Hun hadde egentlig gjort noe svært ulovlig og meget umoralsk og det hun planla å gjøre var ikke akkurat så veldig mye bedre. Egentlig var det totalt forkastelig og hun husket livet i tempelet og ønsket seg tilbake. Eller gjorde hun egentlig det?

Tanken var litt forstyrrende, hun husket følelsen av å aldri bli tatt helt på alvor, av å bli behandlet som et barn av overbærende men overbeskyttende prester som aldri lot henne får ta en beslutning på egenhånd. Hun husket sin egen barnslige fryd over å bli satt så pris på, men også frustrasjonen når de ikke tok det hun så på alvor. Hun husket endeløse stunder med total kjedsomhet og stunder da hun ble vasket og pyntet og stelt med som en premiehoppe før en utstilling. Nå hadde hun makt, stor makt men hva i alle guders navn skulle hun gjøre med den? Var hun verdig denne gaven? Før hadde hun bare sett ting som angikk enkeltpersoner, små og ubetydelige visjoner om en så stort på det. Hun hadde avgjort hvem som burde arve sine foreldre, om den eller den bedro sin ektemake. Hun hadde pekt ut den skyldige i drapssaker, hadde gitt råd angående finanser og investeringer. Og folk hadde vært takknemlige, hadde sett på hennes ord som råd gitt direkte fra gudene. Nå tvilte hun på det. Hun så, men var det virkelig gudene som talte gjennom henne?

Hun hadde ikke sett at de mennene som fulgte Ighal skulle dø, hun hadde ikke sett at Nin var i livsfare. Hun hadde ikke sett at de skulle møte alvene og bli tatt med til deres dal. Så hvor mye var egentlig visjonene hennes verdt da? Hun kunne ikke redde noen, bare se hvor mye elendighet som egentlig skjedde rundt i verden. Hun hadde vært lykkeligere uten denne forbaskede gaven hun slettes ikke hadde ønsket seg. Men hun hadde vært født med merkene, født med evnen og det hadde aldri vært noe valg for henne. På et vis hadde den som voldtok henne satt henne fri, det var merkelig å tenke på det viset men det stemte. Nå kunne hun bestemme sin egen vei eller var det også bare enn illusjon?

Hun sukket og prøvde å sove litt, Nin skulle brennes den kvelden og alle skulle vise henne respekt og være der. Hun forsto hva Daithe hadde gjort, og hun var enig men det gjorde henne urolig også. Ighal hadde tatt på seg skylden for drapene og de påsto at ingen ville bære nag for dem men var det sant? Hun ønsket at hun kunne ha sett om det var sant eller ei, men slik fungerte det ikke. Men hun fryktet for Daithe, og for dem alle. Det lå mørke foran dem og hun kunne ikke for sitt bare liv se hinsides det.

Hun sovnet til slutt og ble vekket av Aidan som var dekket med grønske og gliste fra øre til øre. Alvene hadde et slags ballspill som noen ungdommer prøvde å lære ham og han hadde hatt det meget morsomt i noen timer men så ikke ut. Svetten fikk håret hans til å klistre seg til huden og klærne var gjennomvåte og møkkete. «Det er snart tid for begravelsen, du får komme deg opp»

Lamara smilte kort og slet seg på beina, hun følte seg svakt svimmel og ordnet klærne og håret fort og med nesten mekaniske bevegelser. Hun gruet seg til dette men måtte bare stille opp. Aidan gikk igjen og skulle skifte og vaske seg og Lamara så fort i speilet som hang på veggen i hytta. Hun var annerledes. Det var ikke mulig å sette fingeren på det men noe var det, noe i blikket. Hun rettet seg opp, prøvde å tvinge seg selv til å smile men hun var alt for blek så hun dasket seg selv over kinnene for å få litt farge og bet seg i leppene for å gjøre dem rødere.

Begravelsen skjedde nede ved elva, på en liten holme der. Et stort bål var lagt opp og Nins kropp var vasket og stelt og kledd i en vakker kjole. Hun lå der med armene i kors over brystet og noen hadde dekket toppen av bålet med et teppe og et tykt lag med blomster. Lamara undret seg over hvor de hadde fått dem fra, for det var så avgjort ikke tiden for slike vekster nå. Men lukta var borte og Nin så bare ung og vakker og uskyldig ut og hun så at mange av de fremmøtte fra leiren med flyktninger var på gråten. Noen av kvinnene gråt faktisk åpent og hun så at de stirret skrått på Daithe og Ighal som sto der og så temmelig krigerske ut. Daithe så litt omtåket ut og Lamara rynket pannen, for et kort øyeblikk hadde hun trodd at hun så feil og at det var en alv som sto der i Daithes klær for ørene hennes hadde da vært spisse? Men det var kun et synsbedrag, Daithe var seg selv og Lamara ristet fort på hodet for å klarne det. Hun så at noen alver gikk rundt og delte ut små trekrus til alle sammen, og helte noe i dem fra store keramikk krukker.

Lamara fikk også et slikt krus og det virket for å være en slags seremoniell tradisjon. Det mørknet fort og Fhirdhag og noen andre alver kom gående, alle var vakkert kledd og så uvirkelige ut. Daithe sto og så ut som om hun ønsket seg ti mil vekk og Moyesh og Tåkesang sto med tårer i øynene. Lamara likte dem, begge to, men hun forsto dem ikke, Tåkesang minst av alle. Fhirdhag hevet stemmen, fortalte om det som hadde skjedd, at de som sto bak mishandlingen av Nin var straffet og at straffen hadde vært rettferdig og hva gudene krevde. Alle holdt kjeft og lyttet og etterpå begynte de andre alvene å synge og det var så vakkert at Lamara snaut kunne tro det. Fhirdhag tok en fakkel og tente bålet og snart sto flammene opp, Det måtte ha vært brukt en eller annen form for olje på veden. Alvene fortsatte å synge til bålet var brent helt ned og Fhirdhag løftet kruset sitt og skålte. Alle skålte med ham og det var en vemodig men også vakker stemning der nå. Han gikk rolig gjennom forsamlingen og stanset foran Lamara, han smilte vennlig og løftet kruset til en skål igjen, slo det lett mot hennes. «Så, hvordan trives du her hos oss unge seer?» Lamara kjente at hun rødmet, det var noe ved den skapningen som fikk henne til å føle at hun på et eller annet vis var like ved å miste kontrollen, å se ting hun egentlig ikke ønsket å se. «Jeg….Jeg synes det er svært fint her, takk for din hjelp» Fhirdhag rakte frem handa, strøk noen løse lokker med hår ut av ansiktet hennes. «Det gleder meg å høre, det var en skrekkelig historie det som skjedde med den jenta, hadde vi visst ville vi ha grepet inn før men vi vil ikke presse oss på menneskene. De blir av og til redde oss om vi gjør noe slikt.» Lamara rødmet svakt, han hadde rett i det. «Det er vel klokt å la dem styre seg selv ja.»

Alven bikket på hodet og så nesten beundrende på henne. «En gang ble vi sett på nesten som guder, det er uendelig lenge siden nå, da ditt folk kun var enkle jegere og sankere. Men selv den gangen var gaver som din sjeldne, og respektert blant begge folkene»

Hun prøvde å se verdig og klok ut, men han fikk henne til å virre og føle seg som en fjollete tøs. «Det er sjeldent ja, jeg var den eneste med ekte evner i tempelet»

Han smilte skjevt. «Forundrer meg ikke, vel, jeg må gå nå. Vi har mye å gjøre om dagen.»

Lamara fikk en følelse av at han hadde vist henne en stor ære ved å snakke med henne,, men hvorfor? Var han bare vennlig interessert i å vite hvordan hun hadde det? Hun neide fort. «Ha en god kveld da ærede»

Han smilte og et kort øyeblikk fikk hun et glimt av noe i blikket hans som gjorde henne redd, noe vurderende. «Det samme til deg du vakre»

Han snudde på hælen og gikk med merkelig eleganse og Lamara ble stående å se langt etter ham, hun tømte kruset sitt og så på glørne som ennå lyste opp i nattemørket. Det var noe ved dem, ved lyset, men hun kunne ikke skjønne det... Hun skjøv følelsen til side og så at Moyesh og Tåkesang sto ved elvebredden og snakket sammen, de virket for å diskutere det oppdraget Moyesh egentlig hadde og Lamara ønsket at hun kunne ha hjulpet prestinnen med å finne den jenta hun var sent for å bringe hjem, men hvordan? Hun ante bare ikke hvordan hun skulle gjøre noe som helst nyttig for hun kunne ikke tvinge seg selv til å ha visjoner. De kom når de ville det. Hun gikk tilbake til hytta, det sto en kurv med mat utenfor døra og hun følte et fort stikk av en slags uønsket takknemlighet overfor alvene. Ikke at hun ikke satte pris på hva de gjorde men hun følte på et vis at de ikke fortjente det, og at det satte dem i en slags takknemlighetsgjeld. Før ville hun ha godtatt slike gaver som en selvfølgelighet men nå hadde hun våknet til virkeligheten og visste at det er en pris å betale for alt.

Prisen hun hadde betalt i tempelet var hennes selvstendighet og hennes sjel, hun hadde virkelig ikke fått noen mulighet til å utvikle seg og hun så det klart nå. Hun hadde blitt tvunget til å forbli et barn på mange måter, en lydig og underdanig nikkedukke som ble manipulert med gaver og ros og tomme løfter. Hadde det alltid vært slik? Hadde alle de som hadde tjent som orakler måttet utstå det samme? Hun håpet ikke det, for i såfall var presteskapet skyldige i temmelig grove overtramp.

Kurven inneholdt brød og ost og noen frukter samt litt olje og en krukke med ferdiglagd stuing av noe slag. Hun antok at Aidan fikk ta seg av stuingen for hun likte ikke slik mat i det hele tatt, den lå som en tung klump i magen og gjorde henne uvel. Aidan kom vandrende litt etterpå og spiste med god appetitt før han gikk ut igjen, det var tydelig at han faktisk hadde begynt å gjøre seg til venns med flere der og at de ville ta ham med på jakt. For ham måtte dette være virkelig noe nytt og svært gledelig og hun var glad på hans vegne Han var egentlig en veldig fin gutt og hun satte pris på ham, selv om hun ikke alltid viste det like godt.

Lamara gikk til sengs og sovnet temmelig fort, hun var mere sliten enn hun hadde trodd og maten gjorde henne doven også. Hun hadde egentlig ikke forstått hvor tilfeldig reisen deres hadde vært og hvor lite forberedt de egentlig hadde vært. De hadde hatt dårlig med utstyr og proviant og det var egentlig bare flaks og Ighals dyktighet som hadde fått dem så langt. Hun drømte ikke engang noe men sov tungt. Aidan kom tilbake sent og la seg også til å sove og Moyesh og Tåkesang var innom litt bare for å se hvordan det sto til. De virket for å foretrekke skogen fremfor hyttene.

Lamara våknet av at sola stakk henne i ansiktet, lyset sto inn gjennom den vesle gluggen i hytteveggen og hun gjespet og blunket, tvang hodet til å våkne. Hun følte seg langt fra vel og rynket pannen, var det den vanlige morgen plagen? Nei, dette var noe annet, noe langt verre og hun gispet og løftet teppene fort, kjente innunder dem. Det var varm klissete våthet rundt henne og hun trakk opp igjen fingrene og så at de var våte av blod. Og nå følte hun det også, en skarp skjærende smerte i magen og hun hev etter pusten. Hun visste hva som skjedde, og fortvilelse og frykt angrep henne for fullt. Lamara var ikke herdet nok til å håndtere dette, ikke ennå. Hun hadde blitt sterkere de månedene hun hadde levd på gata men ingenting kunne ha forberedt henne på en slik situasjon. Hun husket Nin og før hun egentlig visste av det satte hun i et jamrende ul av sjokk og skrekk.

Aidan bråvåknet og var på beina i løpet av et kort sekund, instinktene hans etter år i trening slo tilbake og han så villøyd på Lamara som satt i senga blek som et spøkelse og med enorme øyne. «Hva er det? Hva er galt?»

Lamara gav fra seg et pip, hun kunne ikke si noe, ikke til ham! Å guder, alt kom til å gå galt! Hun kunne ikke la noen vite om dette. Hun ristet på hodet. «Jeg...jeg har hatt en fryktelig drøm, det er alt»

Aidan bikket på hodet, hun løy. Han sanset det svært fort og blekheten og den merkelige posituren hennes fortalte ham at hun følte smerte av en eller annen grunn. Han gikk bort til henne og hun vek unna, øynene var enorme. «Lamara?»

Hun prøvde å ta seg sammen, prøvde å tvinge seg til å slappe av, å late som ingenting men en bølge av smerte gikk gjennom henne og hun rev nesten i stykker teppet, det var som om noe inne i henne røk og hun kunne ikke fatte det. Hvorfor skjedde dette? Aidan så smerten i ansiktet hennes og la handa på pannen hennes, den var klam og han rynket pannen. «Du er jo syk jente, jeg henter Cherdis!»

Lamara jamret seg. «Nei, nei, ikke...Ikke hent noen!»

Aidan så forvirret og temmelig rystet ut. «Ikke hente hjelp?
Hva er det du roter med jente? Noe er tydelig alvorlig galt!»
Lamara skalv fra topp til tå, smerten var begynt å bli
uutholdelig nå og hun skrek til i det en kraftig krampetrekning
rev i henne. Aidan grep tak i teppet og trakk det til siden, hun
rakk ikke å stanse ham og han gispet og stirret med store øyne
på den blodige kjolen hennes og lakenet som var rødt rundt der
hun satt. «Lamara?!»
Stemmen hans var hes og hun prøvde å smile. «Det…det er
bare det månedlige…»
Aidan svor stygt. «Det månedlige? Det må du mye lengre ut på
landet med, hva er det som skjer Lamara? Jeg bodde i
slummen jente, jeg så det meste av elendighet der og for meg
ser det ut som om du holder på å miste et svangerskap»
Lamara hulket og gjemte ansiktet i hendene og Aidan trakk
pusten dypt. «Å guder, det er akkurat hva som skjer ikke sant?
Men…»
Aidan rynket pannen, hun kunne da ikke ha blitt gravid etter
den voldtekten? Da hadde hun fått barnet for lengst siden det
var lenge siden nå, og hvem kunne hun ha gjort det med under
ferden? Hun hadde da ikke vist noen interesse for noen av
soldatene og egentlig ligget unna alle sammen. Brått husket
han, den natten i skogen da han hadde våknet og luktet
mistenkelig. Han stirret villøyd på henne, en følelse av total
vantro og gryende raseri steg i ham. «Lamara, hva i alle guders
navn har du gjort?! Er det mitt?!»
Hun kunne bare nikket og han bare sto der, for lamslått og
vantro til å egentlig greie å tenke en klar tanke. «Hvorfor?»
Stemmen hans var hes og hun hulket lavt, ansiktet var rødt av
gråt og hun så skrekkelig ung ut der og da. Alt for ung til å
kunne takle en slik situasjon på en moden måte. Hun svelget
stivt. «Jeg så hvor vi skal Aidan, og der venter noe på oss som
vi må ha tak i. Men for å få det må vi gi noe tilbake, til den
som bebor ruinen.»

Aidan stirret på Lamara, han hev etter pusten som om han hadde løpt langt, som om lungene skulle til å sprenges.

«Lamara, jeg kan ikke tro det jeg hører! Du ville gitt det som venter der det barnet du bar?»

Hun snufset og nikket sakte. «Et liv for hva vi trenger»

Aidan lagde en merkelig lyd, det hørtes ut som en mellomting mellom et snøft og et hulk. «Du ville ha gitt et uskyldig barn, ofret det, på grunn av en visjon?!»

Han følte en brå og vill trang til å slå til henne, til å riste henne til hun innså hvordan verden egentlig fungerte. Hun lagde et jamrende ul. «Uten det vi skal hente der kommer noe til å gå veldig galt, tro meg, vær så snill, jeg…jeg gjorde det for oss alle»

Aidan stirret på henne, som om han så henne for aller første gang. Han følte seg sviktet og ikke minst brukt og minnene om hva han hadde gjennomgått rev i ham igjen, hun visste hva han hadde vært gjennom hos brorskapet og allikevel? Han hev etter pusten, raseriet og følelsen av å ha blitt dypt såret rev i ham og han følte også en underlig sorg. Det var et uskyldig barn, og hun hadde vært klar til å ofre det? Hans barn ved gudene, hun var ikke alene om å skape det, og selv om han ikke kunne huske selve prosessen så hadde da han også bidratt. Han freste nesten. «Jeg trodde ikke noen kunne krype så lavt Lamara, en som deg minst av alt! Du…du brukte meg…som avlsdyr! Forbaskede tispe!»

Hun hulket. «Jeg er lei for deg, men jeg likte deg, og du er frisk og ung og…du skulle aldri fått vite om det»

Han bet tennene sammen så hardt at kjevene verket. «Vet du hva, du får dette til å høres verre og verre ut, ikke faen om jeg tilgir deg! Hvordan kan du tro at ingen ville finne det ut? Hvor dum kan du bli?»

Han ønsket å rase ut av hytta, å skrike det ut til alle hva hun hadde gjort men han greide det ikke, han var rett og slett rystet til margen. Hun jamret seg. «Jeg trodde jeg kunne skjule det til vi kom dit, og jeg visste ikke at vi kom til å stanse her.»

Aidan tvang seg til å puste, til å tenke. «Så du trodde du kunne lure oss alle sammen, jeg skjønner. Men nå, hva nå? Du mister det ikke sant?»

Hun nikket stille og bet seg i underleppa. «Jeg vet ikke hvorfor Aidan, å guder, jeg er så lei meg. Alt gikk så bra!»

Han visste at slikt skjer, og da særlig i begynnelsen om noe er galt med det spirende livet, han hadde sett det skje med mange kvinner der han vokste opp og det var bare noe en godtok, slik var livet. Han tvang seg til å roe seg ned, Lamara trengte hjelp og selv om han egentlig ønsket å vende henne ryggen kunne han ikke bare gjøre det, ikke nå. Hun var snaut mer enn et barn, kanskje var det ikke noen grunn til å klandre henne, hun hadde bare gjort det hun trodde var rett men det gjorde det ikke riktig på noe vis. Hun hadde egentlig gjort noe meget ulovlig og i beste fall umoralsk og han følte seg fremdeles dypt krenket og såret men det fikk bare være. Han trakk pusten dypt. «Du blør mye, er du sikker på at ikke Cherdis eller Moyesh skal hjelpe deg? Det er tross alt over nå»

Hun hulket og vred seg. «De vil hate meg for dette»

Aidan snerret nesten. «Og hvorfor tror du det? Å ja, du var forberedt på å ofre et uskyldig barn! Men om du ikke har tenkt å slå følge med det foreslår jeg at du lar meg hente hjelp, for dette ser ikke bra ut»

Hun gjemte ansiktet i hendene igjen, senga var gjennomtrukket av blod og hvor mye tålte hun å miste egentlig? Hun nikket nervøst, skalv tydelig. «G…gå, hent noen…»

Han knurret lavt. «Egentlig burde jeg la deg sitte her og blø fordervet, men jeg har i det minste æren i behold, det er mer enn jeg kan si om deg!»

Han gikk før han rakk å angre på de ordene, ute var det stille men han fant fort Cherdis og Daithe som satt på en trestamme i skogen bak hyttene og sydde på litt seletøy. Begge så opp da han kom gående og de rynket pannen da de så uttrykket i ansiktet hans. Han svelget krampaktig, ante ikke hvordan han skulle ordlegge seg. «Lamara trenger hjelp, hun…hun er med barn og holder på å miste det»

Cherdis gispet og Daithe så vantro ut. «Hva er det du sier Aidan?»

Han svelget igjen, kjente at strupen strammet seg av følelser. «Hun…hun hadde hatt en visjon, av stedet hun vil vi skal til. Det er noe vi skal få tak i der, men for å få det måtte noe ofres og det var visst et barn så hun har…sørget for å bli med barn, i hemmelighet»

De to så vantro på hverandre. «Å guder, jeg hadde aldri…» Cherdis så totalt forferdet ut. «Det er jo grotesk! Hvem er faren?»

Aidan bet seg i underleppa. «Jeg, hun…hun må ha gjort noe så jeg sov veldig tungt og så har hun…dere vet! Jeg ante ikke noe, før nå!»

Cherdis reiste seg. «Ved gudinnen for en røre, jeg kan ikke tro det!»

Daithe så veldig urolig ut og Aidan trippet nesten. «Men dere må komme nå, hun blør voldsomt»

De to løp etter ham til hytta og Cherdis brølte nesten da hun kom inn døra, det var villsinne i blikket hennes. «Hva er det jeg hører jente? Hva har du gjort?!»

Lamara var veldig blek nå og hun gråt så tårene rant. «Jeg er så lei for det, men jeg så at det trengtes, jeg visste ingen annen måte»

Cherdis svor og rev bort teppene, hun så stivt på Aidan. «Du kan gå ut, dette er for kvinner.»

Han nikket tamt og gjorde som han fikk beskjed om, raseriet i ham brant ennå hett. Men en annen følelse hadde også begynt å gro i ham, en følelse av sorg. Det var tross alt et liv det hele dreide seg om, og han hadde aldri egentlig tenkt over at han noen gang skulle kunne skape liv, han hadde sett for seg et liv der han bare tok liv. Lamara hadde brukt ham og han følte et nesten irrasjonelt hat mot henne for det, men på en måte betydde det mindre enn den vage sorgen. Han satte seg ned utenfor hytta og visste at det han følte var godt synlig på ansiktet hans. Han lente seg fremover, gjemte ansiktet bak det halvlange håret og prøvde å kontrollere det han følte. Han hadde fått god trening i det hos brorskapet men nå virket det for at all treningen han hadde fått var minner fra et liv som ikke hadde vært hans. Og han husket hva lederen hadde gjort med ham og følte at sinnet åt på ham, at magen stammet seg og at musklene skalv. Han hadde likt Lamara, hadde kanskje begynt å bli en smule forelsket i henne men de følelsene var blitt borte nå, de hadde forduftet som tåke for varm sol. Han hadde alltid vært en smule ridderlig av natur når det kom til kvinner men hun hadde vist ham at han ennå var i stand til å mistolke dem, og det til de grader. Hvordan kunne hun ha gjort det? Hun måtte ha trodd utrolig sterkt for å greie å gjennomføre det med tanke på hva hun hadde opplevd.

Aidan kunne forstå det med fanatisk tro, tross alt, brorskapet hadde vært basert på det, en blind lojalitet til lederen men han kunne ikke forstå hva som drev henne allikevel. De visjonene måtte være utrolig sterke for å bringe frem noe slikt i folk.

Det gikk en stund, så kom Daithe ut og hun bar med seg noe i et knytte, forsvant inn i skogen uten et ord og Aidan følte en underlig synkende følelse i brystet. Han forsto ikke helt hvorfor, han burde ikke bry seg og det var underlig å analysere følelsene han hadde og vite at han ikke kunne la være. Cherdis kom ut også, hun så sliten ut og ansiktet var dratt. Det var noe merkelig vilt i blikket og han forsto at Cherdis på noen måter antagelig var en ganske annen person enn den man umiddelbart så. Det var noe i henne som skremte ham, noe uberegnelig og utøylet og han svelget stivt i det hun stanset foran ham. Hun så rasende ut og han håpet bare at det sinnet ikke var rettet mot ham. «Hun vil klare seg, hun er ung og sterk men hun vil være svekket en god stund fremover. Hun mistet mye blod.»

Aidan kunne bare nikket stumt og Cherdis hadde en hard mine, hun så rett foran seg. «Det var heldig at det skjedde så tidlig,

det var snaut nok noe å se, kun en liten klump. Hadde det
skjedd senere ville det vært mye hardere for henne.»
Aidan svelget, han følte seg totalt utenfor sitt område nå.
«Hva...hva gjorde at hun mistet det?»
Cherdis så skjevt på ham, hun satte seg ned ved siden av ham
og han følte seg et øyeblikk litt overveldet av den merkelige
sensuelle kraften hun utstrålte. Et øyeblikk minte hun ham om
den gudinnen moren hans hadde tilbedt, hun som var alle
kvinner, jomfru moder og vis. Hun var som et bilde av
gudinnen i hennes fulle kraft, liv bringeren, bringeren av glede.
Hun sukket lavt. «Det er vondt å si men det skjedde så fort, jeg
har sett kvinner gå gjennom dette før, mange ganger men
jeg....»
Hun avbrøt seg selv. «Jeg kan ta feil, alle er forskjellige.»
Han så smalt på henne. «Hva mener du?»
Hun skar en grimase. «Det er ingen grunn til at hun skulle
miste det, hun er frisk og sunn og ung ikke minst. Alt virket
normalt, det er merkelig»
Aidan så smalt på henne. «Mener du at...»
Cherdis trakk på skuldrene. «Jeg mener ingenting Aidan, jeg
har bare en mistanke. Så ikke gå videre med det»
Han følte en fort følelse av uro. «Jeg skal ikke si noe, jeg
sverger»
Cherdis nikket. «Vi sier at hun er syk, ingen utenfor gruppen
bør vite om dette. Jeg får en merkelig følelse her.»
Aidan trakk pusten dypt. «Jeg forstår. Jeg...jeg er sint på
henne, men jeg syns synd på henne også, og ...jeg syns synd
på det»
Cherdis la handa på skulderen hans. «Du er en god gutt Aidan,
glem ikke det. Et barn av lyset, ikke av mørket. Jeg tror du
ennå har en viktig rolle å spille, skjebnen sendte deg i vår vei
av en årsak, om vi bare kunne se den»
Han bare nikket, i håp om at hun snakket sant, at det var en
årsak til alt dette. Om ikke var det ganske enkelt for mye å ta
inn over seg. Cherdis reiste seg for å gå inn igjen og Aidan ble

sittende å stirre ut i ingenting som før, han følte at sinnet jobbet i ham fremdeles, men samtidig hadde en merkelig frykt også begynt å gjøre seg gjeldende. Hva var det egentlig at de hadde rotet seg inn i?

Vardhys

Landsby boerne var forferdet da de hørte om hva som hadde skjedd med de fredløse, de hadde ikke ønsket en slik skjebne for noen og tanken på de merkelige vesenene skremte dem intenst. De kunne forstå trollene, det var noe gamle sagn fortalte om så det var på en måte nesten noe velkjent ved det. Disse bleke monstrene på den andre siden var noe ingen hadde hørt noe om og Vardhys sparte dem da også for de verste detaljene. Mennene hans lovte å holde kjeft og Vardhys stolte på dem. Men nå var situasjonen enda verre enn før, og fienden de kunne komme til å møte mye verre også. Ildøye kunne neppe være nok til å bekjempe disse beistene? Hva om det kom en hel hær av dem? Vardhys ble sittende foran ildstedet og fundere mye av den ettermiddagen, han prøvde å finne svar men tankene var som sirup og han kom liksom ingen steder med dem. Iarda hadde blitt nødt til å lytte på en sann tirade av fortellinger og hun var halvveis fra seg av alt pjattet som hun kalte det. Det var av og til fort gjort å glemme hvor ung hun egentlig var.

Hala kom til slutt med et forslag, det var andre landsbyer lengre inne i landet og de burde sjekke om folk der hadde merket noe unormalt. Den nærmeste lå en god dags ritt unna og Saemon fortalte at den var forholdsvis stor. Det var sikkert flere hundre mennesker der og det var en landsby med en god mur rundt så de burde være forholdsvis trygge. Vardhys tok en beslutning der og da, de fikk reise til den landsbyen og innhente informasjon, se om noen var blitt angrepet noe sted, få et overblikk over situasjonen. Vardhys pekte ut tre fire menn som skulle være med ham, Hala fikk bli tilbake med resten for å holde øye med det som nå var blitt hovedkvarteret deres og Iarda ville også bli igjen. Hun likte ikke tanken på en hel dag på hesteryggen igjen. Vardhys følte seg brått besluttsom igjen, endelig fikk han gjort noe reelt og han sovnet fort da han la seg den kvelden.

Neste morgen var det kaldt og klart og svært vakkert med frost på trær og bakke og hestene var ivrige etter å få løpe så den vesle gruppen lot dem få frie tøyler en god stund så de fikk løpt av seg overskuddet. Saemon hadde forklart veien grundig og egentlig var det forholdsvis enkelt å ta seg frem så fort de kom seg opp på de heiene som utgjorde stordelen av høylandet. Det var få trær å se der, bare åpne lyng begrodde åser og Vardhys syntes det var et vakkert landskap selv om det var noe fremmed og vilt ved det han ikke var vant med. De nakne åstoppene og mange forrevne klippene som stakk rett opp av bakken her og der gav en egen stemning til stedet og mennene brukte øynene godt. De så ikke en levende sjel, ingen brukte den i og for seg godt synlige veien og de så ingen spor som var ferskere enn mange uker.

Det i seg selv fortalte Vardhys at noe virkelig var galt der oppe og han var glad de hadde gode raske hester. De kunne antagelig ri ifra troll om de dukket opp, men han visste ikke med de merkelige uvesenene.

De red ned i en slags grunn dal da det nærmet seg kvelden, foran dem så de lys og Vardhys holdt hesten inne. Det var ikke lys slik han forventet det fra en landsby, dette var mere spredt og det lå en svak røyklukt i lufta der som fikk ham til å stirre litt nervøst i retning de flakkende lysene. Han hadde tatt med seg de beste krigerne av gruppen og Alfons var også med så han var godt beskyttet, allikevel kunne det neppe skade å være litt forsiktig. De red fremover i trav og snart så de hvorfor det luktet røyk. Det hadde vært brann, og den måtte ha vært katastrofal for det var snaut noe igjen av landsbyen annet enn piper og muren rundt. Folk hadde lagd seg en slags teltleir rundt muren og det virket for at de fleste hadde overlevd men Vardhys visste at en slik brann sjelden er helt uten omkomne. Noen la merke til rytterne og samlet seg, det var klart at de ikke helt visste hva de kunne vente for de grep hva de hadde som kunne benyttes som våpen og skjøv kvinner og barn bak seg. Vardhys visste at han og de andre så til dels truende ut, de var til hest og bevæpnet og godt kledd, og en gruppe ubevæpnede mennesker har uansett lite å stille opp med overfor godt trente ryttere. Han sørget for å ri fremst og prøvde å se vennlig ut. En eldre kar med langt grått skjegg og forholdsvis gode klær i mørk ull steg frem, han så smalt på den unge rytteren og Vardhys forsto at dette var en av lederne i landsbyen. Han bukket fort og respektfylt og mannen så ikke fullt så mistenksom ut. «Jeg er Vardhys av Eikelansen, dette er mine soldater og min væpner. Hva har skjedd her?»

Mannen rynket pannen. «Du må være den yngste ridderen jeg har sett noen gang, men ungdom er ingen forbrytelse. Det bør være temmelig åpenbart hva som har skjedd her, selv for de blinde!»

Vardhys hørte på stemmen at denne karen var bitter, og sliten. Han ville nok ha vært mye mere respektfull normalt sett. «Det har vært brann ja, vi ser det, men den må ha startet et sted? Hvor mange er omkommet?»

Karen spyttet i graset, Vardhys så et ferskt rødt brannsår på ene kinnet og det virket for at han hadde flere under klærne. «Vi har mistet rundt femti personer i alt, muligens noen til, er ikke alle som er funnet ennå. Det skjedde forrige natt, like etter at det ble mørkt»

Vardhys visste hva en brann kunne gjøre i en slik landsby, med trehus dekket med tjære, bygd tett i tett med bare smale smau imellom bygningene. Han hadde sett det med egne øyne og gyste synlig. «Det må ha skjedd fort?»

Karen så smalt på ham, spyttet en gang til. «Fort? Prøv raskt som ild i tørt gress. Jeg tror ikke at en drage ville vært i stand til å tenne fyr på sulamitten raskere enn den brannen. Det gikk kanskje en halv time, så var alt overtent»

Vardhys så på gruppen med overlevende, de fleste sto der tynnkledd og bare noen få hadde annet enn det de hadde hatt på da det begynte å brenne. Noen kvinner sto i nattkjolene sine og barn løp rundt iført nesten ingenting. Disse folkene ville ikke klare seg lenge. «Guder, det må ha vært grusomt. Hvordan startet den?»

Mannen gren på nesa. «I smia, gamle smeden vår døde i høst og vi fikk tak i en ny smed, en yngre kar sørfra. Han var god til å smi ting, det skal han ha men han manglet sunt vett. Han lot kullene stå og gløde over natta uten å grave dem ned og antagelig har noe falt oppi essa og tatt fyr og dermed var det gjort. Den karen hadde mindre sans for orden og ryddighet enn selv kjerringa mi!»

Vardhys svelget. «Han klarte seg ikke?»

Mannen ristet på hodet. «Nei, de hørte at han skrek men da var det for sent, huset var overtent og nabohusene tok fyr også, folk måtte bare rømme»

Vardhys så på forsamlingen av husløse, det var mange og han kjente at hjertet sank i ham. «Jeg reiser rundt og sanker informasjon, det er sett troll i fjellene igjen, og merkelige monstre også.»

Karen bikket på hodet, det mørke blikket var en smule vilt. «Troll? Det tror jeg så gjerne, det er ikke mye vi har igjen etter at den pesten drepte sauene og lamaene våre men vi har da noe storfe og noen hester og for en uke siden hadde et eller annet drept en hel flokk med gode kyr, slitt dem i fillebiter. Og et par familier som bor ute på heden har ikke gitt lyd fra seg på ukevis.»

Vardhys stønnet innvendig. «Å guder, da har vi rett. Hva har dere tenkt å gjøre? Dere kan ikke bli her?»

Mannen trakk på skuldrene. «Vi har sårede, vi kan ikke flytte oss før de er sterkere. Men når det går tenkte vi å reise innover til Dhublat, det er en by litt nord for her. Den er stor og var rik før så kanskje de kan huse oss, flere har slektninger der.»

Vardhys ble litt usikker. «Det er mange dagers reise? Det blir farlig med troll i området.»

Karen nikket stivt. «Men ikke farligere enn å bli her, her er vi forsvarsløse. Murene hjelper neppe mot angrep og de er skadd av brannen også. Nei, jeg ønsker ikke å bli her, men vi må, inntil videre»

Vardhys så stivt på mannen. Det var noe verdig ved ham som fortalte at han antagelig var vant med å bli lyttet til, og adlydt. «Du har vært høvedsmann her?»

Karen smilte litt skjevt. «Jeg var det ja, og prest også. Men jeg føler at gudene har vendt ryggen til oss nå. Troll, alle guder så inderlig forbanne de skapningene. Jeg husker sagnene jeg hørte som barn, de var ikke lystelige.»

Vardhys trakk pusten dypt. «Vi kommer fra landsbyen østenfor her. Vi er en gruppe soldater og skal prøve å beskytte folket mot denne nye faren men vi må vite så mye som mulig om vi skal klare det. Vet du om noen har sett noe uvanlig, utenom det du nevnte?»

Mannen tenkte seg om, så snudde han seg og ropte. «Iorn, kom hit!»

En yngre langhåret kar med en hengende bart og et begredelig oppsyn kom haltende, han virket for å ha skadet beinet for han var bandasjert heller enkelt og han så litt febril ut. Øynene var blanke og han virket for å skjelve. «Du så noe for noen uker siden, gjorde du ikke?»

Iorn nikket ivrig, han trakk den fillete kappen tettere om seg og hutret. Vardhys syntes inderlig synd på ham. «Ja, jeg og far var ute og så etter de få sauene vi ennå har igjen, og da så vi en hel masse spor, de var på vei nordvest over, og vi har aldri sett slike spor før.»

Vardhys rynket pannen. «Nordvestover? Takk for informasjonen, det kan hende at det kan fortelle oss noe, når vi har sett på kartet.»

Høvedsmannen trakk pusten dypt. «Jeg kan si dere hva som er nordvest over unge ridder, så sant som at jeg er Ubjarr sønn av Serio, det er hovedstaden her i fjellene.»

Vardhys ble kald nedover ryggen. «Å guder, det kan være for sent allerede!»

Ubjarr så smalt på ham, det bistre ansiktet var enda mere bistert. «Det er mulig, men vi er i live og vi kan ikke tenke på det som skjer andre steder nå. Vi må bare holde ut, som vi alltid har gjort.»

Vardhys nikket og Alfons presset Flamme litt nærmere, gjorde en fort gest. «Vi må slå leir for natten, men jeg foreslår at vi finner et skjermet sted.»

Vardhys så forvirret på Alfons som senket blikket og stemmen. «Så mange folk samlet på et sted er rene middagsklokka Vardhys, og de har ingen ting å forsvare seg med.»

Vardhys svor for seg selv. «Vi skulle tatt med Ildøye.»

Alfons smilte stivt. «Kanskje, men jeg tror ikke at Ildøye ville være velkommen her. Folk hadde blitt skremt. Vi kan bare håpe at trollene har vandret videre»

Vardhys hveste nesten, han hadde en ekkel smak i munnen. «Det gjør jeg også, men da har de kanskje siktet seg inn mot de store landsbyene og byene. Der det er mye folk. Det lover ikke bra!»

Alfons nikket. «Nettopp, så vi hviler, rir tilbake i morgen tidlig og legger en plan. Vi vet for lite foreløpig, alt for lite»

Vardhys tok seg sammen. «Det er klokt, greit, vi slår leir.» Han snudde seg i salen, stirret på Ubjarr. «Sørg for at dere brenner bål hele natta, troll er redde ild, og har dere våpen så ha dem klare»

Ubjarr bare gryntet kort. «Hva nytte har vi av det om slike uvesen dukker opp. Jeg sier det igjen, gudene har vendt oss ryggen»

Vardhys likte ikke den dystre tonen til høvedsmannen så han snudde Skygge og red bort, karene hans fulgte etter og etter en stund fant de en liten lund med lave forvridde trær og slo seg til mellom dem. De fikk sove på skift og Vardhys kunne ikke annet enn å undre seg over hvor trollene og de ubeistene kom fra. De kom da vel ikke rett ut av løse lufta? Levende vesen har tross alt et opphavssted og hva om det stedet kunne finnes og ødelegges? Tanken var merkelig lokkende. Han sovnet med hodet på salen sin og Skygge sto over ham og hang, hesten sov også.

Han bråvåknet av den fjerne lyden av skrik, og et øyeblikk var han tilbake i den brennende landsbyen, fanget under vrakrester og knuste møbler. Så husket han og var på beina i løpet av få sekunder. Alfons var allerede på ryggen av Flamme og karene hev seg til hest også, uten å sale opp. Vardhys kom seg opp på Skygge, og trakk sverdet sitt. Skrikene var forferdelige, og han tvilte ikke på hva som skjedde. Alfons drev Flamme rundt, stirret på de fire karene som var bleke og synlig skremt. «Bli her, ikke følg oss. Kommer vi ikke tilbake ri til landsbyen og få Iarda og de andre bort fra dette området.»

De fire bare nikket stumt og Vardhys fulgte Alfons med hjertet i halsen. De red over åsen og ned mot den nedbrente landsbyen og de hadde rett i sine antagelser. Det var troll, en tre fire stykker og de gjorde kort prosess med folk. Sverd og andre våpen gjorde liten skade på disse monstrene og Vardhys forbannet det fakta at ikke Ildøye var med. Hva godt kunne vel han og Alfons gjøre? Men væpneren hans virket for å gløde, og selv følte han seg brått underlig svimmel, nesten som om han var full og ikke visste hva som var opp og ned. Skygge trampet stridslystent med beina og Vardhys så at disse trollene var forholdsvis små men svært tettbygd. De lignet enda mer på stein enn de han før hadde sett, han undret seg over forskjellen. Det var bekmørkt ennå og kun det svake lyset fra bålene viste dem hva som foregikk der nede, Vardhys ante ikke hva han skulle gjøre. Trollene løp rundt en forbausende hastighet, grep folk og klemte dem tydeligvis i hjel eller trampet på dem eller slet dem i småbiter, alt mens de brølte høyt.

Alfons bannet hest. «De har drept mange allerede, vi må gjøre noe!»

Vardhys så fortvilet på ham. «Hva?!»

Alfons var blekere enn vanlig, og gløden rundt ham ble sterkere. «Noe! Tenk på noe! De er redd lys, og ild»
Ild, Vardhys så ned på bålene, de brant ennå godt og en merkelig tanke vokste i ham. Ild som våpen, men hvordan? Han stirret på det nærmeste bålet og brått vokste det, ilden strakte seg og ble merkelig klar og buktet seg rundt som et levende vesen. Vardhys gispet, følelsen ble borte igjen og bålet ble normalt igjen men Alfons så skarpt på ham. «Igjen, prøv igjen, du tenker riktig. La det lede deg!»
Vardhys lukket øynene og tvang seg til å slappe helt av og brått var det som om han så verden i fra en helt ny vinkel, trollene var mørke skygger men menneskene var lysende figurer og han skjønte at han så varmen i dem som lys. Og bålene var skinnende former av blått, en ren blå farge som var utrolig vakker å se på. Han sporet Skygge og hingsten gikk i strak galopp ned mot leiren, brått var det som om Vardhys var omkranset av flammer, merkelige blå flammer som nesten lignet en rustning om ham. Og bålene våknet til liv, ble figurer av den samme blå ilden og de vokste og beveget seg og virket for å søke ut trollene. Alfons lyste også nå og han brukte det til sin fordel. Flamme dundret frem og for i en stor bue, kom på baksiden av leiren og drev trollene fremover, mot Vardhys. Ilden var blitt levende krigere av ren flamme, og Vardhys virket for å lede dem fremover, å styre dem slik en general styrer sin hær. Trollene oppdaget brått Alfons og snudde for å komme seg bort fra den glødende rytteren men da møtte de noe mye verre.
De overlevende menneskene hadde trukket sammen i tette små grupper og ild skikkelsene gled frem mellom dem, skjermet dem mot trollene mens noen gikk til angrep. Vardhys drev Skygge rett mot et troll og den svære hesten tok av som om den skulle springe over et hinder og for gjennom luften, traff trollet i brystet med forbeina. Troll er ikke særlig smidige, og de har et høyt tyngdepunkt i og med at de er så kompakte. Så trollet gikk rett og slett på ryggen og brølte rasende men rakk

ikke å komme seg opp igjen før Vardhys skrek et eller annet han selv ikke forsto og bånd av ren ild brått dukket opp rundt trollet. Skapningen skrek vilt og Skygge vrinsket høyt og steilet, stålskodde hover hamret løs på trollets hode og selv om det var hardt og solid sto det seg ikke mot kraften i de sparkene. Skallen på trollet sprakk og skapningen rykket en gang og ble stille. De andre tre trollene ble brått jaktet på av de lysende blå ildåndene eller hva de var og de fikk tak i det bakerste og omfavnet det, klamret seg til trollet som vrælte i smerte og falt om i nesten obskøne rykninger. Røyk steg fra det og det luktet grusomt. Vardhys var som grepet av en slags eufori, en galskap. Han glemte alt annet enn trollene og kampen og han drev hesten mot et nytt. Han strakte ut armen og med ett holdt han et spyd, men ikke et spyd som et vanlig våpen. Dette var lagd av ild i fast form og han kylte det mot et av de gjenværende trollene og spydet fløy gjennom beistet som om det var lagd av smeltet smør. Trollet falt sammen med et stort rykende hull i brystet og ild åndene tok seg av de resterende to.

Vardhys så seg rundt, det var ingen flere troll der, og han kjente at en merkelig energi fylte ham, gjorde ham sterkere, gav ham håp. Han la hodet bakover, lo mens ildåndene forsvant og ble vanlige bål igjen og Alfons smilte tilfreds og klappet Flamme på nakken. «Du begynner å forstå Vardhys, du våkner.»

Vardhys så forvirret på vennen som bare ristet på hodet. «Ikke spør, det vil vise seg med tiden»

Folk begynte å komme seg fra panikken og frykten, de stirret vantro på de to rytterne og Alfons så utover den noe desimerte gruppen. Minst seksti sytti mennesker var døde, og flere skadd. «Ikke vent, trekk mot folk, finn ly. Her kan dere ikke bli. Vi kan ikke forsvare dere hele tiden»

Noen la seg på kne, tydelig overbevist om dette var guder men Alfons snudde Flamme og så på Vardhys med noe merkelig i blikket. «Du vil snart forstå hva vi skal gjøre, og jeg sanser at hjelp er på vei»

Alfons bare red i retning de fire de forlot og Vardhys så fort på gruppen med overlevende før han drev Skygge etter. Igjen hadde han forvirret og skremt seg selv, igjen hadde noe nytt åpenbart seg og han forsto mindre og mindre av dette. De fire sto klare til å dra, leiren var pakket og Vardhys sukket og smilte litt skjelvent til dem «Vi rir, jeg vil se at de andre er trygge, og vi trenger å legge en ordentlig plan. Ting er verre enn vi trodde.»

Alfons sa ikke et ord mens de lot hestene løpe fritt, han så ut som om han nesten mediterte og Vardhys undret seg igjen over hva som hadde skjedd med ham. Men han undret seg enda mer over hva som hadde skjedd med ham selv, var dette noe medfødt? Var det noe gudene hadde bestemt? Han antok at det å finne det svaret ville gjøre ham lettere sinnsforvirret så han prøvde å tvinge tanken på det vekk. Skygge hadde avslørt at den var trent som stridshest,, trent til drepe og det kunne komme godt med. Vardhys ante at de bleke monstrene var vanskeligere å drepe enn et menneske og at de var uvanlig sterke og raske og ondsinnede. Mot en slik motstander var en stridstrent hest et meget godt våpen.

Han følte seg sliten og tillot seg å halvsove i salen, han kunne sove der også om han måtte det og han følte at den underlige energien han hadde følt på en måte krevde at han slappet av og hvilte litt. Alfons så bort på ham, det var et svakt smil om munnen på ham og et vitende glimt i blikket. Alfons så ting nå, mer enn før. Og han visste at Vardhys neppe noen gang kom til å bli som før, alt var endret og alt var av en grunn. Bare tiden kunne vise i hvilken retning skjebnens finger ville peke.

Wulf

De red videre den morgenen så fort det ble lyst og Wulf kjente at han ble rastløs, han hadde en følelse av at han burde ha skyndet seg mer, kommet seg til Hanek så fort som mulig, men det måtte bare ta den tiden det tok. Landsbyen Barech kjente til skulle ikke være særlig stor og han visste bare slik noenlunde hvor den lå men så lenge de fulgte veien burde de finne den. Wulf visste at dette landområdet livberget seg på ullproduksjon men han hadde hørt rykter om at noe hadde skjedd der oppe som hadde endret det. Hanek hadde ikke snakket med ham om det for det var ikke Wulf sitt område men ryktene hadde fortalt om en slags sykdom som drepte dyra der og at folket brått var blitt fattige. Han begynte å tro det nå, normalt sett skulle det vært flokker av sau og andre dyr overalt men de hadde ikke sett en eneste ulldott noe sted. Barech kommenterte det og Fhadan også, han hadde sett frem til å se lamaer for det hadde han aldri sett før og Ushara ante ikke engang hva en lama var. Wulf måtte forklare det og dermed ble de sittende å diskutere hvordan en vever tøy av ull mens de red.

Været var forholdsvis godt men kaldt og de pakket godt på seg, Ushara stirret på landskapet med store øyne, hun var vant med dype fjelldaler men her var dalene grunnere og det var store heier og åser mellom dem med flate vidder på toppen, og her og der var det klipper og mer bratte kløfter. Skogen som vokste i dalene var kortvokst og forvridd og trærne var antagelig hauggamle siden de vokste utrolig sakte der oppe. Men det hadde vært et rikt land, Wulf visste godt at Hanek hadde fått mye av inntekten fra ulla som ble produsert der oppe og da sauene gikk heden måtte han senke skattene kraftig for at ikke folk skulle måtte gå fra gård og grunn. Det virket som om det hadde ridd folk på veien før dem, men det var en del dager siden og sporene var utydelige men det måtte ha vært mange og Wulf syntes det var noe nesten militært ved dem. Rytterne hadde ridd på rekke og han fikk en følelse av at dette kunne være soldater. Var det en garnison der oppe? Han hadde aldri hørt om noen festninger eller forlegninger der i fjellene og det forundret ham.

Barech var redd det kunne være pakk og røvere men Wulf ristet på hodet. De få klare sporene de så var av godt skodde hester og han kjente igjen måten dyrene var skodd på også. Det var slik kavaleri skor hestene sine, med standard størrelse sko, ikke spesialtilpasset for hver enkelt dyr. Men det var også et sett med merkelige spor og Wulf ble nysgjerrig. Det virket for at disse folkene også var på vei mot høylandet og kanskje de ville møte på dem? Kunne de kanskje få litt mer informasjon om hva som egentlig foregikk rundt omkring? Og ante de kanskje mer om trollene og de skrekkelige beistene som fulgte dem? Wulf håpet det. De red forholdsvis hardt den dagen og slo leir for natta i en liten kløft. Ublan la seg foran den og var en meget god vakt og dermed kunne de slappe av og sove. Ushara måte opp en liten tur sent på natta og hun reagerte på noen lyder fra der Barech og Fhadan hadde slått seg til. Hun forsto hva de gjorde, tross alt var hun en voksen person og hadde sett mye på tross av alt dvergene holdt slike aktiviteter godt skjult. Hun hadde lært mye av sin læremester og forsto hva slike drifter er og hva de gjør med en.

Hun kjente at kinnene brant og at hun følte seg merkelig delt. Hun misunte de to hva de hadde, og da var hun ærlig mot seg selv. I fjellet hadde hun aldri savnet noe slikt, hun hadde vært for opptatt med sitt eget til å bry seg men nå begynte hun å forstå hva hun hadde gått glipp av. Hun hadde aldri latt noen røre seg på det viset før, hadde vel egentlig syntes at det virket litt motbydelig på noen måter og så var det selvsagt problemet med hva hun var. Hun tvilte på at noen ville ha henne, på at folk i det hele tatt ville godta henne blant seg. Men hun hadde begynt å lengte etter den tryggheten det var i å være to, å ha noen å betro seg til, noen en kan stole på fullt og helt. Hun ante ikke om det var sant det de sa, at det er en for alle der ute men hun greide ikke å høre på de to uten å føle at nye lengsler begynte å vekkes i henne.

Hun hadde tross alt aldri vært tiltrukket av dvergene, det ville vært merkelig for en av hennes avstamning. Det skjedde ofte at alver og mennesker falt for hverandre men alver og dverger var uforenlige slik sett. Det var som om skvette vann på en gås, det bare preller av igjen. Men nå hadde hun møtt andre og hun følte at blikket hennes sakte gled mot Wulf, nesten motstridig men allikevel. Han var en flott kar, og hun likte ham godt og hun lengtet etter å oppleve det alle andre opplevde, å være som folk flest.

Det å høre Fhadan og Barech vekket ilden i henne på et vis ikke noe annet hadde, og selv om hun prøvde å vende det døve øret til var det svært vanskelig. De to hadde det tydelig godt sammen og hun visste jo at slike aktiviteter var noe folk nøt. På en måte hadde hennes oppvekst snytt henne for så mye og nå ante hun ikke hva hun skulle gjøre for å dempe den lengselen som var vekket. Hun prøvde å glemme det, å sovne igjen men det var så godt som umulig, hun vred seg og så for seg kropper som gled mot hverandre, i en slags sakte sensuell dans. Hun bannet for seg selv, stirret mot der Wulf sov igjen, hun kunne ikke bare...Hun hørte Fhadan rope ut i åpenbar nytelse og det gikk en skjelving gjennom henne, om bare...Hun måtte! Det var ingen vei tilbake, hun måtte i det minste prøve.

Wulf bråvåknet av at han kjente en hånd på skulderen, først forsto han ikke noen ting men så skjønte han at det var Ushara. Hun satt på kne ved siden av ham og bet seg i underleppa, øynene hennes var enorme og svarte og hun hadde tullet teppet sitt om seg. Wulf kremtet og løftet seg opp litt, så forundret på henne. «Er det noe galt?»

Hun svelget synlig, blikket var litt flakkende. «Jeg....Fhadan og Barech, de...Jeg har hørt dem»

Wulf la hodet på skakke, de to var temmelig høylydt når de først satte i gang for alvor og han forsto det om det forstyrret henne. Selv var han vant til å sove i all slags støy og ble ikke forstyrret uansett. «Får du ikke sove? Skal jeg be dem dempe seg?»

Ushara virket for å skjelve svakt. «Nei...jeg...jeg vet ikke...jeg føler...»

Wulf ble bråvåken der og da, hun satt der med blikket i bakken og han kunne lukte henne, ved alle guder, hun var blitt tent av å høre på de to. «Ushara, vet du ikke hva du skal gjøre med slike følelser?»

Hun ristet på hodet og blikket var tryglende og merkelig åpent. «Nei, jeg...jeg har aldri følt noe slikt før, jeg trenger...»

Wulf svelget hardt, hun var en stor skjønnhet og svært sensuell også, en kvinne enhver mann ville ønske å få til sengs men han trodde ikke at det ville være særlig pent av ham om han utnyttet henne. Og det kom det antagelig til å være, for hun hadde ingen andre valg enn ham. «Ushara, den slags tror jeg at du helst bør gjøre med noen du er glad i, ikke en du bare reiser sammen med. Jeg er bare en offiser, ikke akkurat noen passende partner for en som deg.»

Hun klynket nesten. «Men...jeg...jeg trenger!»

Wulf trakk pusten dypt. «Greit jente, jeg kan hjelpe deg å stilne den lengselen, for en gangs skyld ok? Men jeg går ikke hele veien, det sier jeg bare.»

Han løftet teppet sitt og hun smatt innunder, lot sitt eget ligge igjen og han gispet da han innså at hun hadde vært helt naken under det. Nå lå dem varme kroppen hennes der tett inntil hans og han kunne knapt tro det. Han var langt fra noen munk og tok for seg av livets gleder når han kunne men nå var det så lenge siden han hadde hatt en kvinne at han snaut husket det og kroppen hans reagerte sporenstreks og svært så entusiastisk på nærheten. Han var hard som et spett før han rakk å engang tenke tanken på det og Ushara kjente det tydeligvis for hun trakk pusten dypt og gav fra seg et lite kvink. Wulf prøvde å holde hodet kaldt. «Jeg lovte å hjelpe deg, så bare ligg stille og slapp helt av.»

Han kom til at det var best å gjøre dette så fort som mulig, slik at han ikke ble fristet til å gå alt for langt. Ushara nikket bare og han strøk handa gjennom det silkeaktige håret, ved alt hellig, hun var nydelig og tilliten hun viste ham på dette viset var svært rørende. Han lot henne ligge med hodet på skulderen hans og så strøk han ene handa nedover den faste kroppen hennes. Hun var slank og smekker med gode muskler og huden var myk og varm, han kjente at han virkelig fikk lyst på henne. Han ønsket å gi henne så mye glede og nytelse som det var menneskelig mulig og han visste at det skulle lite til før forsvarsverkene hans falt totalt i knas. Hun var så fristende. Ushara gispet mykt av kjærtegnene hans, stønnet da han lot handa kjæle med de små men velformede brystene og han hørte at pusten hennes ble raskere da handa skled nedover. Hun skilte beina uten å ha blitt bedt om det, dirret så han følte det og han kysset henne på kinnet. «Ikke vær redd Ushara, bare la meg vise deg hva dette handler om.»

Hun nikket. «Jeg er ikke redd»

Han sørget for at hun lå godt før han lot fingrene stryke mot det silkemyke håret der nede, og hun gispet og presset seg mot ham. Da han la handa mellom beina hennes rykket hun til og hikstet og han kjente at hun allerede var våt. Han måtte virkelig passe seg, ellers kom han til å gå for langt og ta henne og det ville han ikke tilgi seg selv for. Hun burde spare det til den hun virkelig var ment for. Han fant fort det punktet som gav henne mest nytelse og brukte en finger varsomt men bestemt og Ushara kastet hodet bakover og jamret seg lavt. Hun prøvde å støte mot handa hans, pusten hennes kom i hiv og hun hadde lukket øynene. Wulf anså seg selv som en slettes ikke ueffen elsker, han visste hva kvinner liker og trenger og han konsentrerte seg helt og holdent om henne og reaksjonene hun viste ham. Hun lagde små nesten mjauende lyder og han visste at hun kom til å nå frem temmelig fort. Det var ingenting som gjorde henne anspent eller usikker og hun slapp seg helt løs. Det var egentlig svært sjeldent og han satte pris på det. Ushara hvisket navnet hans, hoftene hennes jobbet mot handa hans nærmest av seg selv og etter bare litt stivnet hun til og mistet rytmen, hun åpnet øynene igjen et kort øyeblikk i totalt sjokk før hun knep dem igjen og bet tennene sammen. Wulf måte stønne selv da han kjente at hun begynte å riste i spasmer, varm våthet fløt over handa hans og han presset en finger inn i henne, pumpet mot sammentrekningene nesten uten å tenke seg om. Hun åpnet munnen i et lydløst skrik, ryggen i en bue og kroppen våt av svette, hun var fortryllende i grepet til det som måtte være hennes første orgasme noen gang. Hun jamret seg og ble liggende å skjelve i etter skjelvene og Wulf greide ikke mer. Han fikk ned buksene og tok tak i seg selv, strøk handa fort opp og ned og hun åpnet øynene og så storøyd på ham. Så trakk hun teppet til side og i det klare månelyset så hun godt hva han gjorde. Wulf følte seg ikke brydd eller flau eller noe der han lå og støtte desperat inn i sitt eget harde grep. Han så at hun fant synet fascinerende, at hun aldri hadde sett en ereksjon før og hun låste blikket på ham. Hun rødmet og pustet tungt ennå og han ante at hun var lett å tenne på nytt. Nytelsen steg i ham raskere enn han kunne huske å ha opplevd noen gang, han begynte å stønne lavt og greide ikke styre seg lenger, det var for godt, og det å vite at hun lå der og så på gav det hele en ekstra dimensjon av spenning. Han visste at han kun hadde sekunder igjen, vurderte å snu seg så han ikke sprutet på henne men rakk det ikke. Det traff ham som en slegge og han rykket intenst mens han nesten knurret og kom over handa si og både sin egen mage og hennes. Ushara rykket til, de varme dråpene med seig væske var noe hun ikke hadde tenkt over og hun kjente en underlig følelse av ydmykhet over å ha fått se ham slik, så hjelpeløs og ærlig.

Wulf lukket øynene, han følte seg tung som en steinblokk og bølger av den deilige følelsen gled fortsatt gjennom han, allikevel visste han at han kunne bli like ivrig igjen på kort tid. Ushara var bare så vanvittig opphissende, det var noe ved den naive tilliten hennes som var utrolig lokkende. Hun fniste lavt og skjøv seg nærmere, stirret nedover kroppen på ham og brått kjente han at hun rørte han, varsomt og litt nølende med kun fingertuppene men det var nok, han kjente at han begynte å bli hard igjen på rekordfart. «Ushara, ikke gjør det der! Jeg vet ikke om jeg kan styre meg om du hisser meg opp igjen» Hun strøk seg mot ham. «Da du…da det skjedde med deg….Jeg følte seg…tom! Jeg vil kjenne det, alt av det.» Han jamret seg, hun hadde virkelig talent for den smale elegante handa vekket ham til live igjen på en ekspertmessig måte. «Ushara, du har aldri hatt en mann før, det vil gjøre vondt! Du bør spare den æren til noen du elsker» Hun pustet tyngre, øynene var blitt svarte igjen. «Ta på meg, som du gjorde, vær så snill» Stemmen hennes var tryglende og han greide ikke å motstå det. Han fant frem mellom de glatte foldene hennes på nytt og hun klynket og løftet seg mot berøringen. «Ja, åh ja, så godt, jeg trodde aldri at noe kunne være så godt» Han peste nå, fristelsen var nesten mer enn han holdt ut. Hun gned seg mot ham som en kjælen kattunge og lukta av henne var nok til å gjøre ham halvgal. Det måtte være noe helt spesielt ved henne siden han mistet kontrollen så totalt og så fort. Hun tok på ham også og de lå der og var bortimot blinde for verden. Wulf trengte virkelig å ta seg sammen, å finne den kontrollen han var vant til å ha som offiser men den var nesten umulig å fremmane nå. Ushara hev etter pusten, kroppen var blank av svette og hun var perfekt, så fantastisk han snaut kunne tro at dette var virkelig og ikke en drøm av det særdeles heftige slaget. Før han riktig skjønte det hadde hun grepet tak i ham over skuldrene og vippet ham over så han lå over henne og hun skilte beina med et kvink. Wulf bannet, kjente henne gni seg mot ham, følte den våte varmen hennes mot den verkende hardheten og selvkontrollen hans fløy bort som løv i en høststorm. Ushara stønnet navnet hans, vred seg til i riktig posisjon og dermed greide han ikke mer, han skjøv seg fremover og inn og ropte ut i lidenskap i det han kjente at den trange varmen tok i mot ham. Ushara gav fra seg et skarpt hvin og ansiktet fortrakk seg i smerte et kort øyeblikk men så grep driftene kontrollen og hun begynte å bevege seg mot ham, nesten desperat.

Wulf var fra seg av lyst, hun var så varm og trang og perfekt og bevegelsene deres var perfekt samkjørt. Ushara begynte å stønne høyt av fryd og hun klorte ham temmelig heftig over ryggen men smerten var bare en ekstra pådriver. Han støtte i mot henne i en rytme instinktet dirigerte og snart kjente han at hun formelig strammet seg rundt ham, og så skrek hun, Et vilt hyl i ekstase og han kjente at hun formelig sprutet væske. Det drev ham rett inn i en ny orgasme, så kraftig at han var sikker på at han kom til å besvime. Han hørte seg selv brøle og så bare stjerner og gnister og Ushara ristet under ham, øynene hennes rullet og munnen var vidåpen. Uttrykket hennes var nesten et av pine men han visste at hun nøt dette, intenst. Wulf ble liggende over henne, stønnende og gispende og han håpet bare at det ikke var noen sjanse for at han kunne gjøre henne med barn for ved gudene, han hadde tømt seg for hver en dråpe i henne.

Ushara ble liggende å pese og han bannet matt for seg selv, så mye for de løftene han gav, han hadde stjålet uskylden hennes men heldigvis virket det ikke for at hun på noe vis angret på det, foreløpig. Hun lå bare med et salig uttrykk i ansiktet og han kysset henne ømt på pannen, bare for å vise at han satte pris på henne, og den gaven hun tross alt hadde gitt ham. Han løftet seg opp på albuene igjen og trakk seg ut, varsomt og med en liten grimase, han hadde påført henne smerte og selv ikke det at han fikk henne til å komme greide helt å fjerne den skyldfølelsen men hun sukket henført og slappet helt av. Wulf la seg inntil henne og trakk teppene over dem, det var kjølig og nå var de svette begge to. Ushara fniste litt, gned nesa mot halsen hans og han ble litt rørt av den gesten, hun var liksom så totalt tillitsfull og det var slik en sjelden ting.

«Har du det bra? Ingen smerter?» Stemmen hans var myk og hun lagde en mumlende lyd og nikket sakte.

«Jeg har det bra, det gjorde ikke så vondt. Det var deilig, så utrolig deilig.»

Wulf følte seg litt stolt, hvilken mann ville vel ikke det etter en slik stund. «Jeg er glad du likte det, men jeg hadde egentlig ikke tenkt å gjøre det. Du er bare så alt for fristende»

Hun fniste og kysset ham på halsen. «Takk, jeg trengte det. Jeg ville ha deg Wulf, tro ikke annet. Jeg ville vite hva alt pratet egentlig dreier seg om, og jeg er ikke skuffet på noe vis»

Han trakk henne nærmere og snuste i seg lukta av henne og av ham selv og det de hadde gjort. Han hadde faktisk trengt det også, han følte seg mer avslappet nå enn på lenge, og langt mere klar til å gjøre det han måtte. «Det gleder meg Ushara, jeg vil aldri glemme dette»

Hun smilte og bare holdt rundt ham. «Ikke jeg heller, det var fantastisk.»

Han strøk fingrene gjennom det lange mørke håret og undret seg over henne igjen, det var så mange aspekter av henne få noen gang så. «Du var fantastisk Ushara, vi trengte det begge to tenker jeg»

Hun nikket bare og virket for å være på grensen til å sovne, kanskje ikke så rart. Wulf gjespet og strakte seg, de trengte en vask men det fikk de ta når det ble lyst. Wulf lot øyelokkene sige ned men ble brått røsket ut av søvnen av lyden av applaus. Han stirret på Barech og Fhadan som sto lent mot bergveggen et stykke unna med innfule uttrykk i ansiktene. Begge klappet entusiastisk og Ushara lagde en pipelyd og gjemte ansiktet mot halsen hans. «Bravo, vi blir ofte klaget på men ved alle guder, du slår oss begge. Vi trodde aldri at dere to skulle finne på noe slikt, men bra for dere!»

Wulf bare gryntet. «Vi hadde ikke trengt å gjort det hadde ikke dere ahem inspirert Ushara her!»

Fhadan løftet et øyebryn i en talende grimase. «Åh, gjorde vi henne kåt? Det tenkte vi ikke på, beklager.»

Ushara blåste i nesa. «Jeg tipper dere ikke er lei for det i det hele tatt. Men i det minste fikk jeg motet til å gjøre dette, og det var utrolig.»

Fhadan rødmet faktisk. «Som sagt, bra for dere begge to. Kan vi sove nå eller har dere tenkt å ta en reprise?»

Wulf ristet på hodet. «Ingen sjanse, jeg er sliten. Vi sover nå, alle sammen!»

Det siste kom som en klar advarsel og de to gaplo før de gikk tilbake til sine egne sengeruller. Wulf lukket øynene på nytt og nå sovnet han som en stein, med Ushara i armene og en følelse av fred i kroppen.

Da han våknet morgenen etter skjønte han først ikke helt hva som hadde skjedd, så husket han og kjente seg brått både litt stolt og temmelig brydd. Ushara sov ennå og hun klamret seg til ham på en litt barnslig måte, som om hun søkte trygghet og omsorg fra ham. Barech og Fhadan var våkne nå og satt og spiste og Wulf ristet varsomt i Ushara, hun trengte å komme seg opp og få seg mat. De måtte komme seg videre uansett. Ushara rødmet da hun så ham men strakte seg og kysset ham fort på kinnet før hun kom seg ut av teppene. Hun gikk litt stølt og han følte seg litt skyldig, han skulle ikke ha latt seg friste slik. Ushara sa ingenting, etter at de hadde spist fant de litt vann og fikk vasket av seg det verste men hun virket fremdeles brydd og han ble redd hun kanskje hadde fått tid til å tenke seg om og angret seg på dette. Det ville være for ille og han ønsket han var modig nok til å spørre henne hva hun følte.

Fhadan og Barech lot dem være i fred og lot som om ingenting hadde skjedd og Ushara var tydelig takknemlig for det. Hun ordnet salen på hesten sin da Fhadan kom slentrende bort til henne, han smilte fort og klappet sin egen hest, fjernet noen borrer fra manen med visse vansker. «Her, det kan hende du trenger denne?»

Han rakte henne en liten flaske av noe slag og hun rynket pannen i forvirring. «Hva er det?»

Halvalven smilte litt skjevt. «Det hjelper mor sårhet, tro meg, det er effektivt»

Hun rødmet fort og kjente seg temmelig fjollete, hun burde takle dette bedre men hun følte seg uskikkelig, og på en måte likte hun det, men hadde det vært riktig? «Øh, takk, tror jeg»

Fhadan bare smilte vennlig og salte på hesten sin, han sa ikke mer og hun så ned på den vesle flaska, hun kunne så avgjort trenge noe av innholdet for jo, hun følte seg sår. Men samtidig følte hun seg på et vis sterkere, hun hadde vågd å krysse en grense og det gav henne mot.

Da de red videre sendte hun Wulf et smil som fikk ham til å synlig slappe av igjen og hun hadde bestemt seg for å være mer åpen for ting. Om hun skulle lære mer om verden kunne hun ikke være redd for alt, hun måtte tørre å ta til seg ting. Hun hadde lært så lite og Wulf kunne ha vært en god læremester men han skulle videre for å advare kongen og hun skulle være med de to andre til den vismannen eller hva han nå var. På en måte gledet hun seg til å se mer av landene men hun gruet seg også. Hun ante ikke om hun kunne holde seg selv i sjakk om det verste skjedde. Det var en skrekkelig tvil å ha. De red ganske fort, veien var tydelig her og de ønsket å finne frem så fort som mulig men det var ikke før mot kvelden at de forsto at de nærmet seg bebyggelse igjen. De så gjerder og noen enkelt laftede uthus som sikkert inneholdt høy for vinteren normalt sett men nå virket de tomme. Antagelig var det ingen vits i å sanke for til dyr som ikke lenger var der. De så ingen sauer eller geiter noe sted og bare noen små hårete ponnier løp vekk da de nærmet seg en landsby som ikke var særlig stor. Den virket nesten ikke bebodd og Wulf rynket pannen. Hadde tragedien som hadde rammet dette fjellriket fjernet hele befolkningen? Galskapen som red resten av Zhandoria virket ikke for å ha kommet dit, det var ingen adelsfolk der oppe med tilknytning til de sterke husene og folket der hadde uansett alltid vært selvstendige. De brydde seg ikke om verden utenfor tverrfjellene. Wulf hadde ubevisst ridd like ved Ushara hele dagen, han hadde på en måte tatt en beskytterrolle han egentlig ikke trengte ta. Hun kunne ta vare på seg selv og var antagelig den farligste av dem med unntak av Ublan, allikevel var instinktene hans harde å overkomme.

De nærmet seg det som skulle være en mur da de hørte hovslag og Wulf holdt inne hesten, han stirret bortover veien der to ryttere kom travende. Den ene red et merkelig dyr som lignet på en hest men ikke var det og Fhadan og Barech drev hestene sine sammen og var klare for alt. Den andre rytteren red en svær sølvgrå hest av utmerket rase og Wulf så beundrende på den før han ble var rytteren. Han knep øynene sammen, ridderen der fremme var ung, og det var noe merkelig kjent ved ansiktet. Han holdt pusten, det kunne ikke være?

De to rytterne holdt inne og den rødhårete på det merkelige dyret ble stående igjen, dyret lagde en gryntende lyd og slo forbeina i bakken og Ublan som hadde ligget bak dem svarte, et slags hvin. Rytteren på den sølvgrå hingsten red frem, og Wulf stirret vantro på ham, han kjente denne gutten. Ved alle guder som han kjente ham, og han trakk pusten dypt. Vardhys hadde blitt noe eldre, men det hadde lite med egentlig alder å gjøre, det var uttrykket i ansiktet. Øynene hadde sett ting de slettes ikke burde ha sett og det var drag i ansiktet som fortalte at gutten ikke lenger var en gutt men en mann, på alle måter. Herdet og i stand til å ta beslutninger en gutt ville veket tilbake for. Han hadde fått lengre hår og en antydning til en bart og han red med en eleganse han ikke hadde hatt før. Wulf trakk pusten dypt, hva hadde skjedd? Han hadde etterlatt gutten i trygghet hos sin venn, men nå var han her og tydeligvis en ridder.

Vardhys så storøyd på det vesle følget og han kjente igjen Wulf, en brå bølge av forvirring men også en slags lettelse slo gjennom ham. Kanskje de nå ville få hjelp til å fatte hva som egentlig foregikk? Han bøyde hodet sakte, prøvde å opptre som en mann og ikke som en gutt som møter en mann han har sett opp til og respektert. «Wulf, jeg ventet ikke å se deg igjen?»

Offiseren rensket stemmen. «Det får en si ja, og jeg ventet ikke å se noe til deg heller, hva gjør du her?»

Vardhys vinket på den høye rødhårete på det merkelige dyret, mannen red nærmere og de så at han også var snaut mer enn en gutt. «Dette er Alfons, han er en venn og min væpner. Jeg kaller meg Vardhys av Eikelansen nå. Men bli med, vi holder til her og mine folk og venner er her, dere er hjertelig velkomne»

Wulf så smalt på Vardhys, han hadde egne folk? Det fortalte om makt og Wulf visste nok om hvordan verden fungerer til å vite at folk kun følger dem de stoler på om de får et valg. Vardhys var virkelig blitt en mann, og antagelig en som var godt likt og respektert. Wulf slo ut med armene. «Dette er Barech, en venn fra hæren og hans venn Fhadan, og Ushara, en venn av oss»

Vardhys så fort på dem. «Velkommen, og deres enorme kompanjong der bak?»

Wulf svelget, Ublan hadde ikke vist seg men Vardhys merket den tydeligvis på en måte. «Det er Ublan, han er en halvdrage. Han følger vel egentlig mest Ushara etter at vi mistet hans herre og mester»

Vardhys så merkelig rolig på Ublan da den dukket opp av halvmørket, den virket ivrig. «En imponerende skapning, jeg undrer på hvordan den vil reagere på Ildøye?»

Wulf så forvirret ut. «Ildøye?»

Vardhys smilte skjelmsk. «Det er en lang historie, men jeg vil fortelle alt, om du også forteller hva du har vært gjennom i det siste»

Wulf nikket, han måtte fortelle Vardhys at moren hans var død, det gledet han seg slettes ikke til. De red etter de to og

420

satte hestene i en stor låve der det sto en mengde andre hester.
Wulf så at de hadde dyr nok til en stor tropp på en tretti førti
menn og han så at Vardhys førte seg som en mann som er vant
med å gi ordre og bli adlydt. Han ble virkelig nysgjerrig på hva
som hadde skjedd med den usikre keitete unge væpneren.
De kom inn til et ganske stort hus som antagelig hadde vært et
slags samlingslokale eller huset til en lokal storhet og Vardhys
smilte litt skjevt. «Det bor nesten bare eldre folk her nå, de
yngre har forlatt stedet for å finne arbeide andre steder, etter at
de mistet dyra sine mistet de nesten alt. Dette området ligger
for høyt til at de kan dyrke stort.»
Wulf brummet kort. «Jeg har hørt om den sykdommen ja,
Hanek mistet store inntekter der»
De gikk inn og så en liten hall der det satt folk nesten overalt,
de fleste var menn i sin beste alder og de bar en slags uniform
eller i det minste deler av en uniform. En ganske ung jente med
et søtt ansikt og forholdsvis harde øyne satt i et hjørne med et
eldre par og en mann som tydelig hadde vært den som styrte
mens Vardhys var borte reiste seg da han så de fremmede.
Wulf så at karen var en soldat, antagelig ikke en som hadde
levd livet i det militære men en som kunne blitt en utmerket
offiser om han hadde valgt den veien.
Vardhys slo ut med handa. «Jeg og Alfons møtte noen venner
av oss på veien, Wulf hjalp meg, han er kongens egen offiser
og svært betrodd. De to karene er hans gode venner og jenta
heter Ushara og følger dem. De har et dyr også, vi har satt ham
igjen i skogen utenfor, det er halvdrage så bli ikke redd, han er
visstnok ufarlig for de som ikke gjør ham noe.»
Wulf så at karene godtok dem, den høye karen bukket fort med
hodet og satte seg igjen og de eldre folkene smilte vennlig og
kvinnen begynte å røre i noen gryter som om hun planla å
servere dem mat. Vardhys satte seg ned ved et temmelig grovt
tømret bord og Wulf og de andre tre satte seg også, dette var et
fattigslig sted men det hadde sin sjarme og Vardhys strøk håret
ut av øynene og sukket. «Vi har vært på besøk i en

nabolandsby, den ble angrepet av troll. Og de har antagelig tenkt å angripe de store landsbyene og byene her. De følges av noen motbydelige beist jeg aldri har sett maken til.»

Fhadan snerret nesten. «Sjelløse, de er demoner!»

Vardhys så skarpt på dem. «Dere har vært ute for dem også?»

Wulf nikket og han følte seg litt skremt. «Ja, er de et stort problem?»

Vardhys nikket og stirret ned i bordet. «De er et forferdelig problem Wulf, og jeg har tilsynelatende blitt valgt av gudene til å gjøre det jeg kan for å redde folk fra denne svøpen.»

Wulf så forvirret og forskrekket ut Vardhys trakk pusten dypt. «Jeg skylder deg en forklaring Wulf»

Wulf nikket og ansiktet var litt stivt. «Visst faen gutt, jeg etterlot deg hos min venn i den tro at du var trygg der! Hva skjedde?»

Vardhys fikk et beger med noe i av den gamle kvinnen og det samme gjaldt de andre også, det var en slags cider, og Wulf drakk fordi han var høflig, ikke fordi han likte smaken. Ushara skar en grimase og helte sin diskret ut i halmen i stedet.

Vardhys støttet hodet i hendene, han skar enn stygg grimase. «Det kom et jordskjelv, hele familien strøk med, bare Esther klarte seg, jeg prøvde å få henne til søsteren ved kysten men det gikk ikke.»

Wulf så smalt på ham. «Hva gikk galt?»

Vardhys lukket øynene et kort øyeblikk og blikket var litt fjernt da han åpnet dem igjen. «Esther var ikke god Wulf, hun var...gal etter mannfolk. Jeg tror hun solgte seg noen ganger, jo, hun gjorde det, jeg vet det nå med sikkerhet. Og hun kom ut for feil folk, de drepte henne da de fant ut hvem hun var datter av»

Wulf svelget stivt. «Å guder, ja, jeg forstår det. Jeg besøkte dem en gang for noen år siden og hun flørtet med meg, på en svært lite uskyldig måte. Jeg trodde hun bare hermet noen hun hadde sett, men hun mente det altså? Guder, han ville ha varmet bakenden hennes hadde han visst det.»

Vardhys nikket og smilet hans var bittert. «Jeg fortalte aldri hva hun gjorde med meg, var for redd for at han ville tro på henne. Men hun hadde viljen sin med meg ja, og jeg var for svak til å motstå henne»

Wulf gyste, han hørte den merkelige tonen i stemmen til gutten og visste at jenta nok hadde skadet ham på mange måter. «Jeg ante ikke om det der Vardhys, tro meg»

Vardhys smilte sakte. «Jeg tror deg, du kjente dem ikke så godt tross alt. Jeg hadde det godt der, for det meste.»

Wulf la hodet på skakke. «Hva skjedde så?»

Vardhys lente seg tilbake, sukket. «Jeg og noen andre ungdommer som fulgte meg ble tatt til fange av Mahrepa, den sorte rosen. Hun tvang meg til å jobbe for henne, med å trene kavaleriet henne. De karene du ser her er de jeg trente, de er lojale mot meg og flotte menn. Jeg har greid å gjøre en bra tropp av dem, og Hala der er min beste mann.»

Wulf rynket pannen. «Jeg har hørt om henne, hun tvangsvervet folk? Og hadde en drage?»

Vardhys flirte litt respektløst. «Hun hadde en lindorm, og trodde det var en drage. Jeg ble venner med den, og den spant seg en kokong og kom ut igjen som Ildøye. Hva den er nå vet bare gudene. Og Alfons ble også forvandlet til noe merkelig noe, vi er alle forandret Wulf, til jegere for gudene.»

Wulf så på gutten at han mente alvor, og det var ikke noe tilgjort eller oppblåst over ham, han trodde fullt og fast på det han sa og Wulf kjente dypt inne at det var sant. Men kunne de virkelig slåss mot troll? Vardhys så smalt på Wulf. «Og du? Hva har skjedd med deg?»

Wulf gren på det, han likte ikke å fortelle men måtte. «Jeg reiste for å finne din mor og fant henne også, sammen med Jochmun den halte. Hun hadde hyret ham for å få henne bort. Hadde hun blitt i området ville Arusteres folk ha drept henne temmelig fort. De hadde endt opp i en dvergby av alle steder og vi kom oss derifra sammen med Ushara og en dverg samt Ublan etter at fjellet deres ble en vulkan.»

Vardhys så avventende på ham. «Vi prøvde å nå kysten for å få din mor på en båt til Ardot men dessverre gikk det ikke bra. Jeg og Barech red for å se hvordan ting sto til der ute ved bukta og mens vi var borte dukket det opp en såret jordbjørn. Den drepte henne, og Jochmun og dvergen og ville nok ha kverket Fhadan her også hadde ikke Ublan knertet den» Vardhys trakk pusten dypt. «Mor er død, jeg…på en måte regnet jeg med det. Jeg vet ikke hvorfor. Jeg …jeg snakket aldri med henne, visste jo ikke at hun var min mor, men jeg har alltid syns synd på henne. Jeg følte at hun var en meget ulykkelig person»

Wulf blunket, gutten hadde blitt reflektert og det var visdom i det han sa. «Hun var det ja, men hun tok stolthet i å ha hevnet din halvsøster. «

Vardhys smilte et nesten sardonisk smil. «Det var godt gjort var det, hva hun burde ha gjort før hun gav bort sin eneste datter til det svinet, men det er så lett å bli etterpåklok.»

Wulf samlet seg. «Vardhys, da hun drepte sin svigersønn så tok hun med et skriv hun så på bordet. Det er gammel magi, som skal gi folk makt over drager. Vi tenkte å bringe det til en vismann i Longaria et sted , for å se om det er ekte eller ei. Og jeg skal til Hanek, han har rustet til krig mot de som ennå kjemper vest og nord for fjellene, for å bringe fred til landene igjen. Han må advares om trollene og de sjelløse»

Vardhys bet seg i underleppa. «Det er klokt tenkt Wulf, han må vite hva slags fare som truer bak hans rygg. Men tror dere virkelig at det skrivet er ekte? Det finnes jo ikke drager?»

Ushara kremtet. «Jeg har sett drageskjelett i fjellene, og Ublan er jo en halvdrage? Merkelige ting skjer, jeg holder det ikke som usannsynlig at drager faktisk finnes nå.»

Vardhys virket litt ivrig. «Kan jeg få se det?»

Wulf fisket det frem fra saltaska si og Vardhys brettet det varsomt ut. Jochmun hadde skrevet en slags oversettelse på et eget ark og den unge ridderen så nøye på teksten. Han gren på nesen. «Det er så avgjort lønnruner ja, men forholdsvis primitive sådan. Og jeg vil tro at det er en kopi av en mye eldre tekst også. Språket ser også veldig gammelt ut»

Wulf så litt forbauset på Vardhys og de andre delte visst hans følelser for de også virket forbløffet. «Jeg ante ikke at du visste noe særlig om den slags?»

Vardhys trakk på skuldrene. «Min herre der hjemme var glad i kunnskap, og jeg var ofte i biblioteket der. En av de som jobbet der var helt fascinert av koder og slikt og tvang den lærdommen på nesten alle som satte sin fot i hans domene. Jeg måtte pent lære ganske mye av ham, noe annet var umulig.»

Wulf brummet. «Så du tror at skrivet er ekte?»

Vardhys trakk på skuldrene. «Aner egentlig ikke sikkert, men det opprinnelige skrivet var nok ekte. Hvem hadde det egentlig?»

Wulf trakk pusten. «En slags konspirasjon, en gruppe som tydeligvis hadde planer for det. Jeg aner ikke hvorfor, for jeg vet bare hva Hanek fortalte meg. De må ha visst om den dragen som visstnok ble holdt skjult.»

Vardhys så på skrivet igjen. «Dere skulle finne en vismann som kan tyde det?»

Fhadan og Barech nikket litt febrilsk og Vardhys skar en grimase. «Jeg vil lage en kopi, noe sier meg at det kan være nyttig å ha. I det minste om det er ekte. Selv om vi ikke forstår det som står der fullt ut»

Wulf løftet hendene. «Det er greit, bare gjør det, jeg tror ikke det gjør noe at det finnes kopier»

Vardhys smilte skjevt. «Det er bra, jeg skal gjøre det så fort som mulig.»

Hala kom og satte seg og han så nervøs ut. «Du sa at den landsbyen ble angrepet, og at det kan være troll på vei mot de større byene?»

Vardhys nikket og ansiktet ble noe mer alvorlig igjen. «Ja, jeg og Alfons møtte noen troll der, de kverket folk som om de var maur. Men folkene der mente at trollene og de sjelløse arbeider etter en plan av noe slag, at de går etter store folkemengder først og fremst.»

Wulf brummet og han ble litt nervøs. «Det lover ikke bra, landet er ubeskyttet nå, nesten alt som heter soldater er trukket mot Tholir, for å stanse krigen. Befolkningen er forsvarsløs og herfra og ut mot kysten er det lite som stanser dem om de trekker langsmed fjellene.»

Vardhys lente haka i ene handa, han så tankefull ut. «Det får meg til å tro at de blir styrt, at noen kontrollerer dem. At det er en plan bak det hele.»

Ushara slo neven i bordet. «Det er en invasjon, ser dere ikke det? De slår til litt slik her og der, sjekker motstanden og forholdene og når alt er brakt på rene slår de til»

Wulf gyste nedover ryggen. «Guder, ikke si at det er sant. Det vil være forferdelig!»

Barech krysset armene over brystet. «Om det stemmer finnes det en hærfører et sted, og et opprinnelsessted. Det bør la seg gjøre å stanse dem»

Wulf bare trakk på skuldrene men Vardhys så litt ivrig ut. «De kan neppe være av vår verden, jeg har hørt lærde som snakker om mange verdener, og riker. De kan komme fra et sted som er helt annerledes enn her.»

Fhadan nikket ivrig. «De sjelløse er så avgjort ikke herifra og de er som tatt ut av et mareritt. Jeg vil tro at det stedet som har fostret dem er minst like utrivelig som de er.»

Wulf gyste synlig. «Fri og bevare meg vel, jeg håper jeg aldri vil møte noe mer derifra, noen gang.»

Vardhys smilte og dunket i bordet. «Nok dystert snakk. Nå får vi oss litt mat, en god natts søvn og i morgen ser vi lysere på tingene.»

Wulf prøvde å smile men det smilet ble aldri ekte. Han følte at de hadde rett, at det virkelig var en ondsinnet plan bak det hele. Og han så for seg at Hanek og hans hær ville bli nødt til å møte noe langt verre enn maktgale og forvirrede adelige ledet av gammelt nag og hat. Det kunne bli et forferdelig blodbad og han trakk pusten dypt. «Ja, vi ser på tingene i morgen. Jeg vil trenge kart om de finnes, og ekstra hester. Jeg må ri fort.»

Vardhys smilte varmt til ham. «Du skal få det du trenger Wulf, frykt ikke for det»

Wulf greide å sende et vennlig blikk tilbake. «Det er ikke det jeg frykter, tro meg»

Vardhys så ned i bordet igjen, ansiktet ble lukket. «Nei, jeg vet hva vi frykter, og jeg ber om at det aldri vil bli realitet.»

Ushara så smalt på dem alle. «La oss be om det, til hva det nå er for guder vi tror på.»

Fhadan strakte armen ut og la handa over hennes, klemte den fort. «Tro på din egen styrke Ushara, for den er større enn du tror»

Det løp en skygge over ansiktet hennes og Wulf visste at hun var den av dem som hadde størst sjanse til å greie seg. De hadde ikke sett hva hun kunne ennå, hun hadde ikke sluppet seg løs og han håpet at han aldri skulle bli nødt til å se det heller. Nei, han ville ikke se at hun tok i bruk alt det hun var og kunne. Det ville bli et syn vanlige mennesker ikke bør oppleve, for en vil aldri bli den samme igjen.

Midar og Meyret

Midar hadde en følelse av at det krøp maur rundt under klærne hans, at øyne stirret på ham fra hver en skygge og at samtlige var ondsinnet. Å vite at onde krefter var ute etter dem var mildt sagt skremmende og han forsto så smertefullt lite av alt. Han kunne styre drager? Det hørtes ut som om det verste tullet han noen gang hadde hørt, men han hadde blitt nødt til å tro. De hadde ridd bort fra den vesle dalen med steinene nå og Meyret virket for å vite hvor hun skulle. Imla hadde ikke visst alt, det å tenke på det var nesten som en slags triumf på noen måter men samtidig gjorde det ham enda mer bekymret. Hun hadde vært så sterk, så mektig og det at ikke engang en slik skapning visste alt var litt ubehagelig.

De slo leir for kvelden ved en elv og Meyret la seg tett inntil ham, han likte kontakten og følte seg rørt over at hun stolte slik på ham men han følte også at han nå mer enn noen gang før var blitt redd for å skuffe henne. Hun hadde vist ham en tillit han var redd han ikke skulle vise seg verdig og han kunne ikke tåle tanken på det. Natt og Mørke holdt vakt igjen og han visste at få skapninger kunne komme seg forbi dem, men han holdt allikevel sverdet nært og sov lett. Dagen etter var det klart vær og nydelig sol og humøret hans steg betraktelig, Meyret nynnet på en liten melodi mens de fikk i seg litt mat og varmen gjorde at de kunne ri uten å pakke seg helt ned. Terrenget nå var forholdsvis vanskelig å forsere, med mange dype kløfter og underlige formasjoner men ulvene viste dem vei og det gikk ganske greit å komme seg frem. De måtte krysse noen elver men ingen var av det store strie slaget og også det gikk fort og greit. De hvilte midt på dagen og Meyret satte dem på en kurs oppover en litt større dal og Midar visste at det var her de burde ha brukt ringen, men det skulle de altså ikke gjøre nå.

Han forsto det, og støttet beslutningen men det gav et agg i ham også. Det var garantert farer der inne som inne nødvendigvis kom fra mørket og han visste at han nå måtte stole på instinktene. Heldigvis var de temmelig skarpslipt etter år som tyv.

De neste dagene var forholdsvis begivenhetsløse, de reiste og det var alt de gjorde. Meyret virket for å vite kursen og han lot henne bestemme men han hadde en følelse av rotløshet. Ulvene brakte dem småvilt og Meyret måtte finne seg i å prøve hans kokekunst. Han hadde ikke lært særlig mye om å tilberede vilt fra grunnen av og noen av stuingene hans ville nok ha gjort en hvilken som helst kokk blek og skjelven. Men Meyret spiste alt uten å klage nevneverdig mye og han prøvde da i det minste. Meyret fortalte ham om da hun var fange, om de gangene hun åt rotter og mus som kom for nære og slikket fukten av veggene. Det fikk ham til å gyse og han forsto at for henne var hans mat rene gourmet måltidet. Om nettene sov hun i armene hans og Midar visste at han hadde tapt hjertet sitt til henne. Det var noe som forundret ham, han hadde egentlig aldri trodd at han skulle føle slik for noen men nå var det et fakta og ikke et han kunne prøve å benekte for seg selv.

De nærmet seg en forholdsvis lang og smal sjø da de møtte på folk, og Midar ble nervøs med en gang. Han så at det var en ganske stor gruppe med noe som best kunne beskrives som en temmelig blandet hærskare og han så at Natt og Mørke virket for å krympe og om han så fort på dem så de brått ut som to svært store ulvehunder. Magien i dem gjorde at folk så dem som noe ganske annet enn hva de var og Meyret smilte skjevt og mente at de kanskje kunne ha nytte av å snakke med disse vandrerne. Det var tydelig at det var mennesker som var blitt tvunget bort fra alt for det var barn og kvinner og også en god porsjon husdyr med dem og da de kom nærmere så de at mange bar de samme fargene og var forholdsvis like. Dette var nok folk fra et begrenset område og de hadde nok vært under det samme styret også. Midar sørget for å ri først og han visste at med de gode klærne og de flotte hestene så de ut som adelsfolk og det kunne kanskje få noen til å tro at de kunne rane dem så Midar red med sverdet godt synlig og han håpet at det var nok.

Et par eldre kvinner virket for å lede følget, det var uvanlig men han så at det nesten ikke var menn blant dem og de som var hadde enten sett svært mange vintre eller nesten ingen. Det virket ikke for å være en eneste kar der mellom ti og sytti og det fortalte ham at det var krig som var årsaken. Krigen var alltid et beist som åt de sterke først, og deretter fråtset den på de som sto tilbake. De to senket farten da de så rytterne og gruppen samlet seg, de sterkeste formet en slags ring rundt barna og de svakere og Midar syntes det var litt sårt å se, at selv to ryttere var nok til å skremme dem. Han red frem og viste hendene, de to kvinnene måtte være søstre for de var svært like men den ene bar en enkehette og en forholdsvis pen svart kjole med kappe og hette og den andre gikk med like varme klær som var langt fra så pene. Midar holdt hesten inne og de to kvinnene holdt faste grep i vandrestavene sine og så rett på ham, det var trass i ansiktene deres. Og stor sorg også, Meyret virket for å sanse slikt mye bedre enn ham for hun sendte dem medfølende smil. Midar trakk pusten. «Vi ventet ikke å møte folk her inne i fjellheimen nå? Og så mange? Har krigen drevet dere bort?»

De to kvinnene så smalt på ham. «Krigen ja, og mye annet. Hvem er dere som rir her i fjellene alene med bare to hunder som følge?»

Det var enken som snakket og stemmen hennes var skarp og tonen befalende. Hun var antagelig en kvinne som var godt vant med å bli hørt på og Midar prøvde å se respektfull ut men han ante at hennes avdøde mann hadde hatt nok å hanskes med der. «Vi er reisende som dere. Jeg er Jarl Midar av Zhymorne og dette er min hustru Meyret, vi har vært nødt til å reise fra vårt hjem i all hast, min bror mistet brått vettet og ville drepe meg og gifte seg med Meyret selv»

Det var en løgn de hadde blitt enige om å fortelle og de to kvinnene løftet øyebrynene i en talende gest. «Ja galskap er ikke noe ukjent fenomen disse dager, vi har sett den med egne øyne. Jeg er Mariell av Dharninga og dette er min søster Nirrah.»

Mariell var tydeligvis den som snakket men Nirrah virket for å være en meget reflektert kvinne også, det var visdom i blikket hennes og selv om klærne ikke var så flotte som søsterens så de nå at de var gode nok. Meyret bikket på hodet og hun var brått selve bildet på en vennlig høyvelbåren kvinne, elegant og skjær og beskyttet. «Jeg ser at du bærer sort, jeg kondolerer.» Mariell blåste i nesa. «Jo takk, skikken skal følges. Men jeg sørger ikke over min mann frue, tro ikke det. Den døgenikten fikk som fortjent.»

Midar så forbauset på kvinnen som gjorde et tegn til de andre og de satte seg ned, mange virket meget takknemlige for det, antagelig ble de drevet hardt. «Hva har skjedd? Dere er mange, og reiser med alt dere har?»

Nirrah tok ordet, stemmen var myk og merkelig velmodulert, røpet at hun var en utdannet person. «Vi bodde i en landsby som i alle år har vært et fredens sted, og vi var forholdsvis rike også. Så langt nord i Longaria har det alltid vært rolig og vi visste snaut hva krig var.»

Midar steg av hesten og hjalp Meyret ned også, hun gned seg diskret bak som om hun var uvant med å ri og fikk et fort blikk fylt av sympati fra noen av kvinnene i følget. «Så det skjedde brått?»

Nirrah nikket stivt, Midar så nå at hun var en kvinne som nok hadde sett sine beste år men hun var ennå forholdsvis vakker og sterk, det var større styrke i henne enn i Mariell som virket tynnere og mer sliten. «Over natten. Vi har vært et fritt samfunn ser du, ingen herre har eid landet vi bodde på og vi har styrt oss selv. Men brått dukket det opp en mann fra

Macallif ætten og han påsto at dalen vår en gang tilhørte hans ætt og at vi skyldte landleie for mange århundrer. Han hadde med seg soldater, mange soldater.»

Midar skar en grimase, han begynte å grue seg for hva han nå ville høre. «Han bare tok alt?»

Nirrah ristet på hodet. «Nei, for våre menn tillot det ikke. De var ikke mange og ingen var soldater men de kunne slåss for seg og sine.»

Meyret ble storøyd. «De vant?»

Mariell nikket stivt. «De vant, men de fleste døde da også. Og da vi trodde at faren var over og at vårt område igjen var trygt begynte bakken å riste og flere hus raste sammen.»

Meyret rynket pannen. «Er det derfor dere måtte dra?»

Nirrah ristet på hodet, blikket var blankt. «Nei, det begynte å brenne under bakken, og det ble forferdelig varmt mange steder. Lufta ble fylt med giftig røyk og dyrene våre begynte å dø av det, vi kunne ikke bli.»

Mariell trakk på skuldrene. «Noen sa at vi var forbannet»

Midar så litt forvirret på dem. «Dere har reist langt i så fall, hvor har dere egentlig tenkt dere?»

Nirrah så på den heller begredelige forsamlingen. «Sørover, hvor som helst sørover. Vi må møte på en landsby før eller siden»

Midar trakk pusten. «Ikke på denne kursen, dere må nok satse på å svinge østover igjen, i retning slettene. Om dere fortsetter på denne kursen havner dere langt inne i fjellene og det er ikke trygt på denne årstida.»

Mariell sukket lavt. «Vi vet, men vi har prøvd å følge de store dalene, for å unngå passene.»

Meyret prøvde å se avbalansert ut. «Det er klokt, men det begrenser valgene deres.»

Nirrah la hodet litt på skakke. «Jeg tror vi kanskje burde ha valgt en annen retning til å begynne med, men vi ville komme oss bort så fort som mulig og de snakker om farer alle steder. Vi har klart oss godt så langt.»

Midar så at gruppen virket godt utstyr så det var kanskje ikke så rart. De var antagelig ganske hardføre folk vant til å slåss mot naturen. «Vinteren har ikke vært særlig hard til nå, men hva om det snur?»

Mariell bet seg lett i underleppa, hun så brått svært usikker ut og blikket flakket. «Det er hva vi frykter, men folket følger oss siden min mann var høvedsmannens medhjelper og av en sterk slekt. Vi kan ikke bare snu nå»

Midar trakk pusten dypt, han prøvde å finne noe fornuftig å si men hva? Han ante ikke engang hvor de var, han hadde aldri vært så langt fra Zhymorne noen gang og hadde liten eller ingen kunnskap om områdene de nå befant seg i. Meyret virket for å konsentrere seg, hun smilte så mildt som hun kunne. «Om dere følger denne dalen i noen fjerdinger til og så svinger rett sørover kommer dere til en liten dal med en forholdsvis stor hule. Det er vann og mye ved i området og antagelig også beite for dyrene. Var jeg dere ville jeg vente der til våren kommer, fjellene blir farlige nå fremover, stormene på denne tida er ubarmhjertige.»

Nirrah så litt skjevt på den vakre jenta med det litt merkelige håret. «Vi takker for det tipset frue, det kan være at det blir løsningen»

Meyret nikket. «Dere bør bli der, dere har barn med dere, og gamle. Og som dere sa det, det er farer overalt.»

Mariell trakk den svarte kappen tettere om seg. «Vi er ikke redde for vinteren men vi har hørt merkelige røster i vinden og sett spor ingen av oss kjenner. Og de få vi møtte på da vi forlot vårt hjem snakket om en galskap som sprer seg over slettene.»

Midar rynket pannen. «Krigen?»

Mariell ristet på hodet. «Mer som en slags religiøs vekkelse, men folk blir som gale av det. En mann vi møtte mente at de endte med å ofre mennesker»

Meyret svelget synlig og hun så fort på Midar. «Da vil jeg virkelig anbefale at dere holder dere i den dalen til godt utpå våren. Den slags fører aldri til noe godt.»

Nirrah snerret nesten. «Mariell's mann var religiøs, en mørk mann, en formørket sjel. Alt var synd i hans øyne og ingen kunne gjøre noe bra nok, men skjebnen innhentet ham. Og den var for en gangs skyld rettferdig»

Meyret så litt forvirret ut og Nirrah la hodet på skrå, øynene glitret i noe som bare kunne være skadefryd . «Han ønsket å bli prest ser dere, men templene ville ikke ha ham, han var for glad i å rakke ned på andre. Den som kun har hat i hjertet vil aldri lære å elske andre, uansett hva de preker om. Så han satset på å få makt på andre måter og var et usselt menneske om jeg noen gang har møtt et.»

Midar nikket. «En tyrann regner jeg med?»

Nirrah smilte smalt. «Riktig, på alle måter. Men den lorden som kom og krevde landet vi bodde på og ridderne hans var ikke redd ham, de brydde seg ikke om hva han øste ut av seg av forbannelser og trusler. Han ble tatt til fange temmelig tidlig og de bant ham fast over en slipestein og samtlige av soldatene i den hæren fikk viljen sin med ham. Han var som en kong i ræva for oss alle så det passet seg godt at han ble rævpult til han blødde fordervet.»

Meyret så forferdet ut og Midar ante ikke om det var ekte eller ei. «Det er grusomt!»

Nirrah trakk på skuldrene. «Ja, men verden er grusom frue, og i disse dager mer grusom enn noen gang før.»

Midar samlet seg, han ante at disse fredelige landsbyfolkene hadde sett en god del de før aldri ville ha kunnet forestille seg. Han følte at en slags uro spredte seg i kroppen. «Der sa du sanne ord, men vi må videre. Gjør som min kone sa, vær så snill for deres egen skyld. Fjellene er virkelig ikke trygge nå»

Mariell smilte svakt, hun så brått svak ut, liten og knekt. «Du har rett, vi vil se hvordan den dalen er. Vi kan ikke holde ut vinterstormene uten ly.»

Meyret klappet hesten sin og da de var i salen begge to hadde Midar en følelse av at de burde komme seg videre med en gang. «Måtte gudene gå med dere, og lede deres fot»

Det var en gammel velsignelse og de to kvinnene nikket og fulgt kom seg på beina igjen, de fleste så ut som om hvilen hadde gjort dem godt. Meyret så litt forbauset ut da Midar bare satte hesten i trav og hun red ved siden av ham til de var kommet et godt stykke unna følget. «Hvorfor slikt hastverk?» Midar trakk på skuldrene. «Jeg har en merkelig følelse her, jeg tror vi skal komme oss så langt som vi kan fortest mulig.» Meyret nikket i retning følget. «Jeg så den dalen for meg, den er virkelig der, og den er helliget grunn. Noen brukte den til å tilbe gudene i for mange århundre siden. De vil være trygge der, tror jeg»

Midar bet tennene sammen. «Jeg tviler ikke på det, men jeg fikk en følelse av at de flyktet fra fare men bringer større fare med seg, Hvorfor aner jeg ikke!»

Natt og Mørke så igjen ut som ulver og vokste til de var den vanlige enorme størrelsen, begge stirret ufravendt på ham og han følte det som om de stilltiende bekreftet det han hadde trodd. Meyret knep øynene sammen, hun stirret utover landskapet og blikket var fjernt. «Du har rett, jeg sanser noe, men jeg vet ikke hva.»

Midar så fort på henne. «Den gamle kvinnen sa at mange tjener mørket uten selv å være klar over det.»

Meyret nikket og lot hesten styre seg selv langs den steinete stien. «Det stemmer vel, men jeg tror ikke det var folkene som utløste den følelsen. De var gode nok, slettes ikke dårlige personer. Det var noe de brakte med seg. Jeg er temmelig sikker på det»

Midar prøvde å tenke over alt han hadde sett. «De hadde med seg temmelig mye? Eiendeler av ulik type?»

Meyret smilte litt stivt. «Nettopp, og jeg tror at noe de hadde med seg kan være farlig. Men hva det kan være eller hvordan det kan utgjøre en fare aner jeg ikke»

Midar svelget og bekjempet trangen til å snu seg og se tilbake. «Men fare for oss eller dem?»

Meyret så fort på ham. «For dem, men også for oss. Men ikke på samme tid. Om de rekker den dalen burde de være trygge.»
Midar skar en grimase. «Burde vi ha advart dem?»
Meyret så ned i nakken på hesten. «Nei, det ville ha økt faren. Kom nå, la oss komme oss vekk. Hva som vil skje vet ikke jeg, og noen ganger må bare skjebnen få jobbe som den selv vil.»
De red videre i taushet og Midar greide ikke å bli kvitt en følelse av skyld, om de arme flyktningene virkelig hadde brakt med seg noe som ville bringe dem i fare så burde de ha advart dem. Han var da ikke en hjerteløs morder heller. Natt og Mørke pep og virket for å ville øke farta og da de nådde en slags elveslette med jevn grunn lot de hestene løpe fritt. De slo leir i et tett snar med gamle furutrær den kvelden og de tente ikke bål. Meyret virket anspent og Midar kjente at hun skalv svakt da hun la seg inntil ham. Natta ble kald men heldigvis var det forholdsvis lunt der og de sov da litt med de to ulvene som vakt.
Morgengryet kom med en tung grå himmel og snø i vinden og de kom seg hutrende i salen. Hestene hadde gnagd gras frem fra under snøen og virket friske nok og de to ulvene strakte seg godt og ristet snøen ut av pelsen.
De red videre etter å ha spist fort og Midar så at landskapet her var temmelig ulendt. Enorme kampesteiner lå overalt med forkrøplede trær tett i tett i mellom dem, eller så klorte de seg fast til steinene. Ulvene fant veien for dem men det var trangt noen steder og det gikk sakte. Da de hadde ridd i noen timer tok de en kort pause ved et tjern og Midar så at stien videre ville bringe dem oppover i høyden igjen. Meyret mente at det var riktig så da fikk de bare bruke den. De hadde kommet enda noen fjerdinger på vei da de brått ble var bevegelse foran seg, det kunne være dyr men Midar så at det var en linje og dyr beveger seg ikke slik. Meyret så det også og Midar holdt hesten inne. «Flere flyktninger?»
Meyret ristet på hodet. «Nei, disse holder til her inne, hører til her»

Midar knep øynene sammen, nå så han at skikkelsene der fremme var merkelig små og det var kanskje en ti tolv stykker av dem. De var til fots og virket for å være kledd i skinn og lær og de hadde tydeligvis allerede merket rytterne for de virket nesten for å forme en slags stridsformasjon. Meyret så skarpt på Midar. «Du lar meg ta meg av praten denne gangen, jeg kan språket deres.»

Midar så forskrekket på henne. «Hva? Snakker du dvergspråket?»

Meyret nikket. «Den eldgamle varianten, så jeg får håpe at de ennå forstår det.»

Midar så at noen av dvergene hadde kraftige korte buer og de virket stridige men angrep ikke, det var da i det minste betryggende. Natt og Mørke forvandlet seg ikke, de var fortsatt enorme svarte ulver og det fortalte Midar at disse dvergene antagelig forsto mer enn det mennesker ville gjøre.

Det var ganske riktig tolv dverger og de sto overfor stien og virket avslappet men våpnene var klare og Meyret holdt hesten inne og sa noe som hørtes ut som komplett kaudervelsk. Dvergene så lamslått ut, så brøt de ut i en sann tirade av ord Midar forsto enda mindre av og Meyret svarte ivrig. Dvergene gestikulerte utover dalen og de virket litt opprørt og Meyret ble litt blek. Hun virket får og stille spørsmål og dvergene svarte ivrig, de virket litt nervøse og Meyret sukket og snudde seg mot Midar. «Du har rett, de flyktningene har virkelig brakt med seg noe farlig, men det er ikke hva vi tror.»

Han så spørrende på henne og hun snakket igjen til dvergene, en litt lut en med snøhvitt flettet hår og et gedigent skjegg med vakre svarte perler i virket for å være lederen og han sto med armene i kors over det tønneformede brystet og så viktig ut. «Hva er det da?»

Meyret skar en grimase. «De brakte med seg husdyra sine, de vil trekke på oppmerksomheten til feil skapninger. Det finnes visstnok gnomer her i fjellene og de er særdeles farlige i mengder»

Midar så litt forbauset ut. «Gnomer? Hva farao er det? Jeg trodde det bare var noe en brukte i eventyr?»

Meyret ristet på hodet. «Nei, det er ikke bare eventyr, det er virkelig nok. De er små men blodtørstige og forholdsvis sjeldne men det bor et par stammer i fjellene her. Dvergene har mistet folk til dem nå nylig»

Midar så at flere av dvergene bar det samme smykket, en slags avlang slipt stein som var festet i øreflippen på dem.

«Virkelig? Dverger er da tøffe som gråstein?»

Hun nikket. «Sterke som fjellene og sta som et muldyr ja, men en gruppe på vei hit ble overfalt, flere ble drept for de hadde lite våpen og var på flukt. Fjellet de bodde i endte opp som en vulkan»

Midar måpte. «Ikke Dragetind?»

Hun ristet bestemt på hodet. «Nei, noe lengre sør og vest over også. Et lite utbrudd men det ødela byen deres og de måtte bare flykte, mange døde på grunn av vulkanen også så det var ikke mange som klarte seg dessverre. For dverger er det å miste slekt, selv fjern slekt, aldeles forferdelig»

Den hvithårede begynte å snakke igjen og Meyret hørte nøye etter, hun fikk en litt skarp rynke mellom øynene og så skremt ut. «De har sett troll, og disse merkelige monstrene, sjelløse kaller de dem. Men noe nytt har også dukket opp i det senere, noe aldeles forferdelig. De sier at det angriper om natten når det er mørkt og at det lukter ille. De tror det er et slags dyr men er ikke sikre. De har funnet døde flere steder, antagelig vandrere og flyktninger, og de virket for å ha blitt nærmest forvandlet til støv»

Midar svelget, støv? Ingen dyr forvandler det de angriper til støv? «Det høres umulig ut»

Hun nikket stivt. «Ja, og de vet hvor absurd det høres ut, tro meg. De kjenner fjellene og alt som bor her inne men dette er nytt. Akkurat som de sjelløse. Troll har de hatt befaring med før og vet hvordan de skal tas, men dette nye skremmer dem.»

Midar tok seg sammen. «Tror de at flyktningene vi møtte vil klare å komme seg til den dalen, er den trygg forresten?»

Meyret sa noe fort til dvergene som nikket sindig. «Om de kommer seg dit er de trygge ja, gnomene tør ikke gå inn i den dalen. Dandar her vil sende noen av sine krigere for å se om de klarer seg, og om mulig hjelpe til i det skjulte. De vil ikke røpe at de bor her i området»

Midar bet seg i underleppa. «Hvorfor ikke? Jeg trodde dverger gjerne drev handel og slikt?»

Meyret steg av hesten, hun bukket kort for Dandar. «Ja, før gjorde de det. Men nå har menneskene blitt så mange og så grådige at de ikke tør å vise seg. Mange tror at dvergbyer formelig glitrer av rikdommer overalt.»

Midar steg ned også, litt nølende og Meyret smilte fort. «De vil at vi skal bli hos dem i natt, for sikkerhetsskyld, de skjønner at vi er utsendte av Imla.»

Midar følte en trang til å rulle med øynene, alle kjente visst Imla, bare ikke han og Meyret som hadde bodd med henne i månedsvis. «Virkelig, hvorfor er jeg ikke overrasket?»

Meyret måtte glise av uttrykket hans. «Såda, ta det med ro, de regner henne som maken til den guden de tilber, og kjente igjen ulvene våre med en gang. De vet at vi tjener lyset»

Midar så at dvergene gestikulerte og virket for å ønske at de skulle følge etter og han leide hesten etter seg. Dvergene gikk inn i en smal kløft og der var det bygd en slags bu. Den var så godt lagd at den gikk helt i ett med terrenget og en måtte tydeligvis ha vært der før for å finne inngangen som var skjult bak en stor stein som kunne bikkes til side med uventet letthet. Dandar smilte og viste dem at hestene kunne skjules i en slags stall like ved, det var faktisk høy der og vann også og Midar følte seg på en måte litt lettet. I det minste ville de være trygge denne natten.

Bua viste seg å være svært stor innvendig og det var satt frem enkle senger langs ene veggen og det var benker og et ildsted der samt et stort grovt tilskåret bord som fikk Meyret til å glo for det var lagd av en enkelt planke. Treet måtte ha vært enormt. Før de virkelig fikk sukk for seg hadde dvergene funnet frem kokekar og noe som måtte være tørkede urter og slikt fra et skap og et par hadde hatt ny skutte fugler i sekkene sine samt noen harer. Meyret smilte litt innfult til ham. «Jeg tror du vil få et lite sjokk når du ser bordmanerene deres, de har det med å være temmelig ufine»

Midar ble plassert ved siden av Meyret ved bordet og det ble også tryllet frem brød og noen slags oster som luktet og så ut som gamle skosåler. Stuingen ble helt i treboller og Midar så med smale øyne på det dampende resultatet av dvergenes kokekunst. Det luktet ikke så verst og det så kanskje ille ut men mat var mat og de hadde ikke hatt et varmt måltid på lenge. Han tok en prøvende munnfull og ble positivt overrasket, kokken deres var tydeligvis svært dyktig og han fortærte resten av stuingen sin i stillhet og med iver. Meyret ble sittende med Dandar og snakket lavmælt med dvergen som fortalte om alt som hadde skjedd i fjellene i det siste. Han virket svært tynget over tapet av så mange av sin ætt og Meyret forsto at de neppe ville kunne glemme det noen gang. «En av de som forfedrene hentet var min sjumenning, en staut kar av Striskjegg klanen. Vi vil savne ham.»

Meyret nikket. «Blod er tykkere enn vann ja, men noen greide seg?»

Dandar svelget nedpå av kruset sitt, det hadde stått flere tønner med dverg øl bak i bua og det var sterkt og mørkt og temmelig spesielt på smak. «Ja, blant dem Thyega, en av våre beste helbredersker. Hun er viden kjent og vi har priset gudene for at hun kom seg bort. Hun hadde en adoptivdatter som var Ihtab, utenfra, hun ble borte sammen med noen de hadde reddet og en halvblods. Hun håper de greide seg.»

Meyret avslo en slurk fra begeret hans. «Det er ikke vanlig at dere tar til dere folk utenfra slik?»

Dandar nikket. «Nei, det er langt fra vanlig, men jenta var visst svært uvanlig, med store evner. «

Meyret nikket og Dandar fortsatte. «Vår by er stor, Smaragdhallen er av de største dvergbyene, og av de eldste også. Vi har levd i skjul i lange tideverv men jeg føler at verden igjen kanskje vil kalle på oss. Det er bare en følelse jeg har»

Dvergen tømte kruset sitt og rapte så det dundret i veggene og de andre skyndte seg å gjøre det samme virket det for. I det minste lagde de mye lyd, sølte kongelig og moret seg med å hive brød og ost på hverandre. Midar var mildt sagt sjokkert. Meyret lukket øynene et kort øyeblikk. «Jeg tror du har rett min venn, verden vil kalle alle til forsvar nå, mot mørket. Deres folk vil sikkert også måtte slåss.»

Dandar nikket og det var et glimt av ild i øynene hans. «Og det er vi gode på, det er århundre siden armen min måtte svinge øksa men den har ikke glemt det. Kommer det til det vil vi ikke nøle.»

Meyret smilte varmt. «En hær av dverger er det lite som kan stå seg mot.»

Dandar virket for å rødme av rosen. «Jeg takker for de vakre ordene vindrytter, for de kommer fra hjertet»

Dvergene avsluttet måltidet og begynte å trekke mot sengene, de var fylt med halmmadrasser og tepper og Midar og Meyret fant en de delte. Sengen var stor nok til fire minst og luktet svakt av sommer og varme. Meyret krøp tett inntil ham som vanlig og en eller annen dempet lysene der. De brukte en slags lampe dekket med metallskjermer som kunne vris for å øke eller minste effekten av lampen og det var en svært flott løsning. Midar sovnet fort, han følte at han kunne slappe av og Meyret var også mett og søvnig og sluknet nesten momentant. De våknet temmelig groggy av at en dverg med et litt spisst ansikt rusket i dem med et bredt flir, det var langt på dag allerede og dvergene var i ferd med å pakke sammen. Midar så at mange av dem brukte mye tid på å stelle seg. De forseggjorte frisyrene og skjeggene måtte kreve mye arbeide å få til og han så at en dverg satt og lot en annen få flette det utrolig lange håret hans til en tykk flette som så ble surret som en turban om hodet på ham. Deretter ble det festet med spenner av gull og pudret med noe som måtte være knust pyritt. Resultatet var temmelig spektakulært og Midar forsto at disse folkene elsket overdrivelser.

Meyret så hva han stirret på og fniste. «De viser status med hår og skjegg, selv de rikeste kan være kledd i temmelig enkle klær men se på smykkene og frisyren, den forteller alt. Slekt, status, yrke, alt»

Midar måtte jobbe for å ikke glise. «Så hva jobber han der borte med?»

Meyret smilte fort. «Han er antagelig en av de som lager rep. Det er viktig for dem når de graver nedover, å ha gode sterke rep. Så han er viktig og kan vise det også.»

Midar forsto det og Meyret klappet ham på kinnet. «Dvergene og vi skal samme vei, så de vil slå følge med oss i dag.»

Midar følte seg brått litt lettere til sinns, han likte disse folkene selv om de var noe fremmedartet og så frem til å lære mer om dem. De stengte bua da de forlot den og Natt og Mørke kom tassende og gikk foran, som for å sjekke at det var klar bane. Dandar nikket i retning de to ulvene. «Gudinnens egne dyr, velsignet og skapt av hennes hender. De er sterke beskyttere»

Meyret oversatte for Midar og Midar begynte å stille spørsmål mens de gikk. Det var en tydelig sti der når en bare så den, men den var godt skjult og Midar var forbauset over hvor elegant terrenget var utnyttet. Han forsto at dvergene virkelig kunne kunsten å anlegge stier og veier som var både effektive og godt skjult, det var enn dyd av nødvendighet. Dandar fortalte villig vekk og Midar lærte at dvergene var et folk med svært skjev kjønnsfordeling. For hver femte gutt som ble født ble det bare født en jente så dvergkvinner var meget høyt verdsatt og ble temmelig beskyttet og bortskjemt. Han fikk også vite om opphavet til alle de ti store klanene og de mindre også, og Dandar virket for å være overbegeistret over å ha møtt noen som virkelig interesserte seg for hans folks historie. Så den dagen gikk med til å høre på Meyrets oversettelser av alskens slektshistorie og det verste av alt var at det var svært underholdende. Dverger virker kanskje som om de er skåret ut av gråsteinen og de viser sjelden følelser eller noe særlig personlighet overfor andre men egentlig er de et svært livlig folk med en egen fandenvolds holdning til livet.

Midar var overrasket over at dagen gikk så fort som den gjorde og da de slo leir for kvelden hadde han lært svært mye han ikke engang hadde ant noe om. Han visste selvsagt at det finnes alver, han hadde jo blitt reddet av en, men han hadde ikke ant at alver og dverger stort sett prøver å unngå hverandre. Årsaken var visstnok eldgammel og nesten gått i glemmeboka hos begge de to langlivede folkene men den var såpass alvorlig at de to rasene fortsatt ikke var på talefot. Meyret mente å ha hørt om det en gang, det dreide seg om noe så banalt som eierskapet til en statue som var blitt lagd av alver og dverger i fellesskap. Den forestilte den guden dvergene mente hadde skapt dem og alvene hadde skaffet til veie store mengder perler og rav til utsmykningen. I følge legendene mente de at de ikke hadde fått godt nok betalt og dvergene mente at betalingen hadde vært i overkant god og dermed ble det stridigheter. Midar måtte flire da Meyret fortalte om det, det minnet ham om mange folk han kjente også.

De lagde leir ved en liten sjø, den var ikke særlig dyp men vannet var merkelig mørkt og Dandar fortalte Meyret at det var en legende knyttet til den. Angivelig var den så mørk fordi en ung kvinne fra en landsby lengre ute i dalene hadde gått opp dit og druknet seg fordi hun var blitt lovet ekteskap av en høyvelbåren mann men ble sveket da det viste seg at han alt var gift. Men hun hadde forbannet ham som det siste hun gjorde og forbannelsen var slik at han kom til sjøen også, og skar over sin egen strupe på stranda der.

Midar gyste over det heller dystre sagnet men Meyret bare nikket og mente at det var mer magi i folk før. Slike ting kunne skje. Nattemørket seg ned og dvergene tente bål, de viste en

like utsøkt mangel på bordskikk som før og Midar fikk trykket
et helt harelår inn i nevene. Det var nydelig krydret og han
forsto at de virkelig kunne utnytte alle de ressurser som fantes
der oppe. Selv mosen som vokste på steinene kunne brukes til
noe. Den kvelden sov de innrullet i teppene sine og Midar
hadde en merkelig følelse av at de ikke var så trygge som natta
før. Allikevel sovnet han, temmelig omtåket av alt snakket han
hadde hørt på.

Midar bråvåknet av skarp knurring, Natt og Mørke sto ved
utkanten av leiren og lyste formelig rødlig i lyset fra glørne og
dvergene var på beina. De hadde grepet våpnene sine og Midar
gispet og forsto at det var alvorlig fare på ferde. Han ristet i
Meyret som var på beina på et blunk, hun stirret ut i mørket og
nå hørte de rop. Det var dvergisk og det var mange som ropte.
Og noen skrek også, ville desperate skrik. Dandar svarte, ville
brøl som hørtes over hele dalen og brått kom det dverger
stormende frem fra mørket. Det var mange av dem, svært
mange og de virket vettskremt og flere var såret. Midar så at
mange ble båret eller heller slept av venner og slekt og Meyret
var blitt grå i ansiktet, hun virket for å hviske noe for seg selv.
Midar så fort på henne. «Hva merker du?»
Hun skalv synlig. «Ondskap, noe aldeles ubeskrivelig noe»
Midar grep sverdet, kjente at svetten piplet frem, det lovte ikke
godt. Et underlig hyl kunne høres fra mørket og Natt og Mørke
virket for å vokse enda mer, de snerret og øynene lyste røde.
Dandar skrek ordre og krigerne stilte seg opp i en
forsvarsrekke. Mange av de dvergene som hadde ankommet
ble med og Midar så at minst tre hundre dverger hadde
kommet løpende ned til sjøen, han så et par tre kvinner blant
dem, blant annet en med uvanlig flotte klær og dyre smykker.
Hun virket gammel men det var noe ved henne som også
fortalte at hun var sterk, og svært respektert. Meyret virket for
å være på nippet til å brekke seg, hun peste og blikket var
svart, Midar la handa på skulderen hennes og hun ristet så han
kjente det. Det merkelige hylet hørtes igjen og Dandar skrek en

ordre som fikk flere dverger til å kaste ved på bålene og blåse
liv i dem. Det virket for at de bar med seg små belger til den
slags bruk til hverdags og ilden flammet opp temmelig fort.
Det lød et rasende vræl fra mørket og det kom fra flere struper
enn en, Midar ble kald nedover hele ryggen og han svelget
stivt. Hva kunne dette være? Det var tydelig at dvergene var
trent til det meste for de dannet en slags formasjon med de
svakeste i midten, og noen hadde ikke våpen men grep stein og
slikt. Siden de var så sterke var steiner dødelige kastevåpen i
deres godt trente hender.
Midar stirret ut i mørket og brått så han, noe beveget seg der
ute, stort og uformelig og han blunket og prøvde desperat å se
hva det var. Men det var for mørkt og beveget seg for fort.
Meyret klynket og et par dverger spente buene sine og skjøt
brennende piler i retning det de hadde sett. Midar hørte at
pilene traff og et kort øyeblikk blusset ilden opp og avslørte
noe han knapt kunne ha forestilt seg i sin villeste fantasi. Det
var en slags ulvelignende form men den gikk på bakbeina og
hadde armer og hender med lange klør og hele skikkelsen
glødet svakt blålig men det var ikke det verste. For dette
monsteret var dødt, og hadde vært det lenge. Det var bare
rester av svart skinn hengende fra grålige bein og rester av
kjøtt og sener satt fremdeles fast her og der men snuten og mye
av hodet var bare en hodeskalle og øyenhulene glødet i en
motbydelig unaturlig grønn tone. Allikevel beveget det seg, og
det var minst tre meter høyt og stinket grusomt av død og
forråtnelse.
Meyret stønnet og Dandar var blek, hvordan dreper en det som
alt er dødt? Dette var så avgjort svart magi av aller verste sort
og Midar følte på seg at det var han og Meyret disse vesenene
først og fremst ville ha tak i. Natt og Mørke virket for å
forandre seg igjen, kroppene fikk en annen fasong, ble
kraftigere og hodene ble kortere. Brått var de ikke enorme
ulver men kattedyr og kastet seg ut i mørket som usynlige
skygger. Det virket for at bålene holdt disse udøde monstrene

unna men de hadde ikke ubegrenset med ved og lyngen som vokste rundt dem brant dårlig om i det hele tatt. En av de dvergene som hadde kommet løpende fortalte heseblesende at mange hadde blitt drept, og at en berøring åpenbart var nok til å ta livet av noen. Ild flammet opp og de så at en av de enorme kattedyrene nå hadde revet et av beistene overende og rev det i småbiter. De virket ikke får å lide noen skade av å røre denne groteske fienden og snerr og brøl fylte luften. Men det virket for å være mange av de udøde beistene og flere måtte komme til også. Midar så skremt på Meyret, hun var storøyd og nå så han at ilden ble reflektert i øynene hennes på en litt merkelig måte. Som om den speilet en annen ild, innenfra. Han husket hva hun hadde gjort før, mot de sjelløse, ilden var en del av henne, uansett i hvilken form hun var fanget og han grep henne i skuldrene og ristet henne. «Du kan gjøre det, brenn dem!» Hun så forstyrret på ham, underleppa bevret svakt. «Jeg vet ikke hvordan!»

Midar reagerte på rent instinkt, han lente seg frem og kysset henne, heller brått og brutalt og hun gispet og et kort øyeblikk så det ut som om han var nære ved å få seg en rett høyre i kjeven. Det flammet opp i blikket hennes og hun blunket litt forvirret, så snudde hun hodet i retning beistene og et kort øyeblikk var det som om han kunne se noe annet der enn henne, noe eldgammelt og mektig, og svært skremmende. Hun flekket tenner, kom med en slags hes freselyd og så strakte hun hendene opp i været og ropte ut et eneste ord. Midar forsto det ikke, for språket måtte være glemt av alle andre enn henne men ved alle guder som det virket.

Lufta knitret av energi, blå lyn skjøt gjennom den og flammer brast frem nær sagt overalt. Og de var ikke vanlige flammer, disse var sølvfarget og virket ikke for å holde noen varme men de bet visst skikkelig i de merkelige beistene.

Natt og Mørke stormet frem, kastet seg over de vandøde og hindret dem i å flykte og den sølvfargede ilden lyste opp hele dalen. Det var mer lys av den enn av vanlig ild og det lyset var merkelig skarpt og rent men allikevel behagelig for øynene. Meyret glødet formelig, øynene hennes var smale slisser av ild og håret danset rundt henne, hun så ut som en gudinne, som noe mennesker ikke er ment å forstå på noe vis. Der de sølvaktige flammene rørte ved beistene brast de ut i åpen ild med en gang, grønnaktig osende røyk steg fra dem og flammene fortærte dem med en fart som var skremmende. Det ble ingenting igjen av dem, ikke en gang aske.

Meyret hylte et eller annet, det hørtes ut som et rop i ren trass og raseri og flammene danset rundt dem som en virvlende vegg av lys. Snart reiste en enorm søyle seg mot himmelen, en glitrende eterisk obelisk av rent lys vevd i intrikate og forunderlige mønster. Den lyste opp over et stort område og dvergene sto der med lamslåtte miner og store øyne. Meyret ble stående, blikket var vilt og merkelig bydende og Midar følte en brå trang til å knele for henne. Dandar smilte sakte, det glitret i den aldrende dvergens øyne. «Lysets datter, hjertet av sølv, månens barn. Den som skal samle mørket og skyggene og lede kampen. Jeg er beæret over å ha bevitnet dette.»

Meyret virket for å krympe, for å bli seg selv igjen, øynene var normale og nå så hun lett sjokkert ut. Hun prøvde å si noe men virket for overveldet til å klare det og Midar strøk henne kjærlig over håret. «Ikke si noe kjære deg, ikke bruk kreftene dine på det»

Natt og Mørke forvandlet seg tilbake til ulver og Midar så at de hadde fått kutt og sår fra fienden, noen av dem svært store men nå leget de seg så de kunne se det. Meyret snudde seg sakte mot ham, hun hadde fremdeles den merkelige glansen i blikket. «Jeg har fortalt dem hva jeg er, hvem jeg er. Fra nå av vil vi virkelig bli jaktet på!»

Dandar smilte stivt. «De har angrepet byen vår, vi vil se om noen har klart seg, men vi vil hjelpe dere. Jeg vet hvor dere er på vei, og vi vet om en hemmelig vei dit, en ingen andre enn vi kjenner til. Nattens stier er sjelden brukt men vi dverger kjenner dem godt. De er farefulle men vil få dere dit dere skal om dere er modige nok.»

Midar svelget hardt, nattens stier. Noe sa ham at det ikke var en enkel vei å følge men Meyret nikket sindig. «Det er greit, vi blir med dere å ser hva som er skjedd i byen deres, og vi aksepterer deres tilbud. Led oss an Dandar, og la oss ikke bie her, alt av mørke merket dette»

Dandar nikket fort. «I sannhet, så fort vi har hjulpet de som er skadd går vi»

Midar så smalt på Meyret, hun hadde et underlig uttrykk i ansiktet og han omfavnet henne varsomt. «Var det der lurt?»

Meyret smilte litt skjevt. «Nei, men det var det eneste vi kunne gjøre. Og nå går veien videre og jeg håper bare at den leder oss rett!»

Midar snuste ned i håret hennes, lukket øynene. Det han hadde sett var merkelig uvirkelig allerede nå, men det hadde skjedd. «Det samme håper jeg, virkelig»

Han ble stående der mens dvergene samlet sine og han visste at Meyret var på vei til å returnere til hva hun hadde vært.

Mektig, vakker og farlig, og bare skjebnen ville avgjøre hvilken retning hennes hjerte ville vende seg til.

Janos

Det var frustrerende, han hadde ikke kommet noe nærmere å nå sitt mål og han begynte å tro at han ikke ville lykkes. Han hadde fått et godt innblikk i Olric sine planer ved bålene om kvelden og han visste at Embrekt av Ranclin sitt gods var beleiret og kom til å falle snart. Han visste også at Olric hadde sendt folk mot Hanek som ville sørge for at han ble nødt til å kjempe på to fronter, mot sekten som spredte seg og mot Olric sine styrker. Janos måtte prøve å hindre det, å forstyrre planene men hvordan? Det var lite han kunne gjøre for Olric var sjelden i nærheten av ham. Den eneste av betydning som han snakket med hver dag var Shaad og han spurte ut gutten om planene men svært diskret selvsagt. Shaad gjorde god fremgang og var vennlig og høflig rundt sin lærer. Janos prøvde å gi inntrykk av å være enkelt født, han prøvde å unngå å røpe at han egentlig var adelig og var ganske sikker på at han greide det også. Olric hadde kanskje en storslagen visjon av verden slik han ville ha den men det var en hul drøm, en mørk drøm også. Titusenvis hadde allerede dødd, og med Olrics planer ville mange tusen flere dø også. Janos husket sine medsammensvorne, sine venner og sin slekt og han ønsket hevn. Og mer enn noe annet ønsket han å se at den mannen som hadde knust deres planer ble knust selv.

Han kunne drømme om det til tider, at han drepte Olric og det på utsøkt sadistiske måter. Det beistet fortjente ikke noe annet. Han hadde en hær, han kunne ha brukt den mot sekten men nei, han ville la Hanek slite seg ut på kamp og så gå i strupen på kongen. Det var meget snedig planlagt men også ondskapsfullt og strategisk svært klokt. Janos ville kanskje ha vært fristet til å gjøre det samme men han ville aldri latt fristelsen ta overhånd. Han ville ha vendt den ryggen og han følte på seg at gudene ville være på hans side i dette. Han gjorde jobben sin som vanlig, virket for å være en vanlig og svært dedikert mann og ingen kunne klage på ham. Leiren ble neppe flyttet igjen på lenge og han fikk i oppgave å finne gode beitemarker til alle hestene, han visste at denne egnen var svært fruktbar og mange åkre lå brakk nå, uten det kornet som skulle ha født en sulten befolkning. Store flokker med forvillede dyr streifet rundt og soldatene hadde sin fulle hyre med å unngå alle de store flokkene med ville hunder som streifet rundt. De var mye verre enn ulveflokker for ulvene er tross alt redde for folk men disse hundene hadde ingen frykt og var utrolig frekke også. De tok seg inn i leiren og tok alt spiselig og de angrep også så noen yngre soldater hadde fått i oppdrag å drepe alle forvillede hunder de så.

Olric fikk samlet sammen mye av de større dyrene som løp rundt og satte folk til å passe på dem., kyr og okser og sauer var verdifulle og gav melk og kjøtt og arbeidskraft og Janos passet på å se til at stellet av hestene var perfekt. Han måtte virkelig gå opp i rollen og se til at ingen kunne mistenke hva han egentlig var der for. De få gangene han hadde vært i nærheten av Olric hadde mannen vært omgitt av mange andre og Janos var ingen selvmordskandidat, han ville helst slippe unna når han gjorde det han var bestemt til å gjøre og han prøvde å se for seg hvordan han skulle klare å komme på passende avstand til mannen uten å vekke mistanke. Som hestepasser hadde han selvsagt et stort ansvar men han var ikke på noen måte en veldig betrodd person. Som Shaads lærer hadde han selvsagt en viss mulighet til å møte Olric men sjelden alene. Det var aldeles til å koke over av. Janos visste at han ikke hadde all verden med tid heller, godset burde ikke gi etter for da ville Hanek bli nødt til å slå til direkte og Janos visste at det ikke var noe godt trekk i det hele tatt.

Han skulle ønske han kunne ha advart Hanek på noe vis men det var umulig, han var fanget der av arbeidet og slapp ikke unna. Karene snakket ivrig sammen hele tiden når de samlet seg til måltider og ved bålene om kvelden. Olric sine menn hadde fanget en prest og funnet ut mye om sekten fra ham, de kom nordvest fra og spredte seg utover svært fort. De hadde antagelig brukt Tholir bukta som et innfallspunkt mot selve innlandet mens andre kom østover fra Nierez og det virket for at det var utrolig godt organisert. Janos skar en grimase når han hørte det, han tvilte ikke på at Olric hadde torturert den presten og han forsto det godt men noe i ham rygget tilbake ved tanken. Han mente at en la fra seg sin menneskelighet når en tydde til slike metoder med letthet. Karene der så opp til Olric og han prøvde å oppføre seg som om han delte begeistringen, det var ikke enkelt men fullt mulig og han lærte mye om sin fiende disse kveldene. Olric hadde visst gjort Shaad til sin enearving og mange mente at han var litt for intim med guttungen men Janos ante at det neppe var sant. Olric var ingen pederast, han var bare oppriktig glad i gutten og det var da en positiv ting ved det, men Shaad fortjente bedre enn å leve slik, i beundring for et monster.

Han ville befri Shaad også når han fjernet Olric fra verden og kanskje elven av blod ville stanse når ikke Olric lenger var der for å drive kniven lengre inn i det allerede blødende såret disse landene var forvandlet til. Noen var kommet til leiren i de siste dagene og de snakket om kamper i havnene i Tholir, at Hanek hadde fått ekstra folk sjøveien og at sekten hadde hatt folk der, for å stanse dem. Det hadde åpenbart gått filleveien og Janos godtet seg innvendig da han hørte det. Han visste at Hanek sin flåte var den beste om en så bort fra landene i nordvest og folkene i Hietlai. Få konger var så forutseende at de satset på marinen men Dheesa hadde sjø på tre kanter og for Hanek var det bare naturlig.

Ingen flere hadde visst strøket med i Haneks leir og Olric var rasende siden noen hadde stanset dette skjulte angrepet men Janos visste at Hanek også hadde meget gode leger. Han hadde stor respekt for denne kongen for han var uvanlig snartenkt og klok og slettes ikke som de kongene som hadde rådet over mange riker og lydriker rundt omkring. Noen av dem var så innavlet at de var nærmest å regne som halvgale mens andre igjen var svake og ryggesløse menn uten kunnskap eller mot eller noe som lignet vilje. Janos så helst at Hanek overtok hele området og han ville klare å skape fred, om han bare slapp å slåss mot Olric på toppen av alt annet. Hanek var på mange måter temmelig unik når en så på de kongelige rundt omkring, han var en mann som hadde strenge regler han levde etter og han var så langt fra noen gjerrigknark men han var nøye med hva penger og ressurser ble brukt på. Om han trodde på et eller annet satset han gjerne men da måtte det være noe som virkelig kunne bære seg.

Janos visste at Hanek ikke var gift, han var angivelig enkemann etter et ekteskap som hadde var mindre enn fem år. Hans kone hadde dødd av en sykdom i brystet og de hadde blitt gift så unge at de ikke hadde fått noen barn. Noen mente at Hanek foretrakk menn, han omgav seg alltid med stilige offiserer og hadde skydd alle forsøk på å få ham gift igjen. Han hadde ingen elskerinner eller konkubiner og ingen løsunger heller. Det var svært uvanlig for en konge og Janos trodde nok så gjerne at det var noe i ryktene.

Det virket ikke for at Hanek lot utseendet til de rundt ham bestemme hvem han gav stillinger og ansvar så han var klok nok til å ikke la følelser styre seg men noen hadde ment at han hadde hatt en favoritt blant offiserene og at de kanskje var litt nærmere enn vanlig. Janos trodde det ikke, han var fast overbevist om at Hanek var en slik mann som rett og slett mangler den typen lidenskap og heller bruker livet på å gjøre jobben sin godt. Han elsket riket og folket og anså dem som sin familie. Hanek hadde hatt en bror og en søster, broren hadde vært tronarving til han falt av en hest og ble lammet og søsteren hadde giftet seg med en lavadelsmann og sagt fra seg alt av titler og rettigheter. Broren hadde dødd to år etter at Hanek tok tronen og det eneste som var igjen var noen mer eller mindre fjerne slektninger uten særlig innflytelse.

452

Mange hadde visstnok prøvd å få sine døtre inn i kretsen rundt kongen og noen hadde prøvd det samme med vakre sønner også men kongen hadde oversett dem alle og Janos måtte glise når han tenkte på hvor mange skuffede renkesmeder det hadde skapt. Det var nærmest en sport blant mange å prøve å få sin datter inn i hoffet og så nær kongen som mulig og rivaliseringen innad i noen hoff hadde vært beinhard. Det eneste hoffet der folk ikke hadde prøvd det var hoffet til Arustere, ikke at det hadde vært stort men alle visste at det ikke var noen ønskelig posisjon å være for nær den mannen. Janos visste at Olric ønsket å skape orden gjennom å ødelegge alt som hadde vært og bygge opp alt fra bunnen av igjen. Det var kanskje en edel tanke men en som var bunnet i hat og raseri og en god porsjon galskap. Og Janos skulle så avgjort være mannen som stanset ham og berget landet fra en total katastrofe.

Beleiringen av godset tok tid, de nektet å gi etter og selv ikke groteske handlinger som å kaste kroppsdeler inn over murene med en enkel katapult fikk godseieren til å resignere. Bygget var meget solid og lagd for å tåle en beleiring godt, og Janos godtet seg stille over mannens styrke. Så en morgen måtte Janos ut for å se til en hoppe som var blitt syk på beitet og han var oppriktig bekymret for det var en meget vakker merr som var mye verdt og han visste at den bar på et svært verdifullt føll. Han lot en av stallkarene vise veien og brukte formiddagen på å se til hesten som heldigvis kom seg igjen, antagelig hadde den bare lidd av et forbigående illebefinnende som følge av det dårlige beitet.

Han sto der alene og vurderte om han skulle gå tilbake til leiren da han så at Olric og et par andre karer kom ridende forbi, i et rolig tempo. Han visste ikke hva som for i ham men han gjemte seg i buskaset og så at Olric og mennene stanset hestene. Shaad satt bakerst på en liten ridehest og så litt ubekvem ut, antagelig hadde Olric hatt gutten med seg ned til godset og vist ham hvordan beleiringen foregikk. Et barn skulle aldri måtte se hva de drev med, det var ikke riktig. Olric steg av hesten og gav tøylene over til en av de andre, han skyndte seg bort og Janos følte at pulsen hans steg. Det var tydelig at hærføreren skulle slå lens og dette kunne være sjansen han hadde ventet på. Han hadde bare en kniv men en kniv i ryggen er nok til å drepe en mann. Han stirret etter Olric med hat i blikket og snek seg frem men stanset etter litt. Nei, det var ikke riktig, ikke ennå.

Han ville bli tatt, det var liten sjanse for at han skulle greie å drepe Olric uten at det ble noen lyd av det og han visste hva som ville skje om han ble tatt i live. Tålmod var en dyd og han trakk seg tilbake, lot som om han ennå behandlet den syke hesten og da karene red videre stanset Olric og smilte til ham. Janos senket blikket og smilte ydmykt, han visste at han måtte skjule øynene for de brant ennå av hatet han følte. Olric roste ham for å være så dedikert til jobben og Janos følte at ansiktet var stivt av den masken han bar. Han la ikke merke til at Shaad stirret på ham, guttens mørke øyne var temmelig uutgrunnelige men det var en klar glans av gjenkjennelse der, av en slags forståelse. Ingen så det men de smale leppene kruset seg et øyeblikk i et smil. Og det smilet lovte ikke godt.

Janos fikk ingen ny sjanse på flere dager, arbeidet holdt ham okkupert hele tiden og han hadde timer med Shaad også. Gutten var like myk og vennlig som vanlig og adlød hver en ordre, han var virkelig et uvanlig barn og Janos var blitt oppriktig glad i ham. Det var slikt et potensiale i gutten, slik en mulighet til å skape en virkelig dyktig rytter og ridder og Janos prøvde på alle måter å skape litt tvil i gutten når det gjaldt Olric. Men det virket for at Shaad formelig tilba sin velgjører og Janos kunne ikke virke for negativ heller uten å vekke mistanke.

Godset til Embrekt sto ennå i mot enda deler hadde brent ned nå. Det måtte være forferdelig for de som var innestengt der og ennå hadde ikke Hanek kommet til unnsetning. Soldatene sa at han ikke hadde fått folkene sine over elva ennå men at han jobbet med det og Olric begynte å bli desperat. Han måtte bruke dette stedet som en spore, å få Hanek til å handle overilet. Selv ikke hans hær hadde noen sjanse mot godt trente soldater og de måtte være borte når Hanek kom i all sin makt og storhet. Janos fikk brått en sjanse og denne gangen ville han utnytte den, en soldat la igjen en armbrøst i stallteltet og Janos ryddet den bort nærmest uten å tenke på det og om den ble savnet ante ingen. Men senere kom han til å tenke på at dette var en skjebnens hånd som hadde strakt seg ut og rørt ved ham. Å finne noen bolter var svært enkelt, og han visste at Olric hadde fått en vane med å ri ut hver kveld bare for å bli kvitt litt frustrasjon. Han red hardt og brukte skogsstiene det var så mange av og Janos var ganske sikker på at dette var gudene som la sjansen rett i hendene på ham. Han hadde vært en god skytter før og armbrøsten var god. Han burde kunne felle beistet med et eneste skudd.

Så han pakket på seg en kappe og snek seg ut med våpenet skjult under det vide klesplagget og han visste hvor Olric brukte å ri. Det var en svært mørk kveld med lite måne og en god del skyer, Olric kom ikke til å se ham og han hadde smurt noen urter på seg som maskerte lukta hans i tilfelle hesten skulle reagere. Hjertet hamret i ham, endelig, han skulle bli husket som rikenes redningsmann, som den som satte en stopper for dette. Hanek ville kunne knuse denne hæren lett som en knuser en flue når de ikke hadde en god leder. Han fant en meget god posisjon i skyggen av et stort tre og så var det bare å vente. Det ble sent før Olric kom sprengende på den grå hingsten sin, mannen var tydelig opprørt og Janos smilte sakte og løftet våpenet rolig. Dette var som å avlive enn gal hund, det bare måtte gjøres. Han begynte å sikte mot der Olric kom til å befinne seg på få sekunder og da han følte at han ikke var alene var det allerede for sent. Noe traff ham i hodet med voldsom kraft og han ramlet om uten en lyd. Shaad kastet smie hammeren inn i krattet og så smalt ned på mannen som hadde trent ham. Han sukket. «Jeg vet hva du ville, og tro meg, hadde ting vært annerledes ville jeg latt deg gjøre det. Men hans liv er mitt skjønner du, kun jeg skal få gleden av å se livet forsvinne fra øynene hans, å høre hans siste gisp. Kun jeg og jeg alene skal få denne æren. Derfor må du ofres, for han er min.»

Janos var allerede på vei til forfedrene, Shaad var forbausende sterk og slaget hadde knust bakhodet hans. Shaad grep armbrøsten og smilte kort, enda litt mer renkespill var nødvendig. Han ventet til lyden av hovslag ble sterk, så fyrte han av samtidig som han skrek og slo en grein mot trestammen med et smell. Olric holdt hesten inne så den nesten satte seg på hasene og skled bortover, kastet dyret rundt. En armbrøstpil satt i en grein like foran ham og han hørte skriket og kjente igjen stemmen. Shaad! Han presset hesten inn gjennom krattet og stanset den lamslått. Der sto Shaad med enorme svarte øyne med en grov grein i armene og foran ham lå en mann på bakken med en armbrøst i hendene. Shaad hulket vettskremt, tårer rant nedover det vakre ansiktet. «Herre, han ville myrde deg! Jeg…jeg drepte ham!»

Olric kastet seg av hesten og omfavnet gutten. «Shaad, kjære barn, hvordan visste du om dette?»

Shaad trakk pusten desperat. «Jeg overhørte ham i stallen herre, han mumlet at han skulle myrde deg. Han var en fiende hele tiden herre, og ventet bare på å drepe deg. Jeg så ham gå fra leiren og fulgte ham….Jeg drepte ham, å guder jeg drepte ham»

Gutten virket for å bli hysterisk og Olric gispet av lettelse og takknemlighet. Han forsto hva som kunne ha skjedd og han klemte gutten hardt mot seg. «Du skulle ha bedt om hjelp, du skulle ha sagt ifra, kjære barn, han kunne ha drept deg!»

Shaad skalv i grepet hans. «Jeg rakk ikke advare noen og du hadde alt ridd! Jeg måtte gjøre noe, ingen skal få gjøre deg noe herre, ingen!»

Olric svelget hardt, kysset Shaad's panne og rugget ham i armene. «Du reddet meg gutt, du reddet meg. Jeg er så uendelig takknemlig for at gudene sendte deg min vei.»

Shaad sa ingenting og Olric stirret på liket. Han kjente igjen hestepasseren og frøs nedover ryggen, hvor ofte hadde han ikke vært i nærheten av den mannen? Og Shaad hadde vært alene med ham? Guder, hva som helst kunne ha skjedd! Elaff kunne være hvem som helst men det betydde lite, det som nå betydde alt var at Olric nå var klar over at ingen kunne stoles på, ingen andre enn hans yndling. Han kysset det mørke hodet igjen og holdt den skjelvende guttekroppen nær. Det var ille at gutten hadde måttet drepe så tidlig men han måtte uansett herdes, og Olric var skjelven av lettelse og glede over at ikke Shaad var kommet til skade. Han lukket øynene og hvisket en kort takknemlig bønn til gudene og han så ikke glimtet i de mørke øynene, det skjeve triumferende smilet, det frydefulle uttrykket som et øyeblikk fløy over det unge ansiktet. Shaad kunne vente, men snart, snart skulle dolkens spiss knekkes, og en sønn av mørket ta hans plass. Det var ikke mindre enn han fortjente.

Olric sukket og holdt rundt gutten. «Jeg sender noen menn for å brenne liket i morgen, nå rir vi hjem igjen og får i deg litt vin og god mat. I morgen finner jeg en ny lærer til deg, og tro meg, du vil bli belønnet, du vil bli belønnet som få andre.»

Shaad bare stirret i bakken. «Jeg er for ung til å drikke vin herre, og du lever, det er all den belønning jeg trenger.»

Olric svelget rørt. «Å elskede barn, må gudene velsigne deg»

Shaad bare smilte det troskyldige smilet som myknet alle hjerter og Olric bestemte seg der og da for å også adoptere gutten og gi ham hans navn. Det var bare rett og rimelig, slik lojalitet måtte belønnes stort.

Khelebil

Khelebil hadde hatt noen meget harde dager bak seg, såret grodde og klødde og kongen hadde vært nærmest fra seg over å se at feltskjæren var skadet men han var nesten enda mer fra seg over å se at de to snikmorderne var døde begge to. Det betydde ingen å forhøre og dermed var eventuelle medsammensvorne fremdeles trygge. Kongen hadde flere livvakter nå, og Khelebil hadde fått tre stykker. Det var en pest og en plage men han måtte bare finne seg i det. Medisinen virket, det var nesten som et under men så fort de begynte å distribuere den rundt stanset pesten også. Ingen flere ble syke og lusemiddelet var for lengst brent. Nå gjensto det å berge de som var blitt svekket av andre sykdommer eller som var begynt å bli syke da de fikk medisinen. Det stanset fremgangen i sykdommen men kunne ikke helbrede skaden som allerede var skjedd.

I mange dager hadde situasjonen i leiren vært temmelig intens, folk jobbet desperat med å lage medisin, samle urter nok, hjelpe de syke og hindre at panikken fikk folk til å gjøre dumme ting. Khelebil hadde spredt en løgn blant soldatene, at det var vannet i fra en av brønnene de brukte som var blitt forgiftet. De fleste slukte det rått og Hanek la til at det garantert var Olrics folk som sto bak. Det gjorde ikke kampviljen noe lavere og nå hadde kongen besluttet at de snart ikke kunne vente lenger. De måtte over elvene men flåtene sank bare, de hadde ikke båter og broene var uansett ødelagt. Da var det at en av offiserene som var oppvokst på kysten fikk en ide. Der lagde de enkle båter av trestammer som de ganske enkelt hulte ut ved bruk av ild. Det tok litt tid, men båtene var brukbare og de kunne la hestene svømme over og bant de flere båter sammen kunne de frakte mye gods også. Hanek gav øyeblikkelig ordre om at de skulle begynne å felle trær på ny og hule ut stammene de hadde brukt til flåter og mennene gikk til arbeidet med iver siden det nå endelig skjedde noe.

Det ble jobbet på spreng med båtene og selv om de ikke akkurat ble vakre var de ganske stabile og når en festet flere sammen med planker og spiker fikk en faktisk en slags stor flåte som fløt forholdsvis godt. De hadde jobbet med det i et par dager da en rytter kom til leiren, noen av speiderne hadde møtt mannen og tatt ham med til Hanek siden han bar bud fra flåten. Hanek mottok mannen som presenterte seg som Boran, tjener til kaptein Theles og Hanek ble synlig blek da han fikk beskjeden. Brått hastet det mer enn noen gang å komme seg videre og Hanek samlet alle sine rådgivere for å diskutere hva de kunne gjøre. Om denne sekten virkelig hadde som plan å overta riket etter at folk hadde slåss fra seg var det svært alvorlig. Og hva hadde skjedd med flåten? Hanek visste at skutene nå måtte ha nådd inn til havnene og hadde de unngått en katastrofe? Når Theles visste om det burde han ha gjort alt han kunne for å berge stumpene og unngå et angrep, Hanek hadde all mulig tiltro til sin trofaste tjener men selv den beste kan bli felt av det uventede.

Hanek var svært urolig og arbeidet med flåtene ble prioritert nå, alt tilgjengelig mannskap ble satt på det og heldigvis var det noen tette skogholt med enorme gamle furutrær og noen lønnetrær like ved. De ble felt og hulet ut og en smart sjel kom på ideen med å lage reipganger over elva og feste flåtene til dem. Da kunne de trekke flåtene over som ferger og slik gjøre det mye mer effektivt. Hanek gav øyeblikkelig den personen frie hender til å samle menn og lage noen solide fester på begge sider av elva og en gruppe ble brakt over med de første båtene de ble ferdige med. Stemningen i leiren var blitt innbitt og noen lokale fortalte at de hadde snakket med andre som fortalte at den sekten hyrte folk og at de på et eller annet vis gjorde de fleste mer eller mindre tossete. I det minste virket de for å glemme alt for å tilbe denne gudinnen. Hanek forsto hvordan de fungerte, de som virkelig hadde lidd under den brå krigen hadde vært den gjengse befolkningen, de var blitt kommandert hit og dit av de adelsslektene de tjente eller bodde hos og de hadde gjort de største ofrene. Når noen kom og tilbød en frelse fra alt det vonde som skjedde var det lett å bite på kroken for den som lite håp har. Hanek var fortvilet, hans venn Embrekt var i store vansker, Olric holdt en stor hær nord for dem og kom neppe til å bli lett å slå ned og så var det denne fordømte sekten som spredte seg. Han hadde mange menn, og han var evig takknemlig for at Khelebil hadde greid å avsløre den grusomme planen Olric hadde pønsket ut. Khelebil var opptatt med å fikse mer normale skader nå og han var godt fornøyd med det, disse dagene var det brannsår og huggskader som var det vanlige, Mange av mennene var ikke vant med å behandle øks og sag og det ble en god del syjobber. Khelebil spøkte med at det var god trening til de virkelige slagene. Han jobbet med en fyr som hadde greid å hugge seg i foten da en gruppe rytter ankom. De bar uniformene til flere avdelinger og Khelebil så at det var en guttunge med dem. De ble geleidet rett til Hanek og Khelebil gjorde seg ferdig med det han gjorde og skyndte seg til Haneks telt, han var nysgjerrig på hva dette var.

Da han kom seg dit så han at Hanek virket opprømt og Khelebil ble vinket inn. Hanek gliste stort. «Theles greide det, han stanset et svært djevelsk angrep på flåten, vi får forsterkninger fra nordvest.»

Khelebil smilte takknemlig, det var gode nyheter. Da fikk de i det minste enn sjanse. Hanek pekte på kartet som lå på et bord foran ham. «De er her snart, alle skutene fikk lastet av mannskapet og utstyret og jeg tror at selv denne Olric vil skjelve i buksene nå»

Khelebil smilte bredt, han fikk en følelse av å være bortimot uovervinnelig. Med en slik enorm hær burde det ikke være noe problem å slå ned Olric. Og når han var ute av dansen burde de fleste som ennå var stridige innse at de burde kaste inn håndkleet og underkaste seg Hanek. Hanek smilte bredt og det hadde kommet ny glød i blikket. «Vi skal klare dette, vi er sterke og mine menn er disiplinert mens Olric har en samling med leiesoldater og berme. Han vil neppe tørre å møte oss i åpen kamp.»

Khelebil vætet leppene. «Det er litt hva jeg frykter herre, om du tillater at jeg snakker rett fra levra?»

Hanek smilte bare bredt. «Snakk fritt min venn, jeg verdsetter alle synspunkter nå»

Khelebil kremtet kort. «Jeg tror du vil bli nødt til å tvinge Olric til å møte deg, om han bruker soldatene sine i gerilja krig mot deg vil det ødelegge moralen. En liten hærstyrke kan slå en stor om de er mer mobile og kjemper med skitne midler.»

Hanek så smalt på ham. «Du burde vært strateg i stedet for lege min venn. Du har rett, vi er nødt til å tvinge frem en respons, men hvordan?»

Khelebil trakk på skuldrene. «Jeg vet ikke, det får ekspertene ta seg av»

Den ene av soldatene som hadde ankommet bukket litt fort. «Herre, jeg er Jonrar, jeg har tjent i din hær lenge og jeg vet en ting ganske sikkert. Olric vil prøve å bruke den sekten mot oss, å utnytte dem. Han vil at du skal angripe på to fronter samtidig»

Hanek så smalt på den yngre sersjanten som stirret i bakken, han så litt brydd ut men stemmen hadde vært sterk og han virket sikker i sin sak. Rådgiverne nikket også. «Sanne ord herre, Olric er slu som en rev, han vil garantert finne på noe for å ødelegge enda mer for oss»

Hanek skar en grimase. «Ja, jeg regner med det, så vi må være på vakt og forberedt på alt.»

Jonrar smilte litt blygt og Hanek satte seg ned, grep et vinglass og sukket. «Det er garantert overløpere her i leiren, folk som egentlig tjener vår fiende. Noe annet er utenkelig så mange som vi har samlet her. Din tropp er nye her Jonrar, jeg vil at dine menn skal fordele seg gjennom leiren, bruke ører og øyne alt de kan, og rapportere alt de finner som kan være mistenkelig til meg direkte.»

Jonrar gulpet nesten men bukket dypt. «Det skal bli gjort herre»

Offiseren svelget og skar en grimase. «Det sies at Eghil av Falkene er den som står bak alt, at han styrer sekten.»

Hanek rynket pannen. «Han holder til nord i Arzam gjør han ikke? Og er bror av den forhenværende lederen for falkene. Jeg skal sette folk på saken, få undersøkt hvordan dette har seg, om vi kan ha noe håp om å stanse dem gjennom ham.»

Hanek så på Khelebil. «Det var en guttunge med dem, en Theles tok seg av, et offer for piratene til Orm vesle. Jeg tenker at du kan ta ham til deg, dere kan trenge en til å løpe ærender for dere.»

Khelebil skar en skjult liten grimase, en guttunge? I lasarettet? Helst ikke, men når kongen gav ordre om det fikk de vel bare adlyde. Han nikket og Jonrar gikk ut og kom inn igjen med en gutt som virket lettere nervøs. Han var et vakkert barn med fine trekk og han virket forholdsvis velnært men det var tydelig at han hadde opplevd noe barn aldri skulle måtte se, det var synlig i blikket. Khelebil greide å presse frem et vennlig smil. «Hva heter du gutt?»

Gutten bukket fort, blikket flakket mellom alle de høye herrene og han så temmelig usikker ut. «Hibu herre»

Khelebil sukket lavt. «Kall meg Khelebil eller mester, aldri herre. Jeg er ingen herre. Følg meg, jeg får se om jeg kan finne et sted å gjøre av deg»

Hibu fulgte ham uten et ord og Khelebil plasserte gutten i et telt like ved lasarettet. Det ble brukt til å huse pårørende til syke men for øyeblikket var det ingen som brukte det og det var en god seng der og alt gutten ellers kunne trenge. Hibu så storøyd ut og Khelebil praiet en tjener og fikk mannen til å hente litt mat. Gutten så egentlig ut som om han hadde sultet en stund. Han satte seg ned ved siden av gutten som stirret nesten demonstrativt ned i bakken, han kunne ikke være gamle karen men Khelebil så godt at han hadde vært vant med mye og tungt arbeide i tidlig alder. Han hadde træler og skuldrene var litt skjeve og han så at ene håndleddet var en smule hovent, et tegn på over-anstrengelse.

«Du var et offer for piratene?»

Hibu bet seg i underleppa, han virket for å være nesten på gråten. «Ja herre, de…de drepte søsteren min, og tvang meg til å tjene dem…og…»

Gutten skar en grimase og Khelebil fikk en stygg mistanke om hva det var guttungen hadde vært gjennom. Han ristet oppgitt på hodet, folk var grusomme og tok ingen hensyn til de svake, slik var det bare. Han rørte ikke gutten siden han forsto at det kunne misforstås men han smilte så mykt han kunne. «Hibu, jeg er lege. Om du har noen plager av noe slag må du ikke nøle med å si ifra til meg. Og jeg er villig til å bare lytte også, til alt mulig, Du vil ikke tro hva vi får høre når vi studerer»

Hibu svelget synlig og hvisket et eller annet og Khelebil trakk pusten dypt. «Du må snakke høyere om jeg skal høre deg gutt»

Hibu trakk pusten og de store øynene var litt oppspilt.

«Jeg….klarer ikke…alltid holde meg lenger»

Khelebil svelget tungt, alle guder fortære, han hadde vært redd for noe slikt. Antagelig var guttungen fysisk skadet og burde ha hatt legehjelp med en gang. Han så på gutten som skalv lett, det var en svak glød av rødme over kinnene og det var tydelig at dette var noe det krevde mye å fortelle. Khelebil smilte igjen, ønsket at han kunne ha gjeldet den som sto bak med hammer og ambolt. «I morgen skal jeg se på deg om det er greit, det er mulig jeg kan hjelpe deg med det problemet. Du ble skadd ikke sant?»

Hibu snufset. «Ja, jeg…blødde, og…hadde vondt lenge»

Khelebil lukket øynene i noen sekunder, han var kokende innvendig men det var ingenting de kunne gjøre nå, annet enn å se om skaden kunne repareres. Tjeneren kom tilbake med et fat med mat på og Khelebil ble sittende mens Hibu spiste. Han prøvde tydeligvis å spise som en dannet person og greide det ganske bra men iveren var til tider litt for stor. Khelebil håpet bare at guttungen ville finne seg til rette der, de trengte virkelig en løpegutt og Hibu virket rimelig intelligent og lærevillig. Khelebil lekte med tanken på å ta ham inn som lærling. Etter at gutten var ferdig med maten lot Khelebil ham få fred til å hvile, det var tydelig at han ikke hadde sovet stort på turen dit fra havna og han ble enda mer søvnig med magen full av mat. Khelebil gikk tilbake til lasarettet med en litt dyster følelse i magen, de så det hver dag, hvordan krigen og uroen hadde brutt ned alle sosiale vegger og alle regler for ære og anstendighet. Slikt ville blitt slått steinhardt ned på for bare et års tid siden, nå var det ingen som brydde seg om noen hjerteløse svin misbrukte en guttunge og tvang ham til å tjene seg. Hanek var den som kunne bringe ro til rikene igjen, og om han gjorde det raskt og besluttsomt var det ikke umulig at Dheesa kunne utvide sine grenser temmelig mye.

Khelebil gikk tilbake til vogna si og etter litt greide han å sovne, han var sliten til margen og blodtapet han hadde lidd plaget ham ennå. Han forsto ikke de legene som mente at årelating var kuren for det aller meste, noen satte igler på folk til de nesten strøk med eller åpnet større årer og tappet flere liter av dem. Ikke rart de aller fleste foretrakk den lokale kvakksalveren fremfor en utdannet lege, og det verste var at kvakksalveren ofte greide å helbrede stakkaren også. Hanek hadde hatt en livlege som foretrakk igler, og fyren hadde blitt sett i diverse dammer med beina som agn, noen spøkte med at den karen ble sugd nesten hver dag og det var kanskje ikke så rart at han var konstant blek og skjelven og strøk med av en beskjeden forkjølelse. Nei, Khelebil hadde forstått at blodet på et eller annet vis holdt liv i deg, og å miste mye av det var en dødsdom for de fleste.

De neste dagene ble brukt til å fullføre fergeløsningen og den virket for å fungere så de begynte å skysse folk og utstyr over. Det gikk ikke fort men det gikk jevnt og Khelebil hadde tatt Hibu i tjeneste. Gutten var ivrig etter å gjøre nytte for seg og han var forbausende tøff, han besvimte ikke da han så en fyr med en avkappet legg eller en kar med et digert og temmelig sårt utslett der bak. I stedet viste han en nysgjerrighet som fortalte Khelebil at joda, gutten kunne så avgjort bli en dyktig lege med årene.

Så en natt prøvde noen å sabotere fergene ved å kappe tauene og bare flaks gjorde at de ble oppdaget, de skyldige unnslapp i en slags kano og nå ble det satt ut vakter hele tiden. De troppene som hadde kommet fra Tholirbukta ankom leiren og brakte nytt liv og mye røre for de hadde mye å fortelle. Nå var leiren svært stor og krevde mye planlegging og bare det å grave nok latriner var litt av en jobb, men det ble gjort. Khelebil var steinhard på det, latrinene ble fylt grundig med stein og grus og kalk etter at de var fylt og nye ble gjort klar fortløpende. Han hadde sett hva dårlig hygiene gjorde og han ville ikke se at Haneks hær ble slått ut av dysenteri. Det var vakter overalt nå og de fleste følte seg temmelig trygge, Hanek selv var overalt, han så til at utstyret ble riktig pakket for frakten videre, at soldatene hadde bra nok klær og at våpnene var klargjort. De kunne bli nødt til å kjempe med en gang de kom over og han tok det med i beregningen og sørget for at flere tropper sto kampklare på andre bredden hele tiden. Siden det var så mange som fulgte hæren hendte det at de også trengte hjelp og en kveld ble Khelebil tilkalt til et telt i utkanten av leiren. Det var en offiser som bodde i det og han hadde med seg kona si. Hun var temmelig ung og svært gravid og Khelebil bet i seg en temmelig skarp kommentar om hva han syntes om det. Kona var svært søt og en blid jente men nå var hun åpenbart redd og Hibu som var med virket litt nervøs også. Han var tydelig lite vant med kvinner og den svakt hysteriske stemmen til jenta gjorde ham ikke bedre til mote. Khelebil hadde fått undersøke Hibu etter noen dager, da stolte gutten såpass på ham at han slapp til og ganske riktig, han var såpass skadet at Khelebil visste at han måtte gjøre et inngrep for å reparere ødelagt muskelvev. Han kunne ikke gjøre det ennå for han hadde ikke riktige instrumenter men før eller siden måtte det gjøres. Hibu var svært tapper og han prøvde å distrahere den unge fruen med noen anekdoter fra havnene mens Khelebil undersøkte henne. Fruen var redd hun var i ferd med å miste barnet men det var bare kynnere og det var normalt nok så nære selve fødselen. Khelebil greide å roe henne ned og han sukket og forbannet igjen det fakta at mange lavadelige og adelige jenter ble oppdratt til å være så uskyldige og uvitende at de ikke ante noe om hva det innebar å være gift eller å være med barn.

De sa farvel til fruen og hennes noe oppgitte husbond med mange formaninger om at hun måtte ta det med ro, og joda, det var bare å si ifra om hun følte noe annet uvanlig. Hibu måtte fnise da de gikk ut fra teltet, han hadde sett litt underfundig ut hele tiden og Khelebil så skjevt på gutten. «Hva?»

Hibu fniste igjen. «Er alle slike fine damer så tynne? Hun lignet et fugleskremsel!»

Khelebil måtte flire av guttungens observasjon, han hadde rett, det var det verste. Moten dikterte at damene i de øvre lag av folket skulle være slanke for å passe inn i de pinesmale kjolene som var så moderne og mange brukte stramme korsetter.

Khelebil hatet korsettene, de ødela hva gudene hadde skapt og lagde bare plager for kvinnene men de nektet å slutte med dem. «Hun prøvde å være moderne, damer skal være slanke nå for tida»

Hibu skulte liksom. «Far sa alltid at en ordentlig dame har litt en kan ta og holde i, at hun skal være god og rund. Det der var ikke pent synes jeg»

Khelebil måtte ruske gutten i håret med et flir, han hadde skjønt det. De aller fleste mannfolk var vel enige også. Han hadde møtt mange ektemenn som måtte gå til sengs med en sur og bitter kone som anså alt han gjorde eller ønsket å gjøre som perversiteter og som var like innbydende og myk som en madrass fylt med knust glass. Nei, jentene på landet var noe annet, lubne og runde og frilynte. Han måtte rødme, selv hadde han mistet uskylden til datteren til en stalleier ved akademiet, hun var godt innkjørt og svært erfaren og hun hadde riktig med bagasje på de riktige stedene også. En slapp å slå seg på harde bein når en hadde det moro der i gården. Hibu gikk for å legge seg i sitt eget telt og Khelebil gikk mot vogna si, leiren var svært stille den kvelden og det duskregnet så de fleste holdt seg inne. Khelebil sto og prøvde å trekke av seg støvlene da Hibu brått kom løpende som en gal, øynene var store og han gikk nesten på nesa da han prøvde å stanse. Khelebil så forbauset på gutten. «Hva er det? Har du glemt noe?»

Hibu ristet på hodet, han peste nesten. «Nei, men jeg så en kar borte ved stallen, og jeg har sett ham før, sammen med Orm og hans menn! De sa at han tjente i hæren til Olric også men at han stakk av fordi Olric begynte å sette krav til soldatene sine! «

Khelebil ble kald innvendig. «Er du sikker?»

Hibu nikket. «Ja, han har et stygt arr på kinnet, og pistrete gulrot rødt hår. Er umulig å ta feil av ham!»

Khelebil svor og trakk på seg støvlene igjen med et stønn. «Vi må si ifra til Hanek, med en gang. Vet du hva han gjør her?»

Hibu nikket. «Han gikk i en vakt uniform»

Khelebil bannet igjen, enda styggere. Som vakt hadde mannen adgang til det aller meste der. Dette var bakdelen ved en stor hær, ingen hadde oversikt over absolutt alle andre der, en fremmed kunne snike seg inn i mengden usett og ubemerket. Han klappet Hibu på skulderen med et sukk. «Velsigne de unge skarpe øynene dine gutt, nå får vi skynde oss»

De tok snareste veien til den delen av leiren der kongen holdt til og også der var det stille nå, vaktene gikk rundt og fyrfatene ble holdt i gang hele tiden så det var forholdsvis lyst. Khelebil stanset foran kongens telt, han kjente den adjutanten som var i tjeneste nå og mannen smilte litt forbauset da han så Khelebil. «Hva er det? Du ser ut som om du har sett hinmannen selv?»

Khelebil vætet leppene. «Det er en forræder i leiren, vi vet hvem det er. En som utgir seg for å være en vakt, lang og tynn med et arr på kinnet og gulrotrødt hår»

Adjutanten ble likblek. «Han er blant dem som er hos hans majestet nå!»

Khelebil nølte ikke, han raste forbi adjutanten og grep det første og det beste han fant i farta. Det var en hellebard og det tunge våpenet var ikke noe han var vant med i det hele tatt. Han løp inn gjennom teltdøra i full fart og gav fra seg et brøl, den rødhårede mannen sto like ved senga der kongen sov, med sverdet hevet til hugg. To vakter lå døde på bakken med overskåret strupe og mannen rykket til av lyden og snerret, han prøvde å stikke etter den liggende mannen men Hanek hadde våknet av brølet og han var en forhenværende kriger, han rullet ut av senga og kom seg opp på beina med smidighet som en ungdom. Snikmorderen stakk etter kongen som parerte med et sølvfat fra nattbordet, det hadde hatt vinglass på seg men nå gjorde det tjeneste som skjold. Khelebil bare reagerte, han hev seg fremover med hellebarden og greide å treffe mannen i armen. Fyren brølte av smerte og hugg mot kongen igjen, greide å kutte et dypt sår i Haneks skulder og Khelebil hevet hellebarden igjen. Fyren snurret rundt og Khelebil forsto tabben han hadde gjort, en hellebard er grei som avstandsvåpen, på nært hold er det lite verdt om en ikke er god til å fekte med stav. Og motstanderen hadde et meget skarpt og slankt sverd som måtte være temmelig dyrt skulle en dømme etter de vakre utsmykningene på parer stengene og sverdknappen. Hanek grep etter sitt eget sverd som sto ved senga, adjutanten hadde skreket på flere vakter og Khelebil hørte lyden av løpende føtter men han kom til å være død før noen rakk å komme seg inn dit. Det var tydelig at den rødhårete aktet å drepe ham for å ha stanset ham i mordforsøket. Da var det at noe svært uventet skjedde, en vinflaske kom susende gjennom lufta med morderisk presisjon og traff mannen rett i tinningen med et smell og et knas.

Snikmorderen gikk i bakken som om himmelen hadde falt i hodet på ham og Khelebil snudde hodet og så at Hibu sto der og så temmelig lamslått ut.

Khelebil svelget hardt og Hibu smilte litt skjelvent. «Far lærte meg å kaste stein etter måker og andre fugler, jeg ble veldig treffsikker»

Hanek satte seg skjelvent på senga mens flere vakter stormet inn, villøyde og med sverdene trukket. «Velsigne din far gutt, og velsigne deg!»

Khelebil så at kongen blødde temmelig heftig fra skulderen og han grep en nattskjorte og presset den mot såret, legen i ham tok over. «Herre, la meg hente sysaker, det såret må lukkes med en gang.»

Hanek vinket på adjutanten. «Hent sakene hans, Khelebil, du visste om dette?»

Legen nikket. «Hibu kjente igjen det krypet, fra havna»

Hanek så på Hibu og blikket var merkelig skarpt. «Godt observert unge mann, du vil bli rikelig belønnet for dette. «

Hibu bare rødmet og en av soldatene bøyde seg og sjekket pulsen til den rødhårete. «Han er i live herre, men slått helt ut»

Hanek nesten gned seg i nevene. «Utmerket, Khelebil, du får ansvaret for å holde ham levende, jeg vil snakke med krypet, og den samtalen vil bli dyp og svært utleverende»

Khelebil nikket stivt. «Som herren ønsker, jeg håper du har et sted å gjøre av ham?»

Hanek nikket. «Vi har solide stålbur, de bør holde ham.»

Kongen bannet over smerten i armen men gliste litt. «Du var litt av et syn der Khelebil, med den hellebarden hevet til slag. Du ville blitt litt av en ridder hadde du ikke vært lege»

Khelebil blåste i nesa. «Ridder? Meg? Jeg har snaut to i meg til å bli en lusen hekkeridder, så nei takk. Du må ha sett at jeg overhodet ikke hadde noen ide om hvordan en bruker det våpenet?»

Hanek klukklo. «Ja, men du prøvde i det minste. Jeg er takknemlig for at jeg har så lojale menn Khelebil, Dere vil bli belønnet begge to»

Adjutanten returnerte med Khelebils sysaker og han gikk til aksjon, sydde og renset såret og så til at kongen fikk lagt seg behagelig etterpå. Han vasket såret med vin og fikk i Hanek noen urter som skulle lindre smerte. Snikmorderen ble halt bort og plassert i et tungt bevoktet bur og Khelebil så til at mannen ikke hadde brudd på skallen. Han hadde en gedigen kul og ville våkne med tidenes verste hodepine men det var godt fortjent. Kongen ventet bare utålmodig på at han skulle våkne og nå ble vaktene nøye sjekket. Ingen som ikke var en gammel veteran slapp til nær kongen og det var gitt ordre om at alle offiserer måtte holde nøye øye med soldatene sine og øyeblikkelig melde ifra om noen oppførte seg uvanlig på noe vis. Og om noen forsvant ikke minst, de kunne ikke ta sjansen på at noen tok en annens plass.

Khelebil hadde reddet kongens liv, og det gjorde ham meget stolt. Han visste at mange var klar over det nå, og det var kanskje ikke helt trygt men han ville gjort det igjen uten å nøle. I Hanek hadde folket et håp om fred, om at stridighetene omsider skulle dø ut.

Ardred

Ardred var mer skremt enn noen gang før i sitt liv, han ante ikke om Zaribi var i live eller ei, og for ham var det en skjebne verre enn noen annen. Han hadde vandret rundt som en tiger i et bur hele dagen mens folkene hans red rundt og prøvde å finne henne. Selv kunne han ikke forlate Gardahavn nå, situasjonen var spent mange steder og han trengte å se til at alt ble koordinert og gjort riktig. Men han ønsket mer enn noe annet å ta hingsten sin og ri ut, lete selv. Han var allerede temmelig sikker på at Iliana hadde noe med det å gjøre, hun hadde vært sluere og mer ondsinnet enn han kunne forstå og han undret seg igjen på hva som hadde gjort hans søster til slikt et monster. Det var ikke enkelt å forstå.

De fleste i byen visste hva som hadde skjedd nå og mange var forferdet, at noen ble myrdet slik den arme vakten ble var uhørt blant dem og raseriet brant hett i de fleste. Å angripe og kidnappe en ung svanger kvinne på det viset var det verste de kunne tenke seg og mange var i tempelet for å be for Zaribi. Urdar var der også, han tryglet gudene om å være med dem og om å skåne henne og Ardred. Han visste at Ardred ville miste all lyst til å kjempe om hun var død, han ville visne hen og dø og folket ville gå under. Zaribi kunne være langt av vei allerede og han visste alt at Kanir var der ute og lette med de andre. Han hadde dukket opp temmelig tidlig den dagen, bare stått der som et annet spøkelse og fortalt at det var overløpere fra Kimatiene som sto bak og så hadde han forsvunnet igjen etter at Ardred gav ham frie hender til å gjøre hva han ville med de skyldige. Ardred stolte på Kanir nå, visste at han antagelig hadde bedre sjanse enn noen andre til å finne henne, men hjertet hans hugg i brystet hele tiden og han hadde en sur smak av angst i munnen. Kanir var en blodfødt, før hadde han trodd at det kun var sagn men han var klar over hva slags makt det gav ham. For kimatiene var han en hellig mann, et bindeledd mellom mennesket og gudene. De ville aldri gjøre ham noe men adlyde ham og ære ham. Dette som skjedde bant de to folkene sammen igjen, visket ut forskjellene og tvang dem til å samarbeide eller dø.

Dagen ble natt og Ardred ble tvunget til å legge seg, men han greide ikke sove før noen gav ham sovemedisin, og på tross av den ble han liggende å vri seg hele tiden. Angsten for hva som kunne skje med henne var ganske enkelt for stor. Urdar ble sittende hos ham å be og Gyrid satt i tempelet og ble tatt hånd om av prestinnene. Hun var temmelig medtatt og bare adrenalin og hennes sterke besluttsomhet hadde holdt henne i gang. Da dagslyset kom sigende var det med tåke så tett som ertesuppe og en så knapt handa foran seg utenfor husene. De var vant med det men slik forholdene var kunne den ikke kommet på et verre tidspunkt. Det kunne være alskens monstre der ute og de ville aldri se dem. Noen ryttere returnerte uten å ha sett noe og Ardred var fra seg. Øynene var svarte av uro og han greide ikke sitte rolig om det så var bare for et minutt. Urdar tvang i ham mat, og tjenerne fryktet for helsa hans.

Midt på dagen hørte de rop og skyndte seg ut, en gruppe ryttere ankom byen og de gjorde holdt utenfor porten. Ardred trakk pusten dypt da han så at det var Khebar, og noen av hans nærmeste krigere og med seg hadde de to bundne krigere og ingen annen enn Iliana. Hun satt på en hest, svinebundet som en skinke og så ikke ut. Den legendariske skjønnheten var ikke særlig synlig nå lenger og Ardred kjente at frykten spredte seg i ham, hvor var Zaribi?

Khebar holdt hendene i været, viste at han ikke var bevæpnet, at han kom i fred. «Ardred, din bror har sendt oss.»

Ardred nikket til mennene som bevoktet porten. «Åpne, slipp dem inn.»

De adlød og Khebar red inn, han steg av hesten med en gang og så litt rystet ut. «Vi har ridd hele natten, og har sett opptil flere troll. Heldigvis greide vi å ri fra dem.»

Ardred stirret på Khebar, de to mennene var temmelig ulike. Khebar var kortere enn Ardred og langt mer kompakt med tykt kroppshår og enn heller fremstående nese og hake. Han var ingen skjønnhet men så avgjort svært maskulin og sterk. Det strålte formelig styrke av mannen. «Min hustru?»

Khebar senket blikket. «Hun var svært skadet, den blodfødte har henne, det bor en helbreder nord ved fjorden der isen føder elven, han vil ta henne dit. Dette skarnet her pisket din kvinne og ville la henne sulte i hjel, etter at karene hun hyrte fikk viljen sin med henne»

Ardred kjente at alt svimlet for ham, at han ble merkelig lett i hodet. Hun levde, men kunne Kanir berge henne? « Hvor ille var det?»

Khebar trakk på skuldrene. «Jeg er ingen helbreder, men ille var det så avgjort. Hun var ikke våken, men den blodfødte er rask Ardred, han vil berge henne. Hun vil berge oss alle»

Ardred ante ikke hva Khebar snakket om men han forsto at Kanir ville gjøre alt han kunne. Han vendte blikket mot Iliana som satt på hesten og så ut som en druknet katt. Et forferdelig raseri grep ham og han kjente at han ikke greide å styre seg helt. Khebar gliste skrått. «Hun har allerede fått merke hva det vil si å menge seg med utstøtte. Jeg må si at det var en utsøkt fornøyelse å få pløye marken mellom de lange lårene der men jeg tviler på at hun er mye verdt nå lenger.»

Ardred så fort på Khebar, så bare nikket han stivt. Khebar hadde voldtatt henne, antagelig hadde alle kimatiene der gjort det og normalt sett ville det gjort ham fra seg av raseri men han sa seg villig til å se forbi forbrytelsen i dette tilfellet. Iliana var en gal hund, hun fortjente ikke bedre. Urdar hadde dukket opp og han så stivt på Ardred. «Hun må settes under overvåkning. Folket er rasende og vi vil ikke ha en lynsjing her»

Ardred så hardt på kvinnen på hesten, han så et monster, ikke sin søster. «Nei, vi skal ha en ordentlig henrettelse, så folket ser hva som skjer med de som forbryter seg mot lovene våre.» Han snudde seg mot Khebar. «Jeg takker deg for at du brakte henne hit, og for at du hjalp min bror.»

Khebar bare bøyde nakken svakt. «Det er lite å takke for, vi adlyder den blodfødte. Og nå må vi stå sammen, kimati og hietlaianer som en. Mørket vil svelge oss alle om vi feiler.»

Ardred kjente at det gikk kaldt nedover ryggen på ham ved de ordene, han svelget fort og nikket og vinket på noen tjenere. «Se til at disse mennene får gode rom, og bra med mat. I morgen skal vi vise hele Gardahavn at jeg ikke tilgir forræderi, selv ikke fra mitt eget blod»

Noen vakter kom og halte bort de to bundne kimatiene og et par andre kom og hentet Iliana som bannet og skrek og prøvde å slite seg løs. Ardred beordret at hun skulle plasseres i kjelleren under kastellet. Det var noen fangehull der, mørke og utrivelige og temmelig våte også og han følte en intens trang til å bare ta raseriet ut der og da og rive strupen over på henne men han behersket seg. Folket måtte se at han fulgte lovene, selv om ikke hun hadde gjort det.

Urdar svelget usikkert. «Zaribi vil vende tilbake til deg Ardred, gudene er ikke så grusomme at de tar henne fra deg slik»

Ardred klappet ham på skulderen. «La oss håpe at du har rett. Informer folket om hva jeg har besluttet. Jeg greier ikke tenke nå, jeg søker fred og ro i tempelet»

Urdar så langt etter Ardred i det han gikk ut, han var en svært plaget mann og det så en også og Urdar ristetpå hodet. Dette var så avgjort noe de ikke trengte nå, men gudene spilte med høye odds og folket var brikkene de brukte.

Dagen gikk temmelig fort. Khebar og de andre ble innlosjert og virket for å godta og bo hos fienden, ingen viste noen tegn til motvilje mot dem og de prøvde da også å unngå å provosere noen. Ardred satt i tempelet lenge, i dype tanker. Han savnet Gudrun og han savnet også faren selv om han hadde vært død temmelig lenge. Han hadde antagelig kunne fortelle ham eksakt hva han burde gjøre. Han håpet at tingene ikke ble enda mer alvorlige, det kom folk dit hver dag og det var ikke plass til flere i Gardahavn. Gårder ble forlatt og hele bygder sto tomme mange steder. Dette kunne ikke vare, om våren kom uten at de fikk sådd og gjort klart for høsten kom folket til å sulte på toppen av alt. Den korte vekstsesongen måtte utnyttes skulle en klare seg der i nord. Han husket barndommen, da alt virket så enkelt og liketil. Han smilte vemodig for seg selv, alt da hadde han utmerket seg som en lovende kriger, han var ingen tenkende mann slik som Urdar eller en lærd. Han brydde seg lite om slikt, det var å kjempe han alltid hadde ønsket å gjøre og da hadde fienden vært så lett å se og identifisere. Det hadde vært utbryterklanene, de som fulgte Khebar. Nå var ikke verden sort hvit lenger og han hadde lært å respektere kimatiene på en helt annen måte. Urdar og Kanir hadde rett, uten kimatiene kunne de ikke klare seg i lengden, ikke om det kom flere troll og sjelløse til.

Den kvelden drakk Ardred seg stup full og måtte bæres i seng av noen temmelig oppgitte tjenere og Urdar visste hvorfor. Han gruet seg for morgendagen, ønsket at den alt var overstått, og ved gudene, han ønsket det samme.

Morgenen etter var svært vakker men kald, med strålende sol og en uvanlig mangel på vind. Folket hadde samlet seg for de visste hva de nå skulle få se og stemningen var utrolig intens. Det var sjelden en holdt offentlige henrettelser der, ganske enkelt fordi folk sjelden gjorde ting som ble straffet med døden. Og når det var nødvendig ble som regel straffen målt ut på stedet. Nå derimot var det tydelig at deres Takesh ønsket at alle skulle se at rettferdigheten fikk skje og de fleste hadde møtt opp. Det var en liten ås like bak byen og den var naken og det var åpent rundt den også. Nå var det bygd opp en slags plattform der så alle kunne se fra lang avstand og mengden som alt var samlet var stor. Ardred hadde allerede møtt opp, han hadde flettet håret og bar svart og Urdar hadde gjort det samme. Begge hadde gnidd aske i håret for å vise sorg og Khebar og to av hans menn sto også der, for å se til at de to utstøtte kimatiene som hadde tjent Iliana fikk det de fortjente. Kimatiene var kjent for å være uvanlig grusomme når de straffet kriminelle, antagelig fordi det å bryte reglene var å sette alle i fare og slikt kunne ikke godtas i et samfunn der en levde helt på grensen av overlevelse.

De to kimatiene ble halt frem, de var blitt tvunget til å gå barbeint frem til plattformen og begge var medtatt men trassige. De bannet og svor og Ardred så på dem med forakt. De var utskudd som ikke fortjente noen nåde eller medfølelse. Khebar hadde fortalt at disse mennene hadde vært mordere, edsbrytere og tyver. For kimatiene var det ikke noe verre enn å drepe en slektning og den ene hadde drept sin egen far og de andre hadde voldtatt og strupt sin søsters sju år gamle datter. Bare at han hadde rømt hadde berget ham den gangen men nå var det ingen nåde å finne.

Ardred aktet ikke å trekke dette i langdrag, dette skulle ikke være underholdning men et bevis på at han tok slikt på alvor. En av Ardreds fremste menn skulle være bøddel. Alfrey hadde vært hans sønn og han hadde all rett til hevn og nå sto han der med en diger øks og et kaldt uttrykk i øynene. Ardred gikk frem på kanten av plattformen, snakket til folket og stemmen skalv av raseri og forakt. «Godtfolk, disse to har latt seg kjøpe av min søster, kjøpe til å forråde sitt eget folks lover og regler, og våre. De har kidnappet min hustru, drept en venn og god soldat og de ville ha forbrutt seg mot henne hadde ikke min bror og Khebars menn her stanset dem. Gudene har talt og de er skyldige.»

Det lød spredte bu rop fra mengden og noen kastet småstein på de to dømte. Ardred steg tilbake og nikket til bøddelen. «Gjør jobben din.»

To vakter tvang de dømte ned på kne og bant dem så de ikke kunne reise seg igjen. Ardred visste at gamle Halbar var en mester med øksa, han hadde vært tømrer hele sitt liv og den øksa han hadde fått var utrolig skarp og godt balansert. Halbar spyttet på den første av karene og mannen vred seg, prøvde å bryte seg fri. Banningen han presterte å komme med kunne fått stein til å brenne og Halbar grep øksa med et snerr. «Du vil møte de fordømte nå, så husk at Halbar sendte deg til dem!» Halbar svingte øksa med eksplosiv styrke og hugg halsen på mannen rett over med et eneste raskt hugg. Hodet ramlet i treverket rett til siden for kroppen og blodspruten sto flere fot i luften i nesten et minutt siden hjertet ennå slo. Kroppen var tjoret fast så den bikket ikke over og folk snudde seg i avsky. Den andre kimatien fikk panikk og hylte og skrek og Halbar tok hodet av ham midt i et ynkelig rop om nåde, munnen beveget seg ennå da hodet traff plattformen. Khebar klappet nesten, han foretrakk å gjøre dette på langt mer utstuderte måter men når en måtte var det ganske så spektakulært.

Iliana ble fraktet til plattformen på ryggen av en gammel ku, dyret var halt og elendig og skulle uansett avlives. Ilana var bare kledd i en skitten serk og hun skrek og vred seg, det meste var totalt usammenhengende men nok til at folket forsto at hun antagelig hadde blitt aldeles gal. Ardred så tungt på henne, han gikk frem igjen. «Brødre og søstre av Gardahavn, dette var min søster, dette var blod av mitt blod, født av samme skjød som meg selv. Slik er det ikke lenger, dette er en utstøtt, dette er en fordømt. Hennes navn skal glemmes, hennes ære er tapt, hun har aldri eksistert»

Folket mumlet hørbart, det var en virkelig hard beslutning, Iliana kom til å bli strøket fra alle bøker og fra nå av ville ingen bruke hennes navn når hun ble omtalt. Ardred steg tilbake og så stivt på Iliana som stirret tilbake, trassig og med hat flammende i blikket. «Be om nåde søster, og jeg vil gi den. Be om nåde og du vil dø raskt. Jeg er ingen ond mann, din galskap og ondskap vil dø med deg»

Iliana bare spyttet etter ham og han sukket, gikk tilbake til Urdar som svelget tungt og gikk frem. Han var gode, det var hans ansvar å sørge for at denne sjelen aldri ville nå forfedrenes haller men bli dømt til å vandre rundt i evigheten alene, uten håp eller noen sjanse til noe etterliv. Det krevde ritualer kun en Gode kunne utføre og han likte det ikke, enda mindre nå men slik var det bare. Han gav et tegn til vaktene som halte Iliana frem så alle kunne se henne, hun ulte av sinne og mange vek tilbake, skremt av hva de så. Hun lignet nesten på en av de sjelløse nå, raseriet i øynene var forferdelig å se. Urdar begynte å messe høyt, han kastet salt på kvinnen siden salt ødelegger grøden. «Høye moder, høye fader, guder, lytt til meg, hør mine ord, denne sjelen er av mørket, denne sjelen skal til mørket, denne sjelen tilhører mørket»

Iliana ulte igjen og Urdar grep det korte blonde håret og begynte å skjære restene av hennes hårprakt av med en kniv, han formelig rykket ut mye av det siden hun gjorde motstand. Hun rykket og hylte og vaktene måtte anstrenge seg for å klare å holde henne i ro. Urdar barberte hodet hennes, sakte og omstendelig, deretter skar han av henne serken så hun sto der naken og han gjentok ordene igjen og igjen. Nå begynte han å snitte raskt i huden, runer som straks begynte å blø og Iliana hylte av smerte og forbannet ham igjen og igjen. Ardred var igjen glad Gudrun var død og ikke fikk med seg dette.

En vakt halte frem den gamle kua og de tvang Iliana til å knele foran den, og så skar Urdar over strupen på det gamle dyret med en skarp kniv. Varmt kublod sprutet over kvinnen som vred seg i avsky og Urdar løftet offerkniven høyt. «Badet i blodet av en uskyldig, fordømt av blodet til en uskyldig, send henne til fortapelsen»

Ardred svelget stivt, han likte ikke den siste delen. Den var grotesk og primitiv og kun ritualet gjorde at han godtok det. Han ville ha halshugget henne og vært over med det men skulle sjelen hennes fordømmes måtte det til. Det var bygd et bål like ved plattformen, med dugelig med tørr ved dynket i brennbare oljer og i midten var det en stor fordypning med en høy påle. Ardred kunne bare huske å ha lest om to ganger denne straffen var blitt brukt blant deres folk, den ene gangen var det en kvinne som hadde myrdet minst sytten små barn og den andre gangen var en krigshøvding som hadde forrådt sitt eget folk og ledet krigerne sine inn i et bakhold med vilje.

Urdar hvisket til Iliana. «Det er ikke for sent, be om nåde! For mors skyld»

Iliana snerret. «Den gamle tispa? Hun skulle gitt meg alt, da hadde ikke noe av dette skjedd. Måtte gudene fordømme henne!!»

Urdar gispet av ordene, så slo han Iliana rett i ansiktet med knyttneven. Nesa hennes brakk og blod sprutet formelig og han følte seg sjokkert. Han hadde aldri slått en kvinne før, bare tanken gjorde ham kvalm og nå hadde han gjort det, og slått hardt også. Han bet tennene sammen. «Nei, ingen nåde for deg, ingen rask død. Mor burde ha strupt deg det øyeblikket du forlot hennes arme skjød»

Ardred gjorde et tegn og vaktene halte Iliana frem til stolpen, hun ble festet slik at hun hang langs den etter håndleddene som var festet i solide lenker. Men hun fikk også en løkke om halsen og den ble strammet så den dømte måtte hive desperat etter pusten. Iliana kunne ikke skrike eller rope lenger, hun var blodrød i ansiktet og beina sprellet desperat etter feste. En soldat gikk frem med et spyd og stakk henne i kroppen flere ganger, ikke så dypt at sårene var dødelige, bare såpass at de var smertefulle og blødde sterkt og til slutt, nærmest bare som en slags understrekning av hennes rykte for å være løsaktig, kjørte han den butte enden av spydet opp i henne flere ganger, Iliana sparket og rykket som i en slags grotesk dans og Ardred orket ikke synet lenger. Han så bedende på Urdar som skar en grimase. Han steg frem igjen, fullførte ritualet. «La de mørke guder få denne sjelen, la de rene vende seg bort. Denne dømte har aldri vært, denne dømte har aldri vært av oss. Ta denne sjelen og la den aldri igjen se lyset. Slik skal det bli, slik vil det bli, la mine ord bli hørt i de store hallene og i all tid»

Han grep en fakkel som sto klar og uten å nøle kastet han den ut i bålet som øyeblikkelig fatet i og nesten eksploderte.

Flammene slikket oppover den hengende skikkelsen og Ardred snudde seg, så bort. Iliana ble kvalt og brent på samme tid, var hun heldig brant stolpen av i bunnen fort så den veltet fremover og havnet midt i bålet. Folket snudde alle ryggen til synet, slik var skikken. Gudene skulle se at de virkelig fordømte denne personen og Urdar stirret stivt på den nå brennende skikkelsen. Den rørte seg ennå og det gikk flere minutter før den bare hang der, hun var sterkere enn han hadde trodd. Han sto der til kroppen var fortært av flammene og stolpen falt ned i ilden og alt ble borte. Iliana var kun et minne nå, og han sukket og så bort på broren som stirret ut i mørket som sakte kom sigende. Det var senere enn de hadde trodd. Ardred og Khebar sto der og Khebar stirret mot det ennå ulmende bålet, han virket lett rystet. «Jeg ante ikke at dere brant folk, vi blir anklaget for å være grusomme men slikt gjør aldri vi. Ilden er hellig, skal aldri vanhelliges med livene til slike kryp»

Ardred bare brummet. «Jeg syns det samme men skikken er eldgammel. Nå vil hun aldri igjen se lys men bli fanget i mørket til evig tid»

Khebar nikket sakte. «En passelig straff, så hva nå?»

Ardred trakk på skuldrene. «Jeg håper at Kanir greier å finne den helbrederen. Jeg frykter for min hustru»

Khebar så på ham med noe merkelig i blikket. «Vi har gamle sagn, sagn så gamle at ingen lenger vet når de ble til. Jeg trodde at din kone kun var en kvinne, og gikk med på å hjelpe henne på grunn av deg. Men hun er så mye mer Ardred, hun er vårt håp, for gjennom henne skal den siste veldige, den glemte og mektige vekkes.»

Ardred rynket pannen «Zaribi er bare…Zaribi?»

Khebar lo humørløst. «Nei Ardred, hun er så mye mer, men det vil du se selv, om gudene vil det slik.»

Ardred skulle til å svare da et rop ble hørt, en mann red frem mot dem på en skummende hest og han virket klar til å ramle om. «Herre, jeg bærer bud fra bygdene i sør. Det er en hær på vei, en hær av sjelløse, og den er på vei hitover»

Ardred så storøyd på Khebar som ble blek. «Guder, hvor mange?»

Mannen hev etter pusten. «Flere tusen, og de har troll med seg, i hundrevis, de kan være her om få dager, for de beveger seg raskt som en løpende hest»

Khebar svelget synlig og klappet Ardred på armen. «Takesh, jeg vil kjempe ved din side, å dø ved siden av en merket er en ære. Vi skal holde dem tilbake til folket har kommet seg unna.»

Ardred så tomt ut over åsene rundt Gardahavn, alt han kunne tenke på var Zaribi, om han visste at hun og barnet hun bar var trygge kunne han møte enden med hevet hode, som en Takesh skal.

Cian

Vinteren var virkelig der nå, hadde truffet landene med full kraft og det var lite aktivitet ute, allikevel kom det folk vandrende og Cian prøvde å innkvartere dem som best han kunne. Georgs menn var der ute, som skjulte skiltvakter og de rapportene de avla skremte ham mer og mer. Noen mente at kong Hanek hadde vært på vei mot Tholirbukta for å stanse krigen som herjet men at elvene stanset ham. Andre igjen mente at pest hadde rast gjennom hæren og andre igjen fortalte at mannen de kalte Dolkens spiss utnyttet dette fullt ut. Cian kjente til kong Hanek, han var en god hersker og kunne nok greie å roe ned stridighetene men neppe uten hjelp. Og den merkelige vekkelsen som spredte seg gjorde alt mye verre, mange av flyktningene bekreftet det Cian allerede visste. Folk som nesten ikke hadde noe gav bort det vesle de hadde, og prestene ble rike og mektige og folket led enda mer enn under selve krigen. Han sammenlignet dem med åtseletere, med rabide skadedyr som kun spredte elendighet og død og raseriet han følte vokste dag for dag.

Reinu smidde våpen dagen lang og han så henne ofte i smia, kledd i lær med de kraftige armene sotsvarte og glinsende av svette. Hun var virkelig dyktig og han måtte beundre det hun gjorde, men han ble også litt nervøs av det. Var virkelig disse folkene nok? Kunne han håpe å bringe den fordømte sekten i kne? Det var landets egne folk de måtte slåss mot, folk som var forledet og forvirret, ikke onde i seg selv. Men ett sted måtte all denne elendigheten stamme fra, og om de kunne finne kilden burde det være mulig å slå tilbake der og knuse selve grunnmuren all denne elendigheten hvilte på.

Han var ofte opptatt med de daglige syslene der, han trente
folk og så til at de fikk i hvert fall en slags grunnleggende
forståelse for det å slåss. De jentene Reinu hadde vervet ble
dyktigere og dyktigere for hver dag, og de brukte
stridshammerne sine med brutal besluttsomhet. Reinu hadde
funnet gamle skjold hun gjorde om og gav dem et felles merke,
et snerrende panterhode. Og det virket for at vitenen om at de
kunne bite tilbake gav folket nye krefter og nytt håp. Egel drev
skole for barna, han lærte dem å lese og skrive og mange av de
voksne også dukket opp og prøvde å lære hva de kunne. På
landsbygda var det sjelden at noen kunne de kunstene og det
gav automatisk status å kunne dem.

Det gikk noen uker før Georg og hans menn fant noen som var
omvendt men da de gjorde det skjedde det brått og temmelig
dramatisk. De hadde fått noen råd fra de tre mennene som
hadde blitt borte fra Lyindias følge, de tre hadde blitt nødt til å
søke ly for en storm og deretter hadde de prøvd å hjelpe en
liten gruppe flyktninger som blant annet besto av temmelig
mange barn. Da de ankom godset var Lyindia svært lettet men
de kunne fortelle at de hadde sett lik i en hule i fjellet de hadde
passert og de hadde vært drept av andre mennesker. Cian
hadde vært forberedt på at de omvendte kanskje ville være så
fanatiske at de ville drepe dem som ikke delte den såkalte troen
og nå fikk de bekreftet det. Georgs menn kom med en yngre
mann som hadde vært en del av et følge, han hadde prøvd å
omvende lederen for følget og da mannen nektet og ville jage
karen bort drepte den omvendte lederen med bare hendene.
Cian sørget for at ingen fikk se denne mannen, han ble halt
med ned i kjelleren under borgen og det var et temmelig godt
og solid fangehull der. Det hadde ikke vært brukt på århundrer
og var lite trivelig men Cian brydde seg lite om denne
mannens velbefinnende nå. Han var ute etter å vite mest mulig
om hva disse folkene egentlig drev med og han samlet noen av
Georgs soldater og noen av sine mest erfarne veteraner samt
Lyindias menn for forhørene. Mannen var en mager og heller

ynkelig skapning som antagelig ikke hadde hatt noe bra liv
selv før han ble grepet av denne galskapen og det ble ikke noe
bedre nå. Cian hadde en gang vært en mann som snaut trodde
at noen kunne bruke tortur for å tvinge frem sannheten, han
hadde vært en god og naiv guttunge som så verden som god
men nå var alt endret. Han lot karene gjøre sitt aller verste og
det viste seg at de var meget gode på akkurat det. Dessverre
viste det seg at mannen visste svært lite, annet enn at han
hadde blitt vist sannheten av en prest som kom fra Nierez. Men
han hadde en nyttig liten dose informasjon som Cian fant
interessant. Det ble sagt at den øverste lederen var broren til en
forhenværende leder der i nordvest, en av falkeklanen. Og at
han hadde en borg der han holdt til, at alt ble styrt derifra.
Cian trakk pusten dypt da han hørte det, nå hadde de et mål, et
sted de kunne knytte til denne pesten. Før eller siden skulle de
finne denne forræderen og ødelegge alt han hadde skapt.
Fangen var tydeligvis overbevist om at gudinnen skulle berge
ham for han virket ikke for å ta noe på alvor, han var uredd og
bannet og forbannet dem hele tiden og Cian ble lei av det. De
hadde fått alt de ønsket fra ham så Georg brukte en av Reinus
stridshammere til å gjøre mannen permanent stille. Våpenet
var perfekt og Georg proklamerte at den ville smake blodet til
disse galningene igjen.
Lyindia hadde funnet seg til rette der og hun kom med en plan
som var både god og fornuftig. Om de skulle drepe alle de som
var blitt omvendt kom det til å bli et forferdelig blodbad, de
kunne bare ikke begå massemord i en slik skala. De måtte gå
etter lederne, etter de som var ansvarlige for elendigheten. Hun
foreslo at de opprettet grupper som skulle ta for seg de
omvendte en for en og vise dem hva de hadde blitt lurt til å
gjøre, når de var alene var de ikke lenger sterke og kunne
returneres til normale mennesker. Det var når mange var
samlet at sekten hadde makt over alle. Cian likte denne splitt
og hersk taktikken og gav like godt Lyindia ansvaret for å
organisere dette. Det var mange der som ikke kunne slåss men

som var svært ivrige etter å gjøre nytte for seg allikevel. Hun gikk til arbeidet med iver og transformerte sorgen og hatet hun følte til tjenesteiver.

Noen av de som hadde ankommet var dyktige i bruken av urter og andre naturmedisiner og en av kvinnene hadde vært en slags lege på godset der hun hadde tjent. Hennes herre og hans slekt var blitt brutalt myrdet av en annen slekt på grunn av ryktene om at de hadde fått kloa i den dragen alle var så redde for. Tjeneste folket var blitt tvunget på flukt og hun hadde mistet alt, men ikke kunnskapen. Hun mente at en kyndig bruk av droger kunne gjøre jobben enklere for dem, og Cian var enig. Han begynte å føle at gudene faktisk var på hans side i dette, at hann hadde en rolle å spille i dette dramaet som gudene hadde sparket i gang der i landene. Og den troen ble bare sterkere den dagen noen av jegerne kom tilbake villøyde og skremt og fortalte at de hadde sett en drage i en liten sidedal der. Den var skadet og ikke særlig stor og hvor den kom fra måtte bare gudene vite men det var virkelig en drage, de svor på det.

Cian mente de så syner men red ut og da han kom til dalen så han at jo, de hadde rett. Det var en drage der. En bronsegrønn drage ikke så veldig mye større enn Tordenkile, med korte kraftige kjever og horn og tagger. Den hadde brukket ene vingen og kom seg ikke bort og Cian visste ikke at dette var en av de aller minste som var klekket ut fra Dragetind. De fleste av dem var allerede døde, fortært av sine større slektninger men denne ene hannen var uvanlig aggressiv og også utstyrt med en god porsjon intelligens de andre små dragene manglet. Den hadde gjemt seg og gjemt seg godt også og den brukne vingen var resultatet av et sammenstøt med en tykk grein da den prøvde å fange en hjort. Nå satt den der og syntes temmelig synd på seg selv, den hadde tatt hjorten og var mett for en stund men den var stolt som de fleste drager og likte ikke å miste ansikt ved å skade seg slik.

Cian så storøyd på den, han husket drage skjelettet i hulen og han så at dette var samme arten men veldig mye mindre. Var det en unge? Dyret var imponerende nok slik det var, den merkelige skimrende fargen gav den nesten et slags rustningsaktig utseende og Cian tvilte ikke et øyeblikk på at den var svært farlig. Karene hans hadde stanset og glante temmelig sjokkert på skapningen og Cian bet seg i underleppa. Den var ekte, og den var i live og så avgjort ikke noen hallusinasjon. Hva nå? Cian antok at det smarteste var å trekke seg unna, selv skadet var en drage særdeles livsfarlig og han ante at denne var sterkere enn den så ut til å være. Men drager var da utdødd? Dette kunne neppe være den dragen som visstnok hadde startet all galskapen, så da måtte drager være langt mindre utdødd enn de hadde trodd. Cian bikket på hodet, dyret satt der på bakbeina og støttet seg på ene vingen mens den andre ble holdt varsomt oppe. Den brukte vingene som forbein og var antagelig svært rask på tross av at den så litt klumpete ut.

Dragen hadde sett dem og hveste, tennene var som lange dolker og kraftige kjever klappet sammen med advarende smell. Det kom en svak lukt av svovel fra dyret og Cian nikket fort til de andre karene. «Det er en drage ja, ingen tvil om det. Jeg tenker at vi styrer klar av den, det er ikke noe våpen vi er i besittelse av som kan skade det dyret der uansett.»

Georg smilte litt stivt. «Se på de skjellene, jeg skal banne på at de er hardere enn godt stål, for en skapning. Jeg trodde aldri jeg skulle se en drage noen gang.»

Cian trakk på skuldrene. «Skjønner hva du mener, jeg har også vært rimelig sikker på at drager kun fantes i sagn og legender nå. Jeg har sett et skjelett av en riktignok og det var minst ti ganger større enn denne dragen her så dette er ikke noen stordrage akkurat.»

Georg skar en grimase. «Er det så lurt å la en drage være her i området? Den kan angripe oss?»

Cian bikket på hodet og stirret på den igjen, den var faktisk svært vakker på sitt vis. «Jeg tror ikke det, den er smart og dyr angriper aldri om de kan unngå det. Den har nok med vilt her og om vi ikke plager den tviler jeg på at den vil plage oss.» Georg så tvilende ut og Cian så bort på dyret igjen. Det virket for at bruddet var et rent et, det ville nok gro fort og greit men det var selvsagt plagsomt for dyret og den blåste i nesa og slo halen i bakken et par ganger, som for å understreke at den ikke var til å spøke med selv om den var litt redusert. Han måtte smilte av uttrykket i ansiktet på den, en slags innbitt besluttsomhet. «Jeg tror du er en tøff liten jævel drage, det bare oser av deg.»

Den bikket på hodet andre veien og så litt forbauset ut, den splittede tunga for ut og inn et par ganger og Cian begynte å forstå at den smakte på lufta som en slange ville gjort det. Cian fikk en merkelig følelse der og da, av at dette var noe han hadde ventet på. Han presset leppene sammen og åpnet sansene, lot sinnet søke ut mot det skadede dyret og brått fikk han en sann brottsjø av følelser tilbake. Dragen var forvirret, redd og sint på en gang, den husket å bli klekket, å kjempe mot sine søsken, å bli jaget av de større enn den. Den husket lukta av svovel og lava, varmen og hvor kaldt det var å møte verden utenfor redet. Den hadde frydet seg over å kunne fly, frydet seg over å jakte og ete og den hadde sett talløse andre av sitt slag bli fortært av de større dragene. Cian gispet og blunket hardt, den hadde et navn, og den var selvbevisst. Den var Bronseklo og den undret seg på hvem han var, som kjente dens innerste sjel. Cian søkte ut igjen, mens han holdt pusten, den underlige varme følelsen som hadde spredt seg i ham var merkelig behagelig og Georg gispet storøyd. «Øynene dine, de gløder!»

Cian ignorerte ham og bare stirret på dragen som bukket med hodet og lagde en pussig kurrende lyd, brått var sinnet dens innsmigrende og vennlig, som om den var en stor huskatt som prøver å få oppmerksomhet fra sin herre. Cian forsto ikke helt følelsene han fikk fra dragen, en slags følelse av ærbødighet og underkastelse, av glede. Den hadde funnet sin mening med livet og ville tjene, Cian rynket pannen. Han sendte en tanke til dragen. «Hvorfor, hvorfor meg?»

Bronseklo bukket dypt med hodet. «Tjene ashitan, mester» Cian nølte et kort øyeblikk, så steg han av Tordenkile og gikk bort mot dragen. Det lød et kollektivt gisp fra de andre karene og de virket for å være overbevist om at deres leder hadde gått fra vettet og blitt suicidal men ingenting skjedde annet enn at dragen senket hodet og lot Cian stryke den over de lange flikete ørene. Den lagde en purrende lyd igjen og Cian trakk pusten dypt. De hadde en drage, ved alle guder, de hadde en drage! Han hadde en følelse av at fiendene deres ville beinfly når Bronseklo dukket opp. Men det han hadde sett i dragens sinn indikerte at den neppe var alene. Vulkanutbruddet hadde klekket flere, og hvor var i så fall de? Uansett, han hadde begynt å få en merkelig følelse av at dette var skjebnebestemt, at det var meningen at han skulle treffe på denne dragen. Han husket drømmen han hadde hatt og det merkelige relieffet på de gamle murene han hadde studert og han fikk mer og mer en sterk fornemmelse av at hans skjebne var noe ganske annet enn han hadde trodd.

Han klappet Bronseklo på foten og så på bruddet. Det var stabilt men sikkert vondt så han hentet et par solide spyd og tok spissen av dem. Deretter rev han opp et hestedekken til bandasjer og spjelket bruddet mens Bronseklo bare satt der og holdt vingen oppe. Karene glante så vidt at det så ut som om øynene skulle trille ut på hele gjengen.

Georg spyttet i graset. «Cian, dragetemmeren. Vel, ikke at jeg er så veldig overrasket, ikke nå lenger»

Cian smilte bare og klappet dragen igjen. «Jeg vil at tre av dere skal bevokte dette stedet, ingen skal få forstyrre ham, og hold kjeften om dette. Vi skal se til at han har mat nok til han blir frisk igjen.»

Georg trakk kappen sin tettere om seg. «Og hvor fort tror du den vingen vil gro?»

Cian smilte og strøk hendene over dragehodet, øynene var ville som på en ørn og utrolig klare og pupillene var merkelige på form, som en streng med juveler. Fargen var som mørk rav og han måtte vedgå at jo, skapningen var unektelig meget vakker. Den var vakker som et godt smidd sverd er vakkert. «På noen få dager, jeg har en følelse av at drager har godt grokjøtt. Vi får gi den et par gamle sauer på et par dager og se til at den ikke blir uroet. Han blir frisk igjen snart, og da har vi vår egen drage»

Georg gliste stivt. «Vår egen drage, guder Cian, aner du hva dette kan bety for oss i lengden?»

Cian smilte bredt, et ulve grin som fikk de blå øynene til å glitre faretruende. «Ja, jeg vet hva det vil bety for oss Georg. Om denne dragen har ild er det lite som vil kunne stå seg mot oss, verken av mann eller beist»

Han ante ikke hvor det siste ordet kom fra men han fikk en merkelig følelse av at det var noe han på et vis allerede visste, uten å huske det. Han gikk tilbake til Tordenkile som blåste i nesa og steg i salen, signaliserte til tre av karene. «Dere blir her, holdt avstand for den lyder kun meg av en eller annen grunn men la ingen andre få adgang til denne dalen. Jeg skal sende noen med telt og utstyr så dere slipper å fryse eller sulte.»

Karene bare nikket og de virket lettere rystet men også på et vis svært glade. Deres herre hadde en drage, hvem kunne nå utfordre dem? Cian red hardt tilbake til borgen, han trengte å roe seg ned og tenke igjennom dette. Dragen adlød ham, og den virket ærlig nok, det var ingen tanke for svik i sinnet dens. Den var kun hva den var, og eide ikke evnen til å lyve. Den var ikke som de enorme gamle dragene fra tidlige tider, de som kunne smi renker og vri de dødeliges sinn inn i ren galskap kun med noen få ord. Da de kom hjem igjen løy han og sa at de tre karene var blitt tilbake for å se til et par skadde hester og folk kjøpte den forklaringen, de hadde ikke så mange gode hester og de var verdifulle.

Cian gikk til sitt eget kammer og satte seg ned med et beger med vin, han stirret mot skapet med rubinen og lukket øynene sakte. Kanskje han var annerledes, kanskje ikke rubinen ville gjøre ham gal allikevel? Men blodet hans var forurenset for evig, og han kunne aldri mer risikere en kvinnes liv ved å ligge med henne. Det var et offer han var villig til å gjøre, og med Bronseklo ved sin side kom de garantert til å gjøre seg bemerket. Dragen ville bli deres trekkplaster, deres merke. Folk ville bli trukket mot dem, og andre ville frykte dem og Cian ville utnytte det for alt det var verdt. Slektene ville ikke ha noen grunn til å slåss lenger, de ville bli tvunget til å slutte fred eller bli utradert og Cian løftet begeret og stirret på den blodrøde væsken i det. Dolkens spiss hadde kanskje sluppet løs en elv av blod, men han var den som ville demme opp den floden. Det var et hellig løfte.

Eirannes

Sølvmåken hadde sjelden hatt en slik overfart, normalt sett hadde Eirannes seilt innen synsrekkevidde fra andre skuter men nå var hun alene på havet og følelsen av isolasjon var merkelig sterk. Havet oppførte seg normalt nok, det var lite som fortalte om katastrofene som hadde skjedd og Eirannes nøt å se at mannskapet falt tilbake i den trygge gamle rutinen. Været var ikke verst heller, noen byger og en mindre storm men den var ikke særlig sterk og skuta red den av med eleganse. Eirannes var ikke av de idiotene som seilte rett inn i stormene, han la heller om kursen og brukte litt lengre tid og dette minnet ham mer og mer om en vanlig tur over til Ardot. De så av og til noe vrakgods men lite hadde rukket å drive så langt og havet var forholdsvis rent. Noen av karene fisket litt og fikk bra fangst og Harbalan fikk grundige instrukser og mange historier rundt det å fiske på havet.

Eirannes måtte humre når han husket den gangen en av karene halte opp en diger blekksprut som klamret seg til masta og nektet å gi slipp og skremte livskiten av de fleste av dem. Mange sjøfolk er overtroiske og den gjengse troen var at blekkspruter var demoner av noe slag. Eirannes hadde selv blitt bitt stygt av en liten blekksprut som guttunge og hadde ennå et rundt og helt hvitt arr på ene armen etter nærkontakten. Han mente ikke at de var demoner men de var noen ville beist og han forsto ikke folket i Zetir som elsket å spise blekksprut. Det måtte være noe av det mest motbydelige en kan tenke seg, og fisket var livsfarlig også.

De møtte et par frakteskuter etter et par dager, de seilte sammen og signaliserte at Sølvmåken burde passe seg for sjørøvere. Det hadde visst blitt slike av en del fiskere som hadde fått levebrødet ødelagt av bølgene og ras. Eirannes visste at dette kom til å skje og tok det med ro, det var få gamle fiskebåter som kunne konkurrere med en klipper og mannskapet hans var godt trent. De begynte å nærme seg nå, men de kom fra en mer østlig kurs enn normalt og Eirannes måtte sjekke sjøkartene. De kom til å treffe et område med en god del små øyer før de nådde selve Ardot og han la kurset mellom dem. Øyene var steinete og bratte og heller lite frodige men her og der vokste det litt skog på dem og noen var bebodd også. Det levde geite gjetere på noen av dem og andre hadde mindre landsbyer med fiskere. Han visste at en av disse øyene var heller rik, det var en familie der som dyrket en spesiell form for krydder som var svært ettertraktet.

Landskapet var et han kjente igjen og det var vakkert på et vis men forrædersk. Det var mange grunner og skjær rundt øyene og en måtte virkelig vite hva en skulle gjøre for å komme seg frem uskadet. Han vurderte å seile rundt men det ville kreve mange dager med arbeide for det gikk en strøm nord for øyene som gikk rett østover og de ville måtte slåss mot strømmen for å komme seg fra flekken. Han var dyktig nok til å unngå farene og kartene han hadde var gode, allikevel satte han en av matrosene i utkikken og en annen foran i baugen med en loddesnor. Det var aldri klokt å ta sjanser. Noen fiskere dukket opp, de lokale holdt seg på grunt vann og de hadde båter som mer var å regne som kanoer med utriggere. De brukte sjelden seil men rodde båtene mellom øyene og det var i og for seg fornuftig for mange av de små øyene lå temmelig nær hverandre og lagde en sann labyrint av høye bratte klipper der kun fugl og en og annen slange holdt til.

Fiskerne prøvde å praie skuta for å selge fisk men Eirannes bare seilte videre, de hadde ikke bruk for det. Noen solgte også håndarbeider og slikt men det var uansett ikke tid for slikt nå. Det var noen brede seilbare kanaler mellom øyene og Eirannes styrte skuta med stø hånd. Det lå en mild bris over havet og alt virket svært idyllisk. Harbalan var imponert over hvor enkelt alt virket men Eirannes visste at det var lett å bli lurt av all erfaringen mannskapet hadde.

De seilte videre til det begynte å mørkne, da kastet de anker ved en av de større øyene. Det lå et par andre skuter der også, brede flatbunnede frakteskuter som snaut nok forlot de smule farvannene langs kysten. De var bygget av folk fra Ardot og var egentlig svært gode skip selv om de fra Zhandoria selvsagt anså sine skuter som overlegne. Eirannes var ikke så sikker på det, folket på Ardot kunne mangt og meget og det var et vidt kjent fakta at skipene deres sjelden ble ødelagt av rur eller pælemark slik skutene fra Zhandoria ble med årene. De brukte trevirke fra skogene der inne og noe i de trærne beskyttet visst skroget fra slike farer. Men ingen hadde greid å finne hemmeligheten selv om mange hadde lagd skip av det samme treverket i Zhandoriansk stil. Eirannes mistenkte at de behandlet trevirket med avkok av noen spesielle urter og at de tviholdt på den hemmeligheten og nektet å la Zhandorianerne få vite sannheten.

Det var en slags naturlig havn der og Eirannes hadde vært der noen ganger før, stedet var populært og det var en landsby på øya der de fleste tjente til livets opphold ved å selge alt fra vin og tørket fisk til mer kjødelige gleder. Han slapp ikke mannskapet i land den kvelden, han ville ikke bli forsinket av menn som måtte hales ut av armene til en eller flere lokale horer. Og bakrusen det lokale brygget skapte for de som ikke var oppvokst på giften var ingen spøk, karene måtte være våkne for strekket de skulle krysse dagen etter var forrædersk på det beste. Eirannes hadde sjekket skuta for kvelden og latt matrosene få gå til ro da en annen skute sakte kom glidende inn i bukta. Eirannes kjente den igjen, han hadde møtt på den båten mange ganger de siste årene og undret seg over at den ennå fløt. For øyeblikket het den Havets jomfru men den hadde hatt et halvt dusin navn over sitt liv og enda flere kapteiner. Eirannes likte ikke det, å skifte navn på ei skute var aldri en god ide, og spådde ulykke. Jomfruen hadde vært en god skute en gang i tida, smekker og smal men mindre enn en klipper og litt bredere også, og med et godt ord på seg. Nå var det en gang blanke svarte skroget skjoldet og grått og Eirannes skar tenner når han så hvordan riggen hennes så ut. Det virket for at den ene av de tre mastene hadde vært knekt men blitt reparert i all hast med tau og bolter.

Jomfruen så ut som et seilende vrak og Eirannes kjente stanken fra skuta på lang avstand. Den ble ikke vasket og mannskapet gjorde fra seg over ripa, dessuten hadde den ikke lenger adgang til de virkelig gode avtalene og måtte frakte slikt ingen andre gadd røre med en ildraker. Etter lukta å dømme fraktet den guano og kanskje også rå skinn fra Ardots mange slakterier. Eirannes skar en grimase, heldigvis ankret Jomfruen opp slik at vinden sto fra Sølvmåken mot den og han håpet at den ikke snudde i løpet av natta.

Kapteinen på Jomfruen kom roende over, han var en ekstremt pratesjuk kar som ingen der likte. Han skrøt hemningsløst det ene øyeblikket og sladret like uhemmet det neste, og han rakket ned på alt og alle. Det var åpenbart at mannen mente at verden var i mot ham siden han aldri fikk gode oppdrag og han feilet i å innrømme eller se at det var tilstanden til skuta og hans egen person som hindret ham i å tjene gode penger.

Noen av matrosene hjalp mannen om bord og Eirannes bannet innvendig. Mannen var allerede full som en dupp og sjanglet på dekket, han stinket av gammel fyll og klærne var så skitne at det var vanskelig å se hva slags farge de egentlig hadde. Øynene var blodskutt og han hadde ikke barbert seg på flere uker, han så ut som en boms og Eirannes forbannet havets uskrevne regler som klart sa at en aldri skulle nekte en annen kaptein å besøke seg. Det var slik livsviktig informasjon ble formidlet i blant havets brorskap og Eirannes greide å smile høflig og halte frem noen stoler på dekk samt et lite bord. Han ville ikke ha den stinkebøtta ned i kahytten for alt i verden. Eirannes hadde en flaske med vin stående og den var ikke særlig god men av et fint merke og han skjenket opp en heller

generøs mengde i et beger og rakte det til kaptein Sahblaar
som tok begeret ivrig og hev vinen i seg som om det var vann.
Han snøvlet og satte seg tungt, tørket seg om munnen med
ermet og avslørte at han snart ikke hadde tenner igjen.
Eirannes krympet seg. «Så dere er her igjen, djevelen fortære
hvor vanskelig det har blitt i det siste»
Stemmen var så rusten at det var vanskelig å skjønne hva han
sa og Eirannes satte på seg sin mest medfølende maske. «Det
var leit å høre, lite oppdrag?»
Sahblaar rapte uhøflig. «Ja, og ingen gode sjøfolk heller. Jeg
måtte hyre Ardotianere, forbanna halvaper! De stakk da jeg var
i havn ved Fheldyr, alle sammen. Burde ha pisket hele
gjengen»
Eirannes smilte men visste at denne mannens rasistiske
holdninger antagelig hadde jaget sjøfolkene vekk. De hadde
neppe ønsket å tjene en som oppførte seg slik, og sjømenn fra
Ardot hadde stor yrkesstolthet og tålte ikke å bli behandlet som
søppel. «Det er harde tider mange steder nå, mye har skjedd»
Han prøvde å holde seg nøytral og se til at dette fyllevraket
forlot skuta så fort som mulig. Sahblaar nikket og hikket, så
med smale øyne på det tomme begeret. «Vi gikk faen meg
nesten på grunn i går, var blitt fem favner grunnere enn før
utenfor gapet. Og Stjerneridderen mistet kjølen for ei uke
siden, på revet utenfor Dhirre»
Eirannes rynket pannen, grunnere? Vel, det var kanskje ikke så
rart, mye hadde skjedd og at havbunnen hevet seg var kanskje
et resultat av alle rasene og skjelvene. Han skjenket i litt mer
vin til den andre kapteinen som så med grådige øyne på
vinflaska. Men Stjerneridderen var en god skute med en
ypperlig kaptein, at hun gikk på så hun mistet kjølen var
merkelig. «Hva skjedde?»
Sahblaar var glad i sladder og bet på med iver. «De sa at revet
løftet seg flere fot i løpet av få øyeblikk, bare galskap sier jeg.
Tullingen må ha sett feil på kartet og stukket feil kurs»

Eirannes visste at kapteinen på ridderen aldri gjorde slike feil, han var en mann som kunne sitt fag, at revet steg så brått var merkelig. Sahblaar tømte den siste vinen sin og rapte igjen, Eirannes krympet seg av stanken fra kjeften på ham. «Jeg får hale meg over igjen, de late drogene senker vel hele skuta uten meg. Hun lekker som en sil om dagen, råte i hele kjølen og nok rur til å skure ren hele havnebassenget i Dhirre.»

Eirannes skar en grimase, skuta var en flytende likkiste, det var merkelig at den ikke hadde gått rett ned for lengst. Med slike skader burde den vært halt opp på land og transformert til ved for lengst. Rur tynget ned skroget og gjorde skuta treg i vannet og råte i kjølen? Guder, Eirannes ville heller ha hugget av seg høyrearmen enn å la noe slikt skje med Måken, han sørget for at hun ble lagt i tørrdokk og overhalt så ofte som mulig.

Sahblaar vaklet seg bort til leideren og kom seg ned i båten sin igjen med vansker. Eirannes trakk et lettelsens sukk da han så at mannen rodde bort. Det var ikke et øyeblikk for tidlig, Eirannes hadde vært like ved å spy av lukta fra mannen.

Han ble stående et øyeblikk, litt usikker på hva han skulle gjøre, så gikk han ned i kahytten og halte frem noen kart over området. Bare de største øyene var tegnet opp men det var hundrevis av mindre øyer der også som han hadde markert med små kryss. Feltet med øyer strakte seg svært langt fra øst mot vest, det var litt trekantet på form, som et tørkle lagt dobbelt og mellom øyene og selve Ardot var det et bredt område uten en eneste øy. På kartet så det ut som om noen hadde tegnet opp utkanten av øy området med linjal, de ytterste øyene dannet en helt rett stripe. Han fant Dhirre på kartet, helt ytterst mot den tomme strekka mot Ardot. Og gapet var en øy ikke langt derifra, kjent for at den så ut som en person med munnen på vidt gap på avstand. Noe ved det han så gjorde Eirannes urolig, men han ante ikke hva det var. Uansett, de ville nå åpent hav igjen neste ettermiddag om ikke vinden snudde.

Han gikk til ro den kvelden med en nagende følelse av å ha oversett et eller annet men hva? Da han ble vekket igjen var det forholdsvis kaldt og tåke. En så snaut handa for seg og han stønnet innvendig. Det var vindstille og i dette farvannet måtte de kunne se for å kunne flytte seg. De måtte vente på sola og vinden den vekket. Han sørget for at mannskapet fikk en god frokost, så var det bare å vente. De ardotiske skutene hadde seilt i løpet av natta og kun Jomfruen lå igjen, den så enda verre ut i dagslys og Eirannes syntes den var en skamplett. Ingen anstendig kaptein ville la sin skute bli sett ankret opp ved siden av noe slikt. Omsider begynte det å blåse opp og Eirannes ropte sine ordre, mannskapet heiste seil og de trakk opp ankrene og seilte sakte ut av bukta.

Eirannes la merke til at en stor flokk fugler kom flygende fra noen av de små øyene, og snart fikk de følge med utallige andre. De holdt et faderlig leven og virket opprørt over noe og Eirannes ble litt forundret. Fuglene brukte ikke oppføre seg slik? Kunne det være stimer med småfisk som lokket dem ut så tidlig? Hadde noe skremt dem? Han ante ikke og mannskapet så også det merkelige fenomenet og virket forbauset. Noen fiskere var ute og trakk garn og de vinket til skuta og Eirannes slo uroen fra seg, de ville nå frem i løpet av et par dager nå og så kunne han se etter et nytt oppdrag. Sølvmåken gjorde god fart, og den leia de fulgte nå var svært grei for øyeblikket. Senere på dagen ville det bli vanskeligere og Eirannes forberedte seg godt med de beste kartene han hadde og to matroser med loddesnor ved baugen.

De var på vei inn i det første smale partiet da en av matrosene gjorde anskrik, foran skuta svømte brått en stor flokk delfiner og Eirannes var oppriktig glad i disse dyrene. Mange sjøfolk anså delfiner som hellige, og mange historier fortalte om hvordan disse sjødyrene hadde reddet folk fra å drukne. De svømte ofte foran skutene når de hadde fått opp farta og var regnet som lykkebringere men disse delfinene oppførte seg unormalt. Eirannes så at de krysset frem og tilbake på tvers av baugen mens de pep vilt og opprømt. Noen spratt i været og slo halene mot vannskorpa med harde klask og mannskapet så forvirret på Eirannes. «Hva er det de vil?»

Eirannes så smalt på delfinene, dyrene var tydelig oppskjørtet og han begynte å tro at de kanskje hadde en skadet delfin blant seg og ville ha hjelp. Vidiel kom på dekk og ble øyeblikkelig fascinert av den merkelige atferden og Eirannes forsto ingenting. Hva feilet det disse delfinene. En stor hunn løftet seg ut av vannet like ved skutesida og skvaldret vilt, det hørtes ut som om den prøvde å snakke. Vidiel gispet. «Det er noe de vil fortelle oss. Stans skuta»

Eirannes skar en grimase. «Vi gjør ikke mye fart?»

Vidiel bjeffet nesten. «Gjør det, reiv seil»

Eirannes nikket motstrebende og gav orden, han så at karene fikk ned seilene og Sølvmåken senket farten. Vidiel så vidøyd på delfinene, de sirklet skuta og Eirannes skulle til å be Vidiel om å se om han så noen som virket skadd da de hørte en merkelig lyd. Det var som fjerne drønn, men bølgene ble brått krappe og brå og de hørte en merkelig buldring også fra skroget. Antagelig var det en eller annen form for vibrasjon som forplantet seg også til treverket i Sølvmåken. Delfinene skrek, så svømte de bort som grå lyn og Eirannes fikk en kald følelse i magen. «Hvor ble det av dem, hva skjer?»

Vidiel virket forvirret og mannskapet så skremt ut. Eirannes så utover havet, så gispet han. Øyene ristet, og stein løsnet fra flere av dem. Det var jordskjelv, og de var midt i en labyrint av små øyer og smale kanaler. Han skrek til karene. «Alle mann, gå til deres post. Skalk alle lukene, og se til at seilene er godt bundet opp.»

Mannskapet løp rundt i kontrollert panikk og Eirannes undret seg over hva som egentlig skjedde. De hørte lyder de snaut nok var i stand til å beskrive og øyene virket for å riste som når en rister på en kasse med småstein i. Vidiel sto der og så villøyd ut og Eirannes forsto ham godt, han var også livredd. Hva skjedde? Brått pekte ene utkikken utover. «Kaptein, øyene hever seg!»

Eirannes løp til ripa og stirret utover i retningen de hadde seilt i, utkikken hadde rett. Øyene der ute i retningen den åpne strekka var brått blitt høyere og Eirannes så at mer og mer av havbunnen ble synlig rundt strendene på dem. Og sjøen rundt dem begynte å oppføre seg merkelig, skuta hadde begynt å bevege seg igjen men ikke på grunn av vind. Eirannes gispet, det som hadde vært kanaler mellom øyene ble nå elver, vannet prøvde å unnslippe og han kjente at han ble kald nedover ryggen. Om dette fortsatte kom et helt stort område til å bli forvandlet til en malstrøm av vann på vei dit tyngdekraften dikterte det. Han bannet og løp bort til roret, strømmen ble stadig sterkere og farten økta. Sølvmåken var brått forvandlet til en kano i en stri elv og det var hun ikke bygd for, ikke i hele tatt.

Eirannes skrek til mannskapet. «Hold fast i noe, og be gudene være med oss!»

Han grep roret og visste at Sølvmåken aldri hadde møtt en slik utfordring, nå avhang alt av at han greide å styre henne, for havbunnen løftet seg mer og mer og de ytterste øyene var nok allerede blitt et sammenhengende stykke land. Havet gav og havet tok og denne gangen gav det tydeligvis, tilbake land det hadde krevd for mange tusen år siden. Vidiel klamret seg til masta og var likblek i ansiktet og mannskapet satt og ba. Farten var vanvittig, vannet raste ut gjennom kanalene mellom øyene og rev med seg deler av rev, tang og tare og fiskebåter. Han hørte vettskremte skrik fra de båtene som hadde folk i dem men han kunne ikke gjøre noe for å hjelpe dem nå.

Sølvmåken skar gjennom vannet, den smekre baugen gjorde at hun ikke ble bremset av gjørma og Eirannes håpet bare at roret hennes holdt. Om det røk var de fortapt alle som en.

Levenet var øredøvende, vann knuste mot klippene som om de var stein i en foss og bølger slo opp som bratte vegger der det var hindringer på havbunnen. Eirannes så til sin vantro at hele området måtte bli hevet opp, sakte men sikkert. De ytterste øyene var garantert mange meter høyere enn før og havbunnen helte allerede med over ti grader. Det var enorme vannmengder som ble presset vekk og det hadde blitt svart av gjørme og rester av alskens slag. Eirannes fryktet at Sølvmåken skulle seile inn i noe bastant, bare det å styre klar av øyer og skjær i denne farten var forferdelig vanskelig og førstestyrmannen og båtsmannen sto ved siden av ham nå og hjalp ham med roret. Skuta kjempet mot roret som en fyrig hest sliter i bittet og han peste nesten av anstrengelse. Det knaket i rorkablene, skroget vred seg nesten i de ville byksene skuta gjorde og han fryktet at dette ble Sølvmåkens siste ferd. Vidiel skrek opp, foran dem så de at den gamle slitte skuta de hadde ligget ved kvelden før drev med strømmen. Jomfruen var i praksis fortapt, det var ingen ved roret på henne og det råtne gamle skroget tålte ikke stort. Det som hadde berget henne til da var kun det fakta at den ved et mirakel ikke hadde truffet noe solid. Den drev med den ville strømmen og Eirannes så at den allerede lå dypt i vannet. Den tok inn sjø, antagelig hadde bunnbordene sprukket og Eirannes så at de kom til å måtte passere faretruende nær til den gamle plimsolleren. De nærmet seg et gap mellom to øyer, og det virket for at landet hevet seg fortere for vannet rant med vanvittig fart nå og en enda mer vanvittig kraft. Bruset var øredøvende og Eirannes merket at en slags kald trass spredte seg i gjennom ham. Han skulle gjøre sitt ytterste for å berge skuta og mannskapet og feilet han kunne han i det minste gå til sin våte grav med vitenen om at han ikke hadde mistet sin ære. Jomfruen la seg over, Eirannes så at dekket var forlatt, antagelig hadde mannskapet gått i livbåtene, det var mulig de kunne ha en liten sjanse slik. Men merkelig nok var kapteinen der ennå, han hadde bisart nok klatret opp i utkikkstønna og sto der og skrek av sine lungers fulle kraft. Han forbannet alle de guder Eirannes hadde hørt om og en god porsjon som var helt nye for ham også, og den gamle kapteinen skuttet seg. Det lønte seg aldri å bruke slikt språk på sjøen, og aller minst i et slikt øyeblikk. Sølvmåken raste opp langs siden på Jomfruen, som en veddeløpshest legger en gammel ploggamp bak seg i et løp. Eirannes holdt pusten, kom de forbi var det en bekymring mindre for ham. Jomfruen la seg enda litt over, skroget var snart fylt med vann og hun stakk dypt nå. Og brått skjedde det, den morkne kjølen traff solid stein under vannoverflaten. Jomfruen gjorde et rykk, og i løpet av noen sekunder gikk hun mer eller mindre i oppløsning. Eirannes hadde aldri sett på maken, det fløy treverk og tau gjennom luften og det som hadde vært en skute ble en stor haug med vrakgods i løpet av noen få sekunder. Og så falt stormasten på Jomfruen til siden og Eirannes skrek en advarsel. Den solide masta som antagelig var det eneste på skuta som var i god stand traff måken midt mellom de to hovedmastene med et drønn. Eirannes så at kapteinen ble kastet ut av utkikkstønna og han krympet seg da mannen traff ripa på Måken med et motbydelig klask og en knekkelyd. Han ble drept der og da og kroppen gled ned i vannet som en slapp vaskefille. Masta var grundig innsurret i Måkens egen rigg og Eirannes holdt pusten. Masta var løs i enden men ville sinke dem og slaget kunne ha skadet Sølvmåken alvorlig.

Et øyeblikk lå masta der og vippet, så seg den ut i vannet men den rev med seg mye av tauverket og riggen til Måken og Eirannes visste at de neppe kunne sette seil igjen uten å reparere mastene sine. Alt var revet ned, og de to midtmastene var nakne nå, som strippede trestammer. Farta var stor og Eirannes måtte bare konsentrere seg om å styre, ting slo mot skroget, Sølvmåken skalv, ristet og rykket når den gjorde kontakt med harde objekter, øyene suste forbi mens de red på bølgen av vann som landhevingen skjøv foran seg. Det var vanvittig, umulig og allikevel skjedde det. Eirannes ba hele tiden, tryglet gudene om å la dem klare dette. De krysset et område det tok to dager å seile over på en kort time, tiden virket for å stå stille og Eirannes hørte et drønn forut som gav ham en følelse av iskald frykt. Foran dem lå de siste øyene og

de lå dypere enn før, som om hevingen i en ende av øy
området førte til det motsatte på andre siden. Og der traff
vannet havet og det kokte, en vanvittig kokende kjele av
krefter ingen kunne forestille seg. En motbydelig stank av
gammel sjøbunn fylte lufta og bulderet var lammende. Det var
hvitt der fremme, ingen skute kunne klare å treffe den veggen
av vann som ville møte på litt, de kom til å gå rett ned.
Eirannes følte at han trengte å skrike i trass, i fornektelse. Brått
ristet verden igjen og denne gangen enda verre enn før, øyene
ble skjøvet opp på nytt, brått og brutalt i det havbunnen slapp
taket og ble kastet opp. Sølvmåken gjorde et hopp, og Eirannes
så en sjanse, en vanvittig sjanse men den eneste de hadde.
Vannet raste frem nå, ut over kanten som en elv over et stup og
han styrte Sølvmåken rett mot stupet. Han hørte Vidiel skrike
og mannskapet satt langs ripa og klamret seg til alt de fant, han
så bare bleke ansikter og han hvisket fort. «Tilgi meg mine
trofaste venner, men dette er vårt eneste håp.»
Han grep roret med bleke hender. «Kom igjen gamle jente, en
siste anstrengelse, en siste dåd, større enn noen før!»
Sølvmåken raste mot kanten, Eirannes stirret stivt fremover,
fant et sted der vannet virket uforstyrret og lot det stå til med et
rop. Den smekre skuta skjøt ut over kanten, med den farten
hun hadde ble hun et prosjektil og for et øyeblikk var det
utrolig å se hvor lenge hun fløy, som om hun virkelig for et
øyeblikk bare var blitt forvandlet til den fuglen hun var oppkalt
etter. Eirannes bet tennene sammen, hun måtte treffe vannet
flatt, ellers greide de det aldri. Der nede bruste det men de var
forbi den verste brenningen, og med et vanvittig brak og et
plask vendte skuta tilbake til sitt rette element. Slaget fikk hele
skroget til å dirre, fikk båten til å lage en merkelig klagende
lyd som om den var levende og i stand til å uttrykke misnøye
med måten den ble behandlet på. Fremste masta røk rett av og
falt i vannet, trakk med seg enda mer av riggen, det lød knak
av en annen verden og Eirannes bare tryglet om at hun ikke
hadde brukket i to. Han snudde seg, gispet av det vanvittige

synet. Bak dem var det en klippevegg nå, der vann raste utfor
som en foss bredere enn de kunne se, fra horisont til horisont.
Minst tjue meter høy og helt glatt, det så ut som om en eller
annen kjempe hadde grepet tak i området med øyer og bare
løftet det rett opp, som en unge løfter en leke ut av et badekar.
Eirannes samlet seg, skrek ordre til mennene. De måtte komme
seg vekk men uten seil var de ganske hjelpeløse. Det eneste de
hadde igjen var et par små lapper som kunne festet til
baugspydet og den korte bakre masta. «Sjekk henne, se om
hun har sprukket. Jeg vil ha en rapport nå!»
Menn sprang til verket og ennå var det såpass med strøm i
vannet at de ble brakt bort fra klippene, Eirannes kunne ikke
slippe roret ennå, han måtte bare henge på til de var i smult
vann. Vidiel hadde besvimt og lå der og så halvdød ut og flere
av mannskapet var skadd. Det virket for at det hadde skjedd da
masta til Jomfruen traff dem. Eirannes så at de skadde ble båret
ned og Vidiel også, han ville få nok å gjøre nå. Eirannes holdt
pusten, hadde hun greid seg? De hadde noen livbåter igjen, og
noen små flåter også som kunne slås opp men det var alt. Flere
livbåter var blitt borte i den vanvittige seilasen og det var ikke
nok til alle. Båtsmannen kom løpende, han var ennå blek og
øynene var mørke og store. «Kaptein, hun har klart seg
forbausende bra, men det er knekte bord flere steder og hun
lekker. Mastene og riggen er ødelagt, alt tauverket gikk over
bord. Råene gikk med det.»
Eirannes sukket, hun var ikke lenger en seilskute, de få bitene
med seil de hadde kunne snaut bidra til noe fart i det hele tatt.
«Kan hun repareres?»
Båtsmannen nikket. «Vi har tømmer nok, og sprekkene er ikke
store. Jeg tror vi kan stanse lekkasjene med nok strie og plank.
Takk skjebnen for at vi fylte lagrene igjen i Unlan.»
Eirannes trakk et lettelsens sukk. Nå kjente han hvordan denne
anstrengelsen hadde tatt på, han var matt og skjelven og
svetten klebet klærne til kroppen. «Hvor mange er skadd?»

Båtsmannen skar en grimase. «De fleste har småskader Kaptein, kutt og sår. Men minst ti er alvorlig skadd, Vidiel er våken og jobber med dem nå. Det blir nok dessverre noen amputeringer er jeg redd»

Eirannes svelget stivt. «Vi får være takknemlige for at vi flyter, guder, jeg forstår mindre og mindre.»

Båtsmannen så ned i dørken. «Kaptein, ingen andre enn du kunne greid det, vi skylder deg livet, alle som en»

Eirannes smilte bare, vinket med handa, prøvde å se uberørt ut men han kjente at den skjelvne følelsen bare ble sterkere. «Jeg er redd vi ikke er ute av skogen ennå båtsmann, så ikke overdriv takksigelsene før vi er trygt i havn»

Båtsmannen så langt mot den høye veggen av fjell som nå reiste seg fra øst mot vest. «Om trygg havn i det hele tatt finnes i disse dager»

Eirannes klappet ham fort på skulderen. «Der sa du sanne ord min venn, om trygg havn eksisterer nå. Men om det ennå finnes skal jeg ta oss dit så sant jeg makter det, jeg gir dere mitt ord som kaptein»

Båtsmannen klemte handa hans tilbake, det var grenseløs tiltro i blikket hans. «Det vet jeg at du vil kaptein. Det vet vi alle!»

Eirannes bare håpet at han aldri ville måtte svikte den tiltroen, men frykten satt ennå i ham. Verden hadde endret seg helt i løpet av noen få timer, ingenting ville bli det samme igjen. Han kunne bare håpe at de kom seg levende til en havn og der kom de til å bli. Eirannes ville ikke gå ut igjen før verden igjen var blitt rolig, det var et hellig løfte. En fristet ikke skjebnegudene etter en slik opplevelse, slettes ikke!

Lyenera

Havdragen hadde haltet seg til havn, sakte og møysommelig
og Lyenera var blitt meget lettet over at de endelig hadde fast
jord under beina igjen. Havna var stor, med plass til over
hundre skuter på en gang og det var folk overalt. Lyenera
hadde aldri sett et mer overfylt sted, selv ikke i byen hun kom
fra. Havna lå i tilknytning til en stor by og den var vakker og
fargerik med en merkelig arkitektur hun aldri hadde sett maken
til. Høye smekre tårn strakte seg mot himmelen mellom bygg
med bratte tak og utskjæringer som antagelig skulle beskytte
innbyggerne mot alskens uhell. Det meste var lagd av stein,
mye var marmor og noe var en slags lys og meget hard
steinsort hun aldri hadde sett før. Men alt virket så spinkelt og
skjørt som porselen og mye av veggene var farget i vakre
fargetoner som merkelig nok sjelden kolliderte. Befolkningen
også gikk fargerikt kledd, kvinnene i silkestoffer brodert med
vakre geometriske mønstre og kun rikdom og status dikterte
hva broderiene var lagd av. Hun hadde allerede sett kvinner
som vandret rundt i kjoler brodert med gulltråd og en kvinne
hun hadde sett i en bærestol satt i en kjole av dypgrønn silke
brodert med noe som bare kunne være ørsmå diamanter.
Skipene lasset og losset, strømmen av varer var tydeligvis
konstant og her merket en ingenting til det kaoset som rådet
lengre vest. Folk virket uberørt av de merkelige hendelsene og
handelen virket for å gå godt. Zetir var et rikt land, og styrt av
en konge som var både klok og forutseende, han tilhørte ingen
av de store adelsslektene og var kun lojal mot sitt folk og
Lyenera visste at det hadde spart folket der for mye vondt nå.
Hun så mange folkeslag der, og varer hun aldri hadde sett før.
Urunar gliste litt av de himmelfalne uttrykkene hennes og hun
beundret ordenen som hersket på denne havna. Det var lite

søppel å se, alle handelsfolkene hadde sin egen plass og gatene var rene og brede. I det store og det hele var det en orden der hun ikke husket fra havna hjemme. Der hadde det vært et svare kaos hele tiden og hun husket med gru luktene og alle rottene som hadde løpt rundt beina på en mange steder. Hun så derimot mange katter der og samtlige var blanke og velstelte og virket temmelig ovenpå. Urunar fortalte henne at katter var regnet som hellige dyr i Zetir, ingen ville noen gang frivillig skade en katt og drepte noen en katt måtte en betale en heftig bot for det. Praksis var at en holdt det døde dyret opp etter halespissen så forbeina rørte bakken og så måtte den skyldige dekke hele katten med en spesiell sort nøtter som bare vokste der i landet og som var sinnssykt dyre.

Lyenera så også at mange bar spesielle medaljonger som antagelig signaliserte hva slags religion de tilhørte og hun så en del mannfolk som var totalt innpakket i stoff så bare øynene syntes. Det var flere folkeslag der enn hun hadde visst om og hun begynte å skjønne hvor lite hun egentlig visste om verden. Urunar fikk en plass for Havdragen og bestilte tømmer for å reparere henne, han fant også en plass å bo for Lyenera mens hun var der. Hun kunne ikke bo på skuta syns han og han kjente en vertshusholder som gladelig tok henne inn mot at hun fortalte om Ardot. Det var vanskelig å skjønne for henne at hennes eget hjemland fortonte seg som så eksotisk for andre men hun så jo Zetir som svært annerledes. Vertshusholderen var en høy mørk mann med barbert hode og vakre tatoveringer i gull langs armer og på kinn og panne og han presenterte seg som Hurat og behandlet henne med stor respekt.

Lyenera følte at hun så merkelig ut nå, hun hadde skåret håret kort og så ikke særlig feminin ut men Hurat virket for å forstå og en av tjenestejentene der dukket opp med en lang mørk parykk og noen klær som nærmest forvandlet henne totalt. Brått så hun ut som en Zetirsk tjenestejente og Urunar humret og mente at ingen kunne kjenne henne igjen nå. Han og mannskapet skulle gjøre sitt beste for å finne en skute som kunne ta henne videre men foreløpig fikk hun være der på vertshuset og bare ta det med ro og komme seg etter sjøreisen. Hun kom sent ned til første måltidet, usikker på hva slags mat de spiste der i landet. Men luktene fra kjøkkenet var fristende nok og hun ble presentert med en slags kyllingrett som var utrolig smakfull og god med et sterkt krydder som kriblet i ganen men etterlot en meget god smak hun aldri hadde kjent før. Hurat fortalte henne at Zetir skyldte mye av rikdommen på krydder handel og handel med edle steiner og stoffer og hun ble sittende der og nyte maten men følte samtidig en slags irritasjon. Hun burde vært på vei mot Hietlai nå, for å finne den jenta.

Hun ble kjent med tjenestejentene der, det var fem stykker som jobbet på vertshuset og samtlige var innfødte, små og elegante med dådyrøyne og runde former. Den eldste het Zarana og hun virket for å ha en viss innflytelse der. Hun forklarte at hennes mor hadde vært en kjent helbrederske og dermed hadde hun kontakter overalt. Lyenera nølte litt, så fortalte hun om ærendet sitt, om den siste ætlingen av de gamle kongeslektene som hun var sendt for å finne og Zarana lovte å forhøre seg, diskret. Lyenera var takknemlig men regnet ikke med at jenta ville finne ut noe. Urunar og de andre jobbet hardt for å reparere Havdragen og kapteinen beklaget det men regnet ikke med at skuta var seilbar igjen før på noen uker tidligst. Det hadde vist seg at hun hadde fått verre juling enn de hadde trodd for ene masta hadde nesten løsnet og en del av kjølen hadde sprukket og måtte skiftes ut. Det betydde at de måtte hale skuta inn i en tørrdokk og det kostet tid og ikke minst penger.

Lyenera begynte å lære mer om folket der og skikkene ikke minst. De fleste i Zetir var livsglade åpenhjertige mennesker som behandlet alle på lik fot men noen få skildte seg ut. Hun så det av og til når hun var med de andre kvinnene fra vertshuset for å handle inn varer. Noen menn bar mørke farger og virket for å unngå andre og hun så en gang et par kvinner som ble nærmest jaget av gårde av et par slike karer, og kvinnene var kledd i noe som best kunne betegnes som mørke telt. Zarana fortalte at dette var folk som tilhørte en gammel religion de fleste nå var gått bort fra. Den hadde vært streng og mørk og krevde total underkastelse og det var vanlig at menn hadde all makt. Kvinner var snaut nok regnet som mennesker i den troen og rike menn hadde gjerne store harem og kunne behandle kvinnene sine akkurat som de ville. Kongen likte ikke denne praksisen og hadde gjort alt for å avskaffe den men det hang ennå igjen i noen områder selv om motstanden selvsagt gjorde at stadig flere snudde ryggen til den skikken. Men mange anså de som ennå forsverget seg til den troen som bakstreverske og de fikk lite tillit fra den gjengse befolkningen om de da ikke hadde en maktposisjon.

Lyenera var nesten lamslått av alle de vakre tøyene som ble solgt i basarene, det var silke og sateng i farger hun bare hadde kunnet drømme om før og smykkene som ble solgt i egne butikker var vakrere enn noen andre hun hadde sett.

Zarana fortalte henne at kvinner gjerne samlet på smykker, det var deres rikdom og den gikk i arv fra mor til datter og sikret slekten. Menn styrte kanskje pengene der i landet men den virkelige rikdommen var kunnskap og den var det ofte kvinnene som satt med. Det var kvinner som vevde og farget tøyene, sanket urtene som ble slike utsøkte krydder eller designet smykkene mennene smidde. Det var bare blant de som fulgte den gamle troen at makt og innflytelse kun lå hos menn. Lyenera følte seg som en katastrofe sammenlignet med de vakre zetirske jentene, hun var for høy og for klumpete og for blek, selv ikke sminke kunne rette på den følelsen og hun kunne se noen likheter mellom denne kulturen og den gamle i Ardot. Det hadde vært mye handel mellom de to landene i virkelig gamle tider og kanskje var de blitt påvirket av hverandre.

Hun satt og spiste etter å ha hjulpet til med å vaske lakener da Zarana kom tauende med en eldre mann. Fyren virket for å være av blandet herkomst og han var mer eller mindre blind men det virket ikke for å være noe galt med hukommelsen hans. Zarana virket oppglødd og gliset i det vakre ansiktet gikk fra øre til øre. Hun trakk med seg Lyenera inn i et siderom og den gamle mannen fikk et beger vin og takket overstrømmende. Zarana nikket mot ham. «Dette er Arasnir, han var tjener hos herren av Nurmadag lenge.»

Lyenera så stivt på den gamle, Nurmadag? Det var en av de gamle ættene, og var det ikke en av Nurmadag som hadde fått den prinsessen nærmest som gave? Arasnir hikket lavt. «Frue, Zarana her har fortalt meg hva du vil, hvem du er ute etter å finne. Jeg husker at min herre fikk en kvinne fra Ardot, og at han plasserte henne i sitt harem. Han forsverger seg til den gamle troen, kun fordi han elsker makt ser du»

Lyenera svelget stivt. «Prestinnene våre visste at hun hadde havnet her i landet, og at hun var hos en av den slekten ja.»

Arasnir nikket og strøk seg om munnen. «Hun fikk en datter, og det vet du vel allerede, men den arme kvinnen døde etter kun et år, før jentungen var ute av reivene en gang. Og datteren ble giftet bort i fjor, til en herre i Hietlai, en Takesh»

Lyenera svelget igjen. «Det har vi også funnet ut av, at hun er gift der nord. Er det mer du kan fortelle meg?»

Arasnir blunket sakte, så lente han seg fremover. «Du kjenner til krigen som har herjet mellom husene? Alle stridighetene som har brutt ut, alt det gamle hatet som har blitt vekket til live?»

Lyenera nikket stivt og følte på seg at den gamle virkelig hadde noe viktig på hjertet. «Ja? De sier at en av slektene gjemte en drage og at alle nå angriper hverandre for å få tak i den først?»

Arasnir smilte tannløst, han var egentlig en søt gammel gubbe. «Åh ja, det stemmer for så vidt. Men tenk nå over dette ene fakta, for at dragen skulle bli stjålet, noe den ble, må noen andre enn den slekten ha visst det i utgangspunktet»

Lyenera rynket pannen, hun forsto ikke helt hvor den gamle ville med dette. «Ja?»

Arasnir fniste. «Nurmadag har ikke lenger noen makt, de er få og den innflytelsen de hadde er gått tapt for lengst, tilsynelatende. Men de har ikke bare sittet der med hendene i fanget og latt fortiden bli glemt, langt i fra. Herren til Nurmadag har vært flittig, svært flittig. Han eier mye i det skjulte ser du, har kjøpt gjelda til hele kongeriker og styrer egentlig all handelen langs kystene, selv om det er i det skjulte. Det giftemålet var for å sikre seg at Hietlaianerne ikke stikker kjepper i hjulene for ham. De er de eneste som kan utfordre hans innflytelse siden de er overlegne sjøfolk og kontrollerer havet i nord. «

Lyenera svelget. «Det du vil frem til er?»

Arasnir fniste igjen. «Gamle Oshwart av Nurmadag visste om den dragen frue, han har alltid visst om den. Nurmadag har sittet der som en edderkopp i et nett og sett at nettet har blitt fylt med hjelpeløse fluer og når det var fullt nok slo han til og lot informasjonen lekke. Nå krangler alle de før så sterke ættene så busta fyker og hvem tror du sitter igjen med bukta og begge endene når de omsider roer seg? Jo, det er hans ætt.»

Lyenera stirret bare på den gamle mannen. «Guder, det er jo...»

Arasnir slo ut med nevene. «Utrolig smart gjort ikke sant? Nurmadag, den minste og nesten glemte av de gamle ættene vil bli den mektigeste igjen, og siden de er så få kan deres herre sitte der med tøylene i en hånd og total kontroll.»

Lyenera vætet leppene, hun ante ikke hva hun skulle tro om slikt, hva tenkte en egentlig om en person kapabel til å gjøre noe slikt? Tusener var døde på grunn av denne ene personen og hans hunger etter makt, det var egentlig monstrøst. «Har han ingen stor familie?»

Den gamle mannen smilte skjevt. «Definer familie frue, han har en horde med lausunger men de regnes ikke med i det hele tatt. At han fikk giftet den jenta bort til en Takesh skyldes bare at han for en gangs skyld gjorde et unntak og ikke solgte henne på slavemarkedet.»

Lyenera svelget stivt. «Hvem selger sine egne barn?!»
Arasnir løftet kruset sitt, det var tydelig at han ønsket en ny
runde. «En som ham, som ser alle andre kun som brikker i et
spill. De aller fleste av de jentene han har fått med
konkubinene sine har blitt solgt, eller giftet bort til hans
forbindelser for å sikre deres lojalitet. Han har sørget for å bare
skaffe seg vakre konkubiner ser du, som gir vakre døtre han
kan bruke.»
Lyenera følte seg sjokkert, i Ardot hadde de ingen slike
skikker. De øverste av folket hadde hatt flere hustruer til tider
men alle ble behandlet likt og ingen så ned på de barna de fikk
uansett hvem moren var. «Har han ingen sønner?»
Arasnir bikket på hodet og Zarana helte litt mer vin i begeret
hans, hun virket for å vite hva som fikk tunga hans på gli. «Åh
joda, han har sønner. Minst ti bastarder som er gitt ansvaret for
mindre deler av imperiet hans, mange av dem vet ikke engang
at de er hans avkom. Og så har han tre ektefødte sønner som
pent må logre og legge seg flate bare han løfter handa.»
Lyenera begynte å innse at denne Oshwart var en temmelig
ufyselig person på alle måter. «Så selv hans sønner er
bruksgjenstander?»
Arasnir gliste tannløst og tømte begeret, han så litt brisen ut nå.
«Selvsagt, alle må lyde ham. Han hadde fire sønner ser du,
men den nest eldste gjorde seg upopulær, jeg tror det var noe
med et giftemål og noe slikt, og de fant ham død nede ved
havna. Offisielt hadde han blitt ranet men uoffisielt? Alle vet at
hans egen far fikk ham myrdet, for å ha gått mot hans vilje.
Kona hans og datteren de hadde sammen forsvant men jeg vet
hvor de ble av ja, gamle Arasnir er ikke dum i det hele tatt. Jeg
hadde jobben med å styre arkivene hans, og den arme jenta
havnet på et av de bedre bordellene i byen.»
Lyenera var nesten stum og Arasnir flirte igjen, det var noe
som lignet sarkasme i det fliret. «Jeg var nyttig lenge ser du,
og dyktig. En nøyaktig og ansvarsbevisst arkivar, noe han
trengte. Men så sviktet synet mitt og da var det på huet og

ræva ut og jeg fikk ikke engang takk for det. Bare beskjed om å komme meg vekk før han fikk vaktene til å jage meg. Jeg gav den mannen år av mitt liv frue, og takken var at jeg ble kastet som en utslitt hanske.»

Lyenera svelget og ønsket at hun også hadde hatt litt vin, sterk vin. «Herrene i Ardot var også slike, de så på oss fra Ardot som lite mer enn dyr»

Arasnir rettet seg opp. «Herrene til Ardot er ikke herrene til noe som helst frue, for bak alt sammen sitter Nurmadag. Tro meg frue, de styrer det meste men så diskret at ingen merker noe av det. De eier bakmenn og bakmenns bakmenn og de har agenter nær sagt overalt. Og når krigen har rast fra seg og alle de andre slektene ligger der som blødende lik uten kraft eller evne til å bite tilbake, da vil deres imperium reise seg igjen og styre alt. Han har store planer frue, og ingenting skal komme i veien for dem»

Lyenera blunket krampaktig, det var egentlig temmelig forferdelig, hvordan kunne noen få slik makt? «Men hvordan har han klart å få vite om den dragen, og han må da ha gjort tabber også? Så mange mennesker, og så mye tid? Hvor gammel er denne mannen egentlig?»

Arasnir strakte seg, han måtte ha vært en høy mann en gang i tida men blitt lutrygget og ødelagt av for mye hardt arbeid. «Herre Oshwart er nesten hundre år gammel frue, men ingen tror han kan være mer enn seksti, han er sprek som en ungfole. Han har sine hemmeligheter den mannen, og få kjenner dem»

Lyenera kjente at hun ble tørr i munnen, hjemme i Ardot hadde det fantes folk som ble utrolig gamle og så unge ut, alle visste at det skyldtes forbudt og forbannet magi. «Og du kjenner dem?»

Arasnir lente seg forover. «Ja, gamle Arasnir kjenner dem. En gang avla jeg en ed om aldri å røpe hva jeg så i min herres tjeneste men de ordene mistet sin kraft for lenge siden, da han belønnet meg med et liv som en simpel tigger. Men før du får vite hva jeg vet må jeg få et løfte av deg frue, et løfte mer hellig enn noe annet du kan gi»

Lyenera så stivt på den gamle, det var en merkelig glød i blikket hans og kroppen ristet nesten. «Hva slags ed da?»

Arasnir trakk pusten dypt, så lente han seg fremover enda mer, hvisket nesten. «Jeg vil at du skal sverge på at du vil drepe ham frue, at du skal sette en stopper for det monsteret. Du er en fremmed fra et annet land, ingen venter noen fare fra en vanlig kvinne. Du kan gjøre det!»

Lyenera ble tørr i munnen, drepe ham? Ved alle guder, hun skulle finne hans datter, ikke myrde enda flere menn? Arasnir bikket på hodet og for et øyeblikk danset skadefryd over de aldrende trekkene. «Jeg kan røpe en ting for deg allerede, som en forsmak kan du si. Grunnen til at han vet så mye og kan styre så mangt er at han har en sannsigerske som han lytter til. Hun tar sjelden feil, men det er ikke alt hun forteller. Hun er en fange akkurat som moren til den jenta du søker. Hun vil fortelle deg mye»

Lyenera svelget hardt, hun følte seg litt fanget. «Jeg vet ikke om jeg skal tro på det? En sannsigerske?»

Arasnir lente seg mot veggen, holdt haken høyt i en slags arroganse. «Tro meg frue, de sier at hun var en slags prestinne, av et eldgammelt folk som aldri dør eller eldes. Gjennom hennes magi holder han seg ung, men det har en pris. En forferdelig pris vil mange si»

Lyenera så at Zarana så lite sjokkert ut, antagelig var dette noe hun alt visste om, eller i det minste hadde mistenkt. «Kan denne sannsigerske se hans datter i Hietlai?»

Arasnir så rett på Lyenera, smilet hans var kynisk. «Frue, det var sannsigersken som fortalte ham at han måtte gifte bort den jenta til han som er Takesh i Gardahavn, hun lovte ham store rikdommer og han bet på det, men årsaken er en ganske annen frue, en helt annen.»

Lyenera holdt pusten et øyeblikk. «Kan jeg møte denne kvinnen på et eller annet vis? Om jeg får møte henne skal jeg drepe ham, jeg sverger ved mitt blod, og ved mine to døtres liv»

En slags kald iver spredte seg i henne, og Arasnir smilte sakte, et nesten illevarslende smil. «Jeg vil la deg møte henne, for det lar seg gjøre om vi er grundige og varsomme. Men vit at du aldri vil bli den samme om du treffer den kvinnen, aldri. Et møte med henne endrer en, selve sjelen i en blir en annen»

Lyenera nikket fort. «Jeg bryr meg ikke, jeg må vite hvor den jenta er, og om den andre prestinnen som ble sendt ut er i live eller ei.»

Arasnir reiste seg sakte, han virket støl og sliten igjen, som en gammel mann skal være. «Godt, bli her, om noen dager kommer det en tigger til huset, en stum guttunge. Følg ham og nøl ikke, han vil føre deg til henne. Snakk ikke om dette til noen, kun Zarana kan vite dette for hun kan du stole på.»

Lyenera så fort på den mørke jenta, det danset en slags mørk ild i de vakre dådyr øynene. «Herren Oshwart fikk min far henrettet for å ha underslått penger, og min mor ble solgt som slave. Far underslo aldri en mynt, men Nurmadag ville ha kontrollen med den butikken han drev. Og min søster sultet i hjel i byborgen, de plasserte henne der og påsto at hun hadde stjålet et verdifullt armbånd. Drep Oshwart frue, og Zetir, hele verden, vil lovprise deg»

Lyenera følte seg kald, som om rommet var fylt med is. Dette var ikke hva hun hadde tenkt seg da hun sa ja til å finne den siste av den gamle ætten men hun forsto at det faktisk kunne være nødvendig. Om de skulle kunne beseire ondskapen som spredte seg i verden kunne de ikke nøle, ikke nå lenger. Hun var en prestinne og hennes oppgave var å sikre at Ardot igjen ble hva det hadde vært. Det kunne bare skje om de klarte å sikre at ingen ble allmektig igjen og hun bestemte seg der og da for at hun skulle gjøre det. Ingen ætt burde sitte med slik makt, det kunne ødelegge alt.

Zarana geleidet Arasnir ut og Lyenera ble sittende å tenke på sin avdøde mann. Hun så likhetene mellom ham og Oshwart, og hun kjente at det samme hatet hadde begynt å gro i henne som hun hadde følt for ham. Det var det hatet som hadde gitt henne mot og styrke og nå gav det henne mot igjen. Zarana kom tilbake og satte seg ved bordet, hun så sliten ut og Lyenera så litt nervøst på henne. «Er det mange som hater Oshwart her, eller er det bare noen få som vet hva han egentlig driver med?»

Zarana trakk på skuldrene. «Få vet hva han egentlig kan stelle i stand ja, selv ikke kongen vet at de fleste av hans rådgivere og menn blir styrt av Nurmadag i det skjulte. Det er som et edderkoppnett Lyenera, men det er usynlig og en vet ikke selv at en sitter fast i det. Men jeg vet at hans egne sønner frykter ham mer enn selv hans motstandere, han holder dem på tå hev hele tiden og de lever hele tiden med vitenen om at han kan få dem skaffet av veien. Men han har spioner overalt og de kan ikke stole på en levende sjel. «

Lyenera svelget, hvor godt kjente hun ikke igjen det. «Det er et ensomt liv ikke sant?»

Zarana nikket og ryddet bort vinkaraffelen. «Så avgjort, og de har familie de frykter for også. Utad virker det som om han er en kjærlig familiefar som sørger for å holde sine sønner på den smale vei med vennlige råd og fast hånd men egentlig er den slekta styrt med jernhånd. Ingen tør gjøre noe på egenhånd uten hans ettertrykkelige ordre»

Lyenera prøvde å tenke klart, å komme opp med en slags plan. «Så for å møte Oshwart, hva må en da gjøre? Jeg regner ikke med at han går med på å møte hvem som helst?»

Zarana smilte skjevt, hun var egentlig en veldig sjarmerende jente og det var tydelig at hun kunne å sno seg. «Jeg skal finne på noe, jeg vet at noen av kontaktene mor hadde ennå lever og de bør kunne gjøre noe.»

Lyenera rynket pannen. «Du sa at din mor var helbreder, hvordan kunne de selge henne som slave? Er ikke helbredere nesten ansett som hellige?»

Zarana nikket. «Jo, men Oshwart er ikke av vårt folk, og han respekterer ingen andre skikker enn sine egne. Hun kom tilbake hit til slutt men da var hun så syk at hun døde litt senere. Hun mistet gnisten rett og slett.»

Lyenera husket talløse ansikter som hadde vært ofre for den samme skjebnen, tapre ardotiske sjeler som hadde lidd på grunn av Zhandoriansk arroganse. «Jeg har sett slike tilfeller, hjemme skjedde slike ting ofte»

Zarana klappet henne på handa. «Det tror jeg på. Nå, slapp av og forbered deg. Nevn ikke dette til noe, snart vil du få vite mer»

Lyenera kunne bare håpe at det hun ville få vite ikke ville ødelegge alt.

Det gikk ganske riktig et par dager. Urunar var innom og beklaget det men han hadde ikke funnet noen skuter som skulle til Hietlai ennå og Lyenera visste ikke om hun var skuffet eller ei. Hun jobbet som før men tankene var andre steder og hun håpet inderlig at dette ikke endte i en ren katastrofe.

Den stumme gutten dukket opp sent en ettermiddag, Lyenera var i bakgården og hengte opp noen laken sammen med Zarana og hun så med en gang at dette var den personen Arasnir hadde snakket om. Han var liten og svært stygg med noen grusomme arr over ansiktet og han haltet sterkt. Zarana nikket til henne og Lyenera kjente en klump i halsen i det hun slengte over seg et sjal og fulgte etter gutten. Han forsvant inn i en bakgate og nå var de brått i en del av denne byen Lyenera aldri hadde sett. Det var slum også her i landet og denne bydelen var forfallen og stygg og det var overbefolket og stinket ille. Gutten trasket videre med Lyenera i hælene og etter en stund kom de til et gammelt forlatt lager. Bygget så ut som om det skulle falle sammen når som helst og Lyenera nølte et øyeblikk før hun fulgte ham inn. Der inne var det mengder med søppel og rester av sammenraste vegger og tak og midt i all dette fant gutten en luke i golvet. Han gestikulerte at de skulle ned og Lyenera samlet det motet hun hadde og klatret etter ham ned den smale steintrappa. Det var tydelig at denne passasjen ble tatt vare på for trappa var ren og sterk og det var ingen rotter eller edderkopper eller noe annet skummelt der nede. Gutten tente en fakkel og så gikk de langs en svært smal tunell som var godt oppmuret. Den var tydeligvis gammel som haugene selv men ennå helt trygg og her og der gikk det ut side tuneller som strakte seg utover i mørket. De gikk i hva føltes som en evighet, Lyenera mistet all følelse av tid og hun hadde ingen som helst anelse om hva slags retning de beveget seg i. Gutten stanset foran en liten dør som snaut nok lot seg forsere av en voksen person, han smilte fort og åpnet døra som virket svært velsmurt. Lyenera følte en lukt av parfyme og kjente seg litt forvirret men hun gikk inn, eller rettere sagt, smøg seg inn. Døra gikk igjen bak henne og hun så at den gikk totalt i ett med veggen, som for øvrig var murt opp. Hun var i et bad, et svært luksuriøst bad med mosaikk i vegger og gulv og høyt tak i vakkert utskåret marmor.

Foran henne var det et basseng, det var fylt med varmt vann og dampen drev mellom veggene, en tung lukt av sjasmin hang i lufta og hun samlet seg og tok noen steg fremover. Hun merket brått at noen så på henne og hun snudde seg sakte til siden, på siden av bassenget sto en figur helt dekket av en av de svarte kappene noen kvinner måtte bære der i landet. Skikkelsen bukket lett. «Jeg har ventet på deg Lyenera, kom med meg» Stemmen var myk og melodiøs men den fikk hårene til å reise seg på hodet til den Ardotiske kvinnen. Det var ikke stemmen til et menneske, den var simpelthen for perfekt. Hun fulgte etter skikkelsen bort til en stor hestesko formet sofa som sto plassert i et hjørne og hun så at denne fremmede kvinnen hadde satt frem mat og vin. Hun visste at Lyenera skulle komme og hun kjente navnet hennes også. Var dette i det hele tatt trygt? Lyenera svelget stivt, hun var ubevæpnet og forsvarsløs om dette var en felle og hun kjente seg svært usikker. Den fremmede slo ut med handa. «Sett deg, Arasnir fortalte om deg. Han er en god mann, gudene vil belønne ham rikt for hans lojalitet.»

Lyenera satte seg sakte ned, sofaen var svært myk og hun så stivt på den fremmede som brått begynte å trekke av seg kappen. Lyenera kunne ikke holde tilbake et gisp, hun stirret i absolutt vantro på den kvinnen som nå satt der overfor henne. Hun hadde aldri trodd at slike skapninger eksisterte og hun kunne bare måpe og sitte der som et annet mehe til kvinnen lo lavt og kastet på hodet. «Jeg er ekte, ikke en illusjon. Jeg er Vhiduel, av natt alvenes ætt»

Lyenera hadde ikke engang hørt om natt alver men hun forsto at dette var en ganske annen rase enn de vanlige alvene hun tross alt visste eksisterte. Vhiduel var for det første svart og med det mentes det helsvart, hud og hår og øyne. Hun var for det andre dekket med merkelige tatoveringer i vakre skarpe farger og Lyenera fikk en følelse av at denne skapningen maktet å se rett inn i sjelen til folk. Vhiduel bikket på hodet, hun var splitter naken under kappen og umenneskelig vakker, for perfekt til å være sann.

Lyenera ante ikke hva hun skulle si, hva hun skulle gjøre og alven hadde et litt sarkastisk uttrykk i ansiktet. «De færreste vet at mitt folk eksisterer så ikke se så brydd ut, jeg er en gedigen hemmelighet og herrens største skatt»

Lyenera rynket pannen. «Arasnir sa at du er en sannsigerske, og at du holder ham ung?»

Vhiduel nikket og krysset de lange beina, hun så ut som en løvinne der hun satt, avslappet og i fred men i stand til å eksplodere i aksjon på noen sekunder. «Dessverre må jeg si ja til begge deler, jeg er hans slave, og det er lite jeg kan gjøre med det.»

Lyenera følte seg forvirret fremdeles, Vhiduel så frisk og sunn ut og med slike krefter som alver har burde hun da ha stukket av fra fangenskapet for lengst? «Virkelig? Hva holder deg her og hindrer deg i å drepe ham?»

Vhiduel gliste, det glitret i blikket og uttrykket hennes virket nesten skjelmsk. «Det jeg har sett så klart. Jeg er nødvendig her Lyenera, for å styre ham dit skjebnen vil at han skal gå. Men nå, nå har du kommet hit og tiden er kommet for å la skjebnen igjen få frie tømmer. Han har utspilt sin rolle, og forblir han i live kan fremtiden bli dyster for alt og alle» Lyenera greide ikke helt å slappe av, nattalven var liksom litt for umenneskelig og for perfekt. «Så du har styrt ham gjennom synene dine?»

Vhiduel slo ut med armene. «Skjebnen har styrt ham gjennom meg Lyenera, for Nurmadag har arbeidet på sin store plan i mange generasjoner men kun Oshwart har hatt mot og makt nok til å sette det ut i livet. Jeg så fort hva han kunne bli og besluttet å bli her, for å hindre en katastrofe»

Lyenera så smalt på alven. «Du må ha vært hos ham i årevis?»

Vhiduel gliste, tennene var skarpe som på et rovdyr. «Ja, men for mitt folk er noen år ingenting, jeg har blitt godt behandlet her og jeg liker å manipulere slike mennesker som tror de er så sterke men egentlig er slaver av sine egne begjær og egne ambisjoner.»

Lyenera kunne forstå det, Vhiduel så antagelig verden på en helt annen måte enn vanlige mennesker gjør det, over et mye lengre perspektiv og fra et svært fremmed ståsted. «Du holder ham ung?»

Vhiduel blåste i nesa. «Sterk, ikke ung, ikke direkte. Mennesker eldes Lyenera og det er ingen som virkelig kan gjøre noe med det, men jeg kan skape en illusjon av ungdommelighet, gjennom urter og gjennom magi. Jeg har gitt ham råd for å holde ham sunn og sterk, inntil timen kommer da hans rolle er utspilt. Vi har alle våre roller å spille Lyenera og noen ganger er den rollen en annen enn vi først tror»

Lyenera trakk pusten dypt. «Jeg ser det, jeg har spørsmål»

Vhiduel helte litt vin i et beger og rakte det frem. «Jeg vet, prestinnene sendte deg for å finne den siste av den gamle kongeætten, Oshwarts datter som nå er i Hietlai. «

Lyenera svelget fort, hun følte seg nervøs. «Du fikk det organisert også?»

Vhiduel nikket. «Selvsagt, Oshwart brydde seg ikke om den jenta i det hele tatt, hun var bare enda en frille datter, ikke noe verdt i hans øyne men jeg så at hun var så mye mer og fikk henne sendt nordover. Det er ting hun må gjøre Lyenera, ting hun vil se. Hun er en av de brikkene som kan snu spillet helt»

Lyenera trakk pusten dypt. «Men Ardot trenger henne, vi må ha henne å samle folket rundt»

Vhiduel bikket på hodet igjen, det svarte blikket glitret. «Det er hva dere tror, men Ardot endrer seg Lyenera, det som skjer i Zhandoria vil skje i Ardot og verden vil endre seg. En ny fiende vil vise seg i ditt land Lyenera, og den siste av den gamle ætten er hva som trengs for å stanse den. Men ikke før hun har vist verden sin makt i nord»

Lyenera følte seg usikker, fanget på et vis. «Er alt jeg trodde vi visste usant? Er våre gamle spådommer kun løgner?»

Vhiduel ristet på hodet. «Nei, men ting må skje i sin egen rekkefølge. Hun vil komme til Ardot men du vil ikke bringe henne dit. Det er det andre som må gjøre»

Lyenera sukket lavt. «Den andre prestinnen, Moyesh, har du sett henne?»

Alven nikket, strakte seg igjen. Det katteaktige ved henne var utrolig sterkt. «Den blåøyde, den ville. Ja, jeg har sett henne. Hennes sti ble brutt alt da hun kom til Zhandoria men hun har møtt hjelp, og er trygg. Hennes rolle blir også en annen enn hun trodde, det er stort mørke i vente for dem alle, og hennes makt vil bli svært nødvendig!»

Lyenera stirret på Vhiduel som la ene armen bak nakken, hun så ut som om hun nærmest koste seg med dette. «Hva mener du?»

Natt alven smilte skjevt, den mørke huden glinset i det svake lyset der. «Det er ting de alle må gjøre, ting som vil endre skjebnen. Feiler de vil verden bli en ganske annen når alt roer seg ned, om det i det hele tatt skjer.»

Lyenera sukket frustrert. «Og jeg skjønner mindre og mindre, må du snakke i gåter?»

Alven gliste bredt. «Det er hva folk forventer av meg, om jeg sa ting rett ut trodde de vel bare at jeg dikter alt opp. Men jeg kan ikke fortelle deg detaljene for det er ikke noe du kan påvirke uansett. Jeg kan bare fortelle deg det som angår deg.»

Lyenera kjente at frustrasjonen boblet i henne. «Greit, så hva skal jeg gjøre da som er så viktig? Hvorfor ble jeg sendt ut i utgangspunktet når jeg ikke vil nå den siste ætlingen?»

Vhiduel fylte vinglasset sitt sakte, hun så svært fornøyd ut. «Du er en av gudinnens yndlinger Lyenera, utgangspunktet for reisen din var kanskje basert på en feiltagelse men du var ment å komme hit. Det er din skjebne»

Lyenera svelget nervøst. «Så, hva er min skjebne da?»

Vhiduel tok en lang slurk av vinen, den var så dypt rød at den lignet mest på blod. «Å drepe Oshwart, å hindre at hans makt får spre seg. Alt han har bygget opp må rives ned, som et stykke vevd tøy som rekkes opp igjen.»

Lyenera så skjevt på alven. «Hvorfor dreper ikke du ham? Du kan sikkert ta livet av en mann enkelt som bare det?»

Vhiduel nikket, det nesten sensuelle ved uttrykket hennes forundret Lyenera. «Åh jeg kan drepe ham, og jeg har gjort det mange ganger i mine tanker. Revet hjertet ut av ham mens det ennå slår, skåret over den fete strupen med hans egen barberkniv, latt ham bli knust under tunge steiner….Men det er ikke hvorfor jeg er her, han må dø for hendene til den som skal styre kampen videre, den som skal frigi alle og forberede landet på det som vil komme»

Lyenera myste nesten, hun hadde store vansker med å tro på dette. «Og det skal liksom være meg?»

Vhiduel nikket sakte, blikket glitret igjen, umenneskelig og merkelig fjernt. «Ja, det er deg. I det minste til å begynne med, andre vil tre frem fra skyggene og ta sin plass i lyset, men du vil løse ut raset. Det er ingen vei tilbake nå Lyenera»

Hun tok et dypt åndedrag, prøvde å tenke logisk Om dette stemte så var hun fremdeles i ferd med å følge gudinnens bud, så hun hadde ingen grunn til å nekte. «Hvordan skal jeg klare det? Hvordan skal jeg komme nær nok Oshwart til å myrde ham?»

Vhiduel så rett på Lyenera, hun smilte igjen men smilet var nesten truende. «Ved å bli solgt til ham, som slave. Om du havner i hans harem har du tilgang til ham, og kan utnytte sjansen til fulle. Han frykter ikke kvinner Lyenera, for han anser dem som lite mer enn dyr»

Lyenera kjente at hjertet hamret i henne, slave? Guder, det var enda verre enn da hun ble giftet bort til sin nå avdøde ektemann. Kunne hun virkelig gjøre dette? Vhiduel smilte skjevt og med tenner. «Du er modig nok, du har allerede drept. Jeg vil sørge for at han kjøper deg og at han forventer noe ganske annet enn det han får. Du må bare spille med og så vil ting skje av seg selv.»

Lyenera så smalt på alven. «Jeg er kun en kvinne, ingen kriger. Hvordan dreper jeg ham?»

Vhiduel strakte seg over til bordet der hun plukket opp en hårkam av det slaget kvinner var svært glade i å bruke. Den var vakker og dekorert med edle steiner og sikkert utrolig verdifull og Lyenera så at selve kammen var lagd av stål og spissene var sterke og skarpe. «Et raskt hugg Lyenera, et raskt hugg i hans motbydelige hals og du har fridd oss alle. Er du klar?»

Lyenera lukket øynene og tenkte på døtrene i Ardot, på hva som ville skje om Nurmadag fikk spre makten sin enda mer og ta over alt. Det ble ingen frihet for Ardot om det skjedde for da kom også de under denne ættens skjulte styre. Hun så fast på Vhiduel, stemmen var klar da hun svarte. «Jeg er klar»

Vhiduel klappet i hendene. «Utmerket, jeg skal sende noen som skal forberede deg, og stol på meg, han vil ikke ane uråd før det er for sent.»

Lyenera svelget stivt. «Måtte gudene være med meg»

Vhiduel smilte sensuelt. «De er med deg Lyenera, de har alltid vært med deg, tvil ikke på dem. Du er en av hennes yndlinger og snart vil ditt navn være på alles lepper»

Lyenera fikk en følelse av at det var noe Vhiduel ikke sa men hun kunne ikke protestere, hun hadde sagt ja. Så nå fikk hun bare se hvor skjebnens hånd ledet henne, om det ble til storhet eller til et begredelig fall.

Zaribi

Hun drev i et nattsvart mørke der ingenting syntes å eksistere bortsett fra en merkelig følelse av å bli jaget. Det var ingen smerte der, og hun hadde ingen følelse av at tiden gikk heller, alt var et konstant intet og hun bare visste at noe var galt. Hun prøvde å finne opp og ned, å forklare hva dette var for seg selv men hun greide ikke forme ord, greide ikke tenke klart. Hun ante ikke hvor lenge hun hadde svevd i mørket da hun brått ble var lys. Det var et svakt skimrende lys som var mykt og behagelig og hun drev mot det. Iveren steg i henne mens hun sakte kom nærmere til det som nesten så ut som et vindu med utrolig klart glass. Hun stanset foran vinduet, legemsløs og uten substans og allikevel så hun alt på den andre siden av glasset. Det var en by, en temmelig stor by bygd i en arkitektur hun ikke kjente igjen. Den var tydelig stor og virket rik og de merkelig naturlige linjene i alt der var forheksende å se. Store trær vokste overalt sammen med de enorme tårnene og det var en friskhet og grønnhet der som var forheksende. Hun så ned på en stor plass og det var mange mennesker samlet der, kledd i vakre klare farger. De fleste var mørke av let men det var også svært lyse folk der og en liten gruppe skilte seg ut med høyde og trekk. De virket rolige mens resten av forsamlingen hadde et slags opprømt uttrykk.

Zaribi så brått at en skygge falt over dem, men ingen virket redde. I stedet så de opp med fryd i blikket og Zaribi måtte måpe. Det var en drage de stirret på og den hadde en rytter. En stor mann som lignet en liten dukke der han satt på det enorme dyret som gikk ned for landing med en merkelig eleganse. Dragen var blålig på farge og når den sto på bakbeina virket kroppen nesten menneskelig på fasong bortsett fra at armene var blitt vinger. Den blåste damp fra neseborene og senket seg

ned på brystet og mannen klatret ned fra det forsølvede
seletøyet som holdt salen han satt i, han klappet dragen kjærlig
på halsen og en yngre kvinne brøt ut fra den vesle gruppen og
løp bort til ham, omfavnet ham og han kysset henne kjærlig.
Det var tydelig at hun var hans kone.

Bildet Zaribi så forandret seg, nå stirret hun inn i et rom der
den unge kvinnen satt med en liten jente i armene og prøvde å
lære henne et eller annet. Faren sto bak og virket stolt og
fornøyd og Zaribi kunne sanse at disse to var svært lykkelige
sammen. Det eneste Zaribi syntes var merkelig var at jenta
hadde et stort fødselsmerke på ryggen, det var svært tydelig og
lignet nesten på en slags tatovering for det var slike nesten
unaturlige former i det, som tegninger over huden. Merket var
rødt og egentlig vakkert på en litt skremmende måte. Zaribi
følte at hun på et eller annet vis burde ha visst hva det betydde,
at det hadde en slags betydning også for henne selv.

Scenen skiftet igjen, byen på nytt men nå var den ødelagt, tårn
lå i ruiner og røyk steg mot himmelen, himmelen var grå og
hun så folk som tydelig var på flukt. Hun så den vesle jenta
igjen men nå var hun ikke liten lenger, hun var en voksen
kvinne og folket samlet seg rundt henne, lot henne lede. Det
var slik sorg i det gylne blikket hennes og allikevel stor styrke,
og hun tedde seg som en dronning og kanskje var det akkurat
hva hun var. Noe katastrofalt hadde tydeligvis skjedd der, og
Zaribi så forte glimt av et land som var totalt ødelagt. Kvinnen
fikk folket i sikkerhet, og ting begynte å bygges opp igjen og
av og til så Zaribi et enormt kattedyr i stedet for en kvinne og
folket ble beskyttet av det. Zaribi så at kvinnen fikk barn og at
de vokste opp og ble ledere som henne og landet ble igjen
vakkert og rikt men ikke som det hadde vært. Hele topografien
var endret og mye land var gått tapt. Men hun skjønte at denne
kvinnen og hennes drageridende far og vakre mor var opphavet
til lederne i dette landet og hun forsto nå hvem de var, kongene
og dronningene som hadde styrt Ardot i mange tusen år. Og
hun var av deres blod.

Hun hadde blitt fortalt at hennes mor var en simpel frille, kun en ardotisk hore men nå visste hun bedre. Hennes arme mor hadde vært den siste av denne eldgamle ætten og nå var den tittelen hennes egen. Hun var av dragerytternes ætt, av hamløpernes ætt og det var hennes rett å kreve sin arv. En ny stolthet våknet i henne, hun var ikke bare en frillefødt jentunge uten navn, hun var den som skulle ha rådet og styrt over et helt kontinent og hun blottet tennene i noe som var et snerr og visste at hennes far hadde stjålet denne retten fra henne. Brått hatet hun ham mer enn noen gang og ønsket inderlig at noen fjernet ham fra jordens overflate.

Bildene forsvant og Zaribi var igjen i mørket men nå hadde hun en følelse av forventning, av å vente på at noe viktig skulle skje.

Kanir hadde ridd hardt men det var grenser for hva selv Blodøks kunne gjøre. Sprengte han hesten sto de der uten noen sjanse og han sørget derfor for å la den røde hingsten hvile med jevne mellomrom. Det gikk pinefylt sakte og Zaribi var ikke våken ennå, hun brant formelig av feber og Kanir var ingen helbreder. Han kunne noe men det var slikt enhver kriger skal kunne for å klare å gi førstehjelp til sårede kamerater. Dette var noe ganske annet og han undret seg over hva skjebnegudene virkelig ønsket av dem. Han husket spådommene, husket snakket om den siste veldige, om stedet er elven fødes og andre ting også og han visste at hun var en viktig del av det. Men selv ikke han visste alt og han fryktet å ta henne med dit, men det var ikke noe valg. De måtte finne den helbrederen og tilfeldigvis bodde den personen like ved stedet spådommene snakket om.

Han red også om natten nå, fryktet ikke troll og sjelløse men å komme for sent. Zaribi var svært dårlig nå og han var langt fra sikker på at hun ville overleve. Det ville knekke hans bror, han forsto Ardred godt for hun var den skjønneste skapningen han hadde sett noen gang men visste Ardred hvem hun egentlig var? Kunne han vite hvor mektig hun kunne bli? Spådommene snakket om så mye, og mangt var kanskje bare oppspinn men Kanir visste at hun kunne redde dem, på et eller annet vis kunne hun redde dem. Terrenget der var nakent og ødslig med kun små buskas med forkrøplede trær og busker her og der og ellers var det sand og stein overalt. Dette var snøen og isens område og kun de som respekterte dette landet kunne klare seg her.

Kanir visste veien og ledet hingsten med lett hånd, de burde nå frem om noen timer men nå kom de til et ganske så vanskelig terreng. Foran dem lå en bred dal og den var fylt med en isbre som hadde ligget der i uminnelige tider. Den strakte seg ut til fjorden som han så vidt kunne skimte langt der ute og av og til kalvet den enorme isfjell som drev ut på storhavet. En sidedal gikk ut fra den i nesten rett vinkel og en elv hadde gravd seg frem fra isbreens flanke der og den søkte seg ned mot havet gjennom den lange smale dalen. Dette var der elven fødes og mange regnet dette stedet som hellig av en eller annen grunn. Elva ble brukt til å hente ferskvann av skuter på vei videre utover langs kysten og den hadde en merkelig safirblå farge som var nesten unaturlig skarp og vakker. Men for å komme seg til helbrederen måtte de antagelig krysse breen og Kanir kviet seg for det. Det var farlig på det beste og om han kunne få henne dit ved å finne en båt og krysse fjorden i stedet var det mye bedre.

Kanir stirret ned mot breen, det var kveld og ble mørkt fort og han kunne ikke krysse i mørket, han måtte ganske enkelt vente og se hva slags vær de fikk dagen etter. Zaribi var bevisstløs fremdeles, han fikk i henne litt vann med jevne mellomrom og litt vin også men han ante at det ikke var nok. Merkelig nok virket det for at tilstanden hennes hadde stabilisert seg nå, hun ble ikke verre men hun ble ikke bedre heller og han begynte å undre seg over hva det skyldtes. Det som engstet ham mest var naturlig nok det fakta at hun var svanger, og han kjente på magen hennes så ofte han kunne. Kanir var ikke vant med slikt, han ante ikke om det han gjorde var riktig men han fikk en følelse av at ting ikke sto bra til. Burde det ikke ha vært bevegelse? Eller var det for tidlig? Kanir hadde flere hemmeligheter enn en skulle tro og en av dem var at han hadde løyet på seg temmelig mange farskap. Selv ikke Gudrun hadde ant noe om at han tok på seg skylda for det andre hadde gjort og årsaken var temmelig enkel også. Han kunne ikke få barn. Normalt sett var en blodfødt like fertil som alle andre men av en eller annen grunn gjaldt det ikke ham, og han trodde det hadde sammenheng med kreftene han tross alt hadde. Mye av det hadde våknet til live svært brått like etter at han kom inn i puberteten, blant annet hadde han ligget med svært høy feber i over en uke og han visste at det kan ødelegge evnen til å avle barn. Gudrun ante ikke noe om det, for han hadde holdt det skjult for henne, ville ikke gi henne enda flere sorger. Han hadde vært ute ved kysten i en av skutene til slekten da feberen slo til og alle svor å holde kjeft om det.

Kanir likte kvinner, det var ikke det som var problemet, og han var langt fra noen munk men han kunne ikke binde seg til noen siden han tross alt var hva han var. Og dermed kom de til ham i skjul, de sviktede og de forrådte og han tok på seg skylda for det andre menn hadde forårsaket. Slik sett hadde han et rykte som en skrekkelig skjørtejeger som bare lå rundt og brydde seg fela om konsekvensene men jentene fikk tross alt kompensasjon fra slekta og et navn til barnet. Uten hans villighet til å ofre sitt gode navn og rykte kunne de stått der uten noe som helst for en ugift mor var om ikke akkurat uglesett så i det minste sett på med en god porsjon med mistro. Om hun ikke kunne holde på en mann, hva galt hadde hun gjort da? At en kar lurte henne opp i stry og bare forlot henne gav henne i det minste litt sympati og ikke så rent lite heller fra de vanlige kvinnene. Kanir hadde ord på seg for å kunne lokke skjørtene av hva som helst og det å ha et barn med en far som var bror av deres Takesh gav en viss status tross alt.

Det ble mørkt og brått begynte Zaribi å våkne, hun strakte seg og stønnet og Kanir var der med en gang, med litt utvannet

vin. Han hadde snart ikke noe igjen og maten han hadde tatt
med var kun tørket kjøtt og noen like tørre kaker lagd av
sammenpresset fett og bær. Det var god kost for en kriger som
skulle reise fort men ikke bra nok for en skadet og gravid
kvinne. Zaribi slo øynene opp med et lite skrik og Kanir så
forbauset på henne, øynene hennes glødet formelig i det svake
lyset fra det vesle bålet han hadde tent og han holdt handa
hennes varsomt, redd han skulle skremme henne. «Zaribi, du
er trygg. Jeg er Kanir, Ardreds bror. Du er skadet og jeg prøver
å få deg til en helbreder»
Zaribi så storøyd på ham siden hun ikke hadde sett ham på så
nært hold før, han lignet på Ardred men var mindre velstelt og
trekkene var skarpere og hardere. Han så værbitt og hard ut og
selv om øynene hans var myke og vennlige så hun at han var
enn farlig mann på mange måter. Hun kunne sanse det i
energien hans og hun svelget og gispet av smerte. Ryggen
hennes brant formelig og hun følte seg skrekkelig svak. «Jeg
har hørt om deg, Ardred har benådet deg?»
Kanir nikket. «Ardred vet sannheten om meg nå, hvorfor jeg
har gjort som jeg har. Jeg er ikke lenger fredløs nei»
Zaribi fikk litt fra trekoppen han holdt og hun svelget grådig,
hun følte seg skrekkelig hul og hun strøk hendene over magen
på refleks. Det føltes ikke riktig, ikke som det hadde gjort. Hun
trakk pusten dypt, frykten rev i henne. «Er det langt til den
helbrederen?»
Kanir trakk pusten, stålsatte seg formelig. «En dags ritt, vi må
over til andre siden av dalen så det betyr enten å krysse breen
eller ri til vi kommer til der fjorden møter breen og ro over om
vi finner en båt. Det er den tryggeste metoden.»
Zaribi så vilt på ham. «Hva er raskest?»
Kanir så ned. «Å krysse breen, om vi klarer det. Men det er
svært farlig»
Zaribi trakk pusten, hun følte ikke barnet i seg lenger, og hun
ante at det allerede var for sent. «Jeg må dit fort, jeg tror barnet
mitt er dødt eller døende. Jeg vil ikke klare det uten hjelp»

Kanir kjente at en strime av panikk arbeidet i ham. «Guder, vi må vente til i morgen, det er ikke lys nok til å krysse breen nå. Vi kan ikke se sprekkene.»

Zaribi lukket øynene. «Da går vi så fort det blir lyst, kan vi få hesten med?»

Kanir gren på det. «Vi er nødt til det, du kan ikke gå. Men det gjør ferden enda vanskeligere»

Zaribi bare nikket. «Det får bli som det blir, jeg må ha hjelp! Jeg brenner opp Kanir, og ryggen min, jeg har aldri følt slik smerte»

Kanir hadde ikke vågd å se på den en gang, han ante hva han ville se og ønsket ikke at det synet skulle stjele motet fra ham. «Hun pisket deg den merra»

Zaribi nikket. «Det gjorde hun, hva har dere gjort med henne?»

Kanir gren på det, tennene blinket hvitt i det svake bållyset. «Kimatiene straffet henne først, de tok henne etter tur, og så ble hun sendt hjem til min bror. Jeg regner med at han vil henrette henne, og gjøre det på spektakulært vis. Å svikte ætten slik gjør en bare ikke, gudene kan snu ryggen til oss alle på grunn av det.»

Zaribi sukket lavt. Hun husket arrogansen og galskapen i Ilianas ansikt og visste at hun fortjente det, hva hun enn fikk. «Ardred må være redd nå»

Kanir nikket. «Han er livredd for deg Zaribi, du er det mest dyrebare han har og det han elsker høyest i denne verden. Jeg vil gjøre alt for å få deg trygt tilbake til ham»

Zaribi lukket øynene igjen. «Jeg føler ting annerledes nå, jeg vet ikke hvorfor. Du føles…ikke helt menneskelig. Og noe venter der ute, jeg vet ikke hva men følelsen er sterk»

Kanir så ned. «Jeg er blodfødt Zaribi, et bindeledd mellom gudene og menneskene, nei, jeg er ikke menneskelig. De blodfødte bærer merket og merket forandrer alt de er.»

Zaribi rykket til, hun husket drømmen eller visjonen hun hadde hatt, jenta med fødselsmerket. «Jeg vet det, jeg har sett.»

Kanir så ned i bakken. «Du er noe annet nå Zaribi, du vet ikke sant?»

Hun stirret opp, stjernene glitret forheksende på himmelhvelvet og nikket sakte. «Jeg er av Ardots kongeslekt. Av dragemesternes og de merkedes blod, arving til tronen»

Kanir smilte litt stivt, han ante ikke noe om det, men han visste ting hun sikkert ikke ante noe om. «Det er sikkert riktig, men du skal også redde oss, legendene sier ganske riktig at noe venter der fremme, at noe vil våkne.»

Zaribi tok et dypt åndedrag. «Det er mulig, det får skje som det vil, men jeg må til den helbrederen.»

Kanir klappet henne på skulderen. «Jeg skal få deg dit Zaribi, det sverger jeg.»

Hun så på ham med tiltro i blikket og Kanir følte at han ble litt ydmyk av det. Hun var hans brors hustru men ved alle guder, han skulle ønske at hun kunne vært hans. Zaribi lukket øynene og prøvde å finne en god posisjon å ligge i, det var ikke enkelt. Det verket i henne uansett hvordan hun lå og til slutt endte hun opp lent mot Kanir's brede bryst. Han holdt henne forsiktig og hadde pakket kappen sin om henne så hun ikke skulle fryse. Han bare håpet at morgenen kom fort.

Zaribi drømte igjen, hun sto på en naken ås uten så mye som et tre i sikte, kun stein og sand og rundt åsen var det et landskap som også virket nakent og dødt. Det var et merkelig halvlys der som kom fra alle retninger og hun kjente en slags tørr og muggen lukt som var svært ubehagelig. Det var et nærvær der, noe mektig og hun følte at hun ble stirret på, snudde seg langsomt. Bak henne sto en gigantisk katt, nattsvart med gylne øyne og den bikket på hodet. «Vær hilset barn av det glemte folket.»

Zaribi ble ikke overrasket over stemmen hun hørte i hodet, hun bare godtok det. «Hvor er jeg?»

Katten ristet på seg. «Mellom verdener, der intet er og intet blir.»

Hun så seg om, det var virkelig ekstremt ødslig der. «Hvorfor er jeg her?»

Dyret virket for å nesten gjespe. «Fordi du må godta hva du er før du kan gå videre, fordi du må ofre skal du få noe tilbake»

Zaribi følte seg kald. «Hva mener du?»

Katten studerte henne med kalde øyne, tennene var like lange som underarmene hennes. «Du kan redde mange Zaribi, føre folket til ny styrke og frihet, men for å gjøre det må du som sagt innse hva du er, og hva prisen du må betale er. Blod og død og liv er forbundet Zaribi, også nå. Det vil du se»

Hun holdt pusten. «Jeg forstår fremdeles ikke»

Kattedyret slikket seg om munnen, uttrykket dens var nesten sarkastisk. «Nei, for du makter ikke ta det inn over deg, men skjebnen har allerede talt og valget ditt er gjort. Gudene spiller sjakk kvinne, og de levende er brikkene de bruker. Selv drager må bøye seg for spillets mester, men selv han kan manipuleres. Husk det, og når du skjønner hva du kan oppnå husk at alle gaver kommer med en bakside»

Zaribi rynket pannen, følte seg brått defensiv. «Jeg har ikke gjort noen valg?!»

Katten virket for å falme bort. «Du har, tro meg, du har. Du vil merke det i morgen»

Zaribi ville protestere men drømmen endte og hun sov igjen, tungt og merkelig uforstyrret.

Da hun våknet lå hun pakket inn i kappen fremdeles og Kanir selte på hesten, han virket litt nervøs og bålet var dekket over med grus og skjult. Zaribi kjempet seg opp, hun var kvalm og slapp og smertene i ryggen var intense. Hun kom garantert til å få stygge arr og kroppen føltes som om den var lagd av bly. Hun klynket og Kanir kom bort til henne, løftet henne varsomt. «Vi må gå nå, det er tidlig ennå men jeg tror vi ikke er alene her lenger. Jeg er redd det kan være fredløse i området»

Zaribi så skremt på ham. «Fredløse?»

Han nikket. «Som de Iliana hyret for å ta deg, kimatier uten ære. De vil ha respekt for meg, men neppe nok til å la være å angripe. De vil være ute etter hesten og våpnene mine»

Zaribi svelget panisk. «Og meg?»

Kanir trakk på skuldrene. «Be om at de ikke tar deg, blir det for ille skal jeg be Blodøks bære deg i sikkerhet og bli igjen og slåss. Han vil løpe seg til døde for deg om jeg ber ham om det.»

Zaribi hev etter pusten i det han slengte henne opp på hesteryggen, det gjorde så vondt at hun nesten skrek. Kanir kom seg opp bak henne og så red de. Nå så hun breen, en enorm gråhvit slette av is med kampesteiner og store juv, spir av is og merkelige formasjoner hun ikke engang kunne beskrive. Og dette skulle de komme seg over?

Kanir smattet på hesten. «Vi må over forholdsvis nær fjorden, der er grunnen under breen flat og det er ikke så mange sprekker og slikt, men den beveger seg av og til der nede og vi må være på vakt hele tiden.»

Hun bare nikket, smertene i ryggen var så intense at hun ønsket hun kunne besvime igjen. Hun lente seg mot ham mens de red ned mot breen og hun så fort at en isbre ikke er noen homogen masse. De nederste lagene var nesten svarte og hun så at breen strakte seg langt utover i fjorden. Av en eller annen grunn husket hun den mannen som hadde sett noe i isen der i nord, kunne det være her? Hun prøvde å sitte stille og la Kanir få ro til å velge en rute og etter litt steg han av og leide hesten. De kom opp mot isen nå og Zaribi skjønte at det ville bli en virkelig hard tur. Blodøks la på ørene og Kanir snakket beroligende til hesten. Hun undret seg over hvor hennes hest var blitt av, antagelig hadde kimatiene tatt den eller så hadde den snudd mulen hjemover igjen. Uansett, den spe hoppa ville hatt problemer med å klare dette, en trengte en kraftig hest for en slik tur. Blodøks klatret oppover med mektige byks, de stålskodde hovene grov seg ned i isen og Zaribi kunne bare klamre seg til salen og håpe på det aller beste.

De var oppe på isen da Kanir brått stanset og stirret bakover, Zaribi så det også, flere pelskledde figurer som nærmet seg ovenfra breen. Han bannet og Zaribi så at det var minst en ti tolv stykker, alle bevæpnet med spyd og enkle sverd.

«Fordømt, jeg kjenner lederen for den gjengen der, han er et svin av sjelden råskap.»

Zaribi så storøyd på ham. «Hva gjør vi?»

Kanir lukket øynene og han ble litt blek i ansiktet. «Jeg er blodfødt Zaribi, jeg har sjelden brukt evnene det bringer men nå må jeg det. La oss bare håpe at det blir nok»

Han bøyde seg ned og tok opp en neve med grov snø, det lignet nesten sand i nevene hans og han hvisket merkelige ord over den før han kastet snøen i været. Den blåste bort i brevinden og brått var det som om vinden økte på noe voldsomt og den pisket opp snø og rev i huden der den var udekket. Zaribi pakket kappen tettere om seg og Kanir så fort på henne. «Jeg går først og sjekker for sprekker. Ta beina ut av stigbøylene, om han faller ned kan du kanskje rekke å hoppe av»

Hun måtte trekke på smilebåndet, i hennes tilstand? Det var å drømme, men hun gjorde som hun fikk beskjed om. Hun kjente at kulda nå bet i henne, det var blitt merkbart mye kaldere og hun følte en slags dyp ærefrykt for de kreftene han hadde. De fredløse kunne ikke se dem lenger og hun så at Kanir nå ledet dem over områder med stålis der selv ikke skoene til Blodøks satte særlig merker. Zaribi var redd hesten skulle skli men den holdt seg på beina selv om den ikke likte dette. Det gikk sakte forover og Zaribi kjente at hun fikk mer og mer smerter og de endret seg også. Nå kom og gikk de på et vis og hun ante ikke at det gikk an å føle noe slikt uten å stryke med. Hun klamret seg til salhornet og jamret seg stille og brått ble hun var at hun kjente noe vått og varmt mot salen. Hun trakk kappen og de skitne skjørtene sine ut av veien, det var blod!

Zaribi kjente at alt svimlet for henne, hun mistet barnet. Det var ingen tvil, smertene var ikke fra piskesårene, det var veer og hun var for uerfaren til å skjønne hva det var før nå. Blod dryppet ned langs salen og hestesiden og små røde dråper rant som juveler ned på snøen. Hun stirret på det svake blodsporet og så at blodet trakk ned i isen som om det ble sugd ned.

«Kanir!»

Han snudde hodet, nesten irritert. «Ja?»

Hun svelget stivt. «Jeg blør, jeg…barnet»

Kanir ble blek og stanset Blodøks, hun stønnet av smerte og skalv over hele kroppen. «Guder nei, vi kan ikke stanse nå!»

Zaribi så vettskremt på ham. «Vi må, til…til barnet er ute»

Kanir trakk pusten dypt. «Greit, foran oss er det en forhøyning, vi kan stanse der. Jeg kan holde dem vekk Zaribi. Klarer du dette?»

Hun ville si nei, ville fortelle ham at hun aldri hadde vært gjennom noe slikt, at hun kom til å dø om han forlot henne men hun visste at han måtte beskytte henne nå, kjempe mot fienden som ville drepe dem begge. Hun nikket. «Jeg klarer det, bare få meg av hesten»

Kanir hjalp henne ned og de gikk gjennom snødrevet opp mot forhøyningen Kanir hadde sett. Det var nesten som et podium av noe slag med en stor søyle midt på og alt var av is. Det var en fordypning midt oppe på det flate området og Zaribi falt nesten sammen i den. Det gikk en sprekk over flaten men den var svært smal og ikke farlig. Kanir så fort på henne. «Du må klare dette alene, jeg må gå ut og møte dem, Blodøks blir her og beskytter deg om noen kommer forbi meg.»

Han strøk den enorme røde hesten over mulen og hvisket noen korte ord og hesten snøftet og stampet med forbeina. Zaribi bet seg i underleppa, smerten var nesten uutholdelig og hun trakk seg inn mot en blokk med is og kjempet seg opp på kne. Kanir var alt borte i snøkavet og hun følte tårene brenne i øynene. Hun hadde vært så lykkelig og nå var all den lykken kun et minne, hun var i ferd med å miste alt, i det minste føltes det slik. Hun kjempet mot trangen til å skrike og visste at Kanir allerede var i gang med å jakte på forfølgerne deres. Blodet hennes lignet roser mot isen og hun visste at hun ikke tålte å miste så mye mer av det. Hun bet tennene sammen, kvalte skrikene sine, kjempet med alt hun var. Hun følte seg brennvarm og samtidig iskald, fingrene boret seg ned i isen, svetten rant av henne og hun syntes hun hørte et stort dyr brøle i det fjerne, et brøl i triumf. Det svartnet for henne og hun visste hva kattedyret i drømmen hadde ment, et offer måtte til. Og det offeret var barnet hun bar på, eller var det henne selv? Hun var døden nær og visste det også, hun hadde ikke styrke til dette.

Hun greide ikke stanse skrikene nå, hun ante ikke hva som skjedde med henne, om dette var normalt eller ei. Hun hadde blitt behandlet som en sekk med filler og kroppen hennes var virkelig mishandlet, det var ikke rart at dette skjedde. Hun kunne bare be om at gudene ikke krevde hennes liv også.

Kanir hadde utnyttet snøkavet godt, han fant forfølgerne før de fant ham og nå fikk de virkelig se hvorfor han ble regnet som den beste krigeren av alle i Hietlai. Han angrep lavt, fort og nådeløst og før de fikk sukk for seg var fem menn døde og han var borte i føyka igjen. De gjenværende nølte nå, de hadde ikke skjønt hvem de jagde og nå forsto de at dette var folk som kunne slå tilbake. De samlet seg for å vente på at snøføyka skulle gi seg. Kanir ble der nede på breen, avventende og i skjul. Han vågde ikke å tro at de hadde gitt opp. Han ristet blodet av sverdene sine og fant ly i en sprekk, han var sterk nok til å tåle dette lenge.

Zaribi hadde en merkelig følelse av å være utenfor kroppen, utenfor seg selv. Hun kunne se seg selv der på isen, sammen krøket i pine, blodig mot hvit is. Hun var så liten og svak, som et snøfnugg vinden når som helst kunne feie bort. Men om henne så hun en sterk lysende aura av noe slag og den formet seg til en katt, til en slik som den hun hadde sett i drømmen. Hun husket visjonen, hennes forfedre hadde vært ham skiftere, kanskje var den evnen også hennes. Hun trakk i seg den kraften hun så, lot den gli i ett med sjelen og sakte ble hun forvandlet til noe annet, noe nytt. Eldgamle og glemte deler av hennes sjel våknet til live, og den kjempende kroppen ble sterkere, og annerledes. Hun skrek i pine igjen og igjen, blodet trakk dypt ned i isen og forsvant og en glød av magi spredte seg over området. Spådommer glemt av alle andre enn de få var i ferd med å gå i oppfyllelse og Zaribi var igjen skjebnens redskap. Hun kjente at noe gled ut av henne, og hun hulket og peste, orket ikke engang se på det som skulle vært hennes og Ardreds førstefødte. Men det var dødt og hun skrek igjen, i sorg og smerte og rev løs deler av underskjørtet sitt og pakket det inn i det. Hun lot den lille blodige bylten gli ned i sprekken i isen og visste at det var det riktige å gjøre. Der ville ingen ondskap få besudle den uskyldige kroppen og hun trakk seg tilbake til fordypningen, gispende etter luft.

Blodøks vrinsket og hun løftet hodet sløvt. Noe skjedde, hun sanset det i luften. Vinden løyet helt og holdent og så brått at det var nesten unaturlig og snøføyka la seg. Fra forhøyningen så hun utover breen og hun så de gjenværende mennene. De var på vei mot forhøyningen og hun så Kanir til venstre for dem. Hun svelget stivt, kunne han stanse dem nå? Brått begynte isen å knake og brake og hun hylte forskrekket, klamret seg til isblokkene med stive fingre. I hodet var det som om hun hørte et mektig brøl og nærværet hun hadde følt ble så uendelig mye sterkere. Mennene stanset og Kanir sprang forbi dem, hun så ham tydelig. Han løp forbausende fort og nådde forhøyningen, raste opp og hun hev seg i armene på ham. «Hva skjer?!»

Kanir så storøyd på henne. «Det som er spådd, den siste mektige, den glemte, isens herre. Han våkner!»

Zaribi så utover isen, sprekker åpnet seg som sultne gap overalt, det knaste og braket og isblokker begynte å bli skjøvet opp. Noe beveget seg i dypet, noe stort nok til å løfte selve breen. Hun husket igjen den sjømannen og det han sa, noe i isen. Hun husket drømmen hun en gang hadde hatt om noe som steg opp fra isen og visste at dette var hennes verk, den hadde ventet på henne, på hennes blod, og hennes offer. Isen skalv voldsomt, så ble en stor flate langsomt presset opp og noe dukket opp, noe hvitaktig og skinnende. Mennene skled desperat nedover de skrånende isflakene for å komme seg vekk og isen ristet igjen, som en hund med lopper. En dyp dur kunne høres og enorme isfjell ble brutt løs fra enden av breen. Zaribi hørte brakene da de raste ned i vannet. Hun stirret utover med enorme øyne og Kanir pustet fort og skremt, han holdt henne hardt.

Det lød et siste vanvittig brak og noe presset seg fri fra isen, steg over den i en sky av damp og isrøyk. Zaribi strakte seg mot den, stirret på dragehodet som nå var helt fritt fra isen, det var gigantisk og enorme øyne åpnet seg mot sollyset for første gang på årtusener og isdragen brølte. Et brøl som fikk ekko til å slå tilbake fra alle fjellene, som fikk isblokker til å rase ut og verden til å skjelve. Den siste mektige var vekket, den hvite død var kommet og den enorme dragen jobbet seg sakte ut av isen. Den snudde hodet og øyne som glødende safirer stirret ned på den vesle kvinnen på isen, den brummet lavt og blikket fokuserte på henne. Zaribi slet seg opp, hun sto på egne bein, sårene var borte og hun kjente at en merkelig styrke spredte seg i henne. Hun skulle kreve sin arv og sin rett og denne mektige skapningen var veien til den arven. Dragen trakk kroppen helt ut av isen, blikket forlot ikke denne vesle skapningen som hadde satt ham fri. Så lenge hadde han vært fanget av isen og endelig var hans lange ventetid over, han ville tjene sin befrier for det var hans skjebne og dragen senket hodet ned på isen med et dempet drønn. Zaribi så fast på det gigantiske beistet, blikket hennes glødet og Kanir følte en brå trang til å knele for henne. Hun lignet en dronning og antagelig var det akkurat det hun var, han kunne bare stå og se på at spådommene skjedde fyllest. Hun løftet haken stolt. «Jeg er Zaribi av Ardot, arving til den kongelige ætt. Jeg har satt deg fri, og jeg er din herskerinne nå, som gudene har spådd. Du er Frostblad og du vil tjene meg.»

Dragen prustet frostrøyk og nikket med hodet. Den var ikke av de ekte dragene som var intelligente som folk men av de mektigeste av den mindre arten, den kunne ikke forme ord men følelser og en sterk følelse av samtykke kom fra den. Zaribi smilte, ansiktet strålte i sola. «Finn bytte og et, bli sterk. Snart vil jeg kalle deg til meg og vår oppgave vil starte»

Kanir trakk pusten dypt, han så at dragen reiste seg på bakbeina og slo ut de gigantiske vingene, så gjorde den et byks og var i lufta og kun en enorm fordypning i isen var tilbake, Han så langt etter den, den siste isdragen, på denne dagen hadde alt endret seg, endelig hadde de en reell sjanse, endelig hadde de et håp. Han så på Zaribi med en ny ro, i henne kom de alle til å finne en sterk leder, i henne hadde fortiden våknet på ny og verden ville aldri mer bli den samme.

Bok 4 i serien kommer innen utgangen av Mai 2017.